Droomwereld

Nora Roberts bij Boekerij:

www.boekerij.nl

Nora Roberts

Droomwereld

Eerste druk 1994
Vijfde druk 2013

ISBN 978-90-225-6475-2
ISBN 978-94-6023-603-7 (e-boek)
NUR 330

Oorspronkelijke titel: *Genuine Lies*
Oorspronkelijke uitgever: Bantam Books, New York
Vertaling: Peter Barnard
Omslagontwerp: Johannes Wiebel, punchdesign, Munich met beeldmateriaal van
photocase.com en Shutterstock.com © Alexander Lason
Zetwerk: Mat-Zet bv, Soest

Voor Pat en Mary Kaye:

Dank voor de pret, en de lunches

Proloog

Op een of andere manier, puttend uit een mengeling van trots en angst, wist ze haar hoofd omhoog te houden en de misselijkheid weg te slikken. Het was geen nachtmerrie. Geen duistere fantasie die ze bij zonsopgang van zich af zou schudden. Alles speelde zich echter in een vertraagd tempo af, als in een droom. Ze worstelde zich door een dik watergordijn heen, waarachter ze overal om zich heen de gezichten van de mensen kon zien. Hun ogen stonden hongerig; hun monden gingen open en dicht alsof ze haar met huid en haar wilden verslinden. Hun stemmen ebden weg en rolden haar tegemoet, als golven die tegen rotsen beukten. Sterker, doordringender bonkte haar hartslag, een felle tango in het binnenste van haar ijskoude lijf.

Doorlopen, blijven doorlopen, klonk het bevel van haar hersens aan haar trillende benen, terwijl krachtige handen haar door de menigte in het gerechtsgebouw naar buiten duwden. Bij de stoep aangeland, kreeg ze tranen in haar ogen van het verblindende zonlicht, dus zocht ze zenuwachtig naar haar zonnebril. Ze mochten eens denken dat ze huilde. Ze kon zich niet permitteren haar emotionele zwakte te laten zien. Zwijgen was haar enige pantser.

Ze struikelde en raakte heel even in paniek. Niet vallen! Als ze viel, zouden de journalisten zich gulzig op haar storten en grommend en verscheurend hun tanden in haar zetten, als dolle honden in een konijn. Ze moest overeind blijven, zich nog maar een paar meter staande zien te houden achter haar zwijgen. Zo veel had Eve haar tenminste geleerd. *Geef ze je hersens, meid, maar nooit je gevoel.*

Eve. Ze had zin om te gillen. Haar handen voor haar gezicht te slaan en te gillen, gillen tot alle woede, angst, al het verdriet uit haar was verdwenen.

Vragen werden schreeuwend op haar afgevuurd. Microfoons prikten naar haar gezicht als dodelijke darts, terwijl de mensen van het journaal in de weer waren de finale van de aanklacht van de moord op Eve Benedict te verslaan.

'Kreng!' krijste iemand met een stem rauw van haat en tranen. 'Gevoelloze teef!'

Ze wilde blijven staan en terugschreeuwen: *Hoe weet jij wat ik ben? Hoe weet jij wat ik voel?*

Maar het portier van de limousine stond open. Ze stapte in om te worden gekoesterd in de koelte, beschermd door getint glas. De menigte drong naar voren en perste zich tegen de dranghekken langs het trottoir. Boze gezichten omgaven haar; aasgieren boven een nog bloedend kadaver. Toen de wagen weggleed, keek ze recht voor zich uit, de handen tot vuisten gebald in haar schoot en haar ogen droog, godzijdank.

Ze zei niets terwijl haar begeleider haar een drankje inschonk. Twee vingers brandy. Na haar eerste slok sprak hij kalm, bijna achteloos, met de stem waarvan ze was gaan houden.

'En, Julia, heb jij haar vermoord?'

1

Ze was een legende. Een product van tijd, talent en haar eigen niet-aflatende ambitie. Eve Benedict. Mannen die dertig jaar jonger waren begeerden haar. Vrouwen benijdden haar. Studiobazen legden haar in de watten omdat ze wisten dat vandaag de dag, nu films werden gemaakt door boekhouders, haar naam puur goud betekende. In een carrière die bijna vijftig jaar omspande, had Eve Benedict de hoogte- en dieptepunten leren kennen, en beide benut om zichzelf om te smeden tot wat ze wilde zijn.

Ze deed wat ze wilde, zowel privé als professioneel. Als een rol haar interesseerde, ging ze erachteraan met dezelfde verve en verbetenheid die ze had aangewend om haar eerste rol te bemachtigen. Als ze een man begeerde, strikte ze hem, om zich pas van hem te ontdoen als ze genoeg van hem had, en – schepte ze graag op – nooit met bitterheid. Al haar ex-minnaars, en het waren er legio, bleven vrienden. Of waren zo verstandig net te doen alsof.

Op haar zevenenzestigste had Eve haar prachtige lichaam in stand weten te houden door middel van discipline en de kunde van haar chirurg. Meer dan een halve eeuw lang had ze zichzelf geslepen tot een scherp lemmet. Ze had zowel teleurstelling als triomf weten te benutten om dat lemmet te stalen tot een wapen dat in Hollywoods monarchie werd gevreesd en gerespecteerd.

Ooit was ze een godin. Nu was ze een koningin met een scherp verstand en een scherpe tong. Weinigen kenden haar hart. Niemand kende haar geheimen.

'Het is shit.' Eve slingerde het scenario op de betegelde vloer van het solarium, gaf het een stevige trap en begon te ijsberen. Ze bewoog zich als immer: met een dun laagje waardigheid over een gloed van sensualiteit. 'Alles wat ik de laatste twee maanden heb gelezen was shit.'

Haar agente, een ronde vrouw, die er gemoedelijk uitzag maar een wil van staal had, haalde haar schouders op en nam een slok van haar middagcocktail. 'Ik heb je gezegd dat het rotzooi was, Eve, maar je wilde het toch lezen.'

'Je zei *rotzooi*.' Eve nam een sigaret uit een Lalique-bokaal en groef in haar broekzakken naar lucifers. 'Er kleeft altijd iets positiefs aan rotzooi. Ik heb een hoop rotzooi gedaan en ik gaf het glans. Dit' – weer gaf ze het scenario een hartgrondige trap – 'is *shit*.'

Margaret Castle nam nog een slokje van haar grapefruitsap met wodka. 'Al weer gelijk. De miniserie…'

Een ruk met het hoofd, een snelle blik met ogen zo scherp als een scalpel. 'Je weet hoe ik dat woord háát.'

Maggie pakte een stukje marsepein en stopte het schielijk in haar mond. 'Hoe je het ook wilt noemen, de rol van Marilou is perfect voor je. Er is sinds Scarlett geen sterkere, fascinerender *Southern belle* geweest.' Eve wist het, en had al besloten de aanbieding aan te nemen. Ze gaf echter niet graag te snel toe. Het was niet zozeer een kwestie van trots, maar een kwestie van imago. 'Drie weken op locatie in Georgia,' mopperde ze. 'Stinkkrokodillen en muskieten.'

'Lieverd, met wie je naar bed gaat is jouw zaak.' Wat haar een kort lachje opleverde. 'Ze hebben Peter Jackson voor de rol van Robert gestrikt.'

Eves heldergroene ogen vernauwden zich. 'Wanneer heb je dat gehoord?'

'Aan het ontbijt.' Maggie glimlachte en nestelde zich dieper in de pastelkleurige kussens van de witte rieten sofa. 'Ik dacht wel dat je geïnteresseerd zou zijn.'

Peinzend, nog steeds in beweging, blies Eve een lange rookwolk uit. 'Hij ziet eruit als het prijsdier van de week, maar hij doet zijn werk uitstekend. Het maakt het bijna de moeite waard om in een moeras rond te rennen.'

Nu ze beethad, haalde Maggie haar buit binnen. 'Ze denken ook aan Justine Hunter voor Marilou.'

'Die bimbo?' Eve begon te puffen en nog sneller te ijsberen. 'Ze zou een ramp zijn voor de film. Ze heeft noch het talent noch de hersens om Marilou te spelen. Heb je haar in *Midnight* gezien? Het enige wat niet vlak was aan haar spel was haar borstomvang. Jezus.'

De reactie was precies wat Maggie had verwacht. 'In *Right of Way* was ze erg goed.'

'Omdat ze zichzelf speelde: een leeghoofdig sletje. Mijn god, Maggie, ze is een ramp.'

'Het tv-publiek kent haar naam, en…' Maggie zocht nog een stukje marsepein uit, bekeek het zorgvuldig en glimlachte. 'Zij heeft de juiste leeftijd voor de rol. Marilou wordt verondersteld midden veertig te zijn.' Eve draaide zich met een ruk om. Ze stond in een straal zonlicht, waarbij de sigaret als een wapen tussen haar vingers uitstak. Schitterend, dacht Maggie terwijl ze op de explosie wachtte. Eve Benedict was schitterend, met de scherpe trekken in haar gezicht, die volle, rode lippen, het sluike, kortgeknipte haar zwart als ebbenhout. Haar lichaam was een mannen-droom – lang, soepel, met volle borsten. Het was in diepgekleurde zijde gehuld, haar handelsmerk.

Toen glimlachte ze haar beroemde glimlach, hevig als een bliksem-schicht, die de ontvanger de adem benam. Haar hoofd achterovergooi-end, gaf ze een lange, goedkeurende lach ten beste. 'Midden in de roos, Maggie. Godverdomme, je kent me te goed.'

Maggie kruiste haar plompe beentjes. 'Dat mag ook wel na vijfen-twintig jaar.'

Eve schreed naar de bar om zich een hoog glas met sap van verse si-naasappels van haar eigen bomen in te schenken. Daar goot ze een gulle scheut champagne bij. 'Begin maar aan de deal te werken.'

'Heb ik al gedaan. Dit project maakt een rijke dame van je.'

'Ik bén een rijke dame.' Haar schouders ophalend drukte Eve haar si-garet uit. 'Dat zijn we allebei.'

'Nou, dan worden we nog rijker.' Ze hief haar glas om met Eve te proosten, nam een slok, waarna ze de ijsklontjes liet ratelen. 'Eh, waar-om vertel je me niet waarom je me vandaag écht hebt laten komen?'

Tegen de bar geleund nam Eve een paar slokken. In haar oren fonkel-den diamanten; ze was blootsvoets. 'Je kent me werkelijk te goed. Ik heb een ander project in mijn hoofd. Ik denk er al een tijdje over. Daar heb ik jouw hulp bij nodig.'

Maggie trok een smalle wenkbrauw op. 'Mijn hulp, niet mijn mening?'

'Jouw mening is altijd welkom, Maggie. Als van een van de weinige.' Ze ging zitten op een met felrood beklede rieten stoel met een hoge rug. Daarvandaan kon ze haar tuin zien, de uiterst zorgvuldig verzorgde bloemen, de nauwkeurig getrimde heggen. Helder water spoot in een marmeren fontein omhoog en glinsterde in het bassin. Daarachter lagen het zwembad en het gastenverblijf – een exacte reproductie van een tudorhuis uit een van haar succesvolste films. Achter een groep palmen strekten zich de tennisvelden uit die ze minstens tweemaal per week gebruikte, een golfbaan waar ze geen belangstelling meer voor had, een schietbaan die ze twintig jaar geleden, na de Manson-moorden, had laten aanleggen. Er was een sinaasappelboomgaard, een garage voor tien auto's, een kunstmatige lagune, en een zes meter hoge stenen muur omsloot dit alles.

Voor elke vierkante centimeter van haar landgoed in Beverly Hills had ze gewerkt. Net zoals ze had gewerkt om van een sekssymbool met een doorrookte stem een gerespecteerd actrice te worden. Ze had offers moeten brengen, maar daar dacht ze zelden aan. Maar de pijn, dat was iets wat ze nooit vergat. Ze had zich omhoog geklauwd langs een ladder die glibberig was van zweet en bloed – en stond al heel lang aan de top. Maar daar stond ze alleen.

'Vertel eens over het project,' zei Maggie. 'Ik geef je mijn mening, daarna mijn hulp.'

'Welk project?'

Beide vrouwen keken in de richting van de deuropening toen er een mannenstem klonk. Er klonk een zweempje van een Brits accent in door, als lak over kostbaar hout, hoewel de man niet meer dan een tiental van zijn vijfendertig jaar in Engeland had gewoond. Paul Winthrops thuis was het zuiden van Californië.

'Je bent laat.' Eve glimlachte echter ontspannen en stak haar beide handen naar hem uit.

'O ja?' Hij kuste eerst haar handen, toen haar wangen, die onder zijn lippen zacht als rozeblaadjes aanvoelden. 'Hallo, schoonheid.' Hij pakte haar glas op, nam een slok en grinnikte. 'Verdomd, de lekkerste sinaasappels van de hele streek. Hallo, Maggie.'

'Paul. Christus, je lijkt met de dag meer op je vader. Ik kan zó een screentest voor je regelen.'

Hij nam weer een slok voordat hij het glas aan Eve teruggaf. 'Ooit zal ik jou die lol gunnen – zodra het vriest in de hel.'

Hij liep naar de bar, een lange, tanige kerel, wiens wijde overhemd zijn gespierdheid niet kon verhullen. Zijn haar had de kleur van donker mahonie en was verwaaid doordat hij snel had gereden, met het dak van zijn auto omlaag. Zijn gezicht, dat toen hij klein was bijna te fijn was geweest, was verweerd – tot zijn grote opluchting. Eve bestudeerde het nu: de lange rechte neus, de holle wangen, de diepblauwe ogen met hun fijne lijntjes, die voor vrouwen een vloek waren en mannen karakter gaven. Zijn mond, in een grijns gekruld, was sterk en fraai gevormd. Het was een mond waar ze vijfentwintig jaar eerder verliefd op was geworden. Zijn vaders mond.

'Hoe gaat het met die ouwe schurk?' vroeg ze met enige vertedering.

'Hij geniet van z'n vijfde vrouw en van de speeltafels in Monte Carlo.'

'Hij leert het nooit. Vrouwen en gokken zijn altijd al Rory's zwakke punten geweest.'

Omdat hij van plan was die avond te werken, dronk Paul zijn jus d'orange puur. Hij had zijn dag voor Eve onderbroken, wat hij voor niemand anders zou doen. 'Gelukkig heeft hij met allebei altijd onverklaarbaar veel geluk gehad.'

Eve trommelde met haar vingers op de stoelleuning. Ze was een kwart eeuw geleden twee korte maar roerige jaren met Rory Winthrop getrouwd geweest en was er niet zo zeker van of ze het met het oordeel van zijn zoon eens was. 'Hoe oud is deze, dertig?'

'Volgens haar persinformatie.' Geamuseerd bracht hij zijn hoofd omhoog toen Eve nog een sigaret van de bokaal griste. 'Kom op, schoonheid, je gaat me toch niet vertellen dat je jaloers bent?'

Als iemand anders die mogelijkheid had geopperd, had ze hem het vel van zijn botten gerukt. Nu haalde ze slechts haar schouders op. 'Ik zie niet graag dat hij zichzelf voor gek zet. Trouwens, iedere keer wanneer hij in het huwelijksbootje stapt, publiceren ze een lijst van zijn exen.' Een rookwolk versluierde haar gezicht even, waarna hij omhoog werd gesleurd in de luchtstroom van de ventilator aan het plafond. 'Ik vind het vervelend dat mijn naam met zijn armzaliger keuzes in verband wordt gebracht.'

'Maar de jouwe schittert het helderst.' Paul hief zijn glas in een toost. 'Zoals het hoort.'

'Altijd de juiste woorden op het juiste moment.' Tevreden liet Eve zich onderuitzakken. Haar vingers bewogen echter rusteloos over de armleuning van haar stoel. 'Daaraan herkent men de succesvolle romancier. Wat een van de redenen is dat ik je hier vandaag heb laten komen.'

'Eén van?'

'De andere is dat ik je zo zelden zie, Paul, als je midden in een van je boeken zit.' Weer stak ze een hand naar hem uit. 'Al was ik maar heel even je stiefmoeder, je bent nog steeds mijn enige zoon.'

Ontroerd bracht hij haar hand naar zijn lippen. 'En jij bent nog steeds de enige vrouw van wie ik hou.'

'Omdat je veel te kieskeurig bent.' Maar Eve kneep zijn vingers samen voordat ze ze losliet. 'Ik heb jullie tweeën hier niet uit sentimentele overwegingen gevraagd. Ik heb jullie professionele advies nodig.' Ze nam een trage haal aan haar sigaret, zich terdege bewust van de waarde van de dramatische timing. 'Ik heb besloten mijn memoires te gaan schrijven.'

'O, jezus,' was Maggies eerste reactie, terwijl Paul slechts een wenkbrauw optrok.

'Waarom?'

Alleen het allerscherpste oor had de weifeling gehoord. Eve had altijd haar tekst bij de hand. 'Toen ze me die onderscheiding in de maag splitsten voor alles wat ik in mijn leven heb bereikt, werd ik aan het denken gezet.'

'Dat was een eer, Eve,' zei Maggie. 'Niet een stoot onder de gordel.'

'Het was beide,' zei Eve. 'Als ze nou mijn totale werk hadden geëerd, maar mijn leven – en mijn werk – zijn nog lang niet ten einde. Daardoor ging ik wel nadenken over het feit dat mijn vijftig jaar in dit vak verre van saai zijn geweest. Ik denk dat zelfs iemand met Pauls fantasie geen interessanter verhaal zou kunnen bedenken – met zulke verschillende personages.' Haar lippen krulden zich traag, zowel boosaardig als met humor. 'Een paar van hen zullen niet blij zijn hun naam en hun geheimpjes in druk te zien.'

'En je vindt niets leuker dan in de pan te roeren,' mopperde Paul.

'Niets,' stemde Eve in. 'En waarom niet? Saus blijft aan de pan kleven en brandt aan als-ie niet af en toe wordt omgeroerd. Ik ben van plan eerlijk te zijn, op het botte af. Ik verdoe mijn tijd niet met een biografie van een beroemdheid die leest als een perscommuniqué of iets wat is geschreven door een bewonderaar. Ik heb een schrijver nodig die mijn woorden niet zal verzachten of naar zijn hand zal zetten. Iemand die mijn verhaal reconstrueert zoals het is, niet zoals sommigen dat zouden willen.' De uitdrukking op Pauls gezicht ontging haar niet en ze lachte. 'Maak je geen zorgen, schat, ik vraag niet aan jou om het te doen.'

'Volgens mij heb je iemand in je hoofd.' Hij nam haar glas om haar drankje te verversen. 'Heb je me daarom vorige week de biografie van Robert Chambers toegestuurd?'

Eve nam het glas aan en glimlachte. 'Hoe vond je het?'

Hij haalde zijn schouders op. 'Goed gedaan – in z'n soort.'

'Doe niet zo snobistisch, schat.' Geamuseerd gebaarde ze met haar sigaret. 'Ik weet zeker dat je ervan op de hoogte bent dat het boek uitstekende kritieken kreeg en twintig weken op de lijst van *The New York Times* heeft gestaan.'

'Tweeëntwintig,' verbeterde hij haar, waardoor ze moest grinniken. 'Het was best interessant, als je tegen dat patserige en dat machovertoon van Robert kunt, maar wat ik het fascinerendst vond, was dat het de auteur lukte een paar waarheden tussen de zorgvuldig geconstrueerde leugens op het spoor te komen.'

'Julia Summers,' opperde Maggie, in hevige tweestrijd of ze nog een stukje marsepein zou nemen. 'Ik zag haar in *Today*, toen ze het afgelopen voorjaar de promotietour deed. Heel beheerst, heel aantrekkelijk. Het gerucht ging dat zij en Robert iets hadden.'

'Als dat zo was, heeft ze haar objectiviteit weten te bewaren.' Eve beschreef met haar sigaret een cirkel in de lucht voordat ze hem uitdrukte. 'Het gaat hier niet om haar privéleven.'

'Maar wel om het jouwe,' hielp Paul haar herinneren. Hij zette zijn glas opzij en kwam dichter bij haar staan. 'Eve, het idee dat jij je bloot-geeft, bevalt me niet. Ook al zegt iedereen duizendmaal dat schelden geen zeer doet, woorden laten littekens na, vooral als ze door een handige schrijver uit hun verband worden gerukt.'

'Je hebt helemaal gelijk – daarom wil ik ook dat de meeste woorden mijn woorden zijn.' Ze wuifde zijn protest ongeduldig weg, zodat hem duidelijk werd dat haar besluit al genomen was. 'Paul, zonder dat we op jouw literaire stokpaardje komen, wat vind je beroepsmatig van Julia Summers?'

'Wat ze doet, doet ze heel goed. Misschien te goed.' De gedachte gaf hem een onbehaaglijk gevoel. 'Je hoeft je niet op deze manier bloot te stellen aan de nieuwsgierigheid van het publiek, Eve. Het geld heb je zeker niet nodig, de publiciteit evenmin.'

'M'n beste jongen, dit doe ik noch voor het geld noch voor de publiciteit. Ik doe dit zoals ik de meeste dingen doe: voor de bevrediging.' Eve wierp een blik op haar agente. Ze kende Maggie goed genoeg om te zien dat de raderen al op volle toeren draaiden. 'Bel haar agent,' zei Eve kortweg. 'Doe een voorstel. Ik zal je een lijst met mijn voorwaarden geven.' Ze stond op om een kus op Pauls wang te drukken. 'Niet fronsen. Je moet erop vertrouwen dat ik weet wat ik doe.'

Volstrekt beheerst liep ze naar de bar om nog wat champagne in haar glas te schenken, tegelijkertijd hopend dat ze geen bal aan het rollen had gebracht die haar uiteindelijk zou vermorzelen.

Julia wist niet of ze zojuist het fascinerendste kerstcadeau ter wereld had gekregen of een enorm brok steenkool. Ze stond thuis in Connecticut in de ruime erker en keek hoe de wind de sneeuw in een verblindend witte dans meesleepte. Aan de overkant van de kamer knetterden en gloeiden de houtblokken in de brede stenen open haard. Felrode kousen hingen aan weerskanten van de schoorsteenmantel. In gedachten verzonken tikte ze tegen een zilveren ster, waardoor die aan de tak van de blauwspar begon rond te draaien.

De boom stond precies midden voor het raam, exact waar Brandon hem wilde hebben. Ze hadden de manshoge spar samen uitgezocht, hem puffend en blazend de zitkamer in gesleept, waarna ze een hele avond zoet waren geweest met optuigen. Brandon wist van elke versiering waar hij die wilde hebben. Toen zij het engelenhaar in vlokken over de takken wilde gooien, had hij erop gestaan dat het in strengen werd gedrapeerd. Hij had de plek al uitgekozen waar ze hem op nieuwjaarsdag zouden planten, waarmee het nieuwe jaar, in hun nieuwe huis, met een nieuwe traditie werd gestart.

Op zijn tiende was Brandon al zeer op tradities gesteld. Misschien, dacht ze, doordat hij nooit een traditioneel thuis had gekend. Terwijl ze aan haar zoon dacht, viel Julia's blik op de cadeaus die onder de boom waren opgestapeld. Ook hier heerste orde. Net als andere tienjarigen kon Brandon het niet laten de kleurige pakjes door elkaar te schudden, eraan te snuffelen en ermee te rammelen. Hij had de nieuwsgierigheid, én de slimheid, om via hints los te peuteren wat erin zat. Maar als hij een pakje teruglegde, kwam het weer keurig op zijn plaats terecht.

Over een paar uur zou hij zijn moeder beginnen te smeken of hij vanavond, op kerstavond, één cadeautje – eentje maar – mocht openmaken. Ook dat was traditie. Ze zou het niet toestaan. Hij ging zeuren. Zij zou net doen of ze ertegen was. Hij zou haar weten over te halen. En dit jaar, bedacht ze, vierden ze eindelijk Kerstmis in een echt huis. Niet in een appartement midden in Manhattan, maar een huis, een thuis, met een tuin om sneeuwpoppen te maken, een grote keuken speciaal om koekjes in te bakken. Ze had er zo naar gesnakt hem dit alles te kunnen geven. Ze hoopte dat dit het feit dat ze hem geen vader kon geven, een beetje hielp goedmaken.

Ze keerde zich van het raam af en liep de kamer in. Een kleine, tengere vrouw in een te wijd flanellen overhemd en slobberige spijkerbroek. In haar vrije tijd kleedde ze zich altijd nonchalant, om bij te komen van de tot in de puntjes verzorgde, koel-zakelijke vrouw die men kende. Julia Summers was trots op het beeld dat uitgevers, het televisiepubliek en de beroemdheden die ze interviewde van haar hadden. Ze was tevreden over haar interviewtechniek, waarmee ze uitviste wat ze van anderen moest weten, terwijl zij heel weinig over haar wisten.

Wie de moeite nam haar persmap in te kijken, kwam aan de weet dat ze in Philadelphia was opgegroeid als enig kind van twee succesvolle advocaten. Er stond in dat ze aan Brown University had gestudeerd en dat ze een alleenstaande ouder was. De wapenfeiten van haar loopbaan werden erin opgesomd, haar onderscheidingen. Maar er werd niet in vermeld dat ze de drie jaar die voorafgingen aan de scheiding van haar ouders door een hel was gegaan, of het feit dat ze op haar achttiende haar zoon alleen op de wereld had gebracht. Er stond niets in over het verdriet dat ze voelde toen ze haar moeder en haar vader nog geen twee jaar na elkaar verloor. Midden twintig was ze toen.

Hoewel ze er nooit een geheim van had gemaakt, was het allerminst algemeen bekend dat ze was geadopteerd toen ze zes weken oud was en dat ze exact achttien jaar later was bevallen van een zoon, wiens vader op de geboorteakte als onbekend vermeld stond.

Julia beschouwde die weglatingen niet als leugens – hoewel zij zelf natuurlijk wel de naam van Brandons vader kende. Het simpele feit was dat ze als interviewer te gehaaid was om in de val te lopen en iets te onthullen wat ze niet van plan was te onthullen.

En geamuseerd omdat het haar zelf maar al te vaak lukte façades neer te halen, genoot ze van de Miss Summers zoals 'men' die kende: die haar donkerblonde haar in een strakke Grace Kelly-rol droeg, die voor keurige, elegante pakjes in diepe kleuren koos, die bij *Donahue*, *Carson* of *Oprah* kon opduiken om een nieuw boek aan te prijzen zonder een spoor te tonen van de ziekmakende zenuwen die in haar binnenste tekeergingen.

Als ze thuiskwam, wilde ze alleen nog Julia zijn. Brandons moeder. Een vrouw die graag voor haar zoon kookte, haar meubels afstofte of haar tuin probeerde in te richten. Thuis een goede sfeer scheppen was haar belangrijkste werk en schrijven maakte dat mogelijk.

Nu, terwijl ze wachtte tot haar zoon de deur binnen kwam vliegen om haar alles te vertellen over het sleeën met de buren, dacht ze aan het aanbod waarover haar agente haar zojuist had opgebeld. Het kwam zomaar uit het niets.

Eve Benedict.

Nog steeds onrustig ijsberend, rommelde Julia wat met haar snuisterijen, schudde kussens van de sofa op, legde tijdschriften anders neer. De woonkamer was een gezellige rommel, wat meer door haar kwam dan door Brandon. Terwijl ze piekerde over een plek voor een vaas met droogbloemen, of hoe een porseleinen schaal moest staan, stapte ze over uitgetrapte schoenen heen, keek over een mand met wasgoed dat nog gevouwen moest worden. En dacht nog steeds na.

Eve Benedict. De naam tolde als iets magisch door haar hoofd. Dit was niet zomaar een beroemdheid, maar een vrouw die het verdiend had een ster genoemd te worden. Haar talent en temperament waren even bekend en werden evenzeer gerespecteerd als haar gezicht. Een gezicht, dacht Julia, dat bijna vijftig jaar lang in meer dan honderd films het witte doek had gesierd. Twee Oscars, een Tony, vier echtgenoten – dat waren nog maar een paar van de bekroningen die haar trofeeënkast bevatte. Ze had het Hollywood van Bogart en Gable nog gekend; ze had alles overleefd, zelfs triomfen gevierd, in de dagen toen het studiosysteem moest wijken voor de accountants.

Na bijna vijftig jaar in het voetlicht zou dit de eerste door Benedict goedgekeurde biografie worden. Zeker voor het eerst dat de diva contact had gezocht met een auteur, en haar volledige medewerking had aangeboden. Met voorwaarden, hielp Julia zichzelf herinneren, en ze liet zich op de bank zakken. Het waren die voorwaarden die haar hadden genoopt haar agent te zeggen dat ze nog niet moest toehappen.

Ze hoorde de keukendeur dichtslaan en glimlachte. Nee, er was eigenlijk maar één reden waarom ze twijfelde om die gouden ring te grijpen. En die was net thuisgekomen.

'Mam!'

'Kom eraan.' Ze liep naar de gang, zich afvragend of ze meteen over het aanbod moest vertellen of ermee wachten tot na de kerst. Het kwam niet in haar op dat ze beter eerst zelf een besluit kon nemen en het dán aan Brandon vertellen. Ze liep de keuken in en bleef toen grinnikend staan. Even voorbij de drempel stond een sneeuwhoop met donkere, opgewonden ogen. 'Ben je naar huis gelopen of gerold?'

'Het was geweldig.' Brandon was manmoedig met zijn geruite das in de weer, die nat en in de knoop om zijn nek hing. 'We gingen een steile helling af en Wills oudere broer gaf echt een harde zet. Lisa Cohen gilde en bleef de hele tijd gillen. Toen ze van de slee viel, begon ze te huilen. En haar snot werd ijs.'

'Klinkt fantastisch.' Julia bukte zich om de verwarde knoop los te maken. 'Ik ging – pááf! – zó een sneeuwhoop in.' IJskoude sneeuw vloog in het rond toen hij zijn gehandschoende handen tegen elkaar sloeg. 'Het was echt geweldig.'

Ze kon hem niet beledigen met de vraag of hij zich had bezeerd. Zo op het oog was-ie dik in orde. Maar het beeld van Brandon die van een steile helling op een sneeuwhoop af roetsjte, beviel haar allerminst. Alleen de wetenschap dat ze er zelf van zou hebben genoten, weerhield haar van de moederlijke geluiden die in haar keel kriebelden. Het lukte Julia de knoop los te krijgen, waarna ze melk ging opzetten voor warme chocolade terwijl Brandon zich uit zijn parka wurmde.

Toen ze omkeek, had hij de druipende jas opgehangen – hij was in die dingen veel sneller dan zij – en stak hij net een hand uit naar een koekje in het mandje op het aanrecht. Zijn haar, reebruin als dat van haarzelf, was nat en donker. Eveneens net als zijn moeder was hij klein van gestalte, wat hem, wist ze, ontzettend dwarszat. Hij had een smal gezichtje dat al vroeg het babyvet was kwijtgeraakt. Een koppige kin – alweer: een kind van zijn moeder. Maar zijn ogen waren, anders dan het koele grijs van de hare, warmbruin als brandy. De enige zichtbare erfenis van zijn vader. 'Twee,' zei ze automatisch. 'Over een paar uur gaan we eten.'

Brandon beet de kop van een rendier af en vroeg zich af hoe lang het hem zou kosten haar over te halen om hem een cadeautje te laten uitpakken. Hij rook de spaghettisaus die op het fornuis stond te pruttelen. Hij vond de rijke, kruidige geur lekker, bijna net zo lekker als de gekleurde suiker die hij van zijn lippen likte. Ze aten altijd spaghetti op kerstavond. Omdat het zijn lievelingskostje was.

Dit jaar vierden ze Kerstmis in hun nieuwe huis, maar hij wist precies wat er zou gebeuren, en wanneer. Ze gingen eten – in de eetkamer, omdat dit een speciale avond was – waarna ze de afwas gingen doen. Zijn moeder zou een muziekje opzetten en ze zouden voor de haard spelletjes doen. Later gingen ze om beurten de kousen vullen.

Hij wist dat er geen echte Kerstman bestond, en dat vond hij niet zo erg. Het was leuk om net te doen alsof jij de Kerstman was. Tegen de tijd dat de kousen gevuld waren, zou hij zijn moeder hebben overgehaald om een pakje te mogen openmaken.

Hij wist al precies welk hij deze avond wilde hebben. Dat met dat zilver met gouden papier eromheen, dat ratelde. Hij hoopte vurig dat het een Erector-set was.

Hij begon te dromen over de volgende morgen, als hij zijn moeder voor dag en dauw zou wakker maken. Hoe ze naar beneden gingen, de lichtjes van de boom aanstaken, de muziek zouden aanzetten en de pakjes openmaken.

'Het duurt vreselijk lang voordat het morgen is,' begon hij toen ze de mok met chocola op het aanrecht zette. 'Misschien kunnen we alle cadeautjes vanavond openmaken. Dat doen een heleboel mensen, dan hoef je niet zo vroeg op te staan.'

'O, ik vind het niet erg om vroeg op te staan, lieverd.' Julia leunde met haar ellebogen op het aanrecht en glimlachte hem toe. Het was een scherpe, uitdagende glimlach. Het spelletje, wisten ze allebei, was begonnen. 'Maar als je dat liever wilt, mag je uitslapen, dan maken we de pakjes 's middags open.'

'Het is leuker als het donker is. Het wordt nu al donker.'

'Dat is waar.' Ze strekte haar hand uit en streek het haar uit zijn ogen. 'Ik hou van je, Brandon.'

Hij schoof op zijn stoel heen en weer. Dit was niet de manier waarop het spelletje werd gespeeld. 'Oké.'

Ze moest lachen. Ze liep op hem toe, ging op de stoel naast hem zitten en sloeg haar kousenvoeten om de poten. 'Ik moet ergens met je over praten. Een poosje geleden werd ik door Ann opgebeld.'

Brandon wist dat Ann de agente van zijn moeder was en dat het gesprek over het werk zou gaan. 'Ga je weer op tournee?'

'Nee. Niet meteen. Het gaat over een nieuw boek. Er is een dame in Californië, een heel grote ster, die wil dat ik haar biografie ga schrijven.'

Brandon haalde zijn schouders op. Zijn moeder had al twee boeken over filmsterren geschreven. Ouwe mensen. Niet zulke gave als Arnold Schwarzenegger of Harrison Ford. 'Oké.'

'Maar het is een beetje ingewikkeld. Die dame – Eve Benedict – is een grote ster. Ik heb een paar van haar films op video.'

De naam zei hem niets. Hij slurpte van zijn chocola. Er bleef een schuimige bruine streep op zijn bovenlip achter. Het beginnende snorretje van een jongeman. 'Die stomme zwart-witte?'

'Een paar zijn er zwart-wit, niet allemaal. Waar het om gaat, is dat ik om het boek te schrijven naar Californië moet.'

Toen keek hij op, op zijn hoede. 'Moeten we verhuizen?'

'Nee.' Hem ernstig aankijkend, legde ze haar handen op zijn schouders. Ze begreep hoeveel thuis voor hem betekende. In zijn tien jaren was hij genoeg ontworteld geweest en dat wilde ze hem nooit meer aandoen.

'Nee, we hoeven niet te verhuizen, maar we moeten erheen en er een paar maandjes blijven.'

'Zoals logeren?'

'Maar dan voor lange tijd. Daarom moeten we erover nadenken. Je moet er een poosje naar school, en ik weet dat je hier net aan het wennen bent. Dus is het iets waar we allebei over na moeten denken.'

'Waarom kan ze hier niet komen?'

Julia glimlachte. 'Omdat zij de ster is en niet ik, jochie. Een van haar voorwaarden is dat ik naar haar toe kom en blijf tot de eerste versie af is. Ik weet niet wat ik daarvan vind.' Ze wendde haar blik af en keek door het keukenraam. Het was opgehouden met sneeuwen en de avond viel. 'Californië is hier ver vandaan.'

'Maar we komen toch terug?'

Hoe typerend voor hem om het tot de essentie terug te brengen. 'Ja, we komen terug. Dit is ons thuis nu. Voor altijd.'

'Gaan we dan naar Disneyland?'

Verbaasd en geamuseerd keek ze haar zoon aan. 'Natuurlijk.'

'Zie ik Arnold Schwarzenegger dan?'

Lachend bracht Julia haar voorhoofd naar het zijne. 'Ik weet niet. We kunnen het vragen.'

'Oké.' Tevreden dronk Brandon zijn warme chocola op.

2

Het was in orde, zei Julia tegen zichzelf terwijl het vliegtuig eindelijk aanstalten maakte om te landen. Het huis was afgesloten, er was van alles geregeld. Haar agente en die van Eve Benedict hadden elkaar de afgelopen drie weken voortdurend opgebeld en gefaxt. Op dit moment was Brandon nauwelijks te houden, omdat hij niet kon wachten tot het vliegtuig zou landen.

Er was niets waarover ze zich zorgen hoefde te maken. Maar natuurlijk wist ze dat ze zorgen maken tot een wetenschap had verheven. Ze beet weer op haar nagels en het ergerde haar dat ze haar manicure had verpest – juist omdat ze de kriebels kreeg van manicuren, het weken en vijlen, de besluiteloosheid over de goede kleur lak. *Luscious Lilac* of *Fuchsia Delight*. Zoals gewoonlijk had ze voor twee lagen transparant gekozen. Saai, maar neutraal.

Ze betrapte zich erop dat ze op het restant van haar duimnagel knauwde en verstrengelde haar vingers stevig in haar schoot. Jezus, opeens dacht ze aan wijnrode nagellak. Een kokette, doch duidelijke tint.

Zouden ze ooit nog landen?

Ze schoof de mouwen van haar jasje omhoog, toen weer omlaag, terwijl Brandon met wijd open ogen door het raampje staarde. Haar vliegangst had ze tenminste niet op hem overgebracht.

Ze slaakte een lange, onhoorbare zucht en haar vingers kwamen enigszins tot rust toen het vliegtuig de grond raakte. Je hebt er weer een overleefd, Jules, zei ze bij zichzelf voordat ze haar hoofd tegen de leuning achterover liet vallen. Nu was het enige wat ze nog moest zien te overleven het eerste gesprek met De Grote Eve, tijdelijk een thuis scheppen in het gastenverblijf van de ster, ervoor zorgen dat Brandon zich op zijn nieuwe school aanpaste, en een boterham verdienen.

Zal wel lukken, dacht ze, en ze knipte haar poederdoos open om te zien of er nog wat kleur op haar wangen zat. Ze werkte haar lippen bij, poederde haar neus. Als ze ergens goed in was, was dat haar zenuwen te verbergen. Eve Benedict zou een en al zelfverzekerdheid te zien krijgen.

Terwijl het vliegtuig naar een slurf gleed, knipoogde Julia naar Brandon en zei: 'Daar gaan we, jongen. Klaar of niet.'

Hij tilde zijn gymtas op, zij haar handtas. Hand in hand verlieten ze het vliegtuig, en nog voor ze de slurf door waren, kwam er een man in een donker uniform met pet op hen af. 'Miss Summers?'

Julia trok Brandon een fractie dichter tegen zich aan. 'Ja?'

'Ik ben Lyle, Miss Benedicts chauffeur. Ik breng u direct naar het huis. Uw bagage wordt bezorgd.'

Hij was niet ouder dan dertig, schatte Julia terwijl ze knikte. En gebouwd als een honkballer. Er zat genoeg zwierigheid in zijn heupen om van het keurige uniform een lachertje te maken. Hij leidde hen door de aankomsthal, terwijl Brandon liep treuzelend achter hen aan want hij probeerde alles te zien.

De auto wachtte bij het trottoir. Auto, dacht Julia, was een armzalige term voor de glanzend witte limousine, die wel een kilometer lang leek. 'Wauw!' riep Brandon ademloos uit. Moeder en zoon keken elkaar met rollende ogen aan en namen giechelend plaats. Het interieur geurde naar rozen, leer, verschaald parfum. 'Er is zelfs een tv,' fluisterde Brandon. 'Wat zullen de jongens zeggen?'

'Welkom in Hollywood,' zei Julia, en ze schonk, de champagne negerend, voor hen beiden een cola in om het te vieren. Ze proostte ernstig met Brandon, waarna ze grinnikte. 'Hou je taai, kerel.'

De hele weg stond zijn mond niet stil: over de palmbomen, de jongens op skateboards, de trip naar Disneyland die hij in petto had. Ze werd er kalmer van. Ze vond het goed dat hij de televisie aanzette, maar verwierp het idee om de telefoon te gebruiken. Tegen de tijd dat ze Beverly Hills binnenzeilden, was hij tot de slotsom gekomen dat chauffeur een hartstikke goeie baan was.

'Sommige mensen zouden zeggen dat het nog beter is om er een te hebben.'

'Nee joh, want dan kun je nooit meer zelf rijden.'

Zo simpel lag dat, dacht ze. Haar werk met beroemdheden had haar al geleerd dat roem een hoge tol eiste. Onder andere, concludeerde ze terwijl ze haar ene schoen uitdeed om haar voet in het dikke tapijt te laten verzinken, dat je een chauffeur moest hebben die gebouwd was als een bodybuilder.

Het volgende obstakel kwam in zicht toen ze langs een hoge muur reden, in de richting van een heel dik ijzeren hek met ornamenten, waar een wacht, al weer in uniform, uit het raampje van een stenen huisje tuurde. Na een lange zoemtoon ging het hek langzaam, bijna majestueus, open. En de sloten sloegen achter hen potdicht. Ingesloten en buitengesloten, dacht Julia.

De tuinen waren schitterend, met prachtige oude bomen en gesnoeide heesters die in het zachte klimaat vroeg tot bloei kwamen. Een pauw liep over het gazon en zijn wijfje schreeuwde naar hem als een vrouw. Julia moest lachen toen Brandons mond openviel.

Er was een vijver die overdekt was met plompenbladeren. Erboven liep een feeëriek loopbruggetje. Nog maar een paar uur geleden hadden ze de sneeuw en ijskoude noordoostenwind verlaten om naar het paradijs te komen. Eves Lusthof. Ze was uit een ordinaire reproductie in een schilderij van Dalí gestapt.

Toen doemde het huis op, en ze was net zo sprakeloos als haar zoon. Het was spierwit, drie sierlijke verdiepingen in een E-vorm, met prachtige binnenplaatsjes tussen de parallelle delen. Het huis was net zo vrouwelijk, tijdloos en weelderig als de eigenares. Gebogen ramen en poortjes verzachtten de lijnen zonder dat het aan krachtige uitstraling inboette. Balkons, waarvan het ijzerwerk delicaat als witte kant leek, sierden de bovenste verdiepingen. In schril contrast klommen bloemen in gedurfde kleuren als knalrood, felblauw, paars en saffraangeel langs de in- en inwitte muren.

Toen Lyle het portier opende, schrok Julia van de stilte. Geen enkel geluid van de wereld buiten de hoge muren kon hier doordringen. Geen automotoren, sputterende bussen of gierende banden hadden de moed hier inbreuk te maken. Er klonken alleen het gezang van vogels en de verleidelijke fluistering van de wind door geurige bladeren, het klateren van water uit de fontein op de binnenplaats. Erboven was de hemel dromerig blauw, met een paar poederdonzen van wolken.

Weer kreeg ze het bevreemdende gevoel dat ze in een schilderij verzeild was geraakt.

'Uw bagage wordt bij het gastenverblijf bezorgd, Miss Summers,' liet Lyle haar weten. Hij had haar tijdens de lange rit in de achteruitkijkspiegel geobserveerd, zich afvragend wat de beste manier was om haar over te halen voor een vluggertje in zijn kamer boven de garage. 'Miss Benedict vroeg me u meteen hier te brengen.'

Ze reageerde niet op de twinkeling in zijn ogen. 'Dank je.' Julia keek naar het gebogen voortoneel van witmarmeren treden, waarna ze de hand van haar zoon pakte.

Binnen liep Eve van het raam weg. Ze had ze eerst willen, moeten, zien. Julia zag er in werkelijkheid tengerder uit dan ze verwacht had van de foto's die ze had gezien. De jongedame wist zich uitstekend te kleden. Het nette aardbeikleurige pakje en de subtiele sieraden die ze droeg, konden Eves goedkeuring wegdragen. Zoals ook haar houding.

En het jongetje… de jongen had een lief gezicht, en het leek of er veel energie in hem zat. Het zou wel lukken met hem, zei ze tegen zichzelf, en ze sloot haar ogen. Met alle twee zou het heel goed lukken.

Ze deed haar ogen weer open en liep naar het nachtkastje. In het laatje lagen de pillen waarvan alleen zij en haar arts wisten dat ze ze nodig had. Er lag ook een slordig getypte boodschap op goedkoop papier.

GEEN SLAPENDE HONDEN WAKKER MAKEN

Als een bedreiging vond Eve het ridicuul. En bemoedigend. Ze was nog niet eens aan het boek begonnen of er waren al mensen die het benauwd kregen. Het feit dat het van diverse afzenders kon komen, maakte het spelletje er alleen maar interessanter op. Haar regels, bedacht ze. De macht lag in haar handen. Het was hoog tijd dat ze die gebruikte.

Ze schonk water uit een Baccarat-karaf en slikte het medicijn, waarbij ze een weerzin tegen haar zwakte voelde. Nadat ze de pillen had teruggelegd, liep ze naar een langwerpige spiegel in een zilveren lijst. Ze moest ophouden zich af te vragen of ze een fout aan het maken was. Ze had er geen behoefte aan zichzelf aan het twijfelen te brengen als er eenmaal een besluit was genomen. Nu niet. Nooit.

Behoedzaam, met nietsontziende, eerlijke ogen, bekeek ze haar eigen spiegelbeeld. De smaragdgroene zijden overall was flatteus. Ze had pas een uur geleden zelf haar make-up en haar gedaan. Goud glinsterde in haar oren, om haar hals en om haar vingers. Nadat ze zich ervan had verzekerd dat ze geheel beantwoordde aan het beeld van de ster, liep ze naar beneden. Ze zou, als altijd, een entree maken.

Een huishoudster met koude ogen en vlezige armen die zich Travers noemde, had Julia en Brandon naar de salon geleid. Thee, zo werd hun verteld, zou spoedig worden geserveerd. Of ze het zich gemakkelijk wilden maken.

Julia verbaasde zich erover dat iemand zich in een dergelijke ruimte in een dergelijk huis op z'n gemak kon voelen. De kleuren tuimelden over elkaar heen, schreeuwden en spatten over witte wanden, witte vloerbedekking, witte bekleding. Kussens en schilderijen, bloemen en aardewerk waren allemaal heftige accenten tegen een natuurlijke achtergrond. Het hoge plafond was met ornamenten bepleisterd. Voor de ramen hing geschulpte zijde.

Het was echter het schilderij, het meer dan levensgrote portret boven de marmeren haard, dat het middelpunt vormde. Ondanks het dramatische karakter van de kamer, domineerde het schilderij… en eiste alle aandacht op.

Nog steeds Brandons hand vasthoudend, hief Julia haar gezicht ernaar op. Eve Benedict, bijna veertig jaar geleden, haar schoonheid verbijsterend, haar kracht ontzagwekkend. Vuurrode satijn, over haar weelderige lichaam gedrapeerd, gleed van haar naakte schouders terwijl ze lachte naar het publiek beneden haar, niet zozeer vrolijk als wel zelfbewust. Haar haar golfde los neer, donker als ebbenhout. Ze droeg geen juwelen. Had er geen nodig.

'Wie is dat?' wilde Brandon weten. 'Lijkt ze op een koningin?'

'Ja.' Julia boog voorover om zijn kruin te kussen. 'Dat is Eve Benedict, en ze lijkt heel veel op een koningin.'

'Carlotta,' zei Eve met haar diepe whiskystem terwijl ze binnenkwam. 'Uit *No Tomorrows*.'

Julia draaide zich om en keek de vrouw aan. 'MGM, 1959,' wist Julia. 'U speelde naast Montgomery Clift. Uw eerste Oscar.'

'Heel goed.' Met haar ogen op Julia gericht, doorkruiste Eve de kamer en stak haar hand uit. 'Welkom in Californië, Miss Summers.'

'Dank u.' Julia voelde dat haar hand in een stevige greep werd gehouden terwijl Eve haar nauwkeurig bekeek. Wetend dat de eerste seconden van deze nieuwe relatie cruciaal zouden zijn, keek ze ook zo terug. Ze zag dat de kracht en de schoonheid beide waren gerijpt en gegroeid.

Met haar eigen gedachten goed verborgen, keek Eve Brandon aan. 'En u bent Mr. Summers.'

Daar moest hij om giechelen en hij wisselde een blik met zijn moeder. 'Jawel. Maar u mag me best Brandon noemen, hoor.'

'Dank je.' Ze voelde een impuls om over zijn haar te aaien, maar die hield ze in. 'Jij mag me… Miss B. noemen, bij gebrek aan iets beters. Ah, Travers, precies op tijd.' Ze knikte toen de huishoudster een serveerboy met de thee binnenreed. 'Ga alsjeblieft zitten, ik zal jullie niet lang ophouden. Jullie willen je vast installeren.' Ze nam een witte stoel met een hoge rug en wachtte tot Julia en de jongen op de bank zaten. 'We eten om zeven uur, maar omdat ik weet dat het eten in het vliegtuig vreselijk is, dacht ik dat jullie wel trek hadden in een kleinigheidje.'

Brandon, die niet enthousiast was over thee, kreeg in de gaten dat dat kleinigheidje mede bestond uit geglaceerde cakejes, piepkleine sandwiches en een kleine karaf met limonade. Hij grijnsde.

'Heel vriendelijk van u,' begon Julia.

'We zullen heel wat tijd samen doorbrengen, dus je zult erachter komen dat ik zelden vriendelijk ben. Nietwaar, Travers?'

Travers gromde iets en zette broze porseleinen bordjes op de salontafel voordat ze weer wegbeende.

'Ik zal echter proberen het jullie naar de zin te blijven maken, omdat het mij goed van pas komt wanneer je goed werk levert.'

'Ik zal goed werk leveren, of ik het naar m'n zin heb of niet. Eén,' zei ze tegen Brandon toen die naar een tweede cakeje graaide. 'Maar ik dank u voor uw gastvrijheid, Miss Benedict.'

'Mag ik er twee als ik twee sandwiches eet?'

Julia keek naar Brandon. Eve zag dat ze spontaan lachte en dat haar ogen zachter werden. 'Eerst de sandwiches.' Toen ze haar aandacht weer op Eve richtte, was haar glimlach opnieuw formeel. 'Ik hoop dat u zich niet verplicht voelt ons te amuseren nu we hier zijn. We weten hoe veeleisend uw programma moet zijn. Zodra het u schikt, kunnen u en ik besluiten welke uren u het beste uitkomen voor de interviews.'

'Verlangend om aan de slag te gaan?'

'Natuurlijk.'

Dus ze had goed geoordeeld, dacht Eve. Dit was een vrouw die was getraind – of die zichzelf had getraind – om meteen door te drukken. Eve dronk peinzend van de thee. 'Goed dan, mijn assistente zal je een programma geven. Van week tot week.'

'Maandagochtend heb ik nodig om Brandon naar school te brengen. Ik zou ook graag een auto huren.'

'Dat is niet nodig.' Ze wuifde het weg. 'Er staan er een stuk of vijf in de garage. Er is vast een geschikte tussen. Lyle, mijn chauffeur, brengt de jongen naar school en haalt hem op.'

'In die grote witte auto?' vroeg Brandon met zijn mond vol en ogen op steeltjes.

Eve lachte voordat ze een slokje thee nam. 'Dat denk ik niet. Maar we zorgen ervoor dat je er af en toe een ritje in mag maken.' Ze zag dat hij weer naar de schaal lonkte. 'Ik heb ooit met een jongetje gewoond dat ongeveer zo oud was als jij. Hij was dol op petitfours.'

'Zijn er nu nog kinderen?'

'Nee.' De schaduw kwam en ging in haar ogen. Toen stond ze op, een snelle en terloopse manier om van ze af te komen. 'Ik weet zeker dat jullie allebei willen rusten voor het eten. Als je door de terrasdeuren gaat en het pad naar het zwembad volgt, ligt het gastenverblijf aan jullie rechterhand. Zal ik iemand met jullie meesturen?'

'Nee, we vinden het wel.' Julia stond op en legde een hand op Brandons schouder. 'Dank u.'

Op de drempel bleef Eve staan en draaide zich om. 'Brandon, als ik jou was, wikkelde ik een paar van die cakejes in een servet en nam die mee. Je maag loopt nog steeds op de tijd van de Oostkust.'

Ze had gelijk. Brandons eerste vlucht van de ene naar de andere kust had zijn systeem door elkaar gegooid. Tegen vijven had hij nog zo'n honger, dat Julia een lichte maaltijd voor hem klaarmaakte in de kleine maar welvoorziene keuken in het gastenverblijf. Tegen zessen zat hij, gék van moeheid en opwinding, te knikkebollen voor de televisie. Julia droeg hem zijn slaapkamer in, waar een van Eves attente bedienden zijn spullen al had uitgepakt.

Het was een vreemd bed in een vreemde kamer, ondanks de aanwezigheid van zijn bouwdoos, zijn boeken en de favoriete speeltjes die met hem waren meegereisd. Toch sliep hij, als altijd, als een blok en zonder te woelen toen ze zijn schoenen en zijn broek uittrok. Nadat ze hem had ingestopt, belde Julia naar het huis om zich bij Travers te verontschuldigen voor het avondeten.

Ze was zelf zo moe, dat ze overwoog om zich in het verlokkende bubbelbad te laten glijden of direct in het enorme bed in de grote slaapkamer. Haar gedachten weigerden echter te stoppen. Het gastenhuis was zowel luxueus als smaakvol; twee verdiepingen met een warme houten lambrizering en koele pasteltinten. De ronde trap en de vide gaven een ruim en prettig effect. Ze vond de glanzende eiken vloeren en kleurrijke kleden veel mooier dan de kilometers tapijt in het hoofdgebouw.

Julia vroeg zich af wie er allemaal in het gastenhuis hadden gelogeerd, wie van de goed onderhouden privétuin hadden genoten en de warme, heerlijk geurende wind. Olivier was een vriend van Eve geweest. Had de grote acteur theegezet in die schattige boerenkeuken met de glanzende koperen ketels en kleine bakstenen haard? Had Katharine Hepburn in de tuin gerommeld? Had Peck of Fonda een dutje gedaan op de lange, behaaglijke sofa?

Sinds haar jeugd was Julia gefascineerd door mensen van het witte doek en het toneel. Als tiener had ze er even van gedroomd een van hen te worden. Geplaagd door een verpletterende verlegenheid had ze het zwaar tijdens audities op school. Gedreven door niet-aflatend verlangen en doorzettingsvermogen bemachtigde ze enkele rolletjes, voedde de droom... maar toen kwam Brandon. Toen ze op haar achttiende moeder was, veranderde Julia van koers. En ze had verraad, angst en wanhoop overleefd. Sommige mensen, vond ze, waren nu eenmaal gedoemd om vroeg en snel volwassen te worden.

Anderen dromen, mijmerde ze terwijl ze een versleten badjas om zich heen liet glijden. Nu schreef ze over acteurs, maar ze zou er nooit een worden. De zekerheid dat haar kind in de kamer naast haar veilig en tevreden in slaap was, liet geen ruimte voor spijt. Bovendien wist ze dat haar eigen kracht en capaciteiten haar zouden helpen haar zoon een lange, gelukkige jeugd te bezorgen.

Ze wilde net de spelden uit haar haar halen, toen ze op de deur hoorde kloppen. Julia liet haar ogen over haar vale badjas glijden, waarna ze haar schouders ophaalde. Als ze zich hier voorlopig moest thuis voelen, zou ze er ook hier haar gemak van kunnen nemen.

Toen ze opendeed stond er een mooi blond meisje met blauwe ogen als meren en een stralende glimlach. 'Hallo, ik ben CeeCee. Ik ben in dienst van Miss Benedict. Ik ben hier om op je zoontje te passen terwijl jij gaat eten.'

Julia trok een wenkbrauw op. 'Dat is heel aardig van je, maar ik heb een poosje geleden naar het huis gebeld om me te excuseren.'

'Miss Benedict zei dat het jongetje – Brandon, hè? – uitgeput was. Ik pas wel op 'm terwijl jij in het huis gaat eten.'

Julia opende haar mond om te weigeren, maar CeeCee was de deur al door gestoven. Ze droeg jeans en een T-shirt. Haar blonde haar streek langs haar schouders. Ze had haar armen vol tijdschriften. 'Is dit geen fantastisch huis?' vervolgde ze met haar stem vol champagnebubbeltjes. 'Ik maak het hier graag schoon, en dat ga ik voor je doen zolang je hier bent. Je moet me laten weten als je iets bepaalds wilt.'

'Het is allemaal perfect.' Julia moest lachen. De jongedame liep over van energie en enthousiasme. 'Maar ik vind echt niet dat ik Brandon op zijn eerste avond moet achterlaten met iemand die hij niet kent.'

'Je hoeft je geen zorgen te maken. Ik heb twee broertjes, en vanaf m'n twaalfde ben ik al babysit. Dustin, de jongste, was een nakomertje. Hij is net tien – en een echt megamonster.' Ze lachte Julia nog eens verblindend toe – haar gave witte tanden als een tandpastareclame. 'Bij mij isie veilig, Julia. Als hij wakker wordt en naar je vraagt, bel ik op naar het huis. Je bent maar twee minuten van hem vandaan.' Julia aarzelde. Ze wist dat Brandon de hele nacht door zou slapen. Bovendien was het vrolijke blonde ding precies de oppas die ze zelf zou hebben uitgekozen. Ze was te voorzichtig en te beschermend – twee dingen waar ze tegen vocht.

'Oké, CeeCee. Ik ga me verkleden. Ik ben in een paar minuten klaar.'

Toen Julia vijf minuten later terugkwam, zat CeeCee op de bank in een modetijdschrift te bladeren. De televisie was afgestemd op een van die familieseries die ze op zaterdagavond uitzonden. Ze keek op en bekeek Julia keurend.

'Dat is een mooie kleur die je aanhebt. Ik wil ontwerpster worden, dus let ik op je weet wel: kleuren, snit en stoffen. Niet iedereen kan een sterke kleur als dat tomaatrood dragen.'

Julia streek haar jasje glad, dat ze met een chique zwarte broek had gecombineerd. Ze had dit gekozen omdat ze zich er zeker in voelde. 'Dank je. Miss Benedict zei informeel.'

'Perfect. Armani?'

'Je hebt er kijk op.'

CeeCee schudde haar lange, steile haar naar achteren. 'Misschien draag je op een dag McKenna. Dat is mijn achternaam. Maar misschien ga ik onder mijn voornaam werken. Je weet wel, zoals Cher en Madonna.' Julia merkte dat ze glimlachte, tot ze weer naar boven keek. 'Als Brandon wakker wordt –'

'We kunnen vast goed met elkaar overweg,' verzekerde CeeCee haar. 'En als hij bang is, bel ik meteen op.'

Julia knikte en ze draaide het zwarte avondtasje in haar handen om en om. 'Ik maak het niet laat.'

'Veel plezier. Miss Benedict geeft fantastische etentjes.'

Tijdens de korte wandeling tussen de twee huizen gaf Julia zichzelf een standje. Brandon was geen verlegen of overdreven aanhankelijk kind. Als hij wakker werd, zou hij de oppas niet alleen accepteren, hij zou haar enig vinden. En, waarschuwde ze zichzelf, ze moest werken. Een deel van dat werk – voor haar het moeilijkste deel – was zich sociaal opstellen. Hoe eerder ze begon, hoe beter.

Het licht werd zachter en ze rook rozen, jasmijn, en de vochtige geur van net begoten bladeren. Het zwembad had de vorm van een bleekblauwe halve maan, die door een boogvormige fontein in een hoek werd bewaterd. Ze hoopte dat het gebruik van het zwembad bij de privileges van het gastenhuis hoorden, anders viel er met Brandon niet te leven.

Bij het terras aarzelde ze, waarna ze besloot dat het correcter was om naar de voordeur om te lopen. Weer kwam ze langs een klaterende fontein, een heg van heerlijk geurende pruimebloesem. Toen zag ze twee auto's op de oprijlaan. De ene was een oud model Porsche in vlammend rood; de andere een oude, prachtig gereviseerde Studebaker in klassiek crème. Allebei heel duur.

Toen ze aanbelde deed Travers open, die Julia een koel knikje gaf en haar naar de salon leidde.

Het cocktailuur was al in volle gang. Debussy speelde zachtjes en de avondgeur in de tuin was binnenshuis gevangen in een enorm boeket vuurrode rozen. De belichting was subtiel, flatteus. Het toneel lag klaar. Vanaf de drempel liet Julia snel haar ogen over de mensen in de zaal glijden. Een vrouw met rood haar en een weelderige boezem in een piepklein zwart glitterjurkje stond er vreselijk verveeld bij. Naast haar stond een gebruinde adonis met lichte zonnestrepen door zijn blonde haar – de Porsche.

Hij droeg een zeer correct, zeer duur parelgrijs pak en stond tegen de schoorsteenmantel geleund terwijl hij een slok van zijn drankje nam en iets tegen de roodharige vrouw fluisterde. Een schoonheid van een vrouw in een ijsblauwe strakke japon met kortgeknipt, reebruin haar serveerde Eve een glas champagne. De gastvrouw was verblindend in een koningsblauwe met chartreuse afgezet broekpak. En ze glimlachte naar de man die naast haar stond.

Julia herkende Paul Winthrop onmiddellijk. Ten eerste vanwege zijn gelijkenis met zijn vader. Ten tweede van zijn foto op de achterflap van zijn boeken. Net als zijn vader trok hij altijd ieders blik en zette hij menigeen aan het dromen. Hij zag er niet zo gepolijst uit als de andere mannen in de zaal, maar des te gevaarlijker. In werkelijkheid zag hij er mannelijker uit, merkte ze op. Minder academisch en onbereikbaar. Hij had tenminste het informele voorschrift ter harte genomen en droeg een nonchalante broek en afgetrapte Nikes bij zijn colbertje. Hij grinnikte toen hij Eve vuur gaf. Toen draaide hij zich om, keek Julia aan, en zijn grijns verdween.

'Je laatste gast lijkt te zijn gearriveerd.'

'Ah, Miss Summers.' Eve schreed met wapperende zijde de zaal door. 'Ik neem aan dat CeeCee alles onder controle heeft.'

'Ze is enig.'

'Ze is vermoeiend, maar dat is haar jeugd. Wat wil je drinken?'

'Wat mineraalwater, graag.' Eén slok van iets sterkers en haar jetlag zou op een coma uitlopen.

'Nina, lieveling,' riep Eve, 'we hebben hier een geheelonthoudster die om een Perrier vraagt. Julia, laat me je aan iedereen voorstellen. Mijn neef, Drake Morrison.'

'Ik heb me erop verheugd je te ontmoeten.' Hij nam Julia's hand en glimlachte. Zijn handpalm was zacht en warm, zijn ogen een indringende, zij het iets zachtere versie van Eves lichtgroene ogen. 'Jij bent degene die al Eves geheimen gaat opgraven. Dat is zelfs onze familie niet gelukt.'

'Omdat ze mijn familie niets aangaan, tot ik vind dat het zover is.' Eve stootte een langzame stroom rook uit. 'En dit is – hoe heet je ook alweer, lieverd? Carla?'

'Darla.' Slissend en met een pruillip verbeterde de roodharige Eve. 'Dar-la Rose.'

'Enig.' Er klonk een valse geamuseerdheid in Eves stem die Julia waakzaam maakte. Een paar graden scherper en hij zou vlees kunnen klieven. 'Onze Darla is model en actrice. Wat een fascinerende zin. Pakkender dan die denigrerende term *starlet*, die wij gebruikten. En dit is Nina Soloman, mijn linker- en rechterarm.'

'Pakezel en pispaal,' zei de blonde schoonheid terwijl ze Julia een glas aanreikte. Er lag goedmoedige humor in de stem en kalme zelfverzekerdheid in de houding. Bij nadere beschouwing ontdekte Julia dat de vrouw ouder was dan ze aanvankelijk had gedacht. Eerder vijftig dan veertig, maar met een schoonheid die jaren onbelangrijk maakte. 'Ik waarschuw je, je hebt meer dan mineraalwater nodig als je lang met Miss B. werkt.'

'Als Miss Summers haar huiswerk heeft gedaan, weet ze al dat ik van kreng zijn mijn beroep heb gemaakt. En dit is mijn ware liefde, Paul Winthrop.' Eve begon bijna te spinnen toen ze met haar vingers langs zijn arm ging. 'Zonde dat ik met zijn vader trouwde, in plaats van op de zoon te wachten.'

'Wanneer jij maar wilt, schoonheid.' Zijn stem klonk warm voor Eve. Zijn ogen stonden koel voor Julia. Hij stak zijn hand niet uit. 'Heb je je huiswerk gedaan, Miss Summers?'

'Ja. Maar ik neem altijd de tijd om mijn eigen mening te vormen.'

Hij pakte zijn glas en merkte op dat iedereen onmiddellijk een babbeltje met Julia wilde maken. Ze was kleiner dan hij zich haar had voorgesteld, fijner gebouwd. Ondanks Darla's geglitter en Nina's elegante stijl, was zij de enige vrouw in de kamer die kon tippen aan Eves schoonheid. Toch had hij liever de opzichtige uitstalkast van de roodharige dan Julia's koele kalmte. Bij Darla Rose hoefde iemand niet diep te graven om alles over haar aan de weet te komen. Die afstandelijke Miss Summers was een ander verhaal. Maar omwille van Eve was Paul van plan alles over Julia aan de weet te komen.

Het lukte Julia niet zich te ontspannen. Zelfs toen ze aan tafel gingen en zij zich één glas wijn liet inschenken, slaagde ze er met geen mogelijkheid in de spieren van haar keel en maag losser te krijgen. Ze maakte zichzelf wijs dat het door haar eigen zenuwen kwam dat ze iets van vijandigheid meende te bespeuren. Niemand in dit groepje had de minste reden om een hekel aan haar te hebben. Natuurlijk, Drake ging zich te buiten om de charme zelve te zijn. Darla zat niet langer te kniezen en verslond de gevulde forel met wilde rijst. Eve voer op champagne en Nina zat te gniffelen om iets wat Paul had gezegd over een gemeenschappelijke kennis.

'Curt Dryfuss?' viel Eve in, toen ze de laatste woorden van het gesprek opving. 'Hij zou een betere regisseur zijn als-ie ooit leerde zijn gulp dicht te houden. Als hij zich tijdens zijn laatste project niet zo vaak door de hoofdrolspeelster had laten bespringen, had-ie misschien een fatsoenlijke prestatie uit haar gekregen. Acteerprestatie.'

'Zelfs als-ie een eunuch was had hij uit haar geen fatsoenlijke prestatie gekregen,' verbeterde Paul Eve. 'Acteerprestatie.'

'Het is tegenwoordig allemaal tieten-kont.' Eve liet haar ogen over Darla glijden. Julia sprak bij zichzelf de hoop uit dat zijzelf nooit het lijdend voorwerp van die koele, geamuseerde blik zou zijn. 'Vertel me eens, Julia, wat vind jij van onze nieuwe oogst van actrices?'

'Volgens mij is die net zoals alle generaties. De room drijft naar de top. Zoals bij u.'

'Als ik erop had moeten wachten om boven te komen drijven, zou ik nu nog B-films met tweederangs regisseurs maken.' Ze gebaarde met haar glas. 'Ik heb me met mijn klauwen en tanden een weg naar de top gebaand en het grootste deel van mijn leven een bloedige strijd geleverd om er te blijven.'

'Dan denk ik dat de vraag moet luiden: is het 't waard?'

Eves ogen vernauwden zich en schitterden. Haar lippen krulden zich. 'Daar heb je verdomde gelijk in.'

Julia boog zich naar haar toe. 'Als u het moest overdoen, is er dan iets wat u anders zou doen?'

'Nee. Niets.' Snel nam ze een grote slok. Er stak een hoofdpijn achter haar ogen op en de zeurende pijn maakte haar woedend. 'Als je iets verandert, verander je alles.'

Paul legde een hand op Eves arm, maar zijn ogen waren op Julia gevestigd. Omdat hij niet de moeite nam dat te verbergen, kon Julia nu de bron zien van de vijandigheid die ze steeds had gevoeld. 'Waarom laten we het interviewen niet wachten tot de werktijden?'

'Doe niet zo vals, Paul,' zei Eve kalm. Met een lachje klopte ze op zijn hand. Ze richtte zich tot Julia. 'Hij is het er niet mee eens. Hij denkt zeker dat ik zijn geheimen mét de mijne zal verklappen.'

'Je kent de mijne niet.'

Ditmaal klonk haar lach scherper. 'M'n beste jongen, er is geen geheim, geen leugen, geen schandaal dat ik niet ken. Er was een tijd dat men dacht dat het de Parsons en de Hoppers waren over wie ze zich zorgen moesten maken. Maar ze wisten niet hoe je een geheim vast moet houden tot het rijp is.' Ze nam weer een slok, alsof ze proostte op een of andere persoonlijke triomf. 'Hoeveel telefoontjes heb je de afgelopen twee weken afgehandeld, Nina, van bezorgde, illustere personen?'

Nina slaakte een zucht. 'Tientallen.'

'Precies.' Tevreden leunde Eve achterover. In het kaarslicht fonkelden haar ogen als de juwelen in haar oren en om haar hals. 'Het is uitermate bevredigend om degene te zijn die met stront gooit. En jij, Drake, als mijn persagent, wat denk jij van mijn project?'

'Ik denk dat je een hoop vijanden gaat maken. En een hoop geld gaat verdienen.'

'Die dingen doe ik al vijftig jaar lang. En jij, Julia, wat hoop jij hier beter van te worden?'

Julia zette haar glas opzij. 'Een goed boek.' Ze ving Pauls spottende blik op en verstijfde. Liever had ze haar karaf water in zijn schoot leeggegoten, maar ze verliet zich op waardigheid. 'Natuurlijk ben ik gewend geraakt aan lieden die biografieën van beroemdheden heel wat minder vinden dan literatuur.' Haar blik ontmoette de zijne. 'Net zoals een heleboel mensen populaire fictie een bastaardvorm van schrijven vinden.'

Eve gooide haar hoofd achterover en lachte; Paul nam zijn vork op om met de restanten van zijn forel te spelen. Zijn lichtblauwe ogen waren donkerder geworden, maar zijn stem was kalm toen hij vroeg: 'En waaronder valt volgens jou jouw werk?'

'Verstrooiing,' zei ze zonder aarzeling. 'En het jouwe?'

Hij negeerde de vraag en beet zich vast in haar antwoord. 'Dus jij gelooft dat het verstrooiend is de naam en het leven van een publieke figuur te exploiteren?'

Ze voelde niet meer de behoefte om haar nagels af te kluiven, maar veeleer om haar mouwen op te stropen. 'Ik betwijfel of Sandburg er zo over dacht toen hij over Lincoln schreef. En ik geloof zeker niet dat een geautoriseerde biografie haar onderwerp exploiteert!'

'Je vergelijkt jouw werk toch niet met dat van Sandburg?'

'Het jouwe is vergeleken met dat van Steinbeck.' Ze bewoog achteloos haar schouders, hoewel haar woede snel steeg. 'Jij vertelt een verhaal dat berust op fantasie – of leugens. Ik vertel iets wat op feiten en herinneringen gebaseerd is. Het resultaat van beide technieken is dat het uiteindelijke werk met plezier wordt gelezen.'

'Ik heb werken van jullie allebei zeker met plezier gelezen,' zei Nina, die als vredestichtster tussenbeide kwam. 'Ik ben altijd jaloers geweest op schrijvers. Ik breng het niet verder dan zakencorrespondentie. Drake heeft die woeste perscommuniqués.'

'Die een mix zijn van waarheid en leugens,' zei hij. Hij wendde zich glimlachend tot Julia. 'Ik veronderstel dat je, naast Eve, andere mensen gaat interviewen, om een afgerond portret te krijgen.'

'Dat is het gebruikelijke procedé.'

'Ik sta tot je beschikking. Te allen tijde.'

'Darla ziet eruit alsof ze aan het toetje toe is,' zei Eve droogjes, en ze belde voor de laatste gang. 'De kok heeft frambozentrifle gemaakt. Neem wat voor Brandon mee.'

'O ja, je zoontje.' Blij dat de conversatie was afgekoeld, schonk Nina nog wat wijn in. 'We hadden gehoopt vanavond kennis met hem te maken.'

'Hij was uitgeput.' Julia keek tersluiks op haar horloge. Wat alleen maar tot gevolg had dat ze weer voelde dat haar lichaam volhield dat het na middernacht was. 'Ik denk dat hij vannacht om vier uur klaarwakker is, zich afvragend waarom de zon nog niet op is.'

'Hij is tien?' vroeg Nina. 'Je ziet er veel te jong uit om een kind van tien te hebben.'

Julia's glimlach was haar enige commentaar. Toen het laatste bordje met dessert was geserveerd, draaide ze zich naar Eve. 'Ik wilde u vragen welke delen van het landgoed verboden zijn.'

'Het jongetje mag overal komen. Kan hij zwemmen?'

'Ja. Heel goed.'

'Dan hoeven we niet op te passen voor het zwembad. Nina zal je laten weten wanneer ik mensen ontvang.'

Haar plicht kennende, dwong Julia zichzelf alert te blijven tot het maal voorbij was. Zelfs dat ene glas wijn bij het eten was een vergissing geweest, merkte ze. Wanhopig naar bed verlangend, excuseerde ze zich en bedankte de gastvrouw. Het deed haar niet bepaald deugd dat Paul erop stond met haar mee te lopen. 'Ik weet de weg.'

'Er is vanavond niet veel maanlicht.' Hij vatte haar bij de elleboog en leidde haar naar het terras. 'In het donker verdwaal je makkelijk. Of je valt onder het lopen in slaap en komt in het zwembad terecht.' Julia schoof automatisch bij hem vandaan. 'Ik kan zelf ook heel goed zwemmen.'

'Kan wel zijn, maar chloor is vreselijk voor zijde.' Hij haalde een smal sigaartje uit zijn jasje en hield, met zijn hand om een aansteker heen, de vlam bij het uiteinde. Hij was die avond verscheidene dingen over haar aan de weet gekomen, waarvan er één was dat ze er geen zin in had gehad dat er onder het eten alleen maar over haar kind werd gepraat. 'Je had Eve moeten vertellen dat je net zo moe bent als je zoon.'

'Mij mankeert niets.' Onder het lopen tilde ze haar hoofd op om zijn profiel te bekijken. 'Je hebt niet zo veel op met mijn beroep, is het wel?'

'Nee. Maar ja, deze biografie is Eves zaak, niet de mijne.'

'Of je het wel of niet ziet zitten, ik verwacht een interview.'

'En krijg je altijd wat je verwacht?'

'Nee, maar ik krijg waar ik achteraan ga. Altijd.' Bij de deur van het gastenverblijf bleef ze staan. 'Dank je voor het wegbrengen.'

Heel koel, dacht hij. Helemaal onder controle, heel handig. Hij had dat allemaal zonder meer aangenomen, als hij niet had opgemerkt dat haar rechter duimnagel tot op het vlees was afgekloven. Om haar te testen, kwam hij dichter bij haar staan. Hoewel ze niet snel opzij stapte, wierp ze een onzichtbare muur op. Het zou interessant zijn, besloot hij, om te zien of ze dat bij alle mannen deed, of alleen bij hem. Op dit moment was er voor hem maar één ding belangrijk.

'Eve Benedict is de belangrijkste vrouw in mijn leven.' Zijn stem klonk laag, gevaarlijk. 'Wees voorzichtig, Julia. Wees heel voorzichtig. Je kunt mij beter niet tot vijand hebben.'

Haar handpalmen waren vochtig geworden, en dat maakte haar razend. Ze bedekte haar woede met ijs. 'Dat schijnt al het geval te zijn. En wat ik zal zijn, Mr. Winthrop, is grondig. Heel grondig. Goedenacht.'

3

Maandag stond Julia tegen tienen klaar. Ze had het weekend met haar zoon doorgebracht en had van het zachte weer gebruikgemaakt om met hem, zoals ze had beloofd, naar Disneyland te gaan, met als bonus een rondleiding door de Universal-studio's. Hij was snel, sneller dan zij, aan het tijdsverschil gewend geraakt.

Ze wist dat ze allebei last van zenuwen hadden toen ze die ochtend zijn nieuwe school binnenliepen. Ze hadden een onderhoud met het schoolhoofd gehad voordat Brandon, die er heel klein en dapper uitzag, naar zijn eerste les ging. Julia had talloze formulieren ingevuld, het schoolhoofd een hand gegeven, en ze had kans gezien de hele terugweg kalm te blijven. Daarna had ze heerlijk lang uitgehuild.

Nu, met haar gezicht zorgvuldig afgespoeld en opgemaakt, haar taperecorder en blocnote in haar tas, belde ze aan bij de voordeur van het huis. Even later deed Travers open en snoof – afkeurend? 'Miss Benedict is boven in haar werkkamer. Ze verwacht u.' Terwijl ze dit zei, draaide ze zich om en ging voor naar boven.

De werkkamer lag in het midden van de E en had een breed, halfrond raam aan de voorkant. De andere drie wanden waren behangen met de onderscheidingen van Eves lange carrière. De beeldjes en medailles werden omringd met foto's, affiches en souvenirs van haar films.

Julia herkende de witte kanten waaier die was gebruikt in een vooroorlogse film, de sexy rode, hooggehakte schoenen die Eve gedragen had toen ze een al even bonte barzangeres speelde, de lappenpop die ze in haar armen had gehouden in de rol van een moeder die op zoek was naar een vermist kind.

Ze merkte ook op dat de werkkamer niet zo netjes was als de rest van het huis. Hij was even weelderig gemeubileerd, met een combinatie van antiek en levendige kleuren. Het behang was van zijde, het kleed dik en zacht. Maar naast het rozenhouten bureau waar Eve zat, lagen stapels scenario's. Op een Queen Annetafel stond een koffiezetapparaat, waarvan de pot al halfleeg was. De vloer was bezaaid met nummers van *Variety* en de asbak, naast de telefoon waar Eve in blafte, was meer dan vol. 'Ze kunnen hun eredoctoraat in hun je-weet-wel steken.' Ze gebaarde met een smeulende sigaret naar Julia dat ze binnen kon komen en nam er een diepe trek van. 'Het kan me geen reet schelen of het goede publiciteit is, Drake, ik ben niet van plan om naar Timboektoe te vliegen om een stom diner met een stelletje verrekte Republikeinen uit te zitten. Het mag dan wel de hoofdstad van het land zijn, maar voor mij is het Timboektoe. Ik stem niet op die sukkel, ik heb geen zin om met 'm te dineren.' Ze snoof en en drukte de sigaret slordig uit op de lijken van de andere. 'Regel jij het maar. Daar word je voor betaald.' Terwijl ze ophing, wuifde ze Julia naar een stoel. 'Politiek. Dat is voor idioten en slechte acteurs.'

Julia zette haar tas naast haar stoel. 'Mag ik u citeren?'

Eve glimlachte slecht. 'Ik neem aan dat je klaar bent om aan de slag te gaan? Ik vond dat we onze eerste sessie in een zakelijke atmosfeer moesten hebben.'

'Waar u zich maar op uw gemak voelt.' Julia wierp een blik op de berg scenario's. 'Afgewezen?'

'De helft wil dat ik iemands grootmoeder speel, de andere helft wil dat ik m'n kleren uittrek.' Ze tilde een in een rode gymschoen gestoken voet op en gaf de stapel een schuiver. Die tuimelde omver, een lawine van dromen. 'Een goede schrijver is zijn gewicht in goud waard.'

'En een goede acteur?'

Eve lachte. 'Weet hoe je van niets iets maakt – zoals elke goochelaar.' Ze trok een wenkbrauw op toen Julia haar recorder pakte en op de bijzettafel zette. 'Ik beslis wat wel en niet mag worden opgenomen.'

'Natuurlijk.' Ze wilde er alleen voor zorgen dat ze alles wat ze wilde op tape kreeg. 'Ik schend nooit iemands vertrouwen, Miss Benedict.'

'Uiteindelijk doet iedereen dat.' Ze wuifde met een lange, smalle hand die door een enkele, gloedvolle robijn werd gesierd. 'Voordat ik het mijne ga schenden, wil ik meer over jou weten – en niet alleen die onzin uit je persmateriaal. Je ouders?'

Meer ongeduldig dan geërgerd vouwde Julia haar handen in haar schoot. 'Ze zijn allebei dood.'

'Broers en zussen?'

'Ik ben enig kind.'

'Je bent nooit getrouwd?'

'Nee.'

'Waarom?'

Hoewel dat een beetje pijn deed, bleef Julia's stem vlak en kalm. 'Dat heb ik nooit gewild.'

'Aangezien ik viermaal het genoegen heb mogen smaken, kan ik het niet aanbevelen, maar alleen een kind opvoeden lijkt me moeilijk.'

'Het heeft zijn problemen, en zijn voordelen.'

'Zoals?'

De vraag raakte haar dusdanig dat ze moeite moest doen om niet in-een te krimpen. 'Bijvoorbeeld dat je alleen op je eigen gevoel afgaat wanneer je beslissingen moet nemen.'

'En is dat een probleem of een voordeel?'

Julia glimlachte vaag. 'Beide.' Ze pakte haar blocnote en een pen uit haar tas. 'Omdat u vandaag maar twee uur voor me hebt, zou ik graag beginnen. Natuurlijk weet ik wat er over uw achtergrond is gepubliceerd. U bent in Omaha geboren, de tweede van drie kinderen. Uw vader was vertegenwoordiger.'

Goed, concludeerde Eve, ze zouden beginnen. Wat ze wilde weten, daar zou ze al wel achterkomen. 'Een reiziger,' viel Eve bij terwijl Julia de opnameknop indrukte. 'Ik heb altijd het idee gehad dat ik zo hier en daar een stel halfbroers en -zusjes heb. Ik ben inderdaad vaak door mensen benaderd die beweerden familie te zijn en op geld hoopten.'

'Wat vindt u daarvan?'

'Dat was mijn vaders zaak, niet het mijne. Uit een ongelukje geboren worden geeft je nog geen recht op het geld van een ander.' Met haar vingertoppen tegen elkaar leunde ze achterover. 'Ik heb voor mijn succes gezorgd. Helemaal zelf. Als ik nog steeds Betty Berenski uit Omaha was, denk je dat dan ook maar iemand van die mensen mij had lastiggevallen? Maar Eve Benedict is een ander hoofdstuk. Ik heb Betty en de maïs-velden op mijn achttiende achter me gelaten. Ik geloof niet in terugblik-ken.'

Dat was een filosofie die Julia zowel begreep als respecteerde. Ze be-gon een gonzend enthousiasme te voelen – de geboorte van de intimiteit waardoor ze zo succesvol was in dit soort werk.

'Vertel eens over uw familie. Hoe was het voor Betty om op te groei-en?'

Met haar hoofd achterover schoot Eve in de lach. 'O, mijn oudste zus-ter schrikt zich rot als ze gedrukt ziet staan dat ik onze vader een don-juan noem. Maar eerlijk is eerlijk. Hij ging de weg op om zijn potten en pannen te verkopen – verkocht altijd genoeg om de honger buiten de deur te houden. Dan kwam hij terug met allerlei dingetjes voor zijn mei-den. Chocola of zakdoekjes of lint. Er waren altijd cadeautjes van pap-pie. Hij was een grote, knappe vent met zwart haar, een snor en blozende wangen. We aanbaden hem. We moesten het ook vijf van de zeven dagen zonder hem stellen.' Ze pakte een sigaret en stak hem aan. 'Op zaterdag deden we zijn was. Zijn shirts geurden naar parfum. Op zaterdag was mijn moeder altijd haar reuk kwijt. Ik heb niet één keer een vraag of een beschuldiging of een klacht van haar gehoord. Ze was geen lafaard, ze was… vredelievend, ze accepteerde haar levenslot en de ontrouw van haar echtgenoot. Ik denk dat ze wist dat zij de enige vrouw was van wie hij hield. Toen ze stierf, heel plotseling, was mijn vader verloren. Hij treurde om haar tot zijn eigen dood, vijf jaar later.' Ze pauzeerde, leunde weer voorover. 'Wat schrijf je daar op?'

'Opmerkingen,' bekende Julia. 'Gevoelens.'

'En wat merk je op?'

'Dat u van uw vader hield en in hem werd teleurgesteld.'

'En als ik je zeg dat dat gelul is?'

Julia tikte met haar pen tegen de blocnote. Ja, er moest wel een ver-standhouding zijn, dacht ze. En de macht moest gelijk verdeeld. 'Dan verdoen we allebei onze tijd.'

Na een seconde stilte reikte Eve naar de telefoon. 'Ik wil verse koffie,' zei ze.

Tegen de tijd dat Eve de keuken had geïnstrueerd, had Julia het besluit genomen voorlopig van verdere gesprekken over familie af te zien. Als ze Eve beter had leren begrijpen, zou ze erop terugkomen.

'U was achttien toen u voor het eerst naar Hollywood ging,' begon ze. 'Alleen. Vers van de boerderij, zo gezegd. Wat mij interesseert is wat u voelde, uw indrukken. Hoe was het voor dat jonge meisje uit Omaha toen ze in Los Angeles uit de bus stapte?'

'Opwindend.'

'U was niet bang?'

'Ik was te jong om bang te zijn. Te eigenwijs om te geloven dat het mis kon gaan.' Eve stond op en begon door de kamer te ijsberen. 'Het was oorlog, en onze jongens werden naar Europa verscheept om te vechten en te sneuvelen. Ik had een neef, een raar joch dat bij de marine ging en naar de Stille Zuidzee vertrok. Hij kwam terug in een kist. Zijn begrafenis was in juni. In juli pakte ik mijn koffers. Plotseling begreep ik dat het leven heel kort kon zijn, heel wreed. Ik was niet van plan er nog een seconde van te missen.'

Travers bracht de koffie binnen. 'Zet hier neer,' beval Eve met een gebaar naar het lage tafeltje bij Julia. 'Laat het meisje inschenken.' Eve dronk haar koffie zwart. Ze leunde tegen de hoek van haar bureau. Julia krabbelde haar bevindingen neer: Eves kracht – duidelijk aanwezig in haar gezicht, haar stem en de contouren van haar lichaam. 'Ik was naïef,' zei Eve schor, 'maar niet achterlijk. Ik wist dat ik een stap had genomen die mijn leven zou veranderen. En ik begreep dat er offers en moeilijke tijden in het vooruitzicht lagen. Eenzaamheid. Begrijp je?'

Julia herinnerde zich hoe ze op haar achttiende in een ziekenhuis lag: een kleine, hulpeloze baby in haar armen. 'Ja. Ik begrijp het.'

'Ik had vijfendertig dollar toen ik uit de bus stapte, maar ik was niet van plan honger te lijden. Ik had een map vol foto's en knipsels.'

'U had wat modellenwerk gedaan.'

'Ja, en een beetje toneel. Destijds stuurden de studio's er mensen op uit, meer voor de publiciteit dan om werkelijk talenten te ontdekken. Maar ik besefte dat het, op de dag dat een talentenjager mij in dat Omaha zou ontdekken, in de hel zou vriezen. Dus nam ik het besluit om naar Hollywood te gaan. En dat was dat. Ik nam een baantje in een snackbar, wist een paar figurantenrolletjes bij Warner Bros. te bemachtigen. De truc was gezien te worden – op het studioterrein, op een filmset, in de kantine. Ik meldde me als vrijwilliger aan bij de Hollywood Canteen. Niet uit onbaatzuchtigheid, niet om de GI's, maar omdat ik wist dat ik er de sterren zou tegenkomen. Liefdadigheid was wel het laatste wat ik in m'n hoofd had. Ik was met mezelf bezig, volledig. Vind je dat koud, Julia?'

Het was Julia niet duidelijk waarom haar mening iets uitmaakte, maar ze dacht na voordat ze antwoordde. 'Ja, maar ik kan me ook voorstellen dat het praktisch was.'

'Ja.' Eves mond verstrakte. 'Voor ambitie moet je praktisch zijn. Bovendien was het een opwindende ervaring Bette Davis koffie te zien schenken, Rita Hayworth die sandwiches serveerde. En ik maakte daar deel van uit. Daar ontmoette ik Charlie Gray.'

De dansvloer was stampvol met GI's en mooie meiden. De geuren van parfum, aftershave, rook en zwarte koffie vulden de atmosfeer. Harry James speelde en de muziek was opzwepend. Eve genoot wanneer ze de trompet boven het lawaai en gelach uit hoorde zweven. Na een hele dienst in de snackbar en de uren waarin ze agenten afliep had ze geen voeten meer over. Dat de schoenen die ze tweedehands had gekocht een halve maat te klein waren, hielp niet echt.

Ze deed haar uiterste best de vermoeidheid niet van haar gezicht te laten aflezen. Je wist maar nooit wie er binnen kon vallen en het zou opmerken. Ze wist verdomde zeker dat ze alleen maar opgemerkt hoefde te worden om aan de klim te kunnen beginnen.

Rook hing aan het plafond en krulde om de lampen in de wagenwielen. De muziek werd sentimenteel. Uniformen en feestjurken deinden gezamenlijk zwierig heen en weer.

Zich afvragend wanneer ze pauze kon nemen, schonk Eve nog een kop koffie in voor de zoveelste op sterren beluste GI en glimlachte.

'Je bent hier al de hele week.'

Eve keek op en zag een lange, magere man. Hij droeg geen uniform, maar een grijs wollen pak dat zijn magere schouders niet kon verhullen. Hij had licht haar dat strak uit zijn benige gezicht achterover was gekamd. Zijn bruine ogen stonden treurig als die van een basset. Ze herkende hem en pompte haar glimlach een paar graden omhoog. Hij was geen grote naam. Charlie Gray speelde altijd het maatje van de held. Maar hij was een naam. En hij had haar opgemerkt.

'We dragen allemaal ons stukje bij ter wille van de oorlog, Mr. Gray.' Ze bracht een hand omhoog om een lange haarlok uit haar ogen te strijken. 'Koffie?'

'Graag.' Hij leunde tegen de vitrine terwijl ze inschonk. Haar bij haar werk observerend, haalde hij een pakje Lucky Strike tevoorschijn en stak er een op. 'Ik ben net klaar met de bediening, dus ik dacht: laat ik 'ns bij het mooiste meisje in de zaal langsgaan en een praatje maken.'

Ze bloosde niet. Als ze wilde kon ze het best, maar ze koos voor een meer mondaine aanpak. 'Miss Hayworth staat in de keuken.'

'Ik hou van brunettes.'

'Uw eerste vrouw was blond.'

Hij grinnikte. 'De tweede ook. Daarom houd ik van brunettes. Hoe heet je, schatje?'

Ze had het al bedacht, weloverwogen: 'Eve,' zei ze. 'Eve Benedict.' Hij dacht dat hij haar had waar hij haar hebben wilde. Jong, sterretjes in haar ogen, wachtend op die kans om ontdekt te worden. 'En je wilt bij de film?'

'Nee.' Met haar ogen in de zijne pakte ze de sigaret uit zijn vingers, nam een trekje, blies de rook uit en gaf hem terug. 'Ik gá bij de film.'

Door de manier waarop ze het zei, de manier waarop ze keek toen ze het zei, werd hij gedwongen zijn eerste indruk te herzien. Geïntrigeerd bracht hij de sigaret naar zijn lippen en kon haar vaag proeven. 'Hoe lang ben je hier?'

'Vijf maanden, twee weken en drie dagen. En u?'

'Veel te lang.' Omdat hij zich altijd aangetrokken voelde tot gevatte vrouwen die er fataal uitzagen, bekeek hij haar nog eens goed. Ze droeg een heel onopvallend blauw pakje, explosief door het lichaam dat het zo discreet verborg. Zijn bloed begon een beetje sneller te stromen. Toen zijn ogen de hare weer ontmoetten en hij de koele spot in de uitdrukking daarvan zag, wist hij dat hij haar begeerde. 'Zin in een dansje?'

'Ik moet nog een uur koffie schenken.'

'Ik wacht wel.'

Toen hij wegliep, vreesde Eve dat ze haar hand had overspeeld. Of het tegendeel. In gedachten speelde ze elk woord, elk gebaar opnieuw af, probeerde tientallen andere. De hele tijd schonk ze koffie, flirtte met jonge, vers geschrobde GI's. Achter elke broeierige glimlach gierden de zenuwen. Toen haar dienst was afgelopen, slenterde ze ogenschijnlijk nonchalant achter de bar vandaan.

'Zoals je loopt.' Charlie dook naast haar op en Eve slaakte in stilte een zucht van opluchting.

'Zo kom ik van de ene plek naar de andere.'

Ze liepen naar de dansvloer en zijn armen gleden om haar heen. Ze bleven bijna een uur om haar heen.

'Waar kom je vandaan?' fluisterde hij.

'Nergens vandaan. Ik ben vijf maanden, twee weken en drie dagen geleden geboren.'

Hij lachte en wreef zijn wang tegen de hare. 'Je bént al te jong voor mij. Maak het niet erger.' God, ze was een en al seks – pure, zinderende seks. 'Het is hier te warm.'

'Ik hou van de hitte.' Ze wierp haar hoofd naar achteren en glimlachte naar hem. Een nieuwe pose die ze uitprobeerde: een flauwe glimlach, de lippen iets van elkaar, de ogen een beetje samengeknepen onder enigszins geloken oogleden. Uit de manier waarop zijn vingers steviger om de hare sloten, maakte ze op dat het werkte. 'Maar we kunnen wel een eindje gaan rijden als je wilt afkoelen.'

Hij reed snel, en een beetje onvoorzichtig, en hij maakte haar aan het lachen. Af en toe draaide hij de dop van een zilveren fles met bourbon, waar hij van dronk en die zij weigerde. Beetje bij beetje liet ze toe dat hij meer over haar te weten kwam – stukjes die ze hem wilde laten weten. Ze had geen agent kunnen vinden, maar had zich een studio binnen weten te smoezen en was een figurant in *The Hard Way* met Ida Lupino en Dennis Morgan. Maar het meeste van wat ze verdiende als serveerster ging op aan acteerlessen. Het was een investering: ze wilde er haar beroep van maken, en ze was van plan een ster te worden.

Ze vroeg naar zijn werk – niet naar de grotere sterren met wie hij werkte, maar het werk zelf.

Hij had net genoeg gedronken om zich zowel gevleid te voelen als om zich als haar beschermer te willen opwerpen. Tegen de tijd dat hij haar bij haar pension afzette, was hij tot over zijn oren verliefd. 'Schatje, je bent als een mooi meisje in het bos. Er lopen daar legio wolven rond die in je willen bijten.'

Slaperig legde ze haar hoofd tegen de hoofdsteun. 'Niemand bijt in me... tenzij ik dat van hem vraag.'

Toen hij zich vooroverboog om haar te kussen, wachtte ze tot zijn mond de hare raakte, waarna ze opzij gleed en het portier van de auto opende. 'Bedankt voor het ritje.' Nadat ze een hand door haar haar had gestreken, liep ze naar de voordeur van het oude, grijze huis. Omkijkend diende ze hem over haar schouder ten afscheid een glimlach toe. 'Tot ziens, Charlie.'

De bloemen kwamen de volgende dag: twaalf rode rozen die de andere vrouwen in het pension aanleiding tot gegiechel gaven. Terwijl Eve ze in een geleende vaas zette, zag zij ze niet als bloemen, maar als haar eerste triomf.

Hij nam haar mee naar party's. Eve ruilde voedselbonnen in, kocht stoffen en naaide jurken. De kleren waren een extra investering. Ze zorgde ervoor dat de japonnen net een ietsje te krap voor haar waren. Het kon haar niets schelen haar lichaam te gebruiken om haar doel te bereiken. Het was tenslotte haar eigendom.

Van de enorme huizen, de legers bedienden, de schitterende vrouwen in bont en zijde, was ze niet onder de indruk. Ze kon zich niet veroorloven onder de indruk te zijn. Avondjes uit in chique gelegenheden intimideerden haar niet. Ze ontdekte dat ze een boel kon leren op het damestoilet van Ciro – wie voor welke rol werd gekozen, wie met wie naar bed ging, welke actrice op non-actief was en waarom. Ze keek, ze luisterde, ze onthield.

De eerste keer dat ze een foto van zichzelf in de krant zag, genomen nadat ze met Charlie in de Romanoff had gedineerd, was ze een uur bezig haar haar, haar gezichtsuitdrukking en haar houding kritisch te bekijken.

Ze vroeg niets van Charlie en hield hem op afstand, hoewel beide moeizaam werd. Ze wist dat zodra ze hem zou laten weten dat ze wilde dat hij haar een proefopname zou bezorgen, hij dat zou doen. Net zoals ze wist dat hij met haar naar bed wilde. Ze wilde de test, ze wilde hem als minnaar – maar ze kende de waarde van timing.

Op kerstavond gaf Charlie een privéparty. Op zijn verzoek was ze vroeg naar zijn bakstenen herenhuis in Beverly Hills gekomen. Het rode satijn had Eve een week aan voedselbonnen gekost, maar ze vond dat de japon het waard was. Die deed haar lichaam goed uitkomen, was bij de boezem laag uitgesneden en strak op de heupen. Ze had de moed gehad om het patroon te veranderen door opzij een split te knippen en – nog gedurfder – door boven aan de split een strassbroche aan te brengen om de aandacht erop te vestigen.

'Je ziet er verrukkelijk uit.' Charlie streek met zijn handen over haar blote armen toen ze in de hal stonden. 'Heb je geen stola?'

Haar financiën haddden er geen toegestaan die bij de jurk paste. 'Mijn bloed is warm,' zei ze, en ze gaf hem een pakje met een felrood lint. 'Gelukkig kerstfeest.'

Er zat een dun, bijna stukgelezen boekje in met gedichten van Byron. Voor het eerst sinds ze hem had ontmoet, voelde ze zich onnozel en onzeker. 'Ik wou je iets van mezelf geven.' Onhandig frommelde ze in haar tas naar een sigaret. 'Ik weet dat het niets voorstelt, maar –'

Hij legde een hand op de hare om haar te kalmeren. 'Het betekent heel veel voor me.' Tot het uiterste geroerd liet hij haar handen los om met zijn vingers langs haar wangen te strijken. 'Dit is de eerste keer dat je me echt een deel van jezelf geeft.' Toen hij zijn lippen naar de hare bracht, voelde ze de warmte en het verlangen. Ditmaal stribbelde ze niet tegen toen hij haar heftiger kuste, zijn lippen over de hare streek. Ze liet zich door het moment meeslepen, sloeg haar armen om hem heen, liet haar tong op verkenning gaan. Vroeger was ze alleen door jongens gekust. Dit was een man, ervaren en gulzig, een die wist wat hij met zijn verlangens moest doen. Ze voelde zijn vingers over het satijn strijken, waarmee hij de huid daaronder in vuur en vlam zette.

O, ja, dacht ze. Ze verlangde ook naar hem. Timing of niet, hun begeerte kon niet veel langer wachten. Voorzichtig deed ze een pas achteruit. 'Kerstmis maakt me altijd sentimenteel,' wist ze uit te brengen. Glimlachend veegde ze haar lipstick van zijn mond.

Hij greep haar pols, drukte een kus in haar hand. 'Kom mee naar boven.' Haar hart sloeg een slag over, wat haar van haar stuk bracht. Hij had het nooit eerder gevraagd.

'Niet zó sentimenteel.' Met moeite vond ze haar evenwicht terug. 'Je gasten kunnen ieder moment komen.'

'Laat de gasten naar de hel lopen.'

Ze schoot in de lach en stak een hand door zijn arm. 'Kom op, Charlie, je wilt mij alleen maar uit de kleren krijgen. Maar je gaat me nu een glas champagne inschenken.'

'En daarna?'

'Het gaat alleen om het nu, Charlie. Het grote, vette nu.'

Ze slenterde door dubbele deuren een onoverzichtelijke ruimte binnen waar een drie meter hoge boom vol lichtjes en gekleurde ballen stond te schitteren. Het was een mannenkamer en alleen al daarom beviel die haar. Het meubilair was rechttoe rechtaan en eenvoudig, de fauteuils diep en comfortabel. Aan de ene kant van de kamer knetterde een vuur in een enorme haard, en aan de andere kant stond een lange mahoniehouten bar er goed bevoorraad bij. Eve liet zich op een van de leren barkrukken glijden en haalde een sigaret tevoorschijn. 'Barman,' zei ze, 'de dame heeft behoefte aan een drankje.'

Terwijl Charlie de champagnefles openmaakte en inschonk, bekeek ze hem nauwkeurig. Hij droeg een smoking en de formele dracht stond hem goed. Hij kon nooit wedijveren met de topacteurs van die tijd. Charlie Gray was geen Gable of Grant, maar hij straalde degelijkheid en tederheid uit, en liefde voor zijn vak.

'Je bent een lieverd, Charlie.' Eve hief haar glas. 'Op jou, mijn eerste echte vriend in het vak.'

'Op nu.' Hij liet zijn glas tegen het hare klinken. 'En wat we ervan maken.' Hij liep om de bar heen om een cadeau onder de boom vandaan te halen. 'Het is niet zo intiem als Byron, maar toen ik het zag moest ik aan jou denken.'

Eve legde haar sigaret opzij om het pakje open te maken. Het collier van ijskoude diamanten spuwde vuur tegen een bed van zwart fluweel. In het midden droop, als bloed, een enorme, vurige robijn. De diamanten hadden de vorm van sterren, de robijn als een traan.

'O. O, Charlie.'

'Je gaat niet zeggen dat ik dat niet had moeten doen.'

Ze schudde haar hoofd. 'Ik zou zo'n uitgekauwde zin nooit zeggen.' Maar haar ogen waren nat en er zat een brok in haar keel. 'Ik wou zeggen dat je een uitstekende smaak hebt. Jezus, ik kan niets zinnigs bedenken. Het is verpletterend.'

'Net als jij.' Hij nam het collier eruit, liet het door zijn handen gaan. 'Als je naar de sterren reikt, Eve, kost het je bloed en tranen. Dat is iets wat je moet onthouden.' Hij liet het collier om haar hals glijden en maakte het vast. 'Sommige vrouwen zijn geboren om diamanten te dragen.'

'Daar ben ik er vast één van. Nu ga ik iets heel afgezaagds doen.' Ze groef haar poederdoos uit haar tas op. Na hem open geknipt te hebben, bekeek ze het collier in het vierkante spiegeltje. 'Mijn hemel, wat mooi.' Ze draaide zich op haar kruk om om hem een kus te geven. 'Ik voel me een koningin.'

'Ik wil dat je gelukkig bent.' Hij omvatte haar gezicht met zijn handen. 'Ik hou van je, Eve.' Hij zag de verbazing in haar ogen groeien, snel gevolgd door angst. Een vloek onderdrukkend, trok hij zijn handen terug. 'Ik heb nog iets voor je.'

'Nog meer?' Ze probeerde haar stem licht te houden. Ze wist dat hij haar begeerde, dat hij dol op haar was. Maar liefde? Ze wilde zijn liefde niet als zij die niet terug kon geven. Bovendien wilde ze niet in de verleiding worden gebracht het te proberen. Haar hand was niet al te vast toen ze haar glas oppakte. 'Het zal niet makkelijk voor je worden hoger te scoren dan het collier.'

'Als ik je net zo goed ken als ik denk, zal dit mijlen hoger scoren.' Uit de binnenzak van zijn jasje haalde hij een papier en hij legde het naast haar op de bar.

'12 januari, 10.00 uur, set 15.' Vragend trok ze een wenkbrauw op. Wat is dit? Hints voor een speurtocht?'

'Je proefopname.' Hij zag haar wangen verbleken en haar ogen donkerder worden. Haar lippen openden zich trillend, maar ze schudde enkel haar hoofd. Hij begreep het volledig. Hij glimlachte, maar de glimlach strekte zich niet uit tot zijn ogen. 'Tja, ik dacht al dat dat meer voor je zou betekenen dan diamanten.' En hij wist, op dat moment al, dat wanneer hij haar eenmaal op weg had geholpen, ze hem voorbij zou sprinten. Heel zorgvuldig vouwde ze het papier op en stopte het in haar tas. 'Dank je, Charlie. Ik zal het nooit vergeten.'

'Die nacht ging ik met hem naar bed,' zei Eve zacht. Haar stem klonk geëmotioneerd, maar er waren geen tranen. Ze vergoot geen tranen meer, behalve op commando. 'Hij was teder, ondraaglijk lief, en helemaal geschokt toen hij merkte dat hij mijn eerste was. Een vrouw vergeet nooit de eerste keer. En die herinnering is kostbaar wanneer die eerste keer goed is. Ik hield het collier om bij het vrijen.' Ze lachte en pakte haar kopje koude koffie. 'Toen dronken we meer champagne en deden het nog een keer. Ik geloof graag dat ik hem meer gaf dan seks, die nacht, en die andere nachten van die paar weken dat we minnaars waren. Hij was tweeëndertig. De persdienst van de studio had daar vier jaar afgetrokken, maar mij vertelde hij het. Er zaten geen leugens in Charlie Gray.'

Met een zucht zette ze de koffie weer neer en keek naar haar handen. 'Hij bereidde me zelf voor op de proefopname. Hij was een uitstekend acteur, die in zijn dagen steeds werd ondergewaardeerd. Binnen twee maanden had ik een rol in zijn volgende film.'

Toen de stilte voortduurde, legde Julia haar blocnote opzij. Ze had het niet nodig. Niets zou ze vergeten over deze ochtend. '*Desperate Lives*, met Michael Torrent en Gloria Mitchell. U speelde Cecily, de zwoele vrouwelijke schurk die Torrent, als jonge, idealistische advocaat, verleidde en bedroog. Een van de meest erotische momenten op het witte doek toen, of nu, was toen u zijn kantoor binnenkwam, op zijn bureau ging zitten en zijn das van hem af trok.'

'Ik had achttien minuten op het witte doek en maakte er het beste van. Ze zeiden me dat ik seks moest verkopen, en dat verkocht ik met bakken tegelijk.' Ze haalde haar schouders op. 'De film zette niet de wereld in vuur en vlam. Nu vertonen ze hem om drie uur 's nachts op tv. Toch maakte ik voldoende indruk zodat de studio me meteen doorschoof naar een andere slettenrol. Ik was Hollywoods nieuwste sekssymbool – wat hun een hoop geld opleverde want ik stond tegen een laag salaris onder contract. Maar dat neem ik ze niet kwalijk, ook nu niet. Die eerste film heeft me een hoop opgeleverd.'

'Inclusief een echtgenoot.'

'Ach, ja. Mijn eerste vergissing.' Ze haalde onverschillig haar schouders op, waarna ze flauwtjes glimlachte. 'Jezus, Michael had een prachtig gezicht, maar de hersens van een schaap. Als we naar bed gingen, was alles perfect. Maar een gesprek voeren? Niks.' Haar vingers begonnen een roffel op het rozenhout. 'Charlie had alles in huis voor een acteur, maar Michael had het gezicht, de uitstraling. Het irriteert me nog steeds als ik eraan denk dat ik zo stom was te geloven dat de zak ook maar iets te maken had met de mannen die hij in de films speelde.'

'En Charlie Gray?' Julia keek oplettend naar Eves gezicht. 'Hij pleegde zelfmoord.'

'Zijn financiën waren een puinhoop en zijn carrière zat in het slop. Toch was het voor iedereen moeilijk te geloven dat het toeval was dat hij zich doodschoot op de dag dat ik met Michael Torrent trouwde.' Haar stem bleef effen, haar ogen kalm toen ze die van Julia ontmoetten. 'Of het me spijt? Ja. Charlie was er een uit duizenden, en ik hield van hem. Nooit op de manier waarop hij van mij hield, maar ik hield van hem. Geef ik mezelf de schuld? Nee. We hebben onze keuzes gemaakt, Charlie en ik. Overlevers kunnen de consequenties aan.' Ze boog haar hoofd. 'Nietwaar, Julia?'

4

Ja, dat was zo, dacht Julia later. Om te overleven moest je de consequenties aankunnen, maar je betaalde er ook voor. Ze vroeg zich af hoe Eve had betaald.

Vanuit haar stoel onder een parasol aan een glazen tafel op het terras van het gastenverblijf bezien, leek het alsof Eve Benedict louter lauweren had geoogst. Terwijl ze aan haar aantekeningen zat te werken, was ze omringd door schaduwrijke bomen, het aroma van jasmijn. De lucht gonsde: in de verte de echo van een grasmaaier achter de palmen, dronken van nectar zoemende bijen, het gefladder van de vleugels van een kolibrie die bij haar in de buurt aan een hibiscus knabbelde.

Hier heerste luxe en aanzien. Maar, peinsde Julia, degenen die dit alles met Eve deelden, werden ervoor betaald. Hier was een vrouw die toppunt na toppunt had bereikt, maar ze bleef eenzaam. Een stevige prijs voor succes.

Toch zag ze Eve niet als een vrouw die gebukt ging onder wroeging, maar als iemand die er telkens een laagje succes overheen legde. Julia had een lijst gemaakt van mensen die ze wilde interviewen – ex-eega's, ex-minnaars, vroegere personeelsleden. Eve had slechts schouderophalend ingestemd. Peinzend had Julia de naam van Charlie Gray tweemaal omcirkeld. Ze wilde mensen te spreken krijgen die hem hadden gekend, mensen die vanuit een andere hoek over zijn relatie met Eve zouden praten. Ze nam een slok gekoeld sap en begon toen te schrijven.

Natuurlijk is ze niet volmaakt. Waar gulheid is, is ook egoïsme. Waar goedheid is, is ook een onverschilligheid waarmee over gevoelens heen wordt gekeken. Ze kan direct zijn, koud, hard, cru – menselijk. De onvolmaaktheden maken de vrouw buiten het witte doek net zo fascinerend en

vitaal als iedere vrouw die ze erop heeft gespeeld. Haar kracht is indruk-
wekkend. Die straalt uit haar ogen, haar stem, uit elke beweging van haar
gedisciplineerde lichaam. Leven is, lijkt het wel, een uitdaging, een rol die
ze met een enorme verve op zich heeft genomen – een rol waarbij ze geen
regie duldt. Elke fout in haar tekst of scène is haar verantwoordelijkheid. Ze
geeft niemand de schuld. Buiten het talent, de schoonheid, die rijke, door-
rookte stem of scherpe intelligentie, is ze bewonderenswaardig om haar
niet-aflatende gevoel van eigenwaarde.

'Je laat er geen gras over groeien.'

Julia schrok op en keek toen snel om. Ze had Paul niet aan horen komen, had geen idee hoe lang hij over haar schouder had staan lezen. Na-
drukkelijk draaide ze haar blocnote om. De ringband tikte vinnig tegen
het glas.

'Zeg eens, Paul, wat jij zou doen als iemand je werk zonder jouw toestemming leest?'

Hij glimlachte en installeerde zich in de stoel tegenover haar. 'Ik zou
al hun nieuwsgierige vingertjes afhakken. Maar ik sta dan ook bekend
om mijn opvliegendheid.' Hij pakte haar glas op en nam een slok. 'En
jij?'

'Men schijnt te denken dat ik verdraagzaam ben. Dat is vaak een vergissing.' Ze had hem hier niet graag. Hij stoorde haar bij haar werk en
maakte inbreuk op haar privacy. Ze droeg een short en een vaal T-shirt,
ze was blootsvoets en haar haar was in een slordige paardenstaart naar
achteren getrokken. Het zorgvuldig opgebouwde imago was naar de
bliksem geholpen en ze had er een hekel aan op zo'n manier betrapt te
worden. Ze keek pinnig naar het glas toen hij het nogmaals aan zijn lippen zette. 'Zal ik een eigen glas voor je halen?'

'Nee, dit is prima.' Het deed hem genoegen dat ze zich niet op haar
gemak voelde en hij genoot van het feit dat ze zo gemakkelijk van streek
was. 'Je hebt je eerste interview met Eve gehad.'

'Gisteren.'

Hij haalde een sigaar tevoorschijn, waarmee hij aangaf dat hij van
plan was te blijven. Zijn handpalmen waren breed, merkte ze op, zijn
vingers lang. Meer geschikt voor het optillen van de zilveren lepel waarmee hij was geboren, dan voor het in elkaar zetten van ingewikkelde en

vaak griezelige moorden voor de bladzijden van zijn boeken.

'Ik weet dat ik me niet in een kantoor zit af te beulen,' maakte Julia hem duidelijk, 'maar ik ben aan het werk.'

'Ja, dat zie ik.' Hij glimlachte vriendelijk. Ze moest met iets beters komen om hem kwijt te raken. 'Kun je je indrukken van je eerste interview met mij delen?'

'Nee.'

Allerminst afgeschrikt stak hij de sigaar aan, waarna hij een arm over de rugleuning van de geornamenteerde ijzeren stoel haakte. 'Voor iemand die mijn medewerking wil, ben je erg onaardig.'

'Voor iemand die geen hoge dunk van mijn werk heeft, ben je zeer opdringerig.'

'Het is niet zozeer je werk.' Met zijn benen uitgestrekt, zijn voeten gerieflijk op enkelhoogte gekruist, nam hij traag een trekje, dat hij toen uitblies. De geur verpestte de lucht, opdringerig mannelijk. Het kroop door het bloemenparfum als een mannenarm om de schouders van een tegenstribbelende vrouw. 'Ik ben alleen tegen je huidige project. Ik heb oudere rechten.'

Het waren zijn ogen, ontdekte ze, die zijn voornaamste aantrekkingskracht waren – en daardoor haar voornaamste probleem. Niet hun kleur, hoewel er vrouwen waren die voor de bijl gingen voor dat diepe, felle blauw. Het was de uitdrukking erin, die ongelooflijke indringendheid, die Julia het gevoel gaf dat er niet naar, maar in haar werd gekeken. Een jagersblik, kwam ze tot de slotsom, en zij was niet van plan de prooi van welke man dan ook te worden.

'Als je bang bent dat ik iets ongunstigs over je zal schrijven, maak je dan geen zorgen. Jouw deel in Eves biografie zal waarschijnlijk niet meer dan een deel van een hoofdstuk in beslag nemen.'

Van de ene schrijver tot de andere schrijver zou dit een geweldige belediging zijn geweest als hij zich in zijn ego aangetast voelde. Hij lachte, want hij ging haar alleen maar leuker vinden. 'Vertel me eens, Jules, is het omdat ik het ben, of doe je dat ook bij andere mannen?'

Het gebruik van haar koosnaampje schokte haar nog erger dan de vraag. Als een kus of een handdruk. 'Ik weet niet wat je bedoelt.'

'Vast wel.' Zijn glimlach was vriendelijker, maar zijn ogen daagden haar nog steeds uit. 'Het is me nog steeds niet gelukt alle scherpe pijltjes eruit te trekken van de eerste keer dat ik je ontmoette.'

Ze wriemelde met haar pen en hoopte dat hij weg zou gaan. Hij voelde zich meer op zijn gemak dan haar lief was en dat maakte haar alleen maar meer gespannen. Mannen met zo'n hoge mate van zelfvertrouwen als hij maakten altijd dat het hare zoekraakte. 'Als ik het me goed herinner, was jij het die de eerste aanval uitvoerde.'

'Misschien.' Hij liet zich in zijn stoel achteroverzakken, terwijl hij haar in de gaten hield. Nee, hij wist nog niet wat voor vlees hij met haar in de kuip had, maar dat kwam wel.

Ze fronste toen hij opstond om zijn sigarenpeuk in een emmer zand aan de rand van het terras te deponeren. Hij beschikte over een gevaarlijk lichaam, merkte ze op: een en al soepele spieren en sierlijkheid. Het lichaam van een schermer. Aangezien hij van het soort was dat niet gekooid wenste te worden, moest een slimme vrouw met hem omgaan, terwijl ze haar fantasie achter slot en grendel hield. Julia zag zichzelf als een slimme vrouw.

'Op de een of andere manier moeten we tot een wapenstilstand komen. Omwille van Eve.'

'Ik zie niet in waarom. Aangezien jij het druk hebt, en ik ook, betwijfel ik of we elkaar vaak genoeg zullen zien om witte vlaggen nodig te hebben.'

'Je vergist je.' Hij liep naar de tafel terug, maar ging niet zitten. Hij kwam naast haar staan, zijn duimen in zijn zakken gehaakt. 'Ik moet jou in de gaten houden, in het belang van Eve. En, denk ik, in mijn belang.' Haar pen kletterde op het glazen blad. Ze liet hem daar liggen en strengelde nerveus haar vingers in elkaar. 'Als dat een of andere verkapte versiertruc is –'

'Ik vind je zo veel leuker,' onderbrak hij haar. 'Op blote voeten en blozend. De vrouw die ik die avond ontmoette was intrigerend, en intimiderend.'

Ze voelde schokjes en trillinkjes waarvan ze zeker had geweten dat ze daar immuun voor was. Het was mogelijk, hielp ze zichzelf herinneren, om je seksueel aangetrokken te voelen tot een man die je niet aardig vond. Net zoals het mogelijk was het te weerstaan. 'Ik ben hetzelfde, met of zonder schoenen.'

'Absoluut niet.' Hij ging weer zitten, met zijn ellebogen op tafel geleund en zijn kin op zijn gevouwen handen, terwijl hij haar indringend aankeek. 'Denk je niet dat het dodelijk vervelend zou zijn om je hele leven lang elke ochtend als precies dezelfde persoon wakker te worden?'

Het soort vragen dat ze leuk vond, waar ze graag antwoord op gaf en over nadacht. Maar met hem wist ze zeker dat dat nadenken haar onverwijld in drijfzand zou doen verzinken. Ze draaide haar blocnote om en bladerde net zo lang tot ze een blanco bladzij vond.

'Nu je hier toch bent, en in een spraakzame bui, moest je me misschien maar een interview toestaan.'

'Nee. Daar moeten we mee wachten, kijken hoe alles gaat.' Hij wist dat hij koppig deed en hij genoot ervan.

'Hoezo alles?'

Hij glimlachte. 'Van alles, Julia.'

Er klonk het geluid van een klappende deur en kindergeschreeuw. 'Mijn zoon.' Haastig schraapte Julia haar aantekeningen bij elkaar en stond op. 'Als je me niet kwalijk neemt, ga ik naar –'

Maar Brandon kwam al door de achterdeur het terras op gerend. Hij had een fluorescerend oranje pet achterstevoren op en droeg een wijde spijkerbroek, een Mickey Mouse-T-shirt en afgetrapte hoge gympies. Zijn grijns spleet zijn smoezelige gezicht bijkans in tweeën. 'Ik heb twee keer gescoord bij basketbal,' verkondigde hij.

'Mijn held.' Ze stak haar handen naar hem uit en Paul zag hoe ze opnieuw veranderde. Geen koele élégance, geen kwetsbaarheid vanwege haar plunje, maar pure warmte. In haar ogen, in haar glimlach toen ze een arm om de schouders van haar zoon sloeg. Ze trok hem naar zich toe. De subtiele lichaamstaal zei overduidelijk: hij is van mij. 'Brandon, dit is Mr. Winthrop.'

'Dag.' Weer grijnsde Brandon, waarbij hij twee spleten tussen zijn tanden liet zien.

'Welke positie speelde je?'

Bij die vraag lichtten Brandons ogen op. 'Achterhoede. Ik ben niet erg lang, maar ik ben snel.'

'Ik heb thuis een net. Je moet maar eens langskomen en me je tactiek laten zien.'

'Echt?' Brandon kon nog net een vreugdedans onderdrukken terwijl hij naar zijn moeder opkeek voor toestemming. 'Mag dat?'

'We zien wel.' Ze trok aan zijn pet. 'Huiswerk?'

'Alleen wat woordjes en stomme staartdelingen.' Hij voelde zich verplicht allebei zo lang mogelijk uit te stellen. 'Mag ik iets drinken?'

'Ik haal het wel.'

'Dit is voor jou.' Brandon viste een envelop uit zijn jas, waarna hij zich weer naar Paul omdraaide. 'Gaat u wel eens naar de Lakers kijken, en zo?'

'Af en toe.'

Julia liet hen achter om over gescoorde punten en verloren wedstrijden te praten. Ze vulde een glas met ijs, waarna ze er sap bij schonk, precies zoals Brandon het lekker vond. Hoewel met tegenzin, schonk ze een tweede in voor Paul en zette er een schaal koekjes naast. De grofheden die ze liever had geserveerd, zouden geen goed voorbeeld voor haar zoon zijn.

Nadat ze alles op een dienblad had gezet, viel haar blik op de envelop op het aanrecht. Haar naam was er met grote letters op getypt. Fronsend pakte ze hem op. Ze nam aan dat het een briefje van Brandons leraar was. Na hem te hebben opengescheurd, las ze de korte boodschap en voelde het bloed uit haar wangen trekken.

NIEUWSGIERIGHEID WORDT BESTRAFT

Wat stom. Ze las de woorden nog eens over en prentte zichzelf in dat ze stom waren, maar het velletje papier trilde in haar hand. Wie zou haar zo'n boodschap sturen, en waarom? Was het een of andere waarschuwing, of een dreigement? Ze stopte het papier in haar zak. Er was geen enkele reden zich de stuipen op het lijf te laten jagen door zo'n onnozel, afgezaagd zinnetje.

Ze gaf zichzelf een tel om bij te komen, tilde het dienblad op en ging weer naar buiten, waar Paul weer was gaan zitten om Brandon te onthalen op een nauwgezet verslag van een wedstrijd van de Lakers.

'Wij hebben een keer de Knicks gezien,' vertelde Brandon hem. 'Maar mam snapt er niets van. Ze is heel goed in baseball,' voegde hij er als excuus aan toe.

Paul keek op en zijn glimlach verdween zodra hij Julia's gezicht zag. 'Moeilijkheden?'

'Nee. Twee koekjes, knul,' zei ze toen Brandon een uitval naar de schaal deed.

'Mr. Winthrop is naar een heleboel wedstrijden geweest,' vertelde hij haar terwijl hij het eerste koekje in zijn mond propte. 'Hij heeft Larry Bird ontmoet, en zo.'

'Wat leuk.'

'Ze weet niet wie dat is,' zei Brandon half fluisterend. Hij grinnikte, van man tot man, waarna hij het koekje wegspoelde met sap. 'Ze heeft meer verstand van meidendingen.'

Uit de mond van zoonlief, dacht Paul, krijg ik misschien een paar antwoorden. 'Zoals?'

'Nou.' Brandon zocht nog een koekje uit, terwijl hij het overdacht. 'Je weet wel: ouwe films waarin mensen elkaar de hele tijd aankijken. En bloemen. Ze is gek op bloemen.'

Julia glimlachte flauwtjes. 'Zal ik de heren alleen laten met uw port en sigaren?'

'Helemaal niet erg om van bloemen te houden, als je een meisje bent,' maakte Brandon haar duidelijk.

'Mijn eigen vrouwenkenner.' Ze wachtte tot hij het laatste beetje sap ophad. 'Huiswerk.'

'Maar mag ik nie–'

'Nee.'

'Ik haat die stomme woordjes.'

'En ik haat rekenen.' Ze streek met een vinger langs zijn neus. 'Ga dat maar eerst doen, dan help ik je met de woordjes.'

'Oké.' Hij wist dat als hij haar kon overhalen om het tot na het eten te laten wachten, hij geen tv mocht kijken. Een vent kon ook nooit winnen. 'Tot ziens,' zei hij tegen Paul.

'Tot ziens.' Paul wachtte tot hij de hordeur hoorde klapperen. 'Leuk joch.'

'Ja. Sorry, maar ik moet naar binnen om een oogje in het zeil te houden.'

'Dat kan wel even wachten.' Hij stond op. 'Wat is er gebeurd, Julia?'

'Ik weet niet wat je bedoelt.'

Hij legde een hand onder haar kin om haar te kalmeren. Zijn vingers waren warm, sterk, de toppen geruwd door werk of een of andere mannensport. Ze moest zich bedwingen om niet op te springen. 'Bij sommige mensen komt alles wat ze voelen door hun ogen naar buiten. De jouwe staan angstig. Wat is er?'

Ze vond het absoluut niet goed dat ze zin had het hem te vertellen, het met hem wilde delen. Meer dan tien jaar dopte ze haar eigen boontjes. 'Staartdelingen,' zei ze nonchalant. 'Ben ik doodsbang voor.'

Het verbaasde hem hoe hevig zijn teleurstelling was, maar hij liet zijn hand zakken. 'Goed. Je hebt tot nog toe natuurlijk geen enkele reden om vertrouwen in me te hebben. Bel me op, dan regelen we een interview.' 'Zal ik doen.'

Toen hij naar het hoofdgebouw terugliep, liet ze zich in een stoel zakken. Ze had geen hulp nodig – niet van hem, van niemand – omdat er niets aan de hand was. Met zekere vingers haalde ze het verkreukte papiertje uit haar zak, streek het glad en las het nog eens over.

Met een diepe zucht stond ze op en begon het dienblad op te laden. Van mensen afhankelijk zijn was altijd een fout, een die ze niet wilde maken. Maar ze wilde dat Paul Winthrop die middag een andere plek had opgezocht om een lui uurtje door te brengen.

Terwijl Brandon boven in het bad rondplensde, schonk Julia zich één heerlijk glaasje witte wijn in uit de fles Pouilly Fumé die Eve had laten brengen. Aangezien haar gastvrouw graag wilde dat zij er haar gemak van zou nemen, besloot Julia daar gehoor aan te geven. Maar terwijl ze de bleekgouden wijn uit het kristallen glas dronk, bleef ze zich zorgen maken over het papiertje in haar zak.

Had Paul het voor haar achtergelaten? Ze liet het idee door haar hersens malen, maar verwierp het toen. Die zet was te indirect voor een man als Paul Winthrop. In elk geval had ze geen idee hoeveel mensen er die dag door die hoge ijzeren hekken in en uit waren gegaan, van wie iedereen die envelop op de veranda kon hebben neergelegd.

Ook wist ze niet genoeg over de mensen die binnen diezelfde ijzeren hekken woonden.

Toen ze door het keukenraam tuurde, kon ze het licht in het appartement boven de garage zien. Lyle, de breedgeschouderde chauffeur met de smalle heupen. Julia had hem onmiddellijk geklasseerd als een man die zichzelf beschouwde als het stuk van het Westen. Hadden hij en Eve… Nee. Eve mocht dan een zwak voor mannen hebben, maar nooit met iemand als Lyle.

Travers. De huishoudster sloop rond, haar toch al smalle lippen vol afkeuring toegeknepen. Er was geen twijfel mogelijk dat ze onmiddellijk had besloten haar niet te mogen. En aangezien Julia betwijfelde dat de vrouw iets tegen haar parfum had, kwam dat duidelijk door de klus die ze kwam doen. Misschien dacht Travers dat één cryptisch, anoniem briefje haar in allerijl terug naar Connecticut zou jagen. Als dat zo was, peinsde Julia terwijl ze van haar wijn dronk, stond die dame een teleurstelling te wachten.

Dan had je nog Nina. Efficiënt en chic. Wat bracht zo'n vrouw ertoe haar leven ondergeschikt te willen maken aan dat van iemand anders? De achtergrondinformatie die Julia over Nina had verzameld, was karig. Al vijftien jaar lang een veteraan in Eves bestaan, ongehuwd, kinderloos. Tijdens het diner was het haar gelukt onopvallend de vrede te herstellen. Was ze bang dat de publicatie van Eves verhaal die vrede onverbiddelijk zou ontwrichten?

Net nu ze aan haar dacht, zag ze Nina energiek het pad af lopen met een grote kartonnen doos in haar handen.

Julia duwde de deur open. 'Speciale bestelling?'

Buiten adem liep Nina, lachend met de doos zwaaiend, de deur door. 'Ik zei je toch dat ik een pakezel ben?' Ze kreunde lichtelijk toen ze de doos op de keukentafel neerzette. 'Eve vroeg me deze spullen voor je bij elkaar te zoeken. Foto's, knipsels, filmfoto's. Ze dacht dat je er iets aan zou hebben.'

Meteen nieuwsgierig trok Julia de bovenkant open. 'O ja!' Verrukt viste ze er een oude publiciteitsfoto van Eve uit – wellustig, smeulend, om een gevaarlijk knappe Michael Torrent hangend. Ze begon in de doos te woelen. Ze moest Nina nageven dat deze slechts zachtjes kreunde toen Julia al haar nauwkeurige sorteerwerk tenietdeed. 'Deze is mooi.' Julia haalde een gewoon kiekje tevoorschijn, een beetje vervaagd, een beetje beschadigd aan de randjes. Haar vrouwenhart maakte een sprongetje van opwinding. 'Ach, jezus, het is Gable.'

'Ja. Die is hier bij het zwembad genomen tijdens een van Eves feestjes. Dat was vlak voordat hij *The Misfits* ging doen. Vlak voor zijn dood.'

'Zeg haar dat het niet alleen zal helpen voor het boek, maar dat ik er enorm veel plezier aan beleef. Ik voel me als een kind in een chocoladefabriek.'

'Dan laat ik je alleen om te genieten.'

'Wacht.' Julia scheurde zich met moeite los van de doos vol moois voordat Nina de deur opende. 'Heb je een paar minuten?'

Gewoontegetrouw keek Nina op haar horloge. 'Natuurlijk. Wil je dat ik je iets over een paar foto's vertel?'

'Nee. Eigenlijk zou ik een interview willen. Ik zal het kort houden,' voegde ze er haastig aan toe toen ze even iets ontwijkends op Nina's gezicht zag. 'Ik weet hoe druk je het hebt, en ik durf tijdens je werk geen beslag op je tijd te leggen.' Julia glimlachte, zichzelf gelukwensend. Het was een ingeving om de situatie om te draaien, zodat zij degene was die in een lastig parket kwam. 'Ik ga mijn recorder halen. Schenk jezelf een glas wijn in.' Ze haastte zich naar buiten, wetend dat ze Nina de tijd niet had gegund om toe te stemmen of te weigeren.

Toen ze terugkwam, had Nina zich een glas ingeschonken, dat van Julia bijgeschonken, en was gaan zitten. Ze glimlachte, een aantrekkelijke vrouw die gewend was met haar tijd te woekeren om het iemand anders naar de zin te maken. 'Eve heeft me gevraagd mee te werken, maar om je de waarheid te zeggen, Julia, ik kan niets bedenken wat van belang zou kunnen zijn.'

'Laat dat maar aan mij over.' Julia sloeg haar blocnote open, schakelde de recorder in. Ze herkende een onwillig slachtoffer. Dat betekende alleen maar dat ze met een zachtere hand moest graven. Haar toon luchtig houdend, vroeg ze: 'Nina, jij moet toch weten hoe boeiend mensen het zullen vinden om over Eves dagindeling te horen. Wat ze bij het ontbijt eet, van welke muziek ze houdt, of ze 's avonds voor de televisie zit te snoepen. Maar daar kan ik zelf veel over te weten komen en ik wil niet dat jij je tijd verdoet met trivialiteiten.'

Nina's beleefde glimlach bleef intact. 'Zoals ik zei: Eve heeft me gevraagd om mee te werken.'

'Dat waardeer ik. Wat ik van jou zou willen zijn gedachten over haar als persoon. Aangezien jij al vijftien jaar voor haar werkt, ken je haar waarschijnlijk beter dan wie ook.'

'Ik vlei me met de gedachte dat we zowel een vriendschap delen als een werkrelatie.'

'Is het moeilijk om in hetzelfde huis te wonen en te werken met iemand die, zoals je het zelf omschrijft, veeleisend is?'

'Ik heb het nooit moeilijk gevonden.' Nina gooide haar hoofd achterover toen ze een slok van haar wijn nam. 'Een uitdaging, dat zeker. Door de jaren heen heeft Eve me voor menige uitdaging geplaatst.'

'Welke is volgens jou de meest memorabele?'

'O, da's eenvoudig.' Nina schoot in de lach. 'Ongeveer vijf jaar geleden, toen ze met de opnamen voor *Heat Wave* bezig was, besloot ze dat ze een feest wilde geven. Dat klinkt niet ongebruikelijk. Eve is dol op feesten. Maar ze was zo verrukt over het werken op locatie in Nassau, dat ze erop stond dat het feest op een eiland moest plaatsvinden – en binnen twee weken.' Bij de herinnering werd haar beleefde glimlach door een oprechte vervangen. 'Heb jij ooit geprobeerd een heel eiland in de Caraïben af te huren, Julia?'

'Uh, nee.'

'Het heeft z'n complicaties – vooral wanneer je moderne voorzieningen wilt hebben als een overkapping, elektriciteit, riolering. Ik heb er één weten te vinden: een enig plekje, zo'n vijftig kilometer buiten de kust van St. Thomas. We lieten generatoren overvliegen, voor het geval het zou gaan stormen. Voorts moest alles natuurlijk ook daarheen: het eten, drank, het servies, het tafelzilver, de muziek... Tafels, stoelen. IJs.' Ze sloot haar ogen. 'Ongelooflijk veel ijs.'

'Hoe kreeg je het voor elkaar?'

Nina's ogen gingen gejaagd open. 'Per vliegtuig en per boot. En op mijn laatste benen! Ik ben daar zelf drie dagen geweest, met werklui – Eve wilde dat er een paar strandtenten werden gebouwd – met tuinmannen – ze wilde een weelderig, tropisch decor – en met een paar heel krankzinnige lui die voor het eten zorgden. Het was... nou ja, een van haar interessantste ideeën.'

Gefascineerd doordat ze het hele plaatje voor zich zag, legde Julia een hand onder haar kin. 'En, hoe was het feest?'

'Een enorm succes. Genoeg rum om een oorlogsschip op te laten varen, locale muziek – en Eve die eruitzag als de koningin van het eiland in een blauwe sarong van zijde.'

'Vertel eens: hoe weet je hoe je een eiland moet huren?'

'Door het te doen. Bij Eve weet je nooit wat je te wachten staat, dus ben je op alles voorbereid. Ik heb cursussen gevolgd in boekhouden, decorbouw, onroerend goed en ballroomdansen – onder andere.'

'Was er bij al die cursussen nooit een waarin je graag verder wilde gaan, om een andere carrière na te streven?'

'Nee.' Er was geen greintje twijfel. 'Ik zou nooit bij Eve weggaan.'

'Hoe ben je voor haar komen te werken?'

Nina keek in haar wijn. Traag liet ze haar vinger over de rand van het glas glijden. 'Ik weet dat het theatraal klinkt, maar Eve heeft mijn leven gered.'

'Letterlijk?'

'Heel letterlijk.' Ze haalde haar schouders op alsof ze elke aarzeling om verder te gaan van zich af wilde schudden. 'Er zijn niet veel mensen die iets van mijn achtergrond weten. Ik wil het liever stilhouden, maar ik weet dat Eve zich vast heeft voorgenomen om alles te vertellen. Ik geloof dat het beter is wanneer ik het je zelf vertel.'

'Natuurlijk.'

'Mijn moeder was een zwakke vrouw die van de ene man naar de andere man werd gedreven. We hadden erg weinig geld, verhuurden kamers om iets te verdienen.'

'En je vader?'

'Hij was bij ons weggegaan. Ik was heel jong toen ze hertrouwde. Een vrachtwagenchauffeur die vaker weg was dan thuis. Dat was achteraf onze redding.' De pijn in haar stem was hartgrondig. Nina klemde beurtelings haar vingers om de steel van het glas en ontspande ze weer, terwijl haar blik gericht bleef op de wijn, alsof die een geheim bevatte. 'Financieel werd het ietsje beter, en het ging allemaal wel... voor een tijdje... tot ik niet meer zo klein was.' Met moeite sloeg ze haar ogen op. 'Ik was dertien toen hij me verkrachtte.'

'O, Nina.' Julia voelde die ijselijke pijn die een vrouw voelt wanneer het woord *verkrachting* valt. 'Het spijt me.' Instinctief nam ze Nina's hand in de hare. 'Het spijt me zo.'

'Nadien liep ik vaak weg,' ging Nina verder, duidelijk troost puttend uit de stevige greep van Julia's vingers. 'De eerste paar keer kwam ik uit mezelf terug.' Ze glimlachte droefgeestig. 'Kon nergens naartoe. Andere keren brachten ze me terug.'

'En je moeder?'

'Geloofde me niet. Wilde me niet geloven. Het kwam haar niet van pas dat haar dochter haar concurrente was.'

'Wat monsterlijk.'

'Dat is de waarheid vaak. Details doen er niet toe,' ging ze verder. 'Uiteindelijk ben ik voorgoed weggelopen. Loog over mijn leeftijd, kreeg een baantje als serveerster, werkte me op tot bedrijfsleider.' Ze ging sneller praten, niet alsof het ergste voorbij was, maar alsof ze op gang had moeten komen. 'Door wat ik had meegemaakt, hield ik me alleen met het werk bezig. Geen vriendjes, geen uitjes. Toen maakte ik een fout. Ik werd verliefd. Ik was bijna dertig, en het kwam hard aan.'

Er schitterde iets in haar ogen – tranen of oude herinneringen – wat snel door haar wimpers werd verduisterd toen ze het glas aan haar lippen zette. 'Hij was geweldig voor me, gul, attent, lief. Hij wilde trouwen, maar ik heb door mijn verleden het voor ons allebei laten verpesten. Op een avond liep hij, kwaad omdat ik me niet aan hem wilde binden, mijn huis uit. En kwam om bij een verkeersongeluk.'

Ze trok haar hand uit die van Julia terug. 'Ik was helemaal van de kaart. Probeerde zelfmoord te plegen. Toen ontmoette ik Eve. Ze bereidde zich voor op haar rol van de suïcidale echtgenote in *Darkest at Dawn*. Ik had het verknald, te weinig pillen geslikt, en lag voor observatie in het ziekenhuis. Ze praatte met me, luisterde naar me. Misschien begon het wel als de interesse van een actrice in het wezen van haar rol, maar ze is teruggekomen. Ik heb me vaak afgevraagd wat ze in me zag, dat ze terugkwam. Ze stelde me de vraag of ik van plan was mijn leven met spijt te vergallen, of dat ik het verleden juist wilde uitbuiten. Ik heb tegen haar geschreeuwd, gevloekt. Ze liet haar nummer achter en zei dat ik haar moest bellen als ik had besloten iets van mezelf te maken. Toen liep ze weg, op die loop-naar-de-hel-manier van haar. Uiteindelijk belde ik haar. Ze gaf me een onderkomen, een baan, en mijn leven.' Nina sloeg de rest van de wijn achterover. 'En daarom huur ik eilanden voor haar af en doe ik alles wat ze van me vraagt.'

Uren later was Julia nog klaarwakker. Nina's relaas vervulde haar gedachten. De ware Eve Benedict was zo veel complexer dan de publieke figuur. Hoeveel mensen zouden na het aanhoren van de tragiek van een wildvreemde een manier zoeken om hoop te bieden? Niet door klakkeloos een cheque uit te schrijven. Makkelijk zat als er geld was. Niet door te preken. Woorden kostten niets. Maar door het openstellen van de intiemste kamer: het hart.

Julia's animo voor het boek begon langs een nieuw pad te kruipen. Het was niet langer een verhaal dat ze wilde vertellen, maar een verhaal dat ze móést vertellen.

Terwijl plannen op langere termijn vorm begonnen te krijgen, dacht ze aan het briefje dat nog steeds in haar zak zat. Ze maakte zich er nog ongeruster om, nu Brandon op haar terloopse vraag had verteld dat hij de envelop op de stoep voor het huis had gevonden. Ze voelde met haar vingers aan het velletje papier, waarna ze haar handen terugtrok voordat ze gehoor kon geven aan de impuls om het weer tevoorschijn te halen en te herlezen. Vergeet het liever, zei ze bij zichzelf.

De avond werd koel. Een met rozen geparfumeerde wind ritselde door de bladeren. In de verte schreeuwde een pauw. Hoewel ze het geluid herkende, huiverde ze. Ze prentte zich in dat het enige gevaar dat er voor haar op de loer lag, was dat ze te veel aan luxe zou wennen. Daar was niet veel kans op, dacht ze, zich bukkend om een van haar slippers op te rapen. Julia achtte zichzelf niet het type vrouw dat zich lekker voelde in mink en diamanten. Sommigen waren ervoor geboren – ze smeet de kale slof in de richting van de kast – sommigen niet. Als ze eraan dacht hoe vaak ze oorbellen liet slingeren of een jasje gekreukt in de laadruimte van haar auto liet liggen, moest ze toegeven dat ze beter af was met lappen en bergkristal.

Bovendien miste ze haar eigen huis. De eenvoud, de simpele handeling van het schoonhouden van haar eigen spullen, haar eigen pad te vegen. Je kon maar beter schrijven over beroemde sterren. Leven zoals zij was een heel ander verhaal.

Toen ze bij Brandons kamer om de hoek keek, keek ze nog een keer. Hij lag op zijn buik uitgestrekt, zijn gezicht diep in het kussen. Zijn nieuwste bouwproject stond keurig in het midden van de kamer opgesteld. Al zijn autootjes waren in een goed georganiseerde kettingbotsing gerangschikt. Bij Brandon stond alles op zijn plaats. Deze kamer, waar beroemdheden en machthebbers geslapen moesten hebben, was nu volledig de kamer van haar kleine jongen. Rook naar hem – potloden en dat typische zoete, enigszins wilde aroma van kinderzweet.

In de deuropening geleund glimlachte ze naar hem. Julia wist dat als ze hem meenam naar het Ritz of hem in een grot neerpootte, Brandon binnen een dag zijn eigen ruimte zou hebben afgebakend en diep tevreden zou zijn. Waar haalde hij dat zelfvertrouwen vandaan, vroeg ze zich af, die gave om van elke plek zijn thuis te maken?

Niet van haar, peinsde ze. Niet van de man die het kind bij haar had verwekt. Op zulke momenten zou ze willen weten wiens bloed het was geweest dat via haar in hem was gestroomd. Ze wist niets van haar biologische ouders, en had ook nooit iets willen weten – behalve wanneer ze 's avonds alleen was, naar haar zoon keek... en zich dingen afvroeg.

Ze liet de deur open, een oude gewoonte die ze niet kon afleren. Op weg naar haar eigen kamer wist ze al dat ze te rusteloos was om te slapen of om te werken. Ze trok een trainingsbroek aan, slenterde naar beneden en naar buiten de avondlucht in.

De maan scheen. Lange, zilveren stralen maanlicht. En er heerste stilte, die heerlijke stilte waarvan ze was gaan houden na haar jaren in Manhattan. Ze hoorde de lucht door de bomen fluisteren, de vloeiende eb en vloed van insektengezang. Afgezien van de kwaliteit van de lucht in L.A., leek je hier bij elke ademhaling bloemengeur en het gouden stof van de maan te inhaleren.

Ze passeerde de tafel waar ze die middag met Paul Winthrop verbaal had zitten oorlogvoeren. Raar, dacht ze nu, dat ze met zijn tweeën het intiemste gesprek hadden gevoerd dat ze sinds mensenheugenis met een man had gehad. En toch had ze niet het idee dat ze elkaar beter hadden leren kennen.

Het was haar taak om meer over hem te weten te komen – met betrekking tot Eve. Ze was er zeker van dat hij het jongetje was over wie Eve het tegen Brandon had. Het jongetje dat van petitfours hield. Julia vond het moeilijk zich Paul voor te stellen als een jongetje dat om lekkers bedelde. Hoe zou Eve Benedict als moeder zijn geweest? Julia trok een zuinig mondje toen ze erover nadacht. Dat was een facet dat ze moest onderzoeken. Was ze toegeeflijk, liefdeloos, toegewijd, afstandelijk geweest? Uiteindelijk had ze zelf nooit een kind gehad. Hoe had ze gereageerd op het oppervlakkige contact met stiefkinderen die haar leven in en uit dreven? En welke herinneringen hadden zij aan haar? En die neef, Drake Morrison? Ze waren bloedverwanten. Het zou interessant zijn met hem te praten over zijn tante, niet zijn cliënte.

Pas toen ze stemmen hoorde, drong het tot haar door dat ze ver de tuin in was gelopen. Ze herkende onmiddellijk Eves whiskystem en realiseerde zich bijna tegelijkertijd dat die enigszins anders klonk. Zachter, met meer tederheid, met een warmte die in een vrouwenstem komt als ze tegen een minnaar praat.

Ook de andere stem was duidelijk als een vingerafdruk. Dat diepe, gronderige gerasp klonk alsof de stembanden met schuurpapier waren bewerkt. Victor Flannigan – de legendarische acteur uit de jaren '40 en '50, de knappe, vervaarlijke romantische held in de jaren '60 – zelfs '70. Nog steeds wist hij, hoewel zijn haar wit was geworden en zijn gezicht diepe groeven vertoonde, sensualiteit en stijl op het witte doek over te brengen. Bovendien werd hij door menigeen beschouwd als een van de beste acteurs ter wereld.

Hij had een drietal films met Eve gemaakt. Briljante, broeierige films die aanleiding hadden gegeven tot een vloed van geruchten over het vuur buiten de studio's. Maar Victor Flannigan was getrouwd en streng katholiek. Nog gonsden er van tijd tot tijd geruchten over Eve en hem, maar geen van tweeën nam de moeite met commentaar olie op het vuur te gooien.

Julia hoorde hoe ze beiden lachten en wist dat ze naar geliefden luisterde. Haar eerste gedachte was snel om te keren en naar het gastenverblijf terug te gaan. Ze was dan wel journaliste, maar ze mocht een zo duidelijk intiem moment niet verstoren. De stemmen kwamen dichterbij. Haar instinct volgend ging Julia van het pad af in de schaduw om ze te laten passeren.

'Heb je ooit meegemaakt dat ik niet wist wat ik aan het doen was?' vroeg Eve hem. Ze had haar arm door de zijne gestoken, haar hoofd lag tegen zijn schouder. Vanaf haar plek in de schaduw besefte Julia dat ze Eve nooit mooier of gelukkiger had gezien.

'Ja.' Hij bleef staan en nam Eves gezicht in zijn handen. Hij was maar een paar centimeter langer dan zij, maar gebouwd als een stier, een gedegen muur van spier en massa. Zijn witte haar leek in het maanlicht op zilveren manen. 'Ik denk dat er maar weinig zijn die dat kunnen zeggen.'

'Vic. Lieve Vic.' Eve sloeg haar ogen op naar het gezicht dat ze haar halve leven kende en liefhad. Nu ze hem bekeek en zijn leeftijd zag, deed de herinnering aan hem als jongeman een brok in haar keel opwellen. 'Maak je niet bezorgd om mij. Ik heb mijn redenen voor het boek. Wanneer het af is…' Ze legde haar vingers om zijn pols, als om zich te overtuigen van het gevoel van die sterke pomp van leven die zich daar bevond. 'Dan gaan jij en ik knus bij de haard zitten om elkaar voor te lezen.'

'Waarom rakel je het allemaal op, Eve?'

'Omdat het tijd wordt. Het was niet allemaal slecht. Weet je' – ze lachte en drukte haar wang tegen de zijne – 'sinds ik besloten heb om het te doen, heeft het me aan het denken gezet, herinneringen boven gebracht, ben ik alles weer op een rijtje gaan zetten. Ik ben gaan beseffen hoe heerlijk het leven is.'

Hij greep haar handen om ze naar zijn lippen te brengen. 'Niets in mijn leven heeft me meer gegeven dan jij. Mijn wens zal altijd zijn –'

'Nee.' Haar hoofd schuddend, kapte ze hem af. 'Niet wensen. We hebben gekregen wat we hebben gewenst. Dat zou ik niet willen veranderen.'

'Zelfs niet die dronkenmansruzies?'

Ze schoot in de lach. 'Niet één. Weet je, soms kan ik er zo pisnijdig over worden dat jij je door Betty Ford hebt laten droogleggen. Je was de meest sexy dronkenlap die ik ooit heb gekend.'

'Weet je nog, die keer dat ik de auto van Gene Kelly heb gestolen?'

'Van Spencer Tracy, God hebbe zijn ziel.'

'Ach ja. Ieren onder elkaar. Jij en ik reden naar Las Vegas en belden hem op.'

'Hij had gelijk, waar hij ons voor uitmaakte.' Ze drukte zich tegen hem aan en snoof de geuren op die deel van hem waren. Tabak, pepermunt en de dennengeur van die aftershave die hij al tientallen jaren gebruikte. 'Wat een heerlijke tijden, Victor.'

'Dat waren het zeker.' Hij maakte zich van haar los om het van haar gezicht af te lezen, dat hem zoals altijd fascineerde. Was hij de enige, vroeg hij zich af, die haar zwakheden kende, die kwetsbare plekken die ze voor een hongerige wereld verborgen hield? 'Ik wil niet dat je iets overkomt, Eve. Wat je aan het doen bent, zal een heleboel mensen – een heleboel haatdragende mensen – niet blij maken.'

Hij zag de schittering in haar ogen toen ze glimlachte. 'Jij bent de enige die me ooit "taaie ouwe teef" heeft genoemd en het kan navertellen. Weet je nog?'

'Ja.' Zijn stem werd ruwer. 'Maar je bent mijn taaie ouwe teef, Eve.'

'Vertrouw op me.'

'Jou wel, ja, maar die schrijfster is een ander verhaal.'

'Je zult haar wel mogen.' Ze leunde tegen hem aan en sloot haar ogen. 'Ze heeft klasse en de integriteit komt haar poriën uit. Ze is de goede keuze, Vic. Sterk genoeg om af te maken waar ze aan begonnen is, trots genoeg om er een goed boek van te maken. Ik geloof dat ik het leuk zal vinden mijn leven door haar ogen te zien.'

Hij liet zijn hand over haar rug op- en neergaan en voelde dat de kooltjes gingen gloeien.

Bij haar was de vurigheid nooit verouderd of verbleekt. 'Ik ken je te goed om te weten dat ik je niet kan ompraten als je eenmaal iets in je kop hebt gezet. De Here weet dat ik mijn uiterste best heb gedaan toen je met Rory Winthrop wilde trouwen.'

Haar lach klonk zacht, verleidelijk, als de vingers die ze over zijn nek liet glijden.

'En jij bent nog steeds jaloers dat ik mezelf probeerde wijs te maken dat ik van hem kon houden zoals ik van jou hou.'

Hij voelde de steek, maar het was niet alleen uit jaloezie. 'Ik had het recht niet je tegen te houden, Eve. Toen niet en nu niet.'

'Je hebt me nooit tegengehouden.' Ze greep wat ze altijd had willen hebben maar nooit volledig kon krijgen. 'Daarom telde niemand, behalve –'

Zijn mond maakte zich van de hare meester zoals die het duizenden keren had gedaan, met een zekerheid, een vurigheid en stille wanhoop. 'God, wat hou ik van je, Eve.' Hij lachte toen hij voelde dat hij staalhard werd. 'Tien jaar geleden had ik je nog ter plekke op je rug gekregen. Tegenwoordig heb ik een bed nodig.'

'Kom dan maar mee.' Hand in hand liepen ze haastig weg.

Julia bleef nog een hele tijd in de schaduw staan. Ze voelde noch schaamte noch de prikkeling van het afluisteren van een geheim. Er lagen tranen op haar wangen, van het soort dat ze plengde als ze naar een prachtig stuk muziek luisterde of naar een volmaakte zonsondergang keek. Dat was liefde. Duurzaam, volmaakt, vol. En ze besefte dat ze behalve de schoonheid ervan afgunst voelde. Er was niemand die met háár in een maanbeschenen tuin liep. Niemand door wie haar stem die verlokkende klank kreeg. Niemand.

In haar eentje liep ze naar het huis terug, om een rusteloze nacht in een leeg bed door te brengen.

5

De Denny's op de hoek was verre van een bruisende plek om te ontbijten, maar Drake kon er tenminste op rekenen dat hij hier geen bekenden zou tegenkomen. Belangrijke bekenden. Bij zijn tweede kop koffie bestelde hij pannenkoeken en spiegeleieren met ham. Hij ging altijd eten als hij nerveus was.

Delrickio was laat.

Drake leegde drie zakjes suiker in zijn kop koffie en keek voor de derde keer in vijf minuten op zijn Rolex. Hij probeerde niet te zweten. Als hij het risico had durven nemen zijn tafeltje te verlaten, was hij naar de wc gegaan om zijn haar te inspecteren. Hij streek er voorzichtig met een hand over om zich ervan te overtuigen dat elke lok op zijn plaats zat. Zijn vingers gleden over de knoop van zijn das en voelden dat ook de zijde stevig op zijn plaats zat. Omstandig wreef hij over de mouwen van zijn Uomo-jasje. Zijn met de hand vervaardigde gouden manchetknopen knipoogden tegen het gloednieuwe linnen van zijn overhemd, waarop zijn monogram prijkte.

Je verschijning, daar kwam het op aan. Voor de ontmoeting met Delrickio moest hij een kalme, zelfbewuste, beheerste indruk maken. Inwendig was hij een jongetje met trillende knieën dat straf kreeg.

Hoe hard hij toen ook werd geslagen, dat was niets vergeleken bij wat er met hem zou gebeuren als hij dit gesprek niet tot een goed einde bracht. Als zijn moeder met hem klaar was, leefde hij tenminste nog. Zijn moeders credo was geweest: spaar je de roede, dan verpest je je kind, en ze had die roede geroerd terwijl een religieuze gloed haar ogen glans gaf. Delrickio's credo had meer te maken met: zaken zijn zaken, en hij zou kleine, vitale lichaamsdelen van Drake afsnijden met dezelfde nonchalante vaardigheid waarmee iemand zijn nagels knipt.

Voor de vierde keer keek Drake op zijn horloge toen Delrickio kwam aanzetten. 'Je drinkt te veel koffie.' Hij glimlachte terwijl hij ging zitten. 'Slecht voor je gezondheid.'

Michael Delrickio was tegen de zestig en nam zijn cholesterolgehalte even serieus als de zaken die hij van zijn vader had geërfd. Met het resultaat dat hij zowel rijk als vitaal was. Zijn olijfkleurige huid werd verwend met wekelijkse gezichtsbehandelingen en contrasteerde dramatisch met zijn staalgrijze haar en weelderige snor. Zijn handen waren glad, met de lange, spits toelopende vingers van een violist. Het enige sieraad dat hij droeg was een gouden trouwring. Hij had een smal, knap gezicht met weinig lijnen en diepliggende, warmbruine ogen die vergoelijkend konden glimlachen naar zijn kleinkinderen, huilen om een smartelijke aria, maar ze waren gespeend van elke expressie wanneer hij een moord bestelde.

Zaken beroerden Delrickio's emoties zelden. Hij was op Drake gesteld, op een vaderlijke manier, hoewel hij Drake een sukkel vond. En omdat hij op hem gesteld was, had Delrickio liever persoonlijk een afspraak met hem gemaakt dan een minder scrupuleus type te sturen om Drakes mooie smoel te verbouwen.

Delrickio wuifde naar een serveerster. Het was vol in het restaurant, lawaaiig vanwege dreinende kinderen en het gekletter van bestek, maar hij werd prompt bediend. Macht zat hem net zo gegoten als zijn Italiaanse pak.

'Grapefruitsap,' zei hij met zijn lichte Boston-accent. 'Een schaal meloenballetjes, ijskoud, en volkorentoast, geen boter. Zo,' begon hij toen de serveerster wegliep. 'Het gaat goed met je?'

'Ja.' Drake voelde zijn oksels nat worden. 'En met u?'

'Zo gezond als een paard.' Delrickio leunde achterover en klopte op zijn dikke buik. 'Mijn Maria maakt nog steeds de beste *linguine* van het land, maar ik neem kleinere porties, neem alleen een salade bij de lunch en ga drie keer per week trainen. Mijn cholesterol is honderdzeventig.'

'Dat is fantastisch, Mr. Delrickio.'

'Dit is je enige lichaam.'

Drake zag zijn eigen enige lichaam niet graag als een kalkoen in plakjes gesneden. 'En uw familie?'

'Prima.' De liefhebbende vader glimlachte. 'Angelina heeft me vorige week een nieuwe kleinzoon geschonken. Nu heb ik veertien kleinkinderen.' Er kwam een waas voor zijn ogen. 'Dat maakt een man onsterfelijk. En jij, Drake, jij zou met een leuk meisje moeten trouwen, kindjes maken. Het zou je leven een doel geven.' Hij boog zich voorover, een oprecht bezorgde vader, op het punt serieus advies te verlenen. 'Mooie vrouwen neuken is één. Tenslotte is een man een man. Maar een gezin, daar gaat niets boven.'

Drake bracht het tot een glimlach terwijl hij zijn kopje optilde. 'Ik ben nog steeds op zoek.'

'Als je ophoudt met je pik te denken en met je hart denkt, zul je vinden.' Hij slaakte een zucht toen hun eten werd geserveerd, keek toen met een opgetrokken wenkbrauw naar dat van Drake en berekende de grammen vet. 'Welnu…' Bijna ineenkrimpend bij de stroop die Drake over zijn pannenkoeken klodderde, prikte Delrickio sierlijk een meloenballetje aan zijn vork. 'Je bent van plan je schuld af te betalen.'

De ham bleef Drake in zijn keel steken. Terwijl hij die met moeite doorslikte, voelde hij een smal straaltje zweet langs de zijkant van zijn lichaam omlaaglopen. 'Zoals u weet heb ik een beetje pech gehad. Momenteel heb ik een cashflowprobleem.' Hij doordrenkte zijn pannenkoeken met nog meer stroop, terwijl Delrickio ernstig zijn fruit opat. 'Ik kan u tien procent geven, als blijk van goed vertrouwen.'

'Tien procent.' Met verwrongen mond spreidde Delrickio een kuipje aardbeienjam over zijn toast uit. 'En de andere negentigduizend?' Negentigduizend. Het woord klonk als een hamerslag binnen Drakes schedel. 'Zo gauw de dingen beter gaan lopen. Het enige wat ik nodig heb is één klapper.'

Delrickio depte zijn lippen met zijn servet. 'Dat heb je al eens gezegd.'

'Dat weet ik, maar deze keer –'

Delrickio hoefde slechts een hand te heffen om Drakes gehaaste uitleg af te kappen. 'Ik mag je, Drake, dus zeg ik je dat gokken een spel voor idioten is. Wat mij betreft, maakt het deel uit van mijn zaken, maar het irriteert me dat jij je… gezondheid riskeert met totoformuliertjes.'

'Daar ga ik met de Super Bowl verandering in brengen.' Drake begon snel te eten om het holle gevoel in zijn binnenste te vullen. 'Ik heb maar een week nodig.'

'En als je verliest?'

'Dat gebeurt niet.' Een wanhopige glimlach en het zweet gutste langs zijn rug.

Delrickio ging door met eten. Een hapje meloen, een hapje toast, een slok sap. Aan de tafel naast hem zette een vrouw een baby in een hoge stoel. Delrickio knipoogde naar het kind, wijdde zich vervolgens weer aan zijn bezigheid – meloen, toast, sap. Drake voelde de eieren in zijn maag samenklonteren.

'Alles goed met je tante?'

'Eve?' Drake likte langs zijn lippen. Hij wist wat bijna niemand wist: dat Delrickio en zijn tante een korte, hartstochtelijke affaire hadden gehad. Drake wist nooit zeker of dat in zijn voordeel werkte. 'Het gaat goed met haar.'

'Ik hoor dat ze haar memoires gaat publiceren.'

'Ja.' Hoewel zijn maag protesteerde, nam Drake nog een slok koffie. 'Tenminste, ze heeft een schrijfster van de Oostkust laten komen om haar geautoriseerde biografie te schrijven.'

'Een jonge vrouw.'

'Julia Summers. Ze schijnt goed te zijn.'

'En hoeveel is je tante van plan te onthullen?'

Drake voelde een kleine vlaag van opluchting bij de kentering in het gesprek. Hij smeerde boter op een stuk toast. 'Wie weet? Bij Eve hangt dat van haar bui af.'

'Maar dat kom jij wel aan de weet.'

De toon maakte dat Drake ophield, het mes nog in de lucht. 'Ze praat niet met mij over dat soort dingen.'

'Je zorgt dat je 't te weten komt,' hield Delrickio aan. 'En je krijgt je week. De ene dienst is de andere waard.' Delrickio glimlachte. 'Zo gaat dat tussen vrienden. En familie.'

Ze voelde zich weer jong toen ze het zwembad in dook. Dankzij het avondje met Victor straalde ze weer als een klein meisje. Eve was later dan gewoonlijk wakker geworden, en met een verblindende hoofdpijn. Maar het medicijn, en nu het koele, heldere water, maakte die pijn draaglijk.

Langzaam, met regelmatige slagen, zwom ze baantjes en genoot van het gevoel dat haar armen en benen precies op tijd bewogen. Het leek een kleinigheid, de beheersing over je lichaam. Maar zij had geleerd die op waarde te schatten.

Vannacht was geen kleinigheidje geweest dacht ze terwijl ze op haar zij ging zwemmen. Seks was altijd ongelooflijk met Victor. Vurig of teder, langzaam of vol razernij. De hemel wist dat ze in de loop der jaren op elke denkbare manier hadden gevreeën.

De afgelopen nacht was verrukkelijk geweest. In iemands armen te liggen nadat de hartstocht geblust was, naast elkaar te liggen doezelen als twee ouwe veteranen, weer wakker worden en te voelen hoe hij weer in haar gleed.

Van al die mannen, van al die minnaars, was er niet één als Victor. Omdat hij van al die mannen, al die minnaars, de enige was die werkelijk haar hart had weten te stelen.

Er was een tijd geweest, jaren en jaren geleden, dat ze wanhopig was over haar gevoelens voor hem; toen ze vloekte en tierde en haar vuisten had gezwaaid tegen het lot, omdat dat het ze onmogelijk maakte samen te zijn. Die tijd was voorbij. Nu kon ze alleen maar dankbaar zijn voor elk uur dat ze samen hadden.

Eve hees zich uit het zwembad, bibberde van de koele lucht op haar natte huid en trok een lange rode badjas aan. Alsof ze op haar wachtwoord had gewacht, kwam Travers aanzetten met het ontbijt op een blad en een fles bodylotion.

'Heeft Nina haar gebeld?' vroeg Eve.

Travers snoof. Het klonk als een stoomketel. 'Onderweg.'

'Goed.' Eve pakte de fles en schudde die afwezig terwijl ze haar huishoudster aankeek. 'Je hoeft je afkeuring niet zo duidelijk te tonen.'

'Ik denk wat ik denk.'

'En weet wat je weet,' voegde Eve er met een glimlachje aan toe. 'Waarom geef je haar de schuld?'

Travers zette omzichtig het ontbijt op de glanzend witte tafel. 'Je kunt haar maar het beste terugsturen en de hele zaak vergeten. Het is vragen om moeilijkheden. Niemand zal het je in dank afnemen.'

Met geroutineerde vingers verspreidde Eve de crème over haar gezicht. 'Ik heb haar nodig,' zei ze eenvoudig. 'Ik kan dit niet zelf.'

Travers' lippen werden een streepje. 'Je hebt je hele leven verdomme gedaan wat je wilde. Dit keer heb je het mis.'

Eve ging zitten en stopte een framboos in haar mond. 'Ik hoop het niet. Je kunt gaan.'

Travers stoof naar het huis terug. Nog steeds glimlachend zette Eve haar zonnebril op en wachtte op Julia. Ze hoefde niet lang te wachten. Van achter haar donkere glazen keek ze alvorens een oordeel te vellen, toen praktische schoenen, een nauwe koningsblauwe broek en een vers gestreken, gestreepte blouse zichtbaar werden. Ietwat meer ontspannen maar nog steeds op haar hoede, concludeerde Eve op grond van zowel lichaamstaal als kleding.

Hoe lang zou het duren, vroeg ze zich af, voordat we ooit tot een vorm van vertrouwen komen?

'Ik hoop dat je het niet erg vindt om hier te praten.' Eve gebaarde naar de stoel naast haar.

'Helemaal niet.' Hoeveel mensen, vroeg Julia zich af, hadden dat beroemde gezicht zonder make-up gezien? En hoeveel mensen wisten dat de schoonheid lag in de teint en bouw van haar gezicht, niet in de kunstgrepen? 'Waar u zich het makkelijkst voelt, vind ik het prima.'

'Ik zou hetzelfde kunnen zeggen.' Eve schonk wat sap in en trok haar wenkbrauw op toen Julia haar hoofd schudde toen ze er champagne bij wilde gieten. 'Gebeurt dat wel eens?' vroeg ze. 'Dat jij je gemakkelijk voelt?'

'Natuurlijk. Maar niet als ik werk.'

Peinzend proefde Eve van haar cocktail en nam, toen die naar wens bleek, nog een slok. 'Wat doe je dan? Om te ontspannen, bedoel ik.'

Van haar stuk gebracht, stamelde Julia: 'Nou ja, ik… ik…'

'Ik héb je.' Eve liet een korte lach horen. 'Zal ik iets over jou vertellen? Je bent benijdenswaardig jong en beeldschoon. Je bent een toegewijde moeder en alles draait om het leven van je kind; je hebt je vast voorgenomen hem een goede opvoeding te geven. Je werk komt op de tweede plaats, hoewel je het benadert met een ernst die aan zwaarwichtigheid grenst. Etiquette, fatsoen en manieren zijn voor jou spreekwoordelijk, temeer omdat er onder al dat beheerste een sterke vrouw vol hartstocht schuilt. Ambitie is een geheime zonde en je schaamt je bijna dat je die hebt. Mannen staan heel laag op je lijst – ergens, volgens mij, onder het oprollen van Brandons sokken.'

Het vergde al Julia's wilskracht om haar gezicht in de plooi te houden. Ze kon echter niets doen tegen de bliksemschicht in haar ogen. 'U schildert me heel saai af.'

'Bewonderenswaardig,' verbeterde Eve haar en ze graaide nogmaals in de frambozen. 'Hoewel die twee soms synoniemen zijn. De waarheid is dat ik een uitbarsting bij je probeerde op te wekken om die ontzettende zelfbeheersing van je te doorbreken.'

'Waarom?'

'Ik wil graag weten dat ik mijn ziel aan een medemens blootleg.' Eve haalde haar schouders op en brak een stuk van een knapperige croissant af. 'In je kleine aanvaring met Paul, die avond onder het eten, bespeurde ik een gezond temperament. Ik heb bewondering voor temperament.'

'Niet iedereen is in de positie om dat te luchten.' Het hare smeulde echter nog in haar ogen. 'Ik ben ook maar een mens, Miss Benedict.'

'Eve.'

'Ik ben ook maar een mens, Eve, zo menselijk dat ik er straal de pest in krijg als ik word gemanipuleerd.' Julia maakte haar tas open om haar blocnote en haar recorder te pakken. 'Heb jij hem gisteren naar me toe gestuurd?'

Eve grinnikte. 'Wie?'

'Paul Winthrop.'

'Nee.' Verrassing en nieuwsgierigheid waren duidelijk af te lezen maar, hielp Julia zichzelf herinneren, de dame was actrice. 'Kwam Paul bij je op bezoek?'

'Ja. Hij maakt zich zorgen om het boek en de manier waarop ik het ga schrijven.'

'Hij is altijd heel beschermend voor me.' Eves eetlust was tegenwoordig niet te voorspellen. Ze schoof de rest van het ontbijt opzij voor een sigaret. 'En ik kan me voorstellen dat hij geïntrigeerd wordt door jou.'

'Ik betwijfel of het persoonlijk is.'

'Niet doen.' Eve moest weer lachen, maar er groeide een idee. 'Lieve schat, de meeste vrouwen hebben bij hem na vijf minuten hun tong uit hun bek hangen. Hij is verwend. Met zijn uiterlijk, zijn charme, die smeulende ondertoon van viriliteit... je kunt nauwelijks anders verwachten. Ik kan het weten,' voegde ze eraan toe. 'Ik viel op zijn vader.'

'Vertel me daar eens over.' Julia profiteerde van de opening en drukte op 'Opnemen'. 'Over Rory Winthrop.'

'Ach, Rory... het gezicht van een gevallen engel, de ziel van een dichter, het lichaam van een god en de hersens van een dobermann die achter een loopse teef aan zit.' Toen ze weer lachte was er geen spoortje kwaadaardigheid, maar gezonde, goedaardige humor. 'Ik heb het altijd jammer gevonden dat we er niets van konden bakken. Ik hield van de schoft. Het probleem met Rory was dat als hij een erectie kreeg, hij het zijn eer te na vond er niets mee te doen. Franse dienstmeisjes, Ierse keukenmeiden, tegenspeelsters en opzichtige sletjes. Als Rory bij het zien van iemand een stijve kreeg, was het als man zijn plicht hem ergens in te steken.' Grinnikend vulde ze haar glas nog eens met sap en champagne. 'De ontrouw had ik misschien kunnen tolereren – dat was volstrekt onpersoonlijk. Rory's fout was dat hij het nodig vond om te liegen. Ik kon niet getrouwd blijven met een man die dacht dat ik zo stom was om zijn onnozele verzinsels te geloven.'

'Zijn ontrouw hinderde je niet?'

'Dat zei ik niet. Scheiding is veel te fatsoenlijk en fantasieloos om een man terug te pakken voor het feit dat hij maar wat rondneukt. Ik geloof in wraak, Julia.' Ze genoot van het woord zoals ze van de teug champagne genoot. 'Als ik meer om Rory had gegeven, minder om Paul, nou ja, laten we zeggen dat alles dan explosiever was geëindigd.'

Weer voelde Julia een vonkje begrip. Zelf had ze te veel om haar zoon gegeven om de vader te vernietigen. 'Hoewel je relatie met Rory jaren geleden ten einde kwam, heb je nog steeds een warme relatie met zijn zoon.'

'Ik hou van Paul. Hij is bijna als een eigen kind dat ik zelf nooit heb gekregen.' Ze wuifde het sentiment weg en stak onmiddellijk een sigaret op nadat ze de vorige had uitgedrukt. Hoe zwaar moest die verklaring haar zijn gevallen. 'Ik was verre van een moederfiguur,' zei ze met een ijle glimlach. 'Maar ik wilde dat jongetje koesteren. Ik was net over de veertig, net op het punt waarop een vrouw weet dat ze vrijwel geen tijd meer heeft om die slag van de biologische klok te winnen. En daar was dat intelligente, prachtige kind – dezelfde leeftijd als jouw Brandon.' Ze nam nog een teug om zichzelf de gelegenheid te geven controle over haar emoties te krijgen. 'Paul was mijn enige houvast.'

'En Pauls moeder?'

'Marion Heart? Een beeldschone actrice – een beetje een snob, wat Hollywood betreft. Zij was per slot van rekening *theater*. Zij en Rory slingerden het joch heen en weer tussen New York en L.A.. Marion was op haar manier wel op Paul gesteld, alsof hij een huisdier was dat ze in een impuls had aangeschaft en nu moest voeden en uitlaten.'

'Maar dat is vreselijk.'

Voor het eerst hoorde Eve echte emotie in Julia's stem, emotie die weerkaatste in de schittering in haar ogen. 'Er zijn een hele hoop vrouwen in dezelfde situatie. Je gelooft me niet,' voegde ze eraan toe, 'vanwege Brandon. Maar ik geef je op een briefje dat niet alle vrouwen naar het moederschap verlangen. Er was geen sprake van geweld. Noch Rory noch Marion zou het in hun hoofd halen het kind kwaad te doen. Noch was er sprake van verwaarlozing. Er heerste niet meer dan een beminnelijke desinteresse.'

'Dat heeft hem waarschijnlijk pijn gedaan.'

'Men mist niet altijd wat men niet heeft gekend.' Ze merkte dat Julia was gestopt met het maken van aantekeningen en dat ze luisterde, alleen maar luisterde. 'Toen ik Paul ontmoette, was hij een intelligent, parmantig kind. Ik kon niet zomaar binnenstappen en de toegewijde mama spelen – zelfs als ik geweten had hoe dat moest. Maar ik kon hem aandacht geven en van hem genieten. Eerlijk gezegd denk ik vaak dat ik met Rory trouwde omdat ik smoor was op zijn zoontje.'

Ze leunde achterover, genietend van deze speciale herinnering. 'Natuurlijk kende ik Rory al een tijdje. We bewogen ons in dezelfde kringen. We voelden ons tot elkaar aangetrokken; er was een vonk, maar de tijd klopte nooit. Als ik vrij was, was hij met iemand en vice versa. Toen maakten we samen een film.'

'Fancy Face.'

'Ja, een romantische komedie. En verdomd goed. Een van mijn beste ervaringen. Een scherp, geestig scenario, een creatieve regisseur, elegante kostuums, en een tegenspeler die wist hoe hij die erotische vonken kon laten spetteren. Na twee weken filmen spetterden ze ook buiten de camera's.'

Een beetje teut, niet een beetje achteloos, slenterde Eve Rory's huis op het strand van Malibu binnen. Het filmen was uitgelopen en daarna hadden ze zich in een groezelig eethuisje verscholen, waar ze bier hadden gehesen en vet gegeten. Rory had de ene na de andere munt in de jukebox gegooid, zodat hun gelach en al die seksuele plagerijtjes door The Beach Boys waren begeleid.

De flowerpower begon in Californië zijn eerste geluid te laten horen. De meeste andere klanten in het eethuis waren tieners en studenten met haar dat over de rug van hun tie-dye T-shirts golfde. Een meisje hing, stoned als ze was, een kralenkettinkje om Rory's hals toen hij twee dollar aan wisselgeld in de jukebox gooide.

Ze waren al beroemde sterren, maar werden niet herkend. De pubers die de boventoon in het eethuis voerden, gaven hun geld niet uit aan films met Eve Benedict en Rory Winthrop. Dat besteedden ze liever aan concerten, hasj en wierook. Woodstock was slechts drie jaar en een werelddeel verwijderd.

Eve en Rory hielden zich niet al te zeer bezig met Vietnam.

Ze hadden het eethuisje verlaten om Malibu in te scheuren, met de kap van de Mercedes naar beneden, in een roes van bier en voorpret. Eve had deze avond zorgvuldig voorbereid. Er waren de volgende dag geen opnamen, dus hoefde ze zich niet druk te maken over opgezette ogen. Ook al had ze trek in een nacht vol seks, ze was bovenal filmster.

Ze had met open ogen besloten om Rory tot minnaar te nemen. Er zaten gaten in haar leven, gaten waarvan ze wist dat ze nooit meer gevuld zouden worden. Maar ze kon ze toedekken, voor een korte tijd tenminste. Met door de wind verwarde haren, haar schoenen achtergelaten in de auto, maakte Eve een snelle ronde door de woonkamer. Hoge, glanzend houten plafonds, louter glazen wanden, het geluid van de branding. Hier, dacht ze, terwijl ze zich liet neerzinken op het kleed voor de stenen haard. Hier en nu. Ze keek glimlachend naar hem op. In het schijnsel van de kaarsen die hij haastig had aangestoken zag hij er ongelooflijk uit. Gebruinde huid, mahoniekleurig haar, saffierblauwe ogen. Ze had zijn mond al geproefd terwijl technici om hen heen doende waren. Ze wilde die mond – en hem – zonder scenario of regisseur.

Ze verlangde naar woeste, gevaarlijke seks, om haar een paar uur te helpen vergeten waarmee ze de rest van haar leven moest leven.

Hij knielde naast haar. 'Weet je hoe lang ik naar je heb verlangd?'

Ze wist dat er niets machtiger was dan een vrouw die op het punt staat zich aan een man over te geven. 'Nee.'

Hij nam haar haar in zijn hand. 'Hoe lang kennen we elkaar?'

'Vijf, zes jaar.'

'Zo lang dus.' Hij boog zijn hoofd om aan haar lip te sabbelen. 'Het probleem is dat ik veel te lang in Londen was, terwijl ik hier had kunnen zijn om met jou te vrijen.'

Een deel van zijn charme was een vrouw te laten geloven dat hij alleen aan haar dacht. In feite was met welke vrouw hij op welk moment ook was de fantasie heel echt.

Ze liet haar handen over zijn gezicht glijden, gefascineerd door de lijnen, kuiltjes en vlakken die zo'n overstelpende mannelijke pracht vormden. Fysiek was Rory Winthrop volmaakt. En voor deze nacht was hij tenminste van haar.

'Neem me nu dan.' Ze liet de uitnodiging vergezeld gaan van een lage lach terwijl ze zijn overhemd over zijn hoofd trok. In het kaarslicht glansden haar ogen van lust en belofte.

Hij voelde aan dat wat zij wilde niet een dans was maar een race. Hoewel hij die eerste keer misschien liever meer romantiek en voorspel had gewild, was Rory altijd bereid een vrouw van dienst te zijn. Ook dat maakte deel uit van zijn charme – van zijn zwakheid.

Hij rukte aan haar kleren, verrukt, verloren door de manier waarop haar nagels ondiepe striemen in zijn rug schraapten. Een vrouwenlichaam wond hem altijd op, of het nu slank of vol, jong of rijp was. Hij verlustigde zich aan Eves huid, liet zich in haar weelderige rondingen wegzinken, verleid door hun geuren, hoe ze aanvoelden, en gromde toen ze aan zijn broek rukte en voelde dat hij hard en paraat was. Het ging niet snel genoeg. Ze kon nog steeds denken. Nog steeds kon ze het gebeuk van water tegen zand horen, haar eigen hartslag, haar eigen onregelmatige ademhaling. Ze verlangde naar het luchtledige van seks waar niets was, niets dan gevoel. In wanhoop liet ze zich over hem heen rollen, haar lichaam soepel en gevaarlijk als een zweep. Hij moest haar vergetelheid schenken. Ze wilde niet herinnerd worden aan andermans handen die over haar huid gleden, de smaak van andermans mond, de geur van andermans huid.

Vluchten zou haar behoud zijn, en ze had zichzelf beloofd dat Rory Winthrop die vlucht was.

Het kaarslicht danste over haar huid toen ze zich boven hem verhief. Haar haar golfde naar achteren, een ebbenhouten waterval. Toen ze hem bij zich naar binnen leidde, stootte ze een kreet uit die een regelrechte smeekbede was. Ze bereed hem hard totdat ze, eindelijk, bevrijding vond in vergetelheid.

Uitgeput liet ze zich als een doek over hem heen vallen. Zijn hart hamerde tegen het hare, en ze glimlachte, dankbaar. Als ze zich aan hem kon geven, genot en passie bij deze man kon vinden, zou ze genezen en weer geheeld worden.

'Leven we nog?' fluisterde Rory.

'Ik geloof van wel.'

'Goed.' Hij vond de energie om zijn handen over haar rug naar beneden te laten glijden en begon zachtjes haar billen te kneden. 'Dat was me de rit wel, Evie.'

Ze glimlachte. Niemand had haar ooit Evie genoemd, maar ze besloot dat het leuk klonk zoals hij het met zijn keurige, getrainde toneelstem uitsprak. Ze tilde haar hoofd op en keek op hem neer. Zijn ogen waren gesloten en er lag een onnozele grijns van pure bevrediging op zijn gezicht. Ze moest erom lachen en ze kuste hem, al weer dankbaar. 'Wat doen we in de tweede ronde?'

Langzaam gingen zijn ogen open. Ze zag er zowel lust als genegenheid in gespiegeld. Tot dat moment was ze zich er niet van bewust geweest dat ze naar beide had gehunkerd. Geef om me, alleen om mij, dacht ze, dan zal ik alles doen om van je te houden.

'Luister. Boven heb ik een heel groot bed en een heel groot bubbelbad op het boventerras. Waarom gebruiken we ze niet allebei?'

Dat deden ze, plonzend in het hete water, de satijnen lakens aan flarden scheurend. Als gretige kinderen genoten ze van elkaar tot hun lichamen smeekten om slaap.

Het was een ander soort honger die Eve vlak na twaalven wekte. Naast haar in het enorme bed lag Rory halfdood op zijn buik uitgestrekt. Nog steeds nagenietend drukte ze een snelle kus op zijn schouder en ging onder de douche.

In zijn kast was een ruime keuze aan vrouwenpeignoirs voorhanden – of hij had ze uit galanterie gekocht, of ze waren achtergelaten door andere minnaressen. Eve koos er een van blauwe zijde omdat die bij haar stemming paste en ging naar beneden met het plan een licht ontbijt voor hen klaar te maken dat ze in bed konden opeten. Ze ging op het geluid af van een neuzelende televisie in de keuken. Een huishoudster, dacht ze. Des te beter. Nu kon ze ontbijt bestellen in plaats van het zelf klaar te maken. Neuriënd viste ze het pakje sigaretten op dat ze in de zak van de kamerjas had gestopt.

Het laatste wat ze verwachtte aan het aanrecht te zien staan was een kleine jongen. Vanuit de deuropening viel haar de grote gelijkenis met zijn vader op. Hetzelfde donkere, dikke haar, de lieve mond, de intens blauwe ogen. Toen de jongen behoedzaam, bijna devoot, pindakaas op een snee brood smeerde, ging de televisie aan de andere kant van de kamer van reclame over op een tekenfilm. Bugs Bunny sprong, droogjes op een wortel knagend, uit zijn holletje tevoorschijn.

Voordat Eve kon besluiten of ze naar binnen zou gaan of stilletjes weer weg zou sluipen, keek de jongen op – als een jonge wolf die ergens lucht van krijgt. Toen zijn blik de hare ontmoette hield hij op met smeren en bekeek haar kritisch.

Door de jaren heen was Eve door talloze mannen peinzend en schattend bekeken, maar dit jongetje maakte haar sprakeloos met zijn scherpe, verwarrend volwassen vorsende blik. Later kon ze erom lachen, maar op dat moment had ze het gevoel dat hij subiet door het image stootte van de vrouw erachter, naar Betty Berenski, het leergierige, dromerige meisje dat zich had omgesmolten tot Eve Benedict.

'Hallo,' zei hij als een kinderlijke echo van zijn vaders gecultiveerde stem. 'Ik ben Paul.'

'Hallo.' Ze voelde een belachelijke impuls om haar haar in orde te brengen en haar kamerjas glad te strijken. 'Ik ben Eve.'

'Weet ik. Ik heb je foto gezien.'

Eve voelde zich gegeneerd. Hij keek haar aan alsof ze bijna even raar was als Bugs Bunny die zijn tegenstander te slim af is. Ze kon zien dat hij wist wat zich in zijn vaders slaapkamer afspeelde. Er lag zo'n cynische krul om zijn lip. 'Goed geslapen?'

De kleine stinkerd, dacht Eve terwijl gêne plaatsmaakte voor geamuseerdheid. 'Heel goed, dank je.' Toen schreed ze naar binnen, zoals een koningin een salon betreedt. 'Ik vrees dat ik niet wist dat Rory's zoon bij hem woonde.'

'Soms.' Hij pakte een pot jam en begon een andere snee brood te besmeren. 'Ik vond mijn vorige school niet leuk, dus besloten mijn ouders me voor een jaar of twee naar Californië over te laten komen.' Hij legde de twee sneden brood zorgvuldig op elkaar. 'Ik maakte mijn moeder stapelgek.'

'O ja?'

'Nou en of.' Hij liep naar de koelkast en haalde er een grote fles cola uit. 'Ik ben er nogal goed in. Vóór de zomer heb ik mijn vader ook gek gemaakt, dus ga ik naar Londen. Ik vind vliegen fijn.'

'O ja?' Geboeid keek Eve toe hoe hij aan de keukentafel met het glazen blad ging zitten. 'Vind je het goed als ik voor mezelf een boterham klaarmaak?'

'Natuurlijk. Je maakt een film met mijn vader.' Hij zei het terloops, alsof hij eraan gewend was dat al zijn vaders tegenspeelsters op zaterdagmiddag in een geleende kamerjas in de keuken stonden.

'Dat klopt. Hou je van films?'

'Sommige. Ik heb er één van jou op de *telly* gezien. Tv.' Hij verbeterde zich, om zichzelf eraan te herinneren dat hij nu niet in Engeland zat. 'Jij was een barzangeres en er pleegden mannen moorden voor je.' Hij nam een hap van zijn boterham. 'Je hebt een heel leuke stem.'

'Dank je.' Ze keek over haar schouder om zich ervan te vergewissen dat ze deze conversatie met een kind voerde. 'Word jij later ook acteur?'

Er kwamen pretlichtjes in zijn ogen toen hij nog een hap nam. 'Nee. Als ik bij de film zou gaan, werd ik regisseur. Ik denk dat het voldoening geeft om andere mensen te vertellen wat ze moeten doen.'

Eve besloot geen koffie te zetten, haalde ook wat frisdrank uit de koelkast en ging bij hem aan tafel zitten. Haar idee om Rory iets lekkers te brengen en van een middagnummertje te genieten was vergeten. 'Hoe oud ben je?'

'Tien. En hoe oud ben jij?'

'Ouder.' Ze proefde van de pindakaas met jam en werd beloond met een flits uit het verleden. Voordat ze Charlie Gray ontmoette, had ze een maand op pindakaas met jam op brood en blikken soep geleefd. 'Wat vind je het leukst aan Californië?'

'De zon. Het regent veel in Londen.'

'Dat heb ik gehoord.'

'Heb jij hier altijd gewoond?'

'Nee, hoewel ik soms wel het gevoel heb.' Ze nam een fikse slok cola. 'Vertel me eens, Paul, wat vond je vervelend aan je vorige school?'

'De uniformen,' zei hij meteen. 'Ik haat uniformen. Alsof ze willen dat je er hetzelfde uitziet, dus ook hetzelfde gaat denken.'

Omdat ze bijna stikte, zette ze de fles neer. 'Weet je zeker dat je pas tien bent?'

Schouderophalend stopte hij het laatste stuk brood in zijn mond. 'Ik ben bijna tien. En ik ben vroegrijp,' maakte hij haar duidelijk, met zo veel ernst dat ze haar lach inslikte. 'En ik stel te veel vragen.'

Onder het vernis van een wijsneus klonk pijnlijk de stem van een eenzame kleine jongen. Een vis op het droge, dacht Eve, en ze weerstond de impuls om door zijn haar te woelen. Ze kende het gevoel heel goed. 'De mensen zeggen alleen maar dat je te veel vragen stelt als ze het antwoord niet weten.'

Hij keek haar met die oprechte, volwassen ogen nog eens lang en onderzoekend aan. Toen glimlachte hij en werd bijna een jongetje van bijna tien dat een tand miste. 'Weet ik. En het maakt ze gek als je gewoon door blijft vragen.'

Ditmaal kon ze niet laten door zijn haar te woelen. Door die grijns was ze voor de bijl gegaan. 'Jij zult nog ver komen, knul. Maar wat vind je voorlopig van een strandwandeling?'

Hij keek haar een volle dertig seconden aan. Eve durfde er haar laatste dollar om te verwedden dat Rory's minnaressen zich nooit met hem bemoeiden. Ze durfde ook te wedden dat Paul Winthrop ontzettend verlegen zat om vriendschap.

'Oké.' Hij ging met een vinger over de beslagen colafles, waarop tekeningen ontstonden. 'Als je wilt.' Hij mocht niet te happig lijken.

'Fijn.' Ze voelde precies hetzelfde en kwam nonchalant overeind. 'Laat me even wat kleren zoeken.'

'We hebben een paar uur gewandeld,' zei Eve. Ze glimlachte nu. Haar sigaret was bij de filter uitgegaan en lag onaangeroerd in de asbak. 'Bouwden zelfs zandkastelen. Het was een van de meest... intieme middagen van mijn leven. Toen we terugkwamen was Rory wakker en was ik smoorverliefd op zijn zoon.'

'En Paul?' vroeg Julia zacht. Ze kon hem zich precies voor de geest halen: een eenzaam klein jongetje dat op een zaterdagmiddag in zijn eentje een boterham klaarmaakte.

'O, hij was voorzichtiger dan ik. Ik realiseerde me later dat hij me ervan verdacht dat ik hem gebruikte om zijn vader te krijgen.' Met een ongedurige beweging ging ze verzitten en nam een verse sigaret. 'Wie kon hem dat kwalijk nemen? Rory was een begeerlijke man, machtig binnen de industrie, rijk – door wat hij zelf verdiende en ook vanwege zijn familie.'

'Jij en Rory Winthrop zijn getrouwd voordat de film waaraan jullie werkten, uitkwam.'

'Een maand na die zaterdag in Malibu.' Zwijgend nam Eve een paar trekken terwijl ze uitkeek over de sinaasappelplantage. 'Ik moet toegeven dat ik achter hem aan zat, doelbewust. Hij had geen enkele kans. Romantiek was zijn zwakke plek. Ik buitte dat uit. Ik wilde trouwen, ik wilde dat kant-en-klare gezin. Daar had ik mijn redenen voor.'

'En die waren?'

Zich weer op Julia concentrerend, glimlachte Eve. 'Laten we vooralsnog stellen dat Paul daar een grote rol in speelde. Dat is ook wel waar, en ik ben niet van plan te liegen. En op dat punt in mijn leven geloofde ik nog in het huwelijk. Rory kon me aan het lachen maken. Hij was – is – intelligent, teder, en net primitief genoeg om interessant te zijn. Ik had er behoefte aan te geloven dat het zou werken. Het is niet gelukt, maar van mijn vier huwelijken is 't het enige waarvan ik geen spijt heb.'

'Waren er andere redenen?'

'Jou ontgaat niet veel,' mompelde Eve. 'Ja.' Met snelle, korte gebaren maakte ze haar sigaret uit. 'Maar dat is een ander verhaal, voor een andere dag.'

'Oké. Vertel me dan maar wat je redenen waren om Nina aan te nemen.' Zeer zelden werd Eve uit haar evenwicht gebracht. Nu, om even tijd te winnen, knipperde ze en glimlachte nietszeggend. 'Pardon?'

'Gisteravond heb ik met Nina gesproken. Ze vertelde hoe je haar na haar zelfmoordpoging in het ziekenhuis had aangetroffen, dat je haar niet alleen een baan gaf, maar ook de wil om te leven.'

Eve pakte haar glas op, keek naar de paar resterende centimeters champagne met sap. 'Aha. Nina heeft me niet verteld dat je haar hebt ondervraagd.'

'We raakten aan de praat toen ze gisteravond de foto's kwam brengen.'

'Aha. Ik heb haar vanmorgen nog niet gezien.' Ze zette haar glas bij nader inzien terug zonder ervan te drinken. 'Mijn redenen om Nina in te huren waren tweeledig en ingewikkelder dan ik op dit moment wil uitleggen. Wat ik je wel wil vertellen is dat ik een hekel heb aan verspilling.'

'Ik vroeg me af,' hield Julia aan, met meer belangstelling voor Eves gezicht dan voor het antwoord, 'of je het gevoel had dat je op die manier een oude schuld kon inlossen? Charlie Gray had zelfmoord gepleegd en je had niets kunnen doen om dat te voorkomen. Ditmaal, met Nina, kon je dat wel. Dat deed je ook.'

Verdriet sloop Eves ogen binnen, bleef hangen. Julia zag het groen donkerder, dieper worden. 'Je kunt heel goed analyseren, Julia. Voor een deel deed ik het om Charlie terug te betalen. Maar omdat ik een heel efficiënte medewerkster en een toegewijde vriendin rijker werd, zou je kunnen zeggen dat het me niets heeft gekost.'

Het waren inderdaad Eves ogen, niet het antwoord, waardoor Julia haar hand uitstrekte om die, voordat ze in de gaten had dat ze de afstand had overbrugd, op die van Eve te leggen. 'Wat je ook rijker werd, medeleven en gulheid zijn meer waard. Ik heb je mijn hele leven bewonderd als actrice. De afgelopen dagen ben ik je als vrouw gaan bewonderen.'

Terwijl Eve haar ogen naar hun verstrengelde handen liet neerdalen, gleden er allerlei verwarde emoties over haar gezicht. Ze leverde een verbeten strijd om ze te beheersen voordat ze sprak: 'Je krijgt zat tijd om andere meningen over mij – als vrouw – te ontwikkelen voordat we klaar zijn. Die zullen in de verste verte niet allemaal met bewondering te maken hebben. Voorlopig moet ik een paar dingen doen.' Ze stond op en gebaarde naar de recorder. Met tegenzin zette Julia hem af. 'Er is vanavond een liefdadigheidsdiner. Ik heb een kaartje voor je.'

'Vanavond?' Julia hield een hand boven haar ogen tegen de zon toen ze opkeek. 'Ik denk echt niet dat ik kan komen.'

'Als je dit boek wilt schrijven kun je het niet allemaal vanuit dit huis doen. Ik ben een publieke figuur, Julia,' hielp Eve haar herinneren. 'Ik wil dat je bij me bent, in het openbaar. Om halfacht moet je klaarstaan. CeeCee past op Brandon.'

Julia kwam ook overeind. Het onverwachte kon ze beter staande afhandelen. 'Natuurlijk ga ik. Maar ik waarschuw je dat ik niet goed ben in babbelen.' De ironie spatte uit haar woorden toen ze eraan toevoegde: 'Ik ben nooit over de gewoonte heen gegroeid om mensen gek te maken door te veel vragen te stellen.'

Eve moest lachen en slenterde voldaan naar het huis. Ze wist zeker: het zou een interessante avond worden.

6

Als er één ding was dat Julia erger vond dan bevelen te krijgen, was het geen andere keus te hebben dan ze op te volgen. Niet dat ze niet van een avondje uit hield, en zeker niet als het zo'n schitterend festijn betrof. Mocht het gevoel dreigen dat ze te hedonistisch was, dan kon ze het altijd rechtvaardigen als onderzoek. De ochtend van de dag waarop het feest zou zijn was haar te kennen gegeven dat van haar werd verwacht dat ze aanwezig was.

Niet gevraagd, niet uitgenodigd. Bevolen.

Dus was ze menselijk genoeg om een flink stuk van die middag te besteden met tobben over wat ze zou aantrekken. Tijd die ze, dacht ze nu, aan haar werk had moeten besteden. Net toen haar woede op Eve op zijn hoogtepunt was, klopte Nina aan met een drietal jurken. Toiletten, zo werd Julia verzekerd, die Eve persoonlijk uit haar eigen garderobe had geselecteerd, voor het geval dat Julia niet iets geschikts bij zich had voor een formele party.

Dictatoriaal misschien, maar altijd attent. En het was verleidelijk geweest, heel verleidelijk, om een van de glanzende glittergewaden te kiezen. Op een gegeven moment had Julia ze op haar bed uitgespreid: duizenden dollars aan zijde en lovertjes. Ze was zwak genoeg om er één te passen, een strapless van koraalrode wuivende zijde. Hij zat maar een fractie te wijd rond borsten en heupen, dus kon ze zich voorstellen dat hij Eve als gegoten zou zitten. Op dat moment, toen ze zichzelf stond te bekijken in de jurk van de diva, haar eigen huid op de een of andere manier zachter, romiger tegen de felgekleurde stof, voelde ze zich betoverd, door magie aangeraakt.

Als haar leven niet die ene wending had genomen, zou ze dan in

Beverly Hills zijn gaan wonen? Had ze dan een kast vol schitterende kleren gehad? Had haar gezicht, haar naam, de adem doen stokken van miljoenen fans als haar beeld over het bioscoopscherm flikkerde?

Misschien, misschien niet, dacht ze, en ze had wat koket voor de spiegel staan draaien. Haar leven was echter die andere weg gegaan en had haar iets geschonken wat veel belangrijker, veel duurzamer was dan roem. Uiteindelijk won haar gezonde verstand. Ze besloot dat ze beter van de japonnen kon afzien dan de hele avond net te doen alsof ze iemand anders was.

Ze droeg de enige avondjurk die ze had meegebracht, een eenvoudige, nachtblauwe, rechte jurk met een nauwsluitend, mouwloos jasje met glittertjes. In de twee jaar sinds ze het, in de uitverkoop bij Saks, had gekocht, had ze het maar één keer aangehad. Terwijl ze haar oorbellen met druppels van rijnsteen indeed, luisterde ze naar haar zoons gegiechel dat langs de trap omhoog klonk. Hij en CeeCee, al snel goeie maatjes, waren zeer verdiept in een spelletje.

Julia controleerde de inhoud van haar tas, liet haar voeten in beeldige, maar vreselijk ongemakkelijke avondschoentjes glijden, waarna ze de trap af liep.

'Hé, mam.' Brandon keek toen ze naar beneden liep. Ze zag er zo mooi uit, zo anders. Het gaf hem altijd een trots gevoel, een beetje raar in zijn buik, als hij zag hoe prachtig zijn moeder was. 'Je ziet er heel mooi uit.'

'Je ziet er fantastisch uit,' corrigeerde CeeCee de jongen. Ze hees zich op het kleed waar zij en Brandon op lagen van haar buik op haar knieën. 'Dat is niet van Miss B.'

'Nee.' Verlegen streek Julia langs haar rok. 'Ik voelde me er niet lekker in. Ik hoopte dat dit ermee door zou kunnen.'

'Reken maar,' liet CeeCee haar met een knikje weten. 'Klassiek en chic. En zo met je haar omhoog staat het ook nog sexy. Wat wil je nog meer?'

Onzichtbaar zijn, dacht Julia, maar ze glimlachte alleen maar. 'Ik mag niet te laat komen. Ik hoop dat ik 'm na het diner meteen kan piepen.'

'Hoezo? Het is een ontzettend groot feest.' CeeCee liet zich op haar hielen zakken. 'Iedereen komt. Het is ook nog voor een goed doel. Je weet wel, het Fonds voor Acteurs. Geniet nou maar. Ik slaap wel in het extra kamertje neer als ik moe word.'

'Mogen we popcorn maken?' wilde Brandon weten.

'Oké. Denk erom dat –' Er werd geklopt. Ze keek om en zag Paul aan de deur staan.

'– je er flink veel boter op doet,' maakte hij haar zin af. Hij knipoogde naar Brandon terwijl hij naar binnen liep.

Onmiddellijk fatsoeneerde CeeCee haar haar. 'Dag, Mr. Winthrop.'

'Dag, CeeCee, hoe gaat het?'

'Goed, dank u.' Haar twintig jaar oude hartje werkte over. Hij droeg een smoking met de nonchalante zwierigheid die je ogenblikkelijk aan seks deed denken. CeeCee vroeg zich af of er één vrouw bestond die er niet van droomde dat keurige zwarte strikje los te trekken.

'Eve zei dat je op tijd zou zijn,' zei Paul tegen Julia. Ze zag er verhit uit. Hij was al tot de conclusie gekomen dat hij haar zo het liefst zag.

'Ik wist niet dat jij ging. Ik dacht dat ik met Eve meereed.'

'Ze is met Drake gegaan. Ze hadden nog iets te doen.' Hij schonk haar een lome glimlach. 'Alleen jij en ik, Jules.'

'Ja ja.' Door die simpele zin voelde ze zich helemaal verstrakken. 'Brandon, om negen uur naar bed.' Ze bukte zich om een zoen op zijn wang te drukken. 'Denk erom, CeeCees wil is wet.'

Hij grinnikte omdat hij dacht dat dat hem de gelegenheid gaf om CeeCee een halfuurtje extra af te troggelen. 'Je mag wegblijven zolang je maar wilt. Vinden wij niet erg.'

'Je wordt bedankt.' Ze kwam overeind. 'Laat je niet door hem tot medeplichtigheid verleiden, CeeCee. Hij is sluw.'

'Ik heb 'm door. Veel plezier.' Ze zuchtte even toen ze de deur uit liepen.

Het ging allemaal niet volgens plan, dacht Julia toen ze het smalle grintpad over liep waar Pauls Studebaker geparkeerd stond. Toen ze vanmorgen opstond had ze besloten die avond in alle rust te werken. Vervolgens was ze overgeschakeld op het idee om uit te gaan, maar eigenlijk om ter plekke een paar uur interviews af te nemen terwijl ze zich onopvallend in een hoekje ophield. Nu had ze een begeleider die zich naar alle waarschijnlijkheid verplicht voelde haar te vermaken.

'Het spijt me dat Eve op deze manier beslag op je heeft gelegd,' begon ze toen hij het portier voor haar openhield.

'Op welke manier?'

'Misschien had je vanavond wel andere plannen.'

Hij leunde tegen het geopende portier en keek met welgevallen hoe ze in de auto gleed – een slanke knie piepte uit de split van haar jurk, welgevormde kuiten werden geheven, een ringloze hand die de zoom van de rok naar binnen trok. Heel soepel.

'In feite was ik van plan te veel koffie te drinken, te veel sigaretten te roken en met hoofdstuk achttien te gaan worstelen. Maar…'

Ze keek op, haar ogen heel ernstig in het afnemende licht. 'Ik heb er een hekel aan in mijn werk gestoord te worden. Jij waarschijnlijk net zo goed.'

'Inderdaad.' Hoewel hij dat, vreemd genoeg, nu niet zo voelde. 'Maar soms, zoals vandaag, zeg ik tegen mezelf dat ik niet met een hersenoperatie bezig ben. De patiënt blijft op z'n gemak tot morgen liggen.' Na het portier te hebben gesloten, liep hij om en ging achter het stuur zitten. 'Bovendien vraagt Eve heel weinig van me.'

Julia slaakte een zuchtje toen de motor tot leven kwam. Net als Eves japon gaf de auto haar het gevoel dat ze iemand anders was. Ditmaal een verwende, in mink gehulde debutante die met haar favoriete begeleider witte marmeren trappen af loopt voor een snelle rit. Kijk mij nou, dacht Julia, waarna ze zei: 'Ik vind het aardig. Maar het was eigenlijk niet nodig. Ik heb geen begeleider nodig.'

'Nee, dat denk ik ook niet.' Hij stuurde de wagen naar de oprit die met een bocht naar het huis leidde. 'Jij lijkt me zo'n vrouw die heel bekwaam in haar eentje opereert. Heeft iemand je wel eens verteld dat dat intimiderend werkt?'

'Nee.' Ze gaf zichzelf bevel zich te ontspannen. 'Zijn mensen geïntimideerd door jouw bekwaamheid?'

'Waarschijnlijk.' Onwillekeurig zette hij de radio zachtjes aan, meer voor de stemming dan voor de muziek. Ze droeg datzelfde parfum – ouderwets romantisch. De wind die door de ramen speelde, bracht het hem als een geschenk. 'Maar weet je, ik vind het leuk om mensen op het verkeerde been te zetten.' Hij draaide zijn hoofd net lang genoeg om om een blik met haar te wisselen. 'Jij niet?'

'Ik heb er nog nooit over nagedacht.' Ze glimlachte bij het idee dat ze over een dergelijke kracht beschikte. Meer dan zes maanden per jaar was ze vrijwel alleen met Brandon, afgesneden van de mensheid. 'Die toestand van vanavond,' ging ze verder. 'Ga je vaak naar zoiets toe?'

'Een paar keer per jaar – gewoonlijk op Eves instigatie.'

'Niet omdat je het leuk vindt?'

'Ach, het is best aardig.'

'Maar je gaat in elk geval als ze het vraagt?'

Paul wachtte even tot de hekken naar het landgoed opengingen. 'Ja, voor haar.'

Julia ging zo zitten dat ze zijn profiel kon bestuderen. Ze zag zijn vader, zag hem als het jongetje dat Eve had beschreven. Zag iemand die totaal anders was. 'Vanmorgen vertelde Eve me over de eerste keer dat jullie elkaar zagen.'

Hij grinnikte terwijl hij de stille door palmen omzoomde weg af reed. 'In het huis in Malibu, met pindakaas met jam.'

'Zou je je eerste indrukken van haar willen vertellen?'

Zijn lach vervaagde terwijl hij een sigaar uit zijn zak haalde. 'De meter loopt nog?'

'Altijd. Dat zou jij moeten begrijpen.'

Hij drukte de aansteker in, haalde toen zijn schouders op. Hij begreep er alles van. 'Goed dan. Ik wist dat er een vrouw was blijven slapen. Er lagen namelijk een paar kleren door de kamer verspreid.' Hij ving haar blik, trok een wenkbrauw op. 'Gechoqueerd, Jules?'

'Nee.'

'Je keurt het gewoon af.'

'Ik dacht alleen maar aan Brandon in een dergelijke situatie. Ik zou niet willen dat hij dacht dat ik…'

'Seks had gehad?'

Zijn geamuseerdheid deed haar verstijven. 'Dat ik ongegeneerd of onverschillig was.'

'Mijn vader was – is – dat allebei. Toen ik zo oud was als Brandon was ik niet anders gewend. Geen blijvende littekens.'

Daar was ze niet zo zeker van. 'En toen je Eve ontmoette?'

'Ik was in staat haar onmiddellijk af te wijzen. Ik was echt een kleine cynicus.' Op zijn gemak blies hij rook uit. 'Ik herkende haar toen ze de keuken in kwam, maar ik was verbaasd. De meeste vrouwen met wie mijn vader naar bed ging, zagen er de volgende morgen, laten we zeggen, meer afgepeigerd uit. Eve was prachtig. Natuurlijk was dat alleen maar het uiterlijk, maar het maakte indruk op mij. Er lag ook iets treurigs in haar ogen.' Hij betrapte zichzelf en trok een gezicht. 'Dat zal ze niet leuk vinden. Belangrijker voor mij op die leeftijd was dat zij het niet nodig vond zich vreselijk voor me uit te sloven zoals die anderen vaak deden.'

Ze begreep het volkomen, waardoor ze in de lach schoot. 'Brandon vindt het vreselijk als mensen hem op zijn hoofd kloppen en zeggen dat hij zo'n leuk jongetje is.'

'Het is walgelijk.'

Hij zei het zo heftig, dat ze weer in de lach schoot. 'En jij zei: geen littekens.'

'Ik vond het eerder een vloek – tot mijn puberteit. In elk geval hadden Eve en ik een gesprek. Ze was geïnteresseerd. Niemand heeft een scherper instinct voor valse belangstelling dan een kind, en er was niets vals aan Eve. We liepen over het strand en ik kon met haar praten zoals ik nooit met iemand had kunnen praten. Wat ik leuk vond, wat ik niet leuk vond. Wat ik wilde, niet wilde. Vanaf die eerste dag was ze ongelooflijk goed voor me en ik werd gigantisch verliefd op haar.'

'Ben je –'

'Hé. We zijn er bijna en jij hebt alleen maar vragen gesteld.' Hij nam een trage laatste trek en drukte toen zijn sigaar uit. 'Waarom biografieën van beroemdheden?'

Ze had moeite om over te schakelen. 'Omdat ik niet genoeg fantasie voor romans heb.'

Paul stopte voor een verkeerslicht en trommelde met zijn vingers de maat van de muziek op het stuur. 'Dat antwoord kwam te makkelijk om waar te zijn. Probeer het nog eens.'

'Oké. Ik heb bewondering voor mensen die de schijnwerpers niet alleen kunnen verdragen maar er zelfs mee kunnen flirten. Doordat ik zelf altijd beter vanaf de kant functioneerde, ben ik geïnteresseerd in het soort mensen dat midden op het podium tot leven komt.'

'Klinkt goed, Julia, maar het is maar voor een deel waar.' Toen het licht op groen floepte, zette hij de wagen in beweging. 'Als het werkelijk waar was, hoe verklaar je dan het feit dat je ooit een acteercarrière hebt overwogen?'

'Hoe weet jij dat?' Haar stem klonk scherper dan ze bedoelde, wat hem plezier deed. Het werd tijd dat hij door dat gladde buitenlaagje heen prikte.

'Ik vond dat ik het móést weten – dat, en nog een hoop meer.' Hij keek haar even aan. 'Ik doe mijn huiswerk.'

'Je bedoelt dat je me hebt nageplozen?' Haar handen balden zich in haar schoot tot vuisten terwijl ze haar woede probeerde te bedwingen. 'Jij hebt helemaal niets met mijn achtergrond te maken. Mijn overeenkomst is met Eve, alleen met Eve, en ik wil niet dat je je neus in mijn privéleven steekt.'

'Of je het wilt of niet… Je kunt me ook dankbaar zijn. Als ik iets had gevonden wat niet klopte, had je nu met die mooie kont van je op straat gezeten.' Dat deed de deur dicht.

Met een ruk draaide ze haar hoofd om. 'Arrogante klootzak die je bent.'

'Tja.' Toen hij voor het Beverly Wilshire had stilgehouden, keerde hij zich naar haar toe. 'Denk erom, op de terugweg ben ik degene die de vragen stelt.' Voor ze het portier open kon rukken, legde hij een hand op haar arm. 'Als je pissig uit de auto stapt en de deur dichtsmijt, gaan mensen vragen stellen.' Hij zag dat ze uit alle macht vocht om haar zelfbeheersing terug te krijgen, en won. 'Ik wist dat je het kon. Mijn god, wat ben je goed.'

Ze haalde diep adem en toen ze haar gezicht weer in de plooi had, keek ze hem aan en zei kalm: 'Jouw beurt komt nog wel, Winthrop.'

Zijn linkerwenkbrauw schoot omhoog, maar hij stootte een kort lachje uit. 'Wanneer je maar wilt.' Hij stapte uit en gaf zijn sleuteltjes aan een bediende. Julia had het trottoir al bereikt. Paul nam haar bij de arm en leidde haar naar binnen. 'Eve wil dat je met iedereen een praatje maakt,' zei hij zacht toen ze zich een weg baanden door een menigte journalisten met minicamera's. 'Er komen hier vanavond een hoop mensen die een blik op je willen werpen en die misschien proberen je een paar hints te ontfutselen van wat Eve je heeft verteld.'

'Ik ken mijn vak,' siste Julia tussen haar tanden.

'O, Jules, daar twijfel ik niet aan.' De triomf in zijn stem deed haar bloed koken. 'Maar je hebt mensen die het heerlijk vinden op nette jonge vrouwen te kauwen, om ze vervolgens uit te spugen.'

'Dat hebben ze geprobeerd.' Ze had zin om zijn arm van zich af te schudden, maar bedacht dat dat niet netjes was, vooral toen ze zag dat er twee reporters op hen af liepen.

'Weet ik,' fluisterde Paul en hij greep doodleuk haar andere arm en draaide haar naar zich toe. 'Van mij geen excuses voor mijn nieuwsgierigheid, Julia, maar wat ik ontdekte was bewonderenswaardig, en op z'n zachtst gezegd fascinerend.'

Het contact was te intiem, bijna een omhelzing, en ze wilde zich losrukken. 'Ik wil jouw bewondering niet, en je fascinatie ook niet.'

'Hoe dan ook, je hebt beide.' Daarop wierp hij een uiterst charmante glimlach naar de camera.

'Mr. Winthrop, is het waar dat Mel Gibson is gecontracteerd om de hoofdrol te spelen in *Chain Lightning*?'

'Dat zou u beter aan de producenten kunnen vragen – of aan Mel Gibson.' Paul loodste Julia met zich mee terwijl de journalisten om hen heen cirkelden.

'Is uw verloving met Sally Bowers verbroken?'

'Vindt u dat geen ontactische vraag nu ik met een mooie vrouw ben?' Terwijl er zich nog meer journalisten verzamelden, bleef Pauls glimlach vriendelijk, hoewel hij voelde dat Julia begon te beven. 'Die verloving was door de pers bedacht. Sally en ik zijn niet eens de spreekwoordelijke goede vrienden. Meer verre bekenden.'

'Mogen we uw naam weten?' Iemand stak Julia een microfoon onder de neus.

Ze verstrakte, maar dwong zich te ontspannen. 'Summers,' zei ze kalm. 'Julia Summers.'

'De schrijfster die bezig is met Eve Benedicts biografie?' Voordat ze kon antwoorden, werden ze bestookt met andere vragen.

'Koop het boek maar,' stelde ze voor, opgelucht toen ze de danszaal in liepen.

Paul boog zich naar haar over om zacht in haar oor te fluisteren: 'Gaat het goed met je?'

'Uiteraard.'

'Je beeft.'

Ze vervloekte zichzelf daarvoor, deed toen een pas opzij, weg van zijn beschermende arm. 'Ik hou niet van menigten.'

'Wees dan maar blij dat je niet met Eve bent meegegaan. Dan hadden ze je minstens met z'n vijven ingesloten.' Na een seintje naar een passerende ober nam hij twee glazen champagne van diens blad.

'Moeten we onze tafel niet gaan opzoeken?'

'Mijn lieve Jules, er zit nog niemand.' Hij klonk met zijn glas tegen het hare voordat hij een slok nam. 'Dat is niet de manier om gezien te worden.' Zonder op haar protest te letten, liet hij een arm om haar middel glijden.

'Moet je aldoor met je handen aan me zitten?' vroeg ze naar adem happend.

'Nee.' Maar hij liet zijn arm waar die was. 'Nu. Vertel me eens, wie zou je graag willen ontmoeten?'

Omdat kwaadheid niet hielp, probeerde ze het met koelheid. 'Je hoeft me echt niet te vermaken. Ik red het uitstekend in m'n eentje.'

'Eve zou me villen als ik je alleen liet.' Hij loodste haar door het gelach en de gesprekken. 'Vooral nu ze van plan is de romantiek een handje te helpen.'

Julia stikte bijna in haar champagne. 'Pardon?'

'Je weet toch dat ze zich in het hoofd heeft gezet dat als ze er maar voor zorgt dat we vaak genoeg bij elkaar zijn, we wel aan elkaar blijven plakken?'

Julia keek op en hield haar hoofd scheef. 'Wat jammer dat we haar moeten teleurstellen.'

'Ja, dat zou jammer zijn.'

Het was duidelijk dat zijn plannen botsten met die van Julia. Ze zag de uitdaging in zijn ogen, voelde de plotselinge geladenheid in de lucht hangen. En kreeg tegelijkertijd een idee over hoe ze met beide om moest gaan. Hij bleef glimlachen terwijl hij zijn blik naar haar mond liet zakken en daar liet rusten, bijna even tastbaar als een kus.

'Ik vraag me af wat er zou gebeuren –' Een hand klampte zich aan Pauls schouder vast.

'Paul. Ouwe rukker, hoe hebben ze je hierheen weten te slepen?'

'Victor.' Pauls glimlach won aan warmte toen hij Victor Flannigans hand schudde. 'Gewoon: een paar mooie vrouwen.'

'Zoals altijd.' Hij wendde zich tot Julia. 'En dit is er één van.'

'Julia Summers, Victor Flannigan.'

'Ik herkende u.' Victor schudde Julia's uitgestoken hand. 'U werkt met Eve samen.'

'Ja.' Duidelijk herinnerde ze zich de overgave, de intimiteit waarvan ze in de maanbelichte tuin getuige was geweest. 'Prettig met u kennis te maken, Mr. Flannigan. Ik bewonder uw werk zeer.'

'Dat is een opluchting, zeker als mij een voetnoot in Eves biografie is vergund.'

'Hoe gaat het met Muriel?' vroeg Paul. Muriel was Victors vrouw.

'Een beetje ziek. Ik ben een vrije jongen vanavond.' Hij hield een glas met een heldere vloeistof omhoog en zuchtte. 'Club soda, en ik zal je vertellen, dit soort dingen kom je nauwelijks door zonder een paar flinke bellen. Wat vindt u van de bijeenkomst, Miss Summers?'

'Het is te vroeg om te oordelen.'

'Diplomatiek.' Dat had Eve hem al verteld. 'Over een paar uur vraag ik het u nog eens. God mag weten wat er op tafel komt. Op steak en aardappelen mogen we niet hopen. Ik kan dat Franse spul niet uitstaan.' Hij ving de glimp van begrip in Julia's ogen en grijnsde. 'Je kunt de boer Ierland uit krijgen, maar Ierland niet uit de boer.' Hij knipoogde naar Julia. 'Ik kom nog eens langs voor een dansje.'

'Dat zou ik enig vinden.'

'Indrukken?' vroeg Paul toen Victor afdroop.

'Acteurs zijn in werkelijkheid zo vaak kleiner. Hij ziet er groter uit. Tegelijkertijd denk ik dat ik me op m'n gemak zou voelen als ik met hem voor de open haard canasta speelde.'

'Je observatietalent is uitstekend.' Hij legde een vinger onder haar kin om haar gezicht naar zich toe te draaien. 'En je bent niet boos meer.'

'Nee. Ik spaar het op.'

Hij lachte. En ditmaal slingerde hij op een vriendschappelijke manier een arm om haar heen. 'Jezus, Jules, ik begin je te waarderen. Laten we onze tafel opzoeken. Misschien krijgen we vóór tienen te eten.'

'Godverdomme, Drake, zit niet op me te vitten.' Eves stem klonk ongeduldig toen ze aan tafel ging zitten, maar haar gezicht stond vreedzaam. Ze wilde niet dat de geruchtenmachine zou gonzen vanwege het feit dat ze haar persagent op zijn vingers tikte.

'Ik zou niet hoeven vitten als jij me een duidelijk antwoord gaf.' In tegenstelling tot zijn tante was Drake geen acteur; hij keek woedend in zijn glas. 'Hoe kan ik nou iets promoten als jij me geen enkele informatie geeft?'

'In dit stadium valt er nog niets te promoten.' Ze hief een hand om bekende gezichten aan een belendende tafel te begroeten en glimlachte naar Nina die midden in de zaal met een groepje stond te lachen. 'Hoe dan ook: als iedereen al weet wat er in het boek komt, is niemand nieuwsgierig – en heeft niemand klamme handen.' De gedachte alleen al toverde een glimlach op haar gezicht, en ze meende het. 'Doe alles om het project op te pompen dat ik voor de televisie ga doen.'

'De miniserie.'

Bij het woord kromp ze ineen, ze kon er niets aan doen. 'Laat iedereen weten dat Eve Benedict een *evenement* voor de televisie gaat doen.'

'Het is mijn werk om –'

'Te doen wat ik je zeg,' voltooide ze zijn zin. 'Onthou dat.' Ongeduldig dronk ze haar glas leeg. 'Ga nog een glas voor me halen.'

Met moeite bedwong hij een stroom scherpe woorden. Ook hij kende de waarde van de schijn ophouden. Net zo goed als hij bekend was met de dodelijke kant van Eves humeur. Toen hij ziedend opstond, zag hij Julia en Paul de balzaal door lopen. Julia, dacht hij, en de kwaadheid in zijn ogen vervaagde. Hij was van plan de informatie te bemachtigen waar Delrickio om had gevraagd. Zij was de bron waar hij uit kon tappen.

'Ach, daar zijn jullie.' Eve stak haar beide handen uit. Julia greep ze, voelde het rukje en begreep dat van haar werd verwacht dat ze zich vooroverboog om Eves wang te kussen. Hoewel ze zich tamelijk belachelijk voelde, deed ze haar plicht. 'En Paul.' Zich terdege bewust van de ogen die hun kant op schoten, herhaalde Eve de ceremonie met haar voormalige stiefzoon. 'Wat vormen jullie een perfect paar.' Snel wierp ze een blik over haar schouder. 'Drake, zorg dat we allemaal nog wat champagne krijgen.'

Toen ze opkeek zag Julia nog net hoe hij zijn lippen samenkneep, de vluchtige, dodelijke schittering in zijn ogen. Die weken vervolgens voor een duizelingwekkende glimlach. 'Enig je te zien, Paul. Julia, je ziet er stralend uit. Blijf maar hier, terwijl ik obertje speel.'

'Je ziet er echt stralend uit,' zei Eve. 'Heeft Paul je aan iedereen voorgesteld?'

'Daar zag ik het nut niet zo van in.' Op zijn gemak liet Paul zijn blik door de zaal zwerven. 'Als ze eenmaal zien dat ze bij jou zit, weten ze genoeg en komen zich zelf wel voorstellen.'

Hij kreeg volkomen gelijk. Nog voordat Drake met de drank terug was, kwamen er mensen op hun tafel af. Gedurende het hele diner zat Eve erbij als een koningin die audiëntie verleende, terwijl andere prominenten van hun eigen tafeltjes opstonden om te komen buurten, immer op weg naar haar troon. Toen er crème brûlée werd opgediend, waggelde er een ontstellend dikke man met dun haar op hen af.

Anthony Kincade, Eves tweede echtgenoot, was niet fraai oud geworden. De afgelopen twee decennia was hij dermate in gewicht toegenomen, dat hij veel weghad van een lillende berg die in een smoking was geperst. Bij elke piepende ademhaling kwam er een lawine van vet over zijn buik neervallen. De reis door de zaal had zijn gezicht helderroze gekleurd, als een zonnebrand van twee dagen. Zijn wangen blubberden en zijn drietal kinnen zwaaiden mee.

Van een stoere, erudiete regisseur van belangrijke films was hij verworden tot een kogelronde, uitgebluste regisseur van niemendalletjes. Het grootste deel van zijn kapitaal was tijdens de jaren '50 en '60 vergaard in onroerend goed. Lui van aard als hij was, deed hij niets liever dan op zijn geld zitten en eten.

Als ze alleen maar naar hem keek, huiverde Eve bij de gedachte dat ze vijf jaar met hem getrouwd was geweest. 'Tony.'

'Eve.' Hij leunde zwaar op haar stoel en wachtte tot zich weer wat lucht een weg naar zijn longen had geperst. 'Wat hoor ik voor onzin over een boek?'

'Weet ik niet, Tony. Moet je mij maar vertellen.' Ze bedacht wat een prachtige ogen hij ooit had. Nu lagen ze begraven in lagen vet. Zijn hand op de rug van haar stoel bestond uit een enorme vleespastei en vijf stompjes worst. Ooit waren die handen groot, krachtig en veeleisend geweest. Ze hadden elke centimeter van haar lichaam gekend en ze had ervan genoten. 'Je kent Paul en Drake.' Ze reikte naar een sigaret om de bittere smaak in haar keel met rook enigszins weg te werken. 'En dit is Julia Summers, schrijfster van mijn biografie.'

Hij draaide zich om. 'Wees voorzichtig met wat je schrijft.' Nu hij weer op adem was gekomen, klonk in zijn stem nog vaag het machtige keelgeluid uit zijn jonge jaren. 'Om te beginnen heb ik geld en advocaten zat om je de rest van je leven in de rechtszaal te laten doorbrengen.'

'Bedreig dat meisje niet, Tony,' zei Eve sussend. Het verwonderde haar niet dat Nina naar de tafel was gekomen en nu zwijgend aan haar andere kant stond, klaar om haar te beschermen. 'Het is onbeleefd. En denk eraan' – met opzet blies ze een rookpluim in zijn gezicht,– 'Julia kan niet schrijven wat ik haar niet vertel.'

Hij klemde een hand om Eves schouder, zo hard dat Paul aanstalten maakte uit zijn stoel op te staan, voordat Eve gebaarde dat hij moest blijven zitten. 'Gevaarlijk terrein, Eve.' Kincade hapte wederom naar adem. 'Je bent te oud om risico's te nemen.'

'Ik ben te oud om ze niet te nemen,' corrigeerde ze hem. 'Kalm nou maar, Tony. Ik laat Julia geen woord schrijven dat niet honderd procent waar is.' Hoewel ze er zeker van was dat haar schouder de volgende ochtend blauw zou zijn, hief ze haar glas. 'Een juiste dosis eerlijkheid heeft nooit iemand kwaad gedaan die dat niet verdiende.'

'Waarheid of leugens,' mompelde hij. 'Het is een eeuwenoude traditie de boodschapper te doden.' Met die woorden liet hij hen alleen en wurmde zich door de menigte.

'Alles in orde met je?' fluisterde Nina. Hoewel haar gezicht een kalme glimlach vertoonde, zag Julia de bezorgdheid in haar ogen.

'Natuurlijk. Jezus, wat een walgelijke slak.' Eve sloeg haar champagne achterover en trok een gezicht naar de crème brûlée. Het bezoekje had haar eetlust verpest. 'Nauwelijks te geloven dat hij dertig jaar geleden een vitale, boeiende man was.' Een blik op Julia maakte haar aan het lachen. 'Mijn lieve kind, ik zie de radertjes van je schrijversbrein werken. We hebben het nog wel over Tony,' beloofde ze met een klopje op Julia's hand. 'Heel gauw.'

De radertjes werkten. Zwijgend zat Julia de gesprekken onder het natafelen uit, de grappige sketch, het dansnummer vol glitter. Anthony Kincade was niet geërgerd door de mogelijkheid dat Eve hun huwelijksgeheimpjes zou onthullen. Hij was razend. En hij had gedreigd. Bovendien twijfelde ze er geen moment aan dat Eve enorm in haar sas was met zijn reactie.

De reacties van de heren aan tafel waren net zo veelzeggend geweest. Paul stond klaar om Kincade aan zijn slappe nek weg te sleuren. Leeftijd en gezondheid van de man deden er niet toe. De flits van agressie was heel realistisch en heel schokkend als die opvonkte bij een man in een smoking die uit een sierlijk glas champagne zat te drinken.

Drake had toegekeken en geen detail gemist. Bovendien glimlachte hij. Julia kon zich niet aan de indruk onttrekken dat hij was blijven zitten, blijven glimlachen als Kincade zijn vette vingers om Eves keel had geslagen.

'Je denkt te veel na.'

Julia knipperde, keek toen naar Paul. 'Hè?'

'Je denkt te veel na,' herhaalde hij. 'We gaan dansen.' Terwijl hij opstond, trok hij haar overeind. 'Ze hebben me verteld dat wanneer ik mijn armen om een vrouw heb geslagen, ze absoluut niet meer kan denken.'

'Hoe heb je het klaargespeeld die verbeelding in je smoking te stoppen zonder dat het opviel?'

Hij mengde zich tussen andere paren op de dansvloer en trok Julia dicht tegen zich aan. 'Ervaring. Jaren ervaring.' Hij keek glimlachend op haar neer, blij met de manier waarop ze in zijn armen paste, opgewonden doordat haar jurk laag afliep, laag genoeg om zijn hand naar boven te laten glijden en haar huid aan te raken. 'Je neemt jezelf te serieus.' Ze had een prachtige kaaklijn, dacht hij. Heel sterk, een beetje puntig. Als ze alleen waren geweest, had hij zich het plezier gegund er een paar keer voorzichtig met zijn lippen overheen te gaan. 'Als je in het land der fantasie woont, moet je met de stroom meegaan.'

Ze zag geen kans hem op een beleefde manier te zeggen dat hij moest ophouden met die vingers haar rug te verkennen. Er was zeker geen veilige manier om te bekennen wat dat gevoel binnen in haar lijf teweegbracht. Als kleine elektrische stroomstootjes zette het een lading in werking die haar bloed deed borrelen.

Ze wist wat begeerte was. En als het aan haar lag zou ze nooit meer begeren.

'Waarom blijf je hier?' vroeg ze. 'Je kunt overal schrijven.'

'Gewoonte.' Hij keek over haar schouder naar hun tafel. 'Eve.' Toen ze weer iets wilde zeggen, schudde hij zijn hoofd. 'Alweer vragen. Ik moet iets verkeerd doen, want je bent nog steeds aan het denken.' Zijn remedie was haar dichter tegen zich aan te drukken zodat ze haar hoofd moest draaien om zijn mond te mijden. 'Je doet me denken aan theedrinken op het terras van een buiten in Engeland. Devon, lijkt me wel wat.' 'Hoezo?'

'Je geur.' Zijn lippen speelden met haar oor en bezorgden haar elektrische schokken. 'Erotisch, etherisch, geraffineerd romantisch.'

'Fantasie,' fluisterde ze, maar haar ogen vielen dicht. 'Al die dingen ben ik niet.'

'Natuurlijk. Een hardwerkende, alleenstaande ouder met een praktische instelling. Waarom ben je letteren gaan studeren?'

'Omdat ik het leuk vond.' Ze kon zich nog net inhouden voordat haar vingers zich in zijn haar verstrengelden. 'Poëzie heeft een sterke structuur.'

'Beeldspraak, gevoel, romantiek.' Hij week voldoende terug om haar aan te kijken, maar was nog wel zo dichtbij dat ze zichzelf in zijn ogen weerkaatst zag. 'Je bent een leugenaar, Jules. Een gecompliceerde, fascinerende leugenaar.'

Voordat ze een antwoord kon bedenken, kwam Drake aanzetten en klopte Paul op de schouder. 'Je vindt 't toch niet erg deze rijkdom te delen, hè?'

'Zeker wel.' Maar hij deed een stap achteruit.

'Ben je al een beetje gewend?' vroeg Drake, terwijl hij het dansritme oppikte.

'Ja hoor.' Ze voelde zich meteen opgelucht en verwonderde zich erover dat ze had kunnen vergeten hoe verschillend de armen van de ene man waren ten opzichte van de andere.

'Volgens Eve schieten jullie al aardig op. Ze heeft een wonderlijk leven gehad.'

'Inderdaad. Het is een uitdaging het op papier te krijgen.'

Hij bewoog haar soepel over de vloer, onderwijl naar bekenden glimlachend en knikkend. 'Uit welke hoek ga je het benaderen?'

'Hoezo hoek?'

'Iedereen heeft een invalshoek.'

Hij vast wel, dacht ze, maar ze hield haar hoofd schuin en zei: 'Biografieën zijn tamelijk rechttoe rechtaan.'

'De opbouw, dan. Geef je altijd een chronologische opsomming van het leven van een ster?'

'Het is te vroeg om er iets over te zeggen, maar ik denk dat ik de voor de hand liggende benadering neem. Ik schrijf over een vrouw die voor een alles opeisende carrière koos en op eigen kracht succes kreeg, een blijvend succes. Het feit dat Eve na bijna vijftig jaar nog steeds een van de machtigste personen binnen de industrie is, spreekt voor zich.'

'Dus je gaat de nadruk op de professionele kant leggen.'

'Nee.' Hij was haar aan het uithoren, besefte ze, voorzichtig maar grondig. 'Haar werk en haar privéleven zijn met elkaar verweven. Haar verhoudingen, huwelijken en familie zijn allemaal een belangrijk deel van het geheel. Ik heb niet alleen Eves geheugen nodig, maar vaststaande feiten, meningen, anekdotes van mensen die haar goed gekend hebben.'

Hij koos voor een andere tactiek. 'Weet je, Julia, ik heb een probleem. Als jij me van tijd tot tijd op de hoogte houdt van het boek, de inhoud, kan ik de perscommuniqués, de campagne en de promotie voorbereiden.' Hij schonk haar een glimlach. 'We willen allemaal dat het boek een hit wordt.'

'Natuurlijk. Ik ben bang dat ik je weinig kan vertellen.'

'Maar je werkt mee als het boek vorm krijgt?'

'Zo veel mogelijk.'

Naarmate de avond vorderde, liet ze de serieuze gesprekken rusten. Julia merkte dat er nog steeds voldoende van het meisje dat met sterren dweepte in haar zat. De zenuwen gierden door haar heen toen ze door Victor en door andere van zijn – vanuit de glorie van de bioscoopschermen tot leven gekomen – evenknieën ten dans werd gevraagd.

Er waren tientallen indrukken en opmerkingen die ze wilde opschrijven voordat de avond in een droom vervaagde. Slaperig, meer ontspannen dan ze voor mogelijk had gehouden, liet ze zich om twee uur 's nachts weer in Pauls auto glijden.

'Je hebt plezier gehad,' merkte hij op.

Ze haalde een schouder op. Ze was niet van plan haar avond te laten bederven door dat spoortje spot in zijn stem. 'Ja, waarom niet?'

'Dat was een constatering, geen kritiek.' Hij keek haar aan en zag dat haar ogen geloken waren en dat er een glimlach op haar lippen lag. De vragen die bij hem opkwamen, leken ongepast. Er zouden andere keren komen. Intussen liet hij haar de hele rit doezelen.

Tegen de tijd dat hij voor het gastenverblijf stilhield, was ze in diepe slaap. Met een zucht haalde Paul een sigaar tevoorschijn en rookte terwijl hij haar bekeek.

Julia Summers was een uitdaging. Jezus, ze was een paradox. Paul vond niets spannender dan aan de draden van een mysterie te trekken. Hij was van plan haar beter te leren kennen, om er zeker van te zijn dat Eves belangen veilig waren. Maar... Hij glimlachte terwijl hij de sigaar uit het raampje gooide. Maar er was geen wet die zei dat hij niet van haar nabijheid mocht genieten als dat zo uitkwam.

Hij streek met een hand over haar haren, en ze mompelde. Met een vingertop ging hij langs haar wang, en ze zuchtte.

Gewaarschuwd door wat zijn innerlijk hem ingaf trok hij terug, probeerde het te overdenken. Toen deed hij, zoals hij bijna zijn leven lang al deed, waar hij zin in had. Hij bedekte haar mond met de zijne, in haar slaap.

Zacht en week van slaap voegden haar lippen zich naar de zijne, ze weken uiteen terwijl hij hun vorm met zijn tong verkende. Nu kon hij haar zucht zowel proeven als horen. De schok ervan sloeg als een bom bij hem in, waardoor hij verlangde naar meer. Zijn handen jeukten om haar aan te raken, maar hij balde ze tot vuisten en stelde zich tevreden met haar mond.

Sommige regels mocht je niet overtreden.

Ze droomde: een prachtige, heerlijke droom. Ze dreef op een lange, kalme rivier. Ze liet zich met de stroom meedrijven terwijl ze sluimerde op het frisse blauwe water. De zon scheen op haar neer met gouden stralen, warm, weldadig, troostend.

Haar brein, nevelig door vermoeidheid en drank, deed zo goed als geen moeite de mist te doen optrekken. In dromen was het veel te lekker. Maar de zon werd heter, de stroom versnelde. Opwinding joeg kleine rode vonkjes over haar huid.

Haar mond bewoog onder de zijne, waarna haar lippen kreunend weken om hem binnen te laten. Zonder aarzeling liet hij zijn tong over de hare glijden en hij werd bijna gek van haar lome, verleidelijke reactie. In stilte vloekend sabbelde hij aan haar onderlip.

Julia schoot wakker, verbijsterd en opgewonden. 'Wat ben je in godsnaam aan het doen?' Ze drukte zich in de stoel terug en gaf hem in één verontwaardigde beweging een dreun. Toen haar hand zijn borst raakte, besefte hij dat ze sterker was dan ze leek.

'Mijn nieuwsgierigheid aan het bevredigen. En ons allebei in moeilijkheden brengen.'

Ze rukte haar tasje van haar schoot, maar slaagde erin het hem niet in zijn gezicht te smijten. Woorden waren beter. 'Ik wist niet dat je zo omhoogzat, of zo weinig geweten had. Je opdringen aan een vrouw die slaapt is gewoon pervers.'

Zijn ogen vernauwden zich, flikkerden, werden donkerder. Toen hij sprak, klonk zijn stem bedrieglijk kalm. 'Het had helemaal niets met dwang te maken, maar je hebt gelijk.' Hij legde zijn handen op haar schouders en trok haar naar zich toe. 'Maar nu ben je wakker.'

Ditmaal was zijn mond niet teder of verleidelijk, maar heet en hard. Ze proefde de woede, de frustratie. En begeerte schoot als een kogel door haar heen.

Ze had zin. Ze was vergeten wat het was om echt zin te hebben. Dorstig te zijn naar een man zoals je naar water kunt dorsten. Haar afweer verbrokkelde, ze werd overspoeld door gevoelens, verlangens, lust. Door die overmacht was ze zo zwak dat ze zich aan hem vastklampte, zo begerig dat ze zich hartstochtelijk overgaf aan de kus en het initiatief nam.

Haar armen lagen om hem heen, als kabels ineengestrengeld. Haar mond – god, haar mond was gulzig, heftig en heet. Hij voelde hoe snelle niet te onderdrukken rillingen door haar lichaam schoten, hoorde haar huiverende ademhaling. Hij vergat boos te worden, en frustratie werd uiteengereten door scherpe mesjes van passie, waardoor alleen begeerte restte.

Zijn vingers grepen zich vast in haar haar, kromden zich muurvast. Hij wilde haar hier, op de voorbank van de auto. Ze maakte dat hij zich weer een tiener voelde; wanhopig op zoek naar behendigheid, trillend als een hengst voor het paren. En als een man die zich halsoverkop over de gevarengrens in het onbekende stort.

'Binnen.' Hij kon zijn bloed horen pompen terwijl zijn mond als een wilde over haar gezicht bewoog. 'Laat me je naar binnen brengen. Naar bed.'

Toen zijn tanden zachtjes over haar hals schraapten, schreeuwde ze het uit van verlangen. Maar ze vocht terug. Verantwoordelijkheid. Orde. Voorzichtigheid. 'Nee.' Jaren van zelfbeheersing, gekruid met pijnlijke herinneringen, schreeuwde ze eruit. En ze verzette zich. 'Dit is niet wat ik wil.'

Hij nam haar gezicht tussen zijn handen. 'Je liegt erg slecht, Julia.'

Ze begon haar zelfbeheersing te herwinnen. Haar vingers sloten zich stevig om haar tasje toen ze hem aankeek. Hij zag er gevaarlijk uit in het maanlicht. Overweldigend, nietsontziend. Gevaarlijk.

'Het is niet wat ik van plan ben,' zei ze. Ze reikte naar de deurhendel en gaf tweemaal een ruk voordat ze hem loskreeg. 'Je vergist je, Paul.' Ze rende het smalle gazon over en het huis binnen.

'Daar twijfel ik niet aan,' mompelde hij.

Eenmaal binnen bleef Julia tegen de deur geleund staan. Zó kon ze niet naar boven rennen. Diep ademhalend om haar bonkende hart te kalmeren, deed ze het licht uit dat CeeCee voor haar had laten branden en liep de trap op. Een blik in de logeerkamer maakte haar duidelijk dat CeeCee sliep. In de kamer ertegenover ging ze naar haar zoon kijken.

Dat was voldoende om haar te kalmeren, voldoende om haar ervan te verzekeren dat ze er goed aan had gedaan om op te houden. Verlangens, hoe heftig ook, zouden nooit sterk genoeg zijn om wat ze had opgebouwd op het spel te zetten. Geen handige minnaars die je opwonden, je verleidden en wegliepen. Nog even stopte ze Brandons lakens in en streek ze glad voordat ze naar haar eigen kamer ging.

Het trillen begon opnieuw en vloekend smeet ze haar tasje op bed. Het gleed eraf, waarbij de inhoud eruit vloog. Ze weerstond de verleiding alles door de kamer te schoppen en knielde neer om de poederdoos, de kam, het portemonneetje terug te stoppen.

En het opgevouwen papier.

Raar, dacht ze. Ze kon zich niet herinneren er een papier in te hebben gestopt. Toen ze het had uitgevouwen, moest ze steun zoeken op het bed om overeind te komen.

WEET WAAR JE AAN BEGINT

Ze liet de inhoud van haar tasje over de vloer verspreid liggen en ging op bed zitten. Wat was dit in godsnaam? En wat was ze in godsnaam van plan eraan te doen?

7

Julia zwaaide Brandon uit toen hij naar school ging, dankbaar dat hij in de onopvallende zwarte Volvo met Lyle aan het stuur verscholen zat. Brandon was veilig bij hem.

Natuurlijk was er niets om zich zorgen over te maken. Dat had ze zichzelf tijdens de slapeloze nacht keer op keer wijsgemaakt. Een paar onbenullige anonieme briefjes konden haar niet schaden – en zeker Brandon niet. Toch zou ze zich beter voelen als ze die hele geschiedenis tot op de bodem had uitgezocht. Wat ze ook onmiddellijk ging doen. Haar gedachten dreven af naar het vreemde gevoel dat ze had toen ze haar kleine jongen zag wegrijden naar zijn eigen wereld van klaslokalen en speelplaats, waar haar toezicht niet reikte.

Toen de auto uit het zicht was verdwenen, sloot ze de deur vanwege de kilte van de vroege ochtend. Julia hoorde CeeCee opgewekt met de radio meezingen terwijl ze de keuken opruimde. Vrolijke geluiden: het gekletter van borden en de jonge, enthousiaste stem wedijverden met het raffinement van Janet Jackson. Julia gaf niet graag toe dat ze zich erdoor gesterkt voelde vanwege het simpele feit dat het betekende dat ze niet alleen was. Ze bracht haar halflege mok naar de keuken om hem bij te schenken.

'Dat was een heerlijk ontbijt, Julia.' Met haar haar in een buitelende paardenstaart boende CeeCee het aanrecht met een vochtige doek terwijl haar voet het ritme van de volgende hit volgde. 'Ik kan me helemaal niet voorstellen dat iemand als jij ooit kookt.'

Nog steeds slaperig, schonk Julia nog wat koffie in haar mok. 'Iemand als ik?'

'Nou ja, beroemd, en zo.'

Julia grinnikte. Het was geruststellend gemakkelijk die ongrijpbare last van zorgelijkheid van zich af te schudden. 'Bijna beroemd. Of misschien beroemd door het gezelschap waarin ik verkeer, sinds gisteravond.'

CeeCee, een en al blauwe ogen en frisgeboend gezicht, zuchtte. 'Was het echt fantastisch?'

Twee vrouwen in een zonnige keuken en geen van tweeën hadden ze het over een benefietgala vol sterren. Maar over een man.

Julia dacht aan dansen met Paul, wakker worden, ondraaglijk opgewonden, met zijn mond op de hare. En ja, het gevoel van dat verlangen dat van hem op haar oversloeg met een ritme, primitiever dan welke muziek dan ook. 'Het was… anders.'

'Is Paul Winthrop niet ontzettend knap? Iedere keer als ik met hem praat, wordt mijn mond droog en worden mijn handen kletsnat.' Ze sloot haar ogen, terwijl ze het doekje uitspoelde. 'Te gaaf.'

'Een man als hij zie je moeilijk over het hoofd,' zei Julia, haar stem wrang omdat ze zich wel érg mild uitdrukte.

'Vertel mij wat. Vrouwen zijn gek op hem. Volgens mij is hij hier nooit twee keer met dezelfde geweest. Zo zit dat hier met mooie mannen, hoor.'

'Hmmm.' Julia had zo haar eigen mening over een man die zo willekeurig van de ene vrouw naar de andere fladderde. 'Hij schijnt helemaal verknocht te zijn aan Miss Benedict.'

'Nou. Volgens mij zou hij alles voor haar doen – behalve trouwen en haar de kleinkinderen geven die ze graag wil.' CeeCee schudde de piekjes haar uit haar gezicht. 'Raar om je Miss B. als oma voor te stellen.'

Raar was niet het woord dat Julia te binnen schoot. Eerder *ongelooflijk.* 'Hoe lang werk je al voor haar?'

'Eigenlijk pas een paar jaar, maar ik kom hier al zo lang ik me kan herinneren. Tante Dottie liet me hier altijd logeren, in de weekends en in de zomervakantie.'

'Tante Dottie?'

'Travers.'

'Travers?' Julia verslikte zich haast in haar koffie, in haar poging de huishoudster met het strenge mondje en de wantrouwige ogen te rijmen met de openhartige CeeCee. 'Dat is je tante?'

'Ja, de oudste zus van mijn vader. Travers is zoiets als een toneelnaam. Ze heeft ook een beetje geacteerd in de jaren '50, geloof ik. Maar dat sloeg niet echt aan. Ze werkt al eeuwen voor Miss B. Raar eigenlijk als je bedenkt dat ze getrouwd waren met dezelfde man.'

Ditmaal was Julia zo verstandig haar kopje neer te zetten voordat ze weer een slok nam. 'Wat?'

'Anthony Kincade,' lichtte CeeCee toe. 'Weet u wel, de regisseur? Tante Dottie was eerst met hem getrouwd.' Ze wierp een blik op de klok en kwam los van het aanrecht waartegen ze had staan leunen. 'Tjee, ik moet gaan. Ik heb om tien uur les.' Ze stoof naar de woonkamer, waar ze boeken en tassen bij elkaar graaide. 'Morgen kom ik de lakens verschonen. Mag ik mijn broertje meenemen? Hij wil Brandon graag ontmoeten.'

Julia knikte, nog steeds in de war. 'Natuurlijk. Dat zullen we leuk vinden.'

CeeCee grijnsde over haar schouder terwijl ze naar de deur rende. 'Zeg dat nog maar eens als hij hier een paar uur is geweest.'

De deur was nog niet dichtgeslagen of Julia sleep haar gedachten al tot conclusies. Anthony Kincade. Die cynische vleesberg was zowel de echtgenoot geweest van de beeldschone Eve als van de weinig spraakzame huishoudster. Nieuwsgierig snelde ze de woonkamer door naar haar tijdelijke kantoor en haar naslagwerken. Een paar minuten lang mopperde en vloekte ze in zichzelf op zoek naar wat nooit leek te liggen waar ze het de laatste keer had achtergelaten.

Ze zou netter worden, echt, bezwoer ze de heilige die over verstrooide schrijvers scheen te waken. Als ze haar nieuwsgierigheid had bevredigd, zou ze onmiddellijk een uur – nou ja, een kwartier – aan het werk gaan om alles te rangschikken.

De bezwering leek te helpen. Met een triomfantelijke kreet deed ze een greep. Snel vond ze het lemma in *Who's Who?*.

Kincade, Anthony, las ze. Geboren Hackensack, N.J., 12 november, 1920… Julia sloeg zijn wapenfeiten, successen en flops over. Gehuwd met Margaret Brewster, 1942, twee kinderen, Anthony jr. en Louise, gescheiden 1947. Gehuwd met Dorothy Travers, 1950, een kind, Thomas, overleden. Gescheiden 1953. Gehuwd met Eve Benedict, 1954. Gescheiden 1959.

Er waren nog twee huwelijken, maar die vond Julia niet interessant; het was veel te boeiend om over dat merkwaardige trio te speculeren. Dorothy Travers – de naam deed toch vaag een belletje in Julia's hoofd rinkelen – was drie jaar met Kincade getrouwd geweest en had hem een zoon geschonken. Nauwelijks een jaar na de scheiding was Kincade met Eve getrouwd. Nu werkte Travers als Eves huishoudster.

Hoe konden twee vrouwen die dezelfde man hadden gedeeld hetzelfde huis delen?

Die vraag ging ze zeker stellen. Maar eerst zou ze de anonieme briefjes aan Eve laten zien, in de hoop op een reactie en – misschien – een verklaring. Julia duwde, haar afspraak met die arme heilige allang vergeten, de *Who's Who* opzij.

Een kwartier later deed Travers de deur van het grote huis open. Terwijl ze het verbeten, ontevreden gezicht en het stevige postuur van de vrouw bekeek, vroeg Julia zich af hoe het mogelijk was dat zij dezelfde man had weten te strikken als de verblindende Eve met haar prachtige lichaam.

'De gymkamer,' bromde Travers.

'Pardon?'

'De gymkamer,' herhaalde ze en met tegenzin ging ze haar voor. Ze draaide de oostelijke vleugel in naar een gang vol ingewikkelde nisjes, die allemaal een beeld van Erté bevatten. Rechts was een groot halfrond raam dat uitkeek op de centrale binnenplaats, waar Julia de tuinman, gewapend met walkman en koptelefoon, het kunstig gesnoeide gebladerte zag bijwerken.

Aan het eind van de gang zag ze stevige, in gedurfd glanzend groen geschilderde dubbele deuren. Travers klopte niet maar zwaaide er één open. Onmiddellijk werd de gang gevuld met heldere, swingende muziek en Eves onophoudelijk gevloek.

Julia had het nooit in haar hoofd gehaald de kamer minachtend *gymkamer* te noemen. Ondanks de gewichten en de apparatuur, de spiegelwand met barre, was het een elegante ruimte. Een fitnesspaleis misschien, peinsde Julia, terwijl ze het hoge plafond met de gestroomlijnde art-decofiguren bekeek. Door een drietal gebrandschilderde bovenlichten werd het licht gebroken in alle kleuren van de regenboog. Geen paleis, corrigeerde Julia zichzelf. Een tempel, opgericht om de zelfingenomen god van het zweet te aanbidden.

Op de vloer lag glanzend parket en een glimmende bar van gerookt glas, compleet met koelkast en magnetron, besloeg een andere muur. Uit een hightechmuziektoren, geflankeerd door potten met begonia's en hoge ficusbomen, klonk muziek.

Naast Eve, die beenoefeningen lag te doen, stond Mr. Muscle. Gebiologeerd slaakte Julia een lange zucht toen ze naar hem keek. Hij was bijna twee meter lang – een Noorse god wiens gebronsde lijf uit een onwaarschijnlijk klein, asymmetrisch kruippakje puilde.

Het witte schouderbandje spande laag over zijn glanzende borst, kroop diep om zijn heupen en liep strak langs een stel zeer gespierde billen omhoog. Zijn goudblonde haar was in een paardenstaart naar achteren gebonden, zijn ijsblauwe ogen lachten goedkeurend terwijl Eves gevloek de erotisch geladen atmosfeer in de kamer er nog verhitter op maakte. 'Dit is zwaar klote, Fritz.'

'Nog maar vijf, schone bloem,' zei hij in een keurig, muzikaal soort Engels dat beelden van koele meren en bergstroompjes in Julia's gedachten liet ronddansen.

'Je maakt me kapot.'

'Ik maak je sterk.' Terwijl ze zich door de laatste oefeningen heen pufte, legde hij een enorme hand op haar dij en kneep. 'Je spieren zijn even soepel als die van iemand van dertig.' Toen gaf hij haar billen een intieme massagebeurt.

Druipend van het zweet liet Eve zich in elkaar zakken. 'Als ik ooit weer kan lopen, trap ik je midden in dat enorme kruis van je.'

Hij lachte, gaf haar nog een paar klopjes, waarna hij in de richting van Julia grijnsde. 'Hallo.'

Ze kon nauwelijks slikken. Eves laatste commentaar had haar blik naar beneden gelokt, zodat ze zelf had gezien dat het adjectief niet overdreven was. 'Sorry. Ik wilde niet storen.'

Het lukte Eve haar ogen te openen. Had ze de energie gehad, dan was ze in lachen uitgebarsten. De meeste vrouwen kregen hun kaken niet meer op elkaar na hun eerste dosis Fritz. Het deed haar deugd dat Julia niet immuun was. 'Goddank. Travers, schenk me iets ijskouds in – en doe er voor mijn goede vriend wat arsenicum in.'

Fritz moest weer lachen, een diep, vrolijk geluid dat Eves creatieve gescheld met gemak overstemde. 'Drink maar wat, dan gaan we aan je armen werken. Je wilt toch niet dat je vel gaat hangen als bij een kalkoen?'

'Ik kom wel terug,' begon Julia, terwijl Eve zich omdraaide.

'Nee, blijf. Hij is bijna klaar met me te martelen. Nietwaar, Fritz?'

'Bijna klaar.' Hij nam het glas van Travers aan en dronk het in één teug leeg voor ze de deur uit was geschuifeld. Terwijl Eve haar gezicht met een handdoek bette, taxeerde hij Julia. Door de blik in zijn ogen voelde ze zich niet op haar gemak. In die van Brandon kwamen dezelfde lichtjes als hij een lekker, kneedbaar brok boetseerklei kreeg. 'Je hebt goeie benen. Train je?'

'Nou, nee.' Daarmee velde je je eigen vonnis in Zuid-Californië, besefte ze. Mensen waren voor minder opgehangen. Net vroeg ze zich af of ze haar verontschuldigingen moest aanbieden, toen hij op haar af stapte en aan haar armen begon te voelen. 'Hé, zeg!'

'Dunne armpjes.' Toen hij zijn handen over haar maag liet gaan, viel haar mond open. 'Goeie buikspieren. We kunnen wel wat aan je doen.'

'Dank je.' Hij had vingers als stalen roeden, waarmee ze zich niet wenste te laten bezoedelen. 'Maar ik heb echt geen tijd.'

'Je moet tijd máken voor je lichaam,' zei hij – zo serieus, dat ze een nerveus lachje moest onderdrukken. 'Kom maandag, dan begin ik met je.'

'Ik denk echt niet –'

'Een uitstekend idee,' viel Eve hem bij. 'Ik vind het vreselijk in m'n eentje gemarteld te worden.' Ze trok een gezicht toen Fritz de gewichten aan de Nautilus hing voor haar armtraining. 'Ga zitten, Julia. Praat tegen me, leid m'n gedachten af van mijn misère.'

'Maandag, m'n reet,' mopperde Julia.

'Pardon?'

Ze glimlachte toen Eve zich klaarmaakte voor haar volgende foltering. 'Ik zei: wat is het vandaag heet.'

Eve, die haar de eerste keer uitstekend had verstaan, trok een wenkbrauw op. 'Ik dacht al dat je dat zei.' Toen ze goed zat, haalde Eve diep adem en begon de gewichten naar het midden van haar lichaam te trekken, en naar buiten. 'Heb je je gisteravond geamuseerd?'

'Ja, dank je.'

'Beleefd, hoor.' Ze grijnsde naar Fritz. 'Zij zou nooit tegen je vloeken.'

Julia zag hoe Eves spieren zich spanden en strekten. Het zweet brak haar weer uit. 'O, reken maar.'

Zelfs nu de inspanning haar huid drijfnat maakte, moest Eve lachen. 'Weet je wat het probleem is als je mooi bent, Julia? Iedereen ziet het kleinste foutje – ze genieten als ze er een kunnen ontdekken. Daarom moet je in vorm blijven.' Haar spieren tot het uiterst gespannen, zoog ze lucht in en stootte die weer uit. 'Zonder opgeven. Ik zal altijd mijn uiterste best blijven doen voor het lichaam dat God en de chirurgen me hebben gegeven. En niemand de genoegdoening gunnen om te kunnen zeggen dat ze mooi was – ooit.' Ze onderbrak zichzelf even om te vloeken omdat haar armen trilden. 'Sommige mensen beweren dat ze hieraan verslaafd zijn. Ik kan alleen maar denken dat ze heel erg ziek zijn. Hoeveel nog?' vroeg ze aan Franz.

'Twintig.'

'Schoft.' Maar ze vertraagde haar tempo niet. 'Wat is je gisteravond opgevallen?'

'Dat een heel hoog percentage van de mensen daar evenveel om het goede doel gaf als om de publiciteit. Dat het nieuwe Hollywood nooit dezelfde klasse zal halen als het Hollywood van toen. En dat Anthony Kincade een onplezierige en misschien gevaarlijke man is.'

'Ik vroeg me af of je je snel zou laten verblinden. Duidelijk niet. Hoeveel nog, rotzak die je bent?'

'Vijf.'

Eve schold zich erdoor, hijgend als een kraamvrouw bij haar laatste weeën. Hoe kwaadaardiger haar gescheld, hoe breder Fritz' grijns. 'Wacht hier,' beval ze Julia, waarna ze kreunend overeind kwam en door een deur verdween.

'Een schat van een vrouw,' zei Fritz. 'Sterk.'

'Ja.' Toen ze zichzelf probeerde voor te stellen, tegen haar zeventigste en nog met gewichten in de weer, huiverde ze. Ze zou haar kwabben accepteren en ze koesteren. 'Vind je dit allemaal niet overdreven, op haar leeftijd?'

Met een opgetrokken wenkbrauw keek hij naar de deur waardoor Eve was verdwenen. Hij wist dat als ze dat had gehoord, ze heel wat meer deed dan schelden. 'Voor iemand anders, ja. Niet voor Eve. Ik ben een *personal* trainer. Dit programma is voor háár lichaam, háár geest. Voor háár energie. Die zijn alle drie sterk.' Hij liep naar een van de ramen. Ernaast stond een massagetafel. Op een plank stond een wirwar van oliën en lotions. 'Voor jou stel ik iets speciaals samen.'

Dat was een onderwerp waar ze vanaf wou. En snel. 'Hoe lang ben jij haar personal trainer al?'

'Vijf jaar.' Na een paar soorten olie uitgezocht te hebben, schakelde hij via de afstandsbediening op andere muziek over. Klassiek nu, weldadige violen. 'Ze heeft me een hoop cliënten bezorgd. Maar als ik er maar één kon hebben, zou ik Eve willen.' Hij sprak haar naam haast eerbiedig uit. 'Haar loyaliteit werkt aanstekelijk.'

'Een fantastische vrouw.' Hij hield een piepklein flesje onder zijn neus en deed Julia denken aan Ferdinand, de stier, die aan bloemen rook. 'Je bent een boek aan het schrijven.'

'Dat klopt.'

'Schrijf in elk geval dat ze een fantastische vrouw is.'

Eve kwam weer binnen. Ze had een kort wit badjasje om zich heen, haar haar was vochtig, op haar gezicht gloeide een blos. Zonder een woord liep ze naar de tafel, kleedde zich uit met de onschuld van een kind en strekte zich uit op haar buik. Fritz drapeerde bescheiden een laken over haar heupen en ging aan het werk.

'Na de hel komt de hemel.' Eve zuchtte. Ze legde haar kin op haar vuisten en haar ogen straalden Julia toe. 'Je mag schrijven dat ik me driemaal per week door deze vreselijke toestand heen sla. En terwijl ik iedere minuut ervan haat, weet ik dat mijn lichaam er daardoor zo goed uitziet, dat Nina elk jaar een aanbieding van *Playboy* moet afslaan. Bovendien heb ik zo'n uithoudingsvermogen opgebouwd dat ik opnamedagen van tien of twaalf uur kan hebben zonder in te storten. Ik neem Fritz zelfs mee als ik in Georgia op locatie moet. Die kerel heeft de beste handen van de hele wereld.'

Bij het compliment bloosde hij als een kleine jongen.

Terwijl Fritz die handen gebruikte om Eves spieren te kneden en te ontspannen, bracht Julia het gesprek op gezondheid, oefeningen, het dagelijkse programma. Geduldig als ze was, wachtte ze terwijl Eve weer in haar badjasje gleed en een zeer hartelijke, zeer intieme kus met haar trainer uitwisselde. Julia moest denken aan de scène waar ze in de tuin getuige van was geweest en verwonderde zich erover hoe een vrouw die zo duidelijk van die ene man hield, zo schaamteloos met een ander kon flirten.

'Maandag,' zei hij met een knikje naar Julia toen hij een trainingspak aantrok. 'Dan start ik jouw programma.'

'Ze zal er zijn,' beloofde Eve voordat Julia beleefd kon weigeren. Ze grijnsde toen Fritz zijn gymtas optilde en de deur uit beende. 'Beschouw het als een deel van je werk,' adviseerde Eve. 'Nou, wat vond je van hem?'

'Zat ik te kwijlen?'

'Een beetje maar.' Eve spande haar losgemaakte spieren, waarna ze een pakje sigaretten uit de zak van haar badjasje haalde. 'Jezus, wat snak ik hiernaar. En heb het hart niet – of liever gezegd het lef – om in de buurt van Fritz te roken. Schenk nog eens een drankje voor ons in, wil je? Veel champagne in het mijne.'

Terwijl Julia gehoorzaam opstond, nam Eve een diepe, smachtende trek. 'Ik kan me geen andere man voorstellen voor wie ik dit zou opgeven, zelfs niet voor een paar uur.' Ze blies wederom een rookwolk uit toen Julia haar een glas aanreikte. Haar lach was snel en vol, als bij een binnenpretje. 'Hoe langer ik je ken, hoe makkelijker ik je doorkrijg, Julia. Op dit moment probeer je uit alle macht niet moralistisch te zijn, terwijl je je afvraagt hoe ik een affaire met een man die jong genoeg is om mijn zoon te zijn, kan rechtvaardigen.'

'Het is niet mijn taak om te oordelen.'

'Da's waar, en je moet en zal je aan je taak houden. Maar voor de volledigheid: ik zou niet eens proberen het te rechtvaardigen, maar er alleen maar van proberen te genieten. Toevallig heb ik geen affaire met die verrukkelijke vleeshomp, omdat hij zeer fanatiek homo is.' Ze lachte en nam nog een slok. 'Nu ben je geschokt en verbiedt jezelf dat te zijn.'

Julia schoof onbehaaglijk heen en weer en nam zelf ook een slok. 'De bedoeling van dit alles is dat ik jouw gevoelens ontrafel en niet omgekeerd.'

'Het wordt automatisch wederzijds.' Eve liet zich van de tafel glijden, om zich als een kat op te rollen in de dikke kussens van een rotanstoel. Elke beweging was van een vrouwelijke souplesse, verleidelijk. Het schoot Julia te binnen dat de jonge Betty Berenski geen betere naam had kunnen kiezen. Ze was een en al vrouw – tijdloos en mysterieus als Eva. 'Voordat dit boek af is, kennen jij en ik elkaar zo goed als dat bij twee mensen maar mogelijk is. Intiemer dan minnaars, vollediger dan een moeder en haar kind. Naarmate we elkaar leren te vertrouwen, zul je de bedoeling begrijpen.'

Om alles weer op het niveau te brengen dat ze prefereerde, haalde Julia haar recorder en blocnote tevoorschijn. 'Wat voor reden zou ik hebben om je niet te vertrouwen?'

Eve glimlachte door een sluier van rook heen. Geheimen, rijp als pruimen bij de oogst, glansden in haar ogen. 'Precies. Ga je gang, Julia, stel de vragen die er in dat koppie van je rondspoken. Ik ben in de stemming om ze te beantwoorden.'

'Anthony Kincade. Waarom vertel je me niet hoe je ertoe kwam met hem te trouwen, en hoe zijn tweede vrouw van actrice in B-films jouw huishoudster werd?'

In plaats van te antwoorden, rookte Eve verder en dacht na. 'Je hebt CeeCee uitgehoord.'

Er klonk een spoortje ergernis in die vaststelling, duidelijk genoeg om Julia een schokje van voldoening te schenken. Wie weet bereikten ze ooit een niveau van vertrouwen en intimiteit, maar dat zou dan wel op voet van gelijkheid moeten zijn. 'Ik heb met haar gepraat, ja. Als er iets was wat ze niet van jou mocht vertellen, heb je vergeten haar dat te zeggen.'

Toen Eve bleef zwijgen, tikte Julia met haar pen tegen haar blocnote. 'Ze vertelde vanmorgen dat ze hier als kind vaak logeerde als ze haar tante Dotty opzocht. Natuurlijk dat toen duidelijk werd wie tante Dotty is.'

'En daar pakte je de draad op.'

'Het is mijn werk om informatie te controleren,' zei Julia kalm, zich niet alleen bewust, maar ook genietend van de groeiende irritatie.

Flauw, misschien, bedacht ze, maar bevredigend te weten dat het einde-lijk was gelukt onder dat glanslaagje van beheersing door te dringen.

'Je had het me maar hoeven vragen.'

'Dat is precies wat ik nu aan het doen ben.' Julia hield haar hoofd schuin, even uitdagend als een paar geheven vuisten. 'Als je van plan was geheimen achter te houden, Eve, heb je de verkeerde biograaf gekozen. Ik werk niet met oogkleppen op.'

'Het is mijn verhaal.' Eves ogen kliefden als twee kleine zeisjes. Julia voelde de scherpte en wilde niet van wijken weten. 'Jawel. En door jouw keuze is het ook het mijne.' Nu ze er haar tanden in had, klemden haar kaken zich stevig op elkaar, als die van een wolf in een sappig bot. Haar gedecideerdheid om zich met die van Eve te meten groeide, met alle spieren gespannen. Zenuwen smeulden als gloeiende kolen in haar buik. 'Als je iemand wilt die buigt als jij aan de touwtjes trekt, houden we er nu mee op. Dan ga ik terug naar Connecticut en laat het onze advocaten uitzoeken.' Ze maakte aanstalten om op te staan.

'Ga zitten.' Eves stem trilde van woede. 'Ga verdomme zitten. Je bent duidelijk geweest.'

Julia knikte bevestigend en ging weer zitten. Terloops liet ze een hand in haar zak glijden en wurmde met haar duim een maagtablet van een rolletje los. 'Dat zou ik liever over jou zijn, maar dat kan niet als jij me telkens in de weg staat als ik op iets stuit wat je van streek maakt.'

Even was Eve stil, stil terwijl woede schoorvoetend vervaagde tot res-pect. 'Ik leef al een hele tijd,' zei ze eindelijk. 'Ik ben gewend de dingen op mijn eigen manier te doen. We zien wel, Julia, we zien wel of we een manier kunnen vinden om jouw manier in de mijne te laten opgaan.'

'Oké.' Ze liet het maagtablet op haar tong glijden in de stille hoop dat het, met de kleine overwinning, haar roerige maag zou kalmeren.

Eve bracht het glas aan haar lippen, nam een slok, en bereidde zich voor op het openzetten van een roestige deur die lang op slot had geze-ten. 'Vertel me wat je weet.'

'Het was tamelijk simpel om na te gaan dat Dorothy Travers Kincades tweede vrouw was, van wie hij pas een paar maanden gescheiden was toen hij met jou trouwde. Eerst kon ik haar niet thuisbrengen, maar ik herinnerde me dat ze in de jaren '50 een stuk of tien B-films heeft gemaakt. Voor het grootste deel tranentrekkers en griezelfilms, tot ze uit het zicht verdween. Naar ik nu mag aannemen, om voor jou te gaan werken.'

'Niets is zo rechtlijnig.' Hoewel het haar nog steeds irriteerde dat zij de link niet als eerste boven tafel had gebracht, haalde Eve haar schouders op en begon te vertellen. 'Een paar maanden nadat Tony en ik onze scheiding hadden geregeld, kwam ze bij me werken. Dat is, jezus, meer dan dertig jaar geleden. Vind je dat vreemd?'

'Dat twee vrouwen drie decennia lang intieme vriendinnen van elkaar kunnen blijven nadat ze van dezelfde man hebben gehouden?' Spanning week voor nieuwsgierigheid. 'Ik denk van wel.'

'Houden van?' Eve glimlachte terwijl ze zich behaaglijk uitrekte. Ze voelde zich altijd behaaglijk na een sessie met Fritz. Gezuiverd, opgepompt en herboren. 'O, misschien dat Travers even van hem gehouden heeft. Maar Tony en ik zijn getrouwd uit wederzijdse lust en ambitie. Iets geheel anders. Hij was in die dagen tamelijk knap. Een grote, potige man, en niet zomaar een beetje slecht. Toen hij me in *Separate Lives* regisseerde, was zijn huwelijk al stuk.'

'Hij en Travers hadden een kind dat gestorven is.'

Eve aarzelde, nam toen een slok. Misschien had Julia haar in een hoek gedrukt, maar er was maar één manier om het verhaal te vertellen. Haar eigen manier. 'Het verlies van het kind vernietigde de basis van hun huwelijk. Travers kon, wilde het niet vergeten. Tony wilde dat met alle geweld. Hij is altijd totaal egocentrisch geweest. Dat was een deel van zijn charme. Ik wist niet alle details toen er tussen ons iets begon te groeien. Het was – onze affaire en het uiteindelijke huwelijk – toen nogal een schandaal.'

Julia had al genoteerd dat ze oude nummers van *Photoplay* en *The Hollywood Reporter* moest opsnorren.

'Travers' ster was niet zo groot dat we veel sympathie of woede riskeerden. Dat vind je arrogant,' merkte Eve op. 'Het is gewoon de waarheid. Die kleine driehoeksverhouding kreeg wat aandacht in een aantal columns, maar werd daarna vergeten. De mensen namen het veel persoonlijker op toen Liz Taylor Eddy Fisher van Debbie Reynolds afpikte.' Ze lachte en drukte haar sigaret uit. 'Ik weet niet eens of ik wel of niet het laatste strootje was dat hun huwelijk nekte.'

'Dat zal ik Travers vragen.'

'Daar ben ik zeker van.' Ze maakte een vloeiende beweging met haar handen en ging weer gemakkelijk zitten. 'Het lijkt me niet waarschijnlijk dat ze met je zal praten, maar ga gerust je gang. Vooralsnog lijkt het me nuttig als ik met het begin begin – mijn begin met Tony. Zoals ik al zei, was hij een heel aantrekkelijke man, op het gevaarlijke af. Ik had een hoop respect voor hem als regisseur.'

'Jullie ontmoetten elkaar toen jullie *Separate Lives* maakten?'

'Och, we waren elkaar al eerder tegen het lijf gelopen – zoals dat hier met dat handjevol halvegaren gebeurt. Maar een filmset, Julia, is een piepkleine, intieme wereld, afgesneden van de werkelijkheid. Nee, er immuun voor.' Ze glimlachte in zichzelf. 'Fantasie, hoe zwaar het werk ook is, is verslaafd aan zichzelf. Daardoor draaien we onszelf zo vaak een rad voor ogen en geloven we dat we stapelverliefd zijn op een andere figuur in die blinkende luchtbel – zolang de creatie van de film duurt.'

'Jij viel niet op je tegenspeler,' zei Julia, 'maar op je regisseur.'

Ze sloeg haar wimpers neer, waarmee ze haar ogen bedekte terwijl ze terugging in de tijd. 'Het was een lastige film, heel somber, heel uitputtend. Het verhaal over een verdoemd huwelijk, bedrog, overspel, een zenuwinzinking… We hadden een hele dag gedaan over de scène waarin mijn personage de ontrouw van haar man onder ogen ziet en overweegt zelfmoord te plegen. Ik moest me uitkleden tot op een zwart kanten slipje na en zorgvuldig mijn lippen stiften, parfum opdoen, de radio aanzetten en dansen – in m'n eentje. Een fles champagne openen en, bij kaarslicht, drinken terwijl ik de ene pil na de andere slik.'

'Ik herinner me de scène,' fluisterde Julia. In de helverlichte, naar zweet en geparfumeerde oliën ruikende ruimte zag ze die levendig voor zich. 'Het was angstaanjagend, tragisch.'

'Tony wilde opwinding, bijna extase, naast de wanhoop. Opname na opname, hij was nooit tevreden. Ik had het gevoel dat mijn emoties eruit werden gerukt, ruw en bloederig, en daarna tot stof werden vermalen. Uur na uur diezelfde scène. Toen ik de opnamen bekeek, zag ik dat hij exact had gekregen wat hij van me wilde. De uitputting, de woede, het verdriet en die blik vol haat op het laatst.' Toen lachte ze, triomfantelijk.

Het was nog steeds een van haar beste momenten op het witte doek. 'Toen we klaar waren, ging ik naar mijn kleedkamer. Mijn handen trilden. Mijn *ziel* trilde, verdomme. Hij kwam me achterna, deed de deur op slot. God, ik weet nog hoe hij eruitzag zoals hij daar stond: zijn ogen brandden in de mijne. Ik schreeuwde en jankte, spuide genoeg gif om tien kerels mee te vermoorden. Toen greep hij me beet. Ik gaf hem een klap. Hij bloedde. Hij scheurde mijn kimono van me af. Ik krabde en beet. Hij trok me op de vloer en trok het zwart kanten slipje aan flarden, nog steeds zonder ook maar een woord te zeggen. Goeie god, we kwamen samen klaar als een stel wilde honden.'

Julia moest slikken. 'Hij verkrachtte je.'

'Nee. Het zou makkelijker zijn om te liegen en te zeggen dat dat waar was, maar toen we eenmaal op de vloer van de kleedkamer waren beland, wilde ik maar wat graag. Ik was niet te houden. Als ik niet had gewild, had-ie me verkracht. Dat besef was ongelooflijk opwindend. Pervers,' voegde ze eraan toe, terwijl ze nog een sigaret opstak, 'maar verrekte opwindend. Onze relatie was maf, meteen al. Maar de eerste drie jaar van ons huwelijk was de seks beter dan ik ooit heb meegemaakt. Bijna altijd heftig, bijna altijd op het randje van waar men niet over spreekt.'

Een beetje lacherig kwam ze overeind om zich nog een drankje in te schenken. 'Enfin, na vijf jaar met Tony getrouwd te zijn geweest, raak ik door niets of niemand meer geschokt. Terwijl ik dacht dat ik toch wel van wanten wist…' Met haar lippen op elkaar schonk ze de champagne tot vlak onder het randje van het glas, waarna ze Julia net zo'n glas inschonk. 'Het is vernederend om toe te geven dat ik dat huwelijk zo onschuldig als een lam in ging. Hij wist als geen ander normen te overschrijden, dingen waarover toen niet eens gesproken werd. Orale seks, anale seks, bondage, sm, voyeurisme… Tony had een kast vol stoute speeltjes. Sommige vond ik leuk, sommige stonden me tegen, en andere vond ik geil. En dan waren er ook nog de drugs.'

Eve nipte aan het glas zodat de drank onder het lopen niet over het glas zou morsen. Julia nam het andere glas aan toen Eve het aanreikte. Hier, op dit moment, leek het helemaal niet zo vreemd om voor de lunch champagne te drinken.

'Tony is zijn tijd wat drugs betreft altijd ver vooruit geweest. Hij was dol op hallucinerende middelen. Zelf heb ik er ook in geliefhebberd, maar veel heb ik er nooit aan gevonden. Maar Tony was in alles een veelvraat, en hij schoot door. Eten, drank, drugs, seks. Echtgenotes.'

Deze herinnering deed haar verschrikkelijk pijn, begreep Julia, en tot haar verbazing voelde ze dat ze haar in bescherming wilde nemen. Weliswaar hadden ze net strijd geleverd over wie haar zin zou krijgen, maar ze hield er niet van wanneer de overwinning pijn berokkende. 'Eve, we hoeven dat nu niet allemaal op te rakelen.'

Eve deed alle moeite de spanning van zich af te schudden, waarbij ze zich, soepel als een kat die zich oprolt, in een stoel liet zakken. 'Hoe ga jij een bad met koud water in, Julia? Centimeter voor centimeter of meteen helemaal?'

Er zweemde een glimlach over haar lippen, in haar ogen. 'Ik neem een duik.'

'Precies.' Eve nam nog een slok, alsof ze een frisse smaak in haar mond wilde voordat ze dook. 'Het begin van het einde kwam toen hij me op een avond aan het bed vastbond. Fluwelen handboeien. Niet iets wat we eerder hadden gedaan of leuk hadden gevonden. Geschokt?'

Julia kon zich niet voorstellen hoe het zou zijn – zo hulpeloos, jezelf volledig in de handen van iemand anders te leggen. Was bondage een synoniem voor vertrouwen? Noch kon ze zich voorstellen dat een vrouw als Eve bereid was zich te onderwerpen. Ze haalde echter haar schouders op. 'Ik ben niet preuts.'

'Natuurlijk wel. Moet ik je waarschuwen, Julia – omdat je nog zo jong bent – dat als een vrouw seksueel voor een man valt, werkelijk valt, ze bereid is dingen te doen die haar bij het ochtendgloren doen sidderen van schaamte? Zelfs wanneer ze ernaar snakt ze nog eens te doen.' Ze ging rechtop zitten, haar beide handen om het glas. 'Maar genoeg vrouwenwijsheid – daar kom je zelf wel achter. Als je geluk hebt.'

Als ze geluk had, dacht Julia, ging haar leven gewoon op dezelfde manier door. 'Je was me over Anthony Kincade aan het vertellen.'

'Ja, daar was ik mee bezig. Hij was een liefhebber van eh, laten we ze kostuums noemen. Die nacht droeg hij een zwart leren lendenlapje en een zijden masker. Hij was toen een beetje dik aan het worden, dus ging er iets van het effect verloren. Hij stak kaarsen aan, zwarte. En wierook. Hij wreef mijn lichaam in met olie tot het glansde en glom. Hij deed van alles met me, heerlijke dingen, waarmee hij, vlak voordat hij me tot ontlading bracht, ophield. En net toen ik als een gek naar hem – god, naar wie dan ook – lag te hunkeren, stond hij op en deed de deur open. Hij liet een jonge jongen binnen.'

Eve nam de tijd voor een slok. Toen ze verderging, was haar stem koud en effen. 'Hij kon niet ouder zijn geweest dan zestien, zeventien. Ik weet nog dat ik Tony uitschold, hem dreigde, zelfs smeekte toen hij dat kind uitkleedde, terwijl hij hem aanraakte met die goddeloze, vaardige handen. Ik ontdekte dat ik, zelfs na bijna vier jaar met iemand als Tony getrouwd te zijn geweest, in sommige dingen nog onschuldig was, nog steeds met stomheid geslagen kon zijn. Omdat ik niet kon aanzien wat ze met elkaar deden, sloot ik mijn ogen. Toen bracht Tony de jongen naar mij toe en zei dat-ie mocht doen wat hij wilde, terwijl hij toekeek. Ik kwam erachter dat dat joch veel minder onschuldig was dan ik dacht. Hij gebruikte me op elke manier waarop een vrouw gebruikt kan worden. Terwijl de jongen nog in me was, knielde Tony achter de jongen, en…' Haar hand was niet vast toen ze de sigaret omhoogbracht, maar haar stem was bijtend. 'En we hadden een neukpartij met z'n drieën. Het ging uren door, waarbij ze eindeloos van positie wisselden. Ik hield op met vloeken, smeken, huilen, en begon plannen te maken. Toen de jongen weg was en Tony me liet gaan, wachtte ik tot hij in slaap viel. Ik ging naar beneden en nam het grootste vleesmes dat ik kon vinden. Toen Tony wakker werd, had ik zijn pik in mijn ene hand en het mes in mijn andere. Ik zei hem dat als hij me ooit nog aanraakte, ik hem zou castreren, dat we snel en in stilte gingen scheiden en dat hij me het huis met zowel de hele inboedel als de Rolls, de Jaguar en het huisje in de bergen dat we hadden gekocht zou geven. Als hij daar niet mee akkoord ging, zou ik hem ter plekke zo afrukken als hij nog nooit was afgerukt.' Bij de herinnering aan hoe hij er toen uitzag, hoe hij had gestameld, moest ze lachen. Tot ze Julia aankeek.

'Er is geen reden voor tranen,' zei ze zacht toen ze die langs Julia's wangen omlaag zag stromen. 'Ik kreeg mijn compensatie.'

'Voor zoiets bestaat geen compensatie.' Haar stem was hees door een woede die alleen zijzelf zich kon voorstellen. Haar ogen fonkelden ervan. 'Dat kan niet.'

'Misschien niet. Maar het in zwart op wit te zien, zal op z'n minst enige genoegdoening zijn. Ik heb er lang genoeg op gewacht.'

'Waarom?' Julia veegde haar tranen weg. 'Waarom heb je gewacht?'

'De waarheid?' Eve zuchtte en dronk haar glas leeg. Haar hoofd was gaan bonken en dat vond ze ontzettend vervelend. 'Schaamte. Ik schaamde me omdat ik op die manier was gebruikt, vernederd.'

'Je werd gebruikt. Jij hoefde je nergens over te schamen.'

De lange zwarte wimpers knipperden naar beneden. Het was voor het eerst dat ze over die nacht had gesproken – niet de eerste keer dat ze hem herbeleefde, maar de eerste keer dat ze hem niet in haar eentje herbeleefde. Het deed nog steeds pijn; ze had niet beseft dat dat mogelijk was. Noch had ze beseft hoe verfrissend, hoe troostrijk spontaan medeleven kon zijn.

'Julia.' De wimpers gingen weer omhoog en eronder waren haar ogen droog. 'Vind je echt dat je je niet hoeft te schamen als je gebruikt wordt?' Nu ze daarover dacht, kon Julia niet anders dan haar hoofd schudden. Ook zij was gebruikt. Niet zo walgelijk, niet zo vreselijk, maar ze begreep dat schaamte je jarenlang als een hond op de hielen kon zitten. Jarenlang. 'Ik weet niet hoe je het hebt klaargespeeld dat mes niet te gebruiken, of het verhaal.'

'Overlevingsdrang,' zei Eve simpel. 'Op dat punt in mijn leven wilde ik net zomin als Tony dat het verhaal zou uitlekken. En Travers was er ook nog. Een paar weken na de scheiding ben ik naar haar toe gegaan, nadat ik een paar rollen film had ontdekt die Tony had verstopt. Niet alleen van hem en mij in diverse seksstunts, maar van hem met andere mannen, van hem met twee heel jonge meisjes. Daardoor kreeg ik door dat mijn hele huwelijk een ziekte was geweest. Ik denk dat ik naar haar toe ging om mezelf te bewijzen dat iemand anders ook voor de gek was gehouden, beetgenomen, verleid. Ze woonde alleen in een klein appartement in het centrum. Het geld dat Tony haar elke maand moest betalen, was amper genoeg voor de huur, na haar andere uitgaven. Die andere uitgaven waren de kosten van de inrichting voor haar zoon.'

'Haar zoon?'

'Het kind dat, naar Tony de wereld wilde doen geloven, dood was. Hij heet Tommy. Hij is ernstig zwakbegaafd, een gebrek dat Tony weigerde te accepteren. Hij doet liever alsof het kind dood is.'

'Al die jaren?' Een nieuw soort woede kwam nu in Julia op, waardoor ze met een ruk opstond en naar een van de ramen liep, waar de lucht misschien schoner was. 'Hij draaide zijn zoon z'n rug toe, hield dat al die jaren vol?'

'Hij is toch niet de eerste of de laatste die dat doet?'

Julia draaide zich om. Ze herkende het medeleven, het begrip, en kapte het automatisch af. 'Dat was ook mijn keuze. Bovendien was ik niet getrouwd met Brandons vader. Travers wel met die van Tommy.'

'Ja, dat was ze – en Tony had al twee volkomen gezonde en verwende kinderen van zijn eerste vrouw. Hij was niet van plan een kind met gebreken te erkennen.'

'Je had z'n ballen eraf moeten snijden.'

'Ach, ja.' Eve glimlachte weer, blij dat ze zag dat Julia eerder kwaad dan ongelukkig was. 'Mijn kans daarop is verkeken – in de letterlijke zin dan.'

'Vertel me eens over Travers' zoon.'

'Tommy is bijna veertig. Hij is incontinent, kan zich niet zelf aankleden, niet zelf eten. Ze hadden niet verwacht dat hij de puberteit zou halen, maar ja: het zijn z'n hersens, niet zijn lichaam.'

'Hoe kon ze van haar eigen zoon zeggen dat hij dood is?'

'Je mag haar niet veroordelen, Julia.' Eves stem was milder nu. 'Ze heeft geleden. Travers ging met Tony's eisen akkoord omdat ze bang was voor wat hij het kind zou aandoen. En omdat ze zichzelf de schuld geeft van Tommy's toestand. Ze is ervan overtuigd dat de, laten we zeggen, ongezonde seksuele praktijken waarmee het kind is verwekt, de oorzaak van zijn achterlijkheid zijn. Onzin natuurlijk, maar zij gelooft het. Misschien heeft ze dat nodig. In elk geval weigerde ze wat in haar ogen liefdadigheid was, maar wilde wel voor me komen werken. Dat doet ze al meer dan drie decennia en ik heb haar geheim bewaard.'

Nee, dacht Julia, ze veroordeelde haar niet. Ze begreep de keuzes die een alleenstaande vrouw moest maken maar al te goed. 'Tot nu toe.'

'Tot nu toe.'

'Waarom wil je het bekendmaken?'

Eve ging weer op haar gemak zitten. 'Tony kan de jongen of Travers niets doen. Daar heb ik voor gezorgd. Mijn huwelijk met hem is een deel van mijn leven, en ik heb besloten dat leven bekend te maken – zonder leugens, Julia.'

'Als hij erachter komt wat jij me verteld hebt, de mogelijkheid dat het wordt gepubliceerd, zal hij proberen je tegen te houden.'

'Ik ben allang niet meer bang voor Tony.'

'Is hij tot geweld in staat?'

Eve bewoog haar schouders. 'Iedereen is in staat tot geweld.'

Zonder iets te zeggen reikte Julia in haar tas en haalde de twee brieven eruit. Ze gaf ze aan Eve.

Toen ze ze las, werd Eve een beetje bleek. Toen werden haar ogen donkerder en keken haar aan. 'Waar heb je die vandaan?'

'De ene lag op de stoep van het gastenhuis. De andere is gisteravond in mijn tas gestopt.'

'Geef ze maar aan mij.' Ze stopte ze in de zak van haar badjas. 'Als je er meer krijgt, geef je ze aan mij.'

Langzaam schudde Julia haar hoofd. 'Dat gaat zomaar niet. Ze waren voor mij bestemd, Eve, dus heb ik recht op enkele antwoorden. Word ik verondersteld ze als dreigement te zien?'

'Ik zou ze eerder zien als armzalige waarschuwingen van een lafaard.'

'Wie zou die ene op de stoep achtergelaten kunnen hebben?'

'Daar zal ik zeer zeker achter zien te komen.'

'Oké.' Julia voelde ontzag door de toon én de schittering in Eves ogen. 'Vertel me eens, is er naast Anthony Kincade nog iemand die zo bang is voor deze biografie dat hij zulke briefjes zou schrijven?'

Nu glimlachte Eve. 'O, mijn lieve Julia. Reken maar.'

8

Eve dacht niet vaak aan Tony en die periode in haar leven waarin ze verslaafd was geraakt aan de duisterder aspecten van seks. Het waren tenslotte maar vijf van haar zevenenzestig jaren geweest. Zeker, ze had andere fouten gemaakt, andere dingen gedaan, ander genot gekend. Het kwam door het boek, het project waartoe zij het initiatief had genomen, dat ze op haar leven was gaan terugkijken in segmenten. Als stukjes film in een montageruimte. Maar bij dit drama was ze niet van plan ook maar één beeldje op de vloer van de montagekamer achter te laten.

De hele reut, dacht ze, terwijl ze met mineraalwater medicijnen innam. Elke scène, elke opname. De pot op met de consequenties.

Ze wreef over het midden van haar voorhoofd, waar deze avond de pijn zich tot een vuist leek samen te ballen. Ze had tijd, tijd genoeg. Daar zou ze voor zorgen. Ze kon – dat moest wel – het werk aan Julia toevertrouwen. Eve sloot even haar ogen om het medicijn zijn werk te laten doen en de ergste pijn weg te strijken.

Julia… Zich op de andere vrouw te concentreren deed haar net zozeer goed als de medicijnen die ze heimelijk gebruikte. Julia was competent, snel van begrip, zo integer als wat. En zo meelevend. Eve wist nog steeds niet wat ze met die tranen aan moest. Ze had geen inlevingsvermogen verwacht, alleen geschoktheid en misschien afkeuring. Ze had niet verwacht dat ze zelf zo geroerd zou zijn.

Dat kwam door haar eigen arrogantie, peinsde ze. Ze was er zo zeker van geweest dat zij het schrijven van het scenario kon regisseren en alle karakters de hun toegewezen rollen kon laten spelen. Julia… Julia en haar zoon pasten helemaal niet in de rollen die ze hun had toegemeten. Hoe had ze in godsnaam kunnen voorzien dat haar gevoel zou gaan spreken waar ze verwachtte het louter te gebruiken?

En dan die brieven. Eve spreidde ze op haar toilettafel uit om ze beter te bekijken. Twee voor haar, twee voor Julia tot nu toe. Alle vier in dezelfde blokletters, alle vier afgezaagde teksten die als waarschuwing konden worden uitgelegd. Of dreigementen.

De hare had ze grappig gevonden, die hadden haar zelfs aangemoedigd. Per slot van rekening stond zij ver boven het punt waar iemand haar iets kon maken. Maar de aan Julia gerichte waarschuwingen veranderden de zaak. Eve moest erachter zien te komen wie ze schreef en er een eind aan maken.

Haar harde, koraalrode nagels tikten op de rozenhouten tafel. Legio mensen die niet wilden dat ze uit de school klapte. Zou het niet interessant zijn, zou het niet dolle lol zijn om zo veel mogelijk van die mensen tegelijkertijd onder één dak te verzamelen?

Toen er op haar slaapkamerdeur werd geklopt, veegde Eve alle brieven in een la van de toilettafel. Voorlopig waren ze haar geheim. Van haar en Julia. 'Binnen.'

'Ik kom je wat thee brengen,' zei Nina terwijl ze met een dienblad binnenkwam. 'En een paar brieven die je moet ondertekenen.'

'Zet de thee maar bij m'n bed neer. Ik moet vanavond nog een paar scenario's lezen.'

Nina zette de Meissen-pot en een kopje op het nachtkastje. 'Ik dacht dat je na de miniserie een tijdje vrij nam.'

'Hangt ervan af.' Eve nam de pen van Nina aan en zette zwierig haar handtekening onder de brieven, zonder de moeite te nemen ze te lezen. 'Het programma voor morgen?'

'Hier.' Efficiënt als altijd legde Nina een in leer gebonden agenda open. 'Om halfnegen een afspraak met Armando voor de hele reutemeteut, één uur: lunch met Gloria DuBarry in Chasen.'

'Aha, vandaar dat gedoe bij Armando.' Eve maakte grinnikend een pot nachtcrème open. 'Ik wil niet dat die ouwe vleermuis één nieuw rimpeltje ontdekt.'

'Je weet dat je erg op Miss DuBarry gesteld bent.'

'Natuurlijk. Juist omdat ze me over haar treurige bordje sla zit op te nemen, moet ik er goed uitzien. Als twee vrouwen van een zekere leeftijd samen gaan eten, Nina, is het niet alleen om te vergelijken, maar ter geruststelling. Hoe beter ik eruitzie, hoe opgeluchter Gloria zal zijn. Daarna?'

'Om vier uur een borrel met Maggie. Polo Lounge. Daarna komt Mr. Flannigan hier om acht uur eten.'

'Zorg ervoor dat de kokkin *manicotti* maakt.'

'Al gebeurd.' Ze sloeg de agenda dicht. 'En als dessert maakt ze zabaglione.'

'Je bent een schat, Nina.' Eve bekeek haar gezicht terwijl ze de crème in haar hals, haar wangen en haar voorhoofd klopte. 'Hé, hoe lang hebben we nodig om een feest te organiseren?'

'Feest?' Met een frons sloeg Nina de agenda weer open. 'Wat voor feest?'

'Een groot feest. Extravagant. Zeg tweehonderd man. Chic. Een orkest op het gazon, diner dansant onder de sterren. Sloten champagne – o, en een paar fatsoenlijk uitziende journalisten.'

Terwijl Nina in gedachten een en ander berekende, bladerde ze door de agenda. 'Ik denk, als ik een paar maanden heb –'

'Eerder.'

Nina slaakte een lange zucht bij het idee van paniektelefoontjes naar bedrijven die het eten moesten verzorgen, bloemisten, muzikanten. Maar ja, als ze een eiland kon afhuren, kon ze een gala in twee maanden doen. 'Zes weken.' Bij het zien van Eves reactie zuchtte ze. 'Oké, drie. We regelen het tot in de puntjes voordat je op locatie gaat.'

'Prima. Zondag buigen we ons over de gastenlijst.'

'Wat is de aanleiding?' vroeg Nina, nog altijd in de agenda krabbelend.

'De aanleiding.' Eve glimlachte en ging onderuit zitten. In de verlichte spiegel van de kaptafel zag haar gezicht er sterk, prachtig en voldaan uit. 'We noemen het een gelegenheid om herinneringen op te halen en opnieuw te beleven. Een retrospectief van Eve Benedict. Oude vrienden, oude geheimen, oude leugens.'

Gewoontegetrouw liep Nina naar het blad met de thee die Eve had vergeten. Niet op de manier van een ondergeschikte, maar als een oude relatie die gewend is voor anderen te zorgen.

'Eve, waarom ben je er zo op gebrand op die manier om moeilijkheden te vragen?'

Met de routine van een artiest klopte Eve lotion om haar ogen. 'Het leven is zonder dat zo dodelijk saai.'

'Ik meen het.' Nina zette het kopje op de toilettafel tussen Eves lotions en crèmes. De geur die in de kamer hing was puur vrouwelijk, niet bloemig of opdringerig, maar mysterieus en sexy. 'Weet je wel… Oké, ik heb je al verteld wat ik ervan vind. En nu… Anthony Kincades reactie van die avond baart me echt zorgen.'

'Om Tony hoeft niemand zich ook maar één moment zorgen te maken.' Ze klopte Nina op de hand voordat ze haar kopje pakte. 'Hij is slim,' zei ze kalm, terwijl ze de subtiele geur en smaak van jasmijn in zich opnam. 'En het is echt de hoogste tijd dat iemand vertelt wat voor perversiteiten hij in dat monsterlijke lichaam van hem heeft opgeslagen.'

'Maar er zijn andere mensen.'

'Ja, zeker weten.' Ze lachte, omdat de gedachte aan enkelen van hen haar plezier bezorgde. 'Mijn leven is een idiote lappendeken van gebeurtenissen en persoonlijkheden. Al die slimme halve waarheden, aperte leugens – onder een fascinerend, flinterdun laagje – die met elkaar zijn verweven, met elkaar te maken hebben. Wat er zo interessant aan is: als je aan één draad trekt, verandert het hele patroon. Zelfs wat je goed doet, heeft consequenties, Nina. Ik ben er meer dan klaar voor ze onder ogen te zien.'

'Dat geldt niet voor iedereen.'

Eve dronk haar thee, terwijl ze over de rand van haar kopje naar Nina keek. Toen ze verder sprak was haar stem milder. 'De waarheid die aan het licht komt, is op geen stukken na zo destructief als de leugen die in het donker verborgen is.' Ze gaf Nina's hand een kneepje. 'Jij hoeft je geen zorgen te maken.'

'Sommige dingen kun je beter met rust laten,' hield Nina vol.

Eve zuchtte en zette haar kopje neer. 'Vertrouw me. Ik heb redenen om te doen wat ik doe.'

Met moeite bracht Nina het tot een knikje en een ijle glimlach. 'Dat hoop ik dan maar.' Ze pakte haar agenda op en liep naar de deur. 'Niet te lang blijven lezen. Je hebt je rust nodig.'

Nadat de deur was dichtgeklapt, keek Eve nogmaals naar haar spiegelbeeld. 'Ik krijg nog rust zat, gauw genoeg.'

Julia zat bijna de hele zaterdag over haar werk gebogen. Brandon werd vermaakt door CeeCee en haar broertje Dustin. Hij was de volmaakte aanvulling voor Brandons meer introverte natuur. Hij zei alles wat hij dacht op hetzelfde moment dat het zijn hersens binnendrong. Niet gehinderd door de minste verlegenheid, stelde hij vragen, eisen, had hij zijn twijfels. Terwijl Brandon urenlang in absolute en vaak intense stilte kon spelen, geloofde Dustin dat niets leuk was tenzij het lawaai maakte. Vanuit haar kantoor beneden kon Julia ze in de slaapkamer boven haar hoofd tekeer horen gaan. Telkens wanneer het erop leek dat ze de boel kort en klein sloegen, gaf CeeCee een gil vanaf de plek waar ze toevallig aan het stoffen en opruimen was.

Het was niet eenvoudig de huiselijke geluiden van spelende kinderen, het geronk van de stofzuiger en het dreunende ritme van de muziek op de radio in evenwicht te brengen met het vreselijke van het verhaal dat Julia van de tape aan het overzetten was.

Ze was niet op onverkwikkelijke zaken voorbereid geweest. Hoe moest ze ermee omgaan? Eve wilde de rauwe werkelijkheid gepubliceerd zien. Haar eigen hardnekkigheid in dezen was kenmerkend voor haar werk. Maar toch: was het nodig, of zelfs verstandig, om dusdanig pijnlijke en schadelijke dingen op te rakelen?

Het zou boeken verkopen, dacht ze zuchtend. Maar tot welke prijs? Ze moest niet vergeten dat het haar taak niet was om te censureren, maar het levensverhaal van deze vrouw te vertellen – het goede en het kwade, treurnis en triomf.

Haar eigen aarzeling ergerde haar. Wie wilde ze in bescherming nemen? Zeker Anthony Kincade niet. Wat Julia betrof, verdiende hij veel en veel meer dan de schaamte en schande die het verhaal in druk hem zou bezorgen.

Eve. Waarom vond ze het nodig een vrouw in bescherming te nemen die ze nauwelijks kende en nog niet begreep? Als het verhaal werd geschreven zoals Eve het had verteld, zou ze er niet onbeschadigd van afkomen. Had ze niet toegegeven dat ze werd aangetrokken door dat duistere, goddeloze aspect van seks? Dat ze een willige, zelfs gretige deelnemer was geweest, tot die laatste vreselijke nacht? Zou men de koningin van het witte doek dat, en het drugsgebruik, vergeven?

Maar eigenlijk, peinsde Julia, leek het Eve niets te kunnen schelen. Toen ze het vertelde was er geen sprake van excuses, noch had ze om medeleven gesmeekt. Als schrijver van een biografie was het Julia's verantwoordelijkheid het verhaal te vertellen en opmerkingen, meningen en gevoelens toe te voegen. Haar instinct zei haar dat Eves huwelijk met Kincade een van de ervaringen was die haar hadden gevormd tot de vrouw die ze nu was.

Het boek zou zonder dat niet compleet of naar waarheid zijn.

Ze dwong zichzelf nog een keer naar de tape te luisteren en maakte aantekeningen over de klank van de stem, pauzes, aarzelingen. Daaraan voegde ze haar eigen herinneringen toe over hoe vaak Eve uit haar glas dronk, haar sigaret naar haar lippen bracht. Hoe het licht door de ramen viel, hoe de geur van zweet was blijven hangen.

Dit deel moest in Eves stijl worden verteld, besliste Julia. Alleen maar dialoog, zodat de nuchtere toon het nog aangrijpender zou maken. Ze besteedde bijna drie uur aan dit hoofdstuk, waarna ze naar de keuken ging. Ze wilde zich losmaken van de scène, de herinnering die zo levendig was dat het te veel leek alsof die van haarzelf was. Doordat de keuken smetteloos was, kon ze zich niet verliezen in de gedachteloze taak van de schoonmaak en ze besloot ze te gaan koken.

Huiselijke karweitjes hadden altijd een kalmerende invloed op haar. De eerste weken nadat ze erachter kwam dat ze zwanger was, was Julia eindeloos in de weer geweest met een doek en citroenolie om geduldig en verwoed meubels en houtwerk te poetsen. De hele kamer lag bezaaid met kleren, schoenen lagen door elkaar in de kast, maar de meubels blonken. Later was het tot haar doorgedrongen dat de eentonigheid van eenvoudige karweitjes haar meer dan eens van een hysterische aanval had gered. Het was toen dat ze, uiterst kalm, tegen abortus of adoptie had besloten. Ruim tien jaar later wist ze dat die keuze, voor haar, de juiste was geweest.

Nu was ze bezig met een van Brandons lievelingskostjes: zelfgemaakte pizza – dat vond hij inmiddels heel gewoon. De extra tijd en moeite hielpen haar het schuldgevoel te verjagen dat ze tijdens haar wekenlange tournees voelde en vooral het gevoel van tekortschieten wanneer een boek haar zo opeiste en zo snel af moest, dat ze met niets beters op de proppen wist te komen dan een snelle combinatie van soep met een boterham.

Ze legde het deeg opzij om te rijzen en begon aan de saus. Onderwijl dacht ze aan haar huis aan de oostkust. Zou haar buurman erom denken de sneeuw van de taxus- en jeneverbesstruiken te schudden? Was ze op tijd terug om lathyrus en ridderspoor te zaaien? Zou ze de komende lente dat jonge hondje kunnen bemachtigen dat Brandon zo vreselijk graag wilde?

Zouden de nachten wanneer ze terugkwam net zo eenzaam zijn als ze hier begonnen te worden?

'Ik ruik iets lekkers.'

Geschrokken keek ze naar de keukendeur. Daar stond Paul op zijn gemak tegen de deurpost geleund, zijn handen in de zakken van een strakke, verschoten spijkerbroek, een vriendelijke glimlach op zijn gezicht. Onmiddellijk was zij even gespannen als hij ontspannen was. Misschien was hij de koortsige omhelzing die ze tijdens hun laatste samenzijn hadden genoten, al vergeten. Julia had er echter een litteken aan overgehouden.

'CeeCee heeft me binnengelaten,' zei hij toen Julia bleef zwijgen. 'Ik zie dat je kennis hebt gemaakt met Dustin, de kroonprins van de rotzooi.'

'Het is leuk voor Brandon om een vriendje van zijn eigen leeftijd te hebben.' Stijfjes roerde ze weer in de saus.

'Iedereen heeft een vriend nodig,' mompelde Paul. 'Ik ken die uitdrukking.' Hoewel ze met haar rug naar hem toe stond, hoorde ze de lach in zijn stem toen hij de keuken binnenkwam. 'Je wacht op een verontschuldiging omdat ik me... niet als een gentleman heb gedragen, die avond.' Terloops streek hij met zijn vingertoppen langs haar nek, die blootlag omdat ze haar haar in een warrig knotje had opgestoken. 'Daarbij kan ik je niet van dienst zijn, Jules.'

Ze schudde met een gebaar waarvan ze wist dat het een slecht humeur verraadde zijn hand van zich af. 'Ik ben niet op verontschuldigingen uit.' Haar wenkbrauwen waren samengetrokken toen ze over haar schouder keek. 'Waar ben je op uit, Paul?'

'Gesprek, vriendschap.' Hij boog zich over de pan en snoof. 'Een warme maaltijd, misschien.' Toen hij zijn hoofd draaide, was zijn gezicht centimeters van het hare. Er lagen twee uitdagende pretlichtjes in zijn ogen. Verdomme, dat snelle speertje stak verhit in haar middenrif.

'En,' ging hij verder, 'alles wat ik nog meer kan krijgen.'

Met een ruk keek ze om. De lepel kletterde tegen de pan. 'Ik zou zeggen dat al die dingen voor jou elders voor het oprapen liggen.'

'Zeker. Maar ik vind het hier fijn.' Met een beweging die te teder was om bedreigend te zijn, legde hij zijn handen op het fornuis, waardoor hij haar klemzette. 'Het is goed voor mijn ego te zien hoe zenuwachtig ik je maak.'

'Niet zenuwachtig,' zei ze zonder gewetensnood over de leugen. 'Geïrriteerd.'

'Hoe dan ook. Het is een reactie.' Hij glimlachte, geamuseerd door de wetenschap dat ze eerder tot sint-juttemis in de saus zou blijven roeren dan de kans te lopen in zijn armen gevangen te worden. 'De moeilijkheid met jou, Jules, is dat je te verkrampt bent om een kus op waarde te schatten.'

Ze klemde haar tanden op elkaar. 'Ik ben niet verkrampt.'

'Jawel.' Hij snuffelde aan haar haar en kwam tot de slotsom dat het even verleidelijk was als de pruttelende kruiden. 'Ik heb mijn huiswerk gedaan, weet je nog? Ik heb geen man kunnen vinden met wie je de afgelopen tien jaar serieus in verband bent gebracht.'

'Mijn privéleven is mijn zaak. Hoeveel mannen ik verkies daarin toe te laten, gaat je geen pest aan.'

'Precies. Maar het is zo fascinerend dat het aantal nul is. Mijn lieve Julia, weet je niet dat er niets verleidelijker voor een man is dan een vrouw die bijna stikt in haar eigen hartstocht? We zeggen tegen onszelf dat wij degene zullen zijn die ervoor zorgt dat ze haar controle verliest.' Behendig bracht hij zijn mond op de hare in een korte, arrogante kus die haar eerder woedend maakte dan opwond. 'Ik kan het niet weerstaan.'

'Meer moeite doen,' stelde ze voor, en ze duwde hem opzij.

'Dat heb ik overwogen.' Er stond een schaal met dikke groene pruimen op het aanrecht. Hij pakte er een en stopte die in zijn mond. Het was niet de smaak waarnaar hij verlangde, maar het kon ermee door. Voorlopig. 'Het lastige is dat ik graag aan een impuls toegeef. Wat heb je mooie voetjes.'

Met een bakblik in haar hand draaide ze zich om en staarde hem aan. 'Wat?'

'Iedere keer als ik onverwacht kom, loop je op blote voeten.' Hij keek er wellustig naar. 'Ik had geen idee dat blote tenen zo opwindend konden zijn.'

Ze was niet van plan te lachen – deed het zeker niet met opzet. Maar het borrelde eruit. 'Als het helpt, zal ik voortaan dikke sokken en zware schoenen aandoen.'

'Al te laat.' Ze begon de bakplaat in te vetten met vaardige, huisvrouwelijke bewegingen die hij ongelooflijk verleidelijk vond. 'Ik zou er alleen maar over fantaseren wat zich eronder bevindt. Vertel je me wat je aan het maken bent?'

'Pizza.'

'Ik dacht dat die bevroren uit een kartonnen doos kwamen.'

'Niet bij ons.'

'Als ik beloof dat ik niet op je tenen zal knabbelen, nodig je me dan uit voor de lunch?'

Ze dacht na, woog de pro's en contra's tegen elkaar af, terwijl ze de oven voorverwarmde, waarna ze bloem over een houten plank verdeelde. 'Ik vraag je voor de lunch als jij een eerlijk antwoord op een paar vragen geeft.'

Hij rook weer aan de saus, waarna hij aan de verleiding toegaf en er met een houten lepel van proefde. 'Afgesproken. Krijgen we pepperoni?'

'Meer dan dat.'

'Je hebt zeker geen biertje?'

Ze begon het deeg te kneden en hij vergat wat hij had gevraagd. Hoewel haar vingers vaardig waren als van een grootmoeder, deden ze hem niet denken aan krasse ouwetjes maar aan bedreven jonge vrouwen die wisten waar en hoe ze moesten kneden. Ze zei iets, maar het schoot door zijn hersens zonder dat hij het begreep. Het was als een grap begonnen, maar hij snapte er niets van dat hij bij het zien hoe ze een klassiek vrouwenritueel uitvoerde zo'n droge mond kreeg.

'Ben je van gedachten veranderd?'

Hij liet zijn ogen van haar handen naar haar gezicht glijden. 'Hè?'

'Ik zei dat CeeCee een heleboel koude drankjes in de koelkast heeft gedaan. Ik weet heel zeker dat er bier is.'

'Oké.' Hij kuchte en opende de koelkast. 'Wil jij er een?'

'Hmmm. Nee. Iets fris, misschien.'

Hij pakte een pilsje en haalde een fles cola tevoorschijn. 'Lukt het met de interviews?'

'Het gaat. Ik praat natuurlijk geregeld met Eve. En ik heb met Nina gesproken, heb een paar vragen op Fritz afgevuurd.'

'Aha, Fritz.' Paul nam een snelle slok. 'De Vikinggod van de gezondheid. Wat vind je?'

'Ik vond hem lief, toegewijd, en prachtig.'

'Prachtig?' Met gefronste wenkbrauwen liet hij het flesje weer zakken. 'Jezus, hij is gebouwd als een goederentrein. Vinden vrouwen al die puilende spieren echt aantrekkelijk?'

Ze kon het niet laten. Zich even naar hem omkerend, glimlachte ze. 'Schatje, we vinden het heerlijk om door een sterke vent genomen te worden.'

Hij nam nog een slok, een beetje gepikeerd, en weerstond de impuls om zijn biceps te voelen. Wie nog meer?'

'Hoezo: wie nog meer?'

'Met wie heb je nog meer gesproken?'

Voldaan over zijn reactie ging ze weer aan het werk. 'Ik heb volgende week een paar afspraken. De meeste mensen die ik heb kunnen benaderen, zijn heel behulpzaam.' Ze glimlachte in zichzelf terwijl ze het deeg uitspreidde. 'Ik denk dat ze erop vertrouwen dat ze van mij informatie loskrijgen in plaats van vice versa.'

Dat was precies waar hij mee bezig was – of liever: wat hij van plan was geweest voordat ze hem afleidde. 'En hoeveel ben je van plan ze te vertellen?'

'Niets wat ze niet al weten. Ik schrijf Eve Benedicts biografie, met haar goedkeuring.' Het was gemakkelijker nu, besefte Julia, nu ze over de pijnlijke drempel waren vanwege wat er tussen hen was gebeurd. Nu haar handen bezig waren en de kinderen boven speelden, voelde ze haar zelfvertrouwen terugkeren. 'Misschien kun jij me iets vertellen over de mensen met wie ik een afspraak heb.'

'Zoals?'

'Drake Morrison staat maandagochtend als eerste op mijn lijst.'

Paul nam nog een slok bier. 'Eves neef – enige neef. Haar oudste zuster heeft als enige een kind gehad, daarna twee miskramen. Toen heeft ze zich in de godsdienst gestort. Eves jongste zusje is nooit getrouwd.'

De informatie viel tegen. 'Drake is haar enige bloedverwant. Dat weet iedereen.'

Hij wachtte tot ze klaar was met het deeg te schikken en de saus eroverheen goot. 'Ambitieus, knap. In de ban van dure kleren, auto's en vrouwen. In die volgorde, volgens mij.'

Met één wenkbrauw opgetrokken, keek ze naar hem om. 'Je hebt niet zo veel met hem op.'

'Ik heb niets tegen hem.' Hij haalde een van zijn smalle sigaartjes tevoorschijn terwijl zij in de koelkast snuffelde. Nu hij weer ontspannen was, kon hij zich weg laten glijden in het simpele genoegen naar lange benen in een kort broekje te kijken. 'Ik denk dat hij zijn werk vrij goed doet. Maar ja, Eve is zijn enige klant en zij is niet bepaald moeilijk te verkopen. Hij is verzot op mooie dingen, en soms zit hij lelijk in de knel vanwege zijn zwak voor gokken.' Hij ving Julia's blik en haalde zijn schouders op. 'Niet dat je dat een geheim kunt noemen, hoewel hij discreet is. Hij heeft ook dezelfde bookmaker als mijn vader, wanneer die in de States is.'

Julia besloot dat te laten rusten tot ze meer tijd had en meer onderzoek had gedaan. 'Ik hoop dat ik een interview met je vader krijg. Eve lijkt nog steeds dol op hem te zijn.'

'Het was geen bittere scheiding. Mijn vader zegt vaak over hun huwelijk dat het een verdomd goed stuk was, dat maar kort heeft gelopen. Toch weet ik niet hoe hij ertegenover staat de repetities met jou te bespreken.'

Ze sneed groene paprika's in stukjes. 'Ik kan overredend zijn. Zit hij nu in Londen?'

'Ja, hij doet *King Lear*.' Hij nam een dun schijfje pepperoni voordat ze het over de pizza kon draperen.

Ze knikte, hopend dat ze geen vlucht over de oceaan hoefde te maken. 'Anthony Kincade?'

'Ik zou niet te dicht in zijn buurt komen.' Paul blies rook uit. 'Hij is een slang die bijt. Bovendien is het een heel bekend geheim dat hij op jonge vrouwen valt.' Hij proostte met zijn flesje naar Julia. 'Kijk waar je loopt.'

'Het loont meer om te kijken waar de tegenpartij loopt.' Ze pakte zelf ook een stukje pepperoni. 'Hoe ver denk je dat hij gaat om te voorkomen dat stukken uit zijn privéleven worden onthuld?'

'Hoezo?'

Ze koos haar woorden zorgvuldig terwijl ze de mozzarella over de pizza verdeelde. 'Hij leek die avond heel kwaad. Bedreigend zelfs.'

Hij wachtte een seconde. 'Moeilijk te beantwoorden als je de halve vraag stelt.'

'Beantwoord dan alleen het deel dat je is gesteld.' Ze schoof de pizza in de oven en stelde de keukenwekker in.

'Ik ken hem niet goed genoeg om een mening te hebben.' Terwijl hij haar aankeek, drukte Paul zijn sigaar uit. 'Heeft hij je bedreigd, Julia?'

'Nee.'

Met vernauwde ogen kwam hij dichterbij. 'Iemand anders?'

'Waarom zouden ze?'

Hij schudde alleen zijn hoofd. 'Waarom bijt je nagels?'

Betrapt liet ze haar hand langs haar lichaam vallen. Voordat ze hem kon ontwijken, pakte hij haar bij de schouders. 'Wat voor dingen vertelt Eve jou? Wie sleept ze mee op deze reis naar het verleden? Dat wil je me niet vertellen,' zei hij zacht. 'En ik betwijfel of Eve dat doet.' Maar hij zou erachter komen, dacht hij. Hoe dan ook. 'Beloof je dat je naar me toe komt als er moeilijkheden zijn?'

Dat was het laatste waartoe ze verleid wilde worden. 'Ik verwacht geen moeilijkheden die ik niet aankan.'

'Laat ik het zo stellen…' Zijn vingers gleden zachtjes masserend over haar armen. Toen verstrakten ze, trokken haar naar zich toe terwijl zijn mond de hare zocht.

Hij hield haar vast, de kus verdiepend, voordat haar hersens het bevel konden registreren om zich los te rukken. Haar handen balden zich naast haar lichaam tot vuisten, zich ternauwernood tegen de impuls verzettend om toe te grijpen, zich vast te klampen. Zelfs terwijl ze uit alle macht probeerde iets tegen te houden, gaf haar mond zich over aan de overmacht en beantwoordde de zijne.

Er was een zinderende hitte en gulzigheid, hartstocht en belofte. Het stak achter haar ogen toen haar emoties uit hun schuilplaats kropen om de kans op bevrijding ten volle te benutten. God, wat had ze het nodig om zo begeerd te worden. Hoe had ze het kunnen vergeten?

Meer van zijn stuk gebracht dan hij wilde toegeven, liet hij zijn lippen van de hare glijden om ze in haar hals te begraven. Ongelooflijk zacht. Heerlijk stevig. Bij het gevoel, de smaak en de geur kwam nog dat lichte trillen dat hij ontzettend opwindend vond.

Hij dacht te veel aan haar. Sinds die eerste keer dat hij haar had geproefd, snakte hij naar meer. Zij was de enige vrouw voor wie hij bang was door de knieën te gaan.

'Julia.' Hij fluisterde haar naam terwijl hij met zijn lippen nog eens over de hare streek. Zachter nu, haar overhalend. 'Ik wil dat je naar me toe komt. Ik wil dat je je door mij laat aanraken, om je te laten zien hoe het kan zijn.'

Ze wist hoe het kon zijn. Ze zou zich overgeven. Voldaan over zijn buit zou hij fluitend weglopen en haar kapot achterlaten. Niet nog eens. Nooit meer. Maar zijn lichaam voelde zo verlokkend tegen het hare aan. Als ze zichzelf ervan kon overtuigen dat ze even sterk kon zijn als hij, even immuun voor pijn en teleurstellingen, misschien was zij dan degene die kon genieten en ongedeerd weglopen.

'Het is te vroeg.' Het leek niet uit te maken dat haar stem onvast klonk. Het was idioot te doen alsof hij haar niets deed. 'Te snel.'

'Het kan me niet vroeg of snel genoeg zijn,' mompelde hij, maar hij deed een stap achteruit. Hij zou wel gek zijn om te smeken – om iemand, om iets. 'Oké. Voorlopig gaan we het langzamer doen. Een vrouw in de keuken verleiden met een drietal kinderen boven is niet mijn gebruikelijke stijl.' Hij liep terug naar zijn biertje. 'Jij… weet dingen te veranderen, Julia. Ik geloof dat het voor mij beter is dit net zo zorgvuldig te overdenken als jij.' Hij nam een slok, maar zette toen het flesje met een klap neer. 'Ik lijk wel gek.'

Voor hij een stap in haar richting kon doen, klonken er stommelende voeten op de trap.

9

Gloria DuBarry was voor een actrice op een hachelijke leeftijd. Haar officiële biografie vermeldde dat hachelijks als vijftig. Haar geboorteakte, onder de naam van Ernestine Blofield, voegde vijf penibele jaren aan dat aantal toe.

Goede genen waren haar zo welgezind dat ze slechts minieme ingreepjes nodig had gehad om haar beeld van ingénue in stand te houden. Nog altijd droeg ze haar honingblonde haar in een korte, jongensachtige stijl die in haar gloriejaren door miljoenen vrouwen werd gekopieerd. Haar kwajongensgezicht werd geaccentueerd door enorme, argeloze blauwe ogen.

De pers droeg haar op handen – daar zorgde ze voor. Altijd had ze gulhartig interviews gegeven. De droom van een persagent. Ze was scheutig geweest met foto's van haar enige huwelijk, met anekdotes en kiekjes van haar kinderen.

Ze stond bekend als een loyale vriendin, een kruisvaarder voor het juiste goede doel; Acteurs en Anderen voor Dieren was haar nieuwste project.

In de rebelse jaren '60 had de Amerikaanse burgerij Gloria op een voetstuk gezet – het symbool van onschuld, moraal en vertrouwen. Daar had men haar, met Gloria's hulp, meer dan dertig jaar lang gehandhaafd.

In hun enige film samen speelde Eve een bloeddorstige oudere vrouw die de zwak in zijn schoenen staande echtgenoot van een onschuldige, chronisch zieke Gloria verleidde en bedroog. Die rollen waren bepalend geweest voor het imago van elk van hen. Onschuldig meisje. Slechte vrouw. Merkwaardig genoeg raakten de actrices bevriend. Cynici zouden wellicht opmerken dat het feit dat ze nimmer om dezelfde rol – of man – hoefden te strijden, bijdroeg aan de betrekkingen.

Toen Eve Chasen's binnenschreed zat Gloria al boven een glas witte wijn te peinzen. Er waren niet veel mensen die Gloria goed genoeg kenden om door haar uiterlijke kalmte de innerlijke ontevredenheid waar te nemen. Eve wel. Ze voorzag dat het een lange middag zou worden.

'Champagne, Miss Benedict?' vroeg de kelner nadat de vrouwen elkaar vluchtig op de wang hadden gekust.

'Uiteraard.' Nog terwijl ze ging zitten reikte ze naar een sigaret en gaf de kelner een lijzige glimlach toen hij haar vuur gaf. Het deed haar deugd dat ze er, na de sessie van die ochtend, op haar best uitzag. Haar huid voelde stevig en strak, haar haar zacht en glanzend, haar spieren soepel. 'Hoe gaat het met je, Gloria?'

'Gaat wel.' Haar brede mond verstrakte enigszins voordat ze haar glas hief. 'Als je bedenkt dat *Variety* mijn nieuwste film heeft gekraakt.'

'De rij voor de kassa is het enige wat telt. Je zit te lang in het vak om je zorgen te maken over de kritiek van een of andere snotneus.'

'Ik ben niet zo sterk als jij.' Gloria zei het een tikje meesmuilend. 'Jij zegt gewoon tegen een criticus dat-ie – je weet wel.'

'Een trap voor z'n kloten kan krijgen?' zei Eve zoetjes toen de kelner haar champagne op de tafel zette. Lachend klopte ze hem op de hand. 'Sorry, lieverd, jij niet.'

'Eve, hou je in.' Maar Gloria gniffelde toen ze zich vooroverboog.

Het keurige jonge meisje dat in de kerk op giechelen wordt betrapt, dacht Eve vertederd. Hoe zou dat voelen, vroeg ze zich af, werkelijk te geloven in je eigen persberichten?'

'Hoe gaat het met Marcus?' vroeg ze. 'We hebben jullie tweeën gemist op die liefdadigheidsavond.'

'O, we vonden het jammer dat we niet konden. Marcus had vreselijke hoofdpijn. Arme schat. Je hebt geen idee hoe moeilijk het tegenwoordig in zaken is.'

Het onderwerp Marcus Grant, al vijfentwintig jaar de echtgenoot van Gloria, verveelde Eve altijd. Ze mompelde iets onbestemds en keek in het menu.

'En het restaurantwezen is volgens mij het ergst,' ging Gloria verder, altijd paraat om onder de rampen van haar echtgenoot gebukt te gaan – ook al begreep ze er niets van. 'Het ministerie van Volksgezondheid dat altijd rondsnuffelt. En dan die mensen tegenwoordig met hun gezeur over cholesterol en vet. Ze vergeten dat Quick & Tasty de hele Amerikaanse middenklasse praktisch in z'n eentje heeft gevoed.'

'Het rode doosje op elke hoek,' merkte Eve op, waarmee ze Marcus' snackbarketen samenvatte. 'Maak je niet ongerust, Gloria, gezonde voeding of niet, een Amerikaan grijpt toch altijd naar z'n hamburger.'

'Zo is dat.' Ze glimlachte tegen de kelner. 'Alleen sla, met citroensap en peper.'

Dat de ironie daarvan haar kon ontgaan, dacht Eve, en ze bestelde een bonenschotel. 'Hé... Vertel me alle roddels.'

'Om eerlijk te zijn sta jij boven aan de lijst.' Gloria tikte met haar korte, naturelkleurige nagels tegen het wijnglas. 'Iedereen heeft het over je boek.'

'Wat bevredigend. En wat zeggen ze?'

'Iedereen is vreselijk nieuwsgierig.' Met tegenzin bestelt Gloria water. 'En niet zo'n béétje kwaad.'

'En ik maar hopen op angst.'

'Die is er ook. Angst dat ze erin komen. Angst dat ze eruit gelaten worden.'

'Schat, jij maakt mijn dag goed.'

'Spot jij maar, Eve,' begon ze, maar ze klemde haar kaken op elkaar toen het brood werd gebracht. Ze brak een punt van haar broodje af, die ze vervolgens op haar bord verkruimelde. 'Mensen maken zich zorgen.'

'Wie dan wel?'

'Nou, het is geen geheim wat Anthony Kincade ervan vindt. Toen hoorde ik Anna del Rio iets mompelen over een proces wegens smaad.'

Glimlachend smeerde Eve boter op een broodje. 'Anna mag als ontwerpster de naam hebben fantastisch en vernieuwend te zijn, maar is ze zo stom om te denken dat 't het publiek iets kan schelen wat ze in een achterkamertje snuift?'

'Eve!' Rood aangelopen en gegeneerd dronk Gloria haar wijn op. Haar blik schoot schichtig en zenuwachtig de zaal rond om te controleren of iemand kon meeluisteren. 'Je kunt die dingen niet rondbazuinen.

Ik keur drugs niet goed – ik heb drie spotjes opgenomen tegen drugsgebruik, maar Anna heeft veel macht. En ook al gebruikt ze af en toe een beetje, in haar vrije tijd –'

'Gloria, wees niet onnozeler dan nodig is. Ze is een junk die per dag vijfduizend dollar nodig heeft.'

'Hoe weet jij dat nou?'

'Ik weet het.' Ditmaal was Eve zo discreet om te zwijgen toen de kelner terugkwam om hun eten te serveren. Op haar knikje werden hun glazen bijgevuld. 'De ontmaskering van Anna zou haar leven kunnen redden,' ging Eve verder, 'hoewel ik zou liegen als ik beweerde dat mijn motieven altruïstisch zijn. Wie nog meer?'

'Tallozen.' Gloria staarde naar haar salade. Zoals ze met al haar rollen deed, had ze deze lunch urenlang gerepeteerd. 'Eve, deze mensen zijn je vrienden.'

'Nauwelijks.' Met een gezonde eetlust stortte Eve zich op haar eten. 'Voor het grootste deel zijn het mensen met wie ik heb gewerkt, met wie ik op party's verscheen. Met wie ik soms naar bed ben geweest. Wat vriendschap betreft: de mensen uit dit vak die ik als echte vrienden beschouw, kan ik op de vingers van één hand tellen.'

Gloria's lippen vertrokken zich tot het pruilmondje dat miljoenen had verleid. 'En tel je mij daarbij?'

'Ja en nee.' Eve nam nog even een hapje voordat ze weer begon te praten. 'Gloria, sommige dingen die ik ga zeggen zullen pijn doen, sommige zullen misschien zelfs heilzaam zijn. Maar daar gaat het niet om.'

'Waar dan wel om?' Gloria boog zich voorover, haar blauwe ogen stonden doordringend.

'Om mijn verhaal te vertellen, alles, zonder eromheen te draaien. Inclusief de mensen die dat verhaal in en uit liepen. Ik zal niet over mezelf liegen – over niemand.'

Gloria stak haar hand uit en klampte haar vingers om Eves pols. Zelfs dat gebaar was gerepeteerd, maar tijdens de repetitie waren Gloria's vingers zacht en smekend geweest. Tijdens de uitvoering waren ze sterk en dwingend, verstijfd door oprechte emotie. 'Ik vertrouwde je.'

'Daar had je reden genoeg voor,' hielp Eve haar herinneren. Ze wist dat het zou komen, betreurde dat het niet vermeden kon worden. 'Je kon bij niemand anders terecht.'

'Geeft dat jou het recht om zoiets intiems, zoiets persoonlijks te gebruiken om mij ermee te vernietigen?'

Met een zucht gebruikte Eve haar vrije hand om haar glas naar haar lippen te brengen. 'Zoals ik het verhaal vertel, komen er mensen en gebeurtenissen in voor die met elkaar te maken hebben en die onmogelijk weggelaten kunnen worden. Als ik er één deel uit laat om iemand te sparen, valt de hele zaak in elkaar.'

'Hoe kon wat ik al die jaren geleden heb gedaan van invloed zijn geweest op jouw leven?'

'Daar kan ik niet aan beginnen,' zei Eve zacht. Ze voelde een pijn die haar verbaasde, waar het medicijn niets tegen kon uitrichten. 'Het komt er allemaal in, en ik hoop met mijn hele hart dat je het begrijpt.'

'Je ruïneert me, Eve.'

'Doe niet zo belachelijk. Geloof je werkelijk dat men gechoqueerd zal zijn of zal schrikken van het feit dat een naïef meisje van vierentwintig, dat zo onverstandig was om verliefd te worden op een gladjanus, voor abortus koos?'

'Als dat meisje Gloria DuBarry is: ja.' Ze trok haar hand terug. Die aarzelde even bij de wijn, maar koos toen voor het water. Ze kon zich niet permitteren in het openbaar beschonken te worden. 'Ik heb van mezelf een instituut gemaakt, Eve. En verdomme, ik geloof in de zaken waar ik voor sta. Integriteit, onschuld, oude waarden en romantiek. Weet jij wat ze mij zullen aandoen als het uitkomt dat ik een affaire met een getrouwde man had, én een abortus, terwijl ik *The Blushing Bride* aan het filmen was?'

Geïrriteerd schoof Eve haar bord opzij. 'Gloria, je bent nu vijfenvijftig.'

'Vijftig.'

'Jezus.' Eve trok een sigaret tevoorschijn. 'Je bent geliefd en wordt gerespecteerd – bijna heilig verklaard. Je hebt een rijke echtgenoot die – bof jij even – niet bij de film is. Je hebt twee schatten van kinderen die een uiterst keurig en normaal bestaan leiden. Er zijn waarschijnlijk mensen die geloven dat ze onbevlekt ontvangen zijn of onder een koolblad gevonden. Doet het er in dit stadium – nu je een instituut bent – werkelijk toe als bekend wordt dat je echt aan seks hebt gedaan?'

'Binnen het huwelijk, nee. Mijn carrière –'

'Jij en ik weten allebei dat je al meer dan vijf jaar geen fatsoenlijke rol hebt gehad.' Gloria vloog op, maar Eve maande met haar hand om stilte. 'Je hebt goed werk geleverd, en er zal ooit wel meer komen, maar je leven draait al een hele poos niet meer om het vak. Niets wat ik over het verleden kan zeggen, verandert iets aan wat je nu hebt, of zult krijgen.'

'De schandaalpers zal me ervan langs geven.'

'Waarschijnlijk,' stemde Eve in. 'Dat levert je misschien wel een interessante rol op. Het punt is dat niemand je zal veroordelen omdat je je door een moeilijke situatie heen hebt geslagen en iets van je verdere leven hebt gemaakt.'

'Je begrijpt het niet – Marcus weet het niet.'

Eves wenkbrauwen schoten van verbazing omhoog. 'Waarom in godsnaam niet?'

Het filmgezicht liep rood aan, de onschuldige ogen kregen een harde uitdrukking. 'Stomme trut, hij is met Gloria DuBarry getrouwd. Hij trouwde met het imago, en ik heb ervoor gezorgd dat dat imago nooit een smet vertoonde. Nog geen greintje schandaal. Dat ga jij voor mij kapotmaken. Je maakt alles kapot.'

'Dat spijt me dan. Echt waar. Maar ik voel me niet verantwoordelijk voor het gebrek aan intimiteit in jouw huwelijk. Geloof me, als ik het verhaal vertel, wordt het op een eerlijke manier verteld.'

'Ik vergeef het je nooit.' Gloria plukte het servet van haar schoot en gooide het op tafel. 'Ik zal er alles aan doen om je tegen te houden.'

Ze verdween van het toneel met droge ogen, broos en elegant in haar Chanel-pakje.

Aan de overkant van de ruimte zat een man boven zijn lunch te treuzelen. Hij had met zijn minuscule camera al een stuk of zes foto's geschoten en was tevreden. Met een beetje geluk lukte het hem zijn werk op tijd af te krijgen om thuis naar de rugbykampioenschappen te kijken.

Drake keek in zijn eentje naar de wedstrijd. Voor het eerst in zijn volwassen leven kon hij geen vrouw in de buurt velen. Hij had geen zin in een pruilend blondje dat naast hem op de bank zat te mokken omdat hij meer aandacht aan de wedstrijd besteedde dan aan haar.

Hij keek naar de wedstrijd vanuit de speelkamer in zijn uit cederhout en natuursteen opgetrokken huis in de Hollywood Hills. Het grote tv-scherm, waarop de teams al van start waren gegaan, domineerde de muur. Om hem heen stonden de speeltjes voor volwassenen ter compensatie voor het speelgoed dat zijn moeder hem in zijn jeugd had onthouden. Een drietal pachinkomachines, een biljart, een basketbalring met een bronzen achterkant, het allernieuwste op het gebied van flipperkasten, speelautomaten en geluidsapparatuur. Zijn verzameling videobanden ging de vijfhonderd te boven, en elke kamer van het huis had zijn eigen videoapparatuur. Een gast had er een hele kluif aan om andere lectuur te vinden dan wedstrijdformulieren of vakliteratuur, maar Drake had nog ander vermaak te bieden.

De achterkamer puilde uit van de seksspeeltjes – van hogelijk geraffineerd tot infantiel. Vanaf zijn vroegste jeugd was hem geleerd dat seks iets zondigs was, en hij had lang geleden de conclusie getrokken dat wie A zegt ook B moet zeggen. In elk geval stimuleerden een paar visuele hulpmiddeltjes zijn lust.

Hoewel hij zelf matig in drugs was geïnteresseerd, had hij de beschikking over een enorme voorraad pillen en poeders voor het geval een feestje saai dreigde te worden. Drake Morrison beschouwde zichzelf als een uiterst attent gastheer.

Voor die zondag had hij meer dan tien uitnodigingen voor kampioenschapsfeestjes afgezegd. Voor hem was het niet een wedstrijd die over het scherm flitste, iets waarvan je met vrienden joelend genoot. Het was leven en dood. Hij had vijftig ruggen op de uitslag ingezet en kon zich niet veroorloven te verliezen.

Voor het eerste kwartier om was, had hij twee biertjes en een halve zak van guacomole druipende chips soldaat gemaakt. Toen zijn team in het veld stond, kalmeerde hij enigszins. Zijn telefoon rinkelde tweemaal, maar hij liet het praten aan de beantwoorder over, ervan overtuigd dat het ongeluk bracht zijn post tijdens de wedstrijd ook maar een moment te verlaten om een plas te doen, laat staan om de telefoon te beantwoorden.

Toen het tweede kwart twee minuten aan de gang was, maakte een tevreden gevoel zich meester van Drake. Zijn team hield zich als een kudde stieren staande. Persoonlijk verfoeide hij het spel. Het was zo… lichamelijk. Maar zijn behoefte om te gokken was niet te stuiten. Hij dacht aan Delrickio en glimlachte. Hij zou die spaghettivreter terugbetalen, elke cent. Hij zou niet hoeven zweten als hij de kille, beleefde stem door de telefoon hoorde.

Daarna kon hij van de winter misschien een korte vakantie nemen. In Puerto Rico, om in de casino's te spelen en een stel klassewijven te neuken. Hij verdiende het, nadat hij zich uit de put had gewerkt.

Zonder hulp van Eve, dacht hij, en hij pakte een vers biertje. Die ouwe tang weigerde hem nog een cent te lenen – alleen omdat het hem even had tegengezeten. Als ze wist dat hij nog steeds met Delrickio in zee ging… Nou, daar hoefde hij zich geen zorgen over te maken. Drake Morrison wist hoe je discreet moest zijn.

Trouwens, ze had het recht niet om zo op haar centen te zitten. Waar ging het in godsnaam naartoe nadat ze 'm was gepiept? Ze had alleen haar zusters nog, en aan hen had ze niks. Dus bleef Drake over. Hij was haar enige bloedverwant en hij was zijn hele leven al bezig zich om haar nek te knopen.

Met een dreun was hij terug bij de wedstrijd toen de strakke achterhoede van de tegenpartij een sprint van vijfendertig meter nam voor een touchdown.

Hij voelde zijn droom uit elkaar spatten – alsof er een ballon in zijn keel explodeerde – en deed opnieuw een greep in de chips. Kruimels vlogen over zijn shirt en zijn schoot toen hij ze in zijn mond propte. Gaf niks, zei hij tegen zichzelf. Er stonden maar drie kolommen op het formuliertje. Vier, verbeterde hij zichzelf, met zijn hand over zijn mond vegend terwijl de kick de doelpalen passeerde. Hij kreeg het terug. Tijd zat.

In zijn strandhuis in Malibu zat Paul achter zijn toetsenbord. Hij had moeite met het boek – meer dan hij had verwacht. Hij was vast van plan zijn writer's block te overwinnen. Zo keek hij tegen schrijven aan. Je moest muur na muur beklimmen. Dat vond hij niet leuk – toch was het het grootste plezier in zijn leven. Hij haatte het en hield ervan; sommige mannen, had hij geleerd, voelden iets gelijksoortigs voor hun vrouw. Schrijven was iets wat hij moest doen – niet voor het geld; daar had hij zat van – maar zoals hij moest eten of slapen, of zijn blaas moest legen.

Hij leunde achterover en staarde naar het scherm, naar de witte cursor die flikkerde achter het laatste woord dat hij had geschreven.

Het woord was *moord.*

Het schrijven van thrillers schonk hem veel bevrediging doordat hij het leven van de figuren die in hem groeiden kon manipuleren. Maar het allermeest genoot hij ervan te zien hoe ze leven en dood in hun handen afwogen. Op dit moment leek het hem niet genoeg te kunnen schelen. Hij liet zich te veel afleiden, gaf hij toe, en hij keek over zijn schouder naar de televisie die schreeuwend verslag deed van het derde kwart van de grote wedstrijd. Hij wist dat het kinderlijk was om de tv aan te hebben staan en net te doen alsof hij niet keek. Feitelijk interesseerde het Amerikaanse rugby hem niet. Maar hij werd jaar na jaar door de kampioenschappen opgeslorpt. Hij was zelfs partijdig, waarbij hij zijn zwakheid rechtvaardigde door de partij aan te moedigen die volgens hem aan de verliezende hand was – omdat ze het eerste kwart drie punten achterstonden.

De wedstrijd leidde hem weliswaar enigszins af, maar dat was niet wat hem de laatste weken van zijn werk had gehouden. Die afleiding was veel fascinerender dan een stelletje kerels met opgevulde schouders die elkaar omver sleurden. Een langbenige blonde dame met koele ogen, Julia genaamd.

Hij was er niet eens zeker van wat hij van haar wilde. Behalve wat voor de hand lag. Haar in zijn handen te krijgen was een fantasie die tamelijk plezierig was – vooral haar afstandelijkheid en uitbarstingen van hartstocht die zulke gemengde en onweerstaanbare signalen uitzonden. Maar als dat alles was, hoe kwam het dan dat hij haar niet uit zijn hoofd kon zetten, zoals hem dat bij anderen wel lukte wanneer hij aan het werk moest?

Misschien was het haar complexiteit die aan hem knaagde. Zo gehaaid als ze in haar werk was, zo kalm en huiselijk was ze privé. Ambitieus en teruggetrokken. Het was hem al duidelijk geworden dat ze niet zozeer afstandelijk was, maar verlegen. Eerder voorzichtig dan cynisch. Toch was ze doortastend, moedig genoeg geweest om zich met haar zoontje aan het andere eind van het continent bloot te stellen aan de grillen van de een of andere Hollywoodlegende.

Of hongerig genoeg?

Doordat hij in haar achtergronden was gedoken, was hij in staat een paar van de blanco plekken in te vullen. Hij wist dat haar ouders allebei buitenshuis werkten, dat ze door de breuk van hun huwelijk had moeten gaan, als tiener zwanger was geworden en beide ouders had verloren. Ondanks de kwetsbaarheid die hij had gezien, was ze sterk. Dat had ze nodig gehad.

God, besefte hij met een lach, ze deed hem aan Eve denken. Misschien kwam dat door Brandon, die zo anders was dan hijzelf als jongen. Eve had niet op de traditionele manier over hem gemoederd, wist hij. Maar ze had hem gered. Al was ze maar heel kort met zijn vader getrouwd geweest, ze had Paul van richting doen veranderen. Zij gaf hem de aandacht waarnaar hij zo wanhopig verlangde, lof waarop hij niet meer rekende, kritiek waar nodig. Bovenal had ze hem onvoorwaardelijke liefde geschonken.

Brandon werd op die manier opgevoed, dus wat kon hij anders zijn dan een aardig kind? Gek, bedacht Paul, hij had zichzelf nooit gezien als iemand die bijzonder op kinderen gesteld was. Hij vond ze wel aardig, leuk en vaak interessant, en zeker nuttig voor het instandhouden van het menselijk ras.

Maar hij vond het echt leuk om met het joch op te trekken. De vorige dag had hij zich op zijn gemak gevoeld, toen ze pizza aten en basketbalverhalen uitwisselden. Hij moest hem echt eens meenemen naar een wedstrijd. En als zijn moeder meeging, des te beter.

Hij keek weer lang genoeg naar de televisie om te zien dat de verliezende partij nu met drie punten achterstand het laatste kwartier in ging. Hij dacht vluchtig aan al het geld dat de volgende vijftien minuten werd verloren en gewonnen. Toen ging hij weer aan het werk.

Drake zat op het puntje van zijn stoel. Het kleed onder hem lag bezaaid met kruimels van de chips en pretzels die hij aan één stuk door was blijven verslinden. Brandstof om die knagende vuurschacht in zijn ingewanden te voeden. Hij was aan zijn tweede sixpack bier bezig en zijn ogen waren bloeddoorlopen en glazig – als van iemand die een vreselijke kater heeft. Maar hij hield ze aan de buis gekluisterd.

Vier minuten en zesentwintig seconden te gaan en hij stond drie punten voor. Zijn team had zich met geweld naar de touchdown weten te wurmen, maar had het extra punt verspeeld.

Ze gingen het 'm lappen. Ze zouden hem laten winnen. Drake stouwde een handvol pretzels in zijn mond. Zijn Ralph Lauren-sporthemd was van zweet doordrenkt en daaronder bonkte zijn hart.

Zijn adem ging snel en hortend; met een halfvol flesje proostte hij naar de gladiatoren op het scherm, sprong toen geschrokken op alsof de verdediger langs de lijn hem in het kruis had getrapt. De vanger van de tegenpartij maakte een lange pass en wist ongedeerd het einde van de zone te bereiken.

De bal werd hoog opgegooid. De menigte ging tekeer.

Drie minuut tien, en zijn leven werd voor zijn ogen teruggespeeld. Sukkels waren het, dacht hij, zijn droge strot met bier spoelend. De laatste tien minuten hadden ze maar wat aangeklooid. Zelfs hij kon het beter. Mietjes. Hij sloeg nog meer bier achterover, schrokte chips, en bad. Beetje bij beetje baanden ze zich een weg over het veld. Bij elke meter die ze wonnen, kreeg Drake het meer te kwaad. Zijn ogen traanden toen ze op het zeventiende op een solide muur van verdedigers stuitten. 'Eén kloterige touchdown!' schreeuwde hij, toen het sein kwam dat er nog twee minuten te spelen waren, en hij sprong op en begon te ijsberen. Zijn benen voelden aan als roestige veren.

Vijftigduizend dollar. Hij liep heen en weer en kraakte zijn knokkels toen de reclame begon. Hij moest er niet aan denken wat Delrickio zou doen als hij niet met de rest van het geld kwam. Hij drukte zijn trillende handen tegen zijn ogen. Hoe had hij het kunnen doen? Hoe had hij vijftigduizend dollar op een stinkwedstrijd kunnen zetten terwijl hij de maffia er negentig schuldig was?

Toen waren de beelden van de wedstrijd terug en zijn wanhoop eveneens. Drake ging niet zitten maar stond voor het twee meter hoge scherm. De ogen van de doelverdediger leken hem recht in de ogen te kijken. Wanhoop in wanhoop. Er klonk gegrom. De knal. Grote bezwete kerels ploeterden centimeters van Drakes gezicht over het scherm. Winst op de drie meter. Korte onderbreking.

Drake begon op zijn nagels te bijten.

De ploegen formeerden zich weer. Het leek hem hetzelfde. Wat maakte het uit, dacht hij wanhopig. Het maakte toch geen zak uit? Rechtsachter onderuit. Verlies op de zes meter.

Nu begon hij te grienen terwijl de tijd voorbij druppelde. Een volwassen kerel, snikkend in een kamer vol speeltjes. De aandrang om te pissen werd zo hevig, dat hij van de ene voet op de andere danste. Met minder dan een halve minuut te gaan, bleef de verdediging intact. Wijd en twee slagen. Een run, een pass of een doelschot. Na een martelende time-out, toen Drake naar de plee rende om zijn getergde blaas te legen, kozen ze voor een run. Indrukwekkende uniformen vormden een met grasvlekken bezoedelde berg.

Hij kreunde toen de spelers duwden en trokken, terwijl scheidsrechters ertussen sprongen om verhitte koppen uit elkaar te trekken. Drake zou willen dat ze elkaar uit elkaar trokken, wilde bloed zien. Een nieuwe stroom tranen welde in zijn ogen op toen de afstand werd gemeten. 'Alsjeblieft, alsjeblieft, alsjeblieft,' jankte hij.

Nog maar centimeters verwijderd van de knock-out. Hoop was er niet. Toen de bal van hand wisselde, was de wedstrijd zo goed als afgelopen.

Daar stond Drake, huilend, terwijl de menigte juichte. Grote kerels zetten hun helmen af en onthulden triomf of verslagenheid op hun bemodderde gezichten.

Toen de klok het einde aangaf, was er meer dan één leven veranderd.

10

Om tien uur strompelde Julia de ronde receptie van Drake Morrisons kantoor binnen voor haar afspraak. Ze deed haar best om geen spier te vertrekken toen ze naar de centrale receptiebalie liep en zich meldde bij de dienstdoende knappe brunette.

'Mr. Morrison verwacht u,' zei deze met een soepele contra-alt die mannelijke cliënten ongetwijfeld telefonisch deed kwijlen. Als dat niet werkte zouden de enorme boezem en het riante decolleté waartussen een edelsteen gevangenzat hun uitwerking niet missen. 'Als u even wilt gaan zitten.' Julia wilde niets liever. Met een lange, onderdrukte zucht liet ze zich in een van de banken zakken en deed alsof ze was verdiept in een nummer van het tijdschrift *Première*. Ze had het gevoel alsof ze langzaam maar geraffineerd met een met piepschuim beklede baseballknuppel behandeld was.

Eén sessie van een uur met Fritz en ze was bereid zich in het stof te werpen en om genade te smeken.

Hij keek aardig uit zijn ogen, was een en al aanmoediging, vleiend en, daar was ze zeker van, de enige echte Conan.

Julia vergat niet een bladzijde van het tijdschrift om te slaan, terwijl de receptioniste haar best deed de telefoon te beantwoorden met de stem van Lauren Bacall. En profil was haar boezem zo gigantisch dat die van Dolly Parton daar als een puberaal aanzetje bij afstak. Nieuwsgierig keek Julia om zich heen en merkte op dat geen van de aanwezige heren zat te kwijlen.

Voorzichtig leunde ze weer achterover en liet haar gedachten gaan. Ondanks de pijn was het een interessant ochtendje geweest. Blijkbaar werden vrouwen mededeelzamer wanneer ze samen aan martelingen werden blootgesteld.

Eve was vriendelijk en grappig – vooral toen Julia haar waardigheid lang genoeg uit het oog verloor om de gevreesde dijoefeningen vergezeld te doen gaan van een stroom scheldwoorden.

En het was lastig, zo niet onmogelijk, om een zakelijke afstand te bewaren wanneer twee uitgeputte vrouwen samen naakt onder de douche stonden.

Ze hadden het tijdens deze sessie niet over mensen gehad, maar over dingen. De tuinen waar, zoals Julia ontdekte, Eve zo dol op was. Haar lievelingsmuziek, haar favoriete steden. Het drong later pas tot Julia door dat het meer een babbeltje was geweest dan een interview. En dat Eve meer over Julia te horen had gekregen dan Julia over Eve.

Hoe meer ongemak ze leed, hoe meer Julia zich op haar gemak voelde om over zichzelf te praten. Ze beschreef haar huis in Connecticut en hoe gunstig ze de verhuizing uit New York voor Brandon vond. Wat een hekel ze had aan vliegen en hoeveel ze van Italiaans eten hield. Hoe geweldig ze zich had gehouden toen ze haar eerste boek signeerde, met al die mensen om haar heen.

En wat had Eve ook alweer gezegd toen ze opbiechtte dat ze als de dood was om in het openbaar te verschijnen?

'Geef ze je hersens, meisje, nooit je ziel.'

Nu ze eraan terugdacht, moest Julia lachen. Dat vond ze een goeie. Voorzichtig verschoof ze wat. Toen haar dijspieren het in koor uitschreeuwden, kon ze een kreun onmogelijk tegenhouden. De mannen tegenover haar wierpen een blik over hun tijdschriften heen, keken haar geringschattend aan, en lazen weer verder. Om haar gedachten van haar pijntjes af te leiden, fantaseerde ze over wat ze kwamen doen.

Waren het acteurs die hoopten dat ze door een van de grote jongens onder de hoede werden genomen? Nee, besliste ze. Acteurs zouden nooit samen naar een persagent toe stappen. Niet eens als ze elkaars minnaar waren. Het was niet eerlijk om te zeggen dat ze homo waren omdat Dolly Bacall ze niet aan het kwijlen bracht. Wie weet waren het toegewijde en trouwe huisvaders die nooit naar een andere vrouw dan hun echtgenotes keken.

En misschien zat ze tegenover twee dooie pieren.

Een team van de belastingdienst dat Drakes boeken kwam inzien, besloot ze. Veel waarschijnlijker. Ze hadden de koele, onsympathieke en meedogenloze uitstraling van belastinginspecteurs – of maffiosi. Zaten er rekenmachientjes of revolvers onder die keurige zwarte jasjes?

Daar moest ze even om grinniken, tot een van hen opkeek en haar erop betrapte dat ze hem zat te bestuderen. Julia had alle reden om te hopen dat haar administratie in orde was.

Een blik op haar horloge maakte haar duidelijk dat ze al tien minuten zat te wachten. De dubbele deuren waarop Drakes naam prominent stond vermeld, zaten potdicht. Ze staarde ernaar en vroeg zich af waar hij bleef.

In zijn overvloedig gemeubileerde, ecru met smaragdgroene kantoor, dat even kleurrijk en opdringerig trendy was als de wachtruimte, hield Drake zijn trillende handen stevig tegen het glanzende blad van zijn bureau geklemd. Hij zag eruit alsof zijn lichaam was gekrompen tot het formaat van een kind vanwege de enorme afmetingen van de speciaal voor hem gemaakte leren directeursstoel.

Achter hem keek een raam vanuit het hoge Century City uit over L.A.. Hij genoot er altijd van dat hij te allen tijde een blik kon werpen op het panorama dat de producenten van *L.A. Law* beroemd hadden gemaakt. Op dat moment zat hij er met zijn rug naartoe, zijn ogen neergeslagen. De afgelopen nacht kon hij niet slapen voordat hij panisch van de zenuwen op jacht was gegaan naar een paar valiums en de fles brandy.

'Ik ben persoonlijk naar je toe gekomen,' sprak Delrickio, 'omdat ik het gevoel heb dat wij een relatie hebben.' Toen Drake alleen maar knikte, verstrakten Delrickio's lippen vluchtig van minachting. 'Je begrijpt wat er nu met je zou gebeuren als ik niet deze speciale band met je had?'

Omdat hij het gevoel kreeg dat hierop een antwoord van hem werd verwacht, bevochtigde Drake zijn lippen. 'Ja.'

'Zaken kunnen maar tot op zekere hoogte door vriendschap worden beïnvloed. We zijn bij dat punt aangeland. Gisteravond had je geen geluk. Als vriend voel ik met je mee. Maar als zakenman hoort mijn prioriteit bij mijn eigen winst en verlies te liggen. Jij kost me geld, Drake.'

'Het had niet mogen gebeuren.' Drakes emoties dreigden hun kop weer op te steken, zwommen in zijn ogen. 'Tot de laatste vijf minuten…'

'Dat zegt me niets. Je hebt fout gegokt, en je tijd is om.' Delrickio verhief zelden zijn stem en deed dat nu ook niet. Desondanks dreunden en echoden zijn woorden in Drakes hoofd. 'Wat denk je te gaan doen?'

'Ik-ik kan u over twee, misschien drie weken nog eens tienduizend geven.'

Zijn ogen versluierd door zijn neerhangende wimpers haalde Delrickio een rol pepermunt tevoorschijn, wrikte er met zijn duim een los en legde die op zijn tong. 'Dat is verre van bevredigend. Ik verwacht de rest van de betaling over één week.' Hij zweeg en kwispelde met zijn vinger. 'Nee, omdat we vrienden zijn, binnen tien dagen.'

'Negentigduizend in tien dagen?' Drake reikte naar de karaf op zijn bureau, maar zijn handen trilden te erg om te kunnen inschenken. 'Dat is onmogelijk.'

Delrickio's gezicht bleef uitdrukkingsloos. 'Een man die een schuld heeft, is een man als hij betaalt. Anders aanvaardt hij de consequenties. Een man die zijn schulden niet betaalt, merkt op een dag dat hij onhandig wordt – zo onhandig dat hij met zijn hand tussen de deur komt en zijn vingers verbrijzelt. Of hij wordt zo door zijn verplichtingen in beslag genomen dat hij onvoorzichtig wordt als hij zich scheert – zodat hij zich snijdt, in z'n gezicht… of z'n strot. Uiteindelijk wordt-ie zo wanhopig dat hij zich uit een raam gooit.' Delrickio keek naar het wijde venster achter Drake. 'Zo een bijvoorbeeld.'

Drakes adamsappel drukte tegen de strakke knoop van zijn das toen hij de angst wegslikte. Zijn stem klonk als het piepen van lucht die uit een ballon lekt. 'Ik heb meer tijd nodig.'

Delrickio zuchtte als een teleurgestelde vader bij het bekijken van een slecht rapport. 'Jij vraagt mij om een gunst, terwijl jij de enige die ik jou vroeg niet eens hebt ingelost.'

'Ze wou me niks zeggen.' Drake nam een handje gesuikerde amandelen uit een kristallen bokaal op zijn bureau. 'Je weet hoe onredelijk Eve kan zijn.'

'Reken maar. Toch moet er een manier zijn.'

'Ik wil de schrijfster uithoren.' Drake ving een flauwe glimp op van licht aan het eind van de tunnel, en rende. 'Om precies te zijn, sta ik op het punt met haar te praten. Ze zit nu buiten te wachten.'

'Zo.' Delrickio's wenkbrauwen gingen omhoog, het enige teken van belangstelling.

'Ik heb haar te grazen,' ging Drake snel verder, de reis in koortsachtige hink-stap-sprongen afleggend. 'U kent dat wel, het eenzame carrièrevrouwtje dat zit te springen om een beetje romantiek. Geef me twee weken en ze eet uit mijn hand. Dan weet ik alles wat Eve haar vertelt.'

Delrickio's lippen krulden zich enigszins toen hij met zijn vingers langs zijn snor streek. 'Je hebt een reputatie met de dames hoog te houden. Ik ook, toen ik nog jong was.' Toen hij opstond, was het enige wat Drake voelde een golf van opluchting die zich over zijn klamme vel verspreidde. 'Drie weken, *paisano*. Als je me nuttige informatie verschaft, regelen we een langere termijn voor de lening. En om je te laten zien dat ik goed van vertrouwen ben: tienduizend over één week. Contant.'

'Maar –'

'Een heel goede deal, Drake.' Delrickio ging naar de deur, waar hij zich omdraaide. 'Geloof me, anderen zouden niet zo veel consideratie met je hebben. Stel me niet teleur,' voegde hij eraan toe terwijl hij langs zijn manchet streek. 'Het zou jammer zijn als je hand bij het scheren zo onvast zou zijn dat je je gezicht beschadigde.'

Toen hij naar buiten liep, zag Julia een keurige man van een jaar of zestig. Hij had de chique glans van rijkdom en macht die werd geaccentueerd door een opvallende knapheid die de jaren waardig had doorstaan. De twee andere mannen stonden op. De man die uit Drakes kantoor kwam, boog licht in Julia's richting, met een uitdrukking in zijn ogen waaruit ze kon lezen dat hij een jonge, aantrekkelijke vrouw nog steeds op waarde wist te schatten.

Ze glimlachte – zijn gebaar was zo hoffelijk en ouderwets. Toen verdween hij, geflankeerd door de twee zwijgende heren.

Er gingen weer vijf minuten voorbij voordat de receptioniste haar telefoon beantwoordde en Julia naar Drakes kantoor leidde.

Hij probeerde uit alle macht zich te herstellen. Hij had geen tweede valium aangedurfd, maar was naar de naastgelegen wc gegaan om het grootste deel van zijn angst eruit te kotsen. Na water op zijn gezicht te hebben gesprenkeld, spoelde hij de zure smaak met mondwater weg. Hij streek zijn haar en pak glad en schudde Julia met Hollywood-allure ter begroeting de hand en kuste haar vluchtig op de wang.

'Het spijt me vreselijk dat ik je heb laten wachten,' begon hij. 'Wat kan ik voor je inschenken? Koffie? Perrier? Sap?'

'Niets, dank je.'

'Maak het je gemakkelijk, dan praten we wat.' Hij keek op zijn horloge, zodat ze zou begrijpen dat hij een drukbezet man was met heel wat op zijn agenda. 'Kun je een beetje met Eve overweg?'

'Heel goed zelfs. Vanmorgen had ik een sessie met Fritz.'

'Fritz?' Hij keek even niet-begrijpend. 'O ja,' sneerde hij toen, 'die gymnicht. Arme schat.'

'Ik vond het leuk. Hem ook,' zei ze koeltjes.

'Je moet wel heel dapper zijn. Zeg eens, hoe gaat het met het boek?'

'Ik denk dat we optimistisch mogen zijn.'

'O, je hebt een bestseller, daar is geen twijfel aan. Eve is een fascinerend verhaal aan het vertellen – alleen vraag ik me af of haar herinneringen niet een beetje vertekend zijn. Hoe dan ook, dat ouwetje is me er een.' Julia was er zeker van dat Eve hem pardoes op z'n jackets had gemept als hij de moed had haar in haar gezicht 'ouwetje' te noemen. 'Praat je als haar neef of als haar persagent?'

Hij grinnikte, terwijl zijn vingers in de amandelen graaiden. 'Beide, zeker weten. Ik kan je ronduit zeggen dat het feit dat Eve Benedict mijn tante is, mijn leven een stuk pittiger heeft gemaakt. Dat ze mijn cliënte is, is de slagroom op de taart.'

Julia nam niet de moeite op de warrige metaforen in te gaan. Door iets, of iemand, zat Drake te beven in zijn krokodillenleren schoenen. Het gedistingeerde manspersoon met het zilveren haar en hoffelijke manieren misschien, peinsde ze. Haar zaak niet – tenzij het met Eve te maken had. Ze sloeg de vraag in haar achterhoofd op.

'Waarom vertel je me om te beginnen niet iets over je tante? Dan hebben we het later over je cliënte?' Ze haalde haar recorder voor de dag en trok een wenkbrauw op tot hij toestemmend knikte. Toen haar blocnote op haar knie balanceerde, glimlachte ze. Drake deed met één hand een graai in de amandelen, die hij vervolgens een voor een uit zijn handpalm plukte om ze als kogels in zijn mond te schieten. Plop, krak, slik. Ze vroeg zich af of er nooit een misging, die hij in zijn geheel doorslikte. Bij de gedachte moest ze haar blik afwenden, onder het mom dat ze de cassette instelde. 'Jouw moeder is Eves oudste zuster, nietwaar?'

'Dat is juist. Er waren drie zusjes Berenski. Ada, Betty en Lucille. Betty was natuurlijk al Eve Benedict toen ik werd geboren. Ze was een grote ster, een legende zelfs. Zeker een legende in Omaha.'

'Kwam ze jullie nog wel eens opzoeken?'

'Twee keer maar, voor zover ik me kan herinneren. Eén keer toen ik een jaar of vijf was.' Hij likte de poedersuiker van zijn vingers en hoopte dat zijn gekweldheid overkwam. Het was een zekere gok dat een alleenstaande moeder van een zoon zou meevoelen met wat hij ging vertellen. 'Zie je, mijn vader had ons verlaten. Het maakte mijn moeder kapot, zoals je je kunt voorstellen. Ik was toen nog te klein om het te begrijpen. Ik vroeg me alleen af waarom mijn vader niet thuiskwam.'

'Het spijt me.' Ze voelde inderdaad mee. 'Dat moet erg moeilijk geweest zijn.'

'Het was ongelooflijk pijnlijk. Iets waar ik waarschijnlijk nooit overheen ben gekomen.' Drake had al meer dan twintig jaar geen gedachte aan de ouwe besteed. Hij haalde een zakdoek met monogram tevoorschijn en veegde zijn vingers af. 'Hij liep zomaar de deur uit en is nooit meer teruggekomen. Jaren heb ik mezelf daar de schuld van gegeven.' Hij stopte, alsof hij zich trachtte te beheersen, draaide zijn hoofd ietsje opzij en staarde somber naar de glazen plaat die hem beschermde tegen de ochtendnevel. Hij was er zeker van dat niets een vrouw dieper trof dan een jankverhaal dat op een waardige manier werd verteld. 'Eve kwam, hoewel zij en mijn moeder het, eerlijk gezegd, nooit met elkaar eens waren. Zij was heel aardig op haar recht-door-zeemanier en zorgde er altijd voor dat we voldoende hadden. Uiteindelijk ging mijn moeder parttime in een warenhuis werken, maar het was door Eves steun dat we een fatsoenlijk dak boven ons hoofd hadden. Zij zorgde ervoor dat ik een opleiding kreeg.'

Hoewel Julia zich niet liet misleiden door het toneelstukje dat hij voor haar opvoerde, werd ze door het verhaal geboeid. 'Je zei dat ze het niet met elkaar eens waren. Wat bedoel je?'

'Tja, ik kan je niet vertellen wat er is gebeurd toen ze jong waren. Ik krijg de indruk dat ze alle drie vochten om de aandacht van hun vader.

Hij was vrij vaak weg. Een vertegenwoordiger of zoiets. Van wat mijn moeder heeft verteld, leefden ze vaak van de hand in de tand en was Eve nooit tevreden. Misschien zat het wel dieper,' zei hij glimlachend. 'Ik heb foto's van ze gezien, alle drie samen, toen ze jong waren. Ik denk niet dat het voor drie mooie vrouwen gemakkelijk was om samen in één huis te wonen.'

Julia knipperde en had zich bijna de draad van haar gedachten laten ontglippen. Wist die man wel half hoe hij blikkerde? Het gouden bandje van zijn Rolex, zijn schitterende jackets, de gel in zijn haar.

'Ik... eh...' Gejaagd keek ze haar aantekeningen door en merkte niet dat hij zat te gnuiven omdat hij er zeker van was dat ze hem aantrekkelijk vond en daardoor haar concentratie verloor. 'Dus Eve ging weg.'

'Ja, en de rest is bekend. Mijn moeder trouwde. Ik heb geruchten gehoord dat mijn vader verliefd op Eve was. Mijn moeder was niet bepaald jong toen ze trouwde en ik geloof dat het een jarenlange lijdensweg was voordat ze zwanger werd. Weet je zeker dat je niets wilt drinken?' vroeg hij toen hij opstond om naar de welvoorziene bar te lopen.

'Nee, dank je. Maar ga gerust je gang, alsjeblieft.'

'Nou ja, ik bleef de enige in elk geval.' Terwijl hij sprak, goot hij sprankelend water over ijs. Liever had hij iets sterkers genomen, maar hij was er zeker van dat Julia dergelijke gewoonten vóór de lunch zou afkeuren. Toen hij een slok nam, draaide hij zijn hoofd om haar op zijn andere profiel te trakteren. 'Lucille wijdde haar leven aan reizen. Ik geloof dat ze zelfs een paar jaar in een commune heeft geleefd. Typisch jaren '60. Ze kwam om bij een treinongeluk in Bangladesh of Borneo of een ander ver oord, zo'n tien jaar geleden.' Met nauwelijks een schouderophalen stapte hij van het leven van zijn tante over op haar dood.

Julia krabbelde een aantekening. 'Ik begrijp dat jullie niet dik met elkaar waren?'

'Met tante Lucille?' Hij wilde het weglachen, maar maskeerde het met een kuch. 'Ik denk dat ik haar van m'n leven niet vaker dan drie of vier keer heb gezien.' Hij vertelde er niet bij dat ze altijd een bijzonder speeltje of boek voor hem meenam. Of dat ze was gestorven met nauwelijks meer dan de kleren die ze aanhad en wat zakgeld. Geen erfenis voor Drake, geen dierbare herinneringen aan tante Lucille. 'Het leek wel of ze nooit… nou ja, echt bestaan had voor mij, als je begrijpt wat ik bedoel.'

Julia ontdooide enigszins. Het was niet eerlijk om iemand gevoelloos te noemen omdat hij geen liefde voelde voor een tante die hij nauwelijks had gekend. Of omdat hij een pronkende pauw was die zijn eigen seksuele aantrekkingskracht schromelijk overschatte. 'Dat denk ik wel. Je familie was verspreid.'

'Ja. Mijn moeder hield de kleine boerderij die ze met mijn vader had gekocht, en Eve…'

'Hoe was dat voor jou, haar voor het eerst te ontmoeten?'

'Alles aan haar was altijd onwerkelijk.' Hij ging op de rand van het bureau zitten om naar Julia's benen te kunnen kijken. Haar voor zijn karretje te spannen zou allerminst een pijnlijke ervaring zijn. En eerlijk is eerlijk, hij zou ervoor zorgen dat ze er zelf ook van genoot. 'Beeldschoon natuurlijk, maar met die gave die zo weinig vrouwen hebben. Aangeboren sensualiteit, zeg maar. Zelfs een kind kon het zien, al kon-ie het niet onder woorden brengen. Ik geloof dat ze toen met Anthony Kincade was getrouwd. Ze arriveerde met bergen bagage, rode lippen, rode nagels, waarschijnlijk een mantelpakje van Dior en de onafscheidelijke sigaret tussen haar vingers. Ze was in één woord grandioos.'

Hij nam een slok, verbaasd hoe vers de herinnering was. 'Ik kan me één scène nog heugen, vlak voor ze wegging. Kibbelend met mijn moeder in de keuken van de boerderij. Eve, straf rokend en over het gebarsten linoleum ijsberend, terwijl mijn moeder met rode ogen woedend aan tafel zat.'

'Mijn god, Ada, je bent vijftien kilo aangekomen. Geen wonder dat Eddie er met het eerste het beste ordinaire serveerstertje vandoor is.'

Ada's ontevreden mond kneep samen. Haar huid zag eruit als havermoutpap die een dag had gestaan. 'In mijn huis wordt de naam van de Here niet ijdel gebruikt.'

'En iets anders ook niet, tenzij je jezelf onder handen neemt.'

'Ik ben een vrouw zonder man, heb bijna geen cent, en toch moet ik een zoon zien groot te brengen.'

Eve wuifde met haar sigaret, waardoor de rook door de lucht zigzagde. 'Je weet heel goed dat geld niet het probleem zal zijn. Bovendien zijn er over de hele wereld vrouwen zonder man. Dat is vaak des te beter.' Ze kletste met haar handpalmen tegen de houten tafel, waarbij haar sigaret tussen haar vingers uitstak. 'Luister eens, Ada. Mama is er niet meer, pappie ook niet. En Lucille ook niet. Zelfs dat luie stuk stront waarmee je bent getrouwd is weg. Ze komen niet terug.'

'Ik wil niet dat je over mijn kerel praat als –'

'Ach, hou je kop.' Eve ramde met een vuist op tafel, zodat de zout- en pepervaatjes, een plastic kipje en haan, opschrokken en omvielen. 'Hij is het niet waard dat je hem verdedigt en, god, hij is je tranen niet waard. Je hebt een nieuwe kans gekregen, een frisse start. Die kloterige jaren '50 zijn voorbij, Ada. We krijgen in januari een president die niet zit te suffen in het Witte Huis. Steeds meer vrouwen leveren hun schort in. Er hangt verandering in de lucht, Ada. Proef je het dan niet? Het staat voor de deur.'

'Had geen zin om op een katholiek, een papist, te stemmen. Het is een nationale schande, dat is het.' Ze stak haar kin vooruit. 'Afijn, wat heeft dat met mij te maken?'

Eve sloot haar ogen, wetend dat Ada nooit de verandering zou proeven – de koele, frisse smaak ervan – niet door haar eigen bitterheid heen. 'Maak schoon schip, Ada,' mompelde ze. 'Kom samen met het joch met me mee naar Californië.'

'Waarom zou ik dat in 's hemelsnaam doen?'

'Omdat we zusters zijn. Verkoop dit godvergeten huis, verhuis naar een plek waar je een fatsoenlijke baan kunt krijgen, een sociaal leven hebt, en waar het joch een bestaan kan opbouwen.'

'Jouw soort leven,' sneerde Ada, haar roodomrande ogen vol walging en afgunst. 'Halfnaakt op het doek poseren, zodat iedereen met een paar centen op zak ernaar kan kijken. Trouwen en scheiden wanneer je maar wilt en jezelf aan iedere man geven die naar je knipoogt. Dank je wel. Ik hou mijn jongen hier, waar hij met fatsoenlijke waarden en onder Gods hoede kan opgroeien.'

'Doe wat je wilt,' zei Eve gelaten. 'Maar waarom je denkt dat het Gods plan is dat jij voor je veertigste een bittere, opgedroogde vrouw bent, gaat mijn verstand te boven. Ik zal je geld sturen voor de jongen. Je ziet maar wat je ermee doet.'

'Natuurlijk nam ze het geld aan,' ging Drake verder. 'En maar doorgaan over verdorvenheid, goddeloosheid, enzovoort, bij het innen van de cheque.' Hij haalde zijn schouders op, te zeer gewend geraakt aan de bittere smaak op zijn tong om nog op te merken dat die kwam opzetten. 'Voor zover ik weet, stuurt Eve haar nog elke maand een cheque.'

Het ergerde Julia dat ze geen dankbaarheid kon bespeuren. Ze vroeg zich af of hij besefte hoezeer hij de zoon van zijn moeder was. 'Als je zo weinig contact met haar had toen je opgroeide, hoe kwam je dan voor haar te werken?'

'De zomer na mijn eindexamen ben ik naar L.A. gelift met zevenendertig dollar op zak.' Hij grinnikte, en voor het eerst zag Julia een spoortje van de charme van zijn tante. 'Toen ik hier eenmaal was, kostte het me bijna een week om haar te pakken te krijgen. Ze kwam me zelf ophalen bij dat Mexicaanse tentje in Oost-L.A. Kwam daar binnen in een fantastische jurk, en naaldhakken waarmee je een kerel door z'n hart kon steken. Ze was op weg naar een party. Ze gebaarde met een vinger naar me, draaide zich om en liep naar buiten. Als een pijl ging ik achter haar aan. Ze stelde me op weg naar haar huis geen enkele vraag. Toen we daar aankwamen, zei ze dat ik een bad moest nemen en die poging tot een baard moest afscheren. En Travers bracht me het heerlijkste eten dat ik van m'n leven had geproefd.'

Bij de herinnering gebeurde er iets in hem – een warmte die hij bijna was vergeten onder de lagen van ambitie en hebzucht.

'En je moeder?'

Het gevoel stierf weg. 'Eve regelde het met haar. Ik heb nooit iets gevraagd. Ze zette me aan het werk met de tuinman, toen liet ze me studeren. Ik liep stage bij Kenneth Stokley, die toen haar assistent was. Nina kwam erbij, vlak voordat Eve ruzie kreeg met Kenneth. Toen ze wat in me zag, stelde Eve mij aan als persagent.'

'Eve heeft heel weinig familie,' merkte Julia op. 'Maar ze is trouw en gul voor het beetje dat ze heeft.'

'Ja, op haar manier. Maar familie of werknemer, je moet oppassen.' Hij zette zijn glas neer en bedacht dat het beter was elke ontevredenheid weg te poetsen. 'Eve Benedict is de edelmoedigste vrouw die ik ken. Ze heeft het niet haar hele leven gemakkelijk gehad, maar ze heeft er iets van gemaakt. Ze schenkt haar omgeving de inspiratie om hetzelfde te doen. Kortom, ik aanbid haar.'

'Beschouw je jezelf als een soort surrogaatzoon van haar?'

Zijn tanden blikkerden in een lach die te glad was om hartelijk genoemd te kunnen worden. 'Absoluut.'

'En Paul Winthrop? Hoe zou je zijn relatie met Eve omschrijven?'

'Paul?' Drakes wenkbrauwen trokken zich samen. 'Zij hebben geen bloedband, hoewel ze zeker dol op hem is. Je zou hem kunnen beschouwen als een lid van haar entourage, een van de jonge mannen met wie Eve zich graag omgeeft.'

Niet alleen gebrek aan dankbaarheid, peinsde Julia, maar ook een tikkeltje valsigheid. 'Vreemd. Je zou toch denken dat Paul Winthrop voor zichzelf kon zorgen.'

'Zeker, hij heeft zijn eigen leven, heeft zelf succes, wat zijn carrière als schrijver betreft.' Toen glimlachte hij. 'Maar Eve hoeft maar met haar vingers te knippen of je kunt je laatste dollar erom verwedden dat Paul opspringt. Ik heb me vaak afgevraagd... maar dit is strikt onder ons.'

'Uiteraard.' Ze drukte op de knop van haar recorder.

'Tja, ik vroeg me af of ze ooit een meer... intieme relatie hebben gehad.'

Julia verstijfde. Meer dan een tikkeltje, besefte ze. Onder al dat geschitter werd Drake Morrison opgevreten door valsigheid. 'Ze is ruim dertig jaar ouder dan hij.'

'Leeftijdsverschil zou Eve niet tegenhouden. Dat is een deel van haar mysterie, en haar eeuwige charme. Wat Paul betreft: hij trouwt misschien niet, zoals zijn vader, maar hij heeft net zo'n zwak voor mooie vrouwen.'

Omdat ze het onderwerp smakeloos vond, klapte Julia haar blocnote dicht. Voor het moment had ze genoeg van Drake Morrison. 'Ik weet zeker dat Eve me laat weten of hun relatie een plaats in het boek verdient.'

Hij probeerde de geringe opening te vergroten. 'Vertelt ze je zulke persoonlijke dingen? De Eve die ik ken, houdt veel voor zichzelf.'

'Het is haar boek,' merkte Julia op, terwijl ze opstond. 'Het zou nauwelijks de moeite waard zijn als het niet persoonlijk was. Ik hoop dat je nog eens met me wilt praten.' Ze stak haar hand uit en probeerde niet te kreunen toen hij die beetnam en hem naar zijn lippen bracht.

'Je hoeft maar te zeggen waar en wanneer. Waarom gaan we eigenlijk niet samen dineren?' Hij bleef haar hand vasthouden, waarbij hij met zijn duim zachtjes over haar knokkels streek. 'Ik weet zeker dat we veel meer hebben om over te praten dan Eve – hoe fascinerend ze ook is.'

'Sorry. Het boek neemt bijna al mijn tijd in beslag.'

'Je mag niet elke avond werken.' Hij liet zijn hand langs haar arm omhoog glijden en speelde met het pareltje aan haar oor. 'Waarom kom je niet naar mijn huis, informeel? Ik heb een aantal knipsels en oude foto's die je misschien kunt gebruiken.'

Als variant op het pronken met kunstwerken, was hier niet veel creativiteit voor nodig. 'Ik probeer in de regel 's avonds bij mijn zoon te zijn, maar ik zou graag de knipsels zien, als je het niet erg vindt ze op te sturen.'

Hij lachte kort. 'Ik ben blijkbaar te subtiel. Ik zou je graag nog eens zien, Julia. Om persoonlijke redenen.'

'Je was niet te subtiel.' Ze deed de recorder in haar tas. 'Ik ben gewoon niet geïnteresseerd.'

Het lukte hem zijn hand lichtjes op haar schouder te laten rusten. Met een geforceerde grimas drukte hij zijn andere tegen zijn hart. 'Au.'

Daardoor barstte ze in lachen uit, maar voelde ze zich ook ondankbaar. 'Het spijt me, Drake, dat was niet erg beleefd. Ik had moeten zeggen dat ik gevleid ben door het aanbod, en de interesse, maar het komt ongelegen. Met het boek en Brandon heb ik het veel te druk om ook maar aan een sociaal leven te denken.'

'Dat is wat beter.' Hij hield zijn hand op haar schouder toen hij met haar naar de deur liep. 'Wat denk je hiervan? Ik ben waarschijnlijk de aangewezen persoon om je bij het project te helpen. Waarom laat je mij niet telkens je notities zien, of wat je tot nu toe hebt geschreven? Dan kan ik een paar blinde gaten voor je vullen, een paar namen suggereren, of zelfs Eves geheugen een zetje geven. Terwijl ik daarmee bezig ben...' langzaam liet hij zijn blik over haar gezicht glijden, 'kunnen we elkaar beter leren kennen.'

'Dat is heel aardig.' Ze legde haar hand tegen de deur en moest moeite doen niet geïrriteerd te raken toen hij argeloos de zijne tegen de deur drukte om die gesloten te houden. 'Als ik op iets moeilijks stuit, kom ik je er misschien wel mee lastigvallen. Maar omdat het Eves verhaal is, moet ik het met haar bespreken.' Haar stem was kalm en vriendelijk toen ze de deur opentrok. 'Dank je, Drake. Ik bel je als ik iets van je nodig heb.' Ze glimlachte in zichzelf toen ze door de receptie naar buiten liep. Julia was er verdomd zeker van dat er iets gaande was. En dat Drake Morrison daar, pats-boem, midden in zat.

11

Julia schopte haar schoenen uit en liep op blote voeten haar werkkamertje binnen. De freesiaplant die de tuinman haar de vorige middag galant had aangereikt, bracht de tinteling van het begin van de lente in de rommelige kamer. Toen ze haar blote teen langs een stapel naslagwerken schraapte, vloekte ze niet eens uit volle borst. Ze was werkelijk van plan dit allemaal op te ruimen. Binnenkort.

Zoals gewoonlijk haalde ze de tapes van die dag uit haar tas om ze in haar bureaula op te bergen. Ze dacht aan een koel glas wijn, misschien een snelle duik in het zwembad voordat Brandon uit school kwam. Maar dat veranderde snel toen ze in de la keek en zich op een stoel liet zakken. Er had iemand aan gezeten.

Heel langzaam liet ze haar vingertoppen over de ruggen van de tapes gaan. Er was er niet één weg, maar ze lagen niet meer op volgorde. Een van de weinige dingen waar ze dwangmatig ordelijk in was waren haar interviews. Van etiketten voorzien en gedateerd, en altijd op alfabet gerangschikt. Nu lagen ze door elkaar.

Ze trok een andere la open en haalde haar getypte tekst tevoorschijn. Een snelle blik stelde haar gerust dat al haar bladzijden er waren. Maar ze voelde, wíst dat iemand ze gelezen had. Ze duwde de la met een ruk dicht en opende een andere. Al haar spullen, dacht ze, alles was doorzocht. Maar waarom?

Een paniekvlaag joeg haar naar boven. Ze had heel weinig waardevols, maar die paar juwelen van haar moeder waren belangrijk voor haar. Toen ze de slaapkamer binnenstoof, vervloekte ze zichzelf omdat ze niet aan Eve had gevraagd of ze de doosjes in de kluis mocht bewaren. Ze had er vast een. Maar ze had ook een alarmsysteem. Waarom

zou iemand in godsnaam in het gastenhuis inbreken om een paar erf-
stukjes te stelen? Natuurlijk was dat niet zo.

Toen de opluchting over haar kwam, zei Julia tegen zichzelf dat ze
een idioot was. Het enkele parelsnoer en de bijpassende oorhangers, de
diamanten knopjes, de gouden broche in de vorm van de weegschaal
der gerechtigheid, ze waren er allemaal, onaangeraakt.

Omdat haar benen het dreigden te begeven, ging ze op de rand van
het bed zitten en drukte de zilveren juwelenkistjes tegen haar borst. Het
was dwaas, hield ze zichzelf voor, om zo wanhopig gehecht te zijn aan
dingen. Ze droeg ze zelden; ze haalde ze alleen af en toe tevoorschijn
om ernaar te kijken.

Maar zij was twaalf toen haar vader de broche aan haar moeder had
gegeven. Een verjaarscadeau. En ze wist nog hoe opgetogen haar moeder was geweest. Ze droeg hem bij elke zaak die ze behandelde, ook na
de scheiding.

Julia dwong zichzelf op te staan en de doosjes op hun plaats te zetten.
Het was mogelijk dat ze de tapes zelf door elkaar had gegooid. Mogelijk, maar niet waarschijnlijk. Toch was het net zo onwaarschijnlijk dat
iemand op klaarlichte dag Eves beveiligingssysteem zou uitschakelen
om in het gastenhuis zijn gang te kunnen gaan.

Eve, dacht Julia met een kort lachje. Eve was zelf de meest voor de
hand liggende kandidaat. Ze hadden in geen drie dagen een sessie gehad. Uit nieuwsgierigheid en arrogantie had ze misschien het werk willen inspecteren.

Daar moest dus verandering in komen.

Ze liep weer naar beneden met de bedoeling om de tapes nog eens na
te lopen voordat ze Eve opbelde. Voor ze de laatste tree had bereikt,
klopte Paul op de voordeur.

'Hallo.' Zonder haar uitnodiging af te wachten, deed hij zelf open en
beende naar binnen.

'Doe of je thuis bent.'

Door de toon hield hij zijn hoofd schuin. 'Problemen?'

'Nou, nee.' Ze bleef staan waar ze was, met haar voeten uit elkaar en
haar kin uitdagend vooruit. 'Waarom zou het een probleem zijn als
iedereen zomaar binnen komt walsen? Het is immers niet mijn huis. Ik
woon hier toevallig alleen maar.'

Hij hief zijn handen. 'Sorry. Ik vrees dat ik te lang in Californië woon om anders gewend te zijn. Zal ik weggaan en het opnieuw proberen?'

'Nee.' Ze slingerde het woord in zijn gezicht. Ze zou hem niet de kans geven haar voor gek te zetten. 'Wat wil je? Je treft me op een slecht moment, dus moet je het kort houden.'

Van dat slechte moment hoefde ze hem niet te vertellen. Ze leek zo kalm – daar was ze goed in – maar ze frommelde met haar vingers. Daardoor was hij alleen maar vaster van plan om te blijven. 'Eigenlijk kwam ik niet voor jou. Ik kom voor Brandon.'

'Brandon?' De alarmklokken brachten haar armen onmiddellijk stijf langs haar lichaam. 'Waarom? Wat wil je van Brandon?'

'Rustig, Jules.' Hij ging op de armleuning van de sofa zitten. Daar vond hij het gezellig – echt gezellig, bedacht hij. De manier waarop zij zich te midden van het onpersoonlijke comfort van het gastenverblijf had geïnstalleerd en er haar eigen sfeer had gebracht. Een heerlijk soort rommeligheid, peinsde hij, die Julia overal wist te verspreiden. Zo'n eenzame oorring op het Hepplewhite-tafeltje, de mooie hoge hakken die elkaar in evenwicht hielden op de plek waar ze ze had uit-geschopt, een briefje met een aantekening, een porseleinen schaal vol rozeblaadjes en rozemarijn. Als hij naar de keuken ging, vond hij daar nog meer van haar. En boven, in het bad, in de kamer van haar zoon, in de kamer waar zij sliep. Wat zou hij van Julia in Julia's intiemste ruimte vinden?

Hij keek haar weer aan en glimlachte. 'Het spijt me, zei je iets?'

'Ja, ik zei iets.' Ze wasemde een stroom ongeduld uit. 'Ik zei: wat wil je van Brandon?'

'Ik ben niet van plan om hem te kidnappen of hem mijn nieuwste exemplaar van *Penthouse* te laten zien. Het is iets tussen mannen.' Toen ze de laatste traptreden af bonkte, grinnikte hij. 'Zware dag gehad?'

'Een lange,' zei ze. 'Hij is nog niet uit school.'

'Ik wacht wel.' Zijn blik gleed naar beneden, toen weer terug. 'Je bent weer op blote voeten. Ik ben zo blij dat je me niet teleurstelt.'

Ze stopte haar nerveuze handen in de zakken van haar jasje. Hij zou die stem bij de politie moeten laten registreren, dacht ze, niet op haar gemak. Of misschien bij de medische wetenschap. Een vrouw kon ervan in coma raken – of er stante pede uit ontwaken, dodelijk opgewonden.

'Ik heb het echt druk, Paul. Waarom vertel je me niet gewoon waarover je met Brandon wilt praten?'

'Wat ben jij toch typisch een moeder. Bewonderenswaardig. Basketbal,' legde hij haar uit. 'De Lakers zijn zaterdagavond in de stad. Ik dacht dat het joch het fantastisch zou vinden naar de wedstrijd te gaan.'

'O.' Haar gezicht was een studie van tegenstrijdigheden. Blij voor haar zoon, bezorgdheid, twijfel, plezier. 'Daar ben ik zeker van. Maar–'

'Informeer maar bij de politie, Jules. Ik heb geen strafblad.' Traag plukte hij een rozenblaadje uit de schaal en wreef het tussen zijn duim en wijsvinger. 'Ik heb zelfs drie kaartjes, voor het geval jij een oogje in het zeil wilt houden.'

Dat was het dus, dacht ze, teleurgesteld. Het was niet de eerste keer dat een kerel probeerde Brandon te gebruiken om haar te krijgen. Welnu, Paul Winthrop kon ook op een teleurstelling rekenen, besloot ze. Hij had zich voorbereid op een avondje met een joch van tien, en dat zou hij krijgen ook.

'Ik hou er niet van,' zei ze kalm. 'Ik weet zeker dat jij en Brandon beter af zijn zonder mij.'

'Prima,' zei hij, zo vanzelfsprekend, dat ze hem alleen kon aanstaren. 'Geef hem geen eten. We kopen wel wat in het stadion.'

'Ik weet niet zeker –' Ze stopte toen ze een auto hoorde.

'Ziet ernaar uit dat de school uit is,' merkte Paul op en hij stak het blaadje in zijn zak. 'Ik zal je niet ophouden. Ik weet zeker dat Brandon en ik samen wel uit de details komen.'

Ze gaf geen krimp toen haar zoon, zwaaiend met zijn schooltas, door de voordeur kwam binnenstormen. 'Ik had alles goed met dictee.'

'Heel goed, kampioen.'

'En Millie heeft gejongd. Vijf stuks.' Hij keek Paul aan. 'Millie is de cavia op school.'

'Het doet me deugd dat te horen, voor Millie dan.'

'Het was een beetje griezelig.' Brandon genoot onwillekeurig nog na. 'Ze leek ziek en zo, en ze lag daar maar en haalde heel snel adem. Toen kwamen er van die natte dingetjes uit. Er er was ook bloed.' Hij trok rimpels in zijn neus. 'Als ik een dame was, deed ik 't niet.'

Paul moest grinniken. Hij strekte zijn hand uit en trok de klep van Brandons pet over diens ogen. 'Wat een geluk voor ons dat zij van steviger spul zijn gemaakt.'

'Ik weet wel zeker dat het pijn deed.' Hij keek zijn moeder aan. 'Doet het pijn?'

'Reken maar.' Toen moest ze lachen en legde een arm om zijn schouder. 'Maar soms hebben we geluk, en is het de moeite waard. Ik ben er bijna zeker van dat jij de moeite waard was.' Omdat het niet echt de tijd leek voor een gesprek over seksuele opvoeding, gaf ze hem een kneepje. 'Mr. Winthrop is hier voor jou gekomen.'

'Echt waar?' Voor zover Brandon zich kon herinneren, was het voor het eerst dat een volwassene dat ooit gedaan had. Zeker iemand van het mannelijk geslacht.

'Toevallig,' begon Paul, 'zijn de Lakers zaterdag in de stad.'

'Ja, ze spelen tegen de Celtics. Misschien wel de belangrijkste wedstrijd van het hele seizoen, en…' Er daagde een gedachte in zijn brein, zo enorm en fantastisch, dat hij er stil van werd.

Pauls lippen krulden toen hij de vurige hoop in de ogen van de jongen zag. 'En toevallig heb ik een paar kaartjes over. Heb je zin?'

'O, wauw.' Zijn ogen dreigden uit zijn hoofd te rollen. 'O, wauw. Mam, alsjeblieft.' Terwijl hij zich omdraaide om zijn armen om haar middel te leggen was zijn gezicht één grote smeekbede. 'Alsjeblíéft.'

'Hoe kan ik nee zeggen tegen iemand die zijn dictee helemaal goed had?'

Brandon gaf haar juichend een zoen. Toen draaide hij zich om en wierp zich, tot Pauls verbazing, in diens armen. 'Bedankt, Mr. Winthrop. Dit is fantastisch. Echt, kan niet beter.'

Geroerd door het spontane blijk van affectie, klopte Paul hem op de rug, waarna hij de schooltas opzijschoof die in zijn liezen drukte. Het had hem niets gekost, dacht hij. Elk jaar kocht hij automatisch twee seizoenkaarten, en de derde had hij weten los te krijgen van een vriend die de stad uit ging. Toen Brandon grijnzend naar hem opkeek, met een gezicht dat glom van opwinding en dankbaarheid, wenste Paul dat hij op zijn minst twee draken had moeten doden om aan de zitplaatsen te komen. 'Graag gedaan. Luister, ik heb er één over. Weet jij iemand die je graag wilt meenemen?'

Het was bijna te veel. Alsof je in augustus ging slapen en op eerste kerstdag wakker werd. Brandon deed een stap achteruit, opeens onzeker over de vraag of het wel kon, dat de ene kerel een andere kerel omhelsde. Hij wist het niet. 'Mama, misschien.'

'Heb al geweigerd, dank je feestelijk,' zei ze.

'Jezus, Dustin zou helemaal gek worden.'

'Dustin is al gek,' zei Paul. 'Waarom bel je hem niet op om te kijken of-ie mag?'

'Echt waar? Fantastisch!' Hij holde naar de keuken.

'Ik wil me niet met mannenzaken bemoeien.' Julia knoopte het jasje van haar pakje los. 'Maar weet je wel wat je je op de hals haalt?'

'Een avondje uit met jongens onder mekaar?'

'Paul.' Ondanks alles voelde ze zich nu vriendelijk jegens hem gestemd – door het zien van Brandons blije gezicht. 'Als ik het goed heb, was je enig kind, ben je nooit getrouwd geweest of heb je zelf ooit kinderen gehad.'

Zijn blik zwierf naar haar vingers die nog steeds met de knopen van haar jasje speelden. 'Tot nu toe.'

'Ooit babysit geweest?'

'Pardon?'

'Dacht ik al.' Met een zucht liet ze het jasje van zich af glijden en gooide het over een stoelleuning. Ze droeg een steenrood, mouwloos tricot truitje, en Paul zag tot zijn genoegen dat ze afgezien van prachtige benen erg mooie schouders had. Zacht, romig en gespierd. 'En dan neem je nu, als openingsnummer, twee knullen van tien mee naar een echte wedstrijd. Solo?'

'Het is geen expeditie door de Amazone, Jules. Ik ben redelijk competent.'

'Dat zal wel – onder normale omstandigheden. Omstandigheden zijn nooit normaal met tienjarigen. Het is een enorm stadion, hè?'

'Nou, en?'

'Ik lach me rot als ik me jou voorstel met twee verwilderd kijkende jongetjes.'

'Als ik het er goed van afbreng, trakteer je mij dan op een naspel... drankje?'

Ze had haar handen nu op zijn schouders en voelde een ontzettende aanvechting haar vingers door zijn haar te laten glijden. 'We zullen zien,' fluisterde ze. Haar ogen veranderden, werden donkerder. Impulsief liet ze haar hoofd zakken.

'Hij mag!' schreeuwde Brandon vanaf de keukendeur. 'Z'n moeder zegt dat het goed is, maar ze wil met u praten. Dan weet ze dat hij het niet verzint.'

'Oké.' Paul bleef Julia in de ogen kijken. Zelfs vanuit het andere eind van de kamer had hij kunnen zien hoe verlangen omsloeg in verpletterende gêne. 'Ben zo terug.'

Julia slaakte een korte zucht. Wat had ze in 's hemelsnaam gedacht? Foute vraag, vond ze. Ze had helemaal niet gedacht, alleen maar gevoeld. En dat was altijd gevaarlijk.

Lieve god, hij was knap, aantrekkelijk, sexy, charmant. Hij beschikte over al die kwaliteiten die een vrouw konden verleiden om in de fout te gaan. Het was maar goed dat ze de valkuilen kende.

Ze glimlachte toen ze Brandons uitgelaten stem hoorde piepen als contrapunt met Pauls diepere, drogere tonen. Voorzichtig of niet, ze kon er ook niets aan doen dat ze hem aardig vond. Ze vroeg zich af of hij enig idee had hoe hij keek toen Brandon zich in zijn armen wierp. Die regelrechte verbazing, daarna het langzaam opwellende plezier. Het was heel goed mogelijk dat ze hem verkeerd had beoordeeld; dat hij de jongen zonder bijbedoelingen voor de wedstrijd uitnodigde.

Ze zou wel zien.

Nu moest ze aan het eten denken. Ze keek naar de antieke goudbronzen klok op de schoorsteenmantel om te zien hoe laat het was. Die was verdwenen. Verbluft staarde ze voor zich uit, waarna de kleur uit haar gezicht trok.

Ze had zich niet vergist. Er was iemand in huis geweest. Vechtend om niet weer in paniek te raken, zocht ze zorgvuldig de woonkamer af. Behalve de klok waren er een Dresden-beeldje, een stel kandelaars van jade en drie kleine antieke snuifdoosjes die in een kastje hadden gestaan weg.

Met die informatie in haar gedachten, liep ze haastig naar de eetkamer. Ook daar zag ze dat er enkele kleine, kostbare stukken ontbraken. Een vlinder van amethist die in je handpalm paste, en waarschijnlijk een paar duizend dollar waard was. Een zoutstel uit de tijd van George V. Wanneer had ze die dingen voor het laatst gezien? Zij en Brandon aten altijd in de keuken of op het terras. Een dag geleden? Een week? Twee weken? Ze drukte een hand op haar roerige maag.

Misschien was er een simpele verklaring. Misschien had Eve die stukken zelf weggehaald. Zich daaraan vastklampend, ging ze naar de zitkamer terug waar Brandon en Paul plannen voor de grote avond zaten te maken.

'We vertrekken bijtijds,' vertelde Brandon haar. 'Dan kunnen we een paar van de mannen in de kleedkamer ontmoeten.'

'Geweldig.' Ze forceerde een glimlach. 'Hoor eens, waarom neem je niet wat lekkers? Dan doen we je huiswerk later wel.'

'Oké.' Hij sprong op en grijnsde Paul nogmaals toe. 'Tot zo.'

'Ga jij maar zitten,' raadde Paul haar aan toen ze alleen waren. 'Je bent zo wit als een doek.'

Ze knikte alleen maar. 'Er zijn een paar dingen uit het huis weg. Ik moet Eve bellen.'

Hij was meteen overeind en nam haar bij de arm. 'Wat voor dingen?'

'De klok, de antieke doosjes. Dingen,' snauwde ze, uit angst om te stamelen. 'Kostbare dingen. De tapes –'

'Wat is er met ze?'

'Ze liggen door elkaar. Iemand…' Ze zuchtte uit alle macht. 'Er is hier iemand geweest.'

'Laat me de tapes zien.'

Ze ging hem voor naar het kantoortje naast de zitkamer. 'Ze liggen door elkaar,' legde ze hem uit toen ze de la opendeed. 'Ik leg ze altijd op alfabet.'

Nadat hij haar op een stoel had gezet, wierp hij zelf een blik. 'Je hebt hard gewerkt,' mompelde hij, terwijl hij de namen en data las. 'Kan het zijn dat je tot laat bent doorgegaan en ze zelf door de war hebt gegooid?'

'Praktisch uitgesloten.' Ze ving de bedenkelijke blik waarmee hij de kamer rondkeek. 'Luister, ik weet hoe het eruitziet, maar het enige waar ik dwangmatig in ben is dat ik mijn interviews precies op volgorde houd. Dat hoort bij mijn werkpatroon.'

Hij knikte, nam het van haar aan. 'Kan het zijn dat Brandon ermee heeft gespeeld?'

'Absoluut niet.'

'Dat dacht ik al.' Zijn stem klonk toegeeflijk, maar er flikkerde iets in zijn ogen, iets gevaarlijks, toen hij haar weer aankeek. 'Oké, Julia, staat er iets op die tapes waarvan je niet zou willen dat iemand het vóór publicatie hoort?'

Ze aarzelde, haalde toen haar schouders op. 'Ja.'

Zijn lippen werden smaller voordat hij de la dichtschoof. 'Daar wil je duidelijk niets meer over zeggen. Zijn er tapes weg?'

'Ze zijn er allemaal.' Een plotselinge ingeving maakte haar wangen nog bleker. De recorder uit haar tas rukkend, greep ze een willekeurige tape. Een seconde later vulde een ijl, nasaal stemmetje de ruimte. 'Mijn mening over Eve Benedict? Een gigantisch getalenteerde actrice en een enorm brok ellende.'

Julia zuchtte lichtjes toen ze de uit-knop indrukte. 'Alfred Kinsky,' legde ze uit. 'Ik heb hem maandagmiddag geïnterviewd. Hij heeft Eve in drie van haar vroege films geregisseerd.'

'Ik weet wie hij is,' zei Paul droogjes.

Ze knikte en schoof de tape in zijn plastic doosje terug, die ze echter bleef vasthouden. 'Ik was bang dat iemand de tapes gewist had. Ik moet ze evengoed allemaal controleren, maar...' Ze haalde een hand door haar haar, waardoor speldjes los kwamen te zitten. 'Daar zou die persoon niets mee opschieten. Ik kan die interviews altijd overdoen. Ik zie iets over het hoofd. Ik zie iets over het hoofd,' zei ze tegen zichzelf, waarna ze de tape neerlegde om haar handen tegen haar ogen te drukken. 'Iemand is hier gekomen om te stelen. Ik moet Eve bellen. En de politie.'

Toen ze naar de telefoon reikte, klemde Paul een hand om haar pols. 'Ik bel haar wel. Ontspan je. Schenk jezelf een brandy in.'

Ze schudde haar hoofd.

Paul toetste het nummer van het hoofdgebouw in. 'Doe mij er dan ook een – en hou de fles bij de hand voor Eve.'

Hoewel ze een hekel had aan commando's, gaf het haar iets te doen. Net deed Julia de stop weer op de karaf, toen Paul de woonkamer kwam binnenzeilen.

'Ze is onderweg. Heb je je eigen spullen gecontroleerd?'

'Mijn sieraden. Een paar stukken, van mijn moeder.' Ze gaf hem het cognacglas. 'Alles is er nog.'

Hij draaide de brandy in zijn glas rond, keek haar aan terwijl hij ervan nipte. 'Het is absurd om je verantwoordelijk te voelen.'

Ze was aan het ijsberen, kon er niet mee ophouden. 'Jij weet niet hoe ik me voel.'

'Julia, ik kan je gedachten bijna op je voorhoofd lezen. Ik ben verantwoordelijk, denk je. Ik had het moeten voorkomen.' Hij nam nog een teug. 'Worden die prachtige schouders van je het niet moe de problemen van de hele wereld rond te zeulen?'

'Hou op.'

'Ach, ik vergeet het steeds. Julia gaat de toorn van de wereld in haar eentje te lijf.'

Ze draaide zich om en beende de keuken in. Hij hoorde haar tegen Brandon fluisteren, waarna de hordeur met een knal werd dichtgesmeten. Hij nam aan dat ze het kind naar buiten had gestuurd om te spelen. Hoe overstuur ze ook was, allereerst beschermde ze haar zoon. Toen Paul in de keuken kwam, stond ze met haar handen op het aanrecht geleund door het raam te staren.

'Als je je zorgen maakt over de waarde van de gestolen stukken, kan ik je geruststellen: ze zijn verzekerd.'

'Dat is het punt toch helemaal niet?'

'Nee, je hebt gelijk.' Na zijn brandy neergezet te hebben kwam hij achter haar staan om haar stijve schouders te masseren. 'Het punt is dat iemand jouw ruimte is binnengedrongen. Dit is tenslotte jouw ruimte, zolang je hier bent.'

'Ik vind het walgelijk dat iemand hier naar binnen kan, door mijn spullen gaat, een paar kostbaarheden uitzoekt, en weer wegwandelt.' Ze hees zich overeind. 'Daar is Eve.'

Eve kwam, met Nina in haar kielzog, haastig binnen. 'Wat is dit in 's hemelsnaam allemaal?' wilde ze weten.

Julia zette zich schrap en vertelde haar zo snel en duidelijk mogelijk wat ze had ontdekt.

'Die schoft,' was Eves enige commentaar, terwijl ze van de keuken naar de zitkamer ging. Haar blik verscherpte zich toen ze die door de kamer liet dwalen, waarbij ze de plekken in zich opnam waar de voorwerpen mankeerden. 'Ik was verrekte dol op die klok.'

'Eve, het spijt me –'

Met een ongedurig handgebaar kapte ze Julia's verontschuldiging af. 'Nina, check de rest van het huis met je inventarislijst. Paul, schenk me in godsnaam een brandy in.'

Hij trok een wenkbrauw op, omdat hij daar al mee bezig was. Ze nam het glas aan en nam een grote slok. 'Waar is de jongen?'

'Ik heb hem buiten laten spelen.'

'Prima.' Ze nam nog een slok. 'Waar heb je je werkkamer ingericht?'

'In de zijkamer, hiernaast.'

Voordat Julia nog iets kon zeggen, was Eve al naar binnen gezeild om laden open te rukken. 'Dus je beweert dat er iemand door de tapes is gegaan.'

'Dat beweer ik niet,' zei Julia effen. 'Dat zég ik.'

Het flauwste zweempje van geamuseerdheid speelde over Eves lippen. 'Laat je niet op de kast jagen, meid.' Na met een vinger over de ruggen van de tapes te hebben gestreken, stootte ze een korte lach uit. 'Nou, nou. Wat ben je toch een bezig bijtje. Kinsky, Drake, Greenburg, Marilyn Day. Grote god, je hebt zelfs Charlotte Miller.'

'Daar heb je me toch voor ingehuurd?'

'Jazeker. Oude vrienden, oude vijanden,' mompelde ze. 'Allemaal netjes opgeborgen. Ik weet zeker dat Charlotte je met je oortjes deed klapperen.'

'Ze heeft net zo veel respect voor je als ze een hekel aan je heeft.'

Eves ogen stonden scherp toen ze opkeek, waarna een schaterlach uit haar keel opwelde terwijl ze op een stoel neerplofte. 'Je bent een ijskoud secreet, Julia. Mijn god, ik mag je.'

'Tweemaal van hetzelfde, hoor, Eve. Maar ter zake: wat doen we nu?'

'Hmmm. Je hebt hier zeker geen sigaretten, hè? Ik heb de mijne niet bij me.'

'Sorry.'

'Laat maar. Waar is die brandy toch, verdomme? Ach, Paul.' Ze glimlachte en klopte op zijn wang en hij ging haar glas voor haar halen. 'Wat komt het goed uit dat jij hier bent in onze kritieke momenten.'

Hij liet de valse opmerking passeren. 'Natuurlijk is Julia overstuur omdat er bij haar is ingebroken en ze aan haar werk hebben gezeten. En, wat misschien niet zo natuurlijk is, ze voelt zich verantwoordelijk voor het verlies van jouw bezittingen.'

'Doe niet zo belachelijk.' Eve wuifde het allemaal nonchalant weg, waarna ze onderuitzakte en haar ogen sloot om na te denken. 'We moeten het nagaan bij de bewaking bij het hek. Misschien zijn er leveranciers of reparateurs geweest –'

'De politie,' onderbrak Julia. 'Ze moeten gebeld worden.'

'Nee, nee.' Eve had al andere plannen. Ze draaide haar brandy in het glas rond. 'Ik denk dat wij dit incident subtieler kunnen behandelen dan de politie.'

'Eve?' Nina verscheen in de deuropening met een klembord in haar hand. 'Ik denk dat ik het zo wel weet.'

'Schat eens?'

'Dertig-, misschien veertigduizend. De vlinder van amethist.' Er sprak bezorgdheid uit haar ogen. 'Het spijt me, ik wist hoeveel je ervan hield.'

'Ja, dat is zo. Victor heeft hem bijna twintig jaar geleden aan me gegeven. Nou ja, ik denk dat het verstandig is in mijn huis ook de inventaris op te nemen. Ik ben benieuwd of daar ook gretige vingers aan het werk zijn geweest.' Ze dronk haar brandy op en stond op. 'Het spijt me verschrikkelijk, Julia. Paul had volkomen gelijk toen hij me prekerig vertelde dat je door dit alles van streek bent. Je kunt ervan opaan dat ik persoonlijk met de bewaking ga praten. Ik hou er niet van als mijn gasten worden gestoord.'

'Kan ik je even persoonlijk spreken?'

Eve gebaarde dat ze het goedvond, terwijl ze op de rand van het bureau ging zitten. Julia deed de deur achter Paul en Nina dicht. 'Het spijt me dat je overstuur was, Julia,' begon Eve. Terwijl ze met de vingers van haar ene hand op het bureau trommelde, wreven de andere in cirkeltjes over haar slaap. 'Als ik de indruk maakte dat ik het nogal licht opvat, komt dat omdat ik ziedend ben dat iemand de moed had.'

'Volgens mij moet je wél de politie bellen.'

'Publieke figuren hebben heel weinig privacy. Veertigduizend dollar aan spullen zijn het niet waard dat ik mijn eigen gezicht op alle roddelbladen in de supermarkt tegenkom. Het is veel interessanter als dat gebeurde omdat ik een affaire met een dertigjarige bodybuilder had.'

Julia opende een la en haalde er een tape uit. 'Hierop staan jouw herinneringen aan je huwelijk met Anthony Kincade. Misschien heeft iemand het gedupliceerd, Eve. Dan zou diegene die informatie zeker aan hem doorspelen.'

'En?'

'Hij maakt me bang. En de gedachte aan wat hij zal doen om te voorkomen dat zijn verhaal wordt gepubliceerd, maakt me bang.'

'Tony is mijn zorg, Julia. Hij kan niets doen om mij te pakken, en ik zou niet toestaan dat hij jou iets deed. Niet overtuigd?' Ze stak een vinger op, verhief haar stem slechts een fractie. 'Nina, schat?'

In minder dan tien seconden ging de deur open. 'Ja, Eve?'

'Kan ik je even een brief dicteren? Aan Anthony Kincade – je komt wel achter zijn huidige adres?'

'Ja.' Nina sloeg een bladzijde op het klembord om en begon in steno te krabbelen:

'Liefste Tony.' Ze vouwde langzaam haar handen, bijna als in gebed. In haar ogen was de kwaadaardigheid terug. 'Ik hoop dat dit je in uitermate slechte gezondheid bereikt. Even een snel, aardig briefje om je te laten weten dat ik met sprongen met mijn boek vorder. Ik weet hoeveel belangstelling jij voor het project hebt. Misschien is je bekend dat enkele mensen zich ernstige zorgen maken over de inhoud – zo ernstig, dat er veel heibel over was omdat men het probeerde tegen te houden. Tony, jij weet als geen ander hoe slecht ik reageer op pressie. Om je de moeite te besparen, voor het geval jij ook iets dergelijks van plan bent, schrijf ik je om je te laten weten dat ik serieus overweeg om Oprahs aanbieding aan te nemen om in haar show over mijn biografie te komen babbelen. Als ik uit jouw omgeving enige hinder bespeur, lieve schat, neem ik haar aanbod met beide handen aan en zal ik het publiek laten smullen van een paar herinneringen aan onze boeiende jaren samen. Ik denk dat zo'n brokje promotie vooraf, in een uitzending op alle netten, op voorhand bergen exemplaren zal verkopen. Altijd de jouwe, Eve.'

Glimlachend stak Eve een hand op. 'Dat zal die pikkensabbelaar een beroerte bezorgen.'

Niet wetend of ze moest lachen of gillen, ging Julia ook op het bureau zitten. 'Ik bewonder je lef, maar niet je strategie.'

'Alleen omdat je mijn strategie niet helemaal begrijpt.' Ze kneep in Julia's hand. 'Dat komt wel. Ga nu maar een heet bubbelbad nemen, drink wat wijn, en laat je door Paul in bed praten. Geloof me, de combinatie zal wonderen voor je doen.'

Julia moest lachen, maar schudde haar hoofd. 'De eerste twee misschien.'

Tot beider verbazing sloeg Eve een arm om Julia's schouder. Het was een gebaar van troost en steun – en, ontegenzeglijk, van affectie. 'Mijn beste Jules – is dat niet zoals hij je noemt? – die eerste twee kan elke vrouw krijgen. Kom morgen naar mijn huis, tien uur. Dan praten we.'

'Eve?' kwam Nina tussenbeide. 'Je hebt morgenochtend de eerste kostuumsessie voor de miniserie.'

'Aha. Altijd even met Nina checken,' zei Eve toen ze naar de deur liep. 'Zij kent mijn leven beter dan ikzelf.'

Nina wachtte tot Eve naar buiten schreed. 'Ik weet hoe vervelend dit moet zijn. Je hoeft het maar te zeggen en we verhuizen jou en Brandon naar het grote huis.'

'Nee. Nee, echt niet. We vinden het hier prima.'

Nina's smalle wenkbrauwen fronsten in twijfel. 'Als je van gedachten verandert, kunnen we het snel en zonder omhaal regelen. Kan ik intussen iets voor je doen?'

'Nee. Dank je voor je aanbod, maar om je de waarheid te zeggen voel ik me al een stuk beter.'

'Bel naar het huis.' Nina stak haar hand uit. 'Als je je vannacht niet op je gemak voelt. Als je gewoon met iemand wilt praten.'

'Dank je. Hoe kan ik me niet op mijn gemak voelen, terwijl ik weet dat jij er bent?'

'Maar twee minuten hiervandaan,' voegde Nina eraan toe, ten afscheid in Julia's vingers knijpend.

Eenmaal weer alleen, legde Julia haar tapes weer op volgorde. Het betekende niet veel, en was op dat moment nutteloos, maar het gaf haar gedachten rust. Ze pakte Eves lege glas en wilde naar de keuken gaan. Toen ze een kookgeur rook, aarzelde ze, snoof het aroma op, waarna ze verder liep. In de deuropening beland, was ze perplex bij het zien van Paul Winthrop die over het fornuis stond gebogen.

'Wat ben jij aan het doen?'

'Koken. *Rotini* met tomaat en basilicum.'

'Waarom?'

'Omdat pasta goed voor de ziel is – en het jou onmogelijk maakt me niet uit te nodigen, nu ik het klaarmaak.' Hij nam een fles bourgogne die hij op het aanrecht had laten antichambreren en schonk wat in een glas. 'Hier.'

Ze nam het aan, hield het in beide handen, maar dronk niet. 'Ben je er goed in?'

Zijn grijns schitterde. Nu haar handen vol waren, maakte hij daar gebruik van door zijn armen om haar middel te slaan. 'Waarin bedoel je?' Het voelde verrukkelijk, te verrukkelijk om uitgerekend op dat moment in iemands armen te liggen.

'In rotini met tomaat en basilicum.'

'Ik ben fantastisch.' Hij boog zich dichter naar haar toe en zuchtte. 'Niet schudden, je morst de wijn.' Geduldig liet hij een hand omhoog glijden en legde die om haar nek, waarmee hij zowel haar stilhield als een stuk of tien zenuwuiteinden deed suizen. 'Ontspan je, Jules. Je gaat niet dood van een kus.'

'Het is de manier waarop jij het doet.'

Zijn lippen waren gekruld toen ze de hare ontmoetten. 'Beter en beter,' murmelde hij genietend. 'Vertel eens, krijg jij net zulke explosies van mij als ik van jou, als ik dit doe?' Hij schraapte met zijn tanden over haar oor en trok aan haar oorlelletje.

'Dat weet ik niet.' Maar ze voelde haar benen vanaf haar knieën tot haar tenen week worden. 'Ik ben geen explosies meer gewend.'

Zijn vingers sloten zich vaster om haar nek, voordat hij ze met moeite ontspande. 'Dat was precies de juiste tekst om mij te kwetsen.' Hij leunde achterover om naar haar gezicht te kijken. Het grijs van haar irissen was dieper, warmer, een kleur van dichte rook van een onbekend vuur erachter dat ze bevocht. Was het zijn verbeelding, of was haar geur intenser, versterkt door het bloed dat onder haar huid kolkte? Jammer, dacht Paul, verrekte jammer dat ze last van haar geweten heeft. 'Je hebt weer wat kleur. Wanneer je van streek bent, wordt je huid zo bleek als glas. Dat geeft een man het gevoel dat hij dingen voor je moet regelen.'

De ruggengraat die hij zo effectief had doen smelten, verstijfde weer. 'Ik heb niemand nodig die dingen voor me regelt.'

'Wat een bepaald soort man juist vastbeslotener maakt. Kwetsbaarheid en onafhankelijkheid. Ik wist niet wat een verpletterende combinatie dat kan zijn.'

Haar toon met moeite licht houdend, bracht ze de wijn naar haar lippen. 'Nou, in dit geval levert het me een diner op.'

Nog steeds naar haar kijkend, nam hij het glas van haar over en zette het opzij. 'We zouden allebei heel wat meer kunnen hebben.'

'Wie weet.' Ze keek hem in de ogen: donker en schitterend blauw. En heel dichtbij. Ze kon zichzelf er maar al te gemakkelijk in zien. Veel te gemakkelijk om zich dingen af te vragen. 'Ik weet niet of ik zelfs een beetje meer zou aankunnen.'

Of dat waar was of niet, hij zag dat zij het geloofde. 'Dan ziet het ernaar uit dat we stapje voor stapje vooruit zullen moeten.'

Omdat dat veiliger leek dan het smeltpunt dat ze zojuist had ervaren, stemde ze er voorzichtig mee in. 'Misschien.'

'De volgende stap is dat jij mij kust.'

'Dat dacht ik al.'

Hij schudde zijn hoofd. Er lag een uitdaging in die niet helemaal vriendelijk was. 'Ik heb jou gekust.'

Julia dacht na en zei tegen zichzelf dat ze zich als een volwassene moest gedragen. Een volwassene hoefde niet op elke uitdaging in te gaan die haar werd toegeworpen. Toen zuchtte ze.

Teder drukte ze haar lippen op de zijne. Het kostte haar slechts een seconde om te beseffen dat deze stap heel turbulent kon worden. Maar ze gunde zichzelf nog een seconde, warmde haar lippen aan die van hem, liet zich meeslepen in de sensatie van gevaar.

'Ik moet Brandon binnenroepen,' zei ze, en ze deed een stap terug. Ze had een hoop bedenktijd nodig voor de volgende stap.

12

Michael Delrickio kweekte orchideeën in een kas van zo'n vijfhonderd vierkante meter, die door een brede overkapte passage van zijn fort in Long Beach gescheiden was. Hij nam zijn hobby heel serieus en was lid van de plaatselijke tuindersclub, waar hij niet alleen financieel aan bijdroeg, maar vaak ook informatieve en onderhoudende lezingen over het geslacht van de Orchis hield. Een van zijn grootste triomfen was zijn creatie van een kruising die hij de Madonna had genoemd.

Het was een kostbare hobby, maar hij was een rijk man. Veel van zijn zakelijke ondernemingen waren legaal, en hij betaalde belasting – misschien wel meer dan menig ander in zijn uitzonderlijke branche. Delrickio had geen belang bij moeilijkheden met de belastingdienst, een instituut dat hij respecteerde.

Zijn zaken varieerden van scheepvaart, theater- en restaurantbenodigdheden, tot onroerend goed, catering, prostitutie en gokken, van elektronica en oplichting tot computers. Hij was eigenaar van, of partner in, enkele slijterijen, nachtclubs, boetieks – en hij bezat zelfs een deel van een zwaargewicht bokser. In de jaren '70, na verzet van zijn kant vanwege persoonlijke afkeer, dompelde Delrickio een teen in de drugshandel. Hij zag het als een slecht teken des tijds dat dit gebied van zijn conglomeraat zo winstgevend was.

Hij was een liefhebbende echtgenoot die zijn buitenechtelijke affaires met goede smaak en discretie afhandelde, een toegewijde vader die zijn acht koters met stevige en eerlijke hand had opgevoed, en een verwennende grootvader die moeite had zijn kleinkinderen iets te weigeren. Hij was niet een man die fouten maakte, en als dat gebeurde, gaf hij ze toe. Eve Benedict was een van zijn fouten geweest. Hij had van haar gehouden op een woeste, koortsachtige manier, die hem zowel indiscreet als dwaas had gemaakt. Zelfs nu, vijftien jaar na hun affaire, wist hij nog hoe het was om haar te hebben. De herinnering kon hem nog steeds opwinden.

Op dit moment, terwijl hij met zijn orchideeën liefhebberde, ze koesterde, tegen ze brabbelde, wachtte hij op Eves neef. Ondanks al zijn fouten deugde de knaap. Delrickio had Drake zelfs toegestaan met een van zijn dochters uit te gaan. Natuurlijk had Delrickio nooit toegestaan dat er iets serieus uit voortkwam. Een kruising was prima, in de tuinbouw zelfs gewenst – maar niet wat kleinkinderen betrof.

Michael Delrickio geloofde in soort bij soort, wat een van de redenen was dat hij zichzelf nooit had vergeven dat hij in de ban was geraakt van Eve. En haar ook niet, omdat zij hém in die ban had gebracht.

En doordat hij de schuld bij zichzelf legde, was hij geduldiger met Eves waardeloze neef dan het zakendoen voorschreef.

'Godfather.'

Delrickio kwam overeind uit zijn gebukte houding over een drietal spinnenorchideeën. Joseph jr. stond in de deurpost. Hij was een knappe, stevige woesteling die graag met gewichten en vechtsporten in de weer was op de sportschool waar Delrickio een aandeel in had. Hij was de zoon van een neef van zijn vrouw en zat al bijna vijf jaar in het familiebedrijf. Delrickio had hem door zijn eigen eerste adjudant laten opleiden, want hij wist dat het joch niet al te slim was maar wel trouw en bereidwillig. Spieren hoefden niet intelligent te zijn, alleen handelbaar.

'Ja, Joseph.'

'Morrison is er.'

'Heel goed.' Delrickio veegde de aarde van zijn handen af aan het witte schort dat hij droeg als hij met zijn planten bezig was. Zijn jongste dochter had het voor hem gemaakt en op de sneeuwwitte stof een knappe karikatuur geschilderd van haar glimlachende papa, met in één hand een schop en een wulpse, sexy vrouwtjesorchidee met lange vrouwenbenen om hem heen gedrapeerd.

'Breng hem maar hier. Je verkoudheid klinkt beter.' Hij was een goede, meelevende werkgever.

Joseph haalde zijn schouders op, schaamde zich behoorlijk voor het fysieke mankement. 'Ik voel me goed.'

'Nog steeds verstopping. Neem maar veel van Teresa's soep. Vloeibare dingen, Joseph, om de giffen af te voeren. Je gezondheid is alles.'

'Ja, Godfather.'

'En blijf in de buurt, Joseph. Misschien moet Drake een beetje op weg geholpen worden.'

Joseph grijnsde, knikte en glipte weg.

In de ruime salon zat Drake in een comfortabele fauteuil en trommelde met zijn vingers op zijn knieën. Toen het ritme hem niet vermocht te kalmeren, kraakte hij zijn knokkels. Hij zweette nog niet, tenminste niet erg. Aan zijn voeten stond een tas waarin zevenduizend dollar zat. Minder dan het moest zijn, en Drake vervloekte zichzelf. Hij had er vijftien, nadat hij Eves spullen bij een heler had gebracht. Hoewel hij doorhad dat hij bij het inruilen van de koopwaar voor contanten gigantisch was belazerd, zou dat genoeg zijn geweest. Tot zijn ritje naar de renbaan, althans.

Hij was zo zeker van zijn zaak geweest, zo verrekte zeker dat hij link genoeg was om de vijftien in dertig, zelfs veertig om te zetten. De druk zou er dan een poosje vanaf zijn. Hij had zijn raceformulier grondig bestudeerd, zijn weddenschappen zorgvuldig overdacht. Hij had thuis zelfs een fles Dom Pérignon koud gezet, in gezelschap van een lekkere, kleine brunette die de lakens warm hield.

In plaats van in triomf terug te marcheren, had hij de helft van zijn investering verloren.

Maar het kwam wel goed. Weer kraakte hij zijn knokkels. Krak. Krak. Krak. Natuurlijk kwam het goed. Buiten zijn zevenduizend had hij drie gekopieerde tapes in de tas.

Het was zo makkelijk gegaan, bedacht hij. Een paar kostbare zaken in z'n zak steken – dingen die Eve niet zou missen. De oude dame dwaalde nooit meer dan een à twee keer per jaar naar het gastenverblijf af. Trouwens, ze had zo veel dat niemand zich herinnerde waar alles werd bewaard. Hij vond het vrij gis van zichzelf dat hij de onbespeelde tapes bij zich had gehad. Hij had er wel meer dan drie kunnen kopiëren – maar hij had iemand door de achterdeur binnen horen komen.

Drake glimlachte in zichzelf. Dat betekende een beetje meer zeker-heid. Hij had kans gezien zich in de provisiekast te verstoppen en te zien hoe die persoon de tapes doorzocht, ze afluisterde. Dat kon nog wel van pas komen.

'Hij is klaar voor je,' zei Joseph en hij ging hem voor naar de kas.

Drake volgde met een superieur gevoel. Boeven, dacht hij cynisch. Die ouwe omringde zich met boeven. Weke hersens en goed ontwikkel-de lijven in Italiaanse pakken die de bobbel van een schouderholster moesten verhullen. Een intelligent man won het altijd van een uilskui-ken.

O, jezus, ze waren op weg naar de kas. Achter Josephs rug rolde Drake met zijn ogen. Hij vond het daar vreselijk – de vochtige hitte, het diffuse licht, de bloemenwildernis waarvoor zijn interesse werd verwacht. We-tend wat hem te wachten stond, trok hij zijn gezicht in een glimlach toen hij naar binnen ging.

'Ik hoop dat ik niet stoor.'

'Helemaal niet.' Delrickio stak ter controle een duim in de aarde. 'Ik ben m'n vrouwtjes aan het verwennen. Ik ben blij je te zien, Drake.' Hij knikte naar Joseph, en de ander loste op in het niets. 'Blij dat je op tijd bent.'

'Ik stel het op prijs dat u me op zaterdag ontvangt.'

Delrickio wuifde de gedachte weg. Hoewel er geen verwarmingssys-teem bestond dat geavanceerder was dan het zijne, controleerde hij een van de zes thermometers die hij in de lange ruimte had opgesteld. 'Jij bent altijd welkom in mijn huis. Wat kom je me brengen?'

Zelfvoldaan zette Drake de tas op de werktafel. Na hem geopend te hebben, deed hij een stap achteruit om Delrickio de inhoud te laten con-troleren.

'Aha.'

'Tja, ik kom wat tekort bij de betaling.' Hij glimlachte als een jongen die opbiecht dat hij zijn toelage over de balk gooit. 'Ik denk dat de tapes het verschil goedmaken.'

'Denk je?' was alles wat Delrickio zei. Hij nam de moeite niet het geld te tellen, maar verdiepte zich in een bijzonder fraai specimen van een *Odontoglossum triumphans*. 'Hoeveel tekort?'

'Ik heb zevenduizend.' Drake voelde dat zijn oksels begonnen te lekken en maakte zichzelf wijs dat het door de vochtige lucht kwam.

'Dus jij bent van mening dat de tapes duizend per stuk waard zijn?'

'Ik… eh. Het was moeilijk om ze te kopiëren. Riskant. Maar ik wist hoe u zich ervoor interesseerde.'

'Interesseerde, ja.' Hij nam de tijd, ging van plant naar plant. 'Dus na al die weken heeft Miss Summers maar drie tapes?'

'Nou nee. Dit waren de enige die ik kon kopiëren.'

Delrickio bekeek zijn planten, brabbelde, gaf zijn lievelingen standjes. 'Hoeveel meer?'

'Weet ik niet.' Drake trok de knoop van zijn das losser en likte zijn lippen. 'Zes of zeven misschien.' Hij dacht dat het tijd werd om te improviseren. 'Haar schema is zo strak, dat we niet veel tijd voor elkaar hebben, maar we zijn –'

'Zes of zeven,' onderbrak Delrickio. 'Zo veel, maar je brengt me er maar drie, én een gedeeltelijke betaling.' Delrickio's stem werd zachter. Een veeg teken. 'Je stelt me teleur, Drake.'

'Die tapes te pakken krijgen was gevaarlijk. Ik werd bijna betrapt.'

'Dat is mijn probleem natuurlijk niet.' Hij zuchtte. 'Ik zal je een paar punten voor initiatief geven. Echter, ik eis de rest van de tapes.'

'U wilt dat ik terugga, om nog eens in te breken?'

'Ik wil de tapes, Drake. Hoe je ze krijgt, is jouw zaak.'

'Maar dat kan ik niet. Als ik word betrapt, zal Eve m'n kop laten rollen.'

'Ik stel voor dat je je niet laat betrappen. Stel me niet nog eens teleur. Joseph.'

De man glipte de deuropening binnen, die hij helemaal vulde.

'Joseph laat je uit, Drake. Ik hoor snel van je, ja?'

Drake kon slechts knikken, opgelucht dat hij via de passage naar buiten kon, waar de temperatuur aanzienlijk daalde. Delrickio had maar één tel nodig om zijn bevel te geven. Hij stak een vinger op, waarop Joseph de ruimte binnenkwam. 'Een klein lesje,' zei hij. 'Niet zijn gezicht, ik mag 'm.'

Bij elke stap kreeg Drake meer zelfvertrouwen. Zo erg was het tenslotte niet geweest. De ouwe was een makkie, en hij zou wel een manier vinden om de andere tapes te kopiëren. Delrickio zou hem de rest van de schuld misschien wel kwijtschelden als hij het snel genoeg deed. Al met al, bedacht Drake, was hij reuze slim geweest.

Het kwam als een verrassing toen Joseph zijn arm greep en hem het pad af trok naar een groep perenbomen. 'Wat zullen we verdomme –' Dat was het enige wat hij kon uitbrengen toen een vuist, zo groot en zo zwaar als een bowlingbal, in zijn onderbuik ramde. De adem suisde zijn longen uit en zijn ontbijt dreigde te volgen terwijl hij dubbel klapte. De aframmeling geschiedde zonder passie; doelgericht en effectief. Joseph hield Drake met één vlezige hand overeind en gebruikte de andere om te beuken en te rammen, waarbij hij zich beperkte tot de gevoelige inwendige organen. Nieren, lever, ingewanden. In minder dan twee minuten, waarin alleen Drakes piepende gekreun het ploffende geluid van vuist tegen vlees begeleidde, was hij klaar en liet hij Drake slap op de grond glijden. Wetend dat woorden niet nodig waren om de boodschap over te brengen, liep hij zwijgend weg.

Drake vocht om adem terwijl hete tranen over zijn gezicht stroomden. Ademhalen was een hel. Dit soort pijn kon hij niet thuisbrengen; het straalde zelfs tot zijn vingertoppen uit. Hij kotste onder de perenbloesem, en louter angst dat er iemand zou terugkomen om hem andermaal onder handen te nemen, dwong hem op waterige benen overeind te komen om zich naar zijn auto te slepen.

Nooit zou Paul meer denken dat ouderschap een natuurlijke levensfunctie was. Het was ongelooflijk zwaar, uitputtend en ingewikkeld. Hij had dan wel voor één avondje plaatsvervangend voor pappie gespeeld, maar halverwege had hij het gevoel of hij de marathon van Boston op één been had gelopen.

'Mag ik –'

Paul trok alleen maar een wenkbrauw op voordat Dustin verder kon gaan. 'Jongen, als je nog één ding eet, plof je uit elkaar.'

Dustin slurpte zijn reuzencola naar binnen en grinnikte. 'We hebben nog geen popcorn gehad.'

Het enige wat ze niet hadden gehad, dacht Paul. De jongens moesten een maag van ijzer hebben. Hij keek naar Brandon, die zijn Lakers-pet in zijn handen hield en de handtekeningen op de klep bestudeerde die hij voor de wedstrijd had gekregen. Toen hij opkeek, grijnsde het blozende joch en zette de pet weer op zijn hoofd. 'Dit is de mooiste avond van m'n hele leven,' zei hij, met een eenvoud en zekerheid waarover mannen kortstondig beschikken, en alleen in hun kindertijd.

Sinds wanneer heb ik een hart als een marshmallow? vroeg Paul zich af. 'Kom op. We gaan weer.'

Ze keken naar de laatste helft, hun vingers vettig en hun ogen getraind voor de actie. Er werd door beide partijen gescoord, wat emotionele uitbarstingen van publiek en spelers tot gevolg had. Eén doelpunt was naast, een dribbel werd ontfutseld, en het geluidsniveau steeg als een rivier. Eén gevecht onder het net resulteerde in een rode kaart, en er werd een speler uit het veld gestuurd.

'Hij kneep 'm af!' brulde Brandon, met zijn popcorn morsend. 'Zag je dat?' Opgewonden klom hij op zijn zitplaats toen het boegeroep in het publiek weerklonk. 'Ze hebben de verkeerde eruit gegooid.'

Doordat Paul zo'n lol aan Brandons reactie beleefde, ontging het gewirwar in het veld hem enigszins.

De jongen stond te springen op de tribune en kliefde de Lakers-vlag als een bijl door de lucht. Op zijn gezicht stond het zweet der rechtvaardigen. 'Shit!' riep hij, waarna hij besefte wat hij had gedaan en Paul schaapachtig aankeek.

'Hé, je denkt toch niet dat ik je mond met water en zeep ga spoelen? Dat had ik zelf ook kunnen zeggen.'

Terwijl ze zich opmaakten voor de laatste worp, kon Brandon zijn geluk niet op. Hij had *shit* gezegd en was behandeld als een echte man. Hij was ontzettend blij dat zijn moeder er niet bij was geweest.

Julia was nog laat aan het werk. Door tapes en aantekeningen was ze terug in de naoorlogse jaren '40, toen Hollywood schitterde met zijn glanzendste sterren en Eve een gloeiende komeet was. Of, zoals Charlotte Miller het stelde: een gewetenloze, ambitieuze piranha die ervan genoot haar concurrenten te verslinden.

Ze kunnen elkaar niet luchten, peinsde Julia toen ze van haar toetsenbord achteruit leunde. Charlotte en Eve waren voor te veel rollen met elkaar in competitie geweest, waren beiden vaak door dezelfde mannen het hof gemaakt. Tweemaal waren ze tegelijkertijd voor een Oscar genomineerd.

Eén bijzonder moedige regisseur had ze samen een film door geleid, een kostuumfilm die gesitueerd was in het Frankrijk van voor de Revolutie. De pers had meesmuilend verslag gedaan over het gekrakeel over close-ups, kleedkamers, kappers, en zelfs de mate waarin het decolleté werd vertoond. Het tietengevecht was wekenlang een bron van vermaak geweest voor het publiek – en de film was een succes.

De grap die in de stad circuleerde, was dat de regisseur sindsdien in therapie was. En uiteraard spraken de actrices niet mét, maar uitsluitend óver elkaar.

Het was een interessant stukje van de Hollywoodlegende, vooral doordat Charlotte desgevraagd met geen mogelijkheid iets negatiefs over Eves talent als actrice wist te vertellen. Nog interessanter vond Julia Charlotte Millers kortstondige verhouding met Charlie Gray.

Om haar eigen geheugen op te frissen, draaide ze een gedeelte van Charlottes tape.

'Charlie was een enige man, vol humor en enthousiasme.' Charlottes levendige, bijna staccato stem won enigszins aan warmte toen ze over hem sprak. Net als haar schoonheid was die met de tijd wat harder geworden, maar hij klonk nog steeds duidelijk en fraai. 'Hij was een veel beter acteur dan men ooit heeft willen toegeven. Waar het hem aan ontbrak, was *présence* – de uitstraling die de studio's en het publiek in die dagen eisten van een hoofdrolspeler. Natuurlijk, hij vergooide zich aan Eve.'

Er klonk een koor van kort, hoog geblaf waar Julia om moest glimlachen.

Charlotte had een drietal levendige keeshondjes, die alle ruimte kregen in haar woning in Bel Air.

'Daar zijn mijn baby's, mijn schattige baby's,' tokte en kirde Charlotte. Julia herinnerde zich dat ze de jankende haarballetjes zomaar op het Aubusson-tapijt kaviaar te eten gaf uit een Baccarat-schaal.

'Doe niet zo gulzig, Lulu. Gun je zusjes ook wat. Wat een dot van een meisje. Wat een zoet meisje. Mamma's baby'tje. O ja, waar was ik?'

'U was aan het vertellen over Charlie en Eve.' Julia hoorde het onderdrukte gegiechel in haar eigen stem op de tape. Gelukkig had Charlotte het niet gemerkt.

'Ja, natuurlijk. Nou ja, hij was helemaal van de kaart door haar. Die lieve Charlie had weinig verstand van vrouwen, en Eve had geen last van scrupules. Ze gebruikte hem om een proefopname te krijgen, hield hem aan het lijntje tot ze die rol in *Desperate Lives* kreeg, met Michael Torrent. Misschien weet u nog dat ze in die film een slet moest spelen, en dat hadden ze uitstekend gezien.' Ze snoof, terwijl ze haar gulzige hondjes stukjes zalm voerde. 'Hij was totaal kapot toen zij en Michael een verhouding kregen.'

'Was dat niet in de tijd dat uw naam met die van hem in verband werd gebracht?'

'We waren vrienden,' zei Charlotte stijfjes. 'Ik ben blij dat ik kan zeggen dat ik Charlie een schouder bood om op uit te huilen en hem door zekere gelegenheden en feesten met hem bij te wonen, voor gezichtsverlies hielp behoeden. Daarmee wil ik niet zeggen dat Charlie niet een beetje verliefd op mij was, maar ik vrees dat hij geloofde dat Eve en ik van hetzelfde slag waren. Wat we absoluut niet waren en zijn. Ik genoot van hem. Troostte hem. In die tijd had hij ook problemen, financiële problemen vanwege een van zijn ex-vrouwen. Er was een kind, weet u, en de ex-vrouw stond erop dat Charlie belachelijk veel betaalde, zodat de baby in alle stijl kon opgroeien. Omdat Charlie Charlie was, betaalde hij.'

'Weet u wat er met het kind is gebeurd?'

'Dat weet ik niet. In ieder geval heb ik gedaan wat ik kon voor Charlie, maar toen Eve met Michael trouwde, werd het hem te veel.' Er was een lange pauze, daarna een zucht. 'Zelfs met zijn dood heeft Charlie Eves carrière een zet gegeven. Het feit dat hij zichzelf had omgebracht uit liefde voor haar haalde de krantenkoppen en creëerde een legende. Eve, de vrouw voor wie mannen zichzelf zouden ombrengen.'

De legende, mijmerde Julia. De mythe. De ster. Toch ging het boek daar niet over. Het was persoonlijk, intiem, eerlijk. Ze nam een pen en krabbelde op een bekeuring:

En daar, dacht Julia, was haar titel.

Ze begon te typen en was spoedig verdiept in een verhaal dat vooralsnog geen einde had. Er ging meer dan een uur voorbij voordat ze ophield om met de ene hand een verpieterde cola te pakken en met haar andere een la open te trekken. Omdat ze een klein detail wilde nakijken in de bladzijden die ze al in klad had uitgewerkt, bladerde ze erdoorheen. Toen er een klein vierkant papiertje uit viel en op haar schoot belandde, staarde ze er zwijgend naar.

Zoals het toeval wilde, was het papiertje met de beschreven kant naar boven terechtgekomen. In grote blokletters lonkten de woorden haar toe.

EEN GEWAARSCHUWD MENS TELT VOOR TWEE

Julia bleef doodstil zitten en probeerde niet toe te geven aan een snel opkomende angst. Ze waren pathetisch, bespottelijk zelfs, die clichématige aforismen. Iemand had een armzalig gevoel voor humor. Maar wie? En ze had de dag van de inbraak nog de bladzijden doorgebladerd. Niet dan?

Zichzelf tot kalmte dwingend, sloot ze haar ogen en wreef het natte, beslagen glas tegen haar wang. Ze was het toen niet tegengekomen – dat was de enige verklaring. Degene die de tapes had doorzocht, had het ertussen gelegd.

Ze wilde er niet aan, kon de gedachte niet verdragen dat iemand was teruggekomen nadat de beveiliging was versterkt. Nadat ze de deuren en ramen op slot was gaan doen als ze het huis verliet.

Nee. Julia pakte het papiertje en verfrommelde het in haar hand. Het had er dagenlang liggen wachten tot ze het zou vinden. Het feit alleen al dat ze geen reactie had getoond, zou de schrijver ervan wel ontmoedigd hebben.

Desalniettemin was het haar onmogelijk om binnen te blijven, alleen in het stille huis, waar de duisternis tegen de ramen drukte. Zonder zich tijd te gunnen om na te denken, rende ze naar boven om haar zwempak aan te trekken. Het zwembad was verwarmd, zei ze tegen zichzelf. Ze ging snel even zwemmen om haar spieren te strekken, haar gedachten tot rust te brengen. Ze gooide haar versleten badjas om haar schouders en een handdoek om haar nek.

Stoom wasemde uit dat diepblauwe water omhoog toen ze haar badjas van zich af schudde. Ze huiverde even, haalde diep adem en dook. Ze sneed door het water, bleef onder water zwemmen, terwijl ze zich voorstelde hoe al haar spanningen naar de oppervlakte dreven, waar ze hun substantie verloren als de stoom die in de lucht oploste.

Een kwartier later stond ze op in het ondiepe deel, door haar opeengeklemde tanden sissend vanwege de koele lucht op haar natte huid. En ze voelde zich heerlijk. Ze lachte in zichzelf terwijl ze, haar armen warm wrijvend, op het punt stond het water uit te gaan. Ze schrok toen er een handdoek op haar hoofd terechtkwam.

'Droog je af,' stelde Eve voor. Ze zat aan het ronde tafeltje op de betegelde rand. Voor haar stonden een fles en twee glazen. In haar hand had ze een witte geranium die ze uit eigen tuin had geplukt. 'En laten we een glaasje nemen.'

Automatisch wreef Julia met de handdoek over haar hoofd. 'Ik heb je niet naar buiten horen komen.'

'Je had het te druk met je Olympische recordpoging.' Ze hield de geranium even onder haar neus alvorens hem neer te leggen. 'Heb je wel eens gehoord van zwemmen om je te ontspannen?'

Met een grijns kwam Julia overeind en pakte haar badjas. 'Op school zat ik in de zwemploeg. In de estafetteploeg was ik altijd de laatste zwemmer. En ik won altijd.'

'Aha, je wint graag.' Eves ogen schitterden goedkeurend terwijl ze twee glazen champagne inschonk. 'Laten we op de overwinnaar drinken.'

Julia ging zitten en nam het glas aan. 'O, hebben we er dan al een?'

Dat bracht een smakelijke lachbui teweeg. 'O, ik vind je enig, Julia.'

Milder gestemd tikte Julia haar glas tegen dat van Eve. 'Je bent me er eentje, Julia.'

Er viel een stilte toen Eve een sigaret opstak. 'Nou, vertel 't me maar.' Ze blies rook uit, die in het donker verdween. 'Wat brengt je tot een weinig ontspannend zwempartijtje?'

Julia dacht aan het briefje, maar zette het uit haar hoofd. De stemming werd hier zo gemakkelijk bedorven. Bovendien was het, als ze eerlijk was, niet alleen het briefje dat haar het huis uit had gejaagd. Eenzaamheid, de verpletterende zwaarte van een leeg huis.

'Het was te stil in huis. Brandon is vanavond op stap.'

Eve glimlachte toen ze haar glas hief. 'Dat heb ik gehoord. Ik zag je zoon gisteren toevallig op de tennisbaan. Hij heeft aanleg om uitstekend te serveren.'

'Jij... je hebt met Brandon getennist?'

'Ja, dat kwam zo uit,' zei Eve, en ze sloeg haar blote voeten over elkaar. 'En ik vond zijn gezelschap veel leuker dan de machine die de tennisballen als pluizige kanonskogels op me afschiet. In elk geval, hij vertelde me dat de mannen naar de grote wedstrijd zouden gaan. Maak je geen zorgen,' voegde ze eraan toe. 'Paul is af en toe misschien een beetje overmoedig, maar hij zal de jongen niet dronken voeren of vrouwen voor hem versieren.'

Misschien had Julia gelachen als ze niet het gevoel had dat ze zo transparant was. 'Ik ben niet gewend dat hij 's avonds weg is. Nou ja, logeren bij een vriendje, en zo...'

'Maar niet dat hij met een man uitgaat.' Ze tikte de as van haar sigaret boven de zwaanvormige asbak. 'Ben je in het verleden erg gekwetst?'

Julia keek op van haar drankje en rechtte haar schouders. 'Nee.'

Eve trok slechts een wenkbrauw op. 'Als een vrouw zo veel leugens heeft verteld als ik, is het niet moeilijk voor haar er één te herkennen. Vind je het niet negatief om te doen alsof?'

Julia sloeg haar glas achterover. 'Ik vind het positief om te vergeten.'

'Als dat je lukt. Maar je hebt elke dag met een souvenir te maken.'

Heel demonstratief vulde Julia haar glas nog eens en schonk dat van Eve bij. 'Brandon doet me niet aan zijn vader denken.'

'Het is een mooi kind. Ik ben jaloers op je.'

De irritatie die Julia had opgebouwd, vervaagde. 'Weet je, ik geloof het ook.'

'O, maar natuurlijk.' Ze stond snel op en begon haar smaragdgroene broekpak uit te trekken, waarna ze de zijde nonchalant op de tegels liet glijden. 'Ik ga even zwemmen.' Haar naakte, melkwitte huid gloeide in het donker terwijl ze de sigaret uitdrukte. 'Wees lief, Julia, en haal een badjas voor me uit het badhok.' Waarop ze een duik in het donkere water nam.

Geamuseerd, nieuwsgierig, gehoorzaamde Julia en koos een lange dikke badjas van donkerblauw velours uit. Ze reikte hem Eve met een bijpassende handdoek aan toen ze uit het zwembad stapte en zich als een hond uitschudde – een hond met een stamboom.

'Jezus, er gaat niets boven naakt te zwemmen onder de sterren.' Koud, maar opgemonterd liet ze haar armen in de badjas glijden. 'Behalve naakt zwemmen onder de sterren met een man.'

'Sorry, daar kan ik niet aan voldoen.'

Met een lange, voldane zucht liet Eve zich in haar stoel zinken en hief haar glas. 'Ah, op mannen, Julia. Geloof me, er zijn er die het bijna waard zijn.'

'Iets waard zijn,' stemde Julia in.

'Waarom heb je het nooit over Brandons vader?'

Het was een slinkse aanval, vond Julia, maar ze voelde zich eerder mat dan geërgerd. 'Dat doe ik niet om Brandons vader in bescherming te nemen. Hij verdiende geen trouw of bescherming. Mijn ouders wel.'

'En je hebt heel veel van ze gehouden.'

'Ik hield genoeg van ze om te voorkomen dat ik ze nog meer pijn bezorgde dan ik al had gedaan. Natuurlijk kon ik niet ten volle begrijpen wat het voor hen moet hebben betekend dat hun zeventienjarige dochter ze kwam vertellen dat ze zwanger was. Maar ze hebben me nooit uitgescholden of verwijten gemaakt, ze hebben nooit iemand veroordeeld of de schuld gegeven – tenzij ze zichzelf de schuld gaven. Toen ze vroegen wie de vader was, wist ik dat ik het ze nooit zou kunnen vertellen, omdat de wond alleen maar groter zou worden in plaats van te helen.'

Eve wachtte even. 'Heb je er nooit met iemand over kunnen praten?'

'Nee.'

'Het kan nu geen kwaad om erover te praten, Julia. Als er ooit iemand niet in de positie was om het gedrag van een andere vrouw te veroordelen, ben ik het wel.'

Julia had Eves aanbod niet verwacht, noch haar eigen toenemende behoefte om eraan toe te geven. Het was de juiste tijd, de juiste plek, en de juiste vrouw, besefte ze. 'Hij was advocaat,' begon ze. 'Niet zo verbazend. Mijn vader bracht hem het bedrijf binnen vlak nadat hij was afgestudeerd. Hij vond dat Lincoln blijk gaf van enorme capaciteiten voor strafrecht. En hoewel mijn vader het nooit gezegd zou hebben, er nooit bewust over heeft nagedacht, had hij altijd een zoon gewild – om de naam Summers bij de justitie voort te laten leven, zeg maar.'

'En deze Lincoln paste in het plaatje.'

'O, voortreffelijk. Hij was tegelijkertijd ambitieus en idealistisch, toegewijd en fanatiek. Het deed mijn vader enorm deugd dat zijn protegé snel carrière maakte.'

'En jij,' vroeg Eve, 'vond jij ambitie en idealisme aantrekkelijk?'

Na even te hebben nagedacht, glimlachte Julia. 'Ik vond hém gewoon aantrekkelijk. Ik deed wat kantoorwerk voor mijn vader tijdens mijn laatste jaar – na school, 's avonds, op zaterdag. Ik miste hem na de scheiding, en het was een manier om wat meer bij hem in de buurt te zijn. Maar daarna was ik meer in de buurt van Lincoln.'

Ze lachte in zichzelf. Nu ze terugdacht, kon ze moeilijk het naar liefde en romantiek hongerende jonge meisje veroordelen.

'Hij was bijzonder – elegant. Lang, blond, altijd zo verzorgd, met dat zweempje triestheid in zijn ogen.'

Eve moest lachen. 'Niets verleidt een vrouw sneller dan een zweempje triestheid in ogen.'

Julia was enigszins verbaasd zichzelf te horen lachen. Raar, ze had niet bedacht dat iets wat zo tragisch leek, zijn lichte kant kon hebben nadat het door de tijd gerijpt was. 'Ik dacht dat hij poëtisch was,' zei Julia en ze moest weer lachen. 'En natuurlijk was het des te opwindender en dramatischer omdat hij ouder was. Veertien jaar ouder.'

Eve zette grote ogen op. Ze slaakte een lange, kalme zucht voordat ze zei: 'Jezus, Julia, je moest je schamen dat je die arme sukkel hebt verleid. Een meisje van zeventien is dodelijk.'

'En de eerste die op Brandon afkomt, schiet ik tussen haar ogen. Maar… ik was verliefd,' zei ze luchtig, en ze besefte het absurde ervan. 'Hij was zo'n flitsende, attente, rechtschapen oudere man – en getrouwd,' voegde ze eraan toe. 'Hoewel het huwelijk, natuurlijk, over was.'

'Natuurlijk,' zei Eve droogjes.

'Hij begon me te vragen om wat extra karweitjes voor hem te doen. Mijn vader had hem zijn eerste werkelijk belangrijke zaak bezorgd, en hij wilde volledig voorbereid zijn. Die lange, veelbetekenende blikken boven koude pizza en wetboeken... Handen die toevallig langs elkaar streken. Stille zuchten vol verlangen.'

'Jezus, ik krijg het bloedheet.' Eve legde een hand tegen haar kin. 'Niet ophouden nu.'

'Hij kuste me tussen de wetboeken, vlak boven de zaak-Wheelwright.'

'Romantische gek.'

'Beter dan Tara en Manderley samen. Toen leidde hij me naar de bank – zo'n enorme, keiharde bank van dieprood leer. Ik zei dat ik van hem hield, en hij zei dat ik mooi was. Pas later drong het verschil tussen die dingen tot me door. Ik hield van hem, en hij vond me mooi. Welnu,' ze nam een slok, 'de daad is wel om minder verheven motieven gedaan.'

'En degene die aan houden van doet is altijd de pisang.'

'Op zijn manier moest hij betalen.' Julia maakte geen bezwaar toen Eve hun glazen bijvulde. Het deed haar goed, verrekte goed om bij nacht een beetje te veel te drinken en met een vrouw te praten die haar begreep. 'Een week lang vrijden we op die grote, lelijke bank. Een week betekent eigenlijk zo weinig in een mensenleven. Toen vertelde hij me, heel vriendelijk, heel eerlijk, dat zijn vrouw het nog eens wilde proberen. Ik trapte een ontzettende scène. Joeg hem de stuipen op het lijf.'

'Goed zo.'

'Het luchtte op, even maar. In verband met zijn zaak was hij de daaropvolgende weken niet op het kantoor. Natuurlijk won hij, en zo begon zijn zeer illustere carrière, terwijl mijn vader rondparadeerde als een trotse papa met een zak vol sigaren. Dus toen ik ontdekte dat ik niet zomaar over tijd was – dat ik geen griep had of zo – maar dat ik zwanger was, ging ik niet naar mijn vader, of naar mijn moeder. Ik ging naar Lincoln, die van zijn vrouw, met wie hij zich net had verzoend, te horen had gekregen dat er bij hen, op hun beurt, ook een kleintje onderweg was.'

Eves hart brak een beetje, maar ze hield haar stem in toom. 'Ons kereltje was wel bezig geweest.'

'Heel bezig. Hij bood aan de abortus te betalen, of een adoptie te regelen. Het kwam nooit in hem op dat ik de baby zou houden. Eigenlijk was dat ook niet in mij opgekomen. En toen hij dit heikele probleempje op zijn zeer geordende, zeer toegewijde manier onder handen nam, besefte ik dat ik helemaal nooit van hem had gehouden. Toen ik eindelijk mijn keus had gemaakt en mijn ouders over de zwangerschap inlichtte, heeft hij het maanden moeten uitzweten of ik wel of niet de vader zou aanwijzen. Dat is ongeveer genoeg straf voor een man die een meisje, een verblind maar heel willig meisje, tot vrouw had gemaakt.'

'O, maar ik betwijfel of dat genoeg is,' zei Eve. 'Maar je hebt Brandon tenslotte. Dat maakt volgens mij alles goed.'

Julia glimlachte. Ja, dacht ze. Het was het juiste tijdstip, de juiste plaats, en de juiste vrouw. 'Weet je, Eve, ik denk dat ik ook eens in m'n blootje ga zwemmen voordat ik naar binnen ga.'

Eve wachtte tot Julia haar badpak had afgestroopt en in het stomende water sprong. Ze liet de stille tranen komen, die ze wegveegde voordat een ster ze in een lichtflits zou vangen.

Warm en droog zat Julia voor het late journaal te luieren. Het huis was even leeg als het was voordat ze naar het zwembad was gestoven, maar ze voelde zich er nu niet meer zo onbehaaglijk. Wat er ook van het boek zou worden, ze wist dat ze Eve altijd dankbaar zou zijn voor dat uurtje aan het water.

De kwade vingertjes van spanning waren verdwenen uit de onderkant van haar nek en ruggengraat. Ze was zo ontspannen, zo gezuiverd, dat ze bijna in slaap viel.

Maar met bonzend hart sprong ze op bij het geluid van een naderende auto. De koplampen schoten als speren door het raam, sneden door de kamer. Ze had haar hand op de telefoon voordat ze het autoportier hoorde openen en dichtslaan. Met haar vingers paraat om het alarmnummer te draaien gluurde ze door de blinden. Toen ze Pauls Studebaker herkende, stootte ze een nerveus lachje uit. Tegen de tijd dat ze hem bij de voordeur tegemoetkwam, had ze zichzelf onder controle.

Brandon sliep, weggedoken in zijn schouder. Eén tel, bij het zien van Paul in het schijnsel van de buitenlamp met haar kind veilig in zijn armen, voelde ze een verlangen, een behoefte waaraan ze niet mocht toegeven. Julia schoof de behoefte opzij en strekte haar handen naar haar zoon uit.

'Hij is afgepeigerd,' zei Paul overbodig, en hij draaide zich net voldoende om de jongen bij zich te kunnen houden. 'Er liggen nog wat spullen in de auto. Ik breng hem wel naar boven, als jij ze haalt.'

'Oké. De eerste deur links.' Een beetje rillerig ging ze naar de auto. De 'spullen' bestonden uit drie opgerolde affiches, een wimpel, een officieel shirtje, een programma in kleur, een souvenirbeker vol speldjes, pennen en sleutelhangers. Terwijl ze het allemaal vergaarde, ving haar neus de vage lucht van braaksel en kauwgom. Ze schudde haar hoofd en liep naar binnen toen Paul net de trap af kwam.

'IJzeren willetje, nietwaar?'

Hij deed zijn handen in zijn zakken en haalde zijn schouders op. 'Het was twee tegen één. Voor het geval het je interesseert: we hebben gewonnen met 143 tegen 139.'

'Gefeliciteerd.' Ze liet Brandons trofeeën op de bank vallen. 'Wie heeft er overgegeven?'

'Een moeder ontgaat niets. Dustin. Ik deed de auto open. Hij zei: "Wauw, dat was gaaf," of woorden van die strekking, en kotste vervolgens over zijn schoenen. Hij was zo goed als beter toen ik hem thuis afleverde.'

'En Brandon?'

'Een ijzeren gestel.'

'En jij?'

Met een korte, hartgrondige kreun liet hij zich op de treden vallen. 'Ik ben echt aan een borrel toe.'

'Ga je gang. Ik ga naar boven om even bij Brandon te kijken.'

Paul greep haar pols toen ze langs hem wilde lopen. 'Met hem is er niets aan de hand.'

'Ik ga even kijken,' zei ze, en ze liep verder naar boven.

Hij was toegestopt en had nog steeds zijn pet op. Een blik onder de dekens wees uit dat Paul zo attent was geweest om de moeite te nemen de jongen zijn schoenen en spijkerbroek uit te trekken. Ze liet hem slapen en ging weer naar beneden, waar ze Paul aantrof met twee glazen wijn in zijn handen.

'Ik hoopte dat je me niet alleen zou laten drinken.' Hij gaf haar een glas, waar hij met het zijne tegen klonk. 'Op het moederschap. Je hebt mijn grenzeloze respect.'

'Ze hebben 't je niet makkelijk gemaakt, zeker?'

'Acht keer,' zei hij, en hij nam een slok. 'Zo vaak moeten twee jochies van tien tijdens een basketbalwedstrijd naar de plee.'

Ze moest lachen en ging op de bank zitten. 'Ik kan niet zeggen dat het me spijt dat ik het heb gemist.'

'Brandon zegt dat jij vrij goed bent in honkbal.' Hij schoof de buit naar de rand van de bank en kwam naast haar zitten.

'Vrij goed.'

'Misschien ga je mee naar de Dodgers.'

'Ik zal erover denken, als we nog in de stad zijn.'

'April is niet zo ver weg meer.' Hij legde een arm over de rugleuning en liet zijn vingers met haar haar spelen. 'En Eve heeft een heleboel mee-gemaakt.'

'Daar kom ik ook achter. En nu je het toch over het boek hebt, ik wil dat interview zo gauw mogelijk.'

Zijn vingers zwierven van haar haren naar haar nek. 'Waarom kom je niet bij mij thuis, morgenavond bijvoorbeeld? Dan kunnen we in alle beslotenheid eten, en… praten.'

Dat haar maag draaide, kwam deels uit angst, deels uit verlangen voort. 'Ik heb altijd het gevoel dat je zaken beter in een zakelijke omge-ving kunt afhandelen.'

'Er is meer tussen ons dan zaken, Julia.' Hij nam het glas uit haar hand en zette het naast het zijne neer. 'Ik zal het je laten zien.'

Voordat hij de kans daarvoor kreeg, legde ze beide handen tegen zijn borst. 'Het wordt al laat, Paul.'

'Ik weet het.' Hij vatte een van haar handen bij de pols en bracht haar vingers naar zijn mond om erop te sabbelen. 'Ik vind het heerlijk als ik zie dat je je opwindt, Julia.' Hij liet zijn tong over haar handpalm heen en weer gaan. 'Er is in je ogen zo'n gevecht aan de gang, om wat je graag wilt en wat je denkt dat beter voor je is.'

'Ik weet wat beter voor me is.'

Toen ze haar vingers tot een vuist klemde, schraapte hij vergenoegd met zijn tanden over haar knokkels. Hij glimlachte. 'En weet je wat je graag wilt?'

Dit, dacht ze. Dit wilde ze heel graag. 'Ik ben geen kind dat veel te gulzig eet van wat-ie lekker vindt. Ik ken de consequenties.'

'Een enkele keer is gulzigheid de moeite waard.' Hij bracht zijn handen naar haar gezicht en hield het stil. Het greintje ongeduld dat ze bespeurde, maakte hem alleen maar begeerlijker. 'Denk je dat ik zomaar achter elke vrouw aan ga die ik aantrekkelijk vind?'

'Geen idee.'

'Dan zal ik het je vertellen.' Hij trok haar hoofd achterover met een ruwheid die haar overviel en opwond. 'Je doet me iets, Julia. Ik ben er nog steeds niet achter wat het is, en ik heb het ook niet kunnen veranderen. Dus heb ik besloten dat op te geven en de dingen te laten komen zoals ze komen.'

Zijn mond was heel dicht bij de hare. Ze voelde dat ze, weerloos, naar binnen werd getrokken in een ruimte waar ze bang voor was. 'Er zijn twee mensen voor nodig.'

'Zo is dat.' Zijn tong flitste naar buiten om de contouren van haar lippen te verkennen. Ze begon te beven. 'We weten allebei dat als ik dit zou doorzetten, we de hele verdere nacht zouden vrijen.' Ze had haar hoofd willen schudden, maar zijn mond sloot zich over de hare. Hij had gelijk, absoluut volkomen gelijk. En zijn lippen smaakten heerlijk.

'Ik verlang naar je, Julia, en goedschiks of kwaadschiks, ik zal je hebben. Ik heb liever het eerste.'

Ze kwam adem tekort omdat haar begeerte te hoog oplaaide. 'En wat ik liever heb, telt niet.'

'Als dat zo was, waren we al met elkaar naar bed geweest. Ik voel iets voor je, iets gevaarlijks, iets heftigs. De hemel weet wat er gebeurt als ik het loslaat.'

'Kan het je schelen hoe ik me voel?'

'Daar heb ik de afgelopen weken veel over nagedacht, misschien te veel over nagedacht.'

Ze had afstand nodig, snel, en ze was dankbaar dat hij haar niet tegenhield toen ze opstond. 'Ik heb ook ontzettend veel over de situatie nagedacht en besef dat ik van begin af aan eerlijk moet zijn. Ik vind mijn leven prettig zoals het is, Paul. Ik heb er hard aan gewerkt om orde te scheppen, het juiste klimaat voor mijn zoon. Dat zet ik niet op het spel, voor niets en niemand.'

'Ik zie niet in hoe een relatie met mij Brandon in gevaar brengt.'

'Misschien is dat niet zo. Maar daar moet ik zeker van zijn. Ik heb mijn leven nauwkeurig en weloverwogen in balans gebracht. Seks als een avontuurtje staat niet op mijn lijstje.'

Hij was snel opgestaan en trok haar in zijn armen. Tegen de tijd dat hij haar van zich af schoof, was ze zwak van duizeligheid. 'Lijkt dat op een avontuurtje, Julia?' vroeg hij, haar even door elkaar schuddend. 'Is dat iets wat je kunt wegen of op een lijstje kunt noteren?'

Woedend liet hij haar los om zijn glas op te pakken. Dit was niet de manier waarop hij de nacht met haar had willen inleiden, of eindigen. Ooit was het zo makkelijk geweest om zich te beheersen. Hij was bang dat hij nooit meer zichzelf zou worden – niet met Julia in de buurt.

'Ik laat me niet tot gevoelens dwingen, of me op bevel in een relatie storten.'

'Je hebt volkomen gelijk. Voor deze keer zal ik me verontschuldigen.' Toen hij kalmeerde, glimlachte hij. 'Dat had je niet gedacht, hè? Misschien is dat de beste manier om met je om te gaan, Jules. Het onverwachte slaat je het wapen uit handen.' Hij ging met een vinger langs haar wang. 'Ik wilde je niet bang maken.'

'Dat deed je niet.'

'Ik heb je de stuipen op het lijf gejaagd, wat ik gewoonlijk niet doe bij vrouwen. Jij bent anders,' fluisterde hij. 'Misschien is dat waarmee ik moet leren leven.' Hij nam haar hand en kuste teder haar vingers. 'Op weg naar huis en vannacht weet ik tenminste zeker dat je aan me denkt.'

'Aangezien ik nog een uurtje ga werken, ben ik bang van niet.'

'O, reken maar,' verzekerde hij haar, terwijl hij naar de deur liep. 'En je zult me missen.'

Ze glimlachte bijna toen hij de deur achter zich sloot. Het ergste was dat hij gelijk had.

13

Het was goed om weer in het harnas te zitten. Voor Eve ging er niets boven filmen om hersens en lichaam in één ruk helemaal wakker te schudden. Zelfs de voorbereidingen brachten zo hun eigen opwinding mee – een lang, ongelooflijk voorspel tot de climax van de vertolking voor de camera.

Aan een dergelijke vrijage kwamen honderden mensen te pas en het deed haar deugd toen ze een paar gezichten herkende. De camera-assistent, de belichters, de mensen van de rekwisieten, het geluid, zelfs de assistenten van de assistenten. Ze beschouwde ze niet zozeer als familie, maar als deelnemers in een orgie van werk die, als alles goed verliep, kon resulteren in een intense bevrediging.

Ze was altijd meegaand en geduldig met de technici met wie ze werkte, tenzij ze traag, incompetent of lui waren. Haar soepele houding en gebrek aan arrogantie hadden haar een halve eeuw lang verzekerd van de genegenheid van de medewerkers.

Uit vakmatige trots onderwierp ze zich zonder klagen aan uren durende sessies bij de make-up en kapper. Ze had een hekel aan zeurders. Nooit kwam ze te laat bij het doorpassen of op repetities. Indien nodig – en het was vaak nodig geweest – stond ze in de brandende zon, of te rillen in de regen, terwijl een scène opnieuw werd uitgelicht.

Sommige regisseurs vonden haar lastig om mee te werken, want ze was geen dociel poppetje dat danste als er aan een touwtje werd getrokken. Ze had haar twijfels, ging in discussie, schold en daagde uit. Volgens eigen zeggen had ze even vaak gelijk als ongelijk. Er was echter geen enkele – eerlijke – regisseur die haar onprofessioneel zou noemen. Wanneer er *actie* werd geroepen, stond Eve op haar plaats. Gewoonlijk was zij de

eerste die haar script niet meer nodig had en haar tekst volledig kende –
en wanneer de lampen brandden en de camera's liepen, gleed ze even
moeiteloos in haar rol als een vrouw die in een schuimbad stapte. Nu, na
bijna een week van hectische vergaderingen, veranderingen in het script,
fotosessies en kleren passen, was ze er klaar voor. Ze zat zwijgend te roken
terwijl haar pruik werd geschikt. Die dag zouden ze, compleet in kostuum, de balscène repeteren waarin Eves rol, Marilou, het alter ego van
Peter Jackson, Robert, ontmoette.

Vanwege een fout in het schema waren het eerste gedeelte en de cho-
reografie gedaan door Jacksons stand-in. Eve wist dat de acteur nu in de
studio was. Verscheidene dames op de set hadden het fluisterend over
hem gehad.

Toen hij kwam opdagen, begreep ze waarom. De sensuele dynamiek
die ze op het witte doek had gezien, maakte in werkelijkheid evenzeer
deel van hem uit als de kleur van zijn ogen. De smoking liet zijn breedgeschouderde lichaamsbouw perfect uitkomen. Omdat hij in de film
meestentijds geen overhemd zou dragen, nam Eve aan dat, onder zijde
en knoopjes, zijn borst daarop gebouwd was. Zijn dikke blonde haar zat
in de war en gaf hem iets vertederend jongensachtigs. Zijn ogen, licht-
bruin onder zware oogleden, benadrukten zijn onverbloemde seksuele
uitstraling.

Eve wist dat hij volgens het perscommuniqué tweeëndertig was. Zou
kunnen, dacht ze, terwijl ze hem voor het eerst goed bekeek.

'Miss Benedict.' Hij bleef naast haar stilstaan: zoetgevooisd, keurige
manieren, terwijl hij vanzelf zijn seksualiteit liet spinnen. 'Het is een genoegen u te ontmoeten. Een eer om met u te mogen werken.'

Ze stak een hand uit en werd niet teleurgesteld toen hij die galant naar
zijn lippen bracht. Een schurk, dacht ze, en ze glimlachte. Misschien werden die weken in Georgia toch niet zo moeizaam. 'U hebt een paar interessante dingen gedaan, Mr. Jackson.'

'Dank u.' Toen hij grinnikte, dacht Eve: o, ja, een schurk, van het soort
dat elke vrouw minstens één keer in haar leven nodig heeft. 'Ik moet iets
bekennen, Miss Benedict. Toen ik hoorde dat u de rol van Marilou had
geaccepteerd, werd ik verscheurd tussen extase en doodsangst. Ben ik
nog.'

'Het schenkt altijd voldoening om een man op het punt tussen extase en doodsangst te houden. Vertelt u eens, Mr. Jackson…' Ze pakte nog een sigaret en tikte er zachtjes mee op de toilettafel. 'Bent u goed genoeg om het publiek ervan te overtuigen dat een viriele, ambitieuze man totaal verleid kan worden door een vrouw die bijna tweemaal zo oud is als hij?' Hij bleef haar recht in de ogen kijken terwijl hij lucifers tevoorschijn haalde, er een voor haar afstreek, de vlam omhoog liet komen en zich vooroverboog om die bij haar sigaret te houden. 'Dat, Miss Benedict, zal' – boven het kleine hete vlammetje bleef hij haar aankijken – 'geen enkele moeite kosten.'

Ze voelde het korte schokje, de rilling van dierlijke opwinding. 'Ben je een Stanislavsky-acteur, lieve jongen?'

'Absoluut.' Hij blies de lucifer uit.

Haar lichaam mocht dan moe zijn, maar Eves geest was heel erg alert toen ze thuiskwam. De tinteling die ze altijd voelde als ze een voorgevoel had van een ophanden zijnde affaire hield het bloed in beweging. Peter Jackson zou, daar was ze zeker van, een interessante en inventieve minnaar zijn.

Terwijl ze de trap op liep, riep ze: 'Nina, schat, vraag de kok of hij rood vlees voor me klaarmaakt. Ik voel me een carnivoor.'

'Wil je dat het boven wordt gebracht?'

'Dat laat ik je wel weten.' Eve trok een wenkbrauw op toen ze Travers in het trapportaal zag staan.

'Mr. Flannigan is er,' legde Travers uit. 'Hij wacht in de achterkamer. Hij heeft gedronken.'

Eve aarzelde een seconde, waarna ze verder naar boven liep. 'Laat de kok twee porties rood vlees opdienen, Nina. We eten in de salon. En steek de haard aan, wil je, lieverd?'

'Natuurlijk.'

'Zeg tegen Victor dat ik direct bij hem kom.'

Ze nam – egoïstisch – een uur de tijd, want dat had ze nodig om zich voor te bereiden op eventuele problemen die haar te wachten stonden. Met Victor stonden je altijd problemen te wachten.

Victor Flannigan was nog altijd even getrouwd als hij een mensenleven geleden was. Hij kon, wilde zijn vrouw niet in de steek laten. Jarenlang had Eve gevochten, ruziegemaakt, gehuild, en uiteindelijk die onvermurwbare muur geaccepteerd van de huwelijkse staat, zoals die door de ogen van Victors Kerk werd opgevat. Ze kon hem niet opgeven, deze man die haar aan het huilen had gekregen als geen ander.

God wist dat ze het had geprobeerd, dacht Eve, terwijl ze een vuurrode zijden kimono aantrok. Telkens opnieuw trouwen – er minnaars op nahouden. Het hielp niets. Met haar hoofd in haar nek, haar ogen gesloten, spoot ze parfum op haar hals, waarna ze traag de gesp met gouden sierkikkers sloot, zodat de geur zijn warme adem door de zijde heen zou wasemen.

Ze behoorde Victor toe vanaf de eerste dag dat ze hem ontmoette. Dat zou tot haar dood zo blijven. Ze kon zich een slechter lot voorstellen. Ze trof hem aan terwijl hij met een glas whisky in zijn hand heen en weer liep. Hij vulde de kamer zoals hij zijn pak vulde. Met arrogantie en stijl. Ze was altijd van mening dat alleen mannen bij wie het aan het laatste ontbrak, door het eerste onverteerbaar werden.

Hij had naar boven kunnen gaan om haar in de slaapkamer te confronteren met wat het ook was dat hem dwarszat. Victor had haar werk echter altijd zonder meer gerespecteerd, en ook haar privacy als ze daarom vroeg.

'Ik had moeten weten dat je je weer eens bij mij zou komen bezatten.' Haar stem was kalm, zonder kritiek.

'Ik krijg morgen wel de rekening.' Op hetzelfde moment dat hij nog een portie vuur naar binnen goot, wenste hij dat hij het glas opzij kon zetten. 'Ierse genen, Eve. Alle Ieren houden van hun moeder en een goed glas whisky. Mijn moeder is dood. God geve haar rust. Maar whisky zal er altijd zijn.' Hij haalde een sigaret tevoorschijn omdat hij daardoor werd gedwongen zijn glas even neer te zetten.

'Sorry dat ik je liet wachten.' Ze liep naar de bar en maakte een kleine koelkast open. Het duurde niet lang voordat ze besloot liever een hele fles champagne te ontkurken dan een halve. Het zag ernaar uit dat het een lange avond zou worden. 'Ik wilde het werk van me afspoelen.'

Hij keek toe hoe ze bedreven de fles opende, zodat de kurk met een gesmoorde plop omhoogkwam. 'Je ziet er prachtig uit, Eve. Zacht, sexy, zeker van jezelf.'

'Ik ben zacht, sexy en zeker van mezelf.' Ze glimlachte terwijl ze haar eerste glas inschonk. 'Zijn dat niet de drie redenen waarom je van me houdt?'

Met een ruk keerde hij zich om en ging voor het vuur staan dat Nina had aangelegd. Tussen de vlammen en de drank verbeeldde hij zich dat hij zijn leven aan zich voorbij zag trekken. In elk beeldje van de lange, lange film kwam Eve voor.

'Jezus, wat hou ik van je. Meer dan een man die goed bij zijn hoofd is zou moeten doen. Als ik alleen maar een moord moest plegen om je te krijgen, was het simpel.'

Niet zijn drankgebruik baarde haar zorgen, maar de wanhoop in zijn stem, die niets te maken had met Ierse genen of Ierse whisky. 'Wat is er, Victor? Wat is er gebeurd?'

'Muriel ligt weer in het ziekenhuis.' De gedachte aan zijn vrouw joeg hem terug naar zijn glas whisky en de fles.

'Het spijt me.' Eve legde een hand op de zijne – niet om hem tegen te houden, maar om hem, zoals ze altijd had gedaan en altijd zou blijven doen – alle troost te schenken die ze kon opbrengen. 'Ik weet hoe vreselijk het voor je is, maar je kunt jezelf niet de schuld blijven geven.'

'O nee?' Hij schonk in en dronk gulzig, wanhopig en zonder ervan te genieten. Eve wist dat hij zich wilde bezatten. Dat nodig had. En met dat van morgen de rekening krijgen konden ze naar de hel lopen. 'Ze geeft mij nog steeds de schuld, Eve, en waarom niet? Als ik er was geweest, als ik bij haar was geweest toen ze het kind kreeg, in plaats van een kutfilm in Londen op te nemen, waren we nu allemaal vrij.'

'Dat is bijna veertig jaar geleden,' zei Eve ongeduldig. 'Is dat niet genoeg penitentie voor welke god, voor welke kerk dan ook? Bovendien had je het kind niet gered als je er wel was geweest.'

'Dat weet ik nooit zeker.' En daarom had hij nooit absolutie gevonden. 'Ze had daar uren gelegen voordat ze hulp kon roepen. Verdomme, Eve, ze had helemaal niet zwanger mógen worden, niet met haar zwakke gezondheid.'

'Het was haar keuze,' kaatste Eve terug. 'Bovendien is het een oud verhaal.'

'Het begin van alles – of het eind ervan. Het verlies van de baby heeft haar gebroken, tot ze mentaal net zo broos was als fysiek. Muriel is nooit over het verlies van het kind heen gekomen.'

'En heeft jou daar ook nooit de gelegenheid voor gegeven. Sorry Victor, maar het doet me pijn, het maakt me razend om te zien hoe ze jou laat lijden voor iets waar je niets aan kon doen. Ik weet dat ze niet gezond is, maar ik vind haar ziekelijkheid een rotexcuus om jouw leven te verknallen. En het mijne,' voegde ze er bitter aan toe. 'Bij God, het mijne ook.'

Hij keek haar aan, troebele grijze ogen die de pijn in de hare zagen en de jaren die ze beiden hadden vergooid. 'Het is voor een sterke vrouw moeilijk mee te voelen met een zwakke.'

'Ik hou van je. Ik haat wat ze je heeft aangedaan. En mij.' Ze schudde haar hoofd voor hij iets kon zeggen. Weer strekten haar handen zich over de zijne uit. Ze hadden hier al talloze malen over gesproken. Het was vruchteloos om het er weer over te hebben. 'Ik zal het overleven. Dat heb ik en dat zal ik. Maar ik wilde dat ik jou voor mijn dood gelukkig kon zien. Werkelijk gelukkig.'

Het was hem onmogelijk te antwoorden. Hij kneep in haar vingers, om uit de aanraking te halen wat hij nodig had. Na een paar keer diep ademgehaald te hebben, was hij in staat haar zijn vreselijkste angst te vertellen. 'Ik weet niet of ze het deze keer zal halen. Ze heeft Seconal ingenomen.'

'O, god.' Ze dacht alleen aan hem en legde haar armen om hem heen. 'O, Victor, het spijt me.'

Hij wilde zijn gezicht tegen het hare nestelen, tegen dat zachte medeleven – en het verlangen verscheurde hem, omdat hij nog steeds het kleurloze gezicht van zijn vrouw voor zich zag. 'Ze hebben haar maag leeggepompt, maar ze ligt in coma.' Hij wreef over zijn gezicht maar kon de moeheid niet wegvegen. 'Ik heb haar in alle stilte naar Oak Terrace laten overbrengen.'

Eve zag door de deur Nina aankomen en schudde haar hoofd. Het eten kon wachten. 'Wanneer is dit allemaal gebeurd, Victor?'

'Ik heb haar vanmorgen gevonden.' Hij stribbelde niet tegen toen Eve zijn arm pakte en hem naar een stoel leidde. Daar ging hij zitten, voor de haard, terwijl de geur van zijn geliefde en zijn eigen schuldgevoel door zijn zinnen hamerden. 'In haar slaapkamer. Ze had de kanten peignoir aangetrokken die ik haar voor onze vijfentwintigste trouwdag had gegeven, toen we voor de zoveelste keer probeerden om alles weer op een rijtje te zetten. Ze had zich opgemaakt. Voor het eerst sinds ruim een jaar dat ik haar met lipstick heb gezien.' Hij leunde voorover, begroef zijn gezicht in zijn handen, terwijl Eve zijn schouders masseerde. 'Ze had de witte sokjes in haar hand die ze voor de baby had gebreid. Ik dacht dat ze al die dingen had weggedaan, maar ze heeft ze blijkbaar ergens verstopt. Het flesje van de pillen stond naast haar bed, met een briefje.' Het vuur achter hem knetterde, vol leven en warmte.

'Er stond in dat ze moe was, en dat ze bij haar dochtertje wilde zijn.' Hij leunde achterover en zocht Eves hand. 'Wat het ergste is: de avond ervoor hadden we ruzie. Ze ging uit, want ze had een afspraak met iemand. Ze wilde niet vertellen met wie. Maar diegene had haar helemaal opgefokt over je boek. Toen ze thuiskwam, was ze hysterisch, gevaarlijk woedend. Ik moest je tegenhouden. Ik móést je tegenhouden. Ze wilde haar vernederingen en drama's niet in druk zien. Het enige wat ze ooit van me heeft gevraagd, is dat ik mijn zondige affaire stilhield om haar de pijn te besparen als die werd onthuld. Was zij haar geloften niet nagekomen? Was zij niet bijna gestorven om mij een kind te schenken?'

En had ze niet bijna dertig jaar lang een man aan zich geketend in een liefdeloos, destructief huwelijk, dacht Eve. Ze kon geen sympathie opbrengen, geen schuldgevoel en geen berouw jegens Muriel Flannigan. En onder de liefde die ze voor Victor voelde lag een afkeer omdat hij dat misschien van haar verlangde.

'Het was een afschuwelijke scène,' ging hij verder. 'Ze verwenste mijn ziel en de jouwe, waarbij ze de hulp van de Heilige Maagd inriep.'

'Allejezus.'

Hij glimlachte flauwtjes. 'Je moet begrijpen dat ze het meent. Als iets haar deze afgelopen jaren in leven heeft gehouden, is het haar geloof. Het hield haar meestal zelfs rustig. Maar door het boek, de gedachte eraan, schoot ze door en werd hysterisch.'

Hij sloot even zijn ogen. Het beeld van zijn vrouw die met rollende ogen en schokkend lichaam over de vloer kronkelde, maakte zijn huid klam. 'Ik heb de verpleegster geroepen. Samen wisten we Muriel het medicijn toe te dienen. Toen we haar uiteindelijk in bed hadden gekregen, was ze stil, huilerig, had ze spijt. Ze klampte zich een tijdje aan me vast en smeekte me om haar te beschermen. Tegen jou. De verpleegster is tot zonsopgang bij haar gebleven. Ergens daarna en voordat ik om tien uur bij haar ging kijken, heeft ze de pillen ingenomen.'

'Het spijt me heel erg, Victor.' Ze had nu haar armen om hem heen, haar gezicht tegen het zijne gedrukt, wiegde en wiegde hem alsof hij een klein kind was. 'Ik wou dat ik iets kon doen.'

'Dat kun je.' Hij legde zijn handen op haar schouders, haar van zich af duwend. 'Je kunt me vertellen dat wat je ook hebt geschreven, je onze relatie eruit laat.'

'Hoe kun je zoiets vragen?' Ze trok zich los, verbijsterd dat hij haar na al die jaren, na alle pijn, nog steeds wist te kwetsen.

'Ik moet het van je vragen, Eve. Niet voor mezelf. God weet, niet voor mezelf. Voor Muriel. Ik heb haar genoeg afgenomen. Wij hebben haar genoeg ontnomen. Als ze blijft leven, komt ze hier niet overheen.'

'Bijna mijn halve leven had Muriel de troeven in handen.'

'Eve…'

'Nee, verdomme.' Ze stoof naar de bar om champagne in haar glas te gieten. Haar handen trilden. God, dacht ze, er was geen andere man op aarde die haar aan het trillen kreeg. Kon ze hem er maar om haten. '*Ik haar* ontnomen?' Haar stem sneed als een scalpel door de lucht tussen hen in, verdeelde hem in twee gelijke delen die nooit, nooit meer één geheel konden vormen. 'Mijn god, dat wrak. Zij was je vrouw, de vrouw met wie jij je verplicht voelde Kerstmis te vieren, de vrouw die jou nacht na nacht in haar huis had, terwijl ik gedwongen was te leven met wat er overbleef.'

'Zij is mijn vrouw,' zei hij kalm, terwijl schaamte aan hem knaagde. 'Jij bent de vrouw van wie ik hou.'

'Denk je dat dat het er makkelijker op maakt, Victor?' Hoe gemakkelijk was het, vroeg ze zich bitter af, om een handvol pillen te slikken? Om een eind te maken aan alle pijn, om alle fouten uit te vlakken in plaats van ze onder ogen te zien. 'Zij had jouw naam, droeg ten overstaan van de hele wereld jouw kind in zich. En ik heb jouw geheimen, de dingen die jij nodig hebt.'

Het speet hem dat hij haar nooit meer had kunnen geven. Het verscheurde hem dat hij nooit meer had kunnen nemen. 'Als ik iets zou kunnen veranderen –'

'Dat kun je niet,' onderbrak ze hem. 'En ik evenmin. Dit boek is belangrijk voor me. Ik kan en wil er geen afstand van doen. Dat van me te vragen is van me te vragen afstand van mijn leven te doen.'

'Ik vraag je alleen om het gedeelte over ons voor ons te houden.'

'*Ons?*' herhaalde ze lachend.

'Van jou, van mij, van Muriel. Plus al die anderen die we door de jaren heen in vertrouwen hebben genomen. Bedienden en vrienden die we vertrouwden, deugdzame priesters die preken en je de biecht afnemen.'

Ze probeerde uit alle macht haar grootste woede te onderdrukken. 'Ken je het gezegde niet, dat een geheim alleen door drie mensen bewaard kan worden mits er twee van dood zijn?'

'Het hoeft niet openbaar te worden.' Hij pakte zijn glas op. 'Je hoeft het niet te laten drukken en het in elke boekwinkel te verkopen… of supermarkt!'

'Mijn leven is openbaar en jij maakt daar al bijna voor de helft deel van uit. Niet voor jou, niet voor wie dan ook, zal ik het censureren.'

'Je maakt ons kapot, Eve.'

'Nee. Ooit, lang geleden, dacht ik dat ook.' Het laatste beetje woede stroomde uit haar weg terwijl ze naar de dansende belletjes in haar glas keek en eraan terugdacht. 'Ik ben ervan overtuigd dat ik toen ongelijk had. De beslissing die ik toen nam was… onjuist. Het had ons kunnen bevrijden.'

'Ik weet niet waar je het over hebt.'

Ze glimlachte mysterieus. 'Op dit moment is alleen van belang dat ik het begrijp.'

'Eve.' Hij probeerde zijn eigen boosheid te verbergen. 'We zijn geen kinderen meer. Het grootste deel van ons leven ligt achter ons. Het boek maakt voor jou of mij niets uit. Maar voor Muriel kan het een paar jaar van rust betekenen, of de hel.'

En mijn hel dan? Die vraag raasde door haar hersens, maar ze weigerde die uit te spreken. 'Zij is niet de enige die met verlies en pijn moet zien te leven, Victor.'

Met een van emotie rood aangelopen gezicht duwde hij zich uit zijn stoel omhoog. 'Ze gaat misschien dood.'

'We gaan allemaal dood.'

Zijn kaakspieren bewogen. Zijn grote handen balden zich langs zijn lichaam tot vuisten. 'Jezus, ik wist niet meer dat je zo ijskoud kan zijn.'

'Dan kun je er maar beter rekening mee houden.' Toch legde ze een hand over de zijne, en die was warm en zacht en teder. 'Je moet naar je vrouw gaan, Victor. Ik ben hier als je me nodig hebt.'

Hij draaide zijn handpalm naar boven en hield de hare even stevig vast. Toen ging hij weg.

Eve bleef nog lang staan in de kamer die rook naar verbrand hout, whisky en weggemoffelde dromen. Maar toen haar besluit vaststond, kwam ze snel in actie.

'Nina! Nina, laat iemand mijn eten naar het gastenverblijf brengen.' Eve was al bij de terrasdeuren toen Nina haastig de kamer binnenkwam. 'Naar het gastenverblijf?'

'Ja, en zo snel mogelijk. Ik ben uitgehongerd.'

Brandon was verdiept in de bouw van een uiterst ingewikkeld ruimtestation. De televisie tegenover hem stond aan, maar de komedie kon hem niet langer boeien. Het plan om een zwevend voetpad tussen de landingsplaats en het lab aan te leggen, was net in hem opgekomen.

Hij zat in kleermakerszit op het kleed in de zitkamer en had zijn geliefde, verschoten Batman-pyjama aan. Om hem heen lagen allerlei figuurtjes verspreid. Toen er werd geklopt, keek hij op en tuurde door de terrasdeuren naar Eve. Zijn moeder had hem herhaaldelijk geïnstrueerd niemand binnen te laten, maar hij was er zeker van dat dat niet voor zijn gastvrouw gold. Hij krabbelde overeind om de grendel weg te schuiven. 'Hallo. Kom je voor mijn moeder?'

'Ja, eigenlijk wel.' Ze was vergeten hoe verrukkelijk een fris geboend kind in een pyjama kon zijn. Onder de zeepgeur school die wilde oerwoudlucht die jongetjes eigen was. Haar vingers jeukten vanwege een onverwachte impuls om door zijn haar te strijken. 'En hoe gaat het met u, Meester Summers?'

Hij giechelde en grijnsde. Zo noemde ze hem vaak als ze elkaar toevallig op het landgoed tegenkwamen. De afgelopen weken was hij haar op een onbestemde manier leuk gaan vinden. Ze liet de kok gesuikerde koekjes en taartjes brengen, die hij van Julia niet achter elkaar mocht opeten. En ze wuifde of riep naar hem als hij onder het wakend oog van zijn moeder of CeeCee aan het zwemmen was.

'Goed. Kom maar binnen.'

'Nou, dank je wel.' Ze zweefde met haar dwarrelende zijden kimono naar binnen.

'Mijn moeder is in haar kantoor aan de telefoon. Zal ik haar gaan halen?'

'We kunnen wachten tot ze klaar is.'

Niet wetend wat hij met haar aan moest, stond Brandon op en haalde zijn schouders op. 'Moet ik iets voor je halen – iets te eten of te drinken? We hebben brownies.'

'Dat klinkt verrukkelijk, maar ik heb nog niet gegeten. Het is onderweg.' Ze liet zich op de bank vallen en haalde een sigaret tevoorschijn. Het schoot haar te binnen dat dit de eerste keer was dat ze de gelegenheid kreeg om de jongen alleen te spreken in wat hij als zijn thuis beschouwde. 'Ik denk dat ik je de gebruikelijke dingen moet vragen over school en sport, maar ik ben bang dat ze me allebei weinig interesseren.' Haar blik daalde neer. 'Wat ben je daar aan het doen?'

'Ik bouw een ruimtestation.'

'Een ruimtestation.' Nieuwsgierig legde ze haar nog niet opgestoken sigaret opzij en bukte zich. 'Hoe doe je dat, een ruimtestation bouwen?'

'Dat is niet moeilijk als je een plan hebt.' Blij om het te kunnen uitleggen, ging hij weer op het kleed zitten. 'Kijk, deze dingen passen in elkaar, en je hebt allerlei dingen waarmee je vloeren, bochten en torens kunt maken. Deze brug doe ik tussen de aanlegplaats en het lab.'

'Heel verstandig, denk ik. Laat eens zien?'

Toen Nina vijf minuten later met het dienblad kwam, zat Eve samen met Brandon op de grond en probeerde verwoed de plastic deeltjes aan elkaar te wurmen. 'Had het maar door een bediende laten brengen.' Eve gebaarde naar de koffietafel. 'Zet het daar maar neer.'

'Ik wilde je eraan herinneren dat je er morgen om halfzeven moet zijn.'

'Maak je geen zorgen, schat.' Eve slaakte een kreet van triomf toen de deeltjes bleken te passen. 'Ik kom wel aan mijn schoonheidsslaapje toe.'

Nina bleef aarzelend staan. 'Laat je je eten niet koud worden?'

Eve liet een paar tevreden geluidjes horen en bleef doorgaan met bouwen.

Brandon wachtte tot de terrasdeuren dicht waren en fluisterde toen: 'Ze klonk als een moeder.'

Eve keek met hoog opgetrokken wenkbrauwen op, waarna ze het uitschaterde. 'O god, mijn kind. Je hebt helemaal gelijk. Op een dag moet je me alles over de jouwe vertellen.'

'Die schreeuwt bijna nooit.' Brandon klemde zijn lippen op elkaar, terwijl hij zich op de constructie van de brug stortte. 'Maar ze maakt zich de hele tijd zorgen. Dat ik de straat op ren en door een auto word aangereden, of zo. Of dat ik te veel snoep eet of mijn huiswerk vergeet. En dat doe ik bijna nooit.'

'Door een auto aangereden worden?'

Hij lachte kort en hartelijk. 'Mijn huiswerk vergeten.'

'Een moeder maakt zich nu eenmaal altijd zorgen, denk ik, als ze een goeie is.' Ze tilde haar hoofd op. 'Hallo, Julia.'

Julia was met stomheid geslagen. Ze wist niet wat ze moest denken van het feit dat Eve Benedict op de grond met haar zoon zat te spelen en het moederschap besprak.

'Miss B. kwam voor jou,' lichtte Brandon toe. 'Maar ze zei dat ze kon wachten tot je was uitgebeeld.'

Met een afwezig gebaar zette Julia de televisie uit. 'Het spijt me dat ik je heb laten wachten.'

'Niet nodig.' Ditmaal gaf Eve gehoor aan haar impuls en streek Brandon over z'n bol. 'Ik werd uitstekend vermaakt.' Ze kwam overeind, lichtelijk stijfjes in de gewrichten van het neerhurken. 'Ik hoop dat je het niet erg vindt als ik onder het praten eet.' Ze gebaarde naar de afgedekte schotel. 'Ik heb geen tijd gehad om te eten sinds ik thuis ben van de studio, en ik moet je een verhaal vertellen.'

'Nee, ga alsjeblieft je gang. Brandon, morgen moet je naar school.'

Het was het signaal voor bedtijd en hij zuchtte. 'Ik wou een brug bouwen.'

'Dat kun je morgen doen.' Nadat hij met tegenzin was opgestaan, nam ze zijn gezicht in haar handen. 'Het is een eersteklas ruimtestation, vriend. Laat alles maar liggen.' Ze drukte een kus op zijn voorhoofd, daarna op zijn neus. 'En niet vergeten –'

'Je tanden te poetsen,' maakte hij af en hij rolde met z'n ogen. 'Kom op, mam.'

'Kom op Brandon.' Lachend gaf ze hem een kneepje. 'Tien uur, licht uit.'

'Jawel mevrouw. Welterusten Miss B.'

'Welterusten Brandon.' Ze keek de jongen na terwijl hij de trap op ging, waarna ze zich weer tot Julia wendde. 'Is hij altijd zo gehoorzaam?'

'Brandon? Ik geloof het wel.' Ze glimlachte terwijl ze de spanning van de dag uit haar nek wegmasseerde. 'Maar ja, hij weet dat er maar een handjevol regels is waar ik niet snel van afwijk.'

'Bofkont.' Eve haalde het deksel van de schotel en bekeek haar steak Diane. 'Ik weet nog dat een heleboel vrienden en collega's jonge kinderen hadden. Als gast werd je vaak opgescheept met het gedrein, getreiter, de driftbuien en tranen. Daardoor hield ik niet zo van kinderen.'

'Heb je er daarom nooit zelf een gehad?'

Eve haalde een servet uit een porseleinen ring, spreidde het roze linnen vierkant over haar schoot. 'Je zou kunnen zeggen dat het de reden is dat ik me zo lang heb afgevraagd waarom iemand dat wilde. Maar ik ben hier vanavond niet gekomen om over de mysteriën van het ouderschap te discussiëren.' Ze nam een asperge van haar bord. 'Ik hoop dat het je gelegen komt om nu te praten. En hier.'

'Ja, natuurlijk. Als ik even bij Brandon mag gaan kijken en mijn recorder pakken.'

'Ga je gang.' Eve schonk wat kruidenthee uit de pot op het blad en wachtte.

Hoewel ze genoot van de smaak en hoe het eten in haar mond aanvoelde, at ze mechanisch. Ze had brandstof nodig om de volgende ochtend op de set het beste van zichzelf te geven. Ze gaf nooit minder dan het beste van zichzelf. Tegen de tijd dat Julia in de stoel tegenover haar ging zitten, was zij halverwege de maaltijd.

'Ik moet je vertellen dat ik vanavond Victor op bezoek had, wat de reden is dat ik besloot nu te gaan praten, nu het me nog bezighoudt. Zijn vrouw heeft vanmorgen een zelfmoordpoging gedaan.'

'O god.'

Eve haalde haar schouders op en sneed een plakje van haar vlees. 'Het is niet de eerste keer. Noch de laatste, waarschijnlijk, als de medische wetenschap Muriel erdoorheen sleept. God schijnt gekken en neurotici te beschermen.' Ze stak het plakje tussen haar lippen. 'Je vindt me gevoelloos.'

'Onaangedaan,' zei Julia na een moment. 'Er is een verschil.'

'Zeker. Ik heb gevoel, Julia. Ik heb écht gevoel.' Ze dronk weer wat thee, zich afvragend hoeveel ze nodig had om de pijn in haar keel te verdrijven. 'Wat kan anders de reden zijn dat ik zo veel jaren van mijn leven aan een man schenk die ik nooit werkelijk kan bezitten?'

'Victor Flannigan.'

'Victor Flannigan.' Met een zucht dekte Eve de schaal af en ging met een glas ijswater onderuit zitten. 'Al dertig jaar hou ik van hem en ben ik zijn minnares. Hij is de enige man voor wie ik ooit een offer heb gebracht. De enige man die mijn nachten eenzaam maakt, zo'n nacht die een vrouw in tranen doorbrengt, in wanhoop en hoop.'

'Toch ben je de afgelopen dertig jaar twee keer getrouwd.'

'Ja. En ik heb minnaars gehad met wie ik het heerlijk had. Omdat ik van Victor hield, betekende dat niet dat ik moest ophouden met leven. Dat was, is, Muriels manier. Niet de mijne.'

'Ik vroeg je niet om rekenschap af te leggen, Eve.'

'Nee?' Ze tastte met haar vingers over haar haar, waarna ze ermee op de armleuning van de bank trommelde. Misschien vroeg Julia het niet met zo veel woorden, maar haar ogen vroegen het. 'Ik zou nooit proberen hem aan me te binden door een martelares van mezelf te maken. En, dat geef ik toe, ik probeerde hem te vergeten door me met andere mannen in te laten.'

'En hij houdt van jou.'

'O, ja. Onze gevoelens voor elkaar doen allerminst voor elkaar onder. Dat is een deel van de tragiek, maar ook de bekroning ervan.'

'Als dat zo is, Eve, waarom is hij dan met iemand anders getrouwd?'

'Een uitstekende vraag.' Na een sigaret te hebben opgestoken, zonk ze terug in de kussens van de bank. 'Die heb ik mezelf al die jaren talloze malen gesteld. Zelfs toen ik het antwoord wist, bleef ik die stellen. Zijn huwelijk met Muriel was al wankel toen we elkaar leerden kennen. Dat zeg ik niet om overspel goed te praten. Ik zeg het omdat het waar is.' Gejaagd blies ze rook naar buiten. 'Het zou me geen zak kunnen schelen als ik de reden was geweest dat Victor niet meer van zijn vrouw hield. Maar dat was al gebeurd voordat ik op de proppen kwam. Hij bleef bij haar omdat hij zich verantwoordelijk voelde, omdat haar geloof het haar onmogelijk maakte akkoord te gaan met een scheiding. En omdat ze een kind hadden verloren, een dochter, bij de geboorte. Dat verlies heeft Muriel nooit kunnen verwerken – of ze heeft zichzelf niet toegestaan het te verwerken. Muriel was lichamelijk altijd zwak. Epilepsie. Nee,' zei Eve glimlachend, 'er is nooit gefluisterd of een toespeling gemaakt op het feit dat Victors vrouw epileptisch was. Natuurlijk, tegenwoordig rust er geen stigma meer op die ziekte.'

'Maar een generatie geleden wel,' viel Julia bij.

'Bovendien is Muriel Flannigan zo'n vrouw die die dingen tegen haar borst drukt en erin zwelgt.'

Julia fronste. 'Wat je zegt, is dat ze haar ziekte gebruikt om medelijden op te wekken.'

'Lieverd, ze gebruikt het even handig, berekenend en koelbloedig als een generaal zijn troepen gebruikt. Het is haar schild tegen de realiteit, en ze heeft een leven lang Victor achter dat schild met zich mee gesleurd.'

'Een man laat zich moeilijk mee sleuren naar een plek waar hij niet heen wil.'

Even werd Eves mond smaller, waarna ze zwakjes glimlachte. 'Touché, schat.'

'Sorry, ik ben aan het oordelen. Maar het komt alleen…' Omdat ik om je geef. Ze zuchtte ongedurig. Als iemand zich op eigen kracht kon redden, was het Eve wel. 'Ik heb het recht niet,' besloot ze. 'Jij kent de spelers beter dan ik.'

'Goed geformuleerd,' mompelde Eve. 'Inderdaad zijn wij drieën rollen in een eindeloos scenario. De andere vrouw, de immer zieke echtgenote, en de man die wordt verscheurd tussen zijn hart en zijn geweten.'

Ze pakte een sigaret, waarna ze in de ruimte staarde zonder hem aan te steken. 'Ik bied seks, en zij de verantwoordelijkheid, en dat speelt ze geslepen uit. Hoe vaak vergeet ze niet, als het haar uitkomt, de medicijnen te nemen die haar ziekte onderdrukken – meestal wanneer ze een crisis onder ogen moet zien, er een beslissing moet worden genomen.'

Julia stak een hand op. 'Sorry, Eve, maar waarom zou hij dat goedvinden? Waarom laat iemand zich jaar na jaar misbruiken?'

'Wat is een sterkere motivatie, Julia? Gebruik jouw verstandige hersens en zeg het me. Liefde of schuldgevoel?'

In één tel zag ze het helderste antwoord. 'Een combinatie van beide, daar kan geen andere emotie tegenop.'

'En een vrouw die zo wanhopig is, weet precies hoe ze die combinatie moet hanteren.' Ze slaakte een ongedurige zucht om haar stem van de bitterheid te zuiveren. 'Victor heeft ervoor gezorgd dat haar ziekte geheim bleef. Daar staat ze op – fanatiek. Sinds haar miskraam is haar geestelijke gesteldheid op z'n best onstabiel. We wisten allebei, accepteerden allebei dat zolang Muriel leefde, hij nooit van mij kon zijn.' Dit was niet het moment voor censuur of kritiek, besefte Julia. Net als het uurtje samen bij het zwembad was het het moment voor begrip. 'Het spijt me. Ik begrijp dat ik alleen van mezelf kon geloven dat ik verliefd was op een man die mij nooit zou toebehoren. Maar het deed toch vreselijk pijn. Ik kan me niet eens voorstellen hoe het is om zo lang, en zo hopeloos, van iemand te houden.'

'Nooit hopeloos,' verbeterde Eve haar. Ze moest de lucifer drie keer afstrijken voordat hij opvlamde. 'Aldoor hoopvol.' Langzaam blies ze de rook uit. 'Ik was ouder dan jij toen ik hem leerde kennen, maar nog steeds jong. Jong genoeg om in wonderen te geloven. Dat liefde alles overwon. Nu ben ik niet jong, en hoewel ik beter weet, zou ik mijn leven niet willen veranderen. Ik kan terugkijken op die eerste waanzinnige maanden met Victor, en dan ben ik dankbaar. Zo ontzettend dankbaar.'

'Vertel eens?' zei Julia.

14

'Volgens mij was ik nog aan het bijkomen van mijn desillusie met Tony – of mezelf,' stak Eve van wal. 'De scheiding was al een paar jaar achter de rug, maar de wond was nog rauw. Ik was uit het huis getrokken waar Tony en ik samen in hadden gewoond – het huis dat hij onder mijn dwang op mij had laten overschrijven. Maar ik had het aangehouden. Ik vind het leuk om in onroerend goed te liefhebberen,' zei ze terloops, maar er was wel meer dan twintig miljoen aan de beste beleggingen mee gemoeid. 'Waarom neem je niet wat thee?' opperde ze. 'Hij is nog warm en Nina heeft twee kopjes gebracht.'

'Graag.'

'Ik had net dit landgoed gekocht,' ging ze verder, terwijl Julia zichzelf bediende. 'Ik liet het verbouwen en opnieuw inrichten, dus je kunt veilig stellen dat het me goed ging.'

'Niet in je werk.'

'Nee.' Eve glimlachte achter de rooknevel. 'Maar er was van alles veranderd. Het waren de vroege jaren '60 en de gezichten waren veranderd, werden steeds jonger. Garbo was ermee opgehouden en kluizenaar geworden. James Dean was dood. Monroe had nog maar een paar maanden. Maar meer nog dan het verlies van die twee jonge mensen, dat talent dat onderhuids lag te broeien, was er de wisseling van de wacht. Douglas Fairbanks, Errol Flynn, Tyrone Power, Clark Gable, Joan Crawford, Greer Garson, Lana Turner. Al die prachtige gezichten en gigantische talenten werden vervangen, of op z'n minst op de proef gesteld door andere gezichten, andere talenten. De smakelijke Paul Newman, de jonge, zwierige Peter O'Toole, de etherische Claire Bloom, Audrey Hepburn met haar jongenslijf…' Weer zuchtte ze, wetend dat de wacht nu nogmaals was gewisseld. 'Hollywood is als een vrouw, Julia, die na haar jeugd telkens verandert.'

'Toch beloont ze duurzaamheid.'

'O ja. Dat is zo. Toen ik Victor op de set van onze eerste gezamenlijke film ontmoette, was ik nog niet eens veertig. Noch vlees, noch vis – niet meer heel jong, maar ik kwam ook nog niet in aanmerking voor het etiket van duurzaamheid. Jezus, ik had mijn ogen nog niet eens laten doen.'

Julia moest grinniken. Waar anders dan in Hollywood mat men zijn leven af aan de hand van het aantal cosmetische operaties? 'De film was *Dead Heat*. Je kreeg er je tweede Oscar voor.'

'En ik kreeg Victor.' Loom trok Eve haar benen op de bank. 'Zoals ik vertelde, voordat ik afdwaalde: ik was nog steeds niet over mijn laatste huwelijk heen. Wantrouwde mannen, hoewel ik zeer zeker wist dat ze hun nut konden hebben, en was nooit te beroerd óm ze te benutten. Ik was blij dat ik deze film ging doen – vooral omdat Charlotte Miller de rol waanzinnig graag had willen hebben en ik haar daarin had verslagen. En omdat ik met Victor zou werken, die een gigantische reputatie als acteur had – zowel op het toneel als in films.'

'Je had hem vast al eerder ontmoet.'

'Nee, werkelijk niet. Ik kan me voorstellen dat we wel eens op dezelfde party's waren, maar onze paden hadden elkaar niet gekruist. Hij was vaak in het oosten als hij toneelspeelde, en als hij in Californië was ging hij zelden uit, afgezien van kroegentochten met een stel van zijn gabbers. We ontmoetten elkaar op de set. Het ging zo snel. Als een komeet.'

In gedachten verzonken streelde Eve met een vinger langs de hals van haar kimono. Haar ogen vernauwden zich, fixeerden zich, alsof ze zich verzetten tegen een zeurende pijn. 'Mensen praten zo luchthartig, spottend, smachtend, over liefde op het eerste gezicht. Ik denk niet dat het vaak gebeurt, maar áls het gebeurt is het onweerstaanbaar en gevaarlijk. We wisselden al die beleefdheden uit die vreemdelingen in hetzelfde beroep aan het begin van een belangrijk project tegen elkaar zeggen. Maar daaronder smeulde vuur. Wat een cliché, maar hoe waar.' Afwezig streek ze over haar slaap.

'Heb je hoofdpijn?' vroeg Julia. 'Zal ik iets voor je halen?'

'Nee. Het is niets.' Eve nam een diepe trek van haar sigaret en dwong haar gedachten over de pijn heen, terug naar de herinnering. 'Aanvankelijk ging alles heel goed. De intrige van de film was simpel: een flinke meid die zonder het te weten met de maffia te maken krijgt. Victor was de politieman die mij moest beschermen. Wat de film beter maakte, was de som van factoren. Gepeperde dialogen, sombere decors en belichting, gedegen regie, een schat aan tweederangs rollen en ja, de vonk tussen de sterren.'

'Ik kan je niet vertellen hoe vaak ik die film heb gezien.' Julia glimlachte, in de hoop dat ze iets van de pijn kon wegnemen die ze in Eves ogen zag. 'Iedere keer zie ik weer iets nieuws, iets anders.'

'Een klein, schitterend juweel in mijn kroon,' zei Eve met haar sigaret gebarend. 'Herinner je je de scène waarin Richard en Susan in een morsige hotelkamer schuilen – hij om op orders te wachten, zij zoekend naar een uitweg? Ze maken ruzie, schelden elkaar uit, uit verzet tegen de aantrekkingskracht die ze van het begin af aan hebben gevoeld. Hij is een goede, gedegen Ierse politieman die alleen maar in goed en kwaad gelooft: zij het meisje op het slechte pad dat alle tinten tussen zwart en wit heeft doorgemaakt.'

'Ik herinner het me heel goed. Op een avond, toen ik aan het babysitten was, zag ik hem toevallig op televisie. Ik moet vijftien, misschien zestien zijn geweest en ik was gigantisch verliefd op Robert Redford. Na de film gooide ik hem als een oude slof weg en werd wanhopig verliefd op Victor Flannigan.'

'Wat zou hij gevleid zijn!' Om haar stem wat minder geëmotioneerd te laten klinken, nam Eve een slok water. 'En wat een teleurstelling voor Mr. Redford.'

'Ik denk dat hij daar wel overheen kwam.' Ze gebaarde met haar kopje. 'Ga alsjeblieft verder. Ik had je niet moeten onderbreken.'

'Ik vind het leuker als je het wel doet,' mompelde Eve, waarna ze opstond om al pratend door de kamer te zwerven. 'Wat de meeste mensen zich niet meer van die scène in die film van lang geleden herinneren, zelfs mensen die er destijds bij waren betrokken, was dat hij niet werd gespeeld zoals hij was geschreven. Victor veranderde de actie, en ons leven.'

'Stilte op de set.'

Eve nam haar plaats in terwijl ze zich mentaal oplaadde.

'Film loopt.'

Ze negeerde de dolly's, de hengelmicrofoons, de technici. Gooide haar kin omhoog, liet haar gewicht op één voet rusten, stak haar onderlip vooruit. Werd Susan.

'Scène vierentwintig, take drie.' Het geluid van de klap.

'En… actie.'

'Je weet niets van mij.'

'Ik weet alles over je, schatje.' Victor torende boven haar uit, woede en teleurstelling in zijn ogen, die een paar seconden daarvoor nog kalm hadden gestaan. 'Toen je twaalf was, ontdekte je dat je door middel van je uiterlijk kon komen waar je wilde. En daar ging je: langs de gemakkelijke weg, waarbij je een spoor van mannen achterliet.'

De close-up kwam later. Ze wist dat de totaalopname de ijskoude blik in haar ogen en de minachtende trek om haar mond niet registreerde. Maar ze gebruikte ze zoals een timmerman zijn hamer gebruikt. Om de bal in het doel te krijgen. 'Als dat waar was, zat ik zeker niet in zo'n gat met een sukkel als jij.'

'*Jij* bent hierin gelopen.' Hij stak zijn handen in zijn zakken en leunde achteruit op zijn hakken. 'Met wijd open ogen. Vrouwen als jij hebben altijd hun ogen wijd open. Je zult er ook voor zorgen dat je eruit komt. Dat is jouw stijl.'

Ze draaide zich om en schonk een borrel in uit de fles op de haveloze ladenkast. 'Het is niet mijn stijl om mijn vrienden aan de politie uit te leveren.'

'Vrienden.' Lachend haalde hij een sigaret tevoorschijn. 'Noem jij dat vriendschap, als iemand eropuit is om je de strot door te snijden? Je eigen keus, liefje.' De sigaret bengelde in zijn mondhoek, zijn ogen dichtgeknepen tegen de rook die tussen hen omhoogkringelde. 'Jij maakt de juiste keus – voor jezelf. En je krijgt ervoor betaald. De officier van justitie zal je wat toeschuiven voor de informatie. Een vrouw als jij…' Hij haalde de sigaret uit zijn mond, blies een wolk rook uit. 'Je zult het wel gewend zijn om voor een gunst betaald te worden.'

Ze gaf hem een klap, waarbij ze op het laatste moment vergat dat ze niet met volle kracht moest slaan. Zijn hoofd sloeg achterover, zijn ogen vernauwden zich. Traag nam hij nog een trek van zijn sigaret terwijl hij haar aankeek. Eve trok voor de tweede keer haar arm naar achteren en kreunde toen zijn vingers zich om haar pols sloten. Ze zette zich schrap voor de worsteling die ze hadden gerepeteerd, erop voorbereid om hard tegen de stoel achter hem terecht te komen.

In plaats daarvan gooide hij zijn sigaret op de grond. Haar verbaasde blik, gewiekst, panisch toen hij haar in zijn armen trok, werd voor altijd op film vastgelegd. Met zijn lippen op de hare geperst, stribbelde ze tegen. Niet zozeer tegen de armen die haar tegen zich aan gedrukt hielden, maar tegen de explosies die als een wilde in haar binnenste tekeergingen en die niets met Susan te maken hadden, maar alles met Eve.

Waarschijnlijk was ze omgevallen als hij haar niet overeind had gehouden. Het was beangstigend om te voelen dat haar benen slap werden, het bloed in haar oren te horen bruisen. Toen hij haar losliet, vocht ze voor elke ademtocht. Haar huid was van een bleekheid waar geen truc, belichting of make-up aan te pas hoefde te komen. Haar lippen trilden vaneen. Haar ogen schitterden van tranen, toen van woede. Ze herinnerde zich haar tekst alleen maar omdat die haar eigen gevoelens zo precies verwoordde: 'Jij schoft. Denk je dat er niet meer voor nodig is om een vrouw aan je voeten te krijgen?'

Hij grijnsde, maar daarmee werd de lucht niet van passie of geweld geklaard. 'Zo.' Nu gaf hij haar een zet. 'Ga zitten en hou je mond.'

'Cut – dit is een print. Jezus, Vic.' De regisseur was overeind gekomen en kwam de set op gedraafd. 'Waar kwam dat in godsnaam vandaan?'

Victor bukte zich om de smeulende sigaret op te pakken en nam een trek. 'Het leek me gewoon logisch.'

'Nou, het werkte. Grote god, het werkte. De volgende keer dat jullie samen een ideetje krijgen, laat me het dan weten. Oké?' Hij draaide zich weer naar de camera's. 'Laten we de close-ups schieten.'

Ze sloeg zich nog eens drie uur lang door opnamen heen. Dat was haar werk. Niets verraadde hoe ze op haar benen stond te trillen. Dat was haar trots.

In haar kleedkamer verwisselde ze Susans kleren voor die van haarzelf. Verwisselde Susans problemen voor die van haarzelf. Haar keel was rauw, dus nam ze het grote glas ijsthee van haar set-assistente aan. 'Susan rookt te veel,' zei ze bij wijze van grap. 'Ga maar vast naar huis. Ik blijf even hier zitten om bij te komen.'

'U was vandaag fantastisch, Miss Benedict. U en Mr. Flannigan zijn prachtig samen.'

'Ja.' Arm schaap. 'Dank je, lieverd. Heb een leuke avond.'

'Goedenavond, Miss Benedict. O, dag, Mr. Flannigan. Ik zei net hoe goed alles vandaag is gegaan.'

'Dat is goed om te horen, Joanie. Nietwaar?'

'O ja, sir.'

'Goedenavond, Joanie. Tot morgen.'

Hij liep naar binnen, en Eve bleef zitten waar ze zat, terwijl ze in de kleedkamerspiegel naar hem keek. Ze was enigszins opgelucht toen hij de deur openliet. Het zou, besefte ze, niet een herhaling worden van haar inwijding door Tony.

'Ik dacht dat ik mijn verontschuldigingen moest aanbieden.' In zijn stem klonk echter geen greintje berouw.

Eve hield haar ogen op zijn spiegelbeeld gericht, zich afvragend wanneer haar zwak voor hanige acteurs zou overgaan. Nonchalant pakte ze een borstel en begon hem door haar schouderlange haar te halen. 'Voor het ideetje?'

'Omdat ik je kuste, terwijl het niets met acteren te maken had. Daar had ik al zin in vanaf de dag dat we elkaar ontmoetten.'

'Dat heb je nu dan gedaan.'

'En nu is het erger.' Hij streek met een hand door zijn haar, haar dat nog steeds donker was, met slechts het geringste vermoeden van grijs aan de slapen. 'Ik ben een beetje over de leeftijd heen om spelletjes te spelen, Eve.'

Na de borstel te hebben neergelegd, reikte ze weer naar haar glas. 'Dat is een man nooit.'

'Ik ben verliefd op je.'

Het ijs tinkelde doordat haar hand trilde. Uiterst voorzichtig zette ze het glas neer. 'Doe niet zo belachelijk.'

'Ik moet wel, want het is waar. Vanaf de eerste minuut die we samen waren.'

'Er bestaat een verschil tussen liefde en lust, Victor.' Ze sprong op en greep tegelijkertijd de canvas tas die ze altijd naar de studio meenam. 'Ik ben op dit moment niet zo geïnteresseerd in lust.'

'Wat vind je van een kop koffie?'

'Hè?'

'Een kop koffie, Eve. In een openbare gelegenheid.' Toen ze aarzelde, grijnsde hij – en de grijns was bijna een sneer. 'Je bent toch niet bang voor me, liefste?'

Ze moest lachen. Het was Richard die Susan uitdaagde. 'Als ik ergens bang voor ben,' zei ze, in haar rol, 'is dat niet een man. Jij trakteert.'

Ze zaten er bijna drie uur lang en bestelden uiteindelijk gehaktbrood bij hun koffie. Victor had een helverlichte snackbar uitgezocht met tafels van fineer en bankjes van hard plastic dat de gemiddelde derrière in tienenhalve minuut deed verstenen. De vloer was vuilgrijs dat nooit meer wit wilde worden, en de serveersters spraken niet maar gilden. Overduidelijk geen verleidingspoging, dacht Eve.

Hij praatte over Muriel, over zijn huwelijk, over zijn fouten, over zijn verplichtingen. Hij kwam niet, zoals ze half verwachtte, aanzetten met de zin dat zijn vrouw hem niet begreep of dat hij een open huwelijk had. In plaats daarvan gaf hij toe dat Muriel, op haar manier, van hem hield. Dat er, eerder dan liefde, een wanhopige behoefte in haar was om net te doen of het huwelijk nog goed was.

'Ze is niet erg gezond.' Hij speelde met de bosbessentaart die hij als afsluiting van de maaltijd had besteld. Het smaakte naar iets wat zijn moeder gebakken kon hebben – een miljoen jaar geleden in het bedompte keukentje in de flat op vijfhoog aan East 132nd Street. Zijn moeder, bedacht hij vluchtig, was een ongelooflijk slechte kok. 'Zowel lichamelijk als geestelijk. Ik weet niet of ze ooit nog gezond zal worden, en ik kan niet bij haar weg zolang dat niet zo is. Ze heeft niemand anders.'

Als een vrouw die nog niet zo lang uit een ruïneus huwelijk was ontsnapt, deed ze een poging met Victors vrouw mee te voelen. 'Het moet moeilijk voor haar zijn: je werk, het reizen, de uren die je maakt.'

'Nee, ze geniet er zelfs van. Ze houdt van het huis, de bedienden zijn goed getraind om haar te verzorgen. Voor het geval ze dat laatste nodig heeft. Eigenlijk zou ze heel goed kunnen functioneren, maar ze vergeet vaak haar medicijnen in te nemen, en dan…' Hij haalde zijn schouders op. 'Ze schildert. Heel goed zelfs, als ze in de stemming is. Zo heb ik haar ontmoet. Ik was zo'n typische hongerende acteur, en ik ben voor een kunstacademie gaan poseren om te kunnen eten.'

Ze prikte een stukje taart van zijn bord en giechelde. 'Naakt?'

'Ja.' Door haar grijns moest hij ook lachen. 'Ik was toen wat aan de dunne kant. Na een sessie liet Muriel me een schets zien die ze van me had gemaakt. Van het een kwam het ander. Ze was wat je bohemien zou noemen. Heel vooruitstrevend in haar denken en een vrije geest.' Zijn glimlach vervaagde. 'Ze is veranderd. De ziekte – de baby. Die dingen hebben haar veranderd. Nog geen jaar nadat we waren getrouwd, werd de diagnose gesteld, waarna ze de droom van een artistieke carrière helemaal opgaf. Verving die door een carrière te maken van de religie waartegen we ons allebei hadden afgezet. Ik wist zeker dat ik het van haar af kon schudden. We waren jong en ik was ervan overtuigd dat ons niets vreselijks kon overkomen. Maar het gebeurde. Ik begon rollen te krijgen, we kregen geld. Muriel begon degene te worden die ze tegenwoordig is: een angstige, vaak boze, ongelukkige vrouw.'

'Je houdt nog van haar.'

'Ik hou van de zeldzame, zeer zeldzame glimpjes van die jonge bohemienne die me zo betoverde. Als die terug zou komen, denk ik niet dat het huwelijk het zou houden. Maar we zouden als vrienden uit elkaar gaan.'

Plotseling voelde Eve zich moe, overvoerd door de geur van gegrilde uien, de koffie die te heet en te sterk was, de harde kleuren die pijn deden aan haar ogen. 'Ik weet niet wat je wilt dat ik zeg, Victor.'

'Misschien niets. Misschien heb ik alleen nodig dat je me begrijpt.' Hij reikte over de tafel en pakte haar hand. Toen ze naar beneden keek, zag ze dat ze volledig door hem was ingekapseld, volledig ingepakt, volledig gevangen. 'Ik was tweeëntwintig toen ik haar ontmoette. Nu ben ik tweeënveertig. Wij zouden het misschien samen hebben kunnen maken als het lot niet tegen ons was geweest. Ik zal het nooit weten. Maar ik wist het toen ik naar je keek. Ik wist dat jij de vrouw was met wie ik voorbestemd was mijn leven te delen.'

Ze voelde de waarheid daarvan, de angstaanjagende waarheid van zijn hart naar het hare overgaan. Zo resoluut, zo snel als een bloem van zijn stengel wordt gesneden, werd het helverlichte hoekje waarin zij zaten van de rest van de wereld afgescheiden.

Haar stem was onvast toen ze haar hand terugtrok. 'Je hebt me net uitgebreid uitgelegd waarom dat niet mogelijk is.'

'Dat is waar, maar dat weerhoudt me er niet van te weten dat het zo zou moeten zijn. Ik ben te Iers om niet in het lot te geloven, Eve. Je bent van mij. Zelfs als je opstaat en wegloopt, verandert dat er niets aan.'

'En als ik blijf?'

'Dan zal ik je alles geven wat ik kan, zo lang ik leef. Het is niet alleen seks, Eve, hoewel de hemel weet dat ik naar je verlang. Het is de behoefte om bij je te zijn wanneer je 's morgens je ogen opent. Samen op een zonnige veranda naar de wind te luisteren. Lezen bij de haard. Een flesje bier delen bij een honkbalwedstrijd.' Hij haalde voorzichtig adem. 'Het is bijna vijf jaar geleden dat Muriel en ik vrouw en man waren. Ik ben niet ontrouw geweest – niet in die vijf jaar of al die jaren die we getrouwd zijn. Ik verwacht niet dat je me gelooft.'

'Misschien dat ik je daardoor geloof.' Bibberig kwam ze overeind, maar ze stak een hand uit om te voorkomen dat hij ook zou opstaan. 'Ik heb tijd nodig, Victor, en jij ook. Laten we de film afmaken, en daarna zien hoe we erover denken.'

'En als we er hetzelfde over denken?'

'Als we er hetzelfde over denken... zullen we zien wat het lot voor ons in petto heeft.'

'En toen de film af was, dachten we er hetzelfde over.' Eve had nog steeds het glas in haar hand. Zonder dat ze het wist stroomden er tranen langs haar wangen. 'Het lot had een lange, moeilijke weg voor ons in petto.'

'Zou je het willen veranderen?' vroeg Julia bedeesd.

'Delen ervan, god, ja. Maar als geheel – het zou bijna niets uitmaken. Ik zou hier evengoed zijn, precies zoals ik nu ben. En Victor zou nog steeds dé man voor me zijn.' Ze lachte, terwijl ze met haar wijsvinger een traan wegveegde. 'De enige man die me zover kon brengen.'

'Is liefde de moeite waard?'

'Het is alles waard.' Ze schudde de somberheid van zich af. 'Ik word sentimenteel. Jezus, wat heb ik zin in een drankje, maar ik ben al eerder bezig geweest, en de camera registreert elke verdomde slok.' Ze ging weer zitten. Achteroverleunend sloot ze haar ogen en zweeg zo lang dat Julia zich afvroeg of ze sliep. 'Je hebt hier een heerlijk thuis van gemaakt, Julia.'

'Het is jouw thuis.'

'Mmm. Mijn thuis. Jij hebt bloemen in de gieter gezet, je schoenen op de vloer gegooid, de kaarsen op de schoorsteen aangestoken, foto's van een lachend jongetje op de tafel bij het raam neergezet.' Haar ogen gingen loom open. 'Ik denk dat alleen een intelligente vrouw een heerlijk thuis kan scheppen.'

'Niet een gelukkige vrouw?'

'Maar dat ben je niet. O, tevreden, zeker. Tevreden met je werk, vervuld van moederschap, blij met andere talenten die je wilt scherpen. Maar gelukkig? Niet echt.'

Julia leunde voorover om de band te stoppen. Iets vertelde haar dat dit niet een gesprek werd dat ze later met genoegen terug zou horen. 'Waarom zou ik niet gelukkig zijn?'

'Omdat je een wond met je meedraagt die nooit helemaal is geheeld, van de man die samen met jou Brandon heeft verwekt.'

De kalme, belangstellende toon van haar stem werd messcherp. 'We hebben het al over Brandons vader gehad. Ik hoop dat ik er geen spijt van krijg.'

'Ik heb het niet over Brandons vader, maar over jou. Je bent gebruikt en opzijgezet, op heel jonge leeftijd. Dat weerhield je ervan naar een ander soort voldoening uit te kijken.'

'Misschien kun jij dat moeilijk begrijpen, maar niet alle vrouwen meten voldoening af aan het aantal mannen in hun leven.'

Eve trok alleen een wenkbrauw op. 'Wel, het ziet ernaar uit dat ik een gevoelige snaar heb geraakt. Je hebt helemaal gelijk. Maar de vrouw die het op die manier afmeet, is net zo'n idioot als degene die weigert toe te geven dat een bepaalde man haar leven zou kunnen veraangenamen.' Ze rekte zich omstandig en lenig uit. 'Julia, de recorder staat uit. We zijn maar met z'n tweeën. Wil je mij, van vrouw tot vrouw, wijsmaken dat je je niet aangetrokken voelt tot Paul, geïntrigeerd, geprikkeld?'

Julia boog haar hoofd en vouwde haar handen in haar schoot. 'Als ik me tot Paul aangetrokken voelde, zou dat jou iets aangaan?'

'Reken maar. Wie wil er nou alleen maar van alles over zichzelf weten? Jij moet als geen ander de behoefte begrijpen om alles over iemand anders te willen weten.'

Julia moest lachen. Het was moeilijk gepikeerd te blijven bij zo veel onschuldige eerlijkheid. 'Ik ben geen ster, dus zijn mijn geheimen gelukkig van mezelf.' Omdat ze zich amuseerde, legde ze haar voeten op de salontafel. 'Om eerlijk te zijn, zijn ze niet vreselijk interessant. Waarom vertel jij me niet waarom je probeert Paul aan mij te koppelen?'

'Omdat iets me, als ik jullie samen zie, het gevoel geeft dat het klopt. En omdat ik hem veel beter ken dan jou, tot nu toe, kan ik zijn reactie beter beoordelen. Je fascineert hem.'

'Dan is hij gauw gefascineerd.'

'Integendeel. Voor zover ik weet – en ik zeg dit in alle bescheidenheid – was ik de enige vrouw die dat klaarspeelde voordat jij kwam.'

'Ja, ja. Bescheidenheid.' Loom wreef Julia met haar voetzool over een jeukend plekje op haar wreef. 'Je hebt geen greintje bescheidenheid in je lijf.'

'Raak.'

Toegevend aan een plotselinge trek in brownies stond Julia op en ging naar de keuken om het bord met de berg donkere chocolade vierkantjes te halen. Ze zette het op de salontafel. Beide vrouwen keken er behoedzaam naar, waarna ze erop aanvielen.

'Weet je,' zei Julia met volle mond, 'hij heeft me een keer gezegd dat ik hem aan jou deed denken.'

'O ja?' Eve likte genietend chocola van haar vingers. 'Schrijversfantasie? Of instinct?' Op Julia's niet-begrijpende blik, schudde ze haar hoofd. 'Jezus, ik moet hier weg voordat ik er nog één neem.'

'Ik doe het als jij het doet.'

Met niet zo'n beetje spijt weerstond Eve de verleiding. 'Jij hoeft morgenochtend niet in een kostuum gehesen te worden. Maar ik zal iets te overdenken voor je achterlaten. Je vroeg me of ik iets in mijn verhouding met Victor zou willen veranderen. De eerste en belangrijkste verandering die ik zou aanbrengen, is zo eenvoudig.' Ze boog zich met een doordringende blik voorover. 'Ik zou niet gewacht hebben tot de film af was. Ik zou geen dag, geen uur, geen seconde verspillen. Néém wat je wilt, Julia, en naar de hel met reserves. Leef, geniet. Eet als een uitgehongerde. Anders zul je op het eind van je leven het meeste spijt hebben van het feit dat je tijd hebt verspild.'

Lyle Johnson nam een slok uit een flesje bier en drukte automatisch op de afstandsbediening de zenderkiezer in. Wat een waardeloze televisieavond. Hij lag op zijn onopgemaakte bed uitgestrekt met alleen een babyblauw visnetslipje aan. Zo kon hij, als hij het tijd vond om overeind te komen om nog een biertje uit de koelkast te halen, zijn lichaam bewonderen als hij langs de spiegel kwam. Hij was verdomde trots op zijn lichaamsbouw en had een speciale voorliefde voor zijn penis – die volgens een aantal vrouwelijke bofkonten het aanschouwen waard was.

Al met al was Lyle tevreden met zijn bestaan. Hij mocht in de grote, poenige limousine van een filmster rondrijden. Eve Benedict was dan wel niet Michelle Pfeiffer of Kim Basinger, maar voor een oud wijf zat ze prettig in elkaar. In feite was Lyle best bereid zijn adembenemende, wereldberoemde penis met haar te delen. Maar de dame was strikt zakelijk. Toch had hij het erg goed. Zijn appartement boven de garage was groter en mooier dan het krot in Bakersfield waar hij als kind en ontevreden puber had gewoond. Hij had een magnetron, kabel-tv, iemand die eens per week de lakens verschoonde en het huis uitmestte.

Dat verwaande kleine nest van een CeeCee had een reisje naar het paradijs op die mooie, frisse lakens afgeslagen. Wist niet wat ze miste. Voor haar tien anderen, wat Lyle betrof. Hij kon een hele zwik andere, toeschietelijker dames het bed in smoezen.

Toch stak het hem nog steeds dat ze had gedreigd naar Miss B. te gaan als hij nog eens aan haar durfde te komen.

Lyle hield het op MTV en omdat hij zich stierlijk verveelde, besloot hij op te staan en een joint uit zijn geheime bergplaats te halen. Hij had zijn tien keurig gerolde vriendjes in plastic gewikkeld en in een pak havermout verstopt. Miss B. was heel strikt wat drugs betrof. Wie gebruikt, ligt eruit. En ze had het niet alleen over harddrugs, dat had ze hem volkomen duidelijk gemaakt toen ze hem aannam.

Omdat het een zachte avond was besloot hij er nog iets meer van te maken. Hij trok een trainingsbroek aan pakte zijn bier, de joint en een verrekijker. Op het laatste nippertje draaide hij het geluid van de tv harder zodat hij het op het dak kon horen.

Met de kijker om zijn nek, de joint tussen zijn lippen geklemd en het bier tussen twee vingers klom hij op zijn gemak naar boven.

Toen hij zich op zijn uitkijkpost had geïnstalleerd, stak hij op. Daarvandaan had hij zicht over het grootste deel van het landgoed. Boven hem was een baldakijn van sterren en een zilveren maan. Het zachte briesje bracht een mengsel van aroma's uit de tuin en de zomerse scherpe geur van gras dat de tuinman die middag had gemaaid.

Het ouwetje leefde chic en dat respecteerde hij. Ze had alles – het zwembad, de tennisbanen, de prachtigste bomen. Lyle had dierbare herinneringen aan de zachte groene golfbaan waar Miss B. niet langer in was geïnteresseerd. Op een opwindende avond had hij een serveerster het landgoed binnen gesmokkeld en haar op het koele, gemaaide gras te pletter geneukt. Hoe heette ze ook alweer, vroeg hij zich af terwijl hij de rook van de marihuana in zijn longen hield. Terri, Sherri? Shit, hoe dan ook, ze had een mond als een zuignap. Misschien moest hij haar weer eens opzoeken.

Wezenloos zwenkte hij de verrekijker in de richting van het gastenverblijf. Nou, dat was een kunstwerkje, daarbinnen. Echt klasse. Jammer dat dat lekkere kontje van haar zo potdicht zat. Ze was bovendien zo koud als een heksentiet.

En voorzichtig. Hij had haar er nog geen enkele keer op kunnen betrappen dat ze iets interessants deed met de jaloezieën open. Hij had gezien hoe ze in een badjas of in een wijd sweatshirt langs een verlicht raam liep. Als ze zich uitkleedde gingen de jaloezieën dicht. Omdat Lyle al wekenlang had zitten gluren, vroeg hij zich af of ze ooit haar kleren uittrok. Miss B. nam het niet zo nauw. Hij had gezien hoe ze zich tot haar poedelnakie uitkleedde en zou de eerste wezen om haar te complimenteren omdat ze zo goed geconserveerd was.

Vanavond brandde er licht in het gastenhuis. Een vent kon hopen. Nou ja, Lyle beschouwde zijn gegluur als zijn werk. Een man in zijn positie, met zijn ambities, kon altijd wat extra contanten gebruiken. Als Julia toeschietelijker was geweest, had hij het voorstel om haar te bespioneren misschien afgeslagen. Hij lachte in zichzelf terwijl hij de trip begon op de combinatie van hasj en bier. Misschien ook niet. De betaling was goed; het werk een fluitje van een cent.

Het enige wat hij moest doen was verslag uitbrengen van het komen en gaan in het gastenverblijf, Julia's gewoonten noteren en haar afspraken buitenshuis bijhouden. Zelfs dat was niet moeilijk. Die vrouw zat zo aan haar kind vastgebakken dat ze nooit het landgoed verliet zonder een adres achter te laten.

Makkelijk werk. Goede betaling. Wat wilde hij nog meer?

Lyle veerde op toen het licht in haar slaapkamer aanging. Hij ving een glimp van haar op. Ze was nog steeds gekleed in een trui en lange broek. Ze was aan het ijsberen, verstrooid. Hoop bloeide op in Lyles geile borst. Misschien was ze zo verstrooid dat ze vergat de blinden te sluiten. Ze stond stil, bijna midden voor het raam, toen ze de band uit haar haar trok.

'O ja. Kom op, meid. Ga verder.' In zichzelf grinnikend hield hij de kijker in zijn ene hand en liet de andere in zijn broek glijden, waar hij al lekker stijf werd.

Hij had altijd gehoord dat geduld beloond werd. Nu geloofde hij het toen Julia de trui over haar hoofd trok. Eronder droeg ze minuscule kanten dingetjes. Een hemdje. Een tanga. Lyle ging er prat op dat hij de juiste benaming van dameslingerie wist.

Hij fluisterde haar aanmoedigingen toe terwijl hij zijn eigen pomp in gang zette. 'Kom op meid, niet stoppen nu. Toe maar. Schop die broek uit. O, jezus, moet je die benen zien.'

Hij stootte gekreun uit toen de jaloezieën neergingen, maar hij had nog altijd zijn fantasie. Tegen de tijd dat Julia's lichten uitfloepten, had Lyle zichzelf naar de maan geschoten.

15

'De tent staat helemaal op z'n kop.' CeeCee glipte de keuken binnen waar Julia een laat middaghapje voor Brandon en Dustin klaarmaakte. 'Ik kan de commotie horen.'

Alleen dat had Julia al twee nagels gekost en ervoor gezorgd dat ze een halve rol maagtabletten naar binnen had gewerkt. 'Ik heb elke tactiek moeten gebruiken om te voorkomen dat de jongens eropaf renden om zich erin te gooien.'

'Aardig van je om Dustin mee naar het park te nemen.'

'Ze houden elkaar bezig.' En om zichzelf bezig te houden, schikte Julia fruit en groenten op zo'n manier op een schaal dat het niet te gezond leek. 'Ik vind het enig ze samen bezig te zien.'

Omdat ze zich in deze keuken langzamerhand net zo op haar gemak voelde als in die bij haar thuis, pakte CeeCee een schijfje appel. 'Als je een echte show wilt zien, moet je bij de buren gaan kijken. Moet je die bloemen zien! Man, wagonladingen vol. En al die mensen die daar ronddarren en verschillende talen spreken. Miss Salomon probeert ze uit alle macht te coördineren, en er blijven er maar meer komen.'

'Miss Benedict?'

'Zij wordt door een driekoppig team geschuurd en gepoetst,' zei CeeCee met haar mond vol. 'De telefoon heeft de hele dag niet stilgestaan. Een man in een wit pak barstte daadwerkelijk in huilen uit omdat er nog geen kwarteleieren waren bezorgd. Toen ben ik weggegaan.'

'Heel verstandig.'

'Echt, Julia, Miss B. heeft fantastische feesten gegeven, maar dit slaat alles. Alsof ze vindt dat alle stoppen door moeten slaan, omdat ze denkt dat ze nooit meer een ander feest zal geven. Jezus, tante Dottie zei dat ze die kwarteleieren en een of andere soort paddenstoelen helemaal laat overvliegen uit Japan of China, of iets in die buurt.'

'Ik zou zeggen dat Miss B. zich te buiten gaat.'

'Grandioos.' CeeCee liet een blokje kaas in haar mond glijden.

'Ik voel me schuldig dat jij het moet missen omdat je op Brandon past.'

'Hé, ik vind het niet erg.' Ze was toch al van plan met de jongens in de struiken te kruipen om ze daar een uurtje te laten kijken. 'De helft van de gein is dat je iedereen gek ziet worden bij de voorbereidingen. Heb je een nieuwe jurk kunnen vinden?' vroeg ze terloops, achter Julia aan lopend, die de keuken uit ging om de jongens te roepen.

'Nee, ik was het van plan, maar het is me ontschoten. Hé daar, hapjes in de keuken.' Onder het uiten van oorlogskreten stommelden de jongens de trap af en schoten de keuken binnen. 'Ik zoek wel iets bij elkaar,' verzekerde ze CeeCee. 'Misschien kun jij me helpen kiezen.'

CeeCee grinnikte en stak haar handen in de zakken van haar afgeknipte spijkerbroek. 'Natuurlijk. Ik vind het enig om door iemands kasten te rommelen. Wil je het nu doen?'

Julia keek op haar horloge en zuchtte. Ze had niet veel tijd meer. 'Ik moet wel. Voor zo'n feest heb je minstens twee uur nodig.'

'Je klinkt niet enthousiast. Ik bedoel, dit zijn de voorbereidingen voor *de* Hollywoodparty van het jaar.'

'Ik voel me beter thuis op andere party's. Waar je ezeltje-prik speelt en vijfentwintig uitgelaten kinderen zich volproppen met taart en ijs.'

'Vanavond ben je niet de moeder,' zei CeeCee, terwijl ze Julia op de trap een duwtje gaf. 'Vanavond sta je op Eve Benedicts A-lijst.' Toen er op de deur werd geklopt, schrok ze en blokkeerde Julia de weg. 'Nee, nee. Ik ga wel. Ga jij maar naar boven. Ik breng het wel.'

'Wat?'

'Ik bedoel, ik ga wel kijken wie het is. Toe maar. En als je een beha draagt, trek hem dan uit.'

'Als ik...' Maar CeeCee stoof al weg. Hoofdschuddend ging Julia naar de slaapkamer. Lusteloos begon ze door de kast te zoeken. Daar had je die oude trouwe degelijke blauwe zijden, maar die had ze gedragen toen zij en Paul... Het was haar eigen schuld dat ze had besloten meer zakelijke pakjes dan feestelijke uitrustingen mee te nemen. Dan was er altijd eenvoudig zwart, dacht ze, en ze haalde iets simpels tevoorschijn wat haar vijf jaar lang trouwe dienst had bewezen. Ze glimlachte in zichzelf toen ze het op bed legde. CeeCee ging er waarschijnlijk van kokhalzen. Julia dook nogmaals in de kast.

'Mijn keus', zei ze toen ze CeeCee hoorde binnenkomen, 'is jammerlijk beperkt. Maar wie weet, met een beetje raffinement?' Ze draaide zich om. 'Wat is dat?'

'Is gebracht.' CeeCee zette de doos op het bed, waarna ze een stap achteruit deed. 'Ik denk dat je hem beter open kunt maken.'

'Ik heb niets besteld.' Omdat de doos blanco was, haalde Julia haar schouders op en trok aan het plakband.

'Hier, laat mij maar.' Ongeduldig greep CeeCee een nagelvijl van het nachtkastje en ging aan de slag.

'Wat zou ik je graag met Kerstmis bezig zien.' Julia blies het haar uit haar ogen en haalde het deksel van de doos. 'Vloeipapier,' zei ze. 'Ik heb niets liever.' Maar haar lach bevroor en ze snakte naar adem van verbijstering toen ze het papier opzijschoof.

De glans van smaragdgroene zijde, het geschitter van rijnsteentjes. Nauwelijks ademhalend, liet Julia de japon uit de doos glijden. Hij was lang, slank afkledend en spectaculair: soepele zijde die als lucht over het lichaam zou strijken. De hoge hals was afgezet met een boordje dat flonkerde van de steentjes, wat werd herhaald op de manchetten aan lange, strakke mouwen. De achterkant was van schouders tot taille uitgesneden.

'Tjeetje,' wist Julia uit te brengen.

'Er is een kaartje.' Met haar tanden in haar onderlip reikte CeeCee het aan.

'Van Eve. Ze zegt dat ze het op prijs zou stellen als ik dit vanavond draag.'

'Wat vind je?'

'Ik vind dat ze me in een vervelende situatie brengt.' Met tegenzin legde Julia de jurk op de doos, waar hij haar toeschitterde. 'Ik kan dit onmogelijk aannemen.'

CeeCee keek op de japon neer, toen weer naar Julia. 'Vind je hem niet mooi?'

'Niet mooi? Hij is prachtig.' Ze kon de verleiding niet weerstaan om met haar hand over de rok te strijken. 'Oogverblindend.'

'Echt waar?'

'En idioot duur. Nee.' Ze weifelde. 'Ik hoef me er geloof ik geen zorgen over te maken of hij me morgenochtend nog respecteert.'

'Wat?'

'Niets.' Julia kwam weer tot zichzelf en spreidde een laag vloeipapier over de jurk. Het kostbare materiaal glansde erdoorheen, verlokkend. 'Het is niet goed. Het is heel gul van haar, maar het is gewoon niet goed.'

'De jurk niet?'

'Nee. In 's hemelsnaam, CeeCee, de jurk is prachtig. Het is een morele kwestie.' Ze wist dat ze heen en weer werd geslingerd. Ze wilde de jurk, verlangde ernaar hem over zich heen te laten glijden en te veranderen in iets, iemand die elegant was. 'Ik ben de schrijfster van Eves biografie, meer niet. Ik zou me beter voelen –' Dat was een leugen. 'Het zou meer op zijn plaats zijn als ik iets van mezelf aanhad.'

'Maar hij is van jou.' CeeCee pakte de japon en hield hem Julia voor. 'Hij is voor je gemaakt.'

'Ik moet toegeven dat het mijn stijl is, en het lijkt me absoluut mijn maat –'

'Nee, ik bedoel dat hij voor jou gemaakt is. Ik heb hem zelf voor je ontworpen.'

'Heb jij hem gemaakt?' Verbluft drukte ze de jurk tegen zich aan en maakte een pirouette, zodat ze hem in de spiegel kon bekijken.

'Miss B. vroeg het me. Ze wilde dat je voor vanavond iets speciaals zou hebben. En ze houdt van verrassingen. Ik moest toen in je kast gaan kijken.' Toen Julia bleef zwijgen, veegde CeeCee haar vochtige handpalmen aan haar short af. 'Ik weet dat het stiekem was, maar ik had de juiste maten nodig. Je houdt van diepe kleuren, dus dacht ik dat smaragdgroen een goede keuze was, en wat de stijl betreft… Ik dacht: laat ik proberen het subtiel sexy te maken. Je weet wel, chic, maar niet stijf, of zo.' Nu ze al haar stoom had verbruikt, zonk CeeCee op het bed neer. 'Je vindt hem afschuwelijk. Dat mag,' bazelde ze verder. 'Ik bedoel, zo gevoelig ben ik niet. Ik kan begrijpen dat het niet je smaak is.'

Julia stak een hand op, omdat het tot haar doordrong dat CeeCee op adem moest komen. 'Heb ik niet gezegd dat hij prachtig is?'

'Ja, natuurlijk, maar je wilde mij niet kwetsen.'

'Toen ik dat zei, wist ik niet dat jij hem had gemaakt.'

CeeCee tuitte haar mond toen dat tot haar doordrong. 'Dat is zo.'

Julia legde de jurk weer neer en legde haar handen op CeeCees schouders. 'Het is een ongelooflijke jurk, de meest fantastische jurk die ik ooit heb gehad.'

'Dus je doet hem aan?'

'Als jij denkt dat ik de kans laat lopen om een originele McKenna te dragen ben je krankzinnig.' Ze moest lachen toen CeeCee opsprong en haar omhelsde.

'Miss B. zei dat ik ook een paar accessoires mocht uitzoeken.' Niet meer te stuiten nu draaide ze zich om en scheurde het vloeipapier tot ze een fluwelen zakje had opgegraven. 'Deze speld van rijnsteen. Ik dacht dat je je haar zou opsteken. Is dat zo?' Ze demonstreerde het door haar eigen manen omhoog te doen. 'Dan speld je dit erin. En de oorbellen. Tot op je schouders.' Met glinsterende ogen van opwinding liet ze ze zien. 'Wat vind je?'

Julia liet de lange, schitterende druppels in haar hand heen en weer rollen. Ze had nooit gedacht dat ze het type was voor lange oorbellen. Maar omdat CeeCee vond van wel, was Julia bereid voor één avond het risico te nemen. 'Ik denk dat ze niet weten wat ze zien.'

Tweeënhalf uur later, na een lang en uitgebreid vrouwelijk ritueel van crèmes, oliën, poeders en parfums, liet Julia zich door CeeCee in haar jurk helpen.

'En?' Julia wilde naar de spiegel lopen, maar CeeCee hield haar tegen. 'Nog niet. Eerst de oorbellen.'

Terwijl Julia ze indeed, frutselde CeeCee aan haar haar, trok aan de zoom van de rok, streek het boordje glad.

'Oké. Je mag kijken.' Met de zenuwen in haar maag haalde CeeCee heel diep adem en hield die in.

Eén blik maakte Julia duidelijk dat de japon zijn beloften waarmaakte. De schittering van de rijnstenen gaf de verticale, nuchtere belijning een swingende allure. De hoge halslijn en lange, strakke mouwen gaven er een zweem van waardigheid aan. Terwijl de achterkant iets héél anders suggereerde. 'Ik voel me net Assepoester,' murmelde ze. Ze draaide zich om en strekte haar handen naar CeeCee uit. 'Ik weet niet hoe ik je moet bedanken.'

'Da's eenvoudig. Als ze je vragen over je jurk gaan stellen, moet je zeggen dat je een veelbelovende nieuwe ontwerpster hebt ontdekt. CeeCee McKenna.'

Julia's gevoelens van paniek waren een paar graden geëscaleerd toen ze op het hoofdgebouw af liep. Het decor was volmaakt. Een oceaan van bloemen omringde een drietal meerminnen van ijs. Linnen, zo wit als de opkomende maan, over tafels die kreunden onder het gewicht van fraai opgemaakte schotels, champagne genoeg om in te zwemmen, sterrengefonkel van slingers met lichtjes die tussen de bomen waren gespannen. Een schitterende mix van oud en nieuw, Hollywoods eerbewijs aan jeugd én duurzaamheid. Voor Julia werd die belichaamd in Victor Flannigan en Peter Jackson. Eves langdurige, standvastige geliefde en – als je op de uitgewisselde blikken mocht afgaan – haar laatste flirt.

Het geschitter van juwelen deed de sprookjesverlichting verbleken. De ijle geur van rozen, camelia's en magnolia's speelde rond geparfumeerde huid. Muziek overzweefde gelach en het nooit aflatende zakendoen, dat even handig gebruik weet te maken van gala's als van directiekamers. Meer sterren dan in een planetarium, constateerde Julia, die bekende gezichten van zowel het grote als het kleine scherm herkende. En aangevuld met producenten, regisseurs, schrijvers en pers, krachtig genoeg om een grote stad van licht te voorzien.

En dit is Hollywood, dacht ze. Waar roem en macht dagelijks met elkaar in de clinch gaan.

Meer dan een uur praatte ze met deze en gene, maakte notities in haar hoofd, in stilte wensend dat het niet van slechte manieren zou getuigen om haar recorder voor de dag te halen. Omdat ze behoefte had aan frisse lucht, ging ze naar de tuin om naar de muziek te luisteren.

'Heb je je verstopt?' vroeg Paul.

Ze glimlachte te snel, zo snel dat ze blij was dat ze met haar rug naar hem toe stond. Dat maakte hem ook blij, want hij genoot van wat hij zag. 'Even wat frisse lucht,' zei ze. Ze maakte zichzelf wijs dat ze niet op hem had staan wachten, niet naar hem op zoek was geweest, noch had gewenst dat hij zou komen. 'Ben je laat omdat het chic staat?'

'Gewoon laat. Schoot lekker op met hoofdstuk zeven.' Hij bood haar een van de twee glazen champagne die hij in zijn handen had aan. Maar toen hij naar haar keek, vroeg hij zich af waarom het hem zo urgent had geleken boven die paar laatste bladzijden te zitten zweten. Ze geurde naar een tuin in de schemering. 'Waarom vertel je me niet wat ik heb gemist?'

'Nu ja, wat mijzelf betreft: mijn hand is gekust, mijn wang gezoend, en in één onfortuinlijk geval werd er in m'n kont geknepen.' Haar ogen lachten hem toe over haar glas. 'Ik heb een aantal spitse vragen over mijn werk aan Eves boek weten te ontwijken, omzeilen en voorkomen, me veel gestaar en gefluister laten welgevallen – ik twijfel er niet aan dat de aanleiding dezelfde was – en een vals kibbelpartijtje tussen twee oogverblindende schepsels onderbroken over iemand die Clyde heet.'

Hij liet een vinger langs de oorbel glijden die één zijden schouder beroerde. 'Bezig bijtje.'

'Je begrijpt waarom ik frisse lucht nodig had.'

Hij knikte afwezig terwijl hij zijn blik over de groepjes mensen op het terras en het gazon liet glijden. Ze deden hem denken aan een chique dierentuin waar alleen de elegantste dieren buiten mochten grazen. 'Als Eve iets doet, levert ze geen half werk.'

'Tot nu toe is het een fantastische party. We hebben kwarteleitjes met paddenstoeltjes uit het Verre Oosten gegeten. Truffels en pâté van het Franse boerenland. Zalm uit Alaska, kreeft uit Maine. En ik geloof dat de artisjokkenharten uit Spanje waren geïmporteerd.'

'We krijgen nog meer. Zie je die man? Die man met dun wit haar die er zo gammel uitziet. Hij leunt op een stok en wordt in de watten gelegd door een roodharige vrouw die gebouwd is als een –'

'Ja, ik zie hem.'

'Michael Torrent.'

'Torrent?' Julia deed een stap naar voren om hem beter te kunnen zien. 'Maar ik dacht dat hij zich aan de Rivièra had teruggetrokken. Ik probeer al een maand met hem in contact te komen voor een interview.' Bij wijze van experiment ging Paul met een vingertop langs haar ruggengraat en voelde tot zijn tevredenheid een schokje. 'Ik vind je blote rug bijna net zo mooi als je blote voeten.'

Ze liet zich niet afleiden – ook al had hij langs haar ruggengraat een vuurlinie ontstoken. 'We hadden het over Torrent,' zei ze. 'Waarom is hij volgens jou dat hele eind gekomen voor gratis eten en champagne?'

'Klaarblijkelijk vond hij een invitatie voor dit bijzondere partijtje een tripje waard. En daar?'

Voordat ze Paul kon zeggen dat hij moest ophouden aan haar te zitten, tuurde ze naar de man naar wie hij keek. 'Ik weet dat Anthony Kincade er is. Ik begrijp niet waarom Eve hem heeft uitgenodigd.'

'O nee?'

'Nou ja, twee van haar echtgenoten –'

'Drie,' corrigeerde Paul. 'Damien Priest is net op het terras verschenen.' Julia herkende hem onmiddellijk. Hoewel hij Eves enige echtgenoot was die niets met films te maken had, was hij ook een beroemdheid. Voordat hij zich op zijn vijfendertigste terugtrok, was Priest een van de best betaalde spelers in het beroepstennis. Nadat hij Wimbledon had gewonnen, kwam hij ook bij alle andere grandslamtournooien als beste uit de bus.

Doordat hij lang en slank was had Priest een groot bereik en een geraffineerde backhand. Zijn erotische uitstraling was als een por in je onderbuik en werd door vrouwen onmiddellijk waargenomen. Zoals hij er nu bij stond, met zijn arm om het middel van een jongedame, kon Julia zich voorstellen waarom Eve met hem was getrouwd.

Zijn huwelijk met Eve had zeeën aan drukinkt opgeslokt. Hij was bijna twintig jaar jonger dan zij toen ze hem samen naar Las Vegas smeerden. Hoewel hun huwelijk slechts één roerig jaar standhield, had het de schandaalpers nog maandenlang van stof voorzien.

'Drie van de vier,' mompelde Julia, zich afvragend hoe ze er haar voordeel mee kon doen. 'Je vader?'

'Helaas. Zelfs dit kan hem niet wegrukken van een voorstelling van *Lear*.' Paul proefde de champagne en bedacht hoe graag hij de smaak van Julia's lange, soepele rug zou proeven. 'Hoewel ik orders heb gekregen alles wat interessant is te rapporteren.'

'Ik hoop dat je iets vindt.'

'Maak je niet ongerust.' Hij legde een hand op haar arm. 'Behalve de echtgenoten kan ik je een hoop ex-minnaars, oude rivalen en teleurgestelde vrienden aanwijzen.'

'Ga vooral je gang.'

Hij schudde zijn hoofd alleen maar. 'Er zijn hier ook een heleboel mensen die waarschijnlijk heel gelukkig zouden zijn als die hele toestand rond het boek ophield.'

In haar ogen flakkerde irritatie op. 'Jijzelf incluis.'

'Ja. Ik heb lang kunnen nadenken over het feit dat er iemand bij jou heeft ingebroken om je werk te bekijken. Misschien was het alleen uit nieuwsgierigheid, maar dat betwijfel ik. Ik heb je van het begin af aan gezegd dat ik niet wil dat Eve iets overkomt. Ik wil evenmin dat jou iets overkomt.'

'We zijn allebei grote meiden, Paul. Als het je geruststelt, ik kan je verzekeren dat wat Eve me tot nu toe heeft verteld, ontroerend is, zeker persoonlijk, voor sommigen wellicht onverkwikkelijk. Ik geloof echt niet dat er iets is wat je bedreigend kunt noemen.'

'Ze is nog niet klaar. En ze –' Op het moment dat zijn ogen zich vernauwden, klemden zijn vingers zich om de steel van het glas.

'Wat is er?'

'Nog een van Eves Michaels.' Zijn stem klonk weliswaar koeler, maar dat was niets vergeleken met het ijs in zijn ogen. Het verbaasde haar dat de lucht eromheen niet knisperde. 'Delrickio.'

'Michael Delrickio?' Julia probeerde de man te ontdekken naar wie Paul staarde. 'Moet ik hem kennen?'

'Nee. En als je boft kun je rustig verder leven zonder hem te leren kennen.'

'Hoezo?' Terwijl ze het vroeg, herkende ze de man die ze uit Drakes kantoor had zien komen. 'Bedoel je die keurige man met zilvergrijs haar en een snor?'

'Schijn bedriegt.' Paul drukte haar zijn halfvolle glas in de hand. 'Excuseer me.'

Zonder acht te slaan op de mensen die zijn naam riepen of een hand op zijn arm legden, liep Paul regelrecht op Delrickio af. Misschien was het de uitdrukking in zijn ogen of de nauwverholen woede die uit zijn tred sprak – of de verschijning van de vervaarlijke Joseph – waardoor enkelen achteruitdeinsden. Paul wierp Delrickio's spierbundel een lange, uitdagende blik toe, waarna hij zijn ogen op de Godfather richtte. Een uiterst summier seintje van Delrickio zorgde ervoor dat Joseph opzijging. 'Hé, Paul. Da's lang geleden.'

'Tijd is relatief. Hoe ben jij door het hek komen glibberen, Delrickio?'

Delrickio zuchtte en pakte behoedzaam een van de fijne stukjes kreeft van zijn bord. 'Je hebt nog steeds moeite met respect. Eve had mij je jaren geleden wat discipline moeten laten bijbrengen.'

'Vijftien jaar geleden was ik een jongetje, en jij was het slijm aan de hak van de laars der mensheid. Het verschil is dat ik nu geen jongetje meer ben.'

Drift was iets wat Delrickio lang geleden had leren beheersen. Nu sloeg die toe, tot in de wortels van zijn kiezen, maar werd in een paar luttele seconden afgeketst. 'Jouw manieren doen de vrouw die vanavond haar huis voor ons heeft opengesteld geen eer aan.' Kalm en geconcentreerd koos hij nog een hors d'oeuvre. 'Zelfs vijanden dienen neutraal terrein te respecteren.'

'Dit is nooit neutraal terrein geweest. Als Eve je hier heeft uitgenodigd, heeft ze zich in haar oordeel vergist. Het feit dat je hier bent, maakt mij duidelijk dat je geen idee hebt wat het woord *eer* betekent.'

De rauwe woede laaide weer op. 'Ik ben hier om de gastvrijheid van een mooie vrouw te genieten.' Hij glimlachte, maar zijn ogen spoten vuur. 'Zoals ik in het verleden vaak heb gedaan.'

Paul deed een snelle uitval naar voren. Joseph kwam tegelijkertijd in actie. Door zijn hand in zijn binnenzak te laten glijden, draaide hij de loop van zijn revolver tegen Pauls oksel.

'O!' Julia struikelde en morste een vol glas champagne over Josephs Gucci-lakschoenen. 'O, het spijt me vreselijk. Wat verschrikkelijk. Ik weet werkelijk niet hoe ik zo onhandig kon zijn.' Knipperend en glimlachend haalde ze Josephs pochet uit zijn zakje om vervolgens aan zijn voeten neer te knielen. 'Ik zal ze afdrogen voordat het vlekken geeft.' De commotie gaf bij het groepje mensen dat in de buurt stond aanleiding tot gelach. Argeloos naar Joseph glimlachend stak ze haar hand omhoog, waarmee ze hem geen andere keus liet dan haar overeind te helpen – en haar op die manier tussen hemzelf en Paul te plaatsen.

'Uw zakdoek is doorweekt.'

Hij mompelde iets en stopte hem in zijn zak.

'Hebben we elkaar niet eerder ontmoet?' vroeg ze hem.

'Een afgezaagde zin, Julia.' Eve gleed naast haar. 'Het ruïneert bijna het effect van jou, knielend aan de voeten van een man. Hallo, Michael.'

'Eve.' Hij nam haar hand om die langzaam naar zijn lippen te brengen. Het verlangen van vroeger kwam in hem terug en maakte zijn ogen donkerder. Als Paul Julia niet had verteld dat ze een verhouding hadden gehad, had ze het op dat moment geweten: doordat de sfeer te snijden was. 'Mooier dan ooit.'

'Jij ziet er… welvarend uit. Ik zie dat je oude bekenden hebt ontmoet en nieuwe. Je herinnert je Paul nog wel natuurlijk. En dit is mijn charmante, zij het wat onhandige biografe, Julia Summers.'

'Miss Summers.' Hij veegde met zijn lippen en snor over haar knokkels. 'Het is me een genoegen u eindelijk te ontmoeten.'

Voor ze iets kon zeggen, had Paul een arm om haar middel geslagen en drukte haar tegen zich aan. 'Waarom is hij hier in godsnaam, Eve?'

'Kom, Paul, niet onbeschoft doen. Mr. Delrickio is een gast. Ik vroeg me af, Michael, heb je al de gelegenheid gehad om met Damien te praten? Ik weet zeker dat jullie samen een heleboel herinneringen hebben op te halen.'

'Nee.'

Eves ogen schitterden, koud als de sterren om haar hals. Ze lachte. 'Misschien vind je het interessant, Julia, dat ik mijn vierde echtgenoot door Michael heb leren kennen. Damien en Michael waren – zou je het zakenpartners willen noemen, lieve?'

Niemand die deel van zijn leven had uitgemaakt, wist hem zo doeltreffend te sarren als Eve Benedict. 'We hadden… gemeenschappelijke belangen.'

'Wat een knappe omschrijving. Nou ja, Damien ging na zijn kampioenschap rentenieren en iedereen kreeg wat-ie wilde. O, behalve Hank Freemont. Wat een drama. Volg je tennis, Julia?'

Er was hier iets gaande, iets ouds en onaangenaams onder de geur van bloemen en parfum. 'Nee, het spijt me.'

'Nou ja, dat is ongeveer vijftien jaar geleden. Wat vliegt de tijd.' Ze nam een klein slokje champagne. 'Freemont was Damiens voornaamste tegenstander – zijn meerdere zelfs. Ze gingen de Open Kampioenschappen in als eerste en tweede. Er werd hevig gewed wie er als kampioen uit zou komen. Om kort te gaan: Freemont nam een overdosis. Een injectie van cocaïne en heroïne – een speedball noemen ze dat, geloof ik. Het was tragisch. Maar toen werd Damien kampioen. Wie op hem had gewed, streek een hoop op.' Traag streek ze met een vinger met een karmijnrode nagel over de rand van haar champagneflûte. 'Je bent een gokker, hè, Michael?'

'Dat zijn alle mannen.'

'En sommige hebben meer succes dan andere. Laat me je alsjeblieft niet van de andere aanwezigen af houden, of van het buffet, de muziek, oude vrienden. Ik hoop dat we elkaar voor het eind van de avond nog eens kunnen spreken.'

'Dat weet ik zeker.' Hij draaide zich om en zag Nina op nog geen halve meter van hen vandaan. Hun blikken ontmoetten elkaar, hielden elkaar gevangen. De hare werden eerder neergeslagen voordat ze zich omdraaide en het huis in vluchtte.

'Eve,' begon Julia, maar Eve schudde haar hoofd.

'Jezus, ik heb een sigaret nodig.' Ze draaide zich om en liet haar glimlach stralen als honderd brandende kaarsen. 'Johnny, lieveling, wat heerlijk dat je kon komen.' Ze zweefde weg om zich te laten omhelzen en kussen.

Julia zag af van die bron en wendde zich tot Paul. 'Waar ging dat allemaal over?'

Hij nam haar handen in de zijne. 'Je staat te trillen.'

'Ik heb het gevoel alsof ik net getuige ben geweest van een staatsgreep. Alleen vloeide er geen bloed. Ik –' Ze beet op haar tong, terwijl Paul twee verse glazen van een passerende ober nam.

'Drie langzame slokken,' luidde zijn bevel.

Omdat ze nodig moest kalmeren, gehoorzaamde ze. 'Paul, drukte die vent een pistool tegen je hart?'

Hoewel hij tegen haar glimlachte, werd de geamuseerdheid in zijn ogen tenietgedaan door iets gevaarlijkers, dodelijkers. 'Heb jij me gered met een glas champagne, Jules?'

'Het werkte,' zei ze scherp, waarna ze nog een slok nam. 'Ik wil dat je me vertelt waarom je op die manier tegen die man sprak, wie hij is en waarom hij met een gewapende bewaker op een feest verschijnt.'

'Heb ik de gelegenheid al gehad om je te vertellen hoe mooi je er vanavond uitziet?'

'Antwoorden.'

Hij zette echter zijn glas op een smeedijzeren tafeltje en legde zijn handen om haar gezicht. Voordat ze kon ontwijken – of zelfs kon besluiten of ze dat wilde – kuste hij haar met aanzienlijk meer vuur dan en plein public raadzaam was. En daaronder proefde ze een bittere, smeulende woede.

'Blijf bij Delrickio uit de buurt,' zei hij kalm, waarna hij haar nog eens kuste. 'En als je het de rest van de avond leuk wilt hebben, blijf dan uit mijn buurt.'

Hij liet haar daar achter om het huis in te gaan, op zoek naar iets sterkers dan champagne.

'Wel, tot nu toe was het een uitstekende voorstelling.'

Geschrokken slaakte Julia een diepe zucht toen Victor haar op de schouder klopte. 'Ik wou dat iemand me het script had gegeven.'

'Eve heeft vaak een voorkeur voor improvisatie.' Hij keek om zich heen en rinkelde met het ijs in zijn club soda. 'God weet dat ze het zalig vindt om in de pan te roeren. Ze is erin geslaagd vanavond bijna alle spelers bij elkaar te brengen.'

'U-u wilt me zeker niet vertellen wie Michael Delrickio is?'

'Een zakenman.' Victor keek glimlachend op haar neer. 'Heb je zin om in de tuin te wandelen?'

Ze moest het dus zelf uit zien te vinden. 'Ja, graag.'

Ze verlieten het terras en liepen door schaduwen en twinkelende lichtjes het grasveld over. Terwijl ze zich door allerlei geuren bewogen, speelde het orkest 'Moonglow'. Het schoot Julia te binnen dat ze weken geleden Victor en Eve door dezelfde tuin had zien slenteren, onder dezelfde maan.

'Ik hoop dat uw vrouw beter wordt.' Ze zag aan de uitdrukking op zijn gezicht dat ze te hard van stapel was gelopen. 'Het spijt me, Eve vertelde dat ze ziek was.'

'Je probeert diplomatiek te zijn, Julia. Ik weet zeker dat ze je meer heeft verteld.' Hij goot zijn club soda naar binnen en vocht tegen de lokroep van whisky. Muriel is niet meer in direct gevaar. Het herstel zal, ben ik bang, lang duren en moeizaam zijn.'

'Het zal niet gemakkelijk voor u zijn.'

'Het kon gemakkelijker, maar dat staat Eve niet toe.' Met vermoeide ogen keek hij naar Julia. De manier waarop het maanlicht over haar gezicht streek, raakte een akkoord in hem dat hij niet kon thuisbrengen. Deze avond was de tuin bestemd voor jonge mannen en vrouwen. En hij voelde zich oud. 'Ik weet dat Eve je over ons heeft verteld.'

'Ja, maar dat was niet nodig. Ik heb jullie hier een paar weken geleden op een avond gezien.' Toen hij verstrakte, legde ze een hand op zijn arm. 'Ik was niet aan het spioneren. Gewoon op het verkeerde moment op de verkeerde plaats.'

'Of op het juiste moment op de juiste plaats,' zei hij grimmig.

Julia knikte en nam, terwijl hij een sigaret opstak, de tijd om haar woorden te kiezen. 'Ik weet dat het intiem was, maar ik kan er geen spijt van hebben. Wat ik zag waren twee mensen die ontzettend veel van elkaar houden. Ik was niet gechoqueerd, en ik ben niet naar mijn typemachine gerend om het te noteren. Het ontroerde me.'

Zijn vingers ontspanden ietwat, maar zijn ogen bleven koud. 'Eve is altijd het beste deel van mijn leven geweest, en het slechtste. Begrijp je waarom ik wat wij hadden geheim moest houden?'

'Ja.' Ze liet hem los. 'Zoals ik begrijp dat zij het moet vertellen. Hoe ik misschien ook meevoel, mijn eerste verplichting ligt bij haar.'

'Trouw is bewonderenswaardig. Zelfs als die misplaatst is. Laat me je iets over Eve vertellen. Ze is een fascinerende vrouw, met een ongelooflijk talent, diepe emoties, oneindige kracht. Ze is ook een impulsief wezen, iemand die vanwege een passie die maar een moment duurt enorme fouten kan maken, waardoor het hele leven op z'n kop wordt gezet. Ze krijgt nog spijt van dit boek, maar tegen die tijd is het te laat.' Hij gooide de sigaret op het pad en trapte hem uit. 'Te laat voor ons allemaal.'

Julia liet hem gaan. Ze kon hem geen troost of bemoediging schenken. Hoezeer ze misschien ook met hem meevoelde, zij had een verbond met Eve. Door moeheid overvallen, zette ze zich neer op een marmeren bankje. Het was stil daar. Het orkest had 'My Funny Valentine' ingezet, waarbij een vrouw zong. Eve was bepaald in een ouderwetse stemming. Tot rust gekomen door de eenzaamheid en de kalmerende muziek probeerde Julia te reconstrueren en te evalueren wat ze tot dusver had gezien en gehoord.

Terwijl haar gedachten afdwaalden, werd ze zich bewust van andere stemmen, verder weg in het struikgewas. Aanvankelijk was ze geïrriteerd. Alles wat ze vroeg was een kwartiertje rust. Toen ze de klank opving, werd ze nieuwsgierig. Duidelijk een man en een vrouw, dacht ze. En duidelijk ruzie. Eve misschien, vroeg ze zich af, en ze twijfelde of ze zou blijven of weggaan.

Ze hoorde een verwensing, scherp en in het Italiaans, waarna een stroom bijtende woorden in dezelfde taal, gevolgd door het smartelijke huilen van een vrouw.

Terwijl ze met haar vingers wreef over haar slapen, stond ze op. Het was duidelijk beter om weg te gaan.

'Ik weet wie je bent.'

Ze zag een vrouw in glanzend, maagdelijk wit het pad op komen waggelen. Julia herkende Gloria DuBarry onmiddellijk. Hoewel het huilen abrupt was opgehouden, was de frêle en zeer dronken actrice uit de tegenovergestelde richting genaderd.

'Miss DuBarry.' Julia vroeg zich af wat haar nu in godsnaam te wachten stond.

'Ik weet wie je bent,' herhaalde Gloria, en ze tuimelde bijna voorover. 'Eves kleine klikspaan. Laat ik je iets vertellen. Als je één woord over me schrijft, één enkel woord, klaag ik je aan tot je geen reet meer over hebt.'

De maagdelijke koningin was zo zat als een konijn, merkte Julia op, en op ruzie uit. 'Misschien moet u gaan zitten.'

'Blijf van me af.' Gloria mepte Julia's hand van zich af, waarna ze haar armen greep en er haar nagels in zette. Ze leunde voorover, en Julia kromp ineen, eerder door haar adem dan door haar manicure. Ze rook niet naar champagne, maar naar eersteklas scotch.

'U bent degene die aan iemand komt, Miss DuBarry,' legde Julia uit.

'Weet je wie ik ben? Weet je wat ik ben? Ik ben godverdomme een instituut.' Hoewel ze tijdens het praten heen en weer zwaaide, waren haar vingers als ijzerdraad. 'Als je aan mij komt, kom je aan het moederschap, appeltaart, en de Amerikaanse vlag erbij, verdomme.'

Julia deed één poging om Gloria's handen van haar armen los te peuteren en ontdekte dat het kleine vrouwtje verbazend sterk was. 'Als u me niet loslaat,' zei Julia met opeengeklemde tanden, 'sla ik u neer.'

'Luister naar me.' Gloria gaf Julia een zet, waardoor ze bijna over de marmeren bank tuimelde. 'Als je weet wat goed voor je is, vergeet je alles wat zij je verteld heeft. Het zijn allemaal leugens. Allemaal wrede, kwaadaardige leugens.'

'Ik weet niet waar u het over hebt.'

'Wil je geld?' spoog Gloria. 'Is dat het? Je wilt nog meer geld. Hoeveel? Hoeveel wil je?'

'Ik wil dat u me met rust laat. Als u me wilt spreken, doen we dat als u nuchter bent.'

'Ik ben nooit dronken.' Met ogen vol gif gaf Gloria met de zijkant van haar hand een tik tussen Julia's borsten. 'Ik ben nooit dronken, verdomme, 't is maar dat je het weet. Ik laat me door de eerste de beste sletterige verraadster die Eve inhuurt niet vertellen dat ik dronken ben.' Ze knapte van woede.

Julia's hand schoot uit en graaide een vuistvol chiffon bij Gloria's hals. 'Durf me nog eens aan te raken en ik –'

'Gloria.' Pauls stem klonk kalm, terwijl hij het pad op kwam lopen. 'Ben je niet lekker?'

'Nee.' Ze draaide haar tranenstroom net zo automatisch open als een kraan. 'Ik weet niet wat me mankeert. Ik voel me zo zwak en bibberig.' Ze begroef haar gezicht tegen zijn jasje. 'Waar is Marcus? Marcus zorgt wel voor me.'

'Waarom gaan we samen niet naar het huis, zodat je even kunt gaan liggen? Ik breng hem wel bij je.'

'Ik heb zo'n verschrikkelijke hoofdpijn,' snikte ze toen Paul haar wegleidde.

Over zijn schouder wierp hij Julia een blik toe. 'Zit,' was het enige wat hij zei.

Julia vouwde haar armen over haar borst – en ging zitten.

Binnen tien minuten was hij terug en liet zich met een lange zucht naast haar neervallen. 'Ik geloof dat ik de koningin van de familiefilms nooit eerder teut heb gezien. Wil je me vertellen waar het allemaal over ging?'

'Ik heb geen idee. Maar ik ben van plan zo gauw ik kan Eve daarover te ondervragen.'

Nieuwsgierig liet hij een vinger langs haar nek omlaag glijden. 'Wat zou je gedaan hebben als Gloria je nog eens aanraakte?'

'Haar op dat puntige kinnetje van haar hebben gemept.'

Hij schoot in de lach en drukte haar tegen zich aan. 'God, wat een vrouw. Was ik maar tien seconden later gekomen.'

'Ik hou niet van ruzie.'

'Nee, dat snap ik. Aan de andere kant heeft Eve op één avond vol sterren een hoop ruzies gepland. Zal ik je vertellen wat jij hebt gemist tijdens je tournee door de tuin?'

Als het zijn bedoeling was haar te kalmeren, moest ze hem op zijn minst de kans geven. 'Oké.'

'Kincade waggelde in al zijn vetheid dreigend rond, en het is hem niet gelukt Eve onder vier ogen te spreken te krijgen. Anna del Rio, de ontwerpster? Ze strooide valse verhaaltjes over haar gastvrouw rond, in de hoop, stel ik me voor, de valse verhalen die Eve van plan is over haar te vertellen, te overtreffen.' Hij haalde een sigaar tevoorschijn. In het schijnsel van zijn aansteker leek zijn gezicht gespannen, in vergelijking tot de lichte ironie in zijn stem. 'Drake hipte heen en weer alsof hij hete kolen in zijn onderbroek had.'

'Misschien doordat ik Delrickio en die andere kerel van de week bij hem op kantoor zag.'

'Is dat zo?' Langzaam blies Paul de rook uit. 'Tsss. We zijn weer thuis: Torrent ziet er meelijwekkend uit – vooral nadat Eve een knus gesprek met hem had. Priest stelt zich vreselijk aan en lacht overdreven. Hij zweette toen hij met Eve danste.'

'Het klinkt alsof ik terug moet om het met mijn eigen ogen te zien.'

'Julia.' Hij hield haar tegen toen ze wilde opstaan. 'We moeten over een aantal dingen praten. Ik kom morgen bij je.'

'Morgen niet,' zei ze, wetend dat het alleen maar uitstel betekende.

'Brandon en ik hebben plannen.'

'Maandag dan, als hij naar school is. Dat is ook beter.'

'Ik heb om halftwaalf een afspraak met Anna in haar studio.'

'Dan kom ik om negen uur.' Hij stond op en bood haar zijn hand om haar overeind te helpen.

Ze liep samen met hem in de richting van waaruit muziek en gelach klonken. 'Paul, kwam je mij van Gloria redden met zakdoeken en medeleven?'

'Het werkte.'

'Dan staan we quitte.'

Hij aarzelde maar een moment voordat hij zijn vingers door de hare vlocht. 'Bijna.'

16

Het feest ging pas na drieën als een nachtkaars uit, hoewel er toen nog slechts een paar nachtbrakers over waren, die de laatste champagne soldaat maakten en de kaviaar met hun vingers naar binnen werkten. Misschien waren zij het verstandigst: met waterige oogjes, wazige koppen en uitpuilende maag de naderende ochtend begroeten. Van degenen die op een vroeger uur waren vertrokken, was menigeen zonder meer zijn nachtrust kwijt.

Met een smokingjasje van brokaat gedrapeerd over de enorme uitstulping die opgewekt naar een hartaanval lonkte, zat Anthony Kincade overeind in bed en rookte een van de sigaren die, zoals zijn artsen hem hadden gewaarschuwd, een nog grotere kans maakten zijn dood te worden. De jongen die hij had gekozen om die nacht te gebruiken, lag uitgestrekt tussen de zijden lakens en donzen kussens, een stevige dosis drugs en wrede seks uitsnurkend. Op zijn gladde, slanke rug was een serie dieproze zwellingen opgekomen.

Niet dat Kincade betreurde wat hij had gedaan – het joch werd goed betaald – maar wat hij wel betreurde was dat hij genoegen had moeten nemen met een plaatsvervanger. De hele tijd dat hij de zweep hanteerde, de hele tijd dat hij zich ruw en wreed in de jongen had gedreven, droomde hij dat het Eve was die hij strafte.

Teef. Hoerige teef. Hij hijgde verwoed terwijl hij zijn berg vlees verplaatste om bij het glas port naast het bed te kunnen. Dacht ze dat ze hem kon bedreigen? Dacht ze dat ze maar kon blijven spelen en plagen, terwijl ze de onthullingen voor zijn neus hield?

Ze had de moed niet haar kennis aan de grote klok te hangen. Maar als… Zijn hand trilde toen hij zijn drank opslorpte. Zijn ogen, die bijkans schuilgingen onder het uitgezakte vel eromheen, schitterden van gif. Als ze het lef had, hoeveel anderen hadden dan de moed om de deur door te gaan die zij had geopend? Hij mocht het niet toestaan. Absoluut niet. Misschien werd hij wel gearresteerd, voor het gerecht gesleept, of zelfs in de gevangenis gesmeten.

Dat gebeurde niet. Daar zou hij voor zorgen.

Hij dronk, hij rookte, hij smeedde plannen. Naast hem mompelde de jeugdige prostitué in zijn slaap.

In Long Beach lag Delrickio in zijn bubbelbad te weken en liet het hete, naar jasmijn geurende water over zijn gebruinde, goed onderhouden lichaam gaan. Toen hij thuiskwam was hij met zijn vrouw naar bed geweest. Lief, teder. Zijn mooie Teresa sliep nu de slaap der aanbedenen. God, wat aanbad hij die vrouw – en haatte hij het feit dat als hij zich in haar stootte, hij fantaseerde over Eve. Van alle zonden die hij had begaan, was dit de enige die hij betreurde. Zelfs met hetgeen Eve aan het doen was, wat ze dreigde te gaan doen, kon ze de honger in hem niet stillen. Dat was nou net zijn boetedoening.

Ertegen vechtend dat zijn spieren zich opnieuw zouden spannen, keek hij hoe de stoom de schuin lopende ramen bewasemde en de sterren aan het oog onttrok. Zo was zij voor hem: als stoom die zijn zinnen bewasemde en zijn verstand blokkeerde. Besefte ze dan niet dat hij voor haar veiligheid, haar geluk had willen waken, haar zou hebben overladen met alles wat een vrouw begeerde? In plaats daarvan had ze hem versmaad, hem van haar leven afgesneden, abrupt en fel, alsof het de dood betrof. En dat allemaal uit zakelijke overwegingen.

Hij probeerde uit alle macht zijn hand te ontspannen en wachtte tot de splinter van woede zijn hart had verlaten. Een man die met zijn hart dacht, maakte fouten. Zoals hij. Het was zijn eigen schuld dat Eve achter een paar minder conventionele afdelingen van Delrickio Enterprises was gekomen. Verliefdheid had hem zorgeloos gemaakt. Toch had hij geloofd – of wilde hij geloven – dat ze te vertrouwen was.

Toen had ze Damien Priest in zijn gezicht gegooid. Ze had hem aangekeken met ogen die vol walging stonden.

De voormalige tennisser was een los draadje dat je altijd makkelijk kon afknippen. Daarmee was alles echter niet in orde. Eve was degene die zijn zorgvuldig geweven cape van fatsoen kon ontrafelen.

Hij moest een en ander regelen, en hij betreurde het. Maar eer ging zelfs voor liefde.

Gloria DuBarry lag dicht tegen haar slapende echtgenoot aan en liet de tranen over haar gezicht stromen. Ze voelde zich ziek – van te veel drank kreeg ze altijd last van haar maag. Het was Eves schuld dat ze te veel had gedronken, waardoor het zo hachelijk weinig had gescheeld of ze had zichzelf voor gek gezet.

Het was allemaal Eves schuld. Van haar en van die roddelheks van de Oostkust.

Ze waren eropuit om haar van alles te beroven: haar reputatie, haar huwelijk, misschien zelfs haar carrière. En alles vanwege één fout. Eén kleine fout.

Snuivend streek ze met haar hand over de blote schouder van haar echtgenoot. Die was stevig, krachtig, als een huwelijk dat een kwart eeuw heeft standgehouden. Ze hield zo veel van Marcus. Hij zorgde zo goed voor haar. Hoe vaak had hij niet gezegd dat ze zijn engel was, zijn smetteloze, onbezoedelde engel?

Hoe kon hij, hoe kon iemand begrijpen dat de vrouw die een carrière had opgebouwd met het spelen van sproetige maagden, een hartstochtelijke, clandestiene verhouding met een getrouwde man had gehad? Dat ze een illegale abortus had ondergaan om zich te ontdoen van het resultaat van die affaire?

O god, hoe had ze ooit kunnen denken dat ze verliefd was op Michael Torrent? Wat erger, veel erger was, was dat terwijl ze hem in morsige hotels ontmoette, hij op film haar vader speelde. Haar vader…

Om hem vanavond te ontmoeten, nu hij half invalide was… zwak. Ze walgde van de gedachte dat ze hem ooit in zich had gehad. Ze vond het verschrikkelijk. Ze haatte hem. Ze haatte Eve. Ze wou dat ze allebei dood waren. Zich in zelfmedelijden koesterend, weende ze in haar kussen.

Michael Torrent was aan slechte nachten gewend geraakt. Zijn lichaam was dermate door artritis aangevreten, dat hij zelden vrij van pijn was. Leeftijd en ziekte hadden hem uitgehold, hadden net voldoende vlees en zenuw in het omhulsel achtergelaten om je ellendig te voelen. Deze nacht hield zijn brein, niet zijn lichaam, hem uit de luxe van de slaap. Hij vervloekte de jaren die zijn lichaam hadden gesloopt, zijn energie eruit gezogen, hem beroofd van de troost die seks bood. Hij kon wel janken bij de gedachte dat hij ooit koning was, en nu minder dan een man. Alle herinneringen aan wat hij was geweest, staken hem als hete naalden, die zijn vermoeide vlees geen soelaas boden. Maar dat, al die dingen betekenden niks.

Nu dreigde Eve hem dat beetje dat hem restte, te ontnemen. Zijn trots, en zijn imago.

Misschien kon hij niet meer acteren, maar hij had die behoefte weten te stillen met zijn legende. Er werd naar hem opgekeken, hij werd bewonderd, gerespecteerd, door fans en collegae beschouwd als een eerbiedwaardige oude man, die eens de koning van het romantische tijdperk van Hollywood was. Grant en Gable, Power en Flynn waren dood. Michael Torrent, die zijn carrière waardig had afgesloten met het spelen van wijze oude grootvaders, leefde nog. Hij leefde nog en ze stonden op om hem toe te juichen waar hij in het openbaar verscheen.

Hij haatte het feit dat Eve de wereld ging vertellen dat hij zijn beste en intiemste vriend, Charlie Gray, had belazerd. Jarenlang had Michael gebruikgemaakt van zijn invloed zodat de studio's Charlie niet meer dan bijrollen gaven. Hij had zich het vuur uit de sloffen gelopen om achter Charlies rug vreemd te gaan met al zijn vrouwen. Hoe kon hij iedereen aan het verstand brengen dat het voor hem een spelletje was geweest, een flauw, kinderachtig spelletje, ingegeven door jeugd en afgunst? Charlie was intelligenter, kende het vak beter, en was eenvoudig aardiger dan Michael ooit zou kunnen worden. Hij had Charlie geen pijn willen doen, niet echt. Na de zelfmoord werd hij door schuldgevoel verteerd, tot hij het Eve allemaal had opgebiecht.

Hij had troost verwacht, bezorgdheid, begrip. Niets daarvan had ze hem gegeven. Ze was ijskoud in woede uitgebarsten. De bekentenis had hun huwelijk ten gronde gericht. Nu was Eve van plan wat er van zijn leven was overgebleven met bittere vernedering te gronde te richten. Tenzij iemand haar tegenhield.

Zweet knalde als kogels uit Drakes poriën. Met verwilderde ogen zwierf hij door het huis, op geen stukken na dronken genoeg om te kunnen slapen. Hij kwam nog steeds vijftigduizend tekort, en het was kort dag. Hij moest zien te kalmeren, hij wist dat hij moest kalmeren, maar bij het zien van Delrickio was het hem bijna dun door de broek gelopen. Delrickio had hem beleefd en hartelijk te woord gestaan, en de hele tijd had Joseph Drake met koele ogen staan bekijken. Alsof de afranseling nooit had plaatsgevonden – alsof de impliciete bedreiging ervan niet bestond.

Dat had het om de een of andere reden erger gemaakt, de wetenschap dat wat er ook met hem werd uitgehaald, zonder emotie zou gebeuren; met koele, heldere kop een zaak afdoen die afgedaan moest worden.

Hoe kon hij Delrickio ervan overtuigen dat hij een speciale ingang tot Julia had als iedereen haar met Paul Winthrop had gezien?

Er moest een manier zijn om tot haar door te dringen, tot de tapes, tot Eve.

Hij móést die vinden. De risico's die hij liep konden niet erger zijn dan de risico's als hij niets deed.

Victor Flannigan dacht aan Eve. Toen aan zijn vrouw. Hij vroeg zich af hoe hij zo verwikkeld had kunnen raken in het leven van twee zo verschillende vrouwen. Allebei beschikten ze over de kracht zijn leven te ruïneren. De ene door haar zwakheid, de andere door haar kracht.

Hij wist dat het zijn eigen schuld was. Zelfs in zijn liefde voor hen had hij ze gebruikt. Toch had hij ze alle twee gegeven wat hij had – en juist daardoor had hij hen alle drie bedrogen.

Er was geen weg terug meer om het goed te maken, en al helemaal geen manier om verandering in de huidige toestand te brengen. Het enige wat hij kon doen om te voorkomen dat alles uiteen zou vallen, was vechten. En terwijl hij rusteloos in het grote, lege bed lag te woelen, smachtte hij naar Eve en was bang voor haar. Op dezelfde manier als hij smachtte naar én bang was voor één enkele fles whisky. Omdat hij van allebei nooit genoeg kreeg. Hoe vaak hij zich ook van beide verslavingen had weten te ontdoen, hij werd altijd teruggezogen. Hoewel hij de drank, zelfs als hij ernaar snakte, had leren haten, kon hij van de vrouw alleen maar houden.

Voor het legen van een fles zou zijn Kerk hem niet veroordelen, maar wel voor één nacht van liefde. En er waren honderden nachten geweest. De angst voor zijn ziel ten spijt kon hij er niet één betreuren. Waarom kon Eve niet begrijpen dat wat het ook in zijn binnenste aanrichtte, hij Muriel moest beschermen? Waarom wilde ze na al die jaren alle leugens en geheimen ten koste van alles openbaar maken? Wist ze dan niet dat zij net zo zou moeten lijden als hij?

Hij stond op, draaide het bed zijn rug toe en liep naar het raam, waar hij naar de lichter wordende hemel keek. Over een paar uur ging hij naar zijn vrouw.

Hij moest een manier vinden om Muriel te beschermen – en Eve te beschermen, tegen zichzelf.

In zijn suite in het Beverly Wilshire wachtte Damien Priest tot de zon opging. Hij had geen drank of drugs gebruikt om zijn brein in slaap te wiegen. Dat moest juist wakker, alert zijn, zodat hij kon denken. Hoeveel was ze van plan te vertellen? Hoeveel durfde ze te onthullen? Hij wilde graag geloven dat het feest gearrangeerd was om hem in paniek te brengen. Hij had haar de genoegdoening niet gegeven. Hij had gelachen, verhalen uitgewisseld, op ruggen geklopt. God, hij had zelfs met haar gedanst.

Wat had ze slijmerig geïnformeerd hoe zijn winkels met sportartikelen liepen. Wat had ze kwaadaardig gekeken toen ze constateerde hoe goed Delrickio eruitzag.

Híj had echter alleen maar geglimlacht. Als zij hoopte dat ze hem bang maakte, moest hij haar teleurstellen.

Hij ging zitten, nog steeds uit het raam starend. Heel bang.

Met een lange, gelukzalige zucht ging Eve in bed liggen. Wat haar betrof was de avond een enorm succes geweest. Hoewel ze met veel plezier had gezien hoe een select stel mensen zich in bochten moest wringen, had ze er ook van genoten dat Julia en Paul veel samen waren.

Het gaf een vreemd soort gevoel van zoete genoegdoening, dacht ze, terwijl haar ogen dichtvielen. Het draaide toch allemaal om genoegdoening? Plus een gezonde dosis wraak.

Het speet haar dat Victor nog steeds kwaad was. Hij moest maar zien te accepteren dat zij deed wat ze moest doen. Wie weet lukte het hem binnen afzienbare tijd.

Toen ze de eenzaamheid van het enorme bed om zich heen voelde, wenste ze dat hij vannacht bij haar was gebleven. Hem te beminnen zou de climax van de avond zijn geweest, waarna ze met de armen om elkaar heen slaperig hadden kunnen praten tot de zon opging.

Dat kon altijd nog. Eve sloot haar ogen, zich aan die simpele wens vastklampend.

Terwijl ze wegdommelde, hoorde ze dat Nina de gang in kwam lopen, naar haar kamer ging en rusteloos heen en weer liep voordat ze de deur sloot.

Arm schaap, dacht Eve. Ze maakte zich te veel zorgen.

Maandagochtend had Julia tegen negen uur gerekt, getild, gekreund, gepompt, gezweet en gestoomd. Haar lichaam was verdraaid, gekneed, gekneusd en gemasseerd. Ze verliet het huis met haar gymtas, waarin haar bezwete sportkleren en handdoek zaten.

Ze was gekleed in een niet al te flatteus trainingspak en trok net haar hemd naar beneden toen ze Lyle passeerde, die voor de garage loom de auto stond te poetsen.

De manier waarop hij naar haar keek beviel haar niet, net zomin dat ze hem altijd ergens tegenkwam wanneer ze 's morgens had getraind. Zoals altijd groette ze hem koel beleefd.

'Goedemorgen, Lyle.'

'Morgen, miss.' De manier waarop hij de klep van zijn pet beroerde, was eerder suggestief dan onderdanig. 'Hoop dat u er niet te hard tegenaan gaat.' Hij fantaseerde graag over hoe ze trainde, in een strak floddertje, zwetend als een tochtige teef. 'Ik weet zeker dat u al die oefening niet nodig hebt.'

'Ik vind het leuk,' loog ze en ze liep door terwijl ze wist dat hij haar nakeek. Ze schudde de jeuk tussen haar schouderbladen van zich af en zei tegen zichzelf dat ze eraan moest denken de jaloezieën in haar slaapkamer dicht te houden.

Paul zat met zijn voeten op een stoel op het terras te wachten. Na één blik begon hij te grinniken. 'Je ziet eruit of je een grote kouwe kan gebruiken.'

'Fritz.' Uit het vakje van haar gymtas duikelde ze de sleutels op. 'Hij werkt aan mijn borstspieren. Ik heb het gevoel dat mijn armen uitgerekte elastiekjes zijn.' Ze opende de deur, gooide de tas met de sleutels op de keukentafel en liep naar de koelkast. 'Hij zou een ster geweest zijn bij de Spaanse inquisitie. Vandaag, toen ik lag te zwoegen op mijn buikspieroefeningen, ontlokte hij me de bekentenis dat ik dol op hotdogs en zoutjes ben.'

'Je had kunnen liegen.'

Ze snoof terwijl ze sap in een glas schonk. 'Niemand kan in die grote, oprechte blauwe ogen kijken en liegen. Dan ga je regelrecht naar de hel. Ook wat?'

'Nee, dank je.'

Toen ze het glas had leeggedronken, voelde ze zich bijna weer mens. 'Ik heb nog ruim een uur voordat ik me voor mijn afspraak moet omkleden.' Opgefrist en klaar voor actie zette ze het lege glas op het aanrecht. 'Waar wilde je me over spreken?'

'Een aantal dingen.' Terloops streek hij langs haar paardenstaart. 'De tapes, bijvoorbeeld.'

'Daar hoef je je geen zorgen over te maken.'

'Het huis afsluiten is een goede maatregel, Jules, maar het is niet voldoende.'

'Dat is lang niet alles wat ik doe. Kom mee.' Ze ging hem voor naar het kantoortje. Op weg erheen merkte hij op dat ze overal vazen en potten met bloemen had neergezet. Een groot deel van de witte bloesem van het feest had een tehuis gevonden. 'Ga je gang,' klonk haar uitnodiging en ze wees naar de bureaula. 'Kijk maar.'

Toen Paul de la opende, zag hij dat die leeg was. 'Waar?'

Het stak een beetje dat hij niet verbaasd leek. 'Op een veilige plek. Ik haal er alleen één uit als ik werk. Dus…' Ze sloot de la. 'Als er weer iemand probeert rond te neuzen, vindt hij of zij niets.'

'Als het zo onschuldig is.'

'Wat bedoel je?'

'Ik bedoel dat iemand hier wel eens heel wat meer te zoeken kan hebben.' Haar aankijkend, ging hij op de rand van het bureau zitten. 'Neem bijvoorbeeld de manier waarop Gloria DuBarry zich die avond gedroeg.' Julia haalde haar schouders op. 'Ze was dronken.'

'Precies – dat is op zich al vreemd. Ik heb Gloria zelfs nog nooit tipsy gezien, laat staan starnakelzat.' Hij pakte een presse-papier, een kristallen bol met facetten waarin lichtjes uiteenspatten als hij hem ronddraaide. Hij vroeg zich af of Julia dat zou doen: van koel en kalm, heet en explosief worden als ze op de juiste plek werd aangeraakt. 'Ze heeft je gewaarschuwd. Waarom?'

'Weet ik niet. Echt niet,' hield ze vol toen hij haar zwijgend bleef aankijken. 'Haar naam is alleen terloops gevallen tijdens mijn sessies met Eve. En vandaag hebben we over andere dingen gepraat.' Eves ophanden zijnde reis naar Georgia, Peter Jacksons billen, het proefwerk voor maatschappijleer dat Brandon voor de boeg had, en de impuls die Julia om het jaar had om de schaar in haar haar te zetten. Eve had het haar uit het hoofd gepraat.

Met een diepe zucht liet ze zich in de stoel vallen. 'Gloria scheen te denken dat ik iets zou schrijven wat bedreigend is voor haar reputatie. Ze bood me zelfs geld als ik het zou laten – hoewel ik geloof dat ze me liever had vermoord.' Toen zijn ogen zich vernauwden, kreunde ze. 'In godsnaam, Paul, ik bedoelde het sarcastisch.' Toen lachte ze en leunde achterover, waardoor de stoel ging schommelen. 'Ik zie precies hoe je de scène beschrijft. Gloria DuBarry, als non verkleed in het habijt dat ze in *McReedy's Little Devils* droeg, besluipt de onverschrokken biografe van achteren. Ik hoop dat je me in iets kleins en straks hult na al die uren waarin ik m'n lijf heb getraind. Ze heft een mes – nee, te veel troep. Trekt een revolver – nee, te gewoontjes. Aha, ze schiet naar voren en wurgt haar slachtoffer met haar rozenkrans.' Ze deed haar vingertoppen tegen elkaar en lachte hem daaroverheen toe. 'Hoe vind je dat?'

'Lang niet zo grappig als je zou willen.' Hij zette het kristal neer. 'Julia, ik wil dat je me de tapes laat beluisteren.'

De stoel zwiepte terug. 'Je weet dat ik dat niet kan doen.'

'Ik wil je helpen.'

Er lag zo veel op de proef gestelde geduld in zijn stem, dat ze het niet kon laten haar hand op de zijne te leggen. 'Bedankt voor het aanbod. Paul, maar ik denk niet dat ik hulp nodig heb.'

Hij blikte neer naar waar haar hand slank, teer op de zijne lag. 'Zou je het me vertellen als dat wel zo was?'

Om er zeker van te zijn dat ze hun alle twee de waarheid zou zeggen, wachtte ze even. 'Ja.' Toen glimlachte ze, omdat ze besefte dat niets zo moeilijk of zo riskant was als iemand vertrouwen. 'Ja, dat zou ik zeker.'

'Ik heb in elk geval een antwoord.' Hij draaide zijn hand om de hare vast te pakken voordat ze kon terugtrekken. 'Als je dacht dat Eve hulp nodig had?'

Ditmaal was er geen twijfel. 'Je zult de eerste zijn wie ik het laat weten.' Tevredengesteld schoof hij dat deel van het probleem opzij, zoals hij dat deed bij een intrige die nog moest broeien. 'Nu wil ik je iets anders vragen.'

Omdat ze dacht dat ze het moeilijkste had gehad, ontspande ze zich. 'En ik maar denken dat ik het interview krijg.'

'Dat komt wel later. Geloof je dat ik om je geef?'

Ze kon niet zeggen dat de vraag uit het niets kwam, maar dat maakte het niet makkelijker hem te beantwoorden. 'Op dit moment wel.'

De eenvoudige zin vertelde hem veel meer dan een ja of een nee. 'Is alles in je leven zo tijdelijk?'

Zijn hand lag veel te sterk op de hare, de palm ruwer dan je zou verwachten van een man die met woorden werkte. Tegen de greep had ze weerstand kunnen bieden, maar zijn ogen kon ze niet weerstaan. Tegen Fritz liegen was onmogelijk, tegen Paul liegen was nutteloos. 'Behalve Brandon, ja, denk ik.'

'Is dat wat je wilt?' vroeg hij, niet op zijn gemak, omdat het zo belangrijk was om te weten.

'Ik heb er eigenlijk niet over nagedacht.' Ze stond op, in de hoop te ontkomen aan een wending die naderbij leek te sluipen wanneer ze niet keek. 'Dat was niet nodig.'

'Nu wel.' Hij legde zijn vrije hand om haar gezicht. 'En ik geloof dat het tijd wordt dat ik iets doe waardoor je erover gaat nadenken.'

Hij kuste haar, ongeveer zoals hij de laatste keer had gedaan: met te veel vuur, een spoortje boosheid, een zweempje frustratie. Hij trok haar dichter tegen zich aan, terwijl hij doorging met de snelle, onverbiddelijke aanval op haar gezonde verstand. Tot zijn genoegen kon hij voelen, werkelijk voelen, hoe haar huid warmer werd doordat het bloed naar de oppervlakte racete. Ondraaglijk opwindend was de vage smaak van paniek toen haar mond zich voor hem opende.

Hij hield haar heupen tussen zijn dijen gevangen, zijn tanden beten, knabbelden op haar lippen, zijn tong streek ertussen. Ze hoorde haar eigen kreunen van genot toen hij met zijn handen onder haar hemd glipte om ze langs haar rug op en neer te laten glijden.

Haar huid werd gloeiend, daarna koud, trilde en zweette onder zijn aanraking. Maar de angst was tijdelijk, een emotie die te zwak was om het te kunnen winnen van al die andere die hij in haar pompte. Verlangen, zo lang genegeerd, welde in haar op als een vloedgolf die alles wegspoelde. Alles, behalve hem.

Ze leek te drijven, zich aan hem vastklampend terwijl ze boven de vloer gleed. Ze stelde zich voor dat ze eeuwig zo zou zweven, badend in gevoel, zwak – zwak genoeg om je door iemand anders te laten leiden. Toen hij zijn hoofd boog om die vurige kussen over haar hals te verspreiden, zag ze dat ze helemaal niet zweefde, maar langzaam het kantoortje uit werd geleid, de zitkamer in naar de trap.

Dat was werkelijkheid. In de echte wereld stond je laten leiden maar al te vaak gelijk met overgave.

'Waar gaan we heen?' Was dat haar stem, dat keelachtige, ademloze gefluister?

'Deze keer, deze eerste keer, heb je een bed nodig.'

'Maar…' Ze probeerde helder te denken, maar zijn mond gleed over de hare. 'Het is midden op de ochtend.'

Zijn lach was snel en even onvast als zijn polsslag. Hij was half wild van begeerte om haar met zijn handen te verkennen, haar onder zich te voelen, zichzelf in haar te voelen. 'God, wat ben je lief.' Toen flitsten zijn ogen naar de hare terug. 'Ik wil meer, Julia. Je krijgt één kans om me te zeggen wat jij wilt.' Hij trok haar sweatshirt uit en liet het boven aan de trap vallen. Eronder droeg ze niets dan de indringende geur van zeep en geparfumeerde oliën. 'Wil je dat ik wacht tot de zon ondergaat?'

Ze stootte een kreetje uit, deels van schrik, deels van genot toen hij zijn hand over haar borst legde. 'Nee.'

Hij draaide haar met haar rug tegen de muur en liet die ruwe, vaardige handen hun verleidelijke werk doen. Hij ademde zwaar, alsof hij een berg had beklommen in plaats van een trap. Ze voelde het over haar hals trillen, haar wang, in haar mond.

Ze was klein en stevig in zijn handen, en glad als het water in een meer. Hij wist dat hij gek werd als hij die zachte, trillende huid niet zou proeven. 'Wat wil jij, Julia?'

'Dit.' Haar mond bewoog zich koortsachtig over de zijne. En nu was zij het die hem bij de muur wegtrok, de slaapkamer in. 'Jou.' Toen ze de knopen van zijn overhemd wilde losmaken, trilden haar handen. Ze friemelde, vloekte. God, ze móest hem voelen. Waar deze vreselijke gulzigheid ook vandaan kwam, het verteerde haar van binnenuit. 'Ik kan het niet – het is zo lang geleden.' Uiteindelijk liet ze haar schutterige handen vallen en sloot haar ogen uit beschaamdheid.

'Je doet het uitstekend.' Bijna had hij gelachen, maar hij zag dat ze geen idee had welke uitwerking haar koortsachtige, onhandige pogingen op hem hadden. 'De beste dingen schieten je altijd weer te binnen.'

Ze kon alleen maar bleek, paniekerig glimlachen. Zijn lichaam lag als ijzer over haar heen. 'Dat zeggen ze ook over fietsen, maar ik verlies altijd mijn evenwicht en val.'

Hij ging met zijn tong over haar kin, verbijsterd hoe een klein trillinkje van haar zijn geestelijke gezondheid teisterde. 'Ik zal het je laten weten als je gaat slingeren.'

Toen ze haar handen weer naar hem uitstak, omvatte hij haar polsen met een hand en liefkoosde haar vingers. Te snel, berispte hij zichzelf, toen hij bij het licht dat door de luiken viel naar haar keek. Hij had haar opgejaagd, aangespoord door zijn eigen verlangen. Zij had aandacht nodig, en geduld, en alles wat hij aan tederheid te geven had.

Iets was er veranderd. Ze kon niet plaatsen wat, maar de sfeer was anders. Het draaien in haar maag was versneld – net zo opwindend, maar zo veel zoeter. Zijn aanraking was niet langer dwingend, maar verkennend: vingers die over haar heen gleden. Toen hij haar kuste, was de frustratie verdwenen, en er was overtuiging. Onweerstaanbaar.

Hij voelde hoe ze zich ontspande, spier voor spier, tot ze als hete was onder hem smolt. Hij had nooit geweten dat een dergelijke overgave, die mate van vertrouwen, hem het gevoel kon geven dat hij een held was. Dus wilde hij haar meer geven, haar meer laten zien. Meer beloven. Traag, zijn ogen op haar gezicht gericht, trok hij het elastiekje uit haar haar zodat het als donker goud over het roze laken uitwaaierde. Toen haar lippen uiteenweken, drukte hij er de zijne op, maar zachtjes, wachtend tot zij dat meest cruciale en complexe contact verdiepte. Toen haar tong de zijne zocht, glipte hij naar binnen.

Opwinding benevelde haar hersens, deed haar adem stokken. Hoewel haar vingers nog steeds trilden, rukte ze zijn knopen los, en ze slaakte een lange tevreden zucht toen ze zijn huid tegen zich aan voelde glijden. Met haar ogen dicht dacht ze zijn hart te horen kloppen met een snelheid die met die van het hare wedijverde.

Een mantel van gevoelens omhulde haar, een nevelige sluier die het haar mogelijk maakte zonder aarzeling of spijt alles met haar mond en handen te doen wat ze wilde. Genieten als een uitgehongerde. Ja, dat zou ze doen. Een ziel die zo lang honger had gekend, wist zowel van gulzigheid als onthouding. Zij wilde het bacchanaal.

Haar lippen snelden, van verlangen vervuld, over zijn gezicht, langs zijn hals, terwijl ze zich te goed deed aan de rijke, dierlijk mannelijke geur. Hij zei iets, snel en ruw, en ze hoorde zichzelf lachen – een lach die eindigde in gehijg toen hij zich uitzinnig tegen haar aan drukte, midden tegen midden.

Toen zijn tong over de top van haar borst heen en weer schoot, kromde ze zich door dat scherpe genot onder hem, waarbij haar lichaam zich omhoog strekte terwijl de vibraties in haar zongen. Het schrapen van zijn tanden, de plotselinge gulzigheid van zijn mond, de glorie van de eeuwige vleselijke begeerte. Met een gekreun diep in haar keel drukte ze zijn hoofd tegen zich aan, dwingend en hem gevend wat hij vroeg.

Meer.

En dit was de vrijheid, deze onbekommerde verstrengeling van begeerten die ze zichzelf zo lang had ontzegd, zelfs had veracht.

De lucht om hen heen geurde naar het parfum van de camelia's in de vaas op het nachtkastje. Onder hen kreunde het bed door hun getuimel. De zon die door de blinden binnensloop, zette het licht in een warm, verleidelijk goud. Telkens wanneer hij haar aanraakte, explodeerde dat licht achter haar zware oogleden in scherven van regenbogen.

Hier wilde hij haar hebben, langzaam opklimmend naar de piek van alle passies. Uit alle macht de drang om te bezitten onderdrukkend, gaf hij, plaagde, folterde – en kreeg als geschenk de bevrediging van het horen van zijn naam die aan haar lippen ontsnapte.

Haar huid was zijdezacht, geurend naar de oliën die zo grondig in haar spieren waren gewerkt. Omdat zijn verlangen geen grenzen kende, schoof hij de broek over haar heupen en gromde bij de ontdekking dat ze er niets onder aanhad.

Hij ontdekte dat hij nog steeds kon wachten, steeds langer, genietend van het gevoel van die lange, slanke dijen onder zijn handen. De smaak ervan tegen zijn lippen. Toen hij verschoof, bracht de lichtste aanraking haar over de grens waarbinnen hij haar had weten te houden, en ze schoot er voorbij.

De climax scheurde door haar heen, waarna ze verdoofd, duizelig en buiten zichzelf bleef liggen. Na zo'n teder begin was het verzengende genot angstaanjagend. En verslavend. Zelfs toen ze tastend haar weg naar hem zocht, zweepte hij haar opnieuw op en zag haar ogen glazig van hartstocht worden, voelde haar lichaam sidderen van het genot dat ze onderging, hoorde haar adem eerst stokken vanwege de schok, waarna ze die van gelukzaligheid uitstootte.

Toen ze verslapte, richtte hij zich boven haar op. Zijn eigen lichaam trilde terwijl hij wachtte tot haar zware ogen zouden opengaan om de zijne te ontmoeten.

Hij liet zich in haar glijden. Ze kwam omhoog om hem te ontmoeten. Staal in fluweel. Samengesmolten bewogen ze instinctief op het eeuwenoude, heerlijke ritme. Toen haar ogen weer dicht knipperden, opende ze haar armen om hem naar zich toe te trekken. Toen ze deze keer de grens overschreed, nam ze hem met zich mee.

Hij bleef stil liggen, nog steeds in haar gedompeld. De geur van haar huid, verhit door passie, zweefde door zijn zintuigen en vermengde zich met het tere parfum van de camelia's. Het licht, getemperd door de jaloezieën, leek op dag noch nacht, maar op een of andere tijdloze ruimte die daartussen verborgen lag. Gevangen in zijn armen bewoog haar lichaam zachtjes bij het ademhalen. Toen hij zijn hoofd optilde kon hij haar gezicht zien, waarop door de gloed van het vuur nog steeds een blos lag. Hij had haar mond maar te kussen om die warme, zoete overblijfselen van wederzijds genot te proeven.

Hij had gedacht dat hij wist wat romantiek was, er verstand van had, het op waarde wist te schatten. Hoe dikwijls had hij daar gebruik van gemaakt om een vrouw te verleiden? Hoe dikwijls had hij het handig in een intrige verwerkt? Maar dit was anders. Deze keer – of deze vrouw – had het allemaal op een ander plan gebracht. Hij zou haar duidelijk maken dat ze daar samen telkens terug zouden keren.

'Ik zei toch dat het je weer te binnen zou schieten.'

Langzaam deed ze haar ogen open. Ze waren enorm, donker en slaperig. Ze glimlachte. Wat had het voor nut hem te vertellen dat daar geen sprake van was, omdat ze nog nooit iets had meegemaakt als wat ze zojuist hadden gedeeld. 'Betekent dat hetzelfde als: vond je het lekker?'

Zijn grijns flitste voordat hij in haar oorlel beet. 'Het betekent veel meer. In feite bedacht ik net dat we een heel productieve dag kunnen hebben als we allebei blijven waar we zijn.'

'Productief?' Ze graaide met haar vingers door zijn haar, liet ze langs zijn ruggengraat omlaag dansen, terwijl zijn neus in haar hals wroette. Ze voelde zich niet als de kat die van de room had gesnoept, maar als die ene die een directe lijn met de koe had ontdekt. 'Interessant, misschien. Heerlijk, zeker. Maar productief is wat anders. Mijn interview met Anna wordt verondersteld… hmmm… productief te zijn.' Loom keek ze op de klok. Met een gilletje probeerde ze overeind te komen, alleen hield hij haar stevig op haar plaats. 'Het is kwart over elf. Hoe kan het kwart over elf zijn? Het was pas even na negenen toen we –'

'De tijd vliegt,' fluisterde hij, meer dan een beetje gevleid. 'Je haalt het nooit.'

'Maar –'

'Het kost je bijna een uur om je aan te kleden en erheen te rijden. Verander je programma.'

'Hè, verdomme. Dit is totaal onprofessioneel.' Ze wriemelde zich los en trok een la van het nachtkastje open om het nummer te zoeken. 'Het is mijn eigen schuld als ze me geen nieuwe kans geeft.'

'Ik vind je leuk, zo,' zei hij toen ze de telefoon naar zich toe trok. 'Helemaal verhit en uitgeput.'

'Stil zijn als ik nadenk.' Na haar haar uit haar ogen te hebben geduwd, toetste ze het nummer in, waarna ze naar adem hapte.

Paul grinnikte alleen maar en sabbelde verder aan haar tenen. 'Het spijt me. Dit is een van mijn vreemde fantasieën die ik waar moet maken.'

'Het is nu nauwelijks het moment –' Als een pijl schoot het genot in haar, waardoor ze haar hoofd achterovergooide. 'Paul, alsjeblieft. Ik moet… O, god! Wat?' Ze hapte naar adem toen de receptioniste haar standaard begroeting herhaalde. 'Ja, het spijt me.' Hij was nu met haar andere voet bezig en ging met zijn tong over de binnenkant. Jezus, wie had ooit gedacht dat daarvandaan de prikkels tot in je haargrens schoten? 'Ik – dit is Julia Summers. Ik heb om halftwaalf een afspraak met Miss del Rio.' Nu was hij bij haar enkels. Julia hoorde het bloed in haar hoofd koken. 'Ik… eh… moet een andere afspraak maken. Ik heb een…' Hete zoenen over haar kuit. 'Een onverwacht spoedgeval. Onvermijdelijk. Doet u alstublieft Miss…'

'Del Rio,' vulde Paul aan, waarna hij met zijn tanden over haar knieholte ging.

'Brengt u mijn verontschuldigingen over en zegt u haar…' Een spoor van hete, vochtige kussen langs de binnenkant van haar dij omhoog. 'Zegt u haar dat ik haar terugbel. Dank u wel.'

De telefoon kletterde op de vloer.

17

Drake salueerde vrolijk naar de bewaker bij het hek. Toen hij door-reed, kneep hij in zijn dijen en begon hij te tandenknarsen. Door de zenuwen had hij een jeukende, zich verspreidende uitslag gekregen waartegen geen enkele zalf of lotion van de drogist hielp. Tegen de tijd dat hij bij het gastenverblijf was beland, zat hij jammerend in zichzelf te praten. 'Ik heb de hele avond. Niks om me zorgen over te maken. In vijf minuten erin en eruit, en alles is opgelost.' Het gutsende zweet bezorg-de zijn rauwe dijen een folterende pijn.

Hij had nog achtenveertig uur de tijd. Met het beeld voor ogen van wat Joseph met hem kon doen met die grote, betonnen vuisten, sprintte hij de auto uit.

Het was veilig. Daar was hij in elk geval zeker van. Eve was in Bur-bank aan het filmen, en Julia was weg om die heks van een Anna te in-terviewen. Het enige wat hij moest doen, was naar binnen gaan, de tapes dupliceren, en daarna naar buiten wandelen.

Hij hanneste bijna een volle minuut met de deurknop voordat het tot hem doordrong dat het huis op slot zat. Terwijl hij tussen zijn tanden fluitend ademde, rende hij om het huis heen om alle ramen en deuren te controleren. Tegen de tijd dat hij op zijn beginpunt terug was, droop hij van het zweet.

Hij kon niet met lege handen weggaan. Hoe goed hij zichzelf ook kon bedriegen, hij wist dat hij nooit de moed had om terug te komen. Het moest nu gebeuren. Terwijl hij zijn brandende dijen krabde, rende hij stommelend naar het terras. Steelse blikken over zijn schouder wer-pend, pakte hij een kleine bloempot met petunia's op. Het getinkel van brekend glas klonk hem als een geweerschot in de oren, maar er kwamen geen mariniers voor een tegenaanval opdraven.

De pot viel uit zijn krachteloze vingers en belandde in scherven op de terrastegels. Nog steeds achterom glurend stak hij zijn hand door het gat en wipte het slot open.

Eenmaal binnen voelde hij een voldane twinkeling die hem moed gaf.

Toen hij van de keuken naar de werkkamer ging, was zijn tred vast en doelbewust. Hij glimlachte toen hij de la opentrok.

Zijn ogen werden even wazig, waarna hij in zichzelf lachte en een andere la opentrok. En nog een.

De glimlach was verworden tot een grimas terwijl hij doorging de lege laden open te trekken en te sluiten.

Julia kon zich niet herinneren dat een interview haar ooit zo had uitgeput als haar sessie met Anna. De vrouw was net een elpee die op achtenzeventig toeren werd afgespeeld. Julia vermoedde dat er wel een paar interessante en onderhoudende snoepjes te vinden waren onder de modder van de orgie van woorden waar Anna zich van had bediend – als ze het ooit kon opbrengen om de tape af te luisteren.

Ze bracht de auto voor het huis tot stilstand en bleef met gesloten ogen en het hoofd achterover zitten. Ze had Anna tenminste niet hoeven te dwingen of bewerken om op de praatstoel te komen. Ze stroomde als water door een lekke pijp, haar gedachten constant in de vierde versnelling, terwijl haar stokmagere lijf nooit meer dan een paar intensieve minuten op dezelfde plaats bleef. Julia had alleen maar hoeven vragen hoe het was om kostuums voor Eve Benedict te ontwerpen.

Anna weidde uit over Eves extravagante en vaak irreële verwachtingen, haar ongedurige eisen, de nieuwe ideeën op het laatste nippertje. Het was Anna – volgens Anna – die ervoor had gezorgd dat Eve er in *Lady Love* als een koningin uitzag. Anna die haar in *Paradise Found* had doen schitteren. Wat niet werd gemeld, zoals in de interviews met Kinsky en Marilyn Day, was dat Eve Anna haar eerste echte kans had gegeven door erop te staan dat zij de kleren voor *Lady Love* zou ontwerpen.

Het gebrek aan dankbaarheid deed Julia aan Drake denken.

Het begon net te regenen toen ze zuchtend uit de auto klom. Een felle, ijle regen die eruitzag alsof hij dagen kon aanhouden. Net als Anna, dacht ze, terwijl ze naar de voordeur sprintte. Kon ze de deur naar die tape maar sluiten, zoals ze met de deur de regen buiten hield.

Maar toen ze naar haar sleutels zocht, wist ze dat ze, in weerwil van haar eigen gevoelens, de tape zou terugluisteren. Als Anna in het boek kattig, verwend en ondankbaar overkwam, was dat alleen aan haarzelf te wijten.

Ze vroeg zich af of ze voor die avond karbonades of kip zou klaarmaken, maar toen ze de deur opende, sloeg haar de geur van natte, vertrapte bloemen in het gezicht. De woonkamer, die opgeruimd en bijna netjes te noemen was, was nu een chaos van omvergegooide tafels, gebroken lampen, kapotgescheurde kussens. Dat ene moment waarin haar hersens registreerden wat haar ogen zagen bleef ze staan, met haar tas in de ene hand en de sleutels in de andere. Toen liet ze alles vallen en liep door de ruïne van wat ze haar thuis had proberen te maken.

In elke kamer was het hetzelfde: glasscherven, omvergegooide meubels. Foto's waren van de wand gerukt. Laden waren kapot. In de keuken waren dozen en flessen uit kasten gesmeten, waarvan de inhoud als een onsmakelijke pudding op de tegelvloer lag.

Ze draaide zich om en rende naar boven. In haar kamer was de vloer bezaaid met haar kleren. De matras was gedeeltelijk van het bed gesleept, de lakens gescheurd en verfomfaaid. Daaroverheen verspreid lag de inhoud van haar kast.

Het was echter in Brandons kamer dat de zelfbeheersing waaraan ze zich wanhopig had trachten vast te klampen, knapte. Ze waren de kamer van haar kind binnengedrongen en hadden zijn speelgoed, kleren en boeken doorzocht. Julia raapte het bovenstuk van zijn Batmanpyjama op, en terwijl ze die met haar handen tot een bal verfrommelde, ging ze naar de telefoon.

'Met het huis van Miss Benedict.'

'Travers. Ik moet Eve spreken.'

Travers beantwoordde de eis met gesnuif. 'Miss Benedict is in de studio. Ik verwacht haar om een uur of zeven.'

'Je neemt nu contact met haar op. Iemand heeft in het gastenhuis ingebroken en er een bende van gemaakt. Ik geef haar een uur voordat ik zelf de politie bel.' Ze hing op toen Travers vragen begon te stellen.

Haar handen beefden. Goed zo, besloot ze. Het was woede, en het gaf niet als je beefde van woede. Dat wilde ze zo houden, dat en elke negatieve emotie die in haar woedde.

Uiterst kalm ging ze weer naar beneden en liep door de ruïne van de woonkamer. Ze hurkte bij een deel van de betimmering en drukte op het verborgen mechanisme, zoals Eve het haar had voorgedaan. Het paneel gleed open waardoor de safe zichtbaar werd. Julia drukte de code in. Toen hij open was, controleerde ze de inhoud. Haar tapes, haar aantekeningen, de juwelenkistjes. Tevreden sloot ze de safe weer, waarna ze naar het raam liep waartegen de regen kletterde, en wachtte af.

Een halfuur later zag ze Pauls Studebaker tot stilstand komen. Toen ze hem binnenliet, was zijn gezicht strak en uitdrukkingsloos. 'Wat is er in godsnaam aan de hand?'

'Heeft Travers je gebeld?'

'Ja, zij heeft me gebeld – wat jij niet hebt gedaan.'

'Het kwam niet in me op.'

Hij zweeg tot hij de boosheid die hij bij haar opmerking voelde had verwerkt. 'Dat blijkt. Is er opnieuw ingebroken?'

'Kijk zelf maar.' Ze deed een stap opzij zodat hij haar kon voorgaan. Toen ze het nog eens zag, werd het haar rood voor de ogen. Uit alle macht drong ze het terug. Ze klemde haar vingers in elkaar tot haar knokkels wit werden. 'Mijn eerste gedachte is dat iemand kwaad werd toen hij de tapes niet kon vinden en besloot het huis af te breken tot-ie ze vond.' Met haar voet schoof ze wat gebroken aardewerk opzij. 'Dat is niet gelukt.'

Uit woede en vanwege de koperachtige smaak van angst onder in zijn keel, draaide hij zich naar haar toe. Het blauw van zijn ogen was zo laaiend, dat ze een stap achteruit deed en haar rug rechtte. 'Is dat het enige waar je aan denkt?'

'Het is de enige reden,' zei ze. 'Ik ken niemand die zoiets uit persoonlijke wrok zou doen.'

Hij schudde zijn hoofd en probeerde de knoop in zijn maag te negeren toen hij naar het vernielde kussen keek. Als hij haar zo had aangetroffen: verscheurd, aan flarden en op de vloer gesmeten? Zijn stem was koud als staal toen hij eindelijk iets kon uitbrengen. 'De tapes zijn dus in veiligheid? En dat is dat?'

'Nee, dat is niet dat.' Ze trok haar vingers van elkaar en toen, alsof dat het enige was wat haar had tegengehouden, barstte de woede die ze had onderdrukt los. 'Ze zijn in Brandons kamer geweest. Ze zijn aan zijn spullen gekomen.' Nu was ze minder voorzichtig met de vernielde dingen maar schopte ernaar, met ogen die de kleur hadden van de dreigende wolken die onophoudelijk de regenbuien naar beneden joegen. 'Niemand, niemand mag zo dicht bij mijn zoon in de buurt komen. Als ik erachter kom wie dat was, zal hij boeten.'

Hij had liever haar uitbarsting dan haar beheersing. Maar hij was verre van tevreden. 'Je zei dat je me zou bellen als je in de problemen zat.'

'Ik kan het aan.'

'O ja?' Hij kwam snel in actie: greep haar armen, schudde haar door elkaar voordat ze de kans kreeg te protesteren. 'Als het de tapes zijn waar iemand zo wanhopig naar op zoek is, nemen ze de volgende keer jou te grazen. In 's hemelsnaam, Julia, is dat 't waard? Is een boek, een paar weken op de bestsellerlijst, vijf minuten tv-reclame, dit alles waard?'

Niet minder woedend dan hij, rukte ze zich los en wreef over haar armen waar zijn vingers zich in hadden geklauwd. De wind wakkerde even aan, waardoor de regen als ongeduldige vingers tegen het raam tikte. 'Je weet dat dat niet alles is. Dat moet jij beter weten dan wie ook. Voor mij is waar ik mee bezig ben iets van waarde. Wat ik over Eve ga schrijven is waardevoller, aangrijpender, krachtiger dan welke roman ook.'

'En als je thuis was geweest toen ze inbraken?'

'Ze hadden niet ingebroken als ik hier was geweest,' kaatste ze terug. 'Het is duidelijk dat ze hebben gewacht tot het huis leeg was. Denk logisch na.'

'Logisch, m'n reet. Ik neem geen risico met jou.'

'Jij neemt geen –'

'Nee, verdomme.' Koelbloedige woede werd bloedheet toen hij een tafel opzij smeet. Nog meer scherven, als bliksem die de regen beantwoordde. 'Verwacht jij dat ik toekijk en niets doe? Wie hier ook was, zocht niet zomaar naar tapes – hij probeerde ze uit alle macht te vinden.' Hij raapte een gehavend kussen op en duwde het in haar handen. 'Moet je zien. Kijk ernaar, verdomme. Dit had jij kunnen zijn.'

Dat was niet in haar opgekomen, geen seconde, en het ergerde haar dat zijn woorden het beeld zo levendig in haar opriepen. Ze onderdrukte een rilling en liet het kussen op de grond vallen. 'Ik ben geen stuk meubilair, Paul. Noch is het aan jou om beslissingen voor me te nemen. Na een middagje in bed ben je nog niet verantwoordelijk voor mijn welzijn.' Langzaam grepen zijn handen de revers van haar jasje vast. Boosheid en angst hanteerden een dun mes, dat snel en diep toestak. 'Het was meer dan een middagje in bed, maar dat is een ander probleem dat je onder ogen moet zien. Op dit moment verkeer jij in de situatie dat een rotboek je leven in gevaar brengt.'

'En als ik ooit had overwogen ermee te kappen, zou ik hierdoor van gedachten veranderen. Ik ben niet van plan te vluchten voor dit soort intimidatie.'

'Mooi gezegd,' stelde Eve vanuit de deuropening vast. Haar haar was nat, net als de kasjmieren trui die ze na Travers' telefoontje zo haastig had aangetrokken. Haar gezicht was bleek toen ze het huis binnenging, maar haar stem was sterk en vast.

'Het lijkt wel of er iemand bang wordt, Julia.'

'Wat mankeert jou in godsnaam?' Met een plotselinge woede die ze nog nooit van hem had gezien, stortte Paul zich op Eve. 'Geniet je hier echt van? Voldoening oplikken bij de gedachte dat iemand dit om jou doet? Ben je niet ver heen, Eve, als je ijdelheid, je streven naar onsterfelijkheid je alles waard is?'

Heel voorzichtig liet ze zich op de armleuning van de vernielde sofa zakken, haalde een sigaret tevoorschijn, stak hem op. Vreemd, dacht ze, ze was er altijd zeker van geweest dat Victor de enige man was die haar kon kwetsen. Hoeveel scherper, hoeveel dieper was de pijn nu die in haar werd gestoken door een man die ze als haar zoon beschouwde.

'Genieten,' zei ze langzaam. 'Geniet ik ervan als ik zie hoe mijn eigendommen zijn vernield of als er inbreuk wordt gemaakt op de privacy van mijn gast?' Zuchtend blies ze de rook uit. 'Nee. Geniet ik ervan dat iemand zo bang is om wat ik wereldkundig zou kunnen maken, dat hij het risico neemt zoiets krankzinnigs en stoms te doen? Ja, bij god, daar geniet ik van.'

'Jij bent niet de enige die hierbij betrokken is.'

'Voor Julia en Brandon wordt gezorgd.' Ze tipte haar as achteloos over de rommel op de vloer. Met elke hartslag bonsde haar hoofd venijnig. 'Travers is nu bezig in mijn huis kamers in orde te brengen. Julia, jullie zijn er allebei welkom zo lang je maar wilt, of om hier terug te komen als we het weer bewoonbaar hebben gemaakt.' Ze keek op, waarbij ze haar ogen en haar stem zo neutraal mogelijk hield. 'Hoewel het je natuurlijk vrijstaat om je helemaal uit het project terug te trekken.'

Uit een spontaan blijk van verbondenheid kwam Julia naast Eve staan. 'Ik ben niet van plan me uit het project terug te trekken. Of van jou.'

'Integriteit,' zei Eve met een glimlach, 'is een eigenschap om jaloers op te zijn.'

'Dat kun je niet zeggen van blinde koppigheid,' kaatste Paul terug. Zijn blik flitste naar Julia. 'Het is duidelijk dat geen van jullie mijn hulp wil of nodig heeft.'

Eve kwam stijfjes overeind toen hij het huis uit beende. Zwijgend zag ze hoe Julia hem nakeek. 'Het mannelijk ego,' mompelde ze toen ze de kamer door liep om een arm om Julia's schouders te slaan. 'Het is gigantisch en broos tegelijk. Ik stel het me altijd voor als een enorme penis van teer glas.'

Ondanks haar kolkende emoties moest Julia lachen.

'Dat is beter.' Eve bukte om een scherf van een kapotte vaas op te rapen die ze als asbak gebruikte. 'Hij komt terug, schat. Puffend en briesend, naar alle waarschijnlijkheid, maar hij heeft het te stevig te pakken om niet terug te komen rennen.' Glimlachend drukte ze de sigaret uit, waarna ze die schouderophalend met scherf en al tussen de rommel gooide. 'Denk je dat ik niet kan zien dat jullie samen zijn geweest?'

'Ik denk werkelijk niet –'

'Niet denken.' Omdat ze behoefte aan frisse lucht had, liep Eve naar de openstaande deur. Ze hield van de regen, zoals die koel op haar gezicht viel. Ze was op het punt aangeland dat ze kon genieten van de kleine dingen des levens. 'Ik kon meteen zien wat er tussen jullie was gebeurd. En dat jij mij stilletjes, moeiteloos, van de eerste plaats van zijn liefde hebt verdreven.'

'Hij was kwaad,' begon Julia. En omdat ze zich plotseling bewust werd dat haar eigen hoofd klopte, trok ze de spelden uit haar haar.

'Ja. En terecht. Door mijn toedoen is zijn vrouwtje in een moeilijke, misschien gevaarlijke positie beland.'

'Toe, kom binnen. Je vat kou in die regen.' Ze werd nijdig onder Eves geamuseerde blik. 'En ik ben mijn eigen vrouwtje.'

'Dat moet ook.' Gehoorzaam liep Eve weer naar binnen. Het luchtte haar op daar jeugd te zien staan. Jeugd, moed, en temperament. 'Zelfs als je een man toebehoort, moet je als vrouw van jezelf blijven. Hoeveel je ook van hem houdt, of van hem gaat houden, blijf jezelf trouw.' De pijn straalde zo snel uit, zo scherp, dat ze het uitschreeuwde en haar hand boven haar linkeroog drukte.

'Wat is er?' Julia stond in een tel naast haar om haar te ondersteunen. Vloekend droeg ze haar min of meer naar wat er van de sofa restte. 'Je bent ziek. Ik bel een dokter voor je.'

'Nee. Nee.' Voor Julia kon opspringen, had Eve haar hand vastgepakt. 'Het is alleen maar stress, te veel gewerkt, vertraagde schrikreactie. Weet ik veel. Ik heb vaak hoofdpijn.' Ze kon bijna lachen om haar schrale verklaring. 'Als je me een glaasje water geeft.'

'Oké. Eén minuut.'

Toen Julia naar de keuken was om een heel glas te vinden, dook Eve in haar canvas tas voor de pillen. De pijn kwam vaker – zoals de doktoren hadden voorspeld. Het werd erger – al weer beantwoordend aan de voorspellingen. Ze nam twee pillen, maar dwong zich er één terug te leggen. Ze wilde niet toegeven aan de verleiding om de dosis te verdubbelen. Nog niet. Toen Julia met het water terugkwam, stopte ze het flesje terug en hield de ene pil in haar hand.

Julia had ook een koude doek meegenomen en zoals ze voor Brandon zou hebben gedaan, masseerde ze Eves voorhoofd terwijl die het medicijn innam.

'Dank je. Je hebt helende handen.'

'Ontspan je maar tot je je beter voelt.' Waar kwam al die affectie van-daan, vroeg Julia zich af terwijl ze geduldig de pijn probeerde weg te wrijven. Ze glimlachte toen Eves hand naar de hare reikte. Op een of andere manier had zich een vriendschap gevormd, dat bondgenoot-schap van vrouw tot vrouw dat voor een man niet te begrijpen was.

'Je bent een troost voor me, Julia. In meer dan één opzicht.' De pijn was nu bijna te verdragen. Toch bleef ze met gesloten ogen zitten, ge-nietend van de koele, bekwame aanraking. 'Het spijt me zo dat onze wegen zich pas zo laat hebben gekruist. Verloren tijd. Weet je nog, ik zei je dat dat de enige werkelijke spijt is.'

'Ik geloof graag dat tijd nooit verspild is. Dat dingen gebeuren wan-neer ze moeten gebeuren.'

'Ik hoop dat je gelijk hebt.' Weer viel ze stil en ze ging na wat ze nog moest doen. 'Ik heb met Lyle geregeld dat Brandon regelrecht bij mijn huis wordt afgeleverd. Ik dacht dat jij dat liever had.'

'Ja, dank je.'

'Een kleinigheid om deze ontwrichting van je leven goed te maken.' Sterker, zekerder, opende ze haar ogen weer. 'Heb je de tapes gecontro-leerd?'

'Ze zijn er nog.'

Ze knikte alleen maar. 'Eind van de week vertrek ik naar Georgia. Als ik terugkom, maken we dit af, jij en ik.'

'Ik moet nog een paar interviews doen.'

'Er is tijd genoeg.' Daar zou ze voor zorgen. 'Als ik weg ben, wil ik niet dat je je hier zorgen over maakt.'

Julia keek de kamer rond. 'Dat is een beetje lastig.'

'Niet nodig. Ik weet wie dit heeft gedaan.'

Julia verstijfde. 'Je weet het. Dan –'

'Ik hoefde maar bij de wacht aan het hek te informeren.' Bijgekomen stond ze op en legde een hand op Julia's schouder. 'Vertrouw op me. Ik zal dit zaakje regelen.'

Drake gooide gejaagd kleren in een koffer. Keurig gewassen en gestre-ken overhemden werden tussen schoenen, riemen en gekreukte broe-ken gepropt.

Hij moest weg, en snel. Met minder dan vijfduizend dollar na een wanhopige en verloren sessie in Santa Anita, en zonder tapes om iets te ritselen, durfde hij zijn afspraak met Delrickio niet na te komen. Dus ging hij ergens heen waar Delrickio hem niet kon vinden.

Argentinië misschien, of Japan. Hij gooide geruite sokken boven op zwembroeken. Misschien kon hij beter eerst naar Omaha gaan, zich koest houden. Wie ging er in godsnaam naar Omaha om Drake Morrison te zoeken?

Zijn moeder kon hem niet meer naar buiten sleuren voor een pak rammel achter de stal. Ze kon hem niet dwingen naar gebedsbijeenkomsten te gaan of hem water en brood te eten geven om zijn lichaam en geest van onkuisheid te reinigen.

Hij kon daar een paar weken op de boerderij blijven tot hij wat tot zichzelf was gekomen. En wie weet kon hij zijn oude moeder een paar duizend dollar afhandig maken. God wist dat ze genoeg aan hem had overgehouden – door het geld dat Eve stuurde in te pikken en in de boerderij te investeren, of in de kerk.

Hij had toch recht op iets? Van haar. Van Eve. Uiteindelijk was hij enig kind. Hij was de eerste helft van zijn leven toch met gekke Ada opgescheept, en de tweede helft had hij voor Eve gewerkt.

Ze stonden bij hem in het krijt.

'Drake.' Hij had zijn armen vol met sokken en zijden ondergoed. Het kwam allemaal op de vloer terecht toen Eve binnenstapte.

'Hoe ben je –'

Ze hield een sleutel op en zwaaide ermee. 'Je hebt Nina vaak opgedragen je planten water te geven als je de stad uit ging.' Ze liet de sleutel in haar zak glijden om hem een reactie te ontlokken, waarna ze op zijn bed ging zitten. 'Op reis?'

'Zaken.'

'Plotseling?' Haar wenkbrauwen schoten omhoog toen ze het resultaat van zijn gehaaste inpakken in ogenschouw nam. 'Zo behandel je een pak van vijfduizend dollar niet.'

De jeuk op zijn dijen deed hem knarsetanden. 'Ik laat alles persen als ik daar ben.'

'En waar is daar?'

'New York,' zei hij, het als inspiratie beschouwend. 'Je bent mijn favoriete cliënte, Eve, maar niet de enige. Ik moet… eh… een paar details bespreken voor een deal met de televisie.'

Ze hield haar hoofd schuin om hem beter te bekijken. 'Het moet wel erg met je zijn om zo slecht te liegen. Een van je beste talenten – misschien je enige – is dat je compleet overtuigend kunt liegen.'

Hij had zijn kwaadheid willen tonen, maar de paniek schemerde erdoorheen. 'Luister, Eve, het spijt me dat ik geen gelegenheid heb gehad je over mijn plannen in te lichten, maar ik heb verplichtingen die niets met jou te maken hebben.'

'Laten we meteen ophouden met die onzin, oké?' Haar stem was vriendelijk. De uitdrukking op haar gezicht niet. 'Ik weet dat je vanmorgen in het gastenverblijf hebt ingebroken.'

'Ingebroken?' Het zweet stroomde langs zijn gezicht. Toen hij lachte, klonk het onheilspellend. 'Waarom zou ik in godsnaam zoiets doen?'

'Precies wat ik wilde vragen. Ik twijfel er geen moment aan dat jij degene bent die eerder ingebroken en me bestolen heeft. Ik kan je niet zeggen hoe teleurgesteld ik ben, Drake, dat een van die paar bloedverwanten die ik heb het nodig vindt om te stelen.'

'Dit hoef ik van jou niet te pikken.' Hij kwakte de koffer dicht. Onbewust begon hij in zijn dijen te knijpen. 'Kijk eens rond, Eve. Krijg je de indruk dat ik het nodig heb een stelletje kostbaarheden van jou te stelen?'

'Ja. Wanneer iemand erop staat boven zijn stand te leven, is hij in staat tot diefstal.' Ze zuchtte vermoeid terwijl ze een sigaret opstak. 'Is het weer dat gokken?'

'Ik heb je verteld dat ik ermee ben gestopt.' Hij klonk bijna beledigd.

Ze blies rook naar het plafond, waarna ze haar ogen weer op hem vestigde. 'Je bent een leugenaar, Drake. Tenzij je wilt dat ik met mijn vermoedens naar de politie ga, stop je ogenblikkelijk een leugenaar te zijn. Hoeveel schuld heb je?'

Hij ging voor de bijl, als een kaartenhuis waar een kind fluitend tegenaan blies. 'Drieëntachtigduizend met rente.'

Eves lippen knepen samen. 'Idioot. Aan wie?'

Hij veegde met zijn hand zijn mond af. 'Delrickio.'

Ze sprong op, greep een schoen van het bed en hief die naar hem op. Jammerend kruiste Drake beschermend zijn armen voor zijn gezicht. 'Verdomde idioot die je bent. Ik heb het je gezegd, ik heb je gewaarschuwd. Vijftien jaar geleden heb ik je onder dat slijm vandaan gesleurd. En nog eens, tien jaar geleden.'

'Ik heb pech gehad.'

'Zeikerd. Je hebt nooit van je leven goed gegokt. Delrickio! Jezus christus! Snotterende slapjanussen als jij lust-ie rauw.' Furieus gooide ze haar sigaret op het tapijt en trapte die uit voordat ze Drake bij zijn boord greep. 'Jij zat voor hem achter de tapes aan, nietwaar? Jij kloterige verrader, jij was van plan ze hem te bezorgen om je eigen huid te redden.'

'Hij vermoordt me.' Zijn ogen en neus liepen terwijl hij het haar opbiechtte. 'Dat doet-ie, Eve. Hij heeft me al door een van zijn zware jongens in elkaar laten slaan. Hij wil naar de tapes luisteren, meer niet. Ik dacht dat het geen kwaad kon en dat hij me een deel van de schuld zou kwijtschelden. Alleen –'

Ze gaf hem een klap, zo hard dat zijn hoofd achteroversloeg. 'Ga je opknappen. Je bent een stakker.' Ze liet hem los en liep de kamer op en neer terwijl hij een zakdoek uit zijn zak trok om zijn gezicht te betten.

'Ik raakte in paniek. Jezus christus, Eve, je weet niet wat het is, de gedachte aan wat hij met me kan doen. En dat alleen voor tachtig kloterige duizendjes.'

'Tachtig kloterige duizendjes die jij toevallig niet hebt.' Ze was kalmer toen ze zich omdraaide. 'Je hebt me bedrogen, Drake, mijn vertrouwen, mijn sympathie. Ik weet dat je jeugd een zootje was, maar dat is geen excuus om je tegen iemand te keren die heeft geprobeerd je een kans te geven.'

'Ik ben bang.' Hij begon weer te jammeren. 'Als ik hem het geld over twee dagen niet geef, vermoordt-ie me. Zeker weten.'

'En met de tapes wou je de dijk dichten. Nou, jammer schat, pech gehad.'

'Het hoeven niet de echte te zijn.' Hij kwam moeizaam overeind. 'We kunnen er zelf een paar maken, die we ervoor laten doorgaan.'

'Dan vermoordt hij je later omdat je tegen hem hebt gelogen. Leugens komen altijd bovendrijven, Drake. Geloof me.'

Terwijl hij de waarheid daarvan probeerde te verteren, schoten zijn ogen schichtig de kamer door, bang om ergens tot rust te komen. 'Ik ga weg. Het land uit.'

'Je blijft hier om de problemen als een man onder ogen te zien. Voor één keer in dat armzalige leven van je draai je voor de consequenties op.'

'Dat wordt mijn dood,' zei hij met trillende lippen.

Ze trok haar tas open en haalde er een chequeboek uit. Ze had wel iets als dit verwacht, maar dat deed niets af aan de woede of de triestheid. 'Honderdduizend dollar,' zei ze, terwijl ze ging zitten en schreef. 'Dat is voldoende voor je schuld, je rente.'

'O. O, jezus, Eve.' Hij liet zich aan haar voeten vallen en begroef zijn gezicht tussen haar knieën. 'Ik weet niet wat ik moet zeggen.'

'Zeg niets. Luister alleen maar. Jij neemt de cheque. Je gebruikt er geen cent van om te gokken, maar brengt het geld naar Delrickio.'

'Zal ik doen.' Zijn natte gezicht was ineens een en al verrukking. Het glom als een bekeerde heilige. 'Ik zweer het.'

'En dit is je laatste transactie met die man. Als ik ooit te horen krijg dat je nog eens zaken met hem doet, vermoord ik je eigenhandig – op een manier waar zelfs Delrickio respect en bewondering voor zal hebben.'

Zijn hoofd wiebelde op zijn hals vanwege zijn enthousiaste geknik. Hij was bereid van alles te beloven, en meende dat ook – tijdelijk althans om zijn hachje te redden.

'Als ik jou was zou ik in therapie gaan voor je verslaving.'

'Geen probleem. Ik doe het niet meer. Ik zweer het.'

'Zoals je eerder hebt gezworen, maar dat is jouw zaak.' Vol walging duwde ze hem opzij en stond op. De liefde en hoop die ze ooit had gekoesterd voor de zoon van haar zuster waren verdwenen. Ze wist dat die niet terug zouden komen. Als de walging en boosheid ooit vervaagden, kwam er waarschijnlijk medelijden voor in de plaats. Maar niet meer. 'Het kan me eigenlijk geen zak schelen als je je leven verpest, Drake. Ik heb het voor de laatste keer gered. Je bent ontslagen.'

'Eve, dat kun je niet menen.' Hij kwam moeizaam overeind en bediende zich van zijn charmantste glimlach. 'Ik heb het verprutst, ik geef het toe. Het was dom, en het zal niet weer gebeuren.'

'Verprutst?' Bijna geamuseerd trommelde ze met haar vingers tegen haar tas. 'Wat een geschikte uitdrukking; het slaat op zo veel dingen. Je hebt in mijn huis ingebroken, je hebt me bestolen, je hebt dingen vernield waarop ik was gesteld, je hebt de privacy verstoord van een vrouw op wie ik meer dan gesteld ben, een vrouw voor wie ik respect en bewondering heb en die te gast is in mijn huis.' Voor hij iets kon zeggen, stak ze een hand op. 'Ik zeg je niet dat je in deze stad geen werk meer krijgt, Drake. Dat is veel te melodramatisch en cliché. Maar voor mij zul je niet meer werken.'

Zijn gevoel van opluchting en verrukking was verdwenen. Een standje was tot daaraan toe geweest – een paar dreigementen had hij aangekund. Maar een dergelijke afstraffing was ernstiger en blijvender, dan een paar zwiepen met een riem achter de stal. Hij zou wel gek zijn zich ooit nog door een vrouw te laten afranselen.

'Je hebt het recht niet me zo te behandelen, me weg te gooien alsof ik niets voorstel.'

'Ik heb alle recht een employé die ik ongeschikt vind te ontslaan.'

'Ik heb veel goeds voor je gedaan.'

Een wenkbrauw schoot omhoog bij die kleine onbeschaamdheid. 'Laten we dan stellen dat we quitte staan. Die cheque is al het geld dat je ooit van mij zult zien. Beschouw het als je erfenis.'

'Dat kun je niet doen!' Voordat ze de kamer uit kon lopen, greep hij haar arm. 'Ik ben familie, alles wat je hebt. Je kunt me niet onterven.'

'Nou en of. Wees daarvan verzekerd. Elke cent die ik bezit, heb ik verdiend – iets wat jij onmogelijk kunt begrijpen. Wat ik heb, gaat naar waar ik wil dat het heen gaat.' Ze rukte haar arm los. 'Ik ben niet van plan verraad te belonen, Drake, en in dit geval ga ik het niet eens afstraffen. Ik heb je net je leven teruggegeven. Maak er iets van.'

Hij haastte zich achter haar aan toen ze de kamer uit ging in de richting van de trap. 'Je laat niet alles na aan die klootzak van een Winthrop. Dan kom ik je in de hel opzoeken.'

Boven aan de trap draaide ze zich om. Door de blik in haar ogen bevroor hij halverwege een stap. 'Het is heel waarschijnlijk dat je me daar tegenkomt. Tot dan zijn jij en ik met elkaar klaar.'

Het zou niet gebeuren. Hij ging met zijn hoofd in zijn handen op de trap zitten terwijl de deur trillend dichtsloeg. Hij zou haar laten zien dat hij niet afgekocht kon worden met een waardeloze honderdduizend.

18

Brandon zat op het ledikant in de grote, ruime kamer in het hoofd-gebouw en keek toe hoe zijn moeder de laatste spullen inpakte. 'Hoe komt het dat als dames een weekend of zo weggaan ze altijd meer meenemen dan mannen?'

'Dat, mijn zoon, is een van de mysteries van het universum.' Ze deed, schuldbewust, nog een blouse in de kledingzak. 'Weet je zeker dat je niet boos bent omdat je niet met me meegaat naar Londen?'

'Welnee. Ik heb bij de McKenna's veel meer lol dan jij met die ouwe acteur. Ze hebben Nintendo.'

'Tja, daar kan Rory Winthrop niet tegenop.' Ze ritste de koffer dicht, controleerde haar schoudertas om te zien of ze al haar toiletspullen en make-up bij zich had. Ze schudde haar hoofd toen ze het gewicht uit-probeerde. Helemaal geen mysterie, dacht ze. Louter ijdelheid. 'CeeCee kan elk moment komen. Heb je je tandenborstel ingepakt?'

'Jazeker, mevrouw.' Hij rolde met zijn ogen. 'Je hebt mijn koffer al twee kaar nagekeken.'

Omdat ze daar weer mee bezig was, miste ze de grimas. 'Misschien moet je een extra jack meenemen. Voor als het gaat regenen.' Of voor het geval L.A. plotseling werd getroffen door een sneeuwstorm, over-stromingen, tornado's. Aardbevingen. O god, als er nu een aardbeving kwam als ze weg was? Bevangen door angst en schuldgevoelens die haar altijd in hun greep kregen als ze Brandon alleen liet, draaide ze zich om en keek hem aan. Hij wipte zachtjes en neuriënd op het bed, zijn geliefde Lakers-pet diep over zijn ogen getrokken. 'Ik zal je missen, knulletje.'

Hij kreunde, zoals elke zichzelf respecterende tienjarige die met *knulletje* wordt aangesproken. Gelukkig was er niemand anders bij. 'Ik ben onder de pannen. Je hoeft je geen zorgen te maken.'

'Dat doe ik toch. Dat is mijn taak.' Ze liep op hem toe om hem te knuffelen, blij toen hij zijn armen om haar heen sloeg voor een stevige omhelzing. 'Dinsdag ben ik terug.'

'Breng je iets voor me mee?'

Ze duwde zijn hoofd achterover. 'Misschien.' Ze kuste hem op beide wangen. 'Niet te veel groeien terwijl ik weg ben.'

Hij giechelde. 'Misschien wel.'

'Dan ben ik toch nog groter. Kom op, we gaan.' Ze pakte haar tas – ze probeerde zich te herinneren of ze was nagegaan of haar paspoort en de tickets in het juiste vakje zaten – slingerde de tas over de ene schouder en de kledingzak over de andere. Brandon hees zijn welgevulde gymtas op met alles wat een modern joch nodig had voor een paar dagen bij vriendjes.

Het kwam in geen van beiden op om een bediende te bellen en de bagage naar beneden te laten dragen.

'Ik bel elke avond om zeven uur. Jouw tijd. Vlak na het eten. Ik heb de naam en het telefoonnummer van het hotel al in je tas gestopt.'

'Weet ik, mam.'

Ze hoorde zijn ongeduld wel degelijk, maar het kon haar niets schelen. Een moeder had het recht zich op zo'n manier te gedragen. 'Je kunt me daar altijd bellen als je me nodig hebt. Als ik er niet ben, neemt de receptie een boodschap aan.'

'Ik weet wat ik moet doen. Net zoals wanneer je op tournee gaat.'

'Oké.' Maar ditmaal lag er een oceaan tussen hen in.

'Julia.' Nina haastte zich de gang door toen ze bij de trap waren aangekomen. 'Jullie hoeven dat niet zelf te dragen.'

'Ik ben het gewend. Heus.'

'Laat maar.' Ze trok de kledingzak al van Julia's schouder en zette hem neer. 'Ik zal Lyle je spullen in de limo laten zetten.'

'Dank je. Weet je, hij hoeft me niet helemaal naar het vliegveld te brengen.' Ze vond het doodeng. 'Ik kan –'

'Je bent Miss B.'s gast,' zei Nina stijfjes. 'Bovendien ga je voor Miss B. naar Londen.' Daarmee was de zaak naar Nina's idee afdoende geregeld. Ze glimlachte naar Brandon. 'Het zal hier de komende paar dagen vreselijk stil en saai zijn, maar ik weet zeker dat je het heel leuk zult hebben bij de McKenna's.'

'Ze zijn gaaf.' Hij dacht niet dat het verstandig was eraan toe te voegen dat Dustin McKenna had beloofd hem te leren hoe je vieze geluiden met je oksel moest maken. Vrouwen begrepen zulke dingen nou eenmaal niet. Toen er werd aangebeld, rende hij de hal door. 'Je bent er!' schreeuwde hij naar CeeCee.

'Reken maar. Allemaal aan boord voor drie dagen lol, opwinding en volle badkamers. Dag, Miss Soloman. Bedankt voor de vrije dag.'

'Je verdient het.' Ze vergat te glimlachen, want haar gedachten waren alweer bij wat er nog gedaan moest worden. 'Nou ja, als iedereen weggaat, is er voor jou toch weinig te doen. Veel plezier, Brandon. Goeie reis, Julia. Ik bel Lyle en laat hem de wagen voorrijden.'

'Gedraag je.' Julia liep naar voren om Brandon een laatste smorende knuffel te geven. 'Geen ruzie maken met Dustin.'

'Oké.' Hij slingerde de gymtas over zijn schouder. 'Dag, mam.'

'Dag.' Ze beet op haar lip toen hij naar buiten beende.

'We zullen goed voor hem zorgen, Julia.'

'Weet ik.' Het lukte haar te glimlachen. 'Dat is het makkelijke deel.' Door de open deur zag ze achter CeeCees auto de grote, zwarte limousine aan komen glijden. 'Daar is mijn lift, denk ik.'

Terwijl Julia onder de heldere zon van Los Angeles naar het vliegveld reed, rekte Eve zich in bed uit en luisterde naar de zware regen die op het dak van de bungalow sloeg. Vandaag werd er niet gefilmd, dacht ze, alleen een hoop lange, luie uren in het knusse huisje dat de producenten hadden weten te huren voor de duur van de opnamen op locatie.

Ze had geen bezwaar tegen een dagje vrij – gezien de omstandigheden. Weer rekte ze zich uit en ze maakte een spinnend geluid toen een sterke, brede hand strelend langs haar lichaam omlaag ging.

'Klinkt niet alsof het gauw zal ophouden,' merkte Peter op, zich zo verschuivend dat hij haar over zich heen kon rollen. Het verbaasde hem – en wond hem op – hoe goed ze er 's morgens uitzag. Ouder, zeker, zonder haar zorgvuldige make-up. Maar de beenderen, de ogen, de bleke huid, maakten leeftijd uiterst onbelangrijk. 'Als dat zo doorgaat, moeten we misschien de hele dag binnenblijven.'

Omdat ze voelde dat hij hard en gloeiend tegen haar aan lag gedrukt, gleed ze omhoog, vervolgens terug om hem in haar te brengen. 'Ik denk dat het ons wel lukt om bezig te blijven.'

'Ja.' Zijn handen klauwden in haar heupen en spoorden haar aan, terwijl ze heen en weer begon te bewegen. 'Ik weet het wel zeker.'

Eve strekte en boog, zodat haar lichaam geheel kon opgaan in al die verrukkelijke schokkende golven van genot. Ze had zich niet vergist: hij was een intrigerende minnaar. Hij was jong, had een strak lijf, energie, en kende instinctief even goed de verlangens van een vrouw als die van hemzelf. Een man die op het seksuele vlak wist te geven, had bij haar een streepje voor. Een extra meevaller was dat toen zij uiteindelijk die laatste stap deed en hem in haar bed uitnodigde, ze hem aardig was gaan vinden.

En in bed... Welke vrouw van haar leeftijd zou niet dankbaar zijn dat ze een man van nog geen veertig in een zo totale staat van opwinding wist te brengen? Ze wist dat hij verloren was in haar – het gejaagde tempo van zijn ademhaling, zijn borst die glansde van het zweet, de spiertrekkingen die hem folterden naarmate hij op zijn climax af snelde.

Glimlachend, met haar hoofd achterover, bereed ze hem hard, hen samen over die vurige grens van genot voerend.

'Jezus!' Uitgeput liet Peter zich op bed terugvallen. Zijn hart bonkte als een pneumatische boor. Hij had meer vrouwen gehad, jongere vrouwen, maar nooit een die zo bedreven was. 'Je bent ongelooflijk.'

Ze liet zich uit bed glijden om een kamerjas van de stoel te plukken. 'En jij bent goed. Heel goed. Als je geluk hebt, word je misschien even ongelooflijk als je zo oud bent als ik.'

'Schatje, als ik al die tijd zo blijf neuken, ben ik allang dood voordat ik zo oud ben als jij.' Hij rekte zich uit als een lange, lenige kater. 'Dan is het een kort en gelukkig leven geweest.'

Ze moest lachen, blij met hem, en ging naar de toilettafel om een borstel door haar haar te halen. Hij negeerde haar leeftijd niet, waar zo veel andere jonge mannen zich toe geroepen voelden. Hij verpakte seks niet in die leugens en vleierij. Ze begon te begrijpen dat Peter Jackson meende wat hij zei. 'Waarom vertel je me niet over het korte en gelukkige leven dat je tot nu toe hebt geleefd?'

'Ik doe wat ik leuk vind.' Hij vouwde zijn armen onder zijn hoofd. 'Ik geloof dat ik al ongeveer vanaf mijn zestiende acteur wilde worden, ik werd erdoor gegrepen via toneelstukken op de middelbare school. Toen ik ging studeren, nam ik acteerlessen en brak mijn moeders hart. Ze wilde dat ik dokter werd.'

Haar ogen ontmoetten de zijne in de spiegel, waarna ze ze langzaam over zijn lichaam liet glijden. 'Nou, daar heb je wel de handen voor.'

Hij grinnikte. 'Misschien, maar dat bloed vind ik niet leuk. En ik ben slecht in golf.'

Geamuseerd legde ze de borstel neer en begon crème onder haar ogen te kloppen. Het kalmeerde haar: het geluid van de regen, het geluid van zijn stem. 'Dus toen je van de geneeskunde afzag, kwam je naar Hollywood.'

'Op m'n tweeëntwintigste. Ik leed wat honger, scoorde een paar commercials.' Omdat hij zijn krachten voelde terugkeren, leunde hij op zijn ellebogen. 'Hé, heb je me ooit Crunch-bosbessenmuesli zien aanprijzen?'

In de spiegel keek ze in zijn lachende ogen. 'Ik ben bang dat ik het heb gemist.'

Hij nam een van haar sigaretten van het nachtkastje. 'Echt klasse. Het had lef, het had stijl, het had passie. En dat was alleen nog maar de muesli.'

Ze liep op het bed af om de sigaret met hem te delen. 'Ik zal tegen de kok zeggen dat-ie het onmiddellijk inslaat.'

'Om je de waarheid te zeggen smaakt het naar iets wat je in het bos van de aarde schraapt. Over eten gesproken, zal ik ontbijt voor ons maken?'

'Nou, lekker.'

Hij nam de sigaret tussen haar vingers vandaan en stak die tussen zijn lippen. 'Voor mijn doorbraak in series had ik een bijbaantje als kok in een snackbar. Wisselend rooster.'

'Dus je biedt aan spiegeleieren met spek voor me te maken?'

'Wie weet – als dat je aandacht kan vasthouden.'

Behoedzaam nam ze nog een trekje. Hij werd een beetje verliefd op haar, merkte ze. Het was lief, en vleiend, en als de omstandigheden anders waren, had ze hem laten begaan. Maar zoals het er nu voor stond, moest ze het simpel zien te houden. 'Ik meen dat ik heb laten zien wat mijn aandacht vasthoudt.'

'Maar…'

Haar lippen streken zachtjes over de zijne. 'Maar,' herhaalde ze. En dat was het.

Het was moeilijker dan hij verwachtte om die onuitgesproken grenzen te accepteren. Moeilijk en verrassend. 'Ik denk dat een paar dagen in Georgia niet eens zo vreselijk zijn.'

Dankbaar kuste ze hem nogmaals. 'Het is fantastisch. Voor ons allebei. Hoe staat het met het ontbijt?'

'Luister.' Hij boog zich voorover om haar schouder te kussen, waarbij hij niet alleen genoot van de geur, de zachtheid van haar huid, maar ook van de stevigheid. 'Waarom gaan we niet onder de douche, dan kun je daarna kijken hoe ik het ontbijt maak. Ik heb een geweldig idee over hoe we ons kunnen vermaken.'

'Echt waar? Hmmm.' Glimlachend streelde hij haar zachtjes. 'We kunnen naar de bioscoop gaan.'

'De bioscoop?'

'Ja, daar heb je toch wel van gehoord? Waar mensen gaan zitten om andere mensen te zien die net doen of ze andere mensen zijn. Wat vind je, Eve? We pikken een matinee, eten wat popcorn.'

Eve dacht erover na, waarna het tot haar doordrong dat het best leuk klonk. 'Jij je zin.'

Julia trok haar schoenen uit en liet haar voeten in het tapijt van haar kamer in het Savoy wegzinken. Het was een kleine, elegante, smaakvol ingerichte suite. De piccolo was zo beangstigend beleefd toen hij haar bagage kwam brengen, dat hij bijna verontschuldigend op zijn fooi had staan wachten.

Ze slenterde naar het raam om naar de rivier te kijken en een beetje bij te komen van de vermoeidheid van de reis. Zenuwen vergden meer tijd. De vlucht van L.A. naar New York viel nog mee – als je dat van een marteling kunt zeggen. Maar van Kennedy naar Heathrow – al die uren boven de oceaan – dat was een regelrechte, doodstille hel geweest.

Maar ze had zich erdoorheen geslagen. En nu was ze in Engeland. Bovendien mocht Julia Summers het genoegen smaken in het Savoy te verblijven.

Het verbaasde haar nog steeds dat ze zich een dergelijke chique ambiance kon veroorloven. Het was echter een goed gevoel, die verrassing, wat haar duidelijk maakte dat ze niet was vergeten wat het was om ergens voor te werken, te vechten, of armoe te lijden.

De lichtjes van de stad knipoogden haar toe op deze maartse avond. Het leek alsof ze in andermans droom zat, al dat fluwelige duister, het nevelige reepje maan, de schaduw van water. En zo warm hier, zo goddelijk stil. Na een enorme geeuw keerde Julia zich van het raam en de lichtjes af. Avonturen zouden tot de ochtend moeten wachten.

Ze pakte alleen uit wat ze voor de nacht nodig had en was binnen twintig minuten diep in haar eigen dromen.

In de ochtend stapte ze in Knightsbridge uit een taxi en betaalde de chauffeur, wetend dat ze een te grote fooi gaf. Net zo goed als ze wist dat ze nooit met het Britse geld overweg zou kunnen. Ze vergat niet om een bonnetje te vragen – haar accountant kreeg bijkans het schuim om zijn mond vanwege haar boekhoudsysteem – waarna ze het nonchalant in haar zak stopte.

Het huis was precies zoals ze het zich had voorgesteld: enorm en victoriaans, van rode baksteen en omgeven door gigantische, knoestige bomen. Ze kon zich voorstellen dat ze 's zomers heerlijk schaduwrijk zouden zijn, maar nu ratelde de wind door de kale takken als een soort dickensiaanse muziek, die op een of andere manier aangenaam klonk. Uit de schoorstenen pufte rook in dikke grijze slierten omhoog, die snel naar de diepgrijze hemel werden gedreven.

Hoewel achter haar op straat auto's langssuisden, kon ze zich het gekletter van paardenhoeven, het ratelen van rijtuigen en de kreten van venters gemakkelijk voorstellen.

Ze ging het ijzeren hekje door en via het pad van ronde keitjes dat het winters gele grasveld doorsneed, de spierwitte treden op die naar een spierwitte deur leidden. Julia nam haar tas in haar andere hand, geërgerd dat haar handpalmen klam en koud waren. Ze kon niet ontkennen dat ze niet zozeer aan Rory Winthrop dacht als een voormalige echtgenoot van Eve, maar als de vader van Paul.

Paul was negenduizend kilometer van haar vandaan en woedend op haar. Wat zou hij ervan vinden, dacht ze, als hij wist dat ze hier was? Niet alleen ging ze door met het boek, maar ze stond ook nog op het punt zijn vader te interviewen. Zijn oordeel zou niet vriendelijk zijn, wist ze, en ze wilde dat er een manier was om zijn wensen met de hare te combineren. Ze hield zichzelf voor dat zaken voorgingen en drukte op de bel. Een paar tellen later deed een dienstmeisje open. Julia ving een glimp op van een enorme hal, huizenhoge plafonds en tegelvloeren.

'Julia Summers,' zei ze. 'Ik heb een afspraak met Mr. Winthrop.'

'Jawel, *ma'am*, hij verwacht u. Komt u binnen, alstublieft.'

De tegels lagen in een donkerbruin met ivoorkleurig schaakpatroon, de plafonds waren opgesierd met zwaar koper en kristallen luchters. Rechts was een trap die in een koninklijke bocht liep. Julia gaf haar jas af aan het wachtende dienstmeisje, waarna ze haar volgde langs twee George III-stoelen die een mahoniehouten tafel flankeerden waarop een vaas met hibiscus en een vrouwenhandschoen van saffierblauw leer pronkte. Automatisch vergeleek ze de zitkamer met die van Eve. Deze inrichting was zeker formeler, meer van traditie doortrokken dan Eves luchtige, zonnige salon. De hare schreeuwde van rijkdom en stijl. Deze fluisterde van oud geld en diepe wortels.

'Alstublieft, maak het u gemakkelijk, Miss Summers. Mr. Winthrop komt zo dadelijk.'

'Dank u.'

Het dienstmeisje ging bijna geluidloos de kamer uit en sloot de dikke mahoniehouten deur achter zich. Toen ze alleen was, liep Julia naar de haard om haar koude handen naar de flikkerende vlammen uit te strekken. De rook had een aangename appelgeur, wat een gevoel van gastvrijheid en behaaglijkheid gaf. Omdat het haar een beetje aan haar eigen haard in Connecticut deed denken, ontspande ze zich.

De bewerkte schoorsteenmantel ging schuil onder oude foto's in sierlijke, hoogglanzende zilveren lijstjes. Julia was er zeker van dat de dienstmeisjes telkens vloekend het roet in al die kronkeltjes en groefjes bevochten. Genietend liep ze van de ene naar de andere en bekeek de strenge gezichten en stijve schouders van de voorouders van de man voor wie ze was gekomen. Ze herkende Rory Winthrop en ving een blijk van zijn gevoel voor humor in de zwart-witfoto waarop hij poseerde met een bevermuts en gesteven boord. De film was *Delaney Murders*, herinnerde ze zich, en hij speelde een uiterst keurige, kwaadaardig gestoorde moordenaar met een plezier dat zijn ogen deed schitteren.

Bij de volgende foto liet ze het niet bij kijken alleen. Ze pakte hem op en hield hem vast. Om hem te verslinden. Het was Paul, daar was ze zeker van, hoewel de jongen op de foto niet ouder was dan elf of twaalf. Zijn haar was lichter, warriger, en te oordelen naar de uitdrukking op zijn gezicht was hij er niet erg mee ingenomen geweest dat hij in een stijf pak met keurige das was geperst.

Zijn ogen waren niet veranderd. Vreemd, dacht ze, dat hij ook als kind die intense, volwassen ogen al had. Ze lachten niet, maar keken haar aan alsof ze haar wilden vertellen dat hij al meer gezien, gehoord en begrepen had dan iemand die tweemaal zo oud was.

'Geestig schooiertje, nietwaar?'

Julia draaide zich om, de foto nog steeds in haar hand. Ze was er zo in verdiept geweest dat ze Rory Winthrops binnenkomst niet had gehoord. Hij stond met een charmant, scheef lachje op zijn gezicht naar haar te kijken, één hand nonchalant in de zak van zijn parelgrijze pantalon. Qua uiterlijk kon hij eerder doorgaan voor Pauls broer dan voor zijn vader. Zijn donkerbruine haar was vol en als leeuwenmanen achterovergekamd.

Alleen aan de slapen was het haar grijs, waar het eerder iets van waardigheid toevoegde dan leeftijd. Zijn gezicht was even stevig en energiek als zijn lichaam. Ook hem was de fontein der jeugd via plastische chirurgie niet vreemd. Afgezien van dergelijke ingrepen, kreeg hij wekelijks een algenmasker en gezichtsmassage. 'Neem me niet kwalijk, Mr. Winthrop. U hebt me betrapt.'

'De beste manier bij een mooie vrouw.' Het deed hem plezier dat ze bleef staren. Een man kon zijn gezicht en lichaam met zorg, overleg en geld in stand houden, maar om het ego in stand te houden had je een vrouw nodig, een jonge vrouw. 'Belangstelling voor mijn kleine verzameling boeven?'

'O.' Het schoot haar te binnen dat ze het portret nog in haar hand had en ze zette het terug op de schoorsteenmantel. 'Ja, heel amusant.'

'Die ene van Paul is genomen vlak nadat Eve en ik getrouwd waren. Destijds wist ik even weinig van hem af als nu. Hij heeft me over u verteld.'

'Hij –' Verrast, blij, verlegen. 'Werkelijk?'

'Ja. Ik kan me niet herinneren dat hij ooit eerder een vrouw met haar naam aanduidde. Dat is een van de redenen dat ik blij was dat u de reis kon maken om me op te zoeken.' Hij liep naar haar toe om haar hand tussen de zijne te nemen. 'Laten we bij de haard gaan zitten, goed? Aha, en hier is onze thee.'

Een tweede dienstbode reed het karretje binnen terwijl ze elk in een stoel met een ronde rug voor het vuur gingen zitten. 'Ik wil u bedanken dat u me wilt ontvangen – in het weekend nog wel.'

'Graag gedaan.' Met een vriendelijk knikje stuurde hij het meisje weg, waarna hij zelf inschonk. 'Om twaalf uur moet ik in het theater zijn voor de matinee, dus ik vrees dat mijn tijd gelimiteerd is. Citroen of room, kind?'

'Citroen alstublieft.'

'En je moet deze scones proeven. Geloof me, ze zijn heerlijk.' Hij nam er twee, waarbij hij zichzelf op een flinke dosis marmelade trakteerde. 'Dus Eve is onheil aan het aanrichten met dat boek?'

'Je zou kunnen zeggen dat ze heel wat belangstelling heeft gewekt en speculaties in gang heeft gezet.'

'Je bent diplomatiek, Julia.' Weer dat snelle, flirterige glimlachje. 'Ik hoop dat we het op Julia en Rory houden. Veel gezelliger.'

'Natuurlijk.'

'En hoe gaat het met mijn fascinerende ex-vrouw?'

Hoewel het er niet dik op lag, ontging Julia de tederheid in zijn toon niet. 'Volgens mij is ze nog even fascinerend. Ze praat hartelijk over je.'

Hij dronk zijn thee met ingenomen gemompel. 'We hadden een van die zeldzame vriendschappen die warmer werd nadat de lust was bekoeld.' Hij lachte. 'Waarmee ik niet wil zeggen dat ze tijdens het huwelijk op het laatst niet vreselijk narrig was – en daar alle reden toe had.'

'Ontrouw maakt vrouwen altijd… eh… narrig.'

Zijn grijns flitste. De gelijkenis met Paul was zo groot, dat Julia het niet kon laten met een glimlach te reageren. Hij had altijd gehouden van vrouwen die rechtdoorzee waren. 'Mijn kind, ik ben de grootste expert in hoe vrouwen op ontrouw reageren. Gelukkig bleef de vriendschap overeind – voor een groot deel, dacht ik altijd, doordat Eve zo vreselijk dol op Paul is.'

'Je vindt het niet vreemd dat je ex-vrouw en je zoon zo bevriend zijn?'

'Helemaal niet.' Onder het praten proefde hij een scone, die hij langzaam at, van elke kruimel genietend. Het kostte Julia weinig moeite zich voor te stellen dat hij op een vergelijkbare manier van zijn vrouwen had genoten. 'Om eerlijk te zijn was ik een slechte vader. Ik vrees dat ik gewoon geen idee had wat ik met een opgroeiende jongen moest doen. Ja, toen hij nog een baby was ging je af en toe bij de wieg staan om wat te kraaien, of je duwde trots en zelfingenomen een kinderwagen door het park. We hadden een nanny voor de minder prettige aspecten van het ouderschap.'

Niet in het minst van zijn stuk gebracht, moest hij lachen om de uitdrukking op haar gezicht, waarna hij op haar hand klopte voordat hij verse thee inschonk. 'Lieve Julia, oordeel niet te hard over me. Ik kom tenminste voor mijn gevoelens uit. Het theater was mijn gezin. Paul had de pech geboren te worden uit twee afschuwelijk egocentrische en buitengewoon getalenteerde mensen die er geen idee van hadden hoe je een kind moest opvoeden. En Paul was zo angstaanjagend slim.'

'Je zegt het alsof het een misdaad is in plaats van een compliment.'

Aha, dacht hij, en hij verborg zijn berouwloze grijns door zijn mond met zijn servet af te vegen. De dame was gepikeerd. 'Destijds was de jongen, laat ik zeggen, eerder een puzzel waarvoor ik het verstand niet had hem op te lossen. Maar Eve deed heel gewoon tegen hem. Had aandacht voor hem, belangstelling, geduld… Ik moet bekennen dat Paul en ik door haar beter met elkaar konden opschieten dan daarvoor.'

Je zit weer te oordelen, Jules, riep ze zichzelf tot de orde, en met moeite gleed ze terug naar een objectieve houding. 'Vind je het erg als ik mijn taperecorder aanzet? Dan kan ik accurater werken.'

Hij aarzelde slechts een tel, waarna hij gebaarde dat hij het goedvond. 'Uiteraard. Wij willen accuratesse.'

Met zo min mogelijk omhaal zette ze hem op de rand van het thee-tafeltje en schakelde hem in. 'Er werd een hoop over jou, Eve en Paul geschreven tijdens en na het eerste jaar van jullie huwelijk. Daar komt toch een soort portret van een gezin uit tevoorschijn.'

'Gezin.' Rory proefde het woord, waarna hij over de rand van zijn theekopje heen knikte. 'Het was voor mij een vreemd begrip, maar ja: we waren een gezin. Eve wilde vreselijk graag een gezin. Misschien vanwege het gemis dat ze in haar jeugd had gevoeld. Of misschien kwam het door het feit dat ze de leeftijd had bereikt waarop vrouwen door hun geheim-zinnige sappen opeens gaan verlangen naar kinderwagens en luiers, het gedribbel van kindervoetjes. Ze had me zelfs zover gekregen dat we een kind van ons samen moesten krijgen.'

Deze nieuwe, boeiende informatie maakte Julia waakzaam. 'Jij en Eve waren van plan een kind te krijgen?'

'Lieve, Eve kan heel overtuigend zijn.' Hij grinnikte en leunde achterover. 'We hebben plannen en strategieën ontworpen als twee generaals in een vijandig kamp. Maand na maand leverde mijn sperma strijd met haar eitjes. De gevechten hadden zo hun eigen opwinding, maar de totale victorie hebben we nooit bereikt. Eve ging naar Europa, Frankrijk, geloof ik – voor een specialist. Toen ze terugkwam bracht ze het nieuws mee dat ze onvruchtbaar was.' Hij zette zijn kopje neer. 'Ik moet zeggen dat ze het nieuws, waarvan ik wist dat ze het vreselijk vond, moedig droeg. Geen gejank en gekerm, en zonder Eva of de schepping van de Here te vervloeken. Ze gooide zich in haar werk. Ik weet dat ze eronder leed. Ze sliep slecht en wekenlang had ze nergens zin in.'

Objectief? Julia zocht haar geweten af terwijl ze in de vlammen keek. Onmogelijk. Ze was nu vol medeleven. 'Hebben jullie nooit adoptie overwogen?'

'Typisch dat je adoptie te berde brengt.' Rory's ogen vernauwden zich terwijl hij terugdacht. 'Het was een mogelijkheid die bij mij opkwam. Ik vond het vreselijk om te zien hoe Eve vocht om niet ongelukkig te zijn. En om je de waarheid te zeggen, had zij me warm gemaakt voor het idee om nog een kind te krijgen. Toen ik haar de mogelijkheid voorlegde, werd ze heel stil. Ze kromp zelfs in elkaar, alsof ik haar had geslagen. Ze zei – hoe zei ze het ook weer precies? Rory, we hebben allebei onze kans gehad. Aangezien we onmogelijk terug kunnen, waarom concentreren we ons niet op wat er voor ons ligt?'

'Waarmee ze bedoelde?'

'Ik veronderstel dat ze bedoelde dat we ons best hadden gedaan om een kind te krijgen, wat ons niet was gelukt, dus dat het verstandiger was om ons leven weer op te pakken. Dat deden we ook. Eigenlijk betekende dat uiteindelijk dat we dat ieder apart deden. We gingen als vrienden uit elkaar, we hadden het zelfs over een nieuw gezamenlijk project.' Zijn glimlach was droefgeestig. 'Misschien komt dat nog.'

Misschien dat Eve zo geïnteresseerd was geweest in het verhaal van Brandons conceptie – het meisje dat tegen haar wil zwanger was geworden – omdat zij zelf ooit een vrouw was die niet zwanger kon raken, peinsde Julia. Dit was echter niet iets wat Rory kon beantwoorden. Ze leidde hem terug naar een gebied waarover hij kon praten.

'Jullie huwelijk werd als heel hecht beschouwd. Voor de meeste mensen was het een schok toen het werd ontbonden.'

'We waren een geweldig koppel, Eve en ik. Maar over elke voorstelling moet het gordijn vroeg of laat zakken.'

'Je gelooft niet in "tot de dood ons scheidt"?'

Hij glimlachte, betoverend verdorven. 'Lieve, ik wel, ik geloofde er met heel mijn hart in. Elke keer als ik het uitsprak. Nu ben ik bang dat je geen spaan meer van me heel laat. Het theater is voor een man de meest veeleisende maîtresse.'

Ze zette de recorder uit, stopte hem toen in haar tas. 'Dank u voor uw tijd en uw gastvrijheid, Mr. Winthrop.'

'Rory,' hielp hij haar herinneren, haar bij de hand nemend terwijl ze opstonden. 'Ik hoop dat dit geen afscheid is. Ik zou het leuk vinden nog eens met je te praten. Morgen is het theater donker. Misschien kunnen we dit tijdens een dinertje voortzetten.'

'Graag, als ik je plannen niet in de war stuur.'

'Julia, voor een aantrekkelijke vrouw móét een man zijn plannen veranderen.' Hij bracht haar hand naar zijn lippen. Julia glimlachte net naar hem toen de deuren van de zitkamer opengingen.

'Glad als altijd, zie ik,' merkte Paul op.

Rory bleef Julia's verkrampte hand vasthouden toen hij zich naar zijn zoon omdraaide. 'Paul, wat een heerlijke en ontijdige verrassing. Ik hoef niet te vragen wat je hierheen voert.'

Paul hield zijn ogen op die van Julia gericht. 'Nee. Is er geen matinee vandaag?'

'Jazeker.' Rory bulderde van het lachen. Voor het eerst zag hij onverbloemde begeerte in de ogen van zijn zoon. 'Ik nam net afscheid van deze charmante dame. Nou, ik denk dat ik op mijn strepen moet staan om twee kaartjes voor de voorstelling van vanavond te reserveren. Ik zou het erg leuk vinden als jullie kwamen kijken.'

'Dank je, ik –'

'We zullen er zijn,' onderbrak Paul.

'Uitstekend. Ik zal ze bij je hotel laten afleveren, Julia. Nu moet ik je achterlaten in, volgens mij, zeer kundige handen.' Toen hij de kamer uit liep, bleef hij bij zijn zoon staan. 'Eindelijk geef je me de gelegenheid te zeggen dat je een onberispelijke smaak hebt. Als ik Lily niet had, ouwe jongen, zou ik het je verrekte lastig met haar maken.'

Pauls lippen krulden, maar toen zijn vader wegliep, verdween de glimlach. 'Vind je niet dat een reis naar Londen een wat overdreven manier is om mij te ontlopen?'

'Ik doe mijn werk.' Een en al zenuwen en irritatie pakte ze haar tas. 'Vind jij niet dat mij naar Londen volgen een wat overdreven manier is om dit gesprek te hebben?'

'*Onhandig*, zou ik zeggen.' Hij liep de kamer door met de doelbewuste lenigheid die Julia deed denken aan een deskundige jager die de geur te pakken heeft. Hij liep om de stoel heen en kwam naast haar bij het vuur staan. Het knetterde door een houtblok heen en er schoot een regen van vonken af. 'Waarom heb je me niet verteld dat je mijn vader ging opzoeken?'

Zijn woorden waren even afgemeten als zijn voetstappen zojuist, merkte ze op. Langzaam en geduldig. Van de weeromstuit kwamen die van haar te snel.

'Het leek me niet nodig om je mijn plannen te vertellen.'

'Je hebt het mis.'

'Ik zie geen reden om met jou te overleggen.'

'Dan zal ik je er een geven.' Hij trok haar tegen zich aan, perste zijn lippen op de hare, maakte haar gedachten tot één wirwar. Het was zo'n agressieve handeling, zo plotseling, dat ze de tijd niet had om te protesteren. Het lukte maar net om adem te halen.

'Dat is geen –' Weer bedekte hij haar mond, daarmee haar woordenstroom afsnijdend, haar gedachten benevelend. Uit haar keel ontsnapte een diepe kreun, en ze liet de tas vallen om hem dichter tegen zich aan te drukken. Op dat moment, toen rationeel denken werd overgenomen door de zinnen, gaf ze hem alles.

'Ben ik duidelijk genoeg?'

'Hou je mond,' fluisterde ze, haar armen om zijn nek slaand. 'Hou alsjeblieft je mond.'

Hij sloot zijn ogen, diep ontroerd door de manier waarop ze haar hoofd tegen zijn schouder legde. Het gebaar, dat aanstekelijke zuchtje dat ze slaakte, deed hem ernaar verlangen haar naar een plek te brengen waar het veilig en kalm was. 'Door jou maak ik me zorgen, Julia.'

'Omdat ik naar Londen ben gegaan?'

'Nee, omdat ik je achterna ben gekomen.' Hij hield haar op een afstandje. Met de buitenkant van zijn hand streek hij over haar wang. 'Logeer je in het Savoy?'

'Ja.'

'Laten we dan gaan. Ik zou het vervelend vinden als een van mijn vaders bedienden binnenkomt als ik met je aan het vrijen ben.'

Het bed gaf een veilig gevoel. De kamer was rustig. Haar lichaam leek wel vloeibaar onder hem, bedwelmend als wijn. Elke rilling, elke zucht die hij haar ontlokte deed zijn bloed sneller stromen. Hij had de gordijnen opengelaten, hoewel zij ze dicht wilde, om zichzelf het plezier te gunnen naar haar gezicht in het ijle, winterse zonlicht te kijken.

Hij wist niet dat er zo veel genot kon bestaan. Het kwam als een mantel om hem heen te liggen toen hij haar behoedzaam, traag, ontdeed van het keurige mantelpak dat ze droeg, waaronder hij de gladheid van zijde aantrof. Het bonsde door hem heen terwijl hij die zijde, centimeter na sensuele centimeter, afstroopte. Daar was ze: teer, mysterieus, opwindend, een zucht uitstotend toen hij haar op het bed legde.

Nu was ze bij hem: gladde, klamme huid die over de zijne gleed, haar adem trillend in zijn oor, haar handen teder, toen gretig, toen wanhopig. Hij voelde de trillingen van haar verlangens, voelde de woeste opwinding toen hij die een voor een bevredigde.

Zij was het die het tempo afwisselde, die de snelheid opzweepte tot ze, één in heftige, onstuimige passie over het bed rolden.

Het bed was niet langer veilig, maar vol gevaarlijke heerlijkheden. De kamer was niet langer rustig, maar vol echo's van gefluisterde eisen en gesmoord gekreun. Buiten werd de ijler wordende zon opgeslokt en viel de regen in stromen neer. Terwijl duisternis snel bezit nam van de kamer, nam hij haar met een blinde, verscheurende honger waarvan hij vreesde dat die nooit gestild kon worden.

En zelfs toen ze stillagen, dicht tegen elkaar aan luisterend naar de regen, voelde hij die honger nog steeds knagen.

'Ik moet Brandon bellen,' fluisterde Julia.

'Hmmm.' Paul verschoof om haar lichaam tegen het zijne te plooien en legde zijn handen op haar borsten. 'Ga je gang.'

'Nee. Ik kan niet… Ik bedoel, ik kan het niet als wij…'

Hij grinnikte, knuffelde haar oor. 'Jules, de telefoon werkt via het oor, niet via het oog.'

Het maakte niet uit of ze zich een idioot voelde, ze schudde haar hoofd en schoof van hem weg. 'Nee, echt. Ik kan het niet.' Ze keek naar haar kamerjas, een meter van haar af, over de leuning van een stoel.

Paul grinnikte toen hij de uitdrukking op haar gezicht zag. 'Wil je dat ik m'n ogen dichtdoe?'

'Natuurlijk niet.' Het was echter niet gemakkelijk voor haar om naar de badjas te lopen en zich erin te laten glijden terwijl ze wist dat hij naar haar keek.

'Je bent lief, Julia.'

Starend naar haar handen knoopte ze de badjas dicht. 'Is dat jouw manier om te zeggen dat ik niet geraffineerd ben?'

'Lief,' herhaalde hij. 'En mijn ego is groot genoeg om blij te zijn dat jij deze situatie met een man niet gewend bent.' De behoefte om haar te vragen waarom dat zo was, trok aan hem, maar hij gaf er geen gehoor aan. Toen keek hij naar de regen die tegen de ramen spatte. 'Ik had je iets van Londen willen laten zien, maar daar lijkt het de dag niet voor. Zal ik naar de andere kamer gaan en een lunch bestellen?'

'Goed. Wil je vragen of er boodschappen zijn?'

Ze wachtte tot hij zijn broek aanhad voordat ze opbelde. Tien minuten later liep ze de salon binnen, waar ze Paul bij het raam zag staan, diep in gedachten. Ze deed wat voor haar een grote stap betekende en ging naar hem toe, sloeg haar armen om zijn middel en drukte haar wang tegen zijn rug. 'Het is drieëntwintig graden en zonnig in L.A. De Lakers hebben verloren van de Pistons en Brandon is naar de dierentuin geweest. Waar ben jij?'

Hij legde zijn handen op de hare. 'Ik stond me hier af te vragen waarom ik me altijd een vreemdeling voel in de stad waar ik ben geboren. Ooit hadden we een flat op Eaton Square, en ze hebben me verteld dat mijn kindermeisje vaak met me in Hyde Park ging wandelen. Ik voel het niet. Weet je dat ik hier nooit een boek heb laten spelen? Elke keer dat ik hier kom, wacht ik op die klik van herkenning.'

'Dat is echt niet zo belangrijk. Ik weet niet eens waar ik ben geboren.'

'En houdt dat je niet bezig?'

'Nee. Nou ja, soms, vanwege Brandon.' Omdat ze hem wilde voelen, wreef ze haar wang tegen zijn rug. Zijn huid was afgekoeld, die van haar was alweer warmer. 'Maar door de bank genomen denk ik er zelden aan. Ik hield van mijn ouders, en zij hielden van mij. Ik was gewenst.' Ze glimlachte om de manier waarop hij haar vingertoppen naar zijn lippen bracht. 'Ik denk dat dat het voornaamste is als je geadopteerd bent: te weten dat ze je zo ontzettend graag wilden hebben. Het kan de stevigste verbintenis zijn.'

'Ik denk dat het bij Eve en mij ook zo is. Ik wist werkelijk niet wat het was om gewenst te zijn tot ik tien was en zij in mijn leven kwam.' Hij draaide zich om want hij wilde haar gezicht zien. 'Ik vraag me af of jij kunt begrijpen dat ik nooit echt heb geweten wat verlangen is, tot ik jou ontmoette.'

Zijn woorden maakten dat iets in haar verschoof, openging, een vurig verlangen in haar losmaakte. Meer dan zijn aanraking, meer dan zijn begeerte, waren het die simpele woorden die alle muren afbraken.

Ze deinsde achteruit. Nu ze zo helder in haar hart kon kijken, was ze niet minder bang. 'Ik dacht – ik hoopte,' verbeterde ze zichzelf, 'toen tot me doordrong dat wij misschien samen zouden zijn, zoals nu, dat ik het – nou ja, ermee om zou kunnen gaan zoals een man in mijn ogen avontuurtjes afhandelt.'

Plotseling zenuwachtig duwde hij zijn handen in zijn zakken. 'Hoe dan?'

'Je weet wel, vluchtig van de lichamelijke kant ervan genieten zonder dat er emoties of verwachtingen aan te pas komen.'

'Ik snap het.' Hij keek hoe ze bewoog. Hij was niet de enige met zenuwen, begreep hij. Julia kon nooit stilstaan als ze gespannen was. 'Denk jij dat ik er op die manier mee omga?'

'Ik weet het niet. Ik kan alleen voor mezelf spreken.' Ze dwong zichzelf te blijven staan, zich naar hem om te draaien. Het was makkelijker met de ruimte van de kamer tussen hen in. 'Ik wilde in staat zijn deze verhouding te nemen zoals die kwam, er zonder meer van te genieten. Fijne seks tussen twee volwassen mensen die zich tot elkaar aangetrokken voelen.' Ze deed een verwoede poging om eenmaal geluidloos adem te halen en die langzaam los te laten. 'Ik wilde er ook zeker van zijn dat ik na afloop gewoon kon weglopen, totaal ongedeerd. De moeilijkheid is: ik kan het niet. Toen je vanmorgen binnenkwam, was het enige wat ik kon denken dat ik blij was je te zien, hoe erg ik je had gemist, hoe ongelukkig ik was geweest omdat we kwaad op elkaar waren.'

Ze zweeg, rechtte haar schouders. Hij grinnikte naar haar terwijl hij op zijn hielen wiebelde. Ze verwachtte elk moment dat hij zou gaan fluiten. 'Ik zou het op prijs stellen als je die zelfingenomen grijns van je gezicht veegt. Dit is geen –'

'Ik hou van je, Julia.'

Verdoofd liet ze zich op de leuning van een stoel zakken. Als hij een vuist in haar plexus solaris had gedreven, had hij haar niet doeltreffender de adem kunnen ontnemen. 'Jij – jij werd verondersteld mij te laten uitpraten, en dan iets te zeggen van: van elk moment genieten zoals het komt.'

'Sorry. Denk je werkelijk dat ik met weinig meer bagage dan een schone onderbroek in de Concorde ben gesprongen om de middag in bed door te brengen?'

Ze zei het eerste wat haar te binnen schoot. 'Ja.'

Zijn lach was kort en diep. 'Je bent goed, Jules, maar niet zó goed.'

Niet wetend hoe ze dat moest opvatten, stak ze haar kin vooruit. 'Een paar minuten geleden zei je – het was trouwens meer gekreun – dat ik geweldig was. Ja,' ze vouwde haar armen, 'dat was het woord. *Geweldig.*'

'O ja?' God wist dat ze dat was. 'Nou, dat is heel goed mogelijk. Maar zelfs geweldige seks had me niet weg kunnen sleuren van een moeilijke fase van mijn boek. Tenminste, niet langer dan een uur of zo.'

En dat werd verondersteld haar op haar plaats te zetten? 'Waarom ben je dan in godsnaam gekomen?'

'Als je kwaad bent, krijgen je ogen de kleur van roet. Geen flatteuze beschrijving, maar wel accuraat. Ik ben hier gekomen,' ging hij verder, voordat ze een gevat antwoord kon bedenken, 'omdat ik me zorgen om je maakte, omdat ik razend was dat je zonder mij bent weggegaan, omdat ik bij je wil zijn als er moeilijkheden zijn. En omdat ik zo veel van je hou dat ik nauwelijks kan ademen als je niet bij me bent.'

'O.' Dát, dacht ze, zette haar pas op haar plaats. 'Dit had niet mogen gebeuren.' Ze stond weer op om te gaan ijsberen. 'Ik had het allemaal uitgewerkt, verstandelijk, gevoelsmatig. Je werd niet geacht me dit gevoel te geven.'

'Welk gevoel?'

'Alsof ik niet zonder je kan leven. Verdorie, Paul, ik weet niet wat ik moet doen.'

'Wat denk je hiervan?' Hij kreeg haar midden in een stap te pakken, waarbij hij haar bijna van de grond tilde. De kus deed de rest. Na een korte, laatste strijd, gaf ze zich over.

'Ik hou echt van je.' Daaraan hield ze zich vast, en aan hem. 'Ik weet niet wat ik ermee aan moet, maar ik hou van je.'

'Je hoeft niets meer in je eentje te regelen.' Hij duwde haar net genoeg van zich af om haar te laten zien dat hij alles meende wat hij zei. 'Begrijp je, Julia?'

'Ik begrijp niets. Misschien is dat op dit moment niet nodig.'

Tevredengesteld liet hij zijn mond op de hare zakken. De klop op de deur ontlokte aan hen allebei een zucht. 'Ik kan de ober wegsturen.'

Ze lachte hoofdschuddend. 'Nee. Opeens ben ik uitgehongerd.'

'De champagne die ik heb besteld, komt in ieder geval van pas.' Hij kuste haar één keer, toen nog eens, treuzelend, terwijl er voor de tweede keer werd geklopt.

Toen Paul de ober binnenliet, zag ze dat hij ook bloemen had besteld: twaalf tere roze rozen, nog in de knop. Ze haalde er één uit de vaas en hield die, terwijl de lunch werd geserveerd, tegen haar wang.

'Twee boodschappen voor u, Miss Summers,' liet de ober haar weten, en hij gaf haar de enveloppen terwijl Paul de rekening tekende.

'Dank u.'

'Prettige lunch,' zei hij, waar hij, vanwege zijn fooi, een vrolijke glimlach aan toevoegde.

'Wat een decadent gevoel,' zei Julia toen ze alleen waren. 'Champagne, romantiek, bloemen… midden op de dag in een hotel.' Ze moest lachen toen de kurk plopte. 'Ik vind het heerlijk.'

'Dan moeten we er een gewoonte van maken.' Onder het inschenken trok hij zijn wenkbrauwen op. 'De kaartjes voor vanavond?'

'Ja, eerste rij, in het midden. Ik ben benieuwd hoe hij dat voor elkaar heeft gekregen.'

'Mijn vader krijgt bijna alles voor elkaar wat hij wil.'

'Ik vond hem aardig,' ging Julia verder terwijl ze de tweede envelop openritste. 'Het gebeurt niet vaak dat iemand zo aan zijn imago beantwoordt. Charmant, beschaafd, sexy…'

'Doe me een lol.'

Haar lach klonk laag, vol en verrukt. 'Je lijkt te veel op hem om daar aandacht voor te hebben. Ik hoop echt dat we –'

Haar stem stierf weg en ze werd lijkbleek. De envelop dwarrelde op de grond terwijl ze naar het vel papier in haar hand staarde.

WAT GIJ NIET WILT DAT U GESCHIEDT

19

Paul zette de fles en het glas met zo'n vaart neer dat de champagne over de rand stroomde. Toen hij beide handen op Julia's schouders legde om haar voorzichtig in een stoel te laten zakken, vouwde ze zich erin op alsof de botten uit haar benen waren gesmolten. Het enige geluid in de kamer was het zoemen van de verwarming en het spetteren van hagel tegen de ruiten. Hij hurkte naast haar neer, maar ze keek hem niet aan; bleef naar het papier staren dat ze verkrampt in één hand hield, terwijl ze haar andere laag tegen haar buik aan drukte.

'Gooi het eruit,' beval hij, terwijl zijn vingers haar schouders begonnen te masseren. 'Je houdt je adem in, Jules. Gooi het eruit.'

De lucht ontsnapte in een lange, beverige stroom. Met het gevoel alsof ze zich zojuist uit een draaikolk naar boven had gevochten, haalde ze nogmaals diep adem en dwong zichzelf ditmaal om langzaam uit te ademen. 'Goed zo. Nou, wat is er?'

Ze schudde snel en hulpeloos haar hoofd, waarna ze hem het papier gaf. 'Wat gij niet wilt dat u geschiedt?' Nieuwsgierig keek hij op om haar weer aan te kijken. Haar lippen zagen al minder wit, wat een opluchting voor hem was, maar haar handen lagen in een stevige greep in haar schoot. 'Krijg je het altijd Spaans benauwd van afgezaagde gezegden?'

'Wel als ze me negenduizend kilometer volgen.'

'Krijg ik een uitleg?'

Ze kwamen tegelijk overeind – hij om op te staan; zij om te ijsberen. 'Iemand probeert me bang te maken,' zei ze, half tegen zichzelf. 'En het maakt me furieus dat het lukt. Dit is niet het eerste adviesje dat ik krijg. Toen we een paar dagen in Californië waren, kreeg ik er een. Het was op de stoep voor het huis gelegd. Brandon kwam ermee aanzetten.'

'De eerste middag dat ik daar was?'

'Ja.' Haar haar zwiepte over haar schouders toen ze zich weer naar hem omkeerde. 'Hoe wist je dat?'

'Omdat je diezelfde verbijsterde, paniekerige blik in je ogen had. Ik vond het toen niet leuk om te zien, dat vind ik nu nog minder.' Hij liet het briefje door zijn vingers gaan. 'Stond er toen hetzelfde in?'

'Nee. "Nieuwsgierigheid wordt bestraft." Het was precies als deze: een stukje papier in een envelop.' De aanvankelijke angst maakte snel plaats voor woede. Dat was aan haar stem te horen, het bleek uit de manier waarop ze het gevoel van zich af probeerde te zetten: haar vuisten in de zakken van haar badjas gepropt, haar langer wordende stappen. 'De nacht na het liefdadigheidsgala vond ik er een in mijn tas, en een derde vlak na de eerste inbraak, tussen de bladzijden van mijn aantekeningen.' Toen ze hem passeerde, reikte hij haar een glas champagne aan. Nu het niet werd gebruikt om iets te vieren of voor romantiek, zou het misschien haar zenuwen kalmeren, redeneerde hij. 'Nu moet ik je vragen waarom je het me niet vertelde.'

Ze nam een slok en bleef in beweging. 'Ik vertelde het je niet omdat het me meer op z'n plaats leek om het Eve te vertellen. In het begin vertelde ik het niet aan jou omdat ik je niet kende, en toen –'

'Je vertrouwde me niet.'

In de blik die ze hem toewierp, lag iets tussen schaamte en rechtvaardiging. 'Jij was tegen het boek.'

'Ben ik nog.' Hij haalde een sigaar uit het jasje dat hij eerder had uitgetrokken. 'Wat was Eves reactie?'

'Ze was kwaad – heel kwaad, denk ik. Maar ze heeft het snel en veilig opgeborgen.'

'Echt iets voor haar.' Wat hij ervan dacht, hield hij maar zolang voor zich. Afwezig pakte hij zijn eigen glas champagne op en staarde naar de belletjes. Ze dreven als gekken naar de rand, vol leven en energie. Net als Eve, dacht hij. En vreemd genoeg ook net als Julia. 'Ik hoef niet naar je reactie te vragen. Laat ik dan vragen wat die briefjes volgens jou te betekenen hebben.'

'Ik denk dat ze een bedreiging zijn, natuurlijk.' Er schemerde ongeduld in haar stem, maar hij trok slechts een wenkbrauw op en dronk. 'Vage, zelfs onnozele, maar ook versleten zinnen worden duister als ze anoniem zijn en uit het niets komen opdagen.' Toen hij bleef zwijgen, streek ze haar haar uit haar gezicht. Het gebaar was scherp en ongedurig en, besefte hij, zou evengoed door Eve gemaakt kunnen zijn. 'Ik hou niet van het idee dat iemand me probeert krankzinnig te maken, zoals in *Gaslight* – lach me niet uit.'

'Sorry, het was de uitdrukking. Zo op z'n plaats.'

Ze griste het briefje van het roomservicekarretje, waar Paul het had gelegd. 'Dat ik dit hier krijg, negenduizend kilometer verwijderd van de plaats waar de andere werden afgeleverd, betekent dat iemand me naar Londen is gevolgd.'

Hij nam weer een slok terwijl hij naar haar keek. 'Iemand anders dan ik?'

'Het ligt voor de hand...' De woorden kwamen in een vlaag, een vlaag van kwaadheid, besefte ze. Ze liet de woorden in de lucht hangen, waarna ze een lange zucht slaakte. De kamer lag weer tussen hen in. Had zij voor de afstand gezorgd, of hij? 'Paul, ik denk niet dat jij me deze briefjes stuurt. Dat heb ik nooit gedacht. Een dergelijke bedreiging is veel te passief voor jou.'

Hij trok een wenkbrauw op, nam toen een slok. 'Was dat vleiend bedoeld?'

'Nee, alleen eerlijk.' Zij was het die de afstand overbrugde, waarna ze een hand naar zijn gezicht bracht, alsof ze de lijnen die zich in die paar afgelopen momenten hadden gevormd, wilde wegstrijken. 'Ik heb je er eerder niet van verdacht en dat doe ik nu ook niet. Ik zou jou nooit kunnen verdenken.'

'Omdat we met elkaar naar bed gaan?'

'Nee, omdat ik van je hou.'

Een zweem van een glimlach kwam op zijn lippen toen hij zijn hand omhoogbracht om die over de hare te leggen. 'Je maakt het een man moeilijk om boos te blijven, Jules.'

'Ben je boos op mij?'

'Ja.' Toch drukte hij een kus in haar handpalm. 'Maar ik denk dat we de prioriteiten moeten nagaan. Laten we om te beginnen proberen of we erachter kunnen komen wie de boodschap bij de receptie heeft achtergelaten.'

Het stak dat ze hem met dat idee niet voor was geweest. Dat was een deel van het probleem: ze dacht niet helder. Toen hij naar de telefoon liep, ging Julia zitten, zich inprentend dat als ze van plan was hiermee door te gaan – en dat was ze – ze niet alleen kalm moest blijven, maar ook op haar hoede. Bij de volgende slok champagne bedacht ze dat ze op een lege maag dronk. Niet de manier om het hoofd helder te houden.

'De kaartjes zijn door een geüniformeerde bode afgegeven,' vertelde Paul haar nadat hij had opgehangen. 'De tweede envelop lag op de balie. Ze zoeken het uit, maar het valt te betwijfelen of iemand heeft gezien wie het er heeft neergelegd.'

'Het kan iedereen geweest zijn, iedereen die wist dat ik van plan was hiernaartoe te komen om je vader te interviewen.'

'En wie wisten het?'

Ze stond op en liep naar het karretje om iets te eten. 'Ik heb er geen geheim van gemaakt. Eve, natuurlijk, Nina, Travers, CeeCee, Lyle – Drake, denk ik. Plus iedereen die het aan een van hen heeft gevraagd. Dat heb jij toch ook gedaan?'

Ondanks de omstandigheden vond hij het grappig dat ze de schaal garnalen in kreeftsaus onder het ijsberen met zich meenam, er met een vork in prikte en die naar haar mond bracht – eerder om brandstof in te nemen dan om te smullen. 'Travers heeft het me verteld. Ik denk dat de volgende vraag is wat je eraan wilt doen.'

'Eraan doen? Ik begrijp niet wat er anders aan te doen is dan het te negeren. Ik zie me niet naar Scotland Yard stappen.' Het idee, en het eten, werkten bevrijdend. Kalmer nu zette ze de lege schaal neer, waarna ze de champagne oppakte. 'Ik zie het al voor me. Commissaris, iemand heeft me een briefje gestuurd. Nee, ik kan niet echt zeggen dat het een bedreiging was. Meer een gezegde. Zet uw beste mannen op de zaak.' Normaliter had hij bewondering voor haar veerkracht gehad. Niets was nog helemaal normaal. 'Je vond het niet zo grappig toen je de envelop openmaakte.'

'Nee, maar misschien is dat de beste houding. Wat gij niet wilt dat u geschiedt? Hoe kan ik last hebben van iemand die niet origineler kan zijn?'

'Raar, ik vond het slim.' Toen hij naar haar toe liep, zag hij dat haar poging om grappen te maken vlak voor het doel strandde. 'Als iemand degene die ze stuurt te pakken krijgt, zou het de politie nauwelijks interesseren, denk je niet? Onschuldige, zelfs afgezaagde gezegden. Het zou moeilijk zijn te bewijzen dat er iets bedreigends in zat. Maar wij weten beter.'

'Als jij me zegt dat ik met het boek moet stoppen –'

'Ik denk dat ik daar nu wel de nutteloosheid van inzie. Julia, sluit me niet buiten.' Hij streelde haar, gewoon een hand op haar haar. 'Laat me naar de tapes luisteren. Ik wil je helpen.'

Ditmaal kon ze niet weigeren. Het was geen arrogantie, het was geen ego. Het was liefde. 'Goed. Zodra we thuiskomen.'

Zelfs nu Julia het land uit was, bleef er voor Lyle een hoop interessants te beleven aan het komen en gaan bij het gastenverblijf. Een schoonmaakploeg was twee volle dagen in het huis bezig geweest. Vrachtwagens hadden kapotte meubels, glasscherven en gescheurde gordijnen afgevoerd.

Voor de ploeg was aangetreden, had hij een blik op het interieur geworpen. Het leek wel alsof er iemand een gigantisch feest had gegeven. Het speet hem dat hij het had gemist. Speet hem behoorlijk. De naam van de degene die het feest had aangericht, was misschien een lekker sommetje waard. Maar die middag had hij heerlijk gerollebold met de meid van boven. Nu bedacht hij dat die korte – maar zeer bevredigende – neukpartij hem waarschijnlijk ettelijke duizenden had gekost.

Maar ja, er waren andere manieren om aan je geld te komen. Lyle had grote dromen en een lijst met prioriteiten. Bovenaan stond een Porsche. Niets maakte meer indruk bij de vrouwtjes dan een stoere bink in een lekker karretje. Hij wilde een eigen huis, aan zee, waar hij op zijn eigen terras kon zitten kijken naar al die krappe bikini's en wat erin verpakt zat. Hij wilde ook een Rolex, en een bijpassende garderobe. Als hij eenmaal was geïnstalleerd, was het versieren van lekkere wijven net vliegen meppen.

Lyle had de indruk dat hij op weg was. Hij kon de zonnebrandolie en het zweet al bijna ruiken.

In zijn krampachtige handschrift hield hij zorgvuldig aantekeningen bij. Wat er uit het gastenverblijf werd afgevoerd, wat er gebracht werd. Wie de bestellingen uitvoerde. Hij had zelfs een sleutel laten maken, zodat hij op zijn gemak door het huis kon struinen. Het was een beetje linker geweest om het grote huis binnen te komen, maar hij had zijn tijd goed gekozen en het was hem gelukt een kopie van Nina Solomans telefoonklapper en agenda te maken.

Travers had hem bijna betrapt toen hij Eves slaapkamer binnensloop. De bemoeizuchtige, afgeknepen teef bewaakte het huis als een terriër. Hij was teleurgesteld dat Eve geen dagboek of agenda bijhield. Dat zou een boel geld waard zijn. Maar hij had wat interessante medicamenten in haar nachtkastje gevonden, en een paar vreemde briefjes in haar la met make-up.

Wat moest ze in godsnaam met briefjes waarop dingen stonden als 'geen slapende honden wakker maken'? Lyle besloot dat de pillen en de briefjes zijn eigen kleine geheimpje waren, tot hij wist wat ze zouden opbrengen.

Het was een fluitje van een cent geweest om informatie uit Joe, de bewaker aan het hek, te krijgen. Hij praatte graag, en als je het aanvulde met een biertje en een paar eigen verhaaltjes, kwam er diarree uit zijn mond. Zelfs nu ze weg was, ontving Eve een hoop bezoek.

Michael Torrent was weer weggereden toen hij hoorde dat Eve de eerstkomende weken op locatie was. Gloria DuBarry was Eve komen opzoeken en vroeg naar Julia toen ze hoorde dat Eve weg was. Ze reed zelf, en volgens Joe kreeg ze tranen in haar ogen toen ze hoorde dat er niemand thuis was.

Een paar als leveranciers vermomde paparazzi hadden geprobeerd binnen te komen, maar Joe had ze eruit geplukt. Joe's talent om op kilometers pers te ruiken, werd door alle inwoners van Beverly Hills gewaardeerd.

Hij had Victor Flannigan binnengelaten en had hem nauwelijks twintig minuten later uitgeleide gedaan. Eves agente, Maggie Castle, was ook binnen geweest en bleef tweemaal zo lang.

Lyle vergaarde de informatie. Hij had wat hij beschouwde als een professioneel rapport klaarliggen. Misschien moest hij detectivewerk gaan doen, dacht hij, terwijl hij zich kleedde voor de avond. Op tv waren zij het die er altijd met de grietjes vandoor gingen.

Hij koos een zwarte tanga en gaf zijn zo geliefde lid een snel klopje. Vanavond zou hij een nietsvermoedend vrouwtje gelukkig maken. Hij wrong zich in een zwarte leren broek, waarna hij een bijpassend jack over een krap rood T-shirt dicht ritste. Vrouwen, wist hij, vielen als een blok voor een kerel in zwart leer.

Hij ging zijn rapport afleveren, de contanten opstrijken. Daarna zou hij een paar tenten afschuimen tot hij het gelukkige vrouwtje gevonden had.

Julia wist niet wat ze van Rory Winthrops huidige echtgenote moest denken. Maar wat ze ook had verwacht, niet dat ze Lily Teasbury aardig zou vinden en bewonderen.

Op het witte doek speelde de actrice meestal de sprankelende, wufte heldin, wat paste bij haar blonde, voluptueuze uiterlijk en onschuldige blauwe ogen. Op het eerste gezicht was de verleiding groot haar te beoordelen als iemand die veel giechelde en kronkelde.

Het kostte Julia nog geen vijf minuten om haar oordeel te herzien.

Lily was een spitse, geestige en ambitieuze vrouw die haar uiterlijk uitbuitte in plaats van het te láten uitbuiten. Bovendien paste ze heel goed in de traditionele salon van het huis in Knightsbridge; zeer op haar gemak, zeer Engels, en op en top gastvrouw in een simpele blauwe Givenchy. 'Ik vroeg me af wanneer je eindelijk op bezoek zou komen,' zei ze tegen Paul terwijl ze de aperitiefjes serveerde. 'We zijn al drie maanden getrouwd.'

'Ik kom niet vaak in Londen.'

Julia wist wat het betekende om die lange, doordringende blik op zich te voelen rusten en had bewondering voor Lily dat ze die met zo veel gemak scheen te doorstaan.

'Dat heb ik gehoord. Nou, je hebt vreselijk weer uitgezocht voor je komst. Is dit je eerste keer in Londen, Julia?'

'Inderdaad.'

'Jammer van al die hagel. Maar ja, ik denk altijd dat het beter is de stad – net als een man – op haar slechtst te zien. Dan kun je beoordelen of je werkelijk met alle zwakke punten kunt leven.' Lily ging zitten, glimlachte en nam een slok van haar vermout.

'Dat is Lily's subtiele manier om mij eraan te herinneren dat ze die van mij allemaal kent,' merkte Rory op.

'Helemaal niet subtiel,' zei Lily. Ze legde even haar hand op de zijne, maar – vond Julia – met heel veel tederheid. 'Het is niet tactvol om subtiel te zijn wanneer ik zo meteen word getrakteerd op herinneringen aan een van de grote liefdesaffaires uit het leven van mijn echtgenoot.' Ze keek Julia stralend aan. 'Maak je geen zorgen, ik ben niet jaloers, alleen vreselijk nieuwsgierig. Ik geloof niet in jaloezie, vooral niet op het verleden. Wat de toekomst betreft: ik heb Rory al gewaarschuwd dat ik, mocht hij zich laten verleiden tot herhaling van zijn vroegere fouten, niet iemand ben om te jammeren, klagen en vitten of gillend naar mijn advocaat te rennen.' Ze nam nog een slokje. 'Nee, dan vermoord ik hem, in koelen bloede, snel en efficiënt en zonder wroeging.'

Rory schoot in de lach, waarop hij een dronk uitbracht op zijn vrouw. 'Ik ben doodsbang voor haar.'

Toen het gesprek om hem heen op gang kwam, ging Paul met meer belangstelling luisteren, voelen. Hij zou het nooit geloofd hebben, maar het begon hem te dagen dat er iets klikte, iets dat houvast boodt, tussen zijn vader en de vrouw met wie hij was getrouwd. Een vrouw die jonger was dan zijn enige kind – iemand die je op het eerste gezicht gemakkelijk kon afdoen als wéér zo'n slet met grote borsten en pruillippen, waarmee zijn vader zo vaak had gescharreld.

Lily Teasbury was echter helemaal niet als die anderen. Toen hij zich eenmaal door een oud, vastgeroest vooroordeel tegen de vrouwen van zijn vader heen had geworsteld, begon hij met het oog van een schrijver te kijken, te luisteren met het oor van een schrijver. Hij zag de subtiele gebaren, blikken, hoorde de klank van stemmen, een snel lachje. Dit, besefte hij met enige verbazing, was een huwelijk.

Hij bespeurde een ongedwongenheid en kameraadschap die hij nooit tussen zijn vader en zijn eigen moeder had gevoeld. Een vriendschap die hij in maar één van zijn vaders huwelijken had gezien. Toen Eve zijn vrouw was.

Toen ze aan tafel gingen, voelde hij zowel opluchting als verwondering. De opluchting kwam toen hij zich realiseerde dat Lily in geen van de beide categorieën paste van het merendeel van Rory's vrouwen. Ze was niet van plan net te doen alsof er van het ene moment op het andere een familierelatie tussen hen bestond. Noch zinspeelde ze er stiekem op dat ze openstond voor intiemere betrekkingen.

Zijn verwondering kwam voort uit het feit dat zijn eigen instinct bleef volhouden dat zijn vader misschien eindelijk iemand had gevonden met wie hij kon leven.

Julia proefde van de eend en wriemelde haar linkervoet uit haar schoen. Achter Rory brandde de haard en boven hun hoofden was een waterval van kristallen lichtjes. De kamer was, met zijn kleden en fonkelende uitstallingen, misschien vreselijk deftig, maar door dat alles sijpelde gezelligheid doordat de Regency-tafel niet was uitgeschoven, door de vaas met feeërieke rozen er middenop, door de geur van appelhout en het kalme tikken van de hagel. Ze glipte uit haar andere schoen.

'Ik heb je niet verteld hoe goed je gisteravond was,' zei Julia tegen Rory. 'Of hoe dankbaar ik je ben dat je al die moeite voor de kaartjes hebt gedaan.'

'Absoluut geen moeite,' verzekerde Rory haar. 'Ik vond het heerlijk dat jij en Paul de elementen trotseerden om te komen kijken.'

'Ik had het niet willen missen.'

'Houd je van *Lear*?' vroeg Lily haar.

'Het is heel indringend, ontroerend. Tragisch.'

'Al die lijken aan het eind – allemaal vanwege de ijdelheid en gekte van een oude man.' Ze knipoogde naar haar man. 'Rory is geweldig in de rol, maar ik denk dat ik meer van blijspelen houd. Het is net zo moeilijk om te spelen, maar als je het toneel af gaat, heb je tenminste gelach in je oren en niet van die klaagzangen.'

Grinnikend richtte Rory zijn commentaar tot Julia. 'Lily heeft graag dat het goed afloopt. Toen we elkaar pas kenden, nam ik haar mee naar *A Long Day's Journey into Night*.' Rory nam wat wilde rijst op zijn vork. 'Na afloop zei ze dat als ik behoefte had om een paar uur naar ellende te zitten kijken, ik dat maar met iemand anders moest doen. De keer daarop heb ik haar meegenomen naar een Marx Brothers-festival.'

'Daarom ben ik met hem getrouwd.' Ze strekte haar arm uit om haar vingertoppen tegen de zijne te leggen. 'Toen ik tot de ontdekking was gekomen dat hij hele dialogen uit *A Night at the Opera* uit zijn hoofd kende.'

'En ik dacht omdat ik zo sexy ben.'

Toen ze naar hem glimlachte, verscheen er een piepklein kuiltje naast haar linker mondhoek. 'Lieverd, seks is voor in bed. Een man die geniale humor begrijpt en ervan houdt, is een man die je in de ochtend kunt verdragen.' Ze leunde weer achterover en knipoogde naar Julia. 'Vind je ook niet, lieve?'

'Paul heeft mij alleen maar een keer uitgenodigd voor een basketbalwedstrijd,' zei ze zonder na te denken. Voordat ze er spijt van kon krijgen, barstte Lily in een gulle lachbui uit.

'Rory, wat een afschuwelijk slechte vader moet je geweest zijn als je zoon niets beters weet dan naar een stelletje zweterige kerels te kijken die een balletje in een net gooien.'

'Dat was ik zeker, maar het joch heeft altijd zijn eigen ideeën over alles gehad, inclusief de dames.'

'En wat,' vroeg Paul, terwijl hij kalm door bleef eten, 'is er mis met basketbal?' Omdat zijn blik op Julia was gericht, dacht ze dat het verstandig was om zwijgend haar schouders op te halen.

Ze was ontzettend mooi als ze bloosde, dacht hij. Haar huid was verhit, en de manier waarop ze op haar onderlip knabbelde was zo sexy. Hij besloot er later zelf op te gaan knabbelen, en op andere dingen. 'Je wou niet mee,' hielp hij haar herinneren. 'Als ik je had gevraagd voor, laten we zeggen, een retrospectief van Laurel & Hardy, was je dan meegegaan?'

'Nee.' Er aarzelde een glimlachje om haar lippen. 'Omdat je me zenuwachtig maakte.'

Hij reikte over de tafel om met haar vingers te spelen. 'En als ik het nu vroeg?'

'Je maakt me nog steeds zenuwachtig, maar waarschijnlijk zou ik het riskeren.'

Terwijl hij zijn glas oppakte, keek hij naar zijn vader. 'Zo slecht schijnen mijn ideeën niet te zijn. Lily, de eend is uitstekend.'

'Hmmm, dank je.' Grinnikend nam ze een slok.

Pas toen ze weer in de gezellige zitkamer waren en er koffie met cognac werd geserveerd, werd het onderwerp Eve Benedict opnieuw ter sprake gebracht. Julia pijnigde haar hersens over hoe ze op de meest tactvolle manier het interview kon openen. Lily gaf de aanzet.

'Ik vond het jammer dat we niet op de party konden komen die Eve laatst gaf. Verrast dat ik ook was uitgenodigd, en spijtig dat we het moesten missen.' Ze strekte behaaglijk haar lange benen. 'Rory zegt dat ze altijd ongelooflijke feesten geeft.'

'Gebeurde het vaak toen jullie getrouwd waren?' vroeg Julia aan Rory.

'Dat kun je gerust zeggen. Kleine, intieme dinertjes, ongedwongen barbecues, schitterende soirees.' Zijn hand cirkelde door de lucht. Zijn gouden manchetknopen schitterden in het schijnsel van het haardvuur. 'Jouw verjaardag... Weet je nog, Paul?'

'Dat is moeilijk te vergeten.' Omdat hij begreep dat dit een interview was, keek hij naar Julia. Hij zag dat Lily ervoor was gaan zitten om te luisteren. 'Ze had circusartiesten gehuurd: clowns, jongleurs, een koorddanser. Zelfs een olifant.'

'En de tuinman wilde ontslag nemen toen hij de volgende dag zag hoe het gras erbij lag.' Rory grinnikte en draaide zijn cognac rond. 'Het leven met Eve bracht weinig saaie momenten.'

'Als je haar in één woord moest beschrijven?'

'Eve?' Hij dacht even na. '*Ontembaar*, denk ik. Niets kon haar uiteindelijk tegenhouden. Ik weet nog dat ze een rol aan Charlotte Miller verloor – voor Eve een bittere pil. Toen ging zij Sylvia spelen in *Spider's Touch*, won dat jaar in Cannes, zodat iedereen niet eens meer wist dat Charlotte in diezelfde tijd een film had gedaan. Ongeveer vijfentwintig, dertig jaar geleden werd het moeilijk om goede rollen te vinden – de studio's hadden het niet zo op actrices van een zekere leeftijd. Eve ging naar New York, kreeg open doekjes in *Madame Requests* op Broadway. Ze heeft het een jaar lang gespeeld, won een Tony, zodat Hollywood haar smeekte om thuis te komen. Als je terugkijkt op haar carrière zul je zien dat ze nooit een slecht script heeft gekozen. Natuurlijk, zeker in het begin waren er een paar minder sterke. De studio duwde haar naar voren en ze had maar te volgen. Toch speelde ze, zelfs in de schraalste film, als een ster. Om dat te bereiken komt meer kijken dan talent, meer dan ambitie zelfs. Daar is kracht voor nodig.'

'Hij zou het heerlijk vinden om weer met haar te werken,' vulde Lily aan. 'En ik zou het enig vinden om te zien.'

'Zou het niet lastig voor je zijn?'

'Niet in het minst. Misschien dat het moeilijk zou zijn als ik die wereld niet kende. En als ik niet zeker wist dat Rory waarde aan zijn leven hecht.' Ze lachte. 'In elk geval kan ik niet anders dan respect hebben voor een vrouw die bevriend, echt bevriend, kan blijven met een man met wie ze getrouwd is geweest. Mijn ex en ik haten elkaar nog steeds.'

'Vandaar dat Lily het mij onmogelijk maakt om te scheiden.' Rory strekte zijn arm en strengelde zijn vingers door de hare. 'Eve en ik mochten elkaar, begrijp je. Toen ze van het huwelijk af wilde, deed ze dat op een hoffelijke, redelijke manier. Omdat ik degene was die fout zat, kon ik moeilijk wrok koesteren.'

'Jij zat fout, zeg je – vanwege andere vrouwen?'

'Voornamelijk. Ik kan me voorstellen dat mijn… gebrek aan discretie wat vrouwen betreft een van de redenen is waarom Paul altijd zo voorzichtig is geweest. Denk je niet?'

'Selectief,' corrigeerde Paul zijn vader.

'Ik was geen goede echtgenoot, ik was geen goede vader. De voorbeelden die ik gaf, waren niet zo bewonderenswaardig.'

Paul schoof ongemakkelijk op zijn stoel. 'Ik ben aardig terechtgekomen.'

'Met weinig steun van mij. Julia komt hier voor eerlijkheid. Nietwaar?'

'Ja, maar als ik het zeggen mag – als buitenstaander – geloof ik dat je een betere vader was dan je denkt. Van wat ik heb gehoord, heb je altijd laten zien hoe je was.'

Er kwam meer warmte in zijn ogen. 'Daar dank ik je voor. Mijn ervaring is dat een kind evenveel profijt kan hebben van slechte als goede voorbeelden. Hangt van het kind af. Paul was altijd al een pienter baasje. Vandaar dat hij kieskeurig was als het om de andere sekse ging, en dat hij weinig op heeft met mensen die er maar een spelletje van maken. Het kwam door mijn gebrek aan kieskeurigheid en het feit dat ik er een spelletje van maakte dat Eve het uiteindelijk zat werd.'

'Ik hoorde dat je van wedden houdt. Je eigen paarden?'

'Een paar. Ik heb altijd geluk met kansspelletjes. Vandaar misschien dat ik het moeilijk vond om weerstand te bieden aan een casino, de prachtige benen van een raspaardje, een kaartje leggen. Eve had geen bezwaar tegen het gokken. Af en toe deed ze graag mee. Het waren de mensen met wie je dan in contact komt. Dealers zijn doorgaans niet de crème de la crème. Eve moest meestal niets van de beroepsgokkers hebben. Hoewel ze een paar jaar na onze scheiding iets had met iemand die veel met die wereld te maken had. Ook dat was mijn schuld, want ik heb ze aan elkaar voorgesteld. In die tijd wist ik niet dat hij er zo diep in zat. Later kreeg ik spijt van die kennismaking.'

'Gokken?' Nonchalant nam Julia een slokje wijn, maar haar zintuigen waren gespannen. 'Ik kan me niet herinneren dat ik bij mijn vooronderzoek iets ben tegengekomen waaruit bleek dat Eve iets met gokken te maken had.'

'Niet met gokken. Zoals ik zei, was Eve nooit zo geïnteresseerd in de genoegens van het wedden. Ik denk niet dat ik hem een gokker kan noemen. Dat ben je niet, als je altijd op jezelf wedt. De beleefde term is, volgens mij, *zakenman*.'

Julia keek naar Paul. Door de blik in zijn ogen schoot haar één naam te binnen. 'Michael Delrickio?'

'Ja. Een griezelige man. Ik ontmoette hem in Las Vegas, toen ik weer eens zo heerlijk aan het winnen was. Ik was in Caesars Palace aan het dobbelen. Het leek of de dobbelstenen prachtige vrouwen waren, die die avond alles deden om mij te plezieren.'

'Rory praat altijd over gokken alsof hij het over vrouwen heeft,' verduidelijkte Lily. 'Als hij verliest, is hij heel creatief in het bedenken van vrouwelijke benamingen voor dobbelstenen of kaarten.' Ze schonk hem een toegeeflijke glimlach voordat ze overeind kwam om nog wat cognac in te schenken. 'Wat een smerig weer buiten. Weet je zeker dat je niet iets sterkers dan koffie wilt, Julia?'

'Nee, echt niet, dank je.' Hoewel de interruptie haar irriteerde, klonk haar stem niet al te nieuwsgierig toen ze het gesprek op het onderwerp terugbracht. 'Je vertelde me over Michael Delrickio.'

'Hmmm.' Rory strekte zijn benen en nam zijn glas in beide handen, wat Julia de tijd gaf om te bedenken dat hij eruitzag als de perfecte Engelse gentleman in ruste – het haardvuur dat achter hem knetterde, cognac die hij tussen zijn handen warmde. Het enige wat eraan ontbrak waren slapende jachthonden aan zijn voeten. 'Ja. Ik ontmoette Delrickio in Caesar's nadat ik alle tafels van de fiches af had geholpen. Hij bood me een borrel aan, biechtte op dat hij een fan was. Bijna had ik geweigerd. Zo'n intermezzo komt vaak slecht van pas, maar ik hoorde dat hij de eigenaar van het casino was. Of, om het preciezer uit te drukken: zijn organisatie was er de eigenaar van, en van andere.'

'Je zei dat hij griezelig was. Waarom?'

'Het was misschien vier uur 's nachts toen we die borrel dronken,' zei Rory langzaam. 'Maar hij maakte de indruk... nou ja, van een bankier die op z'n gemak van zijn lunch geniet. Ik vond hem zeer uitgesproken. Hij was duidelijk een fan, niet alleen van mij, maar van film. We hebben bijna drie uur over films en het maken ervan gesproken. Hij liet me weten dat hij van plan was een onafhankelijke productiemaatschappij te financieren en de maand daarop in Los Angeles zou zijn.' Hij pauzeerde om een slok te nemen en na te denken. 'Ik liep hem weer tegen het lijf op een party waar ik samen met Eve was. We waren allebei vrij, Eve en ik, en we... tja, begeleidden elkaar vaak. In feite woonde Paul bij haar, omdat hij in Californië studeerde.'

'Mijn tweede jaar op UCLA,' legde Paul uit. Een beetje ongedurig haalde hij een sigaar tevoorschijn. 'Mijn vader heeft het me nog steeds niet vergeven dat ik Oxford heb geweigerd.'

'Je wilde met alle geweld met de familietraditie te breken.'

'En jij ging je aan traditie hechten toen ik dat deed.'

'Je brak je grootvaders hart.'

Paul grijnsde om de sigaar heen. 'Hij had geen hart.'

Rory ging rechtop zitten, strijdvaardig. Even plotseling liet hij zich weer lachend terugvallen. 'Je hebt absoluut gelijk. En de hemel weet dat je het bij Eve beter had dan bij mij of je moeder. Als je was bezweken en naar Oxford was gegaan, had die ouwe er alles aan gedaan om jouw leven net zo ellendig te maken als hij bij mij heeft geprobeerd.'

Paul nipte aan zijn cognac. 'Ik denk dat Julia meer geïnteresseerd is in Eve dan in onze familiegeschiedenis.'

Met een glimlach schudde Rory zijn hoofd. 'Volgens mij is het een nek-aan-nekrace. Maar we zullen ons voorlopig op Eve concentreren. Ze zag er die avond bijzonder schitterend uit.'

'Lieve,' pruilde Lily, 'wat cru om dat in bijzijn van je huidige echtgenote te zeggen.'

'Eerlijkheid.' Hij nam Lily's hand en kuste haar vingers. 'Julia staat erop. Ik geloof dat Eve net terug was van een of andere beautyfarm. Ze zag er verfrist uit, herboren. We waren toen al een paar jaar gescheiden en waren weer maatjes. We genoten er allebei vreselijk van dat de pers een hoop herrie maakte over het feit dat we samen werden gesignaleerd. Kortom: we hadden een leuke avond. Misschien hadden we – vergeef me, schat,' fluisterde hij tegen zijn vrouw. 'Misschien hadden we de verdere avond herinneringen opgehaald, maar ik stelde haar aan Delrickio voor. Ze trokken elkaar meteen aan, het oude cliché over inslaande bliksem, tenminste van zijn kant. Wat haar betreft, ik zou zeggen dat Eve geïntrigeerd was. Enfin, het was Delrickio die haar die avond naar huis bracht. Vanaf dat punt kan ik slechts speculeren.'

'Je hebt de vraag niet echt beantwoord.' Julia zette haar lege kopje neer. 'Waarom was hij griezelig?'

Rory zuchtte even. 'Ik heb je verteld dat-ie zei dat hij belangen had in een of andere productiemaatschappij. De maatschappij bleek niet in hém geïnteresseerd, aanvankelijk. Nog geen drie maanden nadat ik Delrickio aan Eve had voorgesteld, was hij – zijn organisatie – alleenbezitter van de maatschappij. Er waren een paar financiële tegenvallers geweest, er was wat apparatuur verloren gegaan, er gebeurden een paar ongelukjes. Via collega's van collega's kwam ik te weten dat Delrickio sterke banden had met... hoe noemen ze die tegenwoordig?'

'De maffia,' zei Paul ongedurig. 'Daar hoeven we niet omheen te draaien.'

'Ik hoopte subtiel te zijn,' mompelde Rory. 'In elk geval bestonden er

vermoedens – alleen vermoedens – dat hij iets te maken had met de georganiseerde misdaad. Hij is nooit veroordeeld. Wat ik wel weet, is dat
Eve hem een paar maanden in het geheim zag, waarna ze heel plotseling
met die tennisser trouwde.'

'Damien Priest,' vulde Julia aan. 'Eve zei dat Michael Delrickio ze
aan elkaar had voorgesteld.'

'Dat is zeker mogelijk. Delrickio kent heel wat mensen. Over die relatie kan ik je niet veel vertellen. Het huwelijk was kort. Eve heeft nooit
over de reden van het abrupte einde gesproken.' Hij keek zijn zoon lang
aan. 'Tenminste, niet met mij.'

'Ik wil niet over Delrickio praten.' Zo gauw ze de suite binnen waren,
trok Paul zijn jasje uit. 'Je hebt bijna de hele avond geïnterviewd. Laat
het rusten.'

'Jij kunt me aan één aspect helpen dat je vader niet kan.' Julia slipte
haar schoenen uit. 'Ik wil jouw inzicht, jouw mening.' Aan de manier
waarop hij zijn das losrukte zag ze zijn groeiende boosheid; verkrampte
vingers trokken de knoop eruit.

'Ik heb een afschuw van hem. Is dat niet genoeg?'

'Nee. Hoe je over hem denkt, weet ik al. Ik wil weten waardoor dat
komt.'

'Je kunt stellen dat ik misdadige heren niet kan verdragen.' Paul trok
zijn schoenen uit. 'Daar ben ik een rare in.'

Allerminst tevreden, fronste Julia haar wenkbrauwen terwijl ze de
speldjes uit haar haar haalde. 'Dat antwoord zou werken, ware het niet
dat ik jou met hem heb gezien en weet dat het eerder een persoonlijke
onverdraagzaamheid is dan een algemene.' De speldjes staken in haar
hand. Terwijl ze haar hand opende en ernaar keek, besefte ze dat dit
soort intimiteit heel gemakkelijk tussen hen was geworden. Het gemak
waarmee je in bijzijn van je geliefde je schoenen uitschopt of de speldjes uit je haar haalt. Een andere intimiteit, die van het hart, kwam moeilijker tot stand. Die wetenschap veroorzaakte een botte pijnscheut van
zowel boosheid als gekwetstheid.

Naar hem kijkend, gooide ze de speldjes op het tafeltje naast haar. 'Ik
dacht dat we het punt hadden bereikt waarop we elkaar vertrouwen.'

'Het is geen kwestie van vertrouwen.'

'Het is altijd een kwestie van vertrouwen.'

Hij ging zitten. Zijn gezicht stond even stormachtig als het hare kalm was. 'Je laat het er niet bij zitten.'

'Dat is mijn werk,' hielp ze hem herinneren. Ze liep naar het raam om in één ruk aan de gordijnen de storm buiten te sluiten. En henzelf binnen te sluiten, zodat ze in het gouden schijnsel van de lamp alleen met elkaar van doen hadden. 'Als je dit op een professionele basis wilt hebben, oké. Eve kan me alles van Delrickio vertellen wat ik moet weten. Ik had gehoopt jouw mening te horen.'

'Goed. Mijn mening is dat hij in een Italiaans pak rondkruipend slijm is. Het ergste slijm, omdat hij nog blij met zichzelf is ook.' Zijn ogen schitterden. 'Hij trekt profijt van de ellende in de wereld, Julia. En als hij steelt, chanteert, verminkt of moordt, zet hij het op zijn lijstje allemaal onder de keurige rubriek Zakendoen. Voor hem betekent dat niet meer en niet minder.'

Ze ging zitten, maar ze stak geen hand uit naar haar recorder. 'Toch heeft Eve iets met hem gehad.'

'Volgens mij is het accuraat te zeggen dat ze zich niet precies realiseerde wie en wat hij was toen ze een relatie kregen. Ze vond hem duidelijk aantrekkelijk. Hij kan zeker charmant doen. Hij is welbespraakt, erudiet. Ze vond zijn gezelschap prettig en, denk ik, zijn macht.'

'Jij woonde bij haar,' spoorde Julia aan.

'Ik zat in Californië op school en ging me net een beetje bij haar thuis voelen. Ik weet pas sinds vanavond hoe ze Delrickio heeft leren kennen.' Een klein detail, dacht hij, dat er nauwelijks toe deed. Hij wist de rest, in elk geval voldoende over de rest. En nu zou Julia dat, dankzij haar vasthoudendheid, ook te weten komen. 'Hij kwam steeds vaker: om te zwemmen, een partijtje tennis, eten. Ze ging een paar keer met hem mee naar Las Vegas, maar voor het grootste deel zagen ze elkaar thuis. Hij stuurde altijd bloemen, cadeautjes. Op een keer bracht hij de chef-kok van een van zijn restaurants mee en liet hem een uitgebreide Italiaanse maaltijd klaarmaken.'

'Hij heeft restaurants?' vroeg Julia.

Paul keek haar nauwelijks aan. 'Ja,' zei hij effen. 'Altijd had hij een paar van zijn mannetjes bij zich. Hij reed nooit zelf, kwam nooit zonder gezelschap.'

Ze knikte, begreep het volkomen. Zoals de hekken om Eves landgoed. Macht eiste altijd zijn tol.

'Ik mocht hem niet – hield niet van de manier waarop hij naar Eve keek, alsof ze een van zijn kloteorchideeën was.'

'Pardon?'

Paul stond op en liep naar het raam. Rusteloos deed hij de gordijnen een beetje open. De hagel was opgehouden, maar er was iets bitters in het weer wat hij zelfs achter glas kon voelen. Het was niet altijd nodig het lelijks te zien om het te herkennen. 'Hij kweekt orchideeën. Het is een obsessie van hem. Eve was net zo'n obsessie; hij hing maar om haar heen, stond erop te weten waar ze was, met wie. Ze vond het wel leuk, voornamelijk omdat ze weigerde daar rekenschap van af te leggen, en dat maakte hem gek.' Hij keek om en zag dat ze glimlachte. 'Vind je het leuk?'

'Het spijt me, het komt alleen doordat ik – nou ja, ik geloof jaloers ben op de manier waarop ze handig met de mannen in haar leven omgaat.'

'Niet altijd even handig,' mompelde hij en hij beantwoordde haar glimlach niet. 'Ik kwam een keer binnen tijdens een ruzie toen hij tegen haar tekeerging, haar bedreigde. Ik zei dat hij moest ophoepelen, maar z'n bodyguards besprongen me als vlooien. Eve moest tussenbeide komen.'

Nu moest ze allerminst lachen, maar voelde iets van paniek bij een herinnering. Had Delrickio niet iets gezegd over dat het jammer was dat Eve niet had goedgevonden dat hij Paul respect bijbracht? 'Toen was je, wat, ongeveer twintig?'

'Ongeveer. Het was walgelijk, vernederend, maar verhelderend. Eve was kwaad op hem, maar ze was net zo kwaad op mij. Ze dacht dat ik jaloers was – en dat was ik misschien. Ik had een bloedneus, een paar gekneusde ribben –'

'Hebben ze je geslagen?' interrumpeerde ze met een stem die scherp was van walging en schrik.

Daar moest hij om grijnzen. 'Schatje, je traint geen apen om zoete broodjes te bakken. Het had erger kunnen zijn – heel wat erger, want ik deed mijn best om m'n handen om de nek van die klootzak te krijgen. Je hebt misschien nog niet gehoord dat ik een sporadische liefde voor geweld heb.'

'Nee,' zei ze tamelijk kalm, al draaide haar maag zich om. 'Dat heb ik nog niet gehoord. Was deze, eh... episode, de reden dat Eve met Delrickio brak?'

'Nee.' Hij was moe van het praten, moe van het denken. 'Wat haar betrof had haar relatie met hem niets met mij te maken. En ze had gelijk.' Langzaam, bijna sluipend, kwam hij op haar toe. En net als alles waar jacht op wordt gemaakt, voelde ze de korte rilling van schrik, die haar hartslag van kalm tot razendsnel omhoog joeg. 'Weet je hoe je er nu uitziet, zo met je rug recht in die stoel en je handen keurig gevouwen? En je ogen zo plechtig, zo bezorgd?'

Omdat ze zich door hem belachelijk voelde, ging ze verzitten. 'Ik wil weten –'

'Dat is het probleem,' fluisterde hij, vooroverbuigend om haar gezicht in zijn handen te nemen. 'Jij wilt weten, terwijl je alleen maar hoeft te voelen. Wat voel je nu, wanneer ik je vertel dat ik aan niets anders kan denken dan jou uit dat nette jurkje te pellen, te ruiken of dat parfum dat ik je uren geleden zag opspuiten nog steeds aan je huid kleeft – daar vlak onder je kin.'

Terwijl hij er met zijn vingers over streek, kwam ze weer in beweging. Maar opstaan was een beoordelingsfout, die haar alleen maar tegen hem aan perste. 'Je probeert me af te leiden.'

'Reken maar.' Hij trok haar rits omlaag en grinnikte toen ze probeerde zich los te wringen. 'Alles aan je heeft me afgeleid sinds het moment dat ik je ontmoette.'

'Ik wil weten...' probeerde ze opnieuw, waarna ze haar adem inhield toen hij de jurk tot haar middel omlaag trok. Zijn mond was op de hare, en zijn handen – niet teder, niet verlokkend, maar met een gulzig vuur dat aan koorts grensde... 'Paul, wacht. Ik moet weten waarom ze er een eind aan maakte.'

'Daar was alleen een moord voor nodig.' Zijn ogen sloegen vlammen uit, terwijl hij haar hoofd achterover trok. 'Koelbloedige moord uit winstbejag. Delrickio had zijn geld op Damien Priest gezet, dus elimineerde hij de concurrentie.'

Van doodsschrik gingen haar ogen wijd open. 'Je bedoelt dat hij –'

'Blijf bij hem uit de buurt, Julia.' Hij trok haar tegen zich aan. Door de dunne zijde kon ze de hitte voelen die zijn huid uitstraalde. 'Wat ik voor je voel, wat ik voor je zou willen doen, maakt wat ik al die jaren geleden voor Eve voelde tot niets.' Met gespannen vingers ving hij haar haar in een vuist. 'Niets.'

Terwijl ze rilde van opwinding, trok hij haar op de grond en liet het haar voelen.

20

Met haar badjas om zich heen dronk Julia een cognacje. Haar lichaam voelde loom van vermoeidheid en seks. Ze vroeg zich af of dit het gevoel was dat je had als je na een wilde worsteling met een kolkende zee op een droog strand terechtkwam. Uitgeteld, voldaan, verdoofd, omdat ze het geweld en de onnoemlijke schoonheid had overleefd van iets wat zo primitief en tijdloos is.

Terwijl haar hartslag normaal en haar hersens helder werden, echode het woord dat Paul had uitgesproken voordat hij haar in die woeste zee sleurde door haar hoofd.

Het woord was *moord*.

Zelfs nu ze dicht tegen elkaar op de bank zaten, met een intieme stilte tussen hen in, begreep ze hoe gemakkelijk dit evenwicht verstoord kon worden. Hoe heftig ze de liefde ook hadden bedreven, hier was het, in de stilte achteraf waarin de lucht weer afkoelde en ijler werd, dat ze elkaar moesten zien te bereiken. Niet zomaar een hand in een andere hand, maar opnieuw dat kleine maar levendige facet van vertrouwen in elkaar. 'Wat je daarnet zei,' begon ze, wat hem een glimlach ontlokte.

'Weet je, Jules, sommigen zouden je misschien ijverig noemen. Anderen vinden gewoon dat je zeurt.'

'Ik ben een ijverige zeur.' Ze legde een hand op zijn knie. 'Paul, ik móét dit van jou horen. Als Eve bezwaar heeft tegen wat je me vanavond vertelt, houdt het daarmee op. Dat is de afspraak.'

'Integriteit,' mompelde hij. 'Is dat niet wat Eve zei dat ze in je bewonderde?' Hij streelde haar haar.

Zo zaten ze even voordat ze weer begon te spreken, kalm.

Geschokt stond Julia op om nog wat cognac in te schenken. Tijdens Pauls hele relaas over hoe Damiens tegenstander was gestorven, Eves vermoeden dat het moord was – moord op last van Delrickio – had ze geen woord gezegd.

'We hebben er nooit meer over gesproken,' besloot Paul. 'Dat weigerde Eve. Priest won de titel, waarna hij zich terugtrok. Hun scheiding zorgde even voor wat opschudding, maar dat ging over. Na een tijd begon ik in te zien waarom ze het op die manier had aangepakt. Er kon niets bewezen worden. Delrickio had haar vermoord als ze het had geprobeerd.'

Voordat ze probeerde iets te zeggen, nam ze een slokje zodat de warmte van de drank haar stem vaster zou maken. 'Is dit waarom je tegen de biografie was? Was je bang dat Eve het verhaal zou vertellen en haar leven op het spel zetten?'

Paul keek haar aan. 'Ik ben er zeker van. De juiste tijd, de juiste plaats, de juiste methode. Ze kan het niet vergeten zijn, dat is onmogelijk. Als Delrickio gelooft dat ze het jou al heeft verteld en dat jij overweegt het te laten drukken, is jouw leven even weinig waard als dat van haar.' Ze keek naar hem, terwijl ze naast hem kwam zitten. Nu moest ze voorzichtig zijn. Al die jaren dat ze alleen was geweest, haar eigen beslissingen nam volgens haar eigen code, maakten het moeilijk om zich duidelijk uit te drukken. 'Paul, als jij had geloofd, echt had geloofd, dat er recht gedaan zou worden als je naar de politie ging, had je het dan niet doen?'

'Dat is het punt niet.'

'Misschien is het te laat voor punten. Het gaat om instinct en gevoel, en dat ondefinieerbare grijs tussen goed en kwaad. Eve gelooft in wat ze doet met dit boek. En ik ook.'

Hij pakte een sigaar en streek heftig een lucifer af. 'Je leven in gevaar brengen voor iemand die al vijftien jaar dood is, is onlogisch.'

Ze keek naar zijn gezicht, overschaduwd door de lamp en de rook. 'Als ik dacht dat jij dat echt geloofde zou ik hier niet zijn, hier samen met jou… Nee,' zei ze voordat hij iets kon zeggen. 'Wat er tussen jou en mij bestaat, is niet alleen lichamelijk. Ik begrijp je, ik denk van het begin af aan al. Daardoor was ik bang om iets te laten gebeuren. Ik heb mijn daden al eens eerder door mijn gevoelens laten leiden. Ik zat fout, maar

omdat Brandon het resultaat is, kan ik er geen spijt van hebben. Dit…'
Ze legde een hand op de zijne en strengelde langzaam hun vingers ineen.
'Dit is meer en minder. Belangrijker, minder onwerkelijk. Ik hou van je,
Paul, en van je houden betekent dat ik op mijn intuïtie moet vertrouwen, en mijn geweten respecteren – niet alleen met jou, maar in het algemeen.'

Hij staarde naar de gloeiende punt van zijn sigaar, deemoediger door
haar woorden dan hij voor mogelijk had gehouden. 'Je laat me niet veel
ruimte voor argumenten.'

'Ik laat mezelf ook niet veel ruimte. Wanneer ik je vraag me te vertrouwen, houdt dat in dat ik jóú moet vertrouwen.' Ze keek van hun verstrengelde handen naar hem op. 'Je hebt me niet naar Brandons vader
gevraagd.'

'Nee.' Hij zuchtte. Voorlopig zou hij zijn bezwaren moeten inslikken.
Het was mogelijk, maar niet waarschijnlijk, dat hij bij Eve meer geluk
zou hebben. Dat Julia over Brandons vader ging vertellen, betekende dat
ze nog een muur hadden geslecht. 'Ik heb niets gevraagd omdat ik juist
hoopte dat jij zou doen wat je op het punt staat te gaan doen.'

Ze lachte – een zacht, knus geluid dat hem kalmeerde. 'Ik ben arrogant genoeg om het je niet verteld te hebben als je het had gevraagd.'

'O ja, dat weet ik ook.'

'Het is niet zo belangrijk meer om de situatie voor me te houden als
het ooit was. Het is een gewoonte geworden, denk ik, en ik dacht – denk
nog – dat het beter voor Brandon is dat het niet zo'n punt wordt. Als hij
het vraagt, en dat zal hij op een dag doen, vertel ik hem de waarheid. Ik
heb van zijn vader gehouden, op de manier waarop iemand van zeventien dat doet: idealistisch, onbezonnen, romantisch. Hij was getrouwd,
en ik betreur het dat ik dat feit door mijn emoties liet verdoezelen. Toen
wij iets met elkaar kregen, leefde hij gescheiden van zijn vrouw – dat zei
hij tenminste. Ik wilde het maar al te graag geloven en maakte mezelf
wijs dat hij met me zou trouwen en, nou ja, me gelukkig zou maken.'

'Hij was ouder.'

'Veertien jaar.'

'Iemand had een knoop in zijn pik moeten leggen.'

Ze was even perplex, waarna ze, door de manier waarop de grofheid van de opmerking door die prachtige, beschaafde stem werd uitgesproken, in een schaterlach uitbarstte. 'O, mijn vader had je gemogen. Ik weet zeker dat hij zoiets zou hebben gezegd als hij het te weten was gekomen.' Ze kuste hem onstuimig en leunde toen weer achteruit, terwijl hij grimmig in het donker bleef staren. 'Ik weet dat het meer zijn verantwoordelijkheid dan de mijne was. Maar een meisje van zeventien kan heel overtuigend zijn.'

Kalm vertelde ze hem alles over Lincoln, over de argeloze stroom gevoelens die haar meesleepten in de affaire, de angst vanwege de zwangerschap die er het gevolg van was, haar verdriet toen Lincoln haar in de steek liet.

'Ik betwijfel of ik er iets aan zou veranderen. Als ik het moest overdoen, zou ik het mijn ouders niet vertellen, om mijn vader niet nog meer verdriet te doen. Hij zag Lincoln als een zoon. En ik zou zeker niets veranderen aan dat gerollebol op de bank, anders was Brandon er niet geweest.' Toen ze glimlachte, zag ze er sereen uit, zeker van zichzelf. 'Hij heeft me de fijnste jaren van mijn leven bezorgd.'

Paul zocht naar begrip, maar was machteloos tegenover de woede in zijn lijf. Ze was een kind toen, een kind dat zich met meer overleg en waardigheid van haar verantwoordelijkheden had gekweten dan een man die bijna twee keer zo oud was als zij.

'Hij heeft geen contact met jou of Brandon?'

'Nee, en op dit punt in mijn leven ben ik er blij om. Brandon is van mij.'

'Jammer,' zei hij vriendelijk. 'Het zou me zo'n genoegen doen om hem voor je te vermoorden.'

'Mijn held.' Ze liet haar armen om hem heen glijden. 'Maar voor mij hoeft het niet, Paul. Dat was gisteren. Ik denk dat ik vandaag alles heb wat ik nodig heb.'

Hij nam haar gezicht in zijn handen en liet zijn duimen langs haar kaaklijn gaan. 'Dat gaan we controleren,' fluisterde hij, en hij kuste haar.

21

Het was zo fijn om thuis te zijn, dat Eve zich zelfs verheugde op een sessie met Fritz. Feit was dat ze de doses zweet en inspanning meer had gemist dan ze haar trainer ooit zou opbiechten. Ze had Travers' gemopper gemist, Nina's constante geredder en Julia's gezelschap. Het viel Eve, niet geheel tot haar genoegen, op dat ze eindelijk oud werd als ze de dagelijkse dingen waarvoor ze nooit oog had gehad, als een vrek in haar hart begon op te potten.

De opnamen op lokatie waren goed verlopen. Zeker beter dan ze had voorzien. Dat had ze voor een groot deel aan Peter te danken – niet alleen vanwege de partijtjes goede, stevige seks, maar ook door zijn geduld en enthousiasme op de set, zijn gevoel voor humor dat zelfs standhield als dingen niet slechter konden. Jaren eerder had ze misschien de fout gemaakt hun affaire te rekken, om tenminste zichzelf wijs te maken dat ze verliefd op hem was.

Ze had ook alle middelen waarover ze beschikte, kunnen aanwenden om te zorgen dat hij verliefd op haar werd. Gezond verstand had de overhand gekregen, en ze waren overeengekomen om de minnaars in Georgia achter te laten en als vrienden en collega's naar de Westkust terug te keren.

Nu ze de gedachte liet bezinken, bood rijpheid perspectieven. Ze besefte dat Peter haar deed denken aan Victor – de vitale, charmante en getalenteerde man op wie ze zo hopeloos verliefd was geworden. De man van wie ze nog steeds hield. God, wat miste ze hem. Van al haar angsten was de grootste dat ze het beetje tijd dat hun restte, zouden verspillen.

Julia kwam vijf minuten later binnen. Ze was buiten adem doordat ze zich had gehaast, het gevoel had gehad dat ze zich moest haasten. Zodra ze Eve zag, voorovergebogen om haar bilspieren te rekken, haar lange, weelderige lichaam adembenemend in strak, saffierblauw tricot, begreep ze waarom. Ze had haar gemist, bedacht Julia. Eves giftige commentaren, haar pijnlijk eerlijke herinneringen, het gigantische ego, de arrogantie. Dat had ze allemaal gemist. Ze lachte in zichzelf toen ze zag hoe Eve haar gewicht verplaatste.

Op dat moment keek Eve op, bemerkte Julia's lach, die ze beantwoordde. Fritz keek ook, zijn ogen gingen van de ene vrouw naar de andere. Zijn wenkbrauwen gingen vragend omhoog. In de stilte ging er iets tussen hen heen en weer, voor allebei onverwacht. Terwijl Eve omhoogkwam, voelde Julia een impuls om naar haar toe te gaan en haar te omhelzen, wetend dat zij ook omhelsd zou worden. Hoewel ze inderdaad de zaal door liep, strekte ze alleen haar beide handen uit en hield Eves vingers ter verwelkoming in een snelle greep.

'Zo, hoe was het moeras?'

'Heet.' Eve zocht haar gezicht af, blij met wat ze daar zag. Ontspannen, een stille tevredenheid. 'Hoe was Londen?'

'Koud.' Nog altijd glimlachend, zette Julia haar gymtas neer. 'Rory laat je de groeten doen.'

'Hmmm. Wat ik echt wil horen is een mening over zijn nieuwe vrouw.'

'Volgens mij is ze perfect voor hem. Ze doet me een beetje aan jou denken.' Ze slikte een lach in toen ongeloof in Eves ogen schoot.

'Toe nou, schat. Er is er maar één als ik.'

'Je hebt gelijk.' Kom op, dacht ze, en ze volgde haar instinct, terwijl ze haar armen in een stevige, hartelijke omhelzing om Eve heen sloeg. 'Ik heb je gemist.'

Nu schitterden er tranen in Eves ogen – snel, onverwacht, en moeilijk in bedwang te houden. 'Ik had je graag bij me gehad. Jouw koele opmerkingen hadden de uren van verveling tussen de opnamen opgevrolijkt. Maar ik heb het gevoel dat je in Londen hebt genoten van het gezelschap.'

Julia deed een stap achteruit. 'Je wist dat Paul bij me was.'

'Ik weet alles.' Eve streek met een vinger onder Julia's kin. 'Je bent gelukkig.'

'Ja. Zenuwachtig, in de war, maar ook gelukkig.'

'Je moet me alles vertellen.'

'Werken,' kwam Fritz tussenbeide. 'Praat terwijl jullie werken. Je kunt niet alleen maar je tong trainen.'

'Je kunt niet praten én oefeningen doen,' zei Julia klaaglijk.

Tegen de tijd dat hij haar aan de gewichten had gezet, was ze doorweekt van het zweet, maar had ze nog adem genoeg. Over zijn grommende aanwijzingen heen vertelde ze Eve over Londen, over Paul, over alle gevoelens die in haar bruisten. Het ging zo makkelijk dat ze er bijna niet bij nadacht. Jaren geleden had ze onmogelijk met haar moeder over Lincoln kunnen praten. Nu was er geen schaamte, geen angst.

Ze had wel tien keer de gelegenheid om het gesprek op Delrickio te brengen, maar Julia had het gevoel dat het niet het moment was. En in aanwezigheid van Fritz ook niet de plaats. Dus probeerde ze wat volgens haar veiliger terrein was. 'Ik heb vanmiddag een afspraak met Nina's voorganger, Kenneth Stokley.'

'Echt waar? Is hij in de stad?'

'Nee, hij is in Sausalito. Ik vlieg er voor een paar uur heen. Is er iets wat je over hem wilt vertellen?'

'Over Kenneth?' Eve trok haar mond samen en maakte haar dijoefeningen af. 'Je vindt het misschien moeilijk om hem te interviewen. Vreselijk beleefd, niet erg mededeelzaam. Ik was erg dol op hem en vond het heel jammer dat hij met pensioen wilde.'

'Ik dacht dat jullie ruzie hadden.'

'Dat is zo, maar hij was een eersteklas assistent voor me.' Ze nam een handdoek van Fritz aan en bette haar gezicht. 'Hij had geen hoge pet op van mijn man. Echtgenoot nummer vier, om precies te zijn. En ik kon Kenneth moeilijk vergeven dat hij zo gelijk had gehad.' Ze haalde haar schouders op en gooide de handdoek opzij. 'We besloten dat het beter was om onze zakelijke relatie te verbreken, en zuinig als hij was, had hij meer dan genoeg om in stijl te rentenieren. Ga je alleen?'

'Ja, ik moet om vijf uur terug zijn. CeeCee past op Brandon als hij uit school komt. Om twaalf uur gaat er een forenzentoestel.'

'Onzin. Neem mijn vliegtuig. Nina regelt het wel.' Ze wuifde met een hand voor Julia iets kon zeggen. 'Het staat er maar. Nu kun je komen en gaan wanneer het jou uitkomt. Spreekt dat je praktische kant niet aan?'

'Eigenlijk wel. Dank je. Ik wil ook graag met je praten over Gloria Du-Barry. Ze negeert mijn telefoontjes.'

Eve bukte om haar kuit te masseren, zodat haar gezicht niet zichtbaar was. De aarzeling, hoe kort ook, was echter duidelijk. 'Ik vroeg me af of jij over je kleine… aanvaring met haar zou vertellen.'

Julia trok een wenkbrauw op. 'Dat lijkt onnodig. Zoals je zei: je weet alles.'

'Ja.' Ze glimlachte terwijl ze zich oprichtte, maar Julia dacht een geforceerdheid te bespeuren. 'We praten later, over Gloria en andere dingen. Ik denk dat ze, als je het nog eens probeert, meer zal meewerken.'

'Goed. Dan hebben we Drake –'

'Maak je over Drake nu maar geen zorgen,' viel Eve haar in de rede. 'Wie heb je nog meer geïnterviewd?'

'Je agente, hoewel we het kort moesten houden. Met haar ga ik nog eens spreken. Het is me gelukt een kort, telefonisch gesprek met Michael Torrent te hebben. Hij noemde je de laatste van de godinnen.'

'Reken maar,' mompelde Eve, die een moord zou doen voor een sigaret.

Julia kreunde terwijl haar spieren trilden. 'Anthony Kincade weigert, vierkant, bij wijze van spreken, maar Damien Priest was uitermate beleefd en ontwijkend.' Ze ratelde een lijst namen af, die imponerend genoeg was om Eves wenkbrauwen omhoog te brengen.

'Je laat er geen gras over groeien, hè, schat?'

'Ik moet nog veel op pad. Ik hoopte dat jij het pad naar Delrickio voor me zou helpen effenen.'

'Nee, dat doe ik niet. En ik zou je willen vragen met een wijde boog om hem heen te lopen. Voorlopig althans. Fritz, peiger dat meisje niet af.'

'Ik peiger niet af,' liet hij Eve weten. 'Ik bouw op.'

Eve ging douchen terwijl Julia hurkoefeningen met gewichten deed. Toen ze klaar was, verscheen Nina.

'Alles is geregeld.' Nina sloeg een notitieboekje open, waarna ze een potlood uit haar haar trok. 'De studio stuurt een auto voor Miss B., dus staat Lyle tot jouw beschikking. Het vliegtuig staat klaar om te vertrekken wanneer je maar wilt, en aan de andere kant wacht een chauffeur op je om je naar je afspraak te brengen.'

'Dank je, maar al die moeite is niet nodig.'

'Geen enkele moeite.' Nina ging haar lijstje na, waarna ze glimlachte. 'Echt, het is zo veel gemakkelijker voor iedereen als je het organiseert. Je vlucht kan vertraging hebben, je kunt misschien moeilijk aan een taxi komen en... O ja, je chauffeur in Sausalito is van Top Flight Transportation. Het is ongeveer twintig minuten rijden van het vliegveld naar de haven. Natuurlijk komt hij je weer ophalen wanneer je maar wilt.'

'Ze is geweldig, nietwaar?' merkte Eve op toen ze weer binnenzweefde. 'Ik ben verloren zonder haar.'

'Alleen maar omdat je net doet alsof je geen verstand van details hebt.' Nina stak het potlood in haar haar terug. 'Je auto kan ieder moment voorrijden. Moet ik ze laten wachten?'

'Nee, ik kom. Fritz, mijn eigen ware liefde, ik ben zo blij dat je het niet verleerd hebt.' Eve gaf hem een lange kus die hem deed blozen tot zijn borstkas.

'Ik loop met je mee,' zei Julia, Nina daarmee op het nippertje verslaand.

Nina gaf het na enige aarzeling op. 'Ik ga beginnen met de tienduizenden telefoontjes die op antwoord wachten. We verwachten je om een uur of zeven, Miss B.'

'Als de goden meewerken.'

'Het spijt me,' begon Julia, terwijl ze het centrale plein overstaken. 'Ik weet dat het niet erg subtiel was, maar ik wilde nog een minuutje.'

'Nina is niet snel beledigd. Wat was het dat je niet in bijzijn van haar of Fritz wilde zeggen?' Ze bleef staan om de pioenen te bewonderen die op het punt stonden uit te komen.

'Te veel voor een kort wandelingetje naar de auto, maar om te beginnen denk ik dat je het moet weten. Dit werd bij de balie van mijn hotel in Londen afgegeven.'

Eve bekeek het papiertje dat Julia uit haar tas haalde. Ze hoefde het niet te openen om het te weten, hoefde het niet te lezen. 'Jezus.'

'Het heeft er alle schijn van dat iemand zich een hoop moeite heeft getroost om het daar te krijgen. Paul was bij me, Eve.' Ze wachtte tot Eve haar weer aankeek. 'Hij weet ook van de andere briefjes.'

'Aha.'

'Het spijt me als je vindt dat ik erover had moeten zwijgen, maar –'

'Nee, nee.' Met een handgebaar viel ze haar in de rede, voordat haar vingers onbewust naar haar slaap gingen om die te masseren. 'Nee, misschien is dat het beste. Ik geloof nog steeds niet dat ze meer voorstellen dan een pesterijtje.'

Julia stopte het papiertje terug. Waarschijnlijk was het moment totaal verkeerd, maar ze wilde Eve tijd gunnen alvorens ze weer iets zei. 'Ik weet van Delrickio én Damien Priest én Hank Freemont.'

Eves hand dwarrelde omlaag. Het enige teken van spanning was dat ze onwillekeurig haar handen tot een vuist balde, en snel weer ontspande. 'Nou, dan hoef ik al die rotzooi tenminste niet te herhalen.'

'Ik zou het graag van jouw kant horen.'

'Goed dan. Maar eerst moeten we over andere dingen praten.' Ze liep weer verder, passeerde de fontein, de prille rozen, de dikke eilanden van azalea's. 'Ik zou graag willen dat je vanavond bij mij komt eten. Acht uur.' Ze liep naar binnen, het hoofdgebouw in. 'Ik hoop dat je met een open geest komt, en een open hart, Julia.'

'Natuurlijk.'

Bij de voordeur aarzelde ze, toen duwde ze hem open en liep het zonlicht weer in.

'Ik heb fouten gemaakt en heb maar van een paar spijt. Ik heb heel gemakkelijk met leugens leren leven.'

Julia wachtte even, waarna ze haar woorden voorzichtig koos. 'De afgelopen weken ben ik gaan wensen dat ik ook mijn eigen fouten, evenals mijn eigen leugens zou leren accepteren. Het was nooit aan mij een oordeel over je te vellen, Eve. Nu ik je heb leren kennen, zou ik het hart niet hebben.'

'Ik hoop dat je dat na vanavond nog steeds vindt.' Ze legde een hand op Julia's wang. 'Je bent precies, precies wat ik nodig had.' Ze draaide zich om en liep snel naar de auto. Ze werd meegesleept in de verwarring. Ze knikte maar heel vaag naar de chauffeur toen hij het portier voor haar openhield. Toen viel alles op zijn plek.

'Ik hoop dat je het niet erg vindt,' zei Victor vanaf de achterbank. 'Ik heb je zo verrekte gemist, Eve.'

Ze liet zich in zijn armen glijden.

Julia had zich een beeld van Kenneth Stokley gevormd als een nogal iel, grijzend, vrij keurig mannetje. Hij moest waarachtig een ordelijk mens zijn om voor Eve gewerkt te hebben. Conservatief, dacht ze, op het stoffige af. Met een gemaakte, zalvende en angstvallig beleefde stem.

Haar eerste aanwijzing dat ze zich misschien had vergist in het beeld dat ze had opgeroepen, was de woonboot.

Die zag er leuk en romantisch uit; een goed onderhouden rechthoek van zacht pastelblauw met glanzend witte luiken. In sneeuwwitte raamkozijnen stond een weelde aan bloedrode geraniums. De top van het fraaie puntdak bestond uit een brede reep gebrandschilderd glas. Na enig getuur herkende Julia er de afbeelding in van een verleidelijk glimlachende zeemeermin.

De geestigheid ervan vervlakte enigszins toen ze het smalle, schommelende bruggetje in de gaten kreeg dat de boot met de ligplaats verbond en ze trok haar schoenen uit. Halverwege hoorde ze de gepassioneerde aria's uit *Carmen* uit de open ramen tegenover haar zweven. Meeneuriënd deed ze haar best deed om haar ritme in harmonie te houden met het slingeren van de brug. De de deur zwaaide open.

Hij had de stand-in van Cary Grant kunnen zijn, zo rond 1970. Verzorgd, met zilverkleurige haren en een gebronsde huid, en heerlijk sexy in een witte slobberbroek en een wijde, hemelsblauwe pullover, was Kenneth Stokley zo'n man die bij elke vrouw wier hart nog te veroveren was, deed watertanden.

Bijna verloor Julia haar evenwicht, en haar schoenen, toen hij naar buiten kwam om haar te helpen.

'Ik had u moeten waarschuwen voor mijn entree.' Hij nam haar tas van haar over, waarna hij, met haar hand in de zijne, elegant achterwaarts liep. 'Niet comfortabel, ik weet 't, maar het schrikt zelfs de fanatiekste stofzuigerverkoper af.'

'Het ziet er leuk uit.' Ze hijgde even toen haar voeten in aanraking kwamen met het steviger hout van het dek. 'Ik ben nog nooit op een woonboot geweest.'

'Hij is heel stabiel,' stelde hij haar gerust, terwijl hij op zijn beurt zijn ogen de kost gaf. 'Bovendien is er de mogelijkheid om de zonsondergang tegemoet te varen als de impuls toeslaat. Kom alsjeblieft binnen, kindje.'

In plaats van in het nautisch decor van ankers en visnetten stapte ze in een keurige, elegante zithoek met lage banken in warme tinten perzik en mint. De knusheid van teak- en kersenhout en zowaar een enorm vaal geworden Aubusson-tapijt. Een hele muur werd in beslag genomen door planken in allerlei maten die propvol boeken stonden. Een wenteltrap liep omhoog en deelde een overhangend balkon in tweeën. De zon speelde door de zeemeermin en danste in regenboogkleuren over de lichte wanden.

'Het is prachtig,' zei Julia, en Kenneth moest lachen om de mengeling van verbazing en enthousiasme in haar stem.

'Dank u. Uiteindelijk wil een mens comfort. Gaat u alstublieft zitten, Miss Summers. Ik ben net ijsthee aan het maken.'

'Heerlijk, dank u.' Ze had niet verwacht dat ze zich zo op haar gemak zou voelen, maar toen ze op de zachte bank zat, omringd door boeken en *Carmen*, kon ze niet anders. Pas toen Kenneth naar de keuken was gegaan, schoot haar te binnen dat ze had vergeten haar schoenen weer aan te trekken.

'Ik vond het jammer dat ik Eves grote feest kortgeleden heb gemist,' zei hij, zijn stem verheffend om boven de muziek uit te komen. 'Ik was even op reis om in Cozumel te gaan duiken.' Hij kwam terug met een emaillen blad waarop twee groene glazen en een dikbuikige karaf stonden. Schijfjes citroen en ijs dreven in de goudkleurige thee. 'Eve organiseert altijd bijzondere feesten.'

Niet Miss Benedict of zelfs Miss B., constateerde Julia. 'Hebt u nog contact met Eve?'

Hij zette het blad neer en reikte haar een glas aan voordat hij tegenover haar ging zitten. 'Wat u heel beleefd vraagt is of Eve en ik nog met elkaar praten. Uiteindelijk heeft ze me, strikt genomen, ontslagen.'

'Ik had de indruk dat er een verschil van mening was.'

336

Uit zijn glimlach straalde niet alleen een goede gezondheid, maar ook een goed gevoel voor humor. 'Met Eve was het leven een en al verschil van mening. Maar nu ik niet meer bij haar in dienst ben kan ik veel gemakkelijker met haar omgaan.'

'Stoort het u als ik dit opneem?'

'Nee, absoluut niet.' Hij keek toe terwijl ze haar recorder tevoorschijn haalde en die op de tafel tussen hen in zette. 'Ik was verrast toen ik hoorde dat Eve het initiatief voor dit boek had genomen. Die paar niet-geautoriseerde biografieën die door de jaren heen zijn verschenen, irriteerden haar.'

'Dat is waarschijnlijk precies de reden. Een vrouw als Eve zou de hoofdrol willen hebben bij het vertellen van haar eigen verhaal.'

Kenneth trok een zilveren wenkbrauw op. 'En controle over hoe het wordt verteld.'

'Ja,' zei Julia. 'Vertelt u eens hoe u voor haar kwam te werken?'

'Eves aanbod kwam op een moment dat ik overwoog van baan te veranderen. Ze kaapte me weg bij Miss Miller; hun concurrentie dwong Eve om me meer geld te bieden – aardig wat meer. Daarbij kwam dat ik mijn eigen vertrekken kreeg. Ik moet zeggen dat ik betwijfelde of Eve saai zou zijn, maar ik kende ook haar reputatie met mannen. Dus aarzelde ik. Het was natuurlijk nogal ordinair dat ik haar erop wees en als eis stelde dat de relatie puur niet-lichamelijk zou zijn.' Weer glimlachte hij, een man die geniet van zijn herinneringen. 'Ze moest lachen, die grote, diepe lach van haar. Ze had een glas in haar hand, herinner ik me, een champagneflûte. We stonden in Miss Millers keuken, waar Eve me tijdens een party had opgespoord. Ze nam nog een glas van de tafel, gaf het aan mij, tikte toen kristal tegen kristal.

"Weet je wat, Kenneth," zei ze. "Jij blijft uit mijn bed, dan blijf ik uit het jouwe."' Hij bracht zijn hand omhoog, palm naar boven, vingers gespreid. 'Hoe kon ik weigeren?'

'En hebt u zich allebei aan de afspraak gehouden?'

Als hij al beledigd of verrast was door de vraag, gaf hij geen krimp. 'Ja, we hebben ons aan de afspraak gehouden. Ik ging van haar houden, Miss Summers, maar ik was nooit verliefd. Op onze eigen manier smeedden we een vriendschap, en er was nooit sprake van seks, wat alles gecompliceerder zou maken. Het zou niet eerlijk zijn te beweren dat er tijdens de tien jaar die ik voor Eve heb gewerkt geen momenten waren dat ik spijt had van de afspraak.' Hij kuchte. 'En op het gevaar af onbescheiden te klinken, geloof ik dat er momenten waren dat zij het ook betreurde. Maar het was een afspraak waaraan we ons hebben gehouden.'

'U moet als Eves assistent ongeveer zijn begonnen toen ze met Rory Winthrop trouwde.'

'Dat klopt. Zonde dat het huwelijk niets werd. Het leek wel of ze betere vrienden waren dan partners. En dan had je die jongen. Eve was meteen aan hem verknocht. En hoewel velen met moeite het beeld scherp kunnen krijgen, was ze een uitstekende moeder. Zelf raakte ik zeer aan Paul gehecht in de loop der tijd.'

'Werkelijk? Hoe was hij...' Ze beheerste zich. 'Ik bedoel, hoe waren ze samen?'

Hij had de eerste vraag echter niet gemist, noch de blik in haar ogen toen ze die stelde. 'Ik begrijp dat u en Paul elkaar kennen.'

'Ja, ik heb de meeste mensen ontmoet die Eve goed hebben gekend.'

Als iemand het grootste deel van zijn leven aan mensen heeft gewijd, wordt het diens tweede natuur om feiten af te lezen uit gebaren, stembuigingen, intonatie. 'Ja ja,' zei hij glimlachend. 'Hij is een heel succesvol heerschap geworden. Ik heb al zijn boeken.' Hij wuifde naar de boekenplanken. 'Ik weet nog hoe hij verhaaltjes schreef en ze aan Eve voorlas. Ze genoot ervan. Ze genoot van alles wat met Paul te maken had, en op zijn beurt hield hij zonder twijfel, zonder restricties, van haar. Ze vulden een leemte in elkaars leven. Zelfs toen Eve van zijn vader scheidde en uiteindelijk hertrouwde, bleven ze goed bevriend met elkaar.'

'Damien Priest.' Julia boog zich voorover om haar glas op het blad terug te zetten. 'Paul mocht hem niet.'

'Niemand die van Eve hield, mocht Priest,' zei Kenneth eenvoudig. 'Eve was ervan overtuigd dat Pauls afstandelijke houding tegen hem voortkwam uit jaloezie. Het simpele feit was dat Paul, zelfs op die leeftijd, een uitstekende mensenkennis had. Hij had meteen een hekel aan Delrickio, en voor Priest had hij de grootste verachting.'

'En u?'

'Ik heb mezelf altijd beschouwd als iemand met mensenkennis. Zullen we naar het bovendek gaan? Ik dacht aan een lichte lunch.'

De lichte lunch bleek een klein festijn van sappige kreeftsalade, prille groenten en knapperig, licht kruidig brood, opgeluisterd door een zachte, gekoelde chardonnay. Beneden hen strekte de baai zich uit, bezaaid met bootjes waarvan de zeilen bol stonden van de wind die rijkelijk naar de zee geurde.

Julia wachtte tot ze aan het fruit en de kaas toe waren voordat ze haar recorder weer inschakelde.

'Uit wat me al is verteld, begrijp ik dat het einde van Eves huwelijk met Damien Priest bitter was. Ik weet ook een paar details over haar relatie met Michael Delrickio.'

'Maar u wilt mijn standpunt?'

'Graag.'

Hij zweeg even en staarde over het water naar een felrood jacht. 'Gelooft u in de duivel, Miss Summers?'

Het leek een rare vraag, bij zonlicht en een zacht briesje. 'Ja, ik geloof van wel.'

'Delrickio is een duivel.' Kenneth richtte zijn blik weer op haar. 'Die zit in zijn bloed, in zijn hart. Moord, het vernietigen van hoop of wensen, is voor hem slechts een akkefietje. Hij werd verliefd op Eve. Zelfs een duivel kan verliefd worden. Hij werd verteerd door zijn passie voor haar en, ik schaam me niet om het te bekennen, het maakte me destijds doodsbang. Weet u, Eve dacht dat ze de situatie in de hand had, zoals ze een hoop andere in de hand had gehad. Dat hoort bij haar arrogantie en aantrekkingskracht. Maar een duivel heb je niet in de hand.'

'Wat deed Eve?'

'Ze heeft er veel te lang mee gespeeld. Ze trouwde met Priest, die een snaar raakte in haar ijdelheid en haar ego. In een impuls liet ze zich door hem ontvoeren, deels om voor een buffer te zorgen tussen haar en Delrickio, die steeds veeleisender werd. En gevaarlijk. Er was een incident met Paul. Hij was getuige van een scène waarbij Delrickio Eve lichamelijk bedreigde. Toen hij probeerde tussenbeide te komen – driftig, moet ik erbij vertellen – grepen Delrickio's lijvige bodyguards hem beet. God weet wat voor schade ze de jongen hadden toegebracht als Eve het niet had voorkomen.'

Julia herinnerde zich de scène die Paul haar had beschreven. Ze staarde Kenneth met wijd open ogen aan.

'U vertelt me dat u erbij was. U zag het, zag dat Paul wel verminkt kon worden, of erger. En u deed niets?'

'Eve pakte het heel goed aan, kan ik u verzekeren.' Hij bette zijn lippen met een citroengeel linnen servet. 'Ik stond voor gek toen het gebeurde: boven aan de trap met een revolver in de aanslag.' Hij lachte wat en dronk zijn glas leeg. 'Toen ik zag dat ze mij niet nodig hadden, hield ik me gedeisd. Voor de jongen beter voor zijn mannelijkheid, denkt u niet?'

Ze wist niet wat ze zeggen moest, terwijl ze naar de zorgeloze man keek, wiens zilveren haar in de wind wapperde. 'Zou u hem gebruikt hebben? De revolver?'

'Zonder één tel twijfel of spijt. Hoe dan ook, kort daarna trouwde Eve met Priest. De duivel inruilend voor blinde ambitie. Ik weet niet wat er op Wimbledon is gebeurd; Eve heeft er nooit over gesproken. Maar Priest won het kampioenschap en verloor zijn vrouw. Ze heeft hem totaal uit haar leven gesneden.'

'U was dus niet enthousiast over Priest?'

'Hmmm. Dat had er misschien wel mee te maken. Eve vond het moeilijk toe te geven dat ze hem verkeerd had beoordeeld en dat ik gelijk had gehad. Maar er was een andere man, iemand die heel wat meer voor haar betekende, die er indirect voor heeft gezorgd dat onze zakelijke betrekkingen strandden.'

'Victor Flannigan.'

Ditmaal deed hij geen moeite zijn verbazing te verbergen. 'Heeft Eve met u over hem gesproken?'

'Jawel. Ze wil een eerlijk boek.'

'Ik had geen idee hoe ver ze wilde gaan,' mompelde hij. 'Weet Victor...'

'Ja.'

'Aha. Nou ja, Eve heeft altijd een zwak gehad voor vuurwerk. Twee huwelijken ten spijt was er dertig jaar lang maar één man van wie Eve werkelijk heeft gehouden. Zijn huwelijk, zijn gewetensconflict met de Kerk, het schuldgevoel over de toestand van zijn vrouw, maakten een openlijke relatie met Eve onmogelijk. Meestentijds accepteerde ze dat. Maar soms… Ik herinner me dat ik haar op een keer alleen in het donker aantrof. Ze zei: "Kenneth, degene die heeft bedacht dat een half ei beter is dan een lege dop, had niet genoeg honger." Dat zei alles over haar verhouding met Victor. Soms kreeg Eve zo'n honger, dat ze elders bijvoeding ging zoeken.'

'Dat keurde u af?'

'Haar avontuurtjes? Ik vond zeker dat ze zich vergooide, vaak in het wilde weg. Victors liefde voor haar is net zo diep als haar liefde voor hem. Misschien doen ze elkaar daarom zo'n pijn. De laatste keer dat we het over hem hadden, was kort nadat haar echtscheidingsplannen waren gepubliceerd. Victor kwam haar opzoeken. Ze kregen ruzie. Ik hoorde ze de hele weg naar mijn kantoor tegen elkaar schreeuwen. Ik werkte met Nina Soloman. Eve had haar meegenomen, vroeg me haar op te leiden. Ik weet nog hoe gegeneerd Nina was, hoe verlegen. Ze was verre van de chique, zelfverzekerde vrouw die je nu kent. In die tijd was Nina niet meer dan een verdwaald, angstig jong hondje dat maar al te vaak was geschopt. Het geschreeuw maakte haar van streek. Haar handen beefden.

Nadat Victor naar buiten was gestormd, of eruit gestuurd, kwam Eve het kantoor binnenzeilen. Haar woede was allerminst bekoeld. Ze spoog Nina bevelen in het gezicht tot het arme schaap in tranen de kamer uit rende. Vervolgens ging het tussen Eve en mij. Ik vrees dat ik mijn positie lang genoeg vergat om haar te vertellen dat ze om te beginnen krankzinnig was geweest om met Priest te trouwen, dat ze moest ophouden haar leven te vullen met seks in plaats van de liefde te aanvaarden die ze al had. Ik zei nog een paar, waarschijnlijk onvergeeflijke, dingen – over haar manier van leven, haar humeur, en haar gebrek aan smaak. Toen het voorbij was, waren we allebei weer heel kalm, maar er was geen sprake van dat de oude situatie hersteld kon worden. Ik had te veel gezegd, en zij had me te veel láten zeggen. Ik besloot me terug te trekken.'

'En Nina nam uw plaats in.'

'Ik geloof dat Eve door haar werd vertederd. Ze had onzettend met haar te doen vanwege de verschrikkelijke dingen die ze had meegemaakt. Nina was dankbaar, omdat ze begreep dat Eve haar een kans had gegeven die menigeen niet kreeg. Al met al was het voor iedereen uiteindelijk het beste.'

'Ze praat nog altijd hartelijk over u.'

'Eve is niet rancuneus over eerlijke woorden of eerlijke gevoelens. Ik ben er trots op dat ik kan zeggen dat ik bijna vijfentwintig jaar met haar bevriend ben.'

'Ik hoop dat u het niet erg vindt dat ik het vraag. Als u terugkijkt, hebt u er dan spijt van dat u nooit haar minnaar bent geweest?'

Hij glimlachte over de rand van zijn glas, alvorens een slok te nemen. 'Ik heb niet gezegd dat ik nooit haar minnaar was, Miss Summers, alleen dat ik nooit haar minnaar was toen ik bij haar in dienst was.'

'O.' Door de pretlichtjes in zijn ogen schoot ze in de lach. 'Ik verwacht niet dat u daarover wilt uitweiden.'

'Nee. Als Eve dat wel doet, is het haar zaak. Maar mijn herinneringen zijn van mij.'

Toen Julia wegging, voelde ze zich slaperig van de wijn, ontspannen door het gezelschap en tevreden met het werk van die dag. Toen ze een poosje in de terminal moest wachten tot haar vliegtuig in gereedheid werd gebracht, plakte ze een etiket op het bandje en schoof een verse in de recorder.

Ietwat beschaamd over haar zwakheid, legde ze twee aspirines op haar tong en spoelde ze bij het fonteintje met water door. Toen ze overeind kwam, ving ze een glimp op van een man die in de gang zat. Even dacht ze dat hij haar had staan bespieden, maar toen hij een bladzij omsloeg van het tijdschrift waarin hij verdiept leek, zei ze tegen zichzelf dat ze zich niet moest aanstellen.

Toch was er iets aan hem wat haar dwarszat. Iets aan dat haar met die zongebleekte strepen, de glanzende bruine huid, die nonchalante vakantieachtige verschijning.

Ze dacht er niet meer aan en vergat hem toen het sein werd gegeven dat ze aan boord kon. Ze nam plaats, deed haar riem om en bereidde zich voor op de korte terugvlucht naar L.A. Ze dacht dat Eve het leuk zou vinden die avond onder het eten haar indruk over Kenneth te horen. Met een beetje geluk, dacht ze, terwijl het vliegtuig de startbaan af hobbelde om op te stijgen, was dit haar laatste vlucht tot die ene die haar thuisbracht.

Thuis, dacht ze, haar handen om de armleuningen klemmend toen het vliegtuig opsteeg. Een deel van haar verlangde naar de afzondering van haar eigen huis, de dagelijkse routine daar, het overzichtelijke ervan. En toch: hoe zou het zijn om alleen terug te gaan? Om afscheid van de liefde te nemen, net nu ze die had gevonden? Wat zou er worden van haar relatie met Paul terwijl hij aan de ene kust zat en zij aan de andere? Hoe kon er sprake zijn van een relatie?

De zelfstandige, onafhankelijke Julia, alleenstaande moeder, carrière-vrouw, onmisbaar – en hoe zij iets miste, iemand anders. Zonder Paul zou ze verdergaan met Brandons opvoeding, verdergaan met schrijven, verdergaan met functioneren.

Ze sloot haar ogen, probeerde ze zich voor te stellen dat ze terugging, weer begon waar ze was opgehouden, voorzichtig, afgezonderd voor de rest van haar leven.

Het lukte haar niet.

Met een zucht legde ze haar hoofd tegen het raampje. Wat moest ze in godsnaam doen? Ze hadden over liefde gepraat, maar niet als iets permanents.

Ze wilde Paul, ze wilde een gezin voor Brandon, en ze wilde veiligheid. En ze was bang dat laatste te riskeren voor de andere mogelijkheden. Ze doezelde weg. De wijn en haar eigen gedachten wiegden haar in slaap. De eerste schok maakte haar wakker, zichzelf vervloekend omdat ze meteen in paniek raakte. Voordat ze tot rust kon komen, maakte het vliegtuig een scherpe bocht naar links. Ze proefde bloed, want ze had op haar tong gebeten, maar erger, veel erger, was de smaak van angst. 'Blijf zitten, Miss Summers. We verliezen luchtdruk.'

'Verliezen…' Ze drong de eerste hysterische uitbarsting terug. De gespannenheid in de stem van de piloot was voldoende om haar te vertellen dat schreeuwen niet zou helpen. 'Wat betekent dat?'

'We hebben een probleempje. We zijn maar vijftien kilometer van het vliegveld af. Blijft u kalm en houd uw riem om.'

'Ik blijf zitten waar ik zit,' wist Julia uit te brengen en ze bewees hun allebei een dienst door haar hoofd tussen haar knieën te laten zakken.

Het hielp tegen de duizeligheid, hielp bijna tegen de paniek. Toen ze haar ogen weer opensperde, zag ze, terwijl het vliegtuig een duik maakte, een stukje papier onder de stoel uit glijden.

UIT, UIT, VLUCHTIG KAARSJE

'O, jezus.' Ze griste het papiertje op en verfrommelde het in haar hand. 'Brandon. O, god, Brandon.'

Ze ging niet dood. Dat kon niet. Brandon had haar nodig. Ze onderdrukte de misselijkheid. Het kastje boven haar hoofd schoot open, waardoor een regen van kussens en dekens naar beneden viel. Buiten de gebeden die in haar hoofd rondtolden, hoorde ze alleen het gegier van de sputterende motor en de piloot die in de radio brulde. Ze waren aan het dalen – en snel. Julia ging rechtop zitten en greep haar notitieboekje uit haar tas. Ze voelde hoe ze schuddend door een dunne wolkenlaag vielen. Haar tijd was gekomen. Ze krabbelde een korte boodschap aan Paul, waarin ze hem vertelde hoe dankbaar ze was dat ze hem had gevonden.

Ze vloekte heftig toen haar hand te hevig ging trillen om de pen vast te houden. Toen werd het stil. Het duurde even voor het tot haar doordrong, en nóg even voordat ze begreep wat het betekende.

'O, mijn god.'

'Geen brandstof meer,' siste de piloot tussen zijn tanden. 'Motoren zijn dood. We hebben een gunstige staartwind. Ik zal dit beestje binnenbrengen. Ze staan klaar voor ons.'

'Oké. Hoe heet je? Je voornaam?'

'Jack.'

'Oké, Jack.' Ze haalde diep adem. Ze was er altijd van overtuigd geweest dat wil en vastberadenheid bijna alles voor elkaar krijgen. 'Ik heet Julia. Laten we hem aan de grond krijgen.'

'Oké, Julia. Doe nu je hoofd tussen je knieën, grijp je hoofd met beide handen van achteren vast en zeg ieder verrekt gebed op dat je kent.'

Nog eenmaal haalde Julia diep adem. 'Doe ik al.'

22

'Let liever op de bal.' Paul hijgde toen hij een schijnbeweging over Brandons schouder maakte. De jongen gromde en schoot opzij, waarbij hij z'n met kleine handen en een dodelijke concentratie met de bal dribbelde. Ze transpireerden allebei – hij meer dan de jongen. Ouder worden, dacht hij terwijl hij Brandons benige elleboog ontweek, viel niet mee. Hij had in lengte en reikwijdte een streepje voor op de jongen. Dus hield hij zich in. Het zou toch niet eerlijk zijn om – Brandon dook onder Pauls arm door en gooide de bal pardoes in het net. Met samengeknepen ogen liet Paul zijn handen op zijn heupen rusten, terwijl hij op adem kwam.

'Gelijkspel!' schreeuwde Brandon. Hij voerde een dansje uit waar een hoop gepomp van geschaafde knieën en magere-kontgewiebel aan te pas kwam. 'Zes-zes, ventje.'

'Niet brutaal worden, ventje.' Paul bette het zweet dat door de zakdoek heen sijpelde die hij om zijn hoofd had gebonden. Brandon droeg zijn Lakers-pet quasinonchalant maar zwierig achterstevoren. Hij grijnsde toen Paul weer aan de bal was. 'Als ik de basket op normale hoogte had gehangen –'

'Ja, ja.' Brandons grijns werd breder. 'Opschepper.'

'Wijsneus.'

Immens gevleid, barstte Brandon in lachen uit om het gemompelde commentaar. Hij zag als reactie een grijns in Pauls ogen. Hij kon nog steeds niet geloven dat Paul hem – *hem* – was komen opzoeken met een basket en een bal, en hem voor een partijtje had uitgedaagd.

Zijn plezier werd er niet minder om toen Paul langs hem heen suisde en met een bijna geluidloze zwieper door de basket schoot.

'Gelukje.'

'M'n reet.' Hij gooide de bal naar Brandon. Misschien had hij de basket in een impuls gepakt. Hij had hem aan de garagedeur kunnen schroeven zodat Brandon af en toe in zijn eentje zou kunnen spelen. Het spel met z'n tweeën was geïmproviseerd. Waar het om ging, was dat ook híj ontzettend veel lol had.

Voor een deel was zijn bezoek van die middag uit berekening geweest. Hij hield van de moeder, wilde deel hebben aan haar leven – en het belangrijkste deel van haar leven was haar zoon. Hij was er niet helemaal zeker van geweest wat hij van de mogelijkheid vond meteen een gezin te hebben, andermans kind in zijn hart en huis te sluiten.

Tegen de tijd dat de stand tien-acht in zijn voordeel was, dacht Paul daar helemaal niet meer aan. Hij genoot gewoon.

'Te gek!' Brandon zwaaide triomfantelijk met een vuist nadat hij er weer een had gescoord. Zijn Bart Simpson-T-shirt zat aan zijn schouders geplakt. 'Ik zit je op de hielen.'

'Dan zul je stikken in mijn stofwolken.'

'Had je gedroomd.'

Afgeleid doordat hij moest lachen, raakte Paul de bal kwijt. Als een jachthond die achter een konijn aan zit, wierp Brandon zich erop. Zijn eerste worp was mis, bij het neerkomen verloor hij bijna zijn evenwicht, maar hij scoorde de tweede keer.

Toen was Brandon Paul gepasseerd: twaalf-tien.

'Ik ben nummer één!' Met uitgestrekte armen, zijn vingers hemelwaarts, huppelde hij over het beton.

Met samengeknepen ogen, handen op de knieën, nam Paul de ereronde in ogenschouw en zoog hete lucht naar binnen. 'Ik heb het je makkelijk gemaakt. Je bent nog maar een kind.'

'Gelul!' Van het moment genietend, rende Brandon in een cirkel om hem heen, zijn licht gebruinde huid glanzend van het zweet, spottend, net als zijn idool Bart. 'Ik heb het *jou* makkelijk gemaakt,' zei hij. 'Omdat je oud genoeg bent om mijn vader te zijn.' Toen stopte hij, beschaamd om wat hij had gezegd, perplex vanwege zijn eigen wensen. Voor hij kon bedenken hoe hij het ongedaan kon maken, had Paul hem in een wurggreep genomen, waarop hij het uitgilde van het lachen toen die hard met zijn knokkels over zijn hoofd wreef.

'Oké, grote mond. Twee uit drie.'

Brandon knipperde, staarde. 'Echt?'

Jezus, dacht Paul, hij viel voor het joch zélf. Die grote, begerige ogen, die verlegen glimlach. Al die hoop, al die liefde. Als er een man bestond die die blik kon weerstaan, heette hij niet Paul Winthrop. Hij schonk hem een brede, duivelse grijns. 'Tenzij je niet durft.'

'Ik, bang voor jou?' Hij vond het fijn om zo vastgehouden te worden, in een mannelijke omhelzing, mannelijke geuren op te snuiven, mannelijke grappen uit te wisselen. Hij deed geen poging om zich uit Pauls greep los te wriemelen. 'Reken maar van niet.'

'Wees erop voorbereid dat je gaat verliezen. Dit keer maak ik je af. Rondje voor de verliezer.'

Zodra Paul hem losliet, rende Brandon op de bal af. Hij lachte toen zijn moeder over het pad de tuin in kwam lopen. 'Mam! Hé, mam! Kijk wat Paul heeft meegebracht. Hij zei dat ik dat mag gebruiken zolang we hier zijn. En ik heb hem in de eerste partij meteen ingemaakt.' Ze liep langzaam, moest langzaam lopen. Die aanvankelijk troostende verdoving van schrik ebde weg en liet vlagen angst achter. Toen ze haar kind zag, zijn gezicht smoezelig van stof en zweet, zijn enorme grijns, zijn opgewonden ogen, rende ze op hem af. Ze tilde hem op en drukte hem stevig tegen zich aan, waarbij ze haar gezicht in zijn vochtige, zachte hals begroef.

Ze leefde nog. Leefde. En hield haar leven in haar armen.

'Goh, mam.' Hij wist niet of hij zich in het bijzijn van Paul moest schamen of het haar maar moest vergeven. Hij rolde even met zijn ogen om te laten zien dat dit iets was wat hij over zich heen moest laten komen. 'Wat is er?'

'Niks.' Ze moest slikken om zich te dwingen haar greep te laten verslappen. Als ze nu ging janken, maakte ze hem alleen maar bang. Bovendien was het voorbij. Helemaal voorbij. 'Niks, ik ben gewoon blij dat ik je zie.'

'Je hebt me vanmorgen gezien.' Zijn vragende blik veranderde in verbijstering toen ze hem losliet om Paul op dezelfde heftige, overweldigende manier te omhelzen.

'Jullie allebei,' wist ze uit te brengen, terwijl Paul haar hart tegen zijn borst voelde bonzen. 'Ik ben gewoon blij jullie te zien, jullie allebei.'

Zwijgend legde Paul zijn hand onder haar kin om naar haar gezicht te kijken. Hij herkende de tekenen van schrik, van spanning, van tranen. Hij gaf haar een lange, tedere kus en voelde haar lippen tegen de zijne trillen. 'Doe je mond dicht, Brandon,' zei hij goedmoedig, terwijl hij Julia's hoofd tegen zijn schouder legde om haar haar te strelen. 'Je moet er maar aan wennen dat ik je moeder kus.'

Over Julia's schouder zag hij de ogen van de jongen veranderen: op zijn hoede, wantrouwen. Teleurstelling. Met een zucht vroeg hij zich af of hij zowel de moeder als de zoon aan zou kunnen. 'Waarom ga je niet naar binnen, Jules? Neem iets kouds en ga zitten. Ik kom zo bij je.'

'Ja.' Ze moest nodig even alleen zijn. Om niet in te storten had ze een paar tellen in haar eentje nodig om die spaarzame rafels van zelfbeheersing bijeen te schrapen. 'Ik ga even kijken of ik wat limonade kan vinden. Jullie zien er allebei uit of jullie daaraan toe zijn.'

Paul wachtte tot ze ver genoeg van hen vandaan was voordat hij zich weer naar de jongen toe keerde. Brandon had zijn handen in de zakken van zijn korte broek gepropt. Hij tuurde naar de punten van zijn Nikes. 'Probleem?'

De jongen haalde zijn schouders alleen maar op.

Paul imiteerde die houding voordat hij naar het shirt liep dat hij in het heetst van de strijd had uitgegooid. Hij haalde er een sigaar uit, waarna hij een korte strijd aanging met vochtige lucifers. 'Volgens mij hoef ik jou dat man-vrouwgedoe niet uit te leggen,' mijmerde hij hardop. 'Of waarom kussen zo populair is.'

Brandon tuurde naar zijn schoenen tot hij er bijna scheel van werd. 'Nee dus. Dacht ik al.' Om tijd te winnen nam Paul een trek en blies toen de rook uit. 'Ik geloof dat je moet weten wat ik voor je moeder voel.'

Brandon zei nog altijd niets, gevangen in de stilte van zijn eigen verwarring.

'Ik hou erg veel van haar.'

Bij die mededeling bracht Brandon tenminste zijn hoofd omhoog om oogcontact te maken. Niet bepaald een vriendelijke blik, constateerde Paul.

'Misschien moet je daar een tijdje aan wennen. Dat is niet erg, want ik ben niet van plan van gedachten te veranderen.'

'Mam gaat niet vaak met kerels uit, en zo.'

'Nee. Ik denk dat ik daarom een bofkont ben.' Jezus, was er iets moeilijker dan de directe, open blik van een kind te trotseren? Paul slaakte een diepe zucht en hoopte dat hij iets sterkers dan limonade mocht verwachten. 'Luister, je vraagt je misschien af of ik haar in de war ga maken en haar pijn ga doen. Ik kan je niet beloven dat ik dat niet ga doen, maar ik kan je beloven dat ik zal *proberen* dat niet te doen.'

Het viel Brandon zwaar zich zijn moeder voor te stellen zoals Paul haar beschreef. Tenslotte was ze, bovenal, zijn moeder. Het was nooit bij hem opgekomen dat haar iets kon overkomen. Die mogelijkheid deed zijn maag omdraaien. Om dat te verbergen, schoot zijn kin vooruit, net zoals bij Julia. 'Als je haar slaat, zal ik –'

'Nee.' Onmiddellijk zat Paul op zijn hurken, zodat hun ogen op dezelfde hoogte waren. 'Dat bedoel ik niet. Nooit. Dat beloof ik. Ik bedoel: pijn doen in haar gevoel, haar ongelukkig maken.'

Het idee raakte iets wat bijna vergeten was, wat Brandon een zere keel bezorgde en waarvan hij tranen in de ogen kreeg. Hij herinnerde zich hoe ze eruit had gezien toen zijn grootouders waren gestorven. En eerder, iets in dat mistige eerder, toen hij te klein was om het te kunnen begrijpen. 'Dat heeft mijn vader gedaan,' zei hij bibberig. 'Dat moet wel.'

Daar was de grond voor hem te week en onvast om te betreden. 'Dat is iets waarover je met haar moet praten als jullie er allebei klaar voor zijn.'

'Ik geloof dat hij ons niet wilde.'

De mannenhand lag om de jongensschouder. 'Ik wel.'

Weer wendde Brandon zijn blik af, over Pauls schouder. In een felblauwe schicht schoot er een vogel door de tuin. 'Ik denk dat jij me hebt belazerd, om met mij te spelen vanwege mijn moeder.'

'Voor een deel wel.' Paul nam een risico en draaide Brandons gezicht weer naar zich toe. 'Niet helemaal. Misschien dacht ik dat het gemakkelijker zou zijn voor Julia en mij als jij en ik met elkaar konden opschieten. Als jij mij niet aardig vond, maakte ik geen kans. Weet je, ik vind het leuk om bij je te zijn. Zelfs al ben je klein en lelijk, en maak je me in met basketbal.'

Hij was een stil kind en van nature opmerkzaam. Hij had oor voor de eenvoud van Pauls antwoord, begreep het. En nu hij de man in de ogen keek, had hij er vertrouwen in. Gerustgesteld lachte hij. 'Ik blijf niet altijd klein.'

'Nee.' Pauls stem werd ruwer, ook al beantwoordde hij de lach. 'Maar je blijft altijd lelijk.'

'En ik zal je altijd inmaken met basketbal.'

'Ik zal bewijzen dat je je daarin vergist, over een tijdje. Ik denk dat iets je moeder overstuur heeft gemaakt. Ik wil nu graag met haar praten.'

'Alleen.'

'Ja. Misschien kun je in Eves huis Travers lief aankijken voor wat koekjes. Voor de zoveelste keer.'

Er schoot een vage blos van verlegenheid over Brandons wangen. 'Ze zou het niet zeggen.'

'Niet tegen je moeder,' zei Paul. 'Mensen vertellen mij alles. En weet je, vroeger stopte Travers mij ook stiekem koekjes toe.'

'Echt?'

'Ja.' Toen stond hij op. 'Geef me ongeveer een halfuur, oké?'

'Oké.' Hij liep weg, waarna hij zich aan het eind van de tuin omdraaide. Een kleine jongen met stof op zijn gezicht, gehavende knieën en de ontstellend wijze ogen van de jeugd. 'Paul? Ik ben blij dat ze niet met kerels omging, en zo.'

Als dit een compliment was, kon Paul zich geen beter herinneren. 'Ik ook. Nou, scheer je weg.'

Hij luisterde naar Brandons snelle, tevreden lach en keerde zich toen om naar het gastenverblijf.

Julia stond in de keuken traag en mechanisch citroenen uit te persen. Ze had haar jasje uitgetrokken en haar schoenen uitgeschopt. Door het saffierblauwe omhulsel dat ze aanhad, leken haar schouders heel blank, heel zacht, heel zwak.

'Ik ben bijna klaar,' zei ze.

Haar stem klonk vast, maar hij hoorde de spanning erin. Zonder iets te zeggen, leidde hij haar naar de gootsteen om haar handen onder koel water af te spoelen.

'Wat doe je?'

Hij droogde zelf met een vaatdoek haar handen af voordat hij de radio uitzette. 'Ik maak het af. Ga zitten, haal een paar keer diep adem en vertel me wat er is gebeurd.'

'Ik hoef niet te zitten.' Ze leunde tegen het aanrecht. 'Brandon? Waar is Brandon?'

'Jou kennende, dacht ik dat je zou aarzelen het in zijn bijzijn te spuien. Hij is even naar het grote huis.'

Klaarblijkelijk kende Paul Winthrop haar veel te goed, veel te snel.

'Zodat Travers hem stiekem koekjes kan toestoppen.'

Paul keek op, terwijl hij suiker toevoegde. 'Zeg, heb je soms een verborgen camera?'

'Nee, gewoon de primitieve zintuiglijke gaven van een moeder. Ik ruik de geur van koekjes op twintig passen afstand.' Ze wist een flauw glimlachje tevoorschijn te toveren en ging uiteindelijk zitten.

Hij haalde een pollepel uit het rek en roerde. Toen hij tevreden was, vulde hij een glas met ijs en schonk de zure drank over de blokjes, zodat ze knisperden. 'Was het het interview met Kenneth dat je van streek heeft gemaakt?'

'Nee.' Ze nam de eerste slok. 'Hoe wist je dat ik Kenneth vanmiddag ging opzoeken?'

'CeeCee. Toen ik langskwam om haar af te lossen.'

'O.' Ze keek wezenloos rond omdat nu pas tot haar doordrong dat CeeCee er niet was. 'Heb je haar naar huis gestuurd?'

'Ik had zin om met Brandon op te trekken. Goed?'

Vechtend om kalmte, nam ze nog een slok. Het was haar bedoeling niet geweest hem zo scherp te ondervragen. 'Het spijt me. Mijn gedachten gaan alle kanten op. Natuurlijk is het goed. Brandon zag eruit alsof hij plezier had. Aan mij heeft hij weinig met basketbal, en –'

'Julia, vertel me wat er is gebeurd.'

Met een strak knikje zette ze haar glas neer en vouwde haar handen in haar schoot. 'Het heeft niets met het interview te maken. Dat ging juist heel goed.' Had ze de tape in de safe gelegd? Onwillekeurig wreef ze in haar ogen. Alles leek zo wazig vanaf het moment dat ze haar handen achter haar hoofd had geklemd. Ze wilde opstaan om naar hem toe te gaan, maar haar benen protesteerden. Raar dat haar knieën slap werden, nu alles weer in orde was. De keuken rook naar citroenen, haar zoon was stiekem koekjes aan het scoren en een allerzachtst briesje twinkelde in de mobile.

Alles was weer in orde.

Ze schrok toen Paul zijn stoel achteruitschoof en naar de koelkast liep. Hij pakte een biertje, ontkurkte het en nam een grote slok.

'Ik kan niet helder denken,' zei ze. 'Misschien moet ik bij het begin beginnen.'

'Goed.' Hij ging tegenover haar aan tafel zitten, zichzelf dwingend om geduldig te zijn. 'Waarom doe je dat niet?'

'We vlogen terug van Sausalito,' begon ze langzaam. 'Ik bedacht dat ik bijna al het moeilijke onderzoek achter de rug had en dat we over een paar weken naar huis zouden gaan. Toen dacht ik aan jou, en hoe het zou zijn om daar te zijn terwijl jij hier was.'

'Verdomme, Julia.'

Ze hoorde hem echter niet eens. 'Ik moet ingedoezeld zijn. Ik had voor de vlucht iets kalmerends genomen, en bij Kenneth dronken we wijn bij de lunch. Maakte me slaperig. Ik werd wakker in het vliegtuig… Ik heb je misschien niet verteld dat ik vliegangst heb. Nou ja, het is niet zozeer het vliegen, als wel opgesloten zitten zonder dat je eruit kunt. En deze keer, toen het vliegtuig begon te schokken, zei ik tegen mezelf dat ik me niet zo moest aanstellen. Maar de piloot zei –' Ze veegde met de achterkant van haar hand over haar mond. 'Hij zei dat we een probleem hadden. We gingen te snel naar beneden.'

'O, lieve god.' Hij schoot overeind, te angstig om te beseffen hoe ruw hij was toen hij haar omhoogtrok. Zijn handen gleden over haar heen, op zoek naar verwondingen om zeker te weten dat ze niets mankeerde. 'Ben je gewond? Julia, ben je gewond?'

'Nee, nee. Ik geloof dat ik op mijn tong heb gebeten,' zei ze vaag. Ze dacht zich de smaak van bloed en angst te kunnen herinneren. 'Jack zei dat het ons zou lukken. De brandstof – er was iets mis met de brandstofleiding of de drukmeter. Het drong tot me door toen het zo stil werd. De motoren hielden ermee op. Ik kon alleen maar aan Brandon denken. Hij had al geen vader, en ik kon de gedachte niet verdragen dat hij alleen zou zijn. Ik hoorde Jack vloeken, en allerlei krakende stemmen op de radio.' Ze rilde nu, hevig en snel.

Hij deed het enige wat hij kon doen en tilde haar op om haar tegen zich aan te wiegen.

'Ik was zo bang. Ik wilde niet doodgaan in dat verdomde vliegtuig.' Haar stem werd gesmoord toen haar gezicht tegen zijn hals werd gedrukt. 'Jack schreeuwde dat ik moest volhouden. Toen sloegen we neer. Ik had het gevoel alsof *ik* op het asfalt neersloeg in plaats van het vliegtuig. Een rots – als een rots, als rotsen konden stuiteren. Ik hoorde sirenes. We slingerden, als een auto op het ijs waar je geen controle meer over hebt, overal sirenes. Toen stonden we stil, zomaar stil. Ik moet mijn riem al hebben losgemaakt, want ik stond op toen Jack bij me kwam. Hij kuste me. Ik hoop niet dat je het erg vindt.'

'Helemaal niet.'

'Gelukkig. Ik heb zijn kus beantwoord.'

Haar nog steeds wiegend, begroef Paul zijn gezicht in haar haar. 'Als ik de kans krijg, kus ik hem ook.'

Dat maakte haar enigszins aan het lachen. 'Toen ging ik naar buiten, en ik ging terug. Ik had geen zin om met iemand te praten.' Ze zuchtte, toen nog eens, waarna ze ontdekte dat hij haar in zijn armen hield. 'Je hoeft me niet te dragen.'

'Vraag een poosje niet of ik je neer wil zetten.'

'Nee.' Ze legde haar hoofd op zijn schouder. Veilig, zeker, gekoesterd. 'In mijn hele leven', fluisterde ze, 'heeft niemand me zo'n gevoel gegeven als jij.' Toen de dam barstte, draaide ze haar gezicht om, onder in zijn hals. 'Het spijt me.'

'Hoeft niet. Huil zo lang als je wilt.' Hij was zelf wat onvast toen hij haar naar de zitkamer droeg zodat hij op de bank kon zitten om haar tegen zich aan te houden. Haar snikken werden al rustiger. Hij had kunnen weten dat Julia een uitbarsting van zwakte niet zou rekken.

En hij had haar kunnen verliezen. Die gedachte zweefde steeds maar weer door zijn gedachten, een orkaan van angst en woede veroorzakend. Zo snel, zo vreselijk had ze hem ontnomen kunnen worden.

'Het gaat wel weer.' Ze richtte zich op, voor zover hij dat toeliet, om de tranen met de achterkant van haar handen weg te vegen. 'Het vloog me aan, het vloog me werkelijk aan toen ik jou en Brandon zag.'

'Ik voel me nog niet zo goed.' De woorden kwamen hortend.

Hij sloot zijn mond over de hare, niet zo teder als zijn bedoeling misschien was. Zijn vingers harkten door haar haar en sloten zich in een vuist. 'Wat was alles nutteloos geweest zonder jou. Ik heb je nodig, Julia.'

'Ik weet het.' Ze werd kalmer, maar ze vond het behaaglijk met zijn armen om zich heen. 'Ik heb jou ook nodig, en het is lang zo moeilijk niet als ik dacht.' Ze streelde met haar vingers over zijn wang. Wat was het heerlijk, bevrijdend, te weten dat je iemand op elk moment dat je er behoefte aan had, mocht aanraken. En wat was het bevrijdend om iemand te vertrouwen. 'Er is meer, Paul. Je zult het niet leuk vinden.'

'Zolang je me maar niet gaat vertellen dat je er met Jack vandoor gaat.' Ze lachte echter niet. 'Wat dan?'

'In het vliegtuig vond ik dit onder mijn stoel.' Ze stond op. Zelfs nu ze hem niet langer aanraakte, voelde ze zich met hem verbonden. Voordat ze het papiertje uit de zak van haar rok haalde en het hem gaf, wist ze wat hij zou voelen.

Razernij, die machteloze, nutteloze angst die daarbij hoorde. En een boosheid die verschilde van razernij, minder verzengend en meer verterend. Ze peilde het allemaal in zijn ogen.

'Ik zou zeggen dat dit een beetje directer is,' begon ze. 'Al die andere waren waarschuwingen. Deze... Laten we het een mededeling noemen.'

'Noem je het zo?' Hij zag meer dan de woorden. Ze had het papiertje in een hand verfrommeld die vochtig van transpiratie was, waardoor de letters waren uitgelopen. 'Ik noem het moord.'

Ze bevochtigde haar lippen. 'Ik ben niet dood.'

'Goed dan.' Toen hij opstond, stroomde hij over van woede, die naar haar doorstraalde. 'Poging tot moord. Degene die dit schreef, heeft het vliegtuig gesaboteerd. Ze wilden dat je doodging.'

'Misschien.' Ze stak haar hand op voor hij kon uitbarsten. 'Het is waarschijnlijker dat ze me angst wilden aanjagen. Als ze wilden dat ik neerstortte en doodging, waarom dan het briefje?'

Woede brandde in zijn ogen. 'Ik ben niet van plan hier de gedachtegang van een crimineel te beredeneren.'

'Maar dat is toch wat je doet? Wanneer jij over moord schrijft, verdiep je je dan niet altijd in de gedachtegang van een crimineel?'

Het geluid dat hij maakte lag ergens tussen een lach en een sneer. 'Dit is geen roman.'

'Maar dezelfde regels zijn van toepassing. Jouw intriges zijn logisch, omdat er altijd een patroon zit in de geest van de moordenaar. Of het nou passie is, of hebzucht of wraak. Wat dan ook. Je hebt altijd motief, gelegenheid, redenering, hoe gestoord ook. We moeten onze logica gebruiken om dit uit te pluizen.'

'Logica aan m'n reet, Jules.' Zijn vingers sloten zich over de hand die ze lichtjes op zijn borst had gelegd. 'Ik wil dat je de eerstvolgende vlucht naar Connecticut neemt.'

Even was ze stil, zichzelf erop wijzend dat hij alleen maar moeilijk deed uit angst om haar. 'Daar heb ik aan gedacht, Paul. Dat heb ik althans geprobeerd. Ik zou terug kunnen gaan –'

'En óf je teruggaat.'

Ze schudde slechts haar hoofd. 'Wat zou het uitmaken? Het is al aan de gang, Paul. Ik kan niet uitvegen wat Eve me heeft verteld. Bovendien: ik kan mijn verplichting aan haar niet uitvegen.'

'Je verplichting is over.' Hij hield het briefje omhoog. 'Hiermee.'

Ze keek er niet naar. Misschien was het een soort lafheid, maar ze had geen zin dat zelf uit te vinden. 'Ook al was dat waar – en dat is niet zo – dan zou het niet ophouden als ik terugging. Ik weet al te veel over te veel mensen. Geheimen, leugens, pijnlijke zaken. Misschíén zou het ophouden als ik me stilhield. Ik ben niet van plan de rest van mijn leven, en dat van Brandon, op zo'n misschien te baseren.'

Hij had een hekel aan het feit dat een deel van hem, het logische deel, de redelijkheid inzag van wat ze zei. Het emotionele deel wilde simpelweg dat ze veilig was. 'Je kunt publiekelijk aankondigen dat je afstand neemt van het project.'

'Dat doe ik niet. Niet alleen omdat het tegen mijn geweten indruist, maar omdat ik denk dat het niets uitmaakt. Ik kan een advertentie in *Variety* zetten, in *Publisher's Weekly*, in de *L.A.* en *The New York Times*. Ik kan teruggaan en aan een ander project beginnen. Na een paar weken, een paar maanden ben ik helemaal ontspannen. Dan gebeurt er een ongeluk, en wordt mijn zoon wees.' Ze maakte haar hand uit de zijne los en zette die in haar zij. 'Nee, ik ga hiermee door, en wel hier, waar ik naar mijn gevoel nog wat steun heb.'

Hij had willen argumenteren, eisen, haar en Brandon samen een vliegtuig in willen slepen en ze zo ver mogelijk wegvoeren. Maar er was te weinig tegen haar redenering in te brengen. 'We gaan met de briefjes, en met wat we vermoeden, naar de politie.'

Ze knikte, opgelucht dat hij het met haar eens was. 'Maar ik denk dat we geloofwaardiger zijn nadat Eve het rapport over het vliegtuig heeft ontvangen. Als ze bewijs van sabotage vinden, geloven ze ons wat eerder.'

'Ik wil niet dat je uit mijn blikveld gaat.'

Dankbaar stak ze haar beide handen uit. 'Ik ook niet.'

'Dan ga je ermee akkoord dat ik vannacht hier blijf?'

'Niet alleen ga ik ermee akkoord, ik zal hoogstpersoonlijk het bed in de logeerkamer neerklappen.'

'De logeerkamer.'

Ze lachte verontschuldigend. 'Brandon.'

'Brandon,' herhaalde Paul, en hij trok haar weer in zijn armen.

Ineens voelde ze zich zo klein, zo iel. Zo van hem.

'De afspraak is als volgt. Tot hij eraan gewend is, *doe ik alsof* ik in de logeerkamer slaap.'

Ze dacht erover na, terwijl ze haar handen over zijn blote rug liet glijden. 'Gewoonlijk heb ik niets tegen compromissen.' Verward rukte ze zich los. 'Waar is je shirt?'

'Je was waarschijnlijk bijna in coma als je mijn buitengewone, naakte borst niet hebt opgemerkt. Het joch en ik waren basketbal aan het spelen, weet je nog? Dan krijg je het warm.'

'O, natuurlijk. Basketbal. De basket. Er was hier eerst geen basket.'

'Ze komt bij,' mompelde Paul, en hij kuste haar. 'Ik heb hem een paar uur geleden opgehangen.'

Het werd alsmaar eenvoudiger om haar hart te laten smelten. 'Je hebt het voor Brandon gedaan.'

'Zoiets.' Hij haalde zijn schouders op, terwijl hij met haar haren speelde. 'Ik dacht dat ik het hem zou laten duizelen vanwege mijn uitnemende techniek. Toen kneep-ie me af en versloeg me. Een sterk joch.' Onuitsprekelijk ontroerd nam ze zijn gezicht in haar handen. 'En ik heb nooit gedacht, kon me nooit voorstellen dat ik zo veel van iemand kon houden als ik van hem hou. Tot ik jou ontmoette.'

'Julia!' Nina kwam haastig de keukendeur binnen en stond zonder kloppen pardoes in de zitkamer. Het was voor het eerst dat Julia haar totaal uit haar doen zag. Haar huid was bleek, haar ogen enorm, haar meestal keurige kapsel in de war. 'O god, hoe gaat het met je? Ik heb het net gehoord.' Toen Julia Paul losliet en zich naar haar omdraaide, sloot Nina haar in een bibberige omhelzing en de subtiele geur van Halston. 'De piloot belde op. Hij wilde weten of je goed bent thuisgekomen. Hij vertelde me…' Ze zakte weg, terwijl ze haar greep verstevigde.

'Ik ben oké. Nu tenminste.'

'Ik begrijp het niet. Ik begrijp het niet.' Ze deed een stap achteruit, maar hield haar sterke, zakelijke handen op Julia's armen. 'Hij is een toppiloot, en Eves mecanicien is de allerbeste. Ik begrijp niet hoe er ooit dergelijke problemen konden ontstaan.'

'Ik weet zeker dat we daarachter komen als ze klaar zijn met hun onderzoek van het vliegtuig.'

'Ze zullen elke centimeter controleren. Elke centimeter. Het spijt me.' Na een bibberige zucht liep ze achteruit. 'Het laatste wat je kunt gebruiken, is dat ik instort. Maar toen ik het hoorde, moest ik met eigen ogen zien dat je niet gewond was.'

'Geen schrammetje. Je hebt gelijk dat Jack een toppiloot is.'

'Kan ik iets doen?' Nina sommeerde haar wakkere precisie terug te komen. Ze keek de net gerenoveerde woonruimte rond, in haar sas dat Eve de inrichting aan haar had overgelaten. 'Een drankje voor je inschenken? Je bad vol laten lopen? Ik kan de dokter van Miss B. opbellen. Hij kan je een tranquillizer geven, zodat je kunt slapen.'

'Ik denk dat ik daar tegen die tijd geen hulp bij nodig zal hebben, dank je.' Omdat ze zich weer sterk voelde, kon Julia erom lachen. 'Eigenlijk zie jij eruit of je een borrel kunt gebruiken.'

'Mag ik misschien gaan zitten?' zei ze terwijl ze neerzonk op de leuning van de bank. 'Wat ben je kalm.'

'Nu wel,' verzekerde Julia haar. 'Een paar minuten geleden was dat een ander verhaal.'

Nina huiverde, waarna ze de kilte uit haar armen wreef. 'De laatste keer dat ik vloog, kwamen we in een storm terecht. De angstigste vijftien minuten van mijn leven heb ik op vijfduizend meter hoogte doorgemaakt. Volgens mij was het niets vergeleken bij wat jij hebt doorstaan.'

'Geen ervaring die ik zou willen herhalen.' Ze hoorde de hordeur van de keuken dichtslaan. 'Daar is Brandon. Ik heb liever dat hij hier nog niets over hoort.'

'Natuurlijk.' Nina hees zich overeind. 'Ik weet dat je hem niet van streek wilt maken. Ik ga terug om Eve op te wachten, zodat ik het haar rustig kan vertellen. Travers zou het uitschreeuwen.'

'Dank je, Nina.'

'Ik ben blij dat je in orde bent.' Ze kneep ten afscheid in Julia's hand. 'Zorg goed voor haar,' zei ze tegen Paul.

'Daar kun je op rekenen.'

Ze ging weg via het terras en streek onder het lopen haar haar glad. Toen Julia zich omdraaide, zag ze dat Brandon in de keuken op de drempel stond te kijken. Er lag een behoedzame blik in zijn ogen en er zat een verdacht paarse snor op zijn lip.

'Waarom moet hij goed voor je zorgen?'

'Gewoon, een uitdrukking,' maakte Julia hem wijs. Ze kneep haar ogen samen. 'Druivensap?'

Hij dekte zijn grijns grotendeels af door met zijn hand over zijn mond te vegen. 'Cassis. Travers had het flesje al open. Ik dacht dat het onbeleefd was om het niet op te drinken.'

'Natuurlijk.'

'Een kerel krijgt dorst van een partij basketballen,' viel Paul bij.

'Nou,' kaatste Brandon de bal naar hem terug. 'Vooral als-ie wint.'

'Zo kan-ie wel weer, kleine schurk die je bent. Ik trek mijn handen van je af.'

Ze wisselden, vond Julia, zeer mannelijke blikken uit alvorens Brandon op een stoel neerplofte.

'Gaat het goed met je? Paul zei dat je misschien van streek was, of zoiets.'

'Niets aan de hand,' verzekerde Julia hem. 'Het gaat eigenlijk hartstikke goed met mij. Misschien heeft iemand wel trek in een paar supergrote Brandonburgers.'

'Hé, gaaf! Met friet, en zo?'

'Ik denk dat ik... O, vergeten.' Ze legde een hand op haar zoons hoofd. 'Ik word vanavond voor het eten bij Eve verwacht. Ik heb het beloofd.' Omdat ze zijn teleurstelling voelde, begon ze voorbereidingen te treffen. 'Misschien kan ik haar opbellen voor een andere afspraak.'

'Doe het niet voor ons.' Paul knipoogde naar Brandon. 'Wij kunnen zelf ons eten wel regelen, de kleine plurk en ik.'

'Ja, maar –'

Maar Brandon had belangstelling. 'Kun jij koken?'

'Kan ik koken? Sterker nog: ik kan je een lift geven naar McDonald's.'

'Hoera!' Hij sprong op, maar dacht toen weer aan zijn moeder en keek haar hoopvol aan. Een ritje naar McDonald's hield allerlei fraais in. Onder andere geen afwas na het eten. 'Dat is toch goed, hè?'

'Vooruit.' Ze drukte een kus boven op zijn hoofd, waarna ze tegen Paul glimlachte. 'Het is goed.'

23

Een lang, heet bad met geurige badolie, crèmes, lotions. Vijftien luxueuze minuten tutten met poeders en make-up. Tegen de tijd dat Julia zich in de sorbetroze avondpantalon en het soepel vallende jasje liet glijden, was ze helemaal bijgekomen. Zo ver bijgekomen, dat ze het komisch vond dat Paul erop stond met haar mee te lopen naar Eves huis.

'Je ruikt onvoorstelbaar.' Hij tilde haar pols op om te snuiven, waarna hij erop sabbelde. 'Misschien kom je later bij me in de logeerkamer.'

'Ik zou me kunnen laten overhalen.' Bij de voordeur bleef ze staan, draaide zich naar hem toe en legde haar handen om zijn nek. 'Waarom begin je niet vast te verzinnen hoe je me kunt overhalen?' Haar lippen raakten vluchtig de zijne, waarna ze hen allebei verraste en liet genieten door zich te verliezen in een lange, adembenemende kus. 'Ga nu maar een hamburger kopen.'

Hij had het gevoel dat het bloed rechtstreeks van zijn hersens naar zijn kruis werd gestuwd. 'Twee dingen,' zei hij. 'Snel eten.'

Ze glimlachte. 'Wat is het tweede?'

'Laat ik je zien als je thuiskomt.' Hij liep weg, maar riep over zijn schouder: 'Eet heel snel.'

In zichzelf lachend, klopte Julia aan en nam zich voor het wereldkampioenschap schrokken op haar naam te zetten. 'Hallo, Travers.'

Voor één keer gromde de huishoudster niet, maar bekeek Julia van top tot teen met wat eerst bezorgdheid leek. Snel veranderde dat in achterdocht en ergernis. 'U hebt haar van streek gemaakt.'

'Eve?' vroeg Julia terwijl de deur achter haar dichtviel. 'Heb ik Eve van streek gemaakt?' Toen drong tot haar door dat ze niet wist of ze moest lachen of schelden. 'Vanwege het vliegtuig? Je kan mij niet echt kwalijk nemen dat ik bijna ben verongelukt, Travers.'

Dat kon ze echter wel degelijk, zoals ze naar de keuken terug stommelde, na een kort gebaar naar de salon.

Daar was Eve over de hele breedte van de kamer aan het ijsberen. Heen en weer, als een exotisch dier in een elegante kooi. De emotie die in haar kielzog werd meegesleept was zo sterk, zo intens, dat die bijna zichtbaar was. Haar ogen schitterden, maar de tranen vielen pas toen ze Julia aankeek.

Bij uitzondering liet haar beheersing haar in de steek. Hulpeloos haar hoofd schuddend liet ze zich op de sofa glijden en begon te huilen.

'O, alsjeblieft.' Als een kogel schoot Julia de kamer door en sloeg haar armen om haar heen, sprak troostende woordjes. Het ruisen van zijde, toen Eve zich naar haar toe keerde. Hun parfums vermengden zich – tegengestelde tonen die op een of andere manier harmonieerden in een exotisch aroma. 'Er is niets aan de hand,' verzekerde Julia haar. Haar woorden kwamen even vanzelfsprekend, waren even troostend als haar strelende handen. 'Alles is nu goed.'

'Je had wel dood kunnen zijn. Ik weet niet wat ik gedaan zou hebben.' Meteen na die uitbarsting probeerde ze zich uit alle macht te beheersen. Ze leunde achteruit omdat ze Julia's gezicht moest zien. 'Ik zweer je, Julia, ik heb nooit gedacht dat iemand zo ver zou gaan. Ik wist dat ze zouden proberen me tegen te houden, maar ik heb er nooit aan gedacht dat ze zouden proberen een aanslag op jóú te plegen.'

'Mij is niets gebeurd. Mij zal niets gebeuren.'

'Nee. Omdat we er niet mee doorgaan.'

'Eve.' Julia zocht in haar zak naar een tissue en gaf die aan haar. 'Ik heb dit net allemaal met Paul doorgenomen. Als we nu stoppen, maakt het geen enkel verschil, dat weet je toch?'

Ze wachtte even om haar tranen te deppen. 'Ja.' Traag, haar jaren voelend, kwam ze overeind om naar de bar te lopen en schonk een glas in uit de fles champagne die al geopend stond te wachten. 'Je weet te veel.' Haar volle rode lippen persten zich op elkaar. 'Dat is mijn schuld. Mijn egoïsme.'

'Mijn werk,' pareerde Julia.

Eve nam een lange teug voor ze een tweede glas voor Julia inschonk.

Wat had dat meisje zachte schouders, dacht ze. Ze leken bijna fragiel, maar toch waren ze sterk genoeg om op te steunen. 'Je wilt niet stoppen?'

'Zelfs als ik het wilde, zou ik niet kunnen. Nee dus.' Ze nam het glas van Eve aan, waarna ze kristal tegen kristal tikte. 'De aanhouder wint.' Voordat Julia een slok kon nemen, greep Eve haar pols. Haar ogen waren opeens heel droog en heel intens. 'Misschien ga je me haten voordat het voorbij is.'

De greep was zo stevig, dat Julia haar polsslag tegen Eves duim kon voelen. 'Nee, dat zou ik niet kunnen.'

Eve knikte alleen maar. Ze had haar besluit genomen, ten goede of ten kwade. Het enige wat er te doen stond, was het tot een eind te brengen. 'Pak de fles, wil je? We gaan buiten op het terras eten.'

Er waren lichtjes tussen de bomen gespannen en op het glazen tafelblad stonden al kaarsen te branden. De tuin lag er in de schemering vredig bij. Alleen het geluid van de wind door de bladeren en de muziek van water op water van de fontein. De gardenia's waren uitgekomen en de zoete romantiek van hun parfum zweefde alle kanten op.

'Ik heb je vanavond zo veel te vertellen.' Eve zweeg toen Travers naar buiten kwam met borden met gevulde champignons. 'Misschien vind je het te veel, alles tegelijk, maar ik heb het gevoel dat ik al te lang gewacht heb.'

'Ik ben hier om te luisteren, Eve.'

Ze knikte. 'Victor zat vanmorgen in de auto op me te wachten. Ik kan je niet zeggen hoe heerlijk het was om weer bij hem te zijn, te weten dat we bij elkaar waren, in ons hart. Hij is een goeie vent, Julia. Gevangen door omstandigheden, opvoeding, religie. Bestaat er een zwaardere last dan te proberen je hart en geweten te volgen? Ondanks alle problemen en pijn ben ik met hem gelukkiger geweest dan menige vrouw in haar hele leven.'

'Ik denk dat ik het begrijp.' Julia's stem was als de schaduwen. Zacht, troostrijk. 'Soms kun je van iemand houden zonder dat lang-en-gelukkig. Dat maakt het verhaal er niet minder belangrijk om, minder essentieel.'

'Blijf hopen op je eigen lang-en-gelukkig, Julia. Ik wens het je toe.'

Travers stormde naar buiten met salades, keek nijdig vanwege het feit dat Eve haar eerste gang nauwelijks had aangeraakt, maar zei niets. 'Vertel me wat je van Kenneth vond.'

'Nou…' Uitgehongerd dook Julia op haar salade. 'Allereerst moet ik zeggen dat hij niet was wat ik had verwacht. Hij was charmanter, losser, sexyer.'

Voor het eerst in uren kon Eve lachen. 'Jezus, ja. Het irriteerde me mateloos dat die man zo sexy was en daar zo bescheten over deed. Altijd het juiste woord op de juiste plaats. Behalve de laatste keer.'

'Hij heeft 't me verteld.' Julia's lippen krulden. 'Ik ben verbaasd dat hij heelhuids heeft weten te ontkomen.'

'Het was op het randje. En hij had natuurlijk gelijk in wat hij tegen me zei. Toch is het moeilijk voor een man om te begrijpen wat een vrouw doormaakt als ze genoegen moet nemen met de tweede plaats. Hoe dan ook heb ik altijd geweten dat ik in alles op Kenneth kon rekenen.' Julia luisterde naar het ruisen van de wind door de bladeren, het vroege getjilp van nachtvogels, terwijl Eve in haar wijn staarde. 'Wist je dat hij, de avond dat het met Delrickio uit de hand liep, de avond dat Paul bijna in elkaar werd geslagen, boven aan de trap stond?'

De grote groene ogen flitsten weer omhoog. 'Kenneth?'

'Ja, Kenneth. Boven aan de trap met een geladen pistool, en klaarblijkelijk in de aanslag. Je hebt helemaal gelijk als je zegt dat je op hem kunt rekenen.'

'Ik ben perplex.' Eve legde haar vork neer om haar glas te pakken. 'Hij heeft daarover nooit een woord gezegd.'

'Er is meer, als je een mening wilt.'

'Als het de jouwe is, graag.'

'Ik geloof dat hij bijna z'n hele leven van je heeft gehouden.'

Eve wilde het weglachen, maar Julia keek haar zo kalm aan. Herinneringen, scènes, flarden van zinnen, momenten gingen door haar gedachten, zodat haar hand onvast was toen ze haar glas weer neerzette. 'God, wat zijn we toch nonchalant met mensen.'

'Ik betwijfel of hij van één minuut spijt heeft.'

'Maar ik wel.'

Eve zweeg toen Travers de zalm opdiende. In haar hoofd klonk een kakofonie van geluiden, hamerende stemmen. Bedreigingen, beloften. Ze was bang dat ze te veel zou zeggen, bang dat sommige dingen nooit gezegd zouden worden.

'Julia, heb je je recorder bij je?'

'Ja, je zei dat je me een paar dingen wilde vertellen.'

'Ik zou nu willen beginnen.' Eve deed omslachtig alsof ze at, terwijl Julia de tape op scherp zette. 'Je kent nu mijn gevoelens over veel mensen. Zoals mijn leven zich met dat van hen heeft vervlochten. Travers en Nina die, na elk zo'n negatieve start, bij me kwamen. Kenneth, die ik uit wraak van Charlotte heb gestolen. Michael Torrent, Tony, Rory, Damien, allemaal vergissingen met verschillend resultaat. Michael Delrickio, die appelleerde aan mijn ijdelheid en arrogantie. Door zijn toedoen raakte ik Drake kwijt.'

'Dat begrijp ik niet.'

'Het was Drake die bij je heeft ingebroken, die stal, die de tapes wilde hebben.'

'Drake?' Julia knipperde tegen een oplaaiende lucifer toen Eve een sigaret opstak.

'Misschien is het niet helemaal eerlijk om Michael de schuld te geven. Uiteindelijk was Drake al jarenlang verrot. Maar ik geef hem liever de schuld. Hij kende zijn zwak voor gokken. Nou ja, zijn zwak voor alles, en hij gebruikte het. Drake was zwak, hij was uitgekookt, hij was ontrouw, maar hij was ook familie.'

'Was?'

'Ik heb hem ontslagen,' zei Eve eenvoudig. 'Als mijn persagent én als mijn neef.'

'Dat verklaart waarom hij me niet heeft teruggebeld. Het spijt me, Eve.'

Ze wuifde het medeleven weg. 'In godsnaam, ik wil niet over Drake uitweiden. Mijn punt is dat alle mensen in mijn leven er een zekere mate van invloed op hebben gehad, en vaak ook op elkaars leven. Rory heeft me, de Heer zij geloofd, Paul bezorgd, en dat verbindt ons alle drie. Ik veronderstel dat als jij gelijk hebt over dat mens van Lily, ik ook met haar ben verbonden.'

Julia kon een glimlach niet onderdrukken. 'Je zou haar leuk vinden.'

'Wie weet.' Ze haalde haar schouders op. 'Rory bezorgde me ook Delrickio, en Delrickio Damien. Zie je hoe elke rol in een leven het verandert, subtiel of ingrijpend? Zonder zelfs één van de spelers, kan de intrige een andere draai krijgen.'

'Zou je zeggen dat Charlie Gray jouw leven heeft veranderd?'

'Charlie.' Eve staarde droefgeestig in het donker. 'Charlie zette vaart achter het onvermijdelijke. Als ik terug kon gaan, één ding kon veranderen, zou het mijn relatie met Charlie zijn. Als ik misschien wat aardiger, minder met mezelf bezig was geweest, was alles anders voor hem geweest. Maar je kunt niet terug.' Haar ogen veranderden, werden donkerder toen ze ze op Julia richtte. 'Dat is voor een deel wat ik vanavond wil zeggen. Van alle mensen die ik heb gekend, met wie ik in mijn leven in aanraking ben gekomen, zijn er twee die er de meeste invloed op hebben gehad. Victor en Gloria.'

'Gloria DuBarry?'

'Ja. Ze is razend op me. Voelt zich verraden omdat ik op het punt sta te onthullen wat zij als een privéhel beschouwt. Ik doe het niet uit wraak, of om het haar betaald te zetten. Ik vind het niet makkelijk om te doen. Van alle dingen die ik je heb verteld, is dit het moeilijkste, en het noodzakelijkste.'

'Ik heb je van het begin af aan gezegd dat ik niet zou oordelen. Ook nu niet.'

'Toch zul je het doen,' zei Eve zacht. 'Vroeg in Gloria's carrière, toen ze jonge, onschuldige meisjes speelde, giebelende engeltjes, kwam ze een man tegen. Op het oog was hij adembenemend, succesvol, verleidelijk, en getrouwd. Ze nam me in vertrouwen, niet alleen omdat we vriendinnen waren, maar omdat ik ooit onder dezelfde betovering was gekomen. De man was Michael Torrent.'

'DuBarry en Torrent?' Geen twee namen die Eve met elkaar in verband bracht hadden Julia meer kunnen verrassen. 'Ik heb alles over allebei gelezen wat ik kon vinden. Er was nooit een gerucht.'

'Ze waren heel voorzichtig. Ik hielp ze voorzichtig te zijn. Je moet begrijpen dat Gloria hopeloos verliefd was. Bovendien zat ze toen nog niet gevangen in het beeld dat het publiek van haar heeft. Dit was misschien twee jaar voordat ze Marcus ontmoette en met hem trouwde. Ze had een wildheid in zich, een levenslust waarvan ik betreur dat ze die totaal heeft gesmoord.'

Julia kon alleen haar hoofd schudden. Ze kon zich Gloria DuBarry evenmin als wild en levenslustig voorstellen als ze zich kon voorstellen dat Eve op de tafel zou springen om een snel tapdansje uit te voeren. Minder zelfs.

'Destijds was Torrent getrouwd met…'

Julia rekende snel. 'Amelia Gray.'

'Ja, Charlies eerste vrouw. Hun huwelijk liep snel op de klippen. Het had een zwakke basis. Michaels schuldgevoel. Hij had al zijn macht en invloed gebruikt om er voor te zorgen dat Charlie geen hoofdrollen kreeg en heeft er nooit mee leren leven.'

Julia ademde langzaam uit. Als Gloria's clandestiene relatie een stoot in de zij had betekend, was dit een knock-out. 'Wil je zeggen dat Torrent Charlies carrière saboteerde? Jezus, Eve, ze waren vrienden. Ze waren als duo een legende. Bovendien werd Torrent een van de meest geachte namen in de industrie.'

'Geacht,' herhaalde Eve. 'Hij had dezelfde positie bereikt als hij geduldig en loyaal was geweest. Maar hij bedroog een vriend vanwege zijn eigen angst. Hij was doodsbang dat Charlie hem zou overschaduwen. Hij zette de studio onder druk, zoals dat voor sommige sterren destijds mogelijk was, om Charlie alleen kleinere rollen te geven.'

'Wist Charlie dat?'

'Hij zal zijn vermoedens hebben gehad, maar hij had het nooit geloofd. Michael heeft zich altijd van Charlie bediend. Niet lang na Charlies zelfmoord heeft hij me het allemaal bekend. Dat, plus de verschrikkelijke verveling, is waarom ik van hem scheidde. Hij trouwde met Amelia en op een of andere manier heeft zijn schuldgevoel hem door een paar jaar heen gesleept. Toen kwam hij Gloria tegen.'

'En jij hebt ze geholpen? Na wat hij had gedaan, ondanks wat je over hem moet hebben gedacht?'

'Ik hielp Gloria. Charlie was dood en zij leefde nog. Ik krabbelde net overeind na de ramp met Tony, en al dat geïntrigeer was voor mij afleiding. Ze ontmoetten elkaar in het Bel Air, maar dat deed iedereen met een clandestiene relatie.' Ze glimlachte een beetje. 'En ik ook.'

Geboeid steunde Julia haar kin in haar hand. 'Was het niet moeilijk om iedereen uit elkaar te houden? En hoeveel piccolo's kregen zo veel geld dat ze miljonair werden?'

Toen ze lachte, voelde Eve een laagje spanning oplossen. 'Het was een heerlijke tijd.' Er lag waardering in Julia's ogen, interesse, en geen veroordeling. Nog niet. 'Opwindend.'

'Dat is zonde altijd.' Het beeld was levendig. De crème de la crème, beroemdheden vol hartstocht die verstoppertje speelden met roddeljournalisten en wantrouwige huwelijkspartners. Tijdelijke minnaars die een middagje kwamen rollebollen – evengoed om de opwinding van de zonde als om seksuele bevrediging. 'O, om toen kamermeisje te zijn geweest,' mompelde ze.

'*Discretie* was het sleutelwoord van het Bel Air,' vertelde Eve haar. 'Maar natuurlijk wist iedereen dat je daarheen moest als je je een paar uurtjes met andermans echtgenoot of echtgenote wilde afzonderen. En Amelia Gray Torrent was niet gek. Uit angst om ontdekt te worden, hielden Gloria en Michael hun paringsrituelen in achterafmotelletjes. Mijn gastenverblijf was nog niet af, anders had ik ze die geleend. Toch wisten ze de daad tamelijk goed te verrichten. Het ironische is dat ze, in de periode dat ze de lakens van het motel aan flarden scheurden, ze samen in een film speelden.'

'*The Blushing Bride,*' wist Julia nog. 'Jezus, hij speelde haar vader.'

'Ach, wat Hedda en Louella met die invalshoek hadden kunnen doen.'

Ze kon er niets aan doen; bij het idee borrelde een lach op. 'Sorry, ik weet zeker dat het destijds heftig en romantisch was, maar het is onsmakelijk genoeg om grappig te zijn. Al dat gedoe van die teleurgestelde papa en die dolle streken van dochterlief op het witte doek, waarna ze wegroetsjten om voor een uurtje een kamer te huren. Stel je voor dat ze zich in hun tekst vergist zouden hebben.'

Eves gespannenheid week lang genoeg om boven haar wijn te kunnen grinniken. 'O jezus, daar heb ik nooit aan gedacht.'

'Het was prachtig geweest. De camera komt dichterbij en hij zegt: "Jongedame, ik zou je over m'n knie moeten leggen en je een fiks pak slaag geven."'

'En haar ogen worden glazig, haar lippen beven. "Ja, o ja, pappie, alsjeblieft."'

'Staat er fijn op.' Julia leunde achterover. 'Het was een klassieker geworden.'

'Jammer dat geen van beiden ooit veel gevoel voor humor heeft gehad. Zelfs nu zouden ze nog steeds niet zo kapot van al die dingen zijn.'

Nu ze zich goed voelde, schonk Julia hun glazen nog eens vol. 'Ze kunnen toch onmogelijk geloven dat een avontuurtje van zo lang geleden vandaag de dag mensen choqueert? Misschien was het dertig jaar geleden een schandaal, maar werkelijk, Eve, wie kan het nu nog iets schelen?'

'Gloria – en haar man. Hij is star. Zo iemand die vrolijk de eerste steen zou werpen.'

'Ze zijn meer dan vijfentwintig jaar getrouwd. Ik kan me niet voorstellen dat hij haar een scheiding aandoet vanwege een slippertje in het verleden.'

'Nee, en ik evenmin, maar Gloria ziet de dingen anders. Er is meer, Julia, en hoewel dit voor Marcus al moeilijk te verteren is, denk ik dat hem dat lukt. Maar er is iets dat hem op de proef zal stellen.' Ze zweeg even, wetend dat haar woorden als een sneeuwbal zouden zijn die van een hoge, steile heuvel werd gerold. Voordat je het wist, werden ze te zwaar om tegen te houden. 'Net toen de film in première ging, kwam Gloria erachter dat ze in verwachting was, van Michael Torrents kind.'

Julia's lach verstomde. Deze pijn kende ze maar al te goed. 'Wat erg. Te ontdekken dat je zwanger bent van een getrouwde man –'

'Laat je weinig keus,' maakte Eve af. 'Ze was doodsbang, verbijsterd. Haar relatie was al aan het opbranden. Als eerste was ze natuurlijk naar hem toe gegaan, ongetwijfeld razend en hysterisch. Zijn huwelijk was ten einde en hij was niet van plan zich aan een ander te binden, zwanger of niet.'

'Wat erg,' zei Julia weer, omdat het haar eigen herinneringen veel te helder terugbracht. 'Ze moet doodsbang zijn geweest.'

'Ze waren allebei bang voor het schandaal, de verantwoordelijkheid, en om een tamelijk lange tijd met elkaar opgescheept te zitten. Ze kwam bij mij. Ze had niemand anders.'

'En jij hielp haar nog eens.'

'Ik steunde haar, als vriendin, als vrouw. Ze had al voor een abortus gekozen. In die dagen waren die illegaal, en vaak gevaarlijk.'

Julia sloot haar ogen. De huivering kwam plotseling en van diep in haar. 'Het moet verschrikkelijk voor haar zijn geweest.'

'Inderdaad. Ik hoorde over een kliniek in Frankrijk, en daar gingen we heen. Het was pijnlijk voor haar, Julia, niet alleen maar lichamelijk. Die keuze is nooit gemakkelijk voor een vrouw.'

'Ze bofte dat jij bij haar was. Als ze alleen was geweest…' Toen ze haar ogen weer opsloeg, waren ze vochtig. Als nat, grijs fluweel. 'Welke keuze een vrouw ook maakt, het is moeilijk die in je eentje te nemen.'

'Het was een heel steriel, doodstil gebouw. Ik zat in een wachtkamertje met witte muren en dure tijdschriften, en het enige wat ik kon zien was hoe Gloria huilend haar armen over haar ogen had geslagen toen ze haar wegreden. Het ging heel vlug, en daarna mocht ik bij haar op de kamer zitten. Ze zei een hele tijd niets, urenlang. Toen draaide ze haar hoofd om en keek me aan. "Eve," zei ze. "Ik weet dat dit het beste was, de enige oplossing, net zoals ik weet dat niets ooit zo veel pijn zal doen als dit."'

Julia veegde een traan van haar wang. 'Weet je zeker dat je dit wilt publiceren?'

'Ik denk van wel, maar ik leg de beslissing in jouw handen, jouw hart, nadat je de rest hebt gehoord.'

Julia stond op. Ze was er niet zeker van waar haar nervositeit vandaan kwam, maar ze voelde die vlak onder haar huid golven, als jeuk waar je niet bij kunt. 'De keus is niet aan mij, Eve. Het oordeel is aan iemand die bij het gebeuren betrokken is geweest, niet een toeschouwer.'

'Je bent nooit zomaar een toeschouwer geweest, Julia, vanaf het moment dat je hier kwam. Ik weet dat je probeerde dat te zijn, dat je het liever op die manier wilde, maar het is onmogelijk.'

'Misschien ben ik mijn objectiviteit kwijtgeraakt, en misschien hoop ik op die manier een beter boek te schrijven. Maar het is niet aan mij om te beslissen zoiets intiems erin te laten of niet.'

'Wie anders?' mompelde Eve, waarna ze naar de stoel gebaarde. 'Ga alsjeblieft zitten en laat me de rest vertellen.' Ze aarzelde, maar ze wist niet zeker waarom. Het was snel donker geworden, zodat je alleen nog maar piepkleine lichtjes en kaarsvlammetjes kon zien. Eve werd door lichtstralen omgeven, en in het donker kraste een uil.

Julia ging weer zitten en wachtte. 'Toe dan.'

'Gloria ging naar huis. Ze pakte haar bestaan weer op. Binnen een jaar ontmoette ze Marcus en begon een nieuw leven. Datzelfde jaar ontmoette ik Victor. Wij leefden onze verhouding niet uit in discrete hotels of groezelige motelletjes. Het was niet een vlaag van passie, maar een langzame, sterke vlam die ons bond. Op andere punten vertoonde onze relatie, geloof ik, overeenkomst met die van Michael en Gloria. Hij was getrouwd, en hoewel zijn huwelijk niet gelukkig was, wilden we wat er tussen ons was niet openbaar maken. Ik wist, hoewel het me jaren heeft gekost om het te accepteren, dat we buiten onze eigen muren nooit een paar zouden zijn.'

Nu keek ze om zich heen, terwijl Julia bleef zwijgen. Het licht vanuit het keukenraam achter haar speelde over de geraniums. Maanlicht striemde over het razende water van de fontein en veranderde in vloeibaar zilver. Om dat alles heen was een muur die haar omsloot en die anderen buitensloot.

'Onze liefde speelde zich hier af, in dit huis, en slechts een handjevol mensen die we allebei kenden en vertrouwden, lieten we deelgenoot van ons geheim zijn. Ik zal niet net doen alsof ik het niet vreselijk vind, alsof ik niet een hekel heb aan zijn vrouw, en soms aan Victor, om alles wat me is afgenomen. Alle leugens waarmee ik heb geleefd. En vooral één leugen, één ding dat me werd afgenomen.'

Nu stond zij op en liep naar de bloemen om hun geur diep op te snuiven, alsof ze daar de voeding kon vinden die ze aan tafel niet in het eten had gevonden. Dit was het punt, wist ze. Het punt waar het allemaal om draaide, het punt waar ze, als ze het eenmaal had gepasseerd, nooit meer van kon weglopen. Langzaam liep ze terug, maar ze ging niet zitten.

'Een jaar na onze reis naar Frankrijk trouwde Gloria met Marcus. Binnen twee maanden was ze weer zwanger, en waanzinnig gelukkig. Weken later was ik ook zwanger, en verschrikkelijk ongelukkig.'

'Jij?' Julia voelde de schok, waarna ze opstond om Eves hand vast te houden. 'Het spijt me vreselijk.'

'Niet doen.' Ze versterkte haar greep. 'Kom naast me zitten. Laat me uitvertellen.'

Nog steeds hand in hand gingen ze zitten. De kaarsvlam tussen hen in wierp licht en schaduw over Eves gezicht. Julia wist niet zeker wat ze zag. Verdriet, pijn, hoop.

'Ik was bijna veertig en had het idee om kinderen te krijgen allang opgegeven. De zwangerschap maakte me bang, niet alleen vanwege mijn leeftijd, maar ook door de situatie. Ik was niet bang voor de publieke opinie, Julia, althans niet voor mezelf.'

'Maar om Victor,' fluisterde Julia, die het begrip als een kloppende wond in haar binnenste voelde.

'Ja, om Victor, want hij was door wet en Kerk aan een andere vrouw gebonden.'

'Maar hij hield van jóú.' Julia legde troostend Eves hand even tegen haar wang. 'Hoe reageerde hij?'

'Ik heb het hem niet verteld. Ik heb het hem nooit verteld.'

'O, Eve, hoe kon je het voor hem verbergen? Het was evengoed zijn kind als het jouwe. Hij had er recht op om het te weten.'

'Weet je hoe waanzinnig graag hij kinderen wilde?' Met heldere, donkere ogen leunde ze dichter naar Julia toe. 'Hij had zichzelf nooit, nooit vergeven dat hij er één had verloren. Ja, misschien waren de dingen veranderd als ik het hem had verteld. En ik hem voor me had gestrikt met dat kind, zoals zij hem had gestrikt met schuldgevoel, God en verdriet. Ik kon en wilde het niet doen.'

Julia wachtte even toen Eve trillerig nog wat wijn inschonk. 'Ik begrijp het... geloof ik,' verbeterde ze zichzelf. 'Ik heb mijn ouders om vergelijkbare redenen nooit de naam van Brandons vader verteld. Ik kon het idee niet verdragen dat de enige reden dat hij bij me bleef was dat er per ongeluk een kind was verwekt.'

Eve nam een slok, toen nog een. 'Het kind was in mijn lichaam en ik had het gevoel, zal altijd het gevoel houden, dat de keuze aan mij was. Ik wilde het hem ontzettend graag vertellen, het met hem delen, ook al was het maar voor één dag. Maar het was erger geweest dan een leugen. Ik besloot terug te gaan naar Frankrijk. Travers zou meegaan. Ik kon het Gloria niet vragen, kon het haar zelfs niet vertellen, terwijl zij zo knus namen zat te verzinnen en sokjes breide.'

'Eve, je hoeft het me niet uit te leggen. Ik ken het.'

'Dat weet ik. Dat kan alleen een vrouw die voor dezelfde keuze heeft gestaan. Travers...' Eve stuntelde met een lucifer, waarna ze dankbaar achteroverleunde toen Julia die voor haar aanstak. 'Travers begreep het ook.' Ze blies een straal rook uit. 'Ze had weliswaar een kind, maar het was tegelijkertijd nooit echt van haar. Dus ging ik met Travers naar Frankrijk terug.'

Niets had ooit zo koud geleken, zo hopeloos, als de kale witte muren van die onderzoekkamer. De dokter had een vriendelijke stem, vriendelijke handen en vriendelijke ogen. Dat deed er allemaal niets toe. Eve leed tijdens het noodzakelijke medisch onderzoek, beantwoordde eentonig alle noodzakelijke vragen. Al die tijd hield ze haar ogen gericht op die kale, witte muur.

Zo zag haar leven eruit. Blanco en leeg. Natuurlijk zou niemand dat geloven. Niet van Eve Benedict: ster, filmgodin, de vrouw die mannen begeerden en die vrouwen benijdden. Hoe kon iemand begrijpen dat ze er op dit ene moment van haar leven alles voor zou geven om gewoon te zijn? Het gewone vrouwtje van een gewone man die een gewoon kind krijgt?

Omdat ze Eve Benedict was, omdat de vader Victor Flannigan was, kon dit kind niet gewoon zijn. Het kind mocht zelfs niet bestaan.

Ze weigerde zich af te vragen of het een jongen of een meisje was. Ze deed het toch. Ze kon zich niet permitteren zich een voorstelling te maken van hoe het eruit zou zien als ze die cellen hun gang zou laten gaan – groeien, worden. Toch deed ze dat maar al te vaak. En het kind zou Victors ogen hebben. Ze brak bijna van liefde en verlangen.

Hier was geen plaats voor liefde, en zeker niet voor verlangen.

Ze ging zitten om de dokter de eenvoud van de ingreep te horen uitleggen, terwijl hij met zijn zachte, zalvende stem beloofde dat het niet veel pijn zou doen. Ze proefde haar eigen tranen toen er één langs haar wang over haar lippen gleed.

Deze emotie was stom, was nergens goed voor. Andere vrouwen hadden voor dezelfde zijpaden gestaan, en hadden die betreden. Als ze spijt kreeg, kon ze ermee leven. Zolang ze wist dat de keus de juiste was.

Ze zei niets toen de verpleegster binnenkwam om haar klaar te maken. Nog meer vriendelijke, vaardige handen, nog meer zachte woorden van geruststelling. Eve huiverde bij de gedachte aan de vrouwen zonder haar kapitaal en bezit. Haar zusters, voor wie de enige oplossing voor een onmogelijke zwangerschap lag in een of ander duister achterkamertje.

Ze ging stilletjes liggen, voelde alleen de snelle steek van de injectie. Om haar te ontspannen, werd haar verteld.

Ze reden haar de gang op. Ze keek naar het plafond. Over enkele seconden was ze in de operatiekamer. Dan, in minder tijd dan je nodig had om erover te praten, zou ze er weer uit gaan om bij te komen in een van de schattige kamertjes met uitzicht op de bergen in de verte.

Ze herinnerde zich weer hoe Gloria eruit had gezien toen ze haar armen voor haar ogen had geslagen.

Eve schudde haar hoofd. Het medicijn maakte haar slaperig, zweverig, onwerkelijk. Ze dacht dat ze een baby hoorde huilen. Maar dat was onmogelijk. Haar baby was eigenlijk nog helemaal geen baby. Zou er nooit een worden.

Ze zag de ogen van de dokter, die zachte, sympathieke ogen boven zijn operatiemasker. Ze reikte naar zijn hand, maar kon hem niet voelen. 'Alstublieft… ik kan niet… ik wil deze baby.'

Toen ze bijkwam, lag ze in bed, in een van die fraaie kamers waar de zon schuine lichtstralen door de luiken wierp. Ze zag Travers op de stoel naast haar zitten. Hoewel Eve geen geluid maakte, kon ze haar hand uitsteken.

'Het is oké,' zei Travers, terwijl ze haar hand pakte. 'Je hebt ze op tijd tegengehouden.'

'Je hebt het kind gekregen,' zei Julia ademloos.

'Het was Victors kind, met liefde verwekt. Bijzonder en kostbaar. En toen ze me door die gang reden, besefte ik dat wat voor Gloria goed was geweest, niet goed voor mij was. Ik weet niet of ik in staat was geweest voor mezelf de juiste keuze te maken als ik het niet met haar had meegemaakt.'

'Hoe is het mogelijk dat je het kind kreeg en het al die jaren verborgen kon houden?'

'Toen ik eenmaal het besluit had genomen de zwangerschap uit te dragen, ben ik plannen gaan maken. Ik ging terug naar Amerika, maar naar New York. Ik wist enkele mensen zover te krijgen dat ze me eventueel een rol zouden geven in een toneelstuk op Broadway. Het duurde een tijd voor het juiste script, de juiste regisseur en de juiste rolbezetting waren gevonden. En tijd is wat ik nodig had. Toen ik zes maanden ver was, en niet langer zonder moeite mijn toestand kon verbergen, ging ik naar Zwitserland, naar een kasteel dat ik mijn advocaten had laten kopen. Daar woonde ik, met Travers, als Madame Constantine. In feite verdween ik voor drie maanden. Victor werd krankzinnig omdat hij me niet kon vinden, maar ik leefde rustig. Aan het eind van mijn achtste maand meldde ik me bij een privéziekenhuis, ditmaal als Ellen Van Dyke. De artsen waren bezorgd. In die dagen was het niet gebruikelijk dat een vrouw op die leeftijd haar eerste kind kreeg.'

En ook nog alleen, dacht Julia. 'Was het moeilijk, de zwangerschap?'

'Vermoeiend,' antwoordde Eve met een glimlach. 'En ook moeilijk, ja, omdat ik Victor graag bij me wilde, maar ik mocht hem niet hebben. Er waren complicaties. Ik wist pas een paar jaar nadien dat dit mijn enige kind zou worden. Ik kon niet meer zwanger worden.' Ze schudde dat van zich af. 'Twee weken voordat ik was uitgeteld, kwam de bevalling. Relatief kort, werd me verteld, voor een eerste baby. Tien uur maar. Het voelde als tien dagen.'

Zoals vrouwen nu eenmaal zijn als het aankomt op de pijn en angst voor bevallingen, kon Julia lachen. 'Ik ken dat. Brandon heeft er dertien uur over gedaan. Ik had het gevoel dat het levenslang duurde.' Hun ogen ontmoetten elkaar over de flakkerende kaarsen heen. 'En het kindje?'

'Het kindje was klein: nauwelijks zes pond. Prachtig, de allerprachtigste. Roze en volmaakt, met grote wijze ogen. Ik mocht het een tijdje vasthouden. Dat leven dat in mij was gegroeid. Ze sliep, en ik keek hoe ze sliep. Ik heb nooit zo vreselijk naar Victor verlangd als dat ene uur van mijn leven.'

'Ik ken het.' Ze legde haar handen over die van Eve. 'Ik hield niet van Lincoln. Niet meer toen Brandon werd geboren, maar ik had graag gewild dat hij er was. Had hem nodig. Hoe schattig mijn ouders de hele tijd ook waren, het was niet hetzelfde. Ik ben blij dat jij Travers had.'

'Zonder haar was ik verloren geweest.'

'Kun je me vertellen wat er met de baby is gebeurd?'

Eve keek op hun handen neer. 'Ik zou nog drie weken in Zwitserland blijven, daarna moest ik terug om met de repetities te beginnen voor *Madam Requests*. Ik ging het ziekenhuis uit en liet de baby daar achter, omdat het me het beste leek om het contact snel te verbreken. Het beste voor mij. Mijn advocaten hadden verscheidene verzoeken van kandidaat-adoptieouders en die lichtte ik zelf door. Zo veel controle had ik geëist. Julia, ik hield van het kind. Ik wilde het beste voor haar.'

'Ja, natuurlijk. Ik kan me maar al te goed voorstellen wat een pijn het je deed om haar af te staan.'

'Het leek of ik doodging. Maar ik wist dat ze nooit mijn kind zou zijn. Ik had geen andere keuze dan me ervan te verzekeren dat ze de best mogelijke start kreeg. Ik heb zelf haar ouders uitgezocht en van tijd tot tijd heb ik ze, tegen de goedkeuring van mijn advocaten in, me verslag van haar vooruitgang laten sturen.'

'O, Eve, op die manier heb je je pijn alleen maar verlengd.'

'Nee, nee.' De ontkenning schoot eruit, bezwerend. 'Het bevestigde dat ik de juiste beslissing had genomen. Ze was alles wat ik had kunnen hopen: intelligent en mooi, sterk, warm. Ze was veel te jong toen ze zelf net zo veel pijn doormaakte.' Eve draaide haar hand om en greep Julia's vingers. 'Maar ze heeft geen moment opgegeven. Ik had het recht niet haar in mijn leven terug te brengen. Maar net zoals toen ik haar eruit zette, had ik geen keus.'

Het waren niet zozeer de woorden als wel de blik in Eves ogen die de lucht in Julia's longen gevangenhield. Ze stonden hunkerend, angstig, en helder als glas. Instinctief probeerde ze haar hand weg te trekken, maar Eve hield hem stevig vast.

'Eve, je doet me pijn.'

'Dat is niet mijn bedoeling. Maar ik moet wel.'

'Wat probeer je me duidelijk te maken?'

'Ik heb je gevraagd hier te komen, om je mijn verhaal te vertellen, omdat niemand méér het recht heeft om het te horen dan jij.' Haar ogen hielden, even onverbiddelijk als haar hand, die van Julia vast. 'Je bent mijn kind, Julia. Mijn enige kind.'

'Ik geloof je niet.' Nu trok ze haar hand los, terwijl ze zo snel overeind kwam, dat haar stoel achteruitvloog. 'Wat minderwaardig om zoiets te doen.'

'Je gelooft me.'

'Nee. Nee, niet waar.' Ze deinsde nog een halve meter achteruit. Ze hapte naar adem, dwong het voorbij de bittere woede in haar keel. 'Hoe kun je dit doen? Hoe kun je op zo'n manier misbruik van me maken? Je weet dat ik geadopteerd ben. Je hebt dit allemaal verzonnen, alles, om me te manipuleren.'

'Je weet wel beter.' Eve kwam langzaam overeind, met haar hand tegen de tafel steun zoekend. Haar knieën trilden. 'Je weet dat dit de waarheid is.' Hun ogen ontmoetten elkaar, hielden elkaar vast. 'Omdat je het voelt, het ziet. Ik heb bewijzen als je die nodig hebt. De ziekenhuispapieren, de adoptiedocumenten, de correspondentie met mijn advocaten… Maar je weet de waarheid al, Julia…' Ze strekte haar armen uit en toen ze zag dat haar dochter huilde, vulden haar eigen ogen zich met tranen.

'Raak me niet aan!' Julia gilde het uit, waarna ze haar handen over haar mond legde omdat ze bang was dat ze zou blijven gillen.

'Lieveling, begrijp het alsjeblieft. Ik deed dit, dit allemaal, niet om je pijn te doen.'

'Waarom dan? Waarom?' Allerlei emoties stapelden zich in haar binnenste op, tot ze dacht dat ze door hun gewicht uit elkaar zou spatten. Deze vrouw, deze vrouw die maanden geleden alleen maar een gezicht op het witte doek was geweest, een naam in een tijdschrift, was haar moeder? Zelfs toen ze op het punt stond de ontkenning uit te schreeuwen, keek ze naar Eve die in een toren van maanlicht was gevangen, en wist het. 'Je hebt me hier laten komen, me in je leven betrokken, je speelde een spelletje met me, met iedereen–'

'Ik had je nodig.'

'*Jij* had me nodig.' Julia's stem doorsneed die van Eve als een scheermes. 'Jij? Je kunt naar de hel lopen.' Blind van verdriet gaf ze de tafel een zet, zodat die op zijn kant tuimelde. Kristal en porselein vielen aan scherven. 'Ik vervloek je. Denk je dat het mij wat kan schelen? Verwacht je dat ik naar je toe kom rennen om je te omhelzen? Denk je dat ik plotseling zo'n aanval van liefde ga krijgen?' Ze veegde de tranen van haar gezicht, terwijl Eve er zwijgend bij stond. 'Nou, mooi niet. Ik walg van je.

Ik haat je omdat je het me hebt verteld, om alles. Ik zweer dat ik je kan vermoorden omdat je het me hebt verteld. Ga weg!' Ze draaide zich razendsnel om naar Nina en Travers die uit het huis kwamen stormen. 'Sodemieter op. Dit heeft niets met jullie te maken.'

'Ga weer naar binnen,' zei Eve kalm zonder ze aan te kijken. 'Ga alsjeblieft terug. Dit is tussen Julia en mij.'

'Er is niets tussen jou en mij,' wist Julia eruit te krijgen, terwijl er een snik in haar keel opwelde. 'Niets.'

'Het enige wat ik wil, is een kans, Julia.'

'Die heb je gehad,' kaatste ze terug. 'Moet ik je bedanken voor het feit dat je de abortus niet hebt doorgezet? Goed, dank je zeer. Maar mijn dankbaarheid eindigt op het moment dat je de papieren tekende en me weggaf. En waarom? Omdat ik niet van pas kwam in je leefstijl. Omdat ik een vergissing was, een ongelukje. Dat is het enige wat we voor elkaar zijn, Eve. Een wederzijds ongeluk.' Tranen verstikten haar stem, maar ze perste erdoorheen: 'Ik heb een moeder gehad die van me hield. Jij kunt nooit haar plaats innemen. En ik vergeef je nooit dat je me iets hebt verteld wat ik nooit heb willen, nooit nodig vond om te weten.'

'Ik hield ook van je,' zei Eve met zo veel waardigheid als ze kon opbrengen.

'Dat is gewoon één leugen meer in de serie. Blijf bij me uit de buurt,' waarschuwde ze toen Eve nog een stap naar voren deed. 'Ik weet niet waartoe ik in staat ben als je niet bij me uit de buurt blijft.' Ze draaide zich om. Vluchtte de tuin in. Rende weg van het verleden.

Eve kon slechts haar gezicht met haar handen bedekken, terwijl ze van pijn heen en weer wiegde. Ze liep te wankelen, als een kind, toen Travers naar haar toe kwam om haar naar binnen te leiden.

24

Julia kon niet weglopen van de woede, van de angst, noch van het gevoel van verlies en verraad. Terwijl ze door het vlekkerige maanlicht rende, droeg ze al die dingen met zich mee, samen met het verdriet en de verwarring die misselijkmakend in haar maag zwommen.

Eve.

Ze zag nog steeds Eves gezicht: die donkere, intens vurige ogen, de brede mond zonder lach. Met een ademloze snik bracht ze haar vingers naar haar eigen lippen. God, o god, dezelfde vorm, dezelfde volle onderlip. Haar vingers trilden toen ze ze tot een vuist balde en ze bleef doorrennen.

Ze merkte niet dat Lyle met zijn verrekijker om zijn nek en een voldane glimlach op zijn gezicht op het smalle balkonnetje boven de garage stond.

Ze stormde het terras op, haar gebalde vuist tegen haar zich roerende maag gedrukt. Omdat haar hand nat was, frunnikte ze met de deur, voordat ze er vloekend een trap tegen gaf, waarna ze nog een keer met de deurknop worstelde. Paul zwaaide hem open, en kon haar nog net bij de ellebogen vatten toen ze struikelend binnen kwam vallen.

'Oef.' Hij lachte kort terwijl hij haar steunde. 'Je moet me gemist –' Hij maakte zijn zin niet af toen hij voelde dat ze trilde. Met zijn vinger onder haar kin bracht hij haar hoofd omhoog en hij zag de verslagen uitdrukking op haar gezicht. 'Wat is er? Is er iets met Eve gebeurd?'

'Nee.' De verloren, hulpeloze uitdrukking veranderde in woede. 'Met Eve gaat het goed, zo goed als wat. Waarom ook niet? Zij heeft alle touwtjes in handen.' Ze probeerde zich los te rukken, maar hij hield haar stevig vast. 'Laat me gaan, Paul.'

'Zodra je me vertelt waardoor je zo opgewonden bent. Kom op.' Hij duwde haar zachtjes weer naar buiten. 'Je ziet eruit alsof je wat lucht kunt gebruiken.'

'Brandon –'

'Slaapt als een marmot. Nu zijn kamer aan de andere kant van het huis is, denk ik niet dat hij last heeft van wat je te zeggen hebt. Waarom ga je niet zitten?'

'Omdat ik niet wil zitten. Ik wil niet vastgehouden worden of getroost of op mijn hoofd geklopt. Ik wil dat je me laat gaan.'

Hij liet haar los, zijn handen omhoog, met de palmen naar haar toe. 'Gebeurd. Wat kan ik nog meer voor je doen?'

'Hou op met dat ironische Britse toontje van je. Ik ben er niet voor in de stemming.'

'Goed, Jules.' Hij ging met één bil op de tafel zitten. 'Waarvoor ben je wel in de stemming?'

'Ik kan haar wel vermoorden.' Ze beende over de patio heen en weer, van het licht naar de schaduw en weer terug in het licht. Bij het keren trok ze een van de weelderige roze geraniums van zijn stengel en rukte de bloem uit elkaar. De fluwelige rafels dwarrelden op de grond, waar ze onder haar voeten werden vermorzeld en verscheurd. 'Deze hele toestand, alles, was een van haar beroemde tactieken. Mij hierheen laten komen, me in vertrouwen nemen, mijn vertrouwen winnen – dat ik om haar ging geven. En ze was er zeker van – zo verrekte zeker – dat ik in de val zou lopen. Denk je dat ze geloofde dat ik dankbaar, vereerd, gevleid zou zijn om op deze manier aan haar gekoppeld te worden?'

Hij keek toe hoe ze de gemangelde steel weggooide. 'Ik heb echt geen idee hoe ze dacht dat jij je zou voelen. Als je eens de moeite nam om me meer te vertellen?'

Ze hief met een ruk haar hoofd omhoog. Eén seconde was ze vergeten dat hij er was. Hij stond, tegen de tafel geleund, te kijken. Te observeren. Dat hadden ze gemeen, dacht ze bitter. Je had van die mensen die stonden te kijken, absorbeerden, verslag uitbrachten, nauwkeurig noteerden hoe anderen leefden, hoe ze zich voelden, wat ze zeiden terwijl ze door de sluwe vingers van het lot door het leven werden getrokken. Alleen was zij ditmaal degene die werd gemanipuleerd.

'Je wist ervan.' Een nieuwe woedegolf groeide in haar. 'De hele tijd heb je het geweten. Ze verzwijgt nooit iets voor je. En jij stond erbij en keek toe, wachtte, terwijl je wist dat ze me dit ging aandoen. Welke rol heeft ze jou toebedeeld, Paul? De held die kalmpjes de brokken lijmt?'

Zijn geduld raakte op. Hij zette zich af, liep van de tafel weg en kwam tegenover haar staan. 'Ik kan niets bevestigen of ontkennen tot jij me vertelt wat ik verondersteld word te hebben geweten.'

'Dat zij mijn moeder is.' Julia slingerde hem de woorden in het gezicht, waarvan elke lettergreep bitter op haar tong smaakte. 'Dat Eve Benedict mijn moeder is.'

Hij wist niet eens dat hij bewoog, maar zijn handen schoten uit om haar armen te grijpen. 'Waar heb je het in godsnaam over?'

'Ze heeft het me zojuist verteld.' Ze rukte zich niet los. Integendeel. Ze greep zijn shirt met beide handen vast en leunde tegen hem aan. 'Ze moet hebben gedacht dat de tijd rijp was voor een moeder-dochterpraatje. Het was pas achtentwintig jaar geleden.'

Hij schudde haar kort en ruw door elkaar. Haar stem werd steeds hysterischer, en hij had liever de woede. 'Wat verteld? Wat heeft ze je precies verteld?'

Langzaam kwam haar hoofd omhoog. Hoewel haar greep op zijn overhemd niet verslapte, sprak ze kalm, helder, alsof ze een bijzonder complex probleem uitlegde aan een kind dat traag van begrip is. 'Dat ze achtentwintig jaar geleden, in het geheim, in Zwitserland een kind baarde. En omdat ze geen plaats had voor dat soort ongerief, gaf ze het kind weg. Mij. Mij gaf ze weg.'

Hij zou het idee hebben weggelachen als hij de wanhoop niet in haar ogen zag. Haar ogen... niet de kleur, maar de vorm. Heel langzaam bracht hij zijn handen naar haar haar. Niet de kleur, maar de dikte. Haar lippen trilden. En de mond...

'Lieve god.' Haar nog steeds vasthoudend, keek hij naar haar gezicht alsof hij het nooit eerder had gezien. Misschien had hij dat ook niet, bedacht hij. Hoe had hij anders de gelijkenissen kunnen missen? O, die waren subtiel, maar ze wáren er. Hoe kon hij van hen allebei hebben gehouden zonder het te hebben gezien, zonder het te hebben geweten? 'Heeft ze je het zelf verteld?'

'Ja, hoewel ik me afvraag of ze het Nina niet in een memo heeft laten noteren. "Julia vanavond onder het eten het geheim van haar geboorte vertellen. Acht uur."' Toen maakte ze zich los, keerde haar rug naar hem toe. 'Wat haat ik haar hierom. Haat haar om wat ze van me heeft gestolen.' Ze draaide zich weer om, waarbij haar haar in een verwarde massa op haar schouders zwiepte. Het trillen was opgehouden, zodat ze recht als een speer in het koele, witte maanlicht stond, terwijl de emoties als zweet van haar af rolden. 'Mijn leven, elk moment van mijn leven, is in de flits van een ogenblik veranderd. Hoe kan alles weer hetzelfde worden?'

Er waren geen antwoorden. Het duizelde hem nog steeds en uit alle macht probeerde hij het ene feit te verwerken dat ze hem had toegeschoven. De vrouw van wie hij in zijn leven het meest had gehouden, was de moeder van de vrouw van wie hij de rest van zijn leven wilde houden. 'Je moet me een minuutje gunnen om dit te verwerken. Ik denk dat ik weet hoe jij je moet voelen, maar –'

'Nee.' Het woord barstte uit haar los. Werkelijk alles aan haar was gloeiend, stond op het punt om over te koken. Haar ogen, haar stem, de vuisten die ze stram langs haar lijf hield. 'Op geen haar na. Als kind vroeg ik me af en toe het een en ander af. Dat is toch heel natuurlijk? Wie waren ze, die mensen die mij niet wilden? Waarom hadden ze me opgegeven? Hoe zagen ze eruit? Hoe klonken ze? Ik verzon verhalen – dat ze zielsveel van elkaar hadden gehouden, maar dat hij verongelukt was en haar arm en alleen had achtergelaten. Of dat zij in het kraambed was gestorven voordat hij terug kon komen om haar te redden. Allemaal lieve, sprookjesachtige verhaaltjes. Maar ik ben ermee opgehouden, omdat mijn ouders…' Ze bracht haar hand omhoog om een ogenblik haar ogen te bedekken toen de pijn door haar heen schoot. 'Ze hielden van me, ze wilden me graag hebben. Ik dacht niet vaak aan het feit dat ik geadopteerd was. Eigenlijk vergat ik het tijdenlang doordat mijn leven zo normaal was. Maar dan schoot het me weer te binnen. Toen ik Brandon in me droeg, vroeg ik me af of ze bang was geweest, zoals ik. Treurig, en bang en alleen.'

'Jules –'

'Nee, alsjeblieft.' Ze liep meteen van hem weg, haar armen als verdediging stevig tegen zich aan klemmend. 'Ik wil niet vastgehouden worden. Ik wil geen medelijden of begrip.'

'Wat dan?'

'Naar huis.' Wanhoop sloop als een dief haar stem binnen. 'Was ik maar naar huis gegaan voordat ze me dat verhaal vertelde. Om haar te laten ophouden. Om haar duidelijk te maken dat dit een van de leugens was waar ze mee moest leven. Waarom kon ze dat niet begrijpen? Waarom kon ze niet begrijpen, Paul, dat de waarheid alles zou vernielen? Ze heeft mijn identiteit afgepakt, mijn herinneringen beschadigd, zodat ik geen wortels meer heb. Ik weet niet wie ik ben. Wat ik ben.'

'Je bent exact dezelfde persoon die je een uur geleden was.'

'Nee. Snap je het dan niet?' Ze stak haar handen uit, en die waren leeg. Net als haar achtergrond. 'Alles wat ik was, was gebouwd op die ene leugen, en al die andere daarna. Ze heeft me in het geheim gekregen, onder een naam die ze uit een van haar scenario's had geleend. Waarna ze wegliep, en haar leven hervatte op het punt waar ze was gebleven. Ze heeft het zelfs nooit verteld aan…' De woorden stokten trillend, waarna ze hees fluisterend werden voortgezet. 'Victor. Victor Flannigan is mijn vader.'

Dat was het enige wat Paul niet verbaasde. Hij pakte haar hand, voelde hoe stijf en ijskoud die was. Hij vouwde haar vingers in de zijne om ze te warmen. 'Hij weet het niet?'

Ze kon slechts haar hoofd schudden. Zijn gezicht leek bleek in het maanlicht, zijn ogen donker. Had hij het geweten, vroeg ze zich af. Wist hij dat hij naar een vreemde keek? 'God, Paul, wat heeft ze gedaan? Wat heeft ze ons allemaal aangedaan?'

Dus bleef hij haar vasthouden, ondanks haar verzet. 'Ik weet niet wat de consequenties zijn, Julia. Maar ik weet, hoe je je nu ook voelt, dat je eroverheen komt. Je hebt de scheiding van je ouders overleefd, hun dood, dat je Brandon zonder vader op de wereld zette.'

Ze kneep haar ogen dicht, hopend het beeld van Eves gezicht – toen de tranen begonnen te vloeien – te wissen, zodat alleen hoop en verlangen zouden overblijven. 'Hoe kan ik haar aankijken zonder haar te haten, omdat ze zo gemakkelijk zonder mij kon leven?'

'Denk je dat het gemakkelijk was?' zei hij zacht.

'Voor haar, ja.' Ze trok zich los om ongedurig tranen weg te vegen. Het laatste wat ze op dit moment wilde voelen was mededogen. 'Verdorie. Ik weet wat ze heeft doorgemaakt. Ongeloof, paniek, verdriet – alle fasen. Grote hemel, Paul, ik weet hoeveel pijn het doet om te ontdekken dat je zwanger bent en weet dat de man van wie je houdt, of denkt te houden, nooit een gezin met jou zal stichten.'

'Misschien dat ze daarom dacht dat ze het aan jou kon vertellen.'

'Nou, dan had ze het mis.' Langzaam, systematisch, werd ze kalmer. 'Ik weet ook dat, als ik de beslissing had genomen om Brandon op te geven, ik me nooit weer in zijn leven zou dringen zodat hij zich ging afvragen, ging twijfelen, zich alle twijfels zou herinneren over of hij niet goed genoeg was.'

'Als ze een fout heeft begaan –'

'Ja, ze hééft een fout begaan,' zei Julia met een hard lachje. 'Dat ben ik.'

'Zo is het genoeg.' Als ze geen medeleven wilde, zou hij het haar niet geven. 'Je weet tenminste zeker dat je in liefde bent verwekt. Dat is meer dan waar de meeste mensen zeker van kunnen zijn. Voor zover ik me kan herinneren, hebben mijn ouders een beleefde afkeer voor elkaar gehouden. Dat is mijn achtergrond. Jij bent grootgebracht door mensen die van je hielden, en je bent verwekt door mensen die nog altijd van elkaar houden. Je kunt het een fout noemen, maar ik zweer dat jij beter af bent.'

Ze had hem een en ander in het gezicht kunnen slingeren, kwetsende dingen die door haar brein flitsten, waarna ze uit schaamte en zelfhaat doodgingen voordat ze haar tong bereikten. 'Het spijt me.' Haar stem was stijfjes, maar niet langer rauw van pijn. 'Er is geen reden om dit allemaal op jou af te reageren, of zelfmedelijden te koesteren.'

'Ik zou zeggen dat er genoeg reden voor beide is. Wil je nu gaan zitten en met me praten?'

Terwijl ze de laatste tranen afveegde, schudde ze haar hoofd. 'Nee, het gaat echt wel weer. Ik vind het vreselijk om mijn zelfbeheersing te verliezen.'

'Dat hoeft niet.' Om zowel zichzelf als haar te troosten, streek hij met zijn vingers haar haren uit haar gezicht. 'Je doet het zo goed.' Omdat dit het juiste gebaar leek, sloot hij haar weer in zijn armen en liet zijn wang tegen haar kruin rusten. 'Je hebt een moeilijke avond achter de rug, Jules. Misschien moet je wat rusten.'

'Ik denk niet dat het me lukt. Maar ik kan best een aspirientje gebruiken.'

'Daar zorgen we voor.' Hij hield een arm om haar schouders terwijl ze teruggingen naar de keuken. Er brandden vrolijk twinkelende lichtjes, en een boterachtige geur gaf haar de indruk dat de hamburgers waren gevolgd door een schaal popcorn.

'Waar is de aspirine?'

'Ik haal ze wel.'

'Nee, ik ga ze halen. Waar?'

Omdat haar hersens even zwak en pijnlijk aanvoelden als haar lichaam, gaf ze toe en ging aan de tafel zitten. 'Bovenste plank, links van het fornuis.' Ze sloot haar ogen weer, terwijl ze de deur van het kastje open en dicht hoorde gaan, het geluid van water dat in een glas stroomde. Met een zucht deed ze ze weer open en produceerde wat moest doorgaan voor een glimlach. 'Ik krijg altijd hoofdpijn van driftbuien.'

Hij wachtte tot ze ze had doorgeslikt. 'Zin in thee?'

'Dat zou heerlijk zijn, dank je.' Terwijl ze achterover ging zitten, drukte ze haar vingers tegen haar slapen om ze langzaam in cirkels te bewegen – tot haar te binnen schoot dat het een van Eves gewoontegebaren was. Ze zat met haar handen in haar schoot ineengeslagen terwijl Paul kopjes en schoteltjes klaarzette, een porseleinen theepot in de vorm van een ezel omspoelde.

Het was raar om daar te zitten terwijl iemand anders de zaken regelde. Ze was gewend voor zichzelf te zorgen, problemen op te lossen, een breuk te lijmen. Nu wist ze dat ze al haar wilskracht nodig had, al haar energie, om niet toe te geven aan de behoefte haar hoofd op tafel te leggen om een stevig potje te grienen.

En waarom? Dat was de vraag die haar achtervolgde. Waarom?

'Na al die tijd,' mompelde ze. 'Al die jaren. Waarom vertelt ze het me nu? Ze zei dat ze me al die tijd in de gaten heeft gehouden. Waarom heeft ze tot nu gewacht?'

Hij had zich hetzelfde afgevraagd. 'Heb je het haar gevraagd?'

Ze keek naar haar handen, haar schouders gebogen, haar ogen nog steeds vochtig. 'Ik weet niet eens wat ik tegen haar heb gezegd. Ik was zo blind van pijn en woede. Mijn drift kan… lelijk zijn, daarom probeer ik me in te houden.'

'Jij, Jules?' zei hij luchtig, terwijl hij met een hand over haar haar streek. 'Een lelijke driftkop?'

'Vreselijk.' Ze kon zich er niet toe zetten zijn glimlach te beantwoorden. 'De laatste keer dat ik ontplofte was bijna twee jaar geleden. Een onderwijzeres op Brandons school liet hem meer dan een uur in de hoek staan. Hij was vernederd, wilde er niet met me over praten, dus ben ik gaan informeren. Ik wilde het oplossen, want Brandon is gewoon geen onruststoker.'

'Weet ik.'

'Nou ja, het bleek dat ze aan het eind van het schooljaar kaarten voor Vaderdag aan het maken waren, en Brandon wou er geen maken. Hij, nou ja, hij had er geen zin in.'

'Begrijpelijk.' Paul goot kokend water over de theezakjes. 'En?'

'En deze juf zei dat van hem werd verwacht dat hij het als een opdracht zag, en toen hij weigerde, gaf ze hem straf. Ik probeerde de situatie uit te leggen, dat Brandon op dat terrein gevoelig was. En met zo'n dun mondje sneerde ze dat hij verwend was en koppig, en dat hij graag anderen manipuleerde. Ze zei dat als hem niet werd geleerd zijn situatie te accepteren, hij nooit zou ophouden het feit dat hij per ongeluk was geboren – dat waren haar woorden: per ongeluk – als excuus te gebruiken om niet een productief lid van de maatschappij te worden.'

'Ik hoop dat je haar een mep hebt verkocht.'

'Inderdaad.'

'Nee.' Nu moest hij grinniken. 'Echt waar?'

'Het is niet grappig,' begon ze, maar toen voelde ze een lach in haar keel opborrelen. 'Ik herinner me niet precies dat ik haar sloeg, maar ik weet nog een paar scheldwoorden die ik haar toevoegde toen er mensen binnenzeilden om me van haar af te trekken.'

Hij tilde haar hand op, woog die in de zijne en drukte er een kus op. 'Mijn heldin.'

'Het was lang niet zo bevredigend als het nu klinkt. Ik was toen misselijk en trillerig, en zij dreigde me met een proces. Ze hebben haar gekalmeerd toen het hele verhaal uitkwam. Intussen haalde ik Brandon van die school en kocht het huis in Connecticut. Ik laat hem niet onderwerpen aan dat soort denken, dat soort kwaadaardigheid.' Ze ademde diep uit, en nog eens. 'Vanavond voelde ik me precies zo. Ik weet dat als Eve naar me toe was gekomen, ik haar eerst een klap had gegeven, om er later spijt van te krijgen.' Julia keek in haar kopje en zette het voor zich neer. 'Ik heb me altijd afgevraagd van wie ik dat valse trekje zou hebben. Ik denk dat ik het weet.'

'Je was bang door wat ze je vanavond heeft verteld.'

Julia liet de warme thee in haar keel glijden. 'Ja.'

Hij ging naast haar zitten, zijn vingers wreven de onderkant van haar nek, instinctief wetend waar het zwaartepunt van de spanning zich had opgehoopt. 'Denk je dat zij ook bang was?'

Op haar hoede, de onderkant van haar kopje langs de rand van de schotel schurend, keek ze op. 'Ik vrees dat ik op dit moment niet aan haar gevoelens kan denken.'

'Ik hou van jullie allebei.'

Nu zag ze wat ze eerder niet had kunnen zien. Hij was net zo geschokt als zij, en misschien evenzeer gekwetst. Hij leed nog steeds, om hen allebei. 'Wat er uit dit alles ook voortkomt, ze zal altijd meer jouw moeder zijn dan de mijne. En omdat we alle twee van jou houden, geloof ik dat we allemaal een manier moeten vinden om ermee te leven. Maar vraag me vanavond niet om redelijk te zijn.'

'Dat doe ik niet. Ik ga je iets anders vragen.'

Hij nam haar handen in de zijne en hielp haar overeind. 'Laat me met je vrijen.'

Het was zo gemakkelijk, zo simpel, om zich in zijn armen te laten sluiten. 'Ik dacht dat je het nooit zou vragen.'

Boven was de slaapkamer in schaduwen gehuld. Ze stak de kaarsen aan, terwijl hij de jaloezieën sloot. Toen waren ze alleen in het schemerige licht, licht voor geliefden. Ze hield haar armen naar hem op, als gebaar van welkom en verlangen. Hij doorzag haar, begreep zonder te vragen dat ze haar leven bevestigd moest zien, haar zelfrespect terug moest krijgen. Dus toen ze haar lichaam tegen hem aan vlijde, met haar hoofd achterover haar mond aanbood, nam hij teder, nam hij langzaam, omdat hij wilde dat ze zich elk moment zou herinneren.

Met lange, vochtige kussen proefde hij, en haar smaak was niet veranderd. Eén heftige, dominante streling van taille naar heup, en terug. Ze voelde niet anders aan. Met zijn neus in haar hals dronk hij haar geur. Onder dat zwakke parfum zat het onmiskenbare aroma van Julia. Ook dat was niet veranderd.

Hij zou ervoor zorgen dat er tussen hen niets zou veranderen.

Het jasje gleed soepel van haar schouders. Met steeds één klein knoopje tegelijk maakte hij haar blouse los, hij deed een stap achteruit zodat hij elk stukje ontblote huid kon zien. Diezelfde opwinding, diezelfde gulzige begeerte roerde in hem toen hij de stof uiteenschoof en met een sensueel gefluister van haar schouders op de vloer liet glijden.

'Jij bent het enige waar ik altijd naar heb verlangd,' verzekerde hij haar. 'Alles wat ik ooit nodig had.' Hij legde een vinger op haar lippen voordat ze kon spreken. 'Nee. Laat mij het zeggen. Laat mij het je laten zien.' Hij raakte haar mond met de zijne aan, plagend, verleidend, daarna diep, tot ze dronken was van die ene kus. Al die tijd fluisterde hij dingetjes, heerlijke dingen, terwijl zijn vingers langzaam, vaardig bewogen om haar uit te kleden. De spanning in haar schouders begon over te gaan. Het kriebelen in haar buik veranderde van die holle zenuwtrek in verwachtingsvolle warmte.

Het was magie. Of hij was magie. Hier, met hem, kon ze het verleden uitwissen, morgen vergeten. Er was alleen het eeuwigdurende nu. Hoe kon hij weten hoezeer ze daar behoefte aan had? Het nu bestond uit het voelen van harde spieren onder haar dansende vingers, het parfum van bloemen bij maanlicht, het eerste roeren van honger.

In hem opgaand, liet ze haar hoofd achterovervallen, maakte zachte, hulpeloze keelgeluidjes terwijl zijn lippen naar beneden gleden om haar borst te zoeken.

'Zeg me wat je fijn vindt,' zei hij, en zijn stem echode in haar hoofd. 'Zeg me wat je wilt dat ik voor je doe.'

'Alles.' Haar vochtige handen gleden over zijn huid naar beneden. 'Alles.'

Zijn lippen krulden even voordat hij zijn tong over het gloeiende topje van haar borst liet rollen, het op dat gekmakende randje van genot en pijn tussen zijn tanden ving, in zijn mond opzoog – gloeiend, stevig en geurig – om er naar hartenlust op te sabbelen.

Hij zou haar aan haar woord houden.

Het was alsof ze voor het eerst met een man samen was. Ze schudde haar hoofd om het helder te krijgen zodat ze kon teruggeven. Maar hij deed dingen met haar, wilde, heerlijke, stoute dingen met haar. Ze kon alleen maar sidderen bij uitbarsting na uitbarsting van genot.

Haar hoofd hing achterover, terwijl ze met moeite naar lucht hapte die opeens te zwaar was. Haar borsten waren zo zwaar, de tepels zo gloeiend dat ze toen hij er weer met zijn tong overheen flitste, het uitschreeuwde van verbijstering over het heerlijke, heftige orgasme dat hij haar schonk. 'Ik kan niet –' Duizelig steunde ze met haar handen op zijn schouders terwijl hij een lijn langs haar lichaam omlaag brandde. 'Ik moet –'

'Geniet,' fluisterde hij, terwijl hij aan haar trillende huid knabbelde. 'Je hoeft alleen maar te genieten.'

Hij knielde voor haar neer. Zijn handen grepen haar heupen om haar op haar plaats te houden, terwijl hij zijn tong in de ruimte tussen haar dijen stak. Hij kon elk schokje van genot voelen dat door haar heen ging, en in zijn lichaam hamerden dezelfde duistere lusten die in het hare omhoogschoten.

Weer kwam ze klaar, en snikkend begroef ze haar vingers in zijn haar om hem dichter tegen zich aan te trekken. Nu bewogen haar heupen, bliksemsnel, hem aansporend. Toen zijn tong als een speer in haar bewoog, verstijfde ze, bedwelmd door de hitte van de schok. Haar knieën werden slap. Ze zou zijn gevallen als hij haar niet bij de heupen had gegrepen en haar rechtop hield.

Onverbiddelijk dreef hij haar weer op, zijn eigen begeerte hongerig aan de hare voedend. Hij verlangde – verlangde zekerheid dat zij één

kolkende massa gevoelens was, dat haar zenuwuiteinden bij elke aanraking zinderden, dat haar begeerten even hevig als de zijne waren.

Toen hij het wist, toen hij zekerheid had, trok hij haar met zich mee
op de vloer en sleepte haar verder mee. Liet haar meer zien.

Hij moest ophouden. Ze ging dood als hij niet ophield. Terwijl ze
over het tapijt tuimelden, klampte ze zich aan hem vast. Het ene moment was haar lichaam slap, het andere gespannen. Ze had gedacht dat
ze elkaar lang hiervoor alles al hadden gegeven wat er was. Nu wist ze
dat er nog een ander niveau van vertrouwen bestond. Daar, in de diepe
schaduwen van die kamer, zou ze hem maar al te graag geven wat hij
vroeg.

Maar voor het voorbij was, was zij degene die vroeg. Zij die zou hebben gesmeekt: 'Alsjeblieft, nu. God, ik heb je nu nodig.'

Het was alles wat hij horen wilde.

Met zijn ogen op haar gericht bracht hij hen samen, lijf tegen lijf.
Langzaam, kijkend naar het genot en de verwarring die in haar ogen
vlamde, legde hij haar benen om zijn middel. Hij vulde haar, centimeter na trillende centimeter, tot hij diep in haar was gedreven. Naar adem
happend stootte ze terug, hem ontvangend, hem opslorpend, van hem
genietend. Toen de eerste sidderingen voorbij waren, kwam ze terug,
haar lippen naar de zijne brengend op het moment dat ze samen begonnen te bewegen. Door de opwinding, de passie, de aanhoudende
gulzigheid heen kwam een nieuwe sensatie – een die kalmeerde, troostte, heelde.

Met gekrulde lippen hield ze hem dicht tegen zich aan tot er niets
restte dan fluwelen duisternis.

Later, veel later, toen ze sliep, stond hij voor het raam en keek naar
het enige licht dat hij door de bomen zag. Eve was wakker, wist hij, terwijl haar dochter sliep. Hoe zou hij, die zo sterk met hen beiden was
verbonden, een manier kunnen vinden om ze allebei te troosten?

Hij ging naar de zijdeur. Voor hij de naar verwelkende rozen geurende
salon was doorgelopen om de trap aan de voorkant op te lopen, verscheen Travers. Ze haastte zich op flapperende rubberzolen naar hem
toe.

'Dit is niet de juiste tijd om op bezoek te komen. Ze heeft haar rust nodig.'

Paul bleef met zijn hand op de trapleuning staan. 'Ze is wakker. Ik zag licht branden.'

'Maakt niet uit. Ze heeft haar rust nodig.' Travers trok snel en hoorbaar aan de ceintuur van haar badjas. 'Ze voelt zich vannacht niet goed.'

'Weet ik. Ik heb met Julia gesproken.'

Als een vechter die uitdaagt om te slaan, stak Travers haar kin naar voren. 'Ze heeft Eve in een vreselijke toestand achtergelaten. Dat meisje had het recht niet om die dingen te zeggen, om te schreeuwen en porselein kapot te maken.'

'Dat meisje', zei Paul kalm, 'heeft een enorme schok gehad. Jij wist het, hè?'

'Wat ik weet is mijn zaak.' Met opeengeklemde lippen die geheimen bewaarden, keek ze met een ruk van haar hoofd naar de bovenkant van de trap. 'Net zoals het mijn zaak is om voor haar te zorgen. Wat je te zeggen hebt, kan tot morgen wachten. Ze heeft voor één avond genoeg verdriet gehad.'

'Travers.' Eve kwam uit het donker tevoorschijn toen ze twee treden naar beneden liep. Ze droeg een lange, sluike zijden peignoir in warm rood. Haar gezicht als een ivoren ovaal erboven. 'Het is in orde. Ik wil graag met Paul praten.'

'Je zei tegen mij dat je ging slapen.'

Eve schonk haar een korte stralende lach. 'Ik heb gejokt. Welterusten, Travers.' Ze draaide zich om, wetend dat Paul haar zou volgen. Omdat hij trouw respecteerde, gunde hij de huishoudster nog een blik. 'Ik let er wel op dat ze gauw naar bed gaat.'

'Ik hou je eraan.' Met een laatste blik op de trap liep ze weg, met wapperende badstof en flapperend rubber.

Eve wachtte op hem in de zitkamer naast de slaapkamer, met zijn dikke kussens en lage, uitnodigende stoelen. Er heerste de wanorde van die avond: verspreide tijdschriften, een champagneglas met een paar druppels die dood en verschaald waren, tennisschoenen die nonchalant waren uitgeschopt, een hoopje paars en rood van de kimono die ze na het bad had neergegooid. Alles helder, druk en levendig. Paul keek naar haar, gezeten te midden van dit alles, en het drong voor het eerst volledig tot hem door hoeveel ouder ze eruitzag.

Je zag het aan haar handen die opeens te zwak en te mager leken voor de rest van haar lichaam, aan de fijne lijntjes die tersluiks om haar ogen waren geslopen sinds haar laatste beurt onder het mes van de chirurg. Je zag het aan de vermoeidheid die als een dun, doorzichtig masker over haar gezicht lag.

Ze keek op, zag alles wat ze wilde weten op zijn gezicht, en keek weer weg. 'Hoe gaat het met haar?'

'Ze slaapt nu.' Hij koos de stoel tegenover haar. Het was niet voor het eerst dat hij hier in het holst van de nacht kwam om te praten. De bekleding was veranderd, de kussentjes, de gordijnen. Eve was altijd van alles aan het veranderen.

Maar veel was hetzelfde. De geuren waarvan hij als kind was gaan houden. Poeders, parfums, bloemen – alles wat schreeuwde dat dit de kamer van een vrouw was, en dat mannen slechts op uitnodiging werden toegelaten.

'Hoe gaat het met jou, schoonheid?'

De simpele bezorgdheid in zijn stem dreigde de tranen terug te brengen, en ze prentte zichzelf in dat ze daar klaar mee was. 'Kwaad op mezelf omdat ik het er zo slecht van af heb gebracht. Ik ben blij dat jij er voor haar was.'

'Ik ook.' Meer zei hij niet, wetend dat ze zou praten wanneer zij er klaar voor was, en zonder dat hij aandrong. En omdat zijn aanwezigheid haar troost gaf, praatte ze met hem zoals ze met weinig anderen sprak. 'Ik heb dit bijna dertig jaar met me meegedragen, zoals ik Julia negen maanden heb gedragen.' Haar vingers trommelden op de stoelleuning. Alsof zelfs dat fluisterende geluid haar stoorde, hield ze op en legde haar handen rustig neer. 'In het geheim, met pijn, en met een wanhoop die niemand kan bevatten. Ik dacht altijd dat als ik ouder werd – jezus, toen ik ouder werd – de herinneringen zouden vervagen. Zoals mijn lichaam veranderde, die bewegingen in mijn baarmoeder. De angstaanjagende opwinding toen ik haar uit me stootte, de wereld in. Dat is niet zo.' Ze sloot haar ogen. 'God, dat is niet zo.'

Ze nam een sigaret uit een Lalique-standaard op tafel en streek er tweemaal mee langs haar vingers voor ze hem aanstak. 'Ik zal niet ontkennen dat ik zonder haar een vol, rijk en gelukkig leven heb geleid. Ik doe niet alsof ik elke dag van mijn leven heb getreurd en gerouwd om een kind dat ik maar een uur heb vastgehouden. En ik heb nooit betreurd dat ik gedaan heb wat ik deed, maar evenmin kon ik haar vergeten.'

Haar toon daagde uit haar te beschuldigen, haar ogen flakkerden naar hem op terwijl ze erop wachtte. Hij aaide alleen maar met zijn hand over haar wang. 'Waarom heb je haar hier laten komen, Eve? Waarom heb je het haar verteld?'

Haar flinterdunne zelfbeheersing dreigde in rafels uiteen te vallen. Ze hield zich er wanhopig aan vast, toen aan zijn hand. Toen liet ze hem los en ging verder. 'Ik heb haar hier laten komen omdat er losse eindjes in mijn leven waren die ik wilde... vastknopen. Het streelde mijn gevoel voor ironie – misschien mijn ijdelheid – dat mijn dochter degene zou zijn die die knopen zou leggen.' Ze blies een rookwolk uit. Achter die sluier waren haar ogen vol kracht en vastberadenheid in een kalm, bleek gezicht. 'Bovendien had ik behoefte aan dat contact. Ik had behoefte om haar te zien, verdomme. Om haar aan te raken, om met eigen ogen te zien wat voor soort vrouw ze was geworden. En het kind, mijn kleinkind. Ik wilde een paar weken om hem te leren kennen. Als ik voor die zonde naar de hel ga – het zij zo. Het was het meer waard dan het merendeel van de andere zonden die ik heb begaan.'

'Heb je haar dat verteld?'

Ze lachte en drukte haar half opgerookte sigaret uit. 'Ze was driftig, en trots. Ik had geen tijd om haar veel te vertellen voordat ze tegen mij uitvoer. Volkomen terecht. Uiteindelijk ben ik degene die op de overeenkomst ben teruggekomen. Ik had haar weggegeven, en had het recht niet om te proberen haar terug te krijgen.'

Ze stond op om naar het raam te lopen. In de zwarte ruit zag ze haar spiegelbeeld, als de geest die ze zich voelde worden.

'Maar mijn god, Paul, hoe langer ik bij haar in de buurt was, hoe meer ik om haar ging geven. Ik zag stukjes van mezelf in haar, en stukjes van Victor. Nooit in mijn leven heb ik zo naar een ander menselijk wezen verlangd, tenzij het een man was. Ik heb nog nooit zo'n volmaakte, onbaatzuchtige liefde voor iemand gevoeld. Behalve voor jou.' Ze draaide zich om, met vochtige ogen. 'Zij was het kind dat ik niet mocht hebben. Jij was het kind dat ik altijd heb gewild.'

'En jij was mijn moeder, Eve. Julia had er zelf een. Ze heeft tijd nodig.'

'Weet ik.' Ze wendde zich weer af, omdat ze de last op haar hart zwaarder voelde worden. 'Weet ik.'

'Eve, waarom heb je het nooit aan Victor verteld?'

Uitgeput legde ze haar hoofd tegen het glas. 'Ik heb erover gedacht, toen en honderd keer daarna. Hij was misschien van zijn vrouw af gegaan, weet je. Misschien was hij naar mij toe gekomen, vrij. Hoeveel hij ook van het kind zou hebben gehouden, ik vraag me af of hij me ooit had vergeven. Ik had het mezelf nooit vergeven als ik hem onder die voorwaarden had genomen.'

'Ga je het hem nu vertellen?'

'Ik denk dat die keus aan Julia is.' Ze blikte over haar schouder. 'Weet ze dat je hier bent?'

'Nee.'

'Ga je het haar vertellen?'

'Jazeker.'

'Je houdt van haar.'

Hoewel het geen vraag was, antwoordde hij. 'Meer dan ik ooit dacht van iemand te kunnen houden. Ik wil haar, en Brandon. Wat ik er ook voor moet doen.'

Ze knikte tevreden. 'Laat ik je één ongevraagd advies geven. Laat niets je in de weg staan. Niets. En mij al helemaal niet.' Ze strekte haar handen uit, wachtend tot hij opstond en ze in de zijne nam. 'Ik moet morgen een paar dingen regelen. Details. Ik vertrouw erop dat jij intussen op haar past.'

'Dat ben ik van plan, of ze het leuk vindt of niet.'

'Ga weer naar haar terug. Ik red me wel.' Eve tilde haar gezicht op voor zijn kus, rekte het moment. 'Ik zal altijd dankbaar zijn dat ik jou heb.'

'We hebben elkaar. Maak je geen zorgen om Julia.'

'Nee. Nou… Welterusten, Paul.'

Hij gaf haar nog een kus. 'Welterusten, schoonheid.'

Toen hij weg was, ging ze onmiddellijk naar de telefoon en draaide een nummer. 'Greenburg, dit is Eve Benedict.' Ze gooide haar haar achterover en pakte een sigaret. 'Ja, verdomme, ik weet hoe laat het is. Je kunt me het dubbele rekenen van wat jullie advocaten aan schandalige tarieven vragen. Ik wil dat je hier binnen een uur bent.'

Ze hing op terwijl hij tegensputterde, waarna ze grinnikte. Ze voelde zich bijna weer de oude.

25

Minder dan vierentwintig uur na Julia's vliegtuigongeluk had Paul een ontmoeting met de piloot geregeld.

Jack Brakerman werkte al meer dan vijf jaar voor Eve en was zelfs via Paul aan de baan gekomen. Toen hij onderzoek deed voor een boek waarin smokkel, verminking en moord in de lucht voorkwamen, was Paul onder de indruk geraakt van Jacks kennis en kunde.

Toen het onderzoek klaar was, had Paul genoeg stof voor twee boeken en had Jack Brakerman kans gezien om te stoppen met vrachtvluchten en privépassagiers te gaan vervoeren. Zijn eerste klant was Eve.

Paul had in een eethuis in de buurt van het vliegveld met hem afgesproken, waar het eten vet was, de koffie heet, en de bediening snel. De tafel had een rond blad van hardboard, bedekt met een stuk linoleum dat – tevergeefs – op marmer probeerde te lijken. Iemand had geld in de jukebox gegooid voor country-and-western en Hank Williams Jr. kweelde over de vrouw die hem had bedrogen.

'Wat een moordtent, hè?' Jack trok een onooglijk papieren servet uit de stalen houder om de natte cirkels af te vegen die de glazen van de vorige klanten hadden achtergelaten. 'Ziet er niet uit, maar ze hebben de beste bosbessentaart van de staat. Wil je een punt?'

'Natuurlijk.'

Jack gaf de serveerster een seintje en gaf met een vriendelijk gebaar hun bestelling op. Hij stak twee vingers op. Binnen enkele minuten werden hun twee dikke punten taart met mokken dampende, zwarte koffie geserveerd.

'Je hebt gelijk,' verzekerde Paul hem na de eerste hap. 'Verrukkelijk.'

'Ik kom hier al jaren, alleen voor de taart. Hé, vertel eens,' begon Jack boven een flinke brok aan zijn vork. 'Ben je weer een boek aan het schrijven?'

'Ja, maar dat is niet waar ik je over wil spreken.'

Jack knikte, nam voorzichtig een slok koffie, omdat hij wist dat die gloeiend en sterk genoeg was om zijn maag te verschroeien. 'Je wilt over gisteren praten. Het ziet ernaar uit dat ze het op een motorstoring zullen schuiven.'

'Dat is de officiële versie, Jack. Wat is jouw oordeel?'

'Iemand heeft met de brandstofleiding geklooid. Jezus, als het een toestel van iemand anders was en ik had het zelf nagekeken, zou ik hetzelfde zeggen. De leiding was uitgerekt, waardoor een lek was ontstaan. Ik heb het grootste deel van de brandstof boven de Sierra Madre gedumpt.'

Paul moest niet aan de bergen denken, en wat de spitse, onverbiddelijke toppen met een sputterend vliegtuigje hadden kunnen doen. 'Maar het is geen vliegtuig van iemand anders.'

'Dat klopt.' Met zijn mond vol gebaarde hij met zijn vork om het te benadrukken. 'En ik ken mijn machine, Winthrop. De mecanicien en ik, wij houden die vogel in topconditie. Geen sprake van dat die leiding versleten was, absoluut geen sprake van dat-ie toevallig ging lekken. Iemand heeft ermee geknoeid, iemand die wist wat hij moest doen en hoe hij het moest doen.' Hij schraapte het laatste restje taart van zijn bord en verslond het met een mengeling van genot en spijt. 'Dat voel ik aan m'n water.'

'Ik ben bereid op je water te vertrouwen, Jack. De vraag is nu wat eraan te doen is.' Paul dacht even na. De jukebox draaide nu k.d. lang, en haar soepele, mannelijke stem gaf het sombere eethuis een tikje klasse. 'Vertel me precies wat je gisteren hebt gedaan nadat je in Sausalito landde.'

'Dat is simpel. Ik heb een tijdje door de hal gelopen, heb met een paar kerels over ons werk gepraat, heb met een stel andere piloten geluncht. Julia zei dat ze om een uur of drie terug zou zijn, dus ik heb de papieren geregeld, mijn vliegplan doorgegeven. Ze was precies op tijd.'

'Ja,' zei Paul, half tegen zichzelf. 'Ze is altijd stipt. Kun je hier en daar informeren om uit te vissen of ze iemand in de buurt van het vliegtuig hebben gezien?'

'Heb ik al gedaan. Mensen zien niet veel als ze niet echt kijken.' Fronsend schraapte hij met zijn vork over zijn bord en maakte figuurtjes in de paarse saus. 'Weet je wat me dwarszit? Degene die dit heeft gedaan, heeft verstand van vliegtuigen. Hij had het zo kunnen fixen dat we een stuk sneller naar beneden gingen, bijvoorbeeld boven de baai, waar je geen kant op kunt. Zoals het was gedaan, lekte de brandstof er langzaam maar zeker uit. Volg je me?'

'Ga door.'

'Als hij ons dood had gewild, waren er legio andere manieren om het te regelen, en het had nog steeds op een ongeluk geleken. Dus kom ik tot de conclusie dat hij ons niet dood wilde. Het had trouwens toch nog fout kunnen gaan en dan waren we 'm alsnog gepiept, dus misschien kon het hem geen reet schelen. Maar als we tien, vijftien minuten eerder geen brandstof hadden gehad, was alles een stuk linker geweest. Hij heeft het zo gedaan dat ik genoeg sap had om de landing in te zetten, zodat een goede piloot als ik de kist nog aan de grond kon krijgen.'

'Was die sabotage een tactiek om angst te zaaien?'

'Ik weet van niks, maar als dat zo was, was het verdomme een schot in de roos.' Zijn ronde, goedmoedige gezicht plooide zich in een grimas. 'Ik heb het met God de laatste vijf minuten op zo veel akkoordjes gegooid, dat ik er de rest van m'n leven aan vastzit. En terwijl ik het in m'n broek deed, kan ik je zeggen dat Julia er zo puur als een sneeuwjacht onder bleef.' Hij keek naar Pauls taart terwijl hij om meer koffie gebaarde.

'Ga je gang,' zei Paul. Hij schoof zijn bord over de tafel.

'Bedankt. Je kunt makkelijk aan een piloot zien dat-ie nerveus is, zelfs als hij zichzelf wijsmaakt dat hij de situatie aankan. Zij vindt het niet leuk, daarboven, helemaal niet, maar ze zweet het uit zonder al die steuntjes als roken, drinken, slaappillen. Toen ik haar moest vertellen wat er aan de hand was, was ze bang, bang tot aan haar tenen. Werd zo wit dat ik verwachtte dat ze voor m'n voeten zou flauwvallen, maar ze hield vol. Geen gegil, geen gehuil, ze praatte alleen met me. Ze deed alles wat ik haar zei. Daar moet je bewondering voor hebben.'

'Heb ik ook.'

'Iemand wilde de dame bang maken, en niet zo'n beetje. Ik kan het niet bewijzen, maar ik weet het zeker.'

'Ik ga het bewijzen,' liet Paul hem weten. 'Daar kun je je kop om verwedden.'

Lyle wiebelde van de ene voet op de andere terwijl hij in Delrickio's kamer stond. Hij had geen zin om te gaan zitten, niet in bijzijn van die klerenkast die met een ijskoud gezicht elke beweging van hem volgde. Hoewel hij moest toegeven dat die vent een knap kloffie aanhad. Nou zeg. Hij durfde zijn eerstkomende looncheque eronder te verwedden dat dat gitzwarte, strak gesneden pak pure zijde was. En die vent was maar personeel. Vandaar dat hij zich afvroeg hoeveel de grote meneer elk jaar opstreek.

Om te laten zien hoe nonchalant hij was, haalde Lyle een sigaret tevoorschijn. Hij had net zijn zuiver vergulde aansteker uit zijn zak gehaald, toen de waakhond sprak: 'Mr. Delrickio wil niet hebben dat er iemand in deze kamer rookt.'

'O nee?' Lyle deed zijn best om spottend te lachen toen hij de aansteker dichtklapte. 'Geeft niet, kerel. Ik kan ermee leven, ik kan erbuiten.' Hij floot zachtjes toen de telefoon op het ranke, ingelegde tafeltje rinkelde. De bewaker beantwoordde hem grommend.

'Naar boven,' deelde hij Lyle mede nadat hij de hoorn had teruggelegd. Lyle vond dat zijn snelle, norse knikje iets van Bogart had. Ze hadden zijn ego al gekwetst door hem neerbuigend te behandelen zodra hij binnen de hekken was. Hij wou dat hij een revolver had meegenomen. Hij wou dat hij er een *had* om mee te nemen. Dan had hij een gevaarlijker indruk gemaakt.

Met wat hij volgens hem voor zijn informatie zou krijgen, kon hij een heel arsenaal kopen.

De bewaker gaf een licht klopje op de deur boven aan de trap, gaf toen een kort uitnodigend knikje, waarop Lyle doorliep.

Delrickio gebaarde dat Lyle moest gaan zitten. 'Goedemorgen,' zei hij kalm. 'Ik geloof dat we hadden afgesproken dat ik contact met je zou zoeken wanneer en als ik dat wenste.'

De aangename, vriendelijke stem bracht het zweet in Lyles handen. 'Ja, meneer, dat klopt, maar –'

'Dan moet ik aannemen dat je je verplicht voelde tegen mijn wensen in te gaan.'

In Lyles keel had zich een brok ter grootte van een tennisbal gevormd, en van dezelfde substantie. 'Ja, meneer. Tenminste, ik kwam enige informatie tegen waarvan ik weet dat u die meteen zou willen hebben.'

'En je kon geen telefoon vinden die werkte?'

'Ik – ik dacht dat u het persoonlijk wilde horen.'

'Aha.' Delrickio rekte de stilte zo lang dat Lyle tot tweemaal toe zijn droge lippen moest bevochtigen. 'Volgens mij moet ik je eraan herinneren dat je wordt betaald om te observeren, informatie te verstrekken, maar als ik me goed herinner, niet om te denken. Ik zal echter het oordeel of je juist hebt gedacht, opschorten tot ik heb gehoord waarvoor je naar mijn huis bent gekomen om het mij te vertellen.'

'Julia Summers zat gisteren in een vliegtuig dat bijna is neergestort.'

Bij deze uitbarsting trok Delrickio slechts zijn wenkbrauwen op. Jezus christus, hoe had hij zich ooit kunnen laten misleiden om te geloven dat deze sukkel hem iets kon bezorgen wat ook maar in de verste verte van nut kon zijn? 'Je brengt me informatie die ik al heb. Ik vind het nooit prettig als mijn tijd wordt verknoeid.'

'Ze denken dat er aan het toestel is gekloo… geknoeid.' Snel herstelde hij zich. 'Ik hoorde haar met Winthrop praten. Ze was helemaal van streek toen ik haar van het vliegveld afhaalde. Snapt u, wat ik deed was… ik wachtte tot ze het joch wegstuurden, en ben naar het huis gegaan. Ik heb buiten staan luisteren.' Omdat Delrickio met zijn vingers op het bureaublad trommelde, ging Lyle gehaast verder. 'Ze denken dat iemand heeft geprobeerd haar te vermoorden. Er was een briefje, en –'

Hij brak af toen Delrickio een hand opstak. 'Wat voor briefje?'

'Iets wat ze in het vliegtuig vond. Uit de manier waarop ze spraken, was het niet het eerste dat ze had gekregen. Hij probeerde haar om te praten om weg te gaan, maar ze wilde niet.'

'Wat stond er op dat briefje?'

'Ik weet het niet.' Lyle werd enigszins bleek en schraapte zijn keel. 'Ik heb het niet zelf gezien. Ik hoorde ze er alleen over praten.' Hij vroeg zich af of hij de briefjes te berde zou brengen die hij in Eves slaapkamer had gevonden, maar besloot het juiste tijdstip af te wachten.

'Dit is allemaal zeer interessant, maar nauwelijks de moeite waard om op een prachtige ochtend beslag op mijn tijd te leggen.'

'Er is meer.' Lyle wachtte even. De hele nacht had hij gepiekerd over hoe hij deze kaart zou spelen. 'Het is iets groots, Mr. Delrickio, groter dan waar u me voor betaalt.'

'Aangezien ik je betaal voor zeer weinig dat interessant is, maakt dat geen indruk op mij.'

'Ik garandeer u dat u dit wilt. Volgens mij is het een bonus waard. Een vette. Misschien zelfs een vaste baan. Ik ben niet van plan mijn hele leven in een auto rond te blijven rijden en boven een garage te wonen.'

'Is dat zo?' Delrickio's aversie was slechts een ogenblik zichtbaar. 'Jij vertelt mij wat je hebt, dan vertel ik jou wat het waard is.'

Weer likte Lyle zijn lippen. Hij wist dat hij een risico nam, maar de verrekening zou ongelooflijk zijn. Visioenen van koud geld en hete vrouwtjes dansten door zijn hoofd. 'Mr. Delrickio, ik weet dat u een man van uw woord bent. Als u belooft dat u me betaalt wat de informatie waard is, ga ik daarmee akkoord.'

Akkoord of dood, dacht Delrickio met een vermoeide zucht. 'Natuurlijk.'

Genietend van het drama van het moment, liet Lyle een stilte hangen. 'Eve Benedict is Julia Summers' echte moeder.'

Delrickio's ogen vernauwden zich, werden donkerder. Een blos van kwaadheid kroop vanuit zijn nek omhoog en bedekte zijn gezicht. Elk woord dat hij sprak was als een ijspriem die op bot stuit. 'Denk jij naar mijn huis te kunnen komen om me zo'n leugen te vertellen en hier levend weg te komen?'

'Mr. Delrickio –' Lyles speeksel droogde tot stof op toen hij de kleine, dodelijke revolver in Delrickio's hand zag. 'Niet doen. Jezus, niet doen.' Hij krabbelde als een kreeft achteruit in zijn stoel.

'Vertel het me nog eens.'

'Ik zweer het.' Tranen van angst lekten uit zijn ogen. 'Ze waren op het terras en ik had me in de tuin verstopt, zodat ik alles kon horen wat u maar wilt weten. Net zoals we hebben afgesproken. En… en Eve, ze begon het verhaal over Gloria DuBarry te vertellen die een verhouding had met die vent van Torrent.'

'Gloria DuBarry had een verhouding met Michael Torrent? Je fantasie groeit.' Zijn vinger streelde de trekker van de revolver.

Angst maakte dat het wapen er als een kanon uitzag. 'Dat zei Eve. Jezus, waarom zou ik het verzinnen?'

'Je hebt één minuut om me precies te vertellen wat ze zei.' Kalm keek Delrickio op de statige staande klok in de hoek. 'Begin.'

Met zijn vingers wriemelend, stotterend, gooide Lyle er alles uit wat hij zich kon herinneren, terwijl zijn verwilderde ogen geen moment weken van de loop van de revolver.

Naarmate het verhaal eruit stroomde, werd Delrickio's blik minder intens en meer gewiekst. 'Dus Miss DuBarry aborteerde Torrents baby.'

Dat was een interessant, mogelijkerwijze nuttig facet. Marcus Grant had een zeer succesvol bedrijf, en hij had er waarschijnlijk bezwaar tegen dat zijn vrouws onbezonnenheid aan het daglicht kwam. Delrickio sloeg het in zijn geheugen op. 'Hoe verander je deze informatie in het feit dat Miss Summers Eves dochter is?'

'Eve vertelde het haar. Ze zei dat ze een jaar of wat later door Victor Flannigan met jong geschopt is.' Lyles stem rees zonder moeite een octaaf, als een operazanger die toonladders oefent. 'Ze wilde ook een abortus, maar ze veranderde van gedachten en kreeg het kind. Ze gaf het ter adoptie. Dat vertelde ze dat mens van Summers. Jezus, ik zweer dat ze haar zei dat ze haar moeder was. Ze zei zelfs dat ze papieren had, van advocaten en zo, om het te bewijzen.' Hij was te bang om te bewegen, om zelfs maar zijn loopneus af te vegen. 'Summers werd gek, begon te schreeuwen en met dingen te smijten. Die andere twee, Travers en Soloman, kwamen naar buiten rennen. Toen ben ik teruggegaan naar de garage, om te kijken. Ik kon haar nog horen schreeuwen, en Eve huilen. Later rende Summers naar het gastenverblijf terug. Ik wist dat u het wilde weten. Ik lieg niet, ik zweer het.'

Nee, dacht Delrickio, hij was niet gis genoeg om het allemaal te verzinnen: de kliniek in Frankrijk, het privéziekenhuis in Zwitserland. Hij legde de revolver weg, het feit negerend dat Lyle zijn gezicht met zijn handen bedekte en in snikken uitbarstte.

Eve had een kind, dacht hij. Een kind dat ze zonder twijfel wilde beschermen.

In zichzelf glimlachend, leunde hij in zijn stoel achterover. Lyle was een weerzinwekkend zwijn. Maar zwijnen hadden hun nut.

Julia had nog nooit zo veel chintz bij elkaar gezien. Klaarblijkelijk had Gloria de interieurontwerper opdracht gegeven haar kantoor gezellig en ouderwets in te richten. Dat had ze gekregen. Met scheppen tegelijk. Geplooide roze gordijnen met lagen en lagen stroken. Stoelen zo diep, dat een kind erin kon wegzinken om nooit meer gezien te worden. Geknoopte kleden op de houten vloer. Potten van koper en messing puilden uit van snoezige pluisbolletjes of gedroogde bloemen. Piepkleine tafeltjes zuchtten onder miniatuurbeeldjes. Een nachtmerrie om af te stoffen. Alles stond propvol en dicht tegen elkaar aan, zodat de bezoeker gedwongen was een jungleloop met hindernissen te ondernemen, zich in allerlei bochten te wringen om niet met een heup of teen ergens tegenaan te stoten.

Er waren ook nog katten. Er lagen er drie in een streep zonlicht te slapen, om en over elkaar heen gedrapeerd in een obscene bal van glanzend wit bont.

Gloria zat aan een klein, krullerig bureau dat geschikter was voor mylady's boudoir dan voor een werkruimte. Ze droeg een bleekroze japon met lange mouwen en een hoge boord. Zo leek ze het prototype van maagdelijkheid, goede gezondheid en welbehagen. Maar zenuwen herkenden zenuwen. Julia zag de stress aan de afgekloven nagels. Die van haarzelf waren een en al rafel na het uur dat ze die ochtend zichzelf had gekweld met de vraag of ze deze afspraak zou nakomen of afzeggen.

'Miss Summers.' Met een warme, uitnodigende glimlach stond Gloria op. 'Aangezien u precies op tijd bent, had u vast geen moeite ons te vinden.'

'Helemaal niet.' Julia gleed zijdelings tussen een tafel en een voetenbankje. 'Dank u dat u me wilde ontvangen.'

'Eve is een van mijn oudste en intiemste vriendinnen. Hoe kon ik weigeren?'

Julia accepteerde Gloria's uitnodiging om te gaan zitten. Zo te zien zou het incident op Eves party niet ter sprake komen. Maar ze wisten allebei dat Julia daardoor in het voordeel was.

'Ik ontving de boodschap dat u niet kon komen brunchen, maar misschien wilt u koffie, thee?'

'Nee, niets, dank u.' Ze had die ochtend al genoeg koffie verwerkt om haar voor een week op te draaien.

'Dus u wilt over Eve praten?' begon Gloria met de stem van een vrolijke non. 'Ik ken Eve al, lieve help, dat moet nu zo'n dertig jaar zijn. Ik moet bekennen dat toen we elkaar voor het eerst ontmoetten, ze me tegelijk doodsbang maakte en me fascineerde. Laat eens kijken, het was net voordat we begonnen aan –'

'Miss DuBarry.' Met een lage stem, die een directe tegenstelling vormde met Gloria's hoge getwinkel, viel Julia haar in de rede. 'Er zijn een heleboel dingen waarover ik met u wil praten, een hoop vragen die ik moet stellen, maar ik heb het gevoel dat het voor ons allebei ongemakkelijk wordt als we één punt niet te berde brengen.'

'Werkelijk?'

Het enige waar Julia die ochtend zeker van was, was dat ze geen spelletjes ging spelen. 'Eve heeft me alles verteld.'

'Alles?' De glimlach week niet, maar onder het bureau wrongen Gloria's vingers zich samen. 'Over?'

'Michael Torrent.'

Gloria knipperde tot twee keer toe voordat haar uitdrukking verstilde tot vriendelijke rimpels. Had de regisseur lichte verbazing en beleefde verwarring bevolen, dan was het de actrice in één opname gelukt. 'Michael? Tja, omdat hij haar eerste echtgenoot was, heeft ze natuurlijk met u over hem gesproken.'

Julia besefte dat Gloria een veel vakkundiger actrice was dan haar faam deed geloven. 'Ik weet van de verhouding,' zei ze botweg. 'Over de kliniek in Frankrijk.'

'Ik vrees dat ik u niet kan volgen.'

Julia pakte haar tas en liet die op het sierlijke bureau neervallen. 'Maak 'm open,' zei ze. 'Kijk erin. Geen verborgen camera, geen verborgen microfoons. Tussen u en mij, Miss DuBarry. Alleen u en ik, en u heeft mijn woord dat alles waarvan u wilt dat het binnen deze kamer blijft, in de kamer blijft.'

Hoewel geschokt, klampte ze zich vast aan de bescherming van onwetendheid. 'U moet me mijn verwarring vergeven, Miss Summers, maar ik dacht dat u hier was om over Eve te praten voor haar boek.'

Boosheid, nauwverholen, laaide weer op. Julia stond op en graaide naar haar tas. 'U weet heel goed waarom ik hier ben. Als u daar blijft zitten om de verbijsterde gastvrouw uit te hangen, verdoen we onze tijd.' Ze draaide zich om naar de deur.

'Wacht.' Besluiteloosheid was een tweestrijd op zich. Als Julia nu wegging, op deze manier, mocht God weten hoe ver het verhaal zich zou verspreiden. En toch... en toch... hoe kon ze er zeker van zijn dat het niet al te ver was gegaan? 'Waarom zou ik u vertrouwen?'

Julia probeerde kalm te blijven, wat niet lukte. 'Ik was zeventien toen ik ontdekte dat ik zwanger was – niet getrouwd, en alleen. Ik zou de laatste zijn om een vrouw in die situatie te veroordelen die voor zo'n keuze stond.'

Gloria's lippen begonnen te trillen. De sproeten die haar Amerika's lieveling hadden gemaakt, tekenden zich scherp af tegen haar krijtwitte huid. 'Ze had het recht niet.'

'Misschien niet.' Julia was weer bij de stoel beland en legde haar tas neer. 'Haar redenen om het mij te vertellen waren persoonlijk.'

'Natuurlijk verdedigt u haar.'

Julia verstijfde. 'Waarom?'

'U wilt het boek schrijven.'

'Ja,' zei Julia langzaam. 'Ik wil het boek schrijven.' Moet het schrijven. 'Maar ik verdedig haar niet. Ze was enorm aangeslagen door wat u hebt doorgemaakt. Er was niets van wraakzucht of veroordeling in de manier waarop ze mij het verhaal vertelde.'

'Het was niet aan haar om het verhaal te vertellen.' Gloria tilde haar trillende kin op. 'Noch aan u.'

'Misschien niet. Eve voelde...' Julia zocht naar woorden. Waarom was het belangrijk wat Eve voelde? 'Dat ze dat samen met u heeft meegemaakt, heeft haar leven beïnvloed, latere beslissingen die ze heeft moeten nemen.'

Het besluit was ik, schoot het door haar heen. Zij was er, voelde al die pijn, vanwege de ellende die Gloria dertig jaar eerder had doorgemaakt. 'Wat er met u gebeurde, gaat verder dan die kliniek in Frankrijk,' ging Julia door. 'Doordat zij het met u beleefde, heeft het haar veranderd. Doordat... doordat het háár heeft veranderd, heeft het tevens de levens van anderen veranderd.'

Mij, mijn ouders, Brandon. Toen ze dreigde te stikken in emoties, haalde ze tweemaal diep adem. 'Het verbindt ons, Miss DuBarry, op een manier die ik u nog niet kan uitleggen. Daarom had ze er behoefte aan het mij te vertellen.'

Gloria kon echter niet kijken buiten het eiland van de wereld die ze zo behoedzaam had opgebouwd. De wereld die ze om zich heen ineen zag vallen. 'Wat gaat u publiceren?'

'Ik weet het niet. Ik weet het echt niet.'

'Ik wil niet met u praten. Ik laat mijn leven niet door u kapotmaken.'

Julia schudde haar hoofd toen ze opstond. Ze had frisse lucht nodig. Ze moest uit die benauwde kamer weg zien te komen, in de frisse lucht, waar ze kon denken. 'Geloof me, dat is het laatste wat ik wil.'

'Ik zal u tegenhouden.' Gloria sprong op, waarbij haar stoel tegen de ineengestrengelde katten schoof, die verontwaardigd begonnen te gillen. 'Ik zal een manier vinden om u tegen te houden.'

Had ze dat al geprobeerd, vroeg Julia zich af. 'Ik ben uw probleem niet,' zei ze zacht, en ze vluchtte.

Maar Eve wel, dacht Gloria, terwijl ze weer in haar stoel terugviel. Eve wel.

Drake vond dat hij Eve voldoende tijd had gegeven om af te koelen. Uiteindelijk waren ze bloedverwanten.

Oké, dacht hij toen hij het twaalftal rozen naar de deur droeg. Hij zette een charmante glimlach op met een verontschuldigende ondertoon en klopte aan.

Travers deed open, wierp één blik, waarna ze hem dreigend aankeek. 'Ze is vandaag bezet.'

Bemoeizuchtige teef, dacht hij, maar hij grinnikte en glipte naar binnen. 'Nooit te bezet voor mij. Is ze boven?'

'Dat klopt.' Travers kon de voldane glimlach niet tegenhouden. 'Met haar advocaat. Wil je wachten, wacht dan in de salon. En waag het niet iets in je zakken te steken. Ik hou je in de gaten.'

Hij had de energie niet om zich beledigd te voelen. Bij het woord *advocaat* kwam hij adem tekort. Travers liet hem, met de rozen die over zijn arm tuimelden, verbijsterd in de hal achter.

Haar advocaat. De greep van zijn vingers verstrakte onwillekeurig, maar hij voelde niet eens hoe de dorens staken. Ze was haar vervloekte testament aan het veranderen. De koelbloedige teef schrapte hem eruit.

Dat zou haar niet lukken. Woede en angst schoten door hem heen. Hij was blindelings half de trap op gerend voordat hij zichzelf onder controle had.

Dat was niet de manier. Tegen de leuning steunend, haalde hij diep adem. Als hij hier schreeuwend kwam binnenzeilen, zou hij zijn lot alleen maar bezegelen. Hij was niet van plan in blinde woede die miljoenen door zijn vingers te laten glippen. Hij had ze verdiend, God nog aan toe, en hij was van plan ervan te genieten.

Er zat bloed aan zijn duim. Afwezig stak hij hem in zijn mond om hem schoon te zuigen. Wat in deze situatie nodig was, waren charme, excuses, een paar oprechte beloften. Hij streek met zijn hand zijn haar glad terwijl hij zich afvroeg of hij naar boven moest gaan of beneden wachten.

Voordat hij kon besluiten wat het meeste effect zou scoren, liep Greenburg naar beneden in zijn richting. Het gezicht van de advocaat stond onverstoorbaar, al verraadden de schaduwen onder zijn ogen een verloren nachtrust.

'Mr. Greenburg,' zei Drake.

De ogen van de advocaat flitsten van de rozen naar Drakes gezicht. Even gingen zijn wenkbrauwen peinzend omhoog, voordat hij kort knikte en verder naar beneden liep.

Bedompte ouwe scheet, dacht Drake, en hij deed net of zijn ingewanden niet opspeelden. Weer controleerde hij zijn haar, de knoop in zijn das, waarna hij met zijn beste schuldbewuste gezicht naar boven liep.

Buiten Eves kantoor rechtte hij zijn schouders. Hij moest er niet al te aangeslagen uitzien. Ze had geen respect voor hem als hij kroop. Zachtjes klopte hij aan. Toen er niet op werd gereageerd, klopte hij nog eens. 'Eve.' In zijn stem stem klonk een sympathiek greintje wroeging. 'Eve, ik zou graag–' Hij draaide aan de deurknop. Op slot. Uit alle macht probeerde hij zijn geduld te bewaren. 'Eve, Drake hier. Ik wil graag mijn excuus aanbieden. Je weet hoeveel je voor me betekent, en ik kan er niet tegen dat er een kloof tussen ons is.'

Hij kreeg zin om die verrekte deur in te trappen en haar te wurgen. 'Ik wil alles met je goedmaken. Niet alleen het geld – en ik betaal je elke cent terug – maar alles wat ik heb gezegd en gedaan. Als je alleen…' Hij hoorde een deur opengaan, die zachtjes weer sluiten, aan het eind van de gang. Hoopvol, een paar tranen in zijn ogen knipperend, draaide hij zich om. Hij knarsetandde bijna toen hij Nina zag.

'Drake.' De gêne droop in lagen van haar af. 'Het spijt me. Eve vroeg me je te zeggen… Ze heeft het vanmorgen ontzettend druk.'

'Ik heb maar een paar minuten nodig.'

'Ik ben bang… Drake, het spijt me, maar ze wil je echt liever niet zien. Niet nu, tenminste.'

Hij had moeite zijn boosheid te verbergen. 'Nina, kun jij geen goed woordje voor me doen? Naar jou luistert ze.'

'Deze keer niet.' Ze legde troostend een hand op de zijne. 'Het is nu niet de tijd om banden te herstellen. Ze heeft een vreselijke nacht achter de rug.'

'Haar advocaat was hier.'

'Ja, nou ja…' Nina wendde zich af, waardoor ze de giftige gloed in zijn ogen miste. 'Je weet dat ik niet over haar privézaken kan praten. Maar als je mijn advies wilt, wacht nog een paar dagen. Ze is niet in een redelijke stemming. Ik zal doen wat ik kan, wanneer ik kan.'

Hij duwde de rozen in haar armen. 'Zeg haar dat ik terugkom. Dat ik niet opgeef.'

Hij schreed weg. Reken maar dat hij terugkwam, beloofde hij zichzelf. En hij zou haar geen keus laten.

Nina wachtte tot ze de deur hoorde dichtvallen voordat ze aanklopte. 'Hij is weg, Eve.' Seconden later hoorde ze het slot openklikken en ging naar binnen.

'Het spijt me dat ik jou het vuile werk laat opknappen, Nina.' Eve haastte zich al naar haar bureau terug. 'Vandaag heb ik geen tijd of geduld voor hem.'

'Dit heeft hij voor je achtergelaten.'

Eve wierp een blik op de rozen. 'Doe ermee wat je wilt. Is Julia al terug?'

'Nee. Het spijt me.'

'Al goed, al goed.' Ze wuifde het weg. Er was genoeg te doen voordat ze weer met haar dochter kon praten. 'Ik wil dat je mijn telefoontjes tegenhoudt, tenzij het Julia is. Of Paul. Ik wil minstens een uur niet gestoord worden. Twee uur.'

'Ik moet zelf met je praten.'

'Sorry, lieverd, niet nu.'

Nina keek naar de bloemen in haar armen, waarna ze ze op het bureau legde. Bijna op de rand stond een stapel bandjes. 'Je maakt een vergissing.'

'Als dat zo is, is dat mijn verantwoording.' Ongeduldig keek ze op. 'Ik heb mijn besluit genomen. Als je het wilt bespreken, oké. Maar niet nu.'

'Hoe langer dit doorgaat, hoe moeilijker het is om het weer recht te trekken.'

'Ik werk me uit de naad om alles recht te trekken.' Ze liep naar de videocamera die ze op een statief had gezet. 'Twee uur, Nina.'

'Goed dan.' Ze liet de bloemen achter, over het bureau verspreid, als bloed.

26

Paul was zo verdiept in de scène die hij aan het schrijven was, dat hij de telefoon niet hoorde rinkelen; zijn antwoordapparaat nam de boodschap aan. Hij hoorde echter Julia's stem.

'Paul, dit is Julia. Ik wilde alleen –'

'Hallo.'

'O.' Ze dacht pijlsnel na. 'Je bent er.'

Hij keek weer naar de computer, naar de cursor die ongeduldig flikkerde. 'Min of meer.' Met tegenzin kwam hij van zijn bureau overeind, nam de draadloze telefoon met zich mee terwijl hij zijn kantoor uit liep naar het ronde terras. 'Heb je nog wat geslapen?'

'Ik…' Ze kon niet tegen hem liegen, ook al wist ze dat de enige reden dat hij haar alleen had gelaten, was dat ze had gezegd dat ze de hele morgen in bed zou blijven zonder de telefoon op te nemen. 'Om je de waarheid te zeggen, heb ik het interview doorgezet.'

'Je–' Ze kromp ineen toen zijn woede door het telefoon losbarstte. 'Godverdomme, Julia, je hebt beloofd thuis te blijven. Je had niet alleen op pad mogen gaan.'

'Ik heb niets beloofd, niet echt, en ik –'

'Wel zoiets.' Hij verschoof de telefoon naar zijn andere oor en haalde een hand door zijn haar. 'Waar ben je nu?'

'In een telefooncel in het Beverly Hills Hotel.'

'Ik kom eraan.'

'Nee. Verdomme, Paul, hou één minuut op Sir Galahad te spelen en luister. Luister alleen maar naar me.' Ze drukte haar vingers tegen haar ogen, in de hoop dat dat de pijn erachter zou verdoven. 'Ik ben helemaal in orde. En er zijn allemaal mensen om me heen.'

'Je doet stom.'

'Oké, ik doe stom.' Met gesloten ogen leunde ze tegen de achterwand van de cel. Ze was niet bij machte geweest om de deur te sluiten, had gewoon de kracht niet om hem dicht te trekken en zich in de glazen cel op te sluiten. Daardoor was ze genoodzaakt zachtjes te praten. 'Paul, ik moest weg. Ik voelde me daar gevangen. En ik dacht, hoopte, dat als ik met Gloria zou praten, ik zelf een helderder plaatje zou krijgen.' Een volgende vloek inslikkend, steunde hij met één bil op de balustrade. Achter zich hoorde hij het geruis van de golven die braken op het zand. 'En was dat zo?'

'Jezus, dat weet ik niet. Maar wat ik wel weet, is dat ik nog eens met Eve moet praten. Ik heb nog even wat tijd voor mezelf nodig. Daarna ga ik terug om het te proberen.'

'Wil je dat ik erbij ben?'

'Zou je…' Ze schraapte haar keel. 'Zou je willen wachten tot ik bel? CeeCee neemt Brandon na schooltijd mee naar huis… om mij de tijd te geven om met Eve te praten. Ik weet niet eens wat ik ga zeggen, of hoe ik het moet zeggen. Maar als ik weet dat ik je mag opbellen als het voorbij is, zou het makkelijker zijn.'

'Ik wacht, Jules. Ik hou van je.'

'Weet ik. Maak je over mij geen zorgen. Ik vind er wel iets op.'

'Wij vinden er iets op,' verbeterde hij haar.

Nadat ze had opgehangen, bleef ze een ogenblik waar ze was. Ze wist niet of ze het al kon opbrengen om terug te gaan, om Eve onder ogen te komen. Er was nog te veel boosheid, te veel pijn. Hoeveel tijd ervoor nodig was om elk van die emoties te verzachten, was nog maar de vraag. Langzaam liep ze de hal door, naar buiten, waar de lucht zwaar begon te worden van de middaghitte.

Als een schaduw sloop de man die ze van het vliegveld herkend zou hebben achter haar aan.

Drake besloot dat het uit moest zijn met het gedonderjaag. Uit met de vriendelijkheid. Hij was zo pisnijdig, dat hij op het dak van zijn auto ging staan zonder dat het hem kon schelen of er krassen op de smetteloze rode lak kwamen. Hij besteedde nauwelijks aandacht aan het idee dat zijn Savile Row-pak kon scheuren toen hij onhandig op de muur van Eves landgoed klauterde.

Zij dacht dat hij stom was, bedacht hij grimmig, terwijl hij zijn handen aan de steen schaafde. Maar zo stom was hij niet. Hij was zo handig geweest om, toen hij het huis verliet, de hoofdschakelaar van het alarmsysteem uit te zetten te leggen.

Vooruitdenken – jazeker, hij dacht vooruit. Aan zijn toekomst. De gesp van zijn riem schraapte tegen steen toen hij op zijn buik over de muur schoof. Ze kon hem niet door haar verdomde secretaresse weg laten sturen. Ze zou luisteren naar wat hij te zeggen had, en ze zou doorkrijgen dat het hem menens was.

Grommend omdat zijn linkerenkel het begaf kwam hij neer, en zo tuimelde hij in een haag sierolijven. De doornen schraapten over zijn handen toen hij er net zo lang mee worstelde tot ze op kniehoogte waren. Hij zweette hevig, hijgde hevig. Ze zou hem niet onterven. Dat speelde door zijn hoofd toen hij moeizaam door het jonge groen wankelde. Dat ene punt zou hij haar aan het verstand brengen. Reken maar.

De man die Julia volgde, zag de Porsche. Hij cirkelde om het landgoed nadat hij had gezien dat Julia het hek binnen was gedraaid. Hij besloot de rest van de middag het hele blok in de gaten te houden, voor het geval ze naar buiten zou komen.

Het was een saai karwei, maar de betaling was goed. Je nam een hoop ongemak als hitte, verveling en in een plastic fles pissen voor lief voor zeshonderd per dag.

Toen hij de Porsche herkende, ging hij er uit nieuwsgierigheid automatisch achter staan. Hij zat stevig op slot, was brandschoon, afgezien van een paar krassen op het dak. Grinnikend klom hij erop en tuurde over de muur.

Net op tijd om Drake tussen het groen en de tennisbanen te zien hobbelen.

Hij had niet meer dan een seconde nodig voor hij besloot over de muur te klimmen. Als zich er een kans aandiende, was het verstandig die te pakken. Binnen kwam hij meer te weten dan buiten. En hoe meer hij te weten kwam, hoe meer hij betaald kreeg.

Julia kwam het hek binnenrijden toen Gloria's Mercedes naar buiten stoof. Zonder haar een blik waardig te keuren, gaf Gloria gas, waardoor haar banden op het asfalt gilden.

'Bijna haar bumper meegenomen,' riep Joe uit. Lachend schudde hij door het raam zijn hoofd tegen Julia. 'Die dame rijdt slechter dan mijn zoon.'

'Ze zag er opgewonden uit.'

'Zag er net zo uit toen ze hier kwam.'

'Is ze hier lang geweest?'

'Neu.' Hij peuterde een druivensuikertablet uit een rolletje, bood het Julia aan en stopte het, nadat ze mompelend had geweigerd, in zijn eigen mond. 'Een kwartier misschien. De hele morgen komen en gaan er mensen. Ik had een fortuin verdiend als ik tol had geheven.'

Omdat ze wist dat hij een glimlach verwachtte, stelde Julia hem tevreden. 'Is er nu iemand bij Eve?'

'Denk het niet.'

'Bedankt, Joe.'

'Geen probleem. Een fijne dag verder.'

Julia reed langzaam, omdat ze probeerde te besluiten of ze de bocht naar het grote huis zou nemen, of door zou rijden. Ze liet zich door instinct leiden en volgde de route naar het gastenverblijf. Ze was nog niet klaar, gaf ze toe. Ze had wat meer tijd nodig, wat meer ruimte.

Zodra ze uit de auto stapte en naar de tuinen keek, ging ze er helemaal in op. Achter haar werd een gordijn op een kiertje gedaan, waarna het weer op zijn plaats viel.

Het was een luxe, een kleintje maar, om op een stenen bankje te gaan zitten en haar brein leeg te maken. Met gesloten ogen zoog ze de geluiden en geuren van de tuin in zich op. Het lage gezoem van bijen, het geritsel van vogels tussen sappige bladeren. Oleander, jasmijn, sering – al die zoete parfums vermengd met de zwaardere, diepere geur van vers begoten aarde.

Ze had altijd al van bloemen gehouden. In de jaren dat ze in Manhattan woonde, zette ze elke lente geraniums in de vensterbank. Misschien had ze die liefde voor, de behoefte aan bloemen van Eve geërfd. Maar ze had geen zin daar op dat moment aan te denken.

Met het verstrijken van de minuten werd ze kalmer. Terwijl haar gedachten wegzweefden, speelde ze met de broche die ze die ochtend op haar jasje had gespeld. De broche die haar moeder – de enige echte moeder die ze ooit had gekend – haar had nagelaten. Gerechtigheid. Haar beide ouders hadden hun leven eraan gewijd. En aan haar.

Ze herinnerde zich zo veel: die eerste vreselijke dag dat ze naar school werd gebracht, dat ze in hun armen werd gewiegd. De verhaaltjes die haar voor het slapengaan werden verteld. Die kerst dat ze het glanzende fietsje met de witte plastic mand voorop had gekregen. En de pijn, de verwarring toen de scheiding de twee mensen van wie ze het allermeeste hield en afhankelijk was, uit elkaar dreef. De manier waarop ze weer met elkaar werden verbonden door hun steun tijdens haar zwangerschap. Hoe trots ze op Brandon waren geweest; hoe ze haar hadden geholpen haar studie af te maken. Hoe pijnlijk het was geweest, en nog altijd was, te weten dat ze hen allebei had verloren.

Niets kon haar herinneringen echter doen vervagen, of haar emoties. Misschien was dat waar ze het meest bang voor was. Bang dat als ze de omstandigheden rond haar geboorte had geweten, het op de een of andere manier de band met de mensen die haar hadden opgevoed, zou verzwakken.

Dat zou niet gebeuren. Bedaarder nu, stond ze weer op. Wat er ook was gezegd, wat zich ook tussen Eve en haar had afgespeeld, niets kon die band aantasten.

Ze zou altijd Julia Summers blijven.

Nu was het de tijd om de rest van haar afkomst onder ogen te zien.

Ze liep terug naar het gastenverblijf. Eve kon haar daar opzoeken, waar ze volledig onder elkaar zouden zijn. Bij de deur bleef ze staan om in haar tas naar de sleutels te zoeken. Wanneer leerde ze eindelijk ze niet zo achteloos in het zwarte gat van haar tas te gooien? Toen haar vingers zich erom sloten, slaakte ze een diepe zucht van tevredenheid. Terwijl ze de deur opende, schetsten haar hersens een vaag plan.

Ze zou zichzelf op een glas witte wijn trakteren, wat kip in de marinade leggen voor vanavond, dan Eve opbellen. Ze kon onmogelijk het gesprek uitstippelen, maar moest het op een natuurlijke manier laten gebeuren. Als het voorbij was, zou ze Paul bellen. Hem kon ze alles vertellen, omdat ze wist dat hij haar zou helpen het te ontrafelen.

Misschien konden ze in het weekend met Brandon weg, om alleen maar uit te rusten, om alleen maar samen te zijn. Misschien was het gezond om een beetje afstand tussen haarzelf en Eve te scheppen. Na haar tassen op een stoel te hebben gegooid, wilde ze naar de keuken gaan.

Op dat moment zag Julia haar.

Ze kon alleen maar staren. Niet eens gillen. Het was onmogelijk om te gillen toen naar ademhaling stokte. Vaag schoot door haar gedachten dat het een toneelstuk moest zijn. De gordijnen zouden zich vast ieder moment sluiten. Dan zou Eve haar verblindende glimlach ten beste geven en buigen voor het applaus.

Ze glimlachte echter niet, en ze stond ook niet op. Ze lag op de vloer uitgestrekt, haar prachtige lichaam ongemakkelijk op een zij. Haar bleke gezicht rustte op een uitgestrekte arm, alsof ze een lui tukje had willen doen. Maar haar ogen waren open. Wijd en zonder te knipperen, ontdaan van hun vuur en passie.

Op het fraaie kleed voor de lage haard sijpelde donker bloed uit de gapende wond aan de onderkant van haar schedel.

'Eve.' Struikelend deed Julia een stap voorwaarts, toen liet ze zich op haar knieën vallen en nam Eves koude hand in de hare. 'Eve, nee.' Buiten zichzelf probeerde ze haar op te tillen, het slappe lichaam overeind te dwingen. Bloed doorweekte haar blouse, bevlekte haar jasje.

Toen gilde ze.

Toen ze zich blindelings naar de telefoon haastte, struikelde ze. Nog steeds in een roes vanwege de schok, bukte ze zich om de koperen pook op te rapen die op de vloer lag. Er glinsterde vochtig bloed op. Met een kreet van walging gooide ze hem opzij. Haar vingers trilden zo erg, dat ze het uitsnikte toen ze er eindelijk in slaagde het alarmnummer te draaien. 'Ik heb hulp nodig.' Bij het uitspreken van de woorden kwam haar maaginhoud in haar keel. Ze probeerde uit alle macht die terug te dringen. 'Alstublieft, ik geloof dat ze dood is. U moet helpen.' Met hortende ademhaling luisterde ze naar de kalmerende stem en instructies aan de andere kant van de lijn. 'Kom nou maar,' zei Julia gebiedend. 'Kom snel.' Met moeite bracht ze het adres uit, waarna ze de telefoon weer op de haak hing. Voordat ze de tijd had om na te denken, draaide ze nog eens. 'Paul, ik heb je nodig.'

Ze kon niets meer uitbrengen. Toen zijn stem door de hoorn gonsde, liet ze de telefoon vallen om naar Eve terug te kruipen. Om haar hand vast te houden.

Er was politie in uniform bij het hek toen Paul er aankwam. Hij wist het echter al. Toen hij, terwijl hij in volle vaart Malibu uit scheurde, via de autotelefoon geen contact meer kon krijgen, had hij uiteindelijk een hysterisch dienstmeisje in het hoofdgebouw weten te bereiken.

Eve was dood.

Hij prentte zichzelf in dat het een vergissing was, een of andere af-schuwelijke grap. Maar in zijn binnenste wist hij beter. De hele lange en trieste rit had hij gevochten om dat lege, klauwende gevoel in zijn maag, dat droge branden in zijn keel te negeren. Zodra hij bij het hek stopte, wist hij dat het hopeloos was.

'Het spijt me, meneer.' De agent was naar hem toegegaan om het door het autoraampje te zeggen. 'Niemand mag erdoor.'

'Ik ben Paul Winthrop,' zei hij effen. 'Eve Benedicts stiefzoon.' Met een knikje draaide de agent zich om en haalde een walkietalkie van tus-sen zijn riem. Na een korte conversatie gaf hij een sein naar het hek. 'Wilt u direct naar het gastenverblijf rijden?' Hij liet zich op de stoel naast Paul glijden. 'Ik moet met u mee.'

Paul zei niets, staarde naar de oprijlaan waarover hij talloze keren was gegaan. Hij zag nog meer geüniformeerde politie, die langzaam over het landgoed liep en uitwaaierde als een opsporingsploeg. Wat zochten ze, vroeg hij zich af. Wie?

Er kwamen nog meer auto's, steeds meer politie omcirkelde het gas-tenverblijf. De lucht zoemde van het gekrijs uit de radio's. Er klonk ge-huil. Travers had zich in het gras laten zakken en snikte in het schort dat ze tegen haar gezicht drukte. En Nina, met haar armen om de huishoud-ster, terwijl haar eigen gezicht nat van tranen was, uitdrukkingsloos van-wege de schok.

Paul stapte uit de auto en deed een stap in de richting van het huis, maar de agent hield hem opnieuw tegen.

'Het spijt me, Mr. Winthrop, u mag niet naar binnen.'

'Ik wil haar zien.'

'Alleen officieel personeel is toegestaan op de plaats van het misdrijf.' Hij kende de procedure, verdomme, wist er net zo veel van als dit snotneuzige agentje dat zich nog nauwelijks hoefde te scheren. Toen hij zich omkeerde, deed één enkele blik de jonge wetsdienaar verstijven. 'Ik wil haar zien.'

'Luister, ik… eh… zal het vragen, maar u zult moeten wachten tot de lijkschouwer zijn toestemming geeft.'

Paul haalde ongedurig een sigaar tevoorschijn. Hij had iets nodig wat de smaak van verdriet en verlies uit zijn mond nam. 'Wie geeft hier de orders?'

'Luitenant Needlemeyer.'

'Waar is hij?'

'Achter. Hé,' zei hij toen Paul achterom wilde lopen. 'Hij leidt het onderzoek.'

'Hij staat me wel te woord.'

Ze waren op het terras, zaten aan het vrolijke tafeltje, door bloemen omgeven. Pauls blik gleed vluchtig over Needlemeyer, vestigde zich op Julia. Haar gezicht was zo zuiver, zo bleek, zo koud.

Met beide handen hield ze een glas vast, haar vingers er zo strak omheen dat ze als gegoten leken.

En er was bloed. Op haar rok, op haar jasje. Angst sneed door zijn verdriet heen.

'Julia.'

Haar zenuwen waren zo gespannen, dat ze opschrok bij het horen van haar naam. Het glas schoot uit haar handen en spatte op de tegels uiteen. Eén ogenblik zwaaide ze heen en weer, terwijl de lucht zwaar en grauw werd. Toen rende ze naar hem toe.

'Paul. O, god, Paul.' Het trillen begon opnieuw toen zijn armen zich om haar heen sloten. 'Eve,' was het enige wat ze kon zeggen. En nog eens: 'Eve.'

'Ben je gewond?' Hij wilde haar achteruitduwen om het met zijn eigen ogen te zien, maar met de beste wil konden zijn armen hun greep niet verzwakken. 'Zeg me of je gewond bent.'

Ze schudde haar hoofd terwijl ze naar adem hapte. Beheersing. Ze moest zich nu zien te beheersen. 'Ze was in het huis toen ik thuiskwam.

In het huis, op de vloer. Ik vond haar op de vloer. Paul, het spijt me. Het spijt me zo.'

Paul keek over haar schouder. Needlemeyer had zich niet verroerd, maar bleef kalm zitten kijken. 'Moet je dit nu doen?' wilde Paul weten.

'Altijd de beste tijd.'

Ze kenden elkaar, kenden elkaar al meer dan acht jaar, en waren door Pauls onderzoeken bevriend geraakt.

Frank T. Needlemeyer had nooit iets anders dan politieman willen worden. Hij had er nooit anders uitgezien dan als een student – eentje die is gepromoveerd op feestvieren. Paul wist dat hij bijna veertig was, maar zijn babyface vertoonde geen enkel teken des tijds. In zijn beroep had hij zo ongeveer al het lelijks gezien wat het mensdom te bieden heeft. In zijn persoonlijke leven had hij twee ongelukkige huwelijken doorstaan. Hij was er zonder één rimpel, zonder één grijze haar uitgekomen, en met het halsstarrige vertrouwen dat alles ten goede kon worden gekeerd zolang je maar op het kwaad bleef inhakken.

En omdat ze elkaar kenden, was het Frank duidelijk hoeveel Eve Benedict voor Paul had betekend. 'Ze was een geweldige vrouw, Paul. Ik vind het heel erg.'

'Tja.' Hij was niet klaar voor medeleven, nog niet. 'Ik moet haar zien.'

Frank knikte. 'Ik regel het.' Waarna hij in stilte zuchtte. Het was duidelijk dat de vrouw over wie Paul hem had verteld de laatste keer dat ze een borrel dronken, Julia Summers was. Hoe had hij haar ook weer beschreven? Frank zocht zijn geheugen af naar Paul toen die grinnikend een grote fles bier achteroversloeg.

'Ze is koppig, heeft graag de leiding. Komt waarschijnlijk doordat ze in haar eentje een kind moet opvoeden. Heeft een fantastische lach – maar ze lacht niet genoeg. Ergert me mateloos. Ik denk dat ik stapel op haar ben.'

'Jaja.' Lodderig van de drank had Frank teruggegrinnikt. 'Maar ik wil alles over haar lichaam weten. Begin bij de benen.'

'Niet te geloven. Absoluut niet te geloven.'

Frank had al opgemerkt dat Paul gelijk had gehad over die benen. Maar op dit moment zag het ernaar uit dat Julia Summers' benen haar niet lang meer overeind konden houden. 'Wilt u gaan zitten, Miss Summers? Als u er geen bezwaar tegen hebt, mag Paul bij ons gesprek blijven.'

'Nee, ik… alsjeblieft.' Ze greep Pauls hand.

'Ik ga nergens heen.' Hij ging op de stoel naast haar zitten.

'Goed, laten we nu bij het begin beginnen. Wilt u nog wat water?'

Ze schudde haar hoofd. Wat ze het liefste wilde was dat dit voorbij was. 'Hoe laat kwam u thuis?'

'Ik weet het niet.' Ze haalde diep adem om te kalmeren. 'Joe. Joe bij het hek weet het misschien nog. Ik had vanmorgen een afspraak met Gloria DuBarry. Daarna heb ik wat rondgereden…'

'Je belde mij rond twaalf uur,' spoorde Paul haar aan. 'Vanuit het Beverly Hills Hotel.'

'Ja, ik heb jou opgebeld, en toen heb ik nog wat rondgereden.'

'Doet u dat vaker?' vroeg Frank.

'Ik moest nadenken.'

Frank zag de blik die tussen haar en Paul werd gewisseld, en wachtte af. 'Ik kwam hier net toen Gloria wegging, en –'

'Miss DuBarry was hier?' onderbrak Frank.

'Ja, ik denk dat ze hier was om Eve te… zien. Ze kwam het hek uit rijden toen ik er aankwam. Ik heb een paar minuten met Joe gepraat, waarna ik mijn auto voor het huis parkeerde. Ik wilde nog niet naar binnen. Ik…' Ze liet haar handen in haar schoot vallen, strengelde ze stevig in elkaar. Zonder iets te zeggen bedekte Paul ze met de zijne. 'Ik liep naar de tuinen en ging op een bankje zitten. Ik weet niet hoe lang. Toen liep ik naar het huis.'

'Welke kant ging u naar binnen?'

'De voorkant. Ik stak de sleutel in de voordeur.' Toen haar stem brak, drukte ze haar hand tegen haar mond. 'Ik wilde wat wijn halen, wat kip voor het eten marineren. En toen zag ik haar.'

'Gaat u verder.'

'Ze lag op het kleed. En het bloed was… Ik geloof dat ik naar haar toe ging, probeerde haar wakker te maken, maar ze…'

'Uw boodschap kwam om één uur tweeëntwintig bij de alarmcentrale binnen.'

Julia huiverde even, waarna ze zich herstelde. 'Ik belde het alarmnummer, toen belde ik Paul.'

'Wat deed u toen?'

Ze keek weg, weg van hem, weg van het huis. Er zweefden vlinders boven de akelei. 'Ik ben naast haar gaan zitten tot ze kwamen.'

'Miss Summers, heeft u enig idee waarom Miss Benedict in het gastenverblijf was?'

'Om mij op wachten. Ik – we waren met het boek bezig.'

'Haar biografie,' zei Frank met een knikje. 'Heeft Miss Benedict in de loop van de tijd die u met haar heeft gewerkt, u te kennen gegeven dat iemand het slecht met haar voorhad?'

'Er waren een hoop mensen die niet gelukkig met het boek waren. Eve wist dingen.' Ze staarde op haar handen neer, toen keek ze hem aan. 'Ik heb tapes, inspecteur, tapes van mijn interviews met Eve.'

'Ik zou het op prijs stellen als ik ze mocht hebben.'

'Ze zijn binnen.' In een snelle, krampachtige beweging verstrakten haar vingers zich om die van Paul. 'Er is meer.'

Ze vertelde hem van de briefjes, over de inbraak, de diefstal, het vliegtuig. Terwijl ze praatte, maakte Frank nu en dan korte aantekeningen en hield zijn ogen op haar gezicht gericht. Deze dame, dacht hij, staat op instorten, maar is vastbesloten dat niet te doen.

'Waarom is de inbraak niet aangegeven?'

'Eve wilde het zelf regelen. Later heeft ze me verteld dat het Drake was geweest – haar neef Drake Morrison – en dat ze het met hem had afgehandeld.'

Frank krabbelde de initialen D.M. neer en omcirkelde ze. 'Ik heb de briefjes nodig.'

'Ik heb ze in de safe – met de bandjes.'

Zijn wenkbrauwen gingen enigszins omhoog, teken van zijn eigen belangstelling. 'Ik weet dat het voor u niet meevalt, Miss Summers, en er is niet erg veel wat ik kan doen om het makkelijker te maken.' Vanuit een ooghoek zag hij een van de uniformen naar de keukendeur lopen en een seintje geven. 'Als u een beetje bij bent gekomen, wil ik graag dat u naar het bureau komt om een formele verklaring af te leggen. Ik wil ook graag uw vingerafdrukken nemen.'

'Jezus, Frank.'

Hij wierp Paul een blik toe. 'Routine. We moeten elke afdruk die we tegenkomen met die van de plaats van het misdrijf kunnen vergelijken. Het is heel waarschijnlijk dat die van u erbij zitten, Miss Summers. Het zal helpen wanneer we die elimineren.'

'Het is in orde. Ik zal alles doen wat nodig is. U moet weten...' Ze vocht grimmig om haar adem regelmatig te houden. 'Ze was voor mij meer dan een onderwerp. Veel meer, inspecteur. Eve Benedict was mijn moeder.'

Wat een kolerebende.

Frank bedoelde niet de plaats delict. Hij had er genoeg gezien om overmatig aangeslagen te zijn door de nasleep van een gewelddadige dood. Hij had een hekel aan moord, verachtte het als de allerduisterste zonde. Maar hij was door en door politieman, en filosoferen was niet zijn taak. Zijn taak was een ferme greep op het glibberige koord van rechtvaardigheid te krijgen.

Het was zijn vriend aan wie hij dacht toen hij Paul boven het toegedekte lichaam zag staan. Toen hij zag dat hij naar beneden reikte om het dode gezicht aan te raken.

Frank had de kamer laten ontruimen en de jongens van justitie waren verre van blij geweest. Hun restte nog het afstoffen en stofzuigen. Soms moest je echter de regels versoepelen. Paul had er recht op een paar minuten alleen te zijn met de vrouw van wie hij vijfentwintig jaar had gehouden.

Hij hoorde beweging boven, waar hij Julia met een vrouwelijke agent heen had gestuurd. Ze moest zich verkleden, de persoonlijke spullen bij elkaar zoeken die zij en haar zoon nodig zouden hebben. Er zou een tijdje niemand zonder een badge dit huis binnenkomen.

Eve zag er nog steeds mooi uit, peinsde Paul. Dat te zien, hielp op de een of andere manier. Degene die dit had gedaan, had haar haar schoonheid niet kunnen ontnemen.

Natuurlijk was ze te bleek. Te stil. Hij sloot zijn ogen toen hij een zoveelste vlaag van verdriet bedwong. Dat zou ze niet willen. Hij kon haar bijna horen lachen, voelen hoe ze op zijn wang klopte.

'Lieverd,' zou ze zeggen. 'Ik heb meer dan genoeg in één leven gepropt, dus pleng voor mij geen tranen. Nu verwacht ik – nee, ik eis dat mijn fans rijkelijk wenen en tandenknarsen. De studio's zouden als teken van rouw verdomme een hele dag moeten sluiten. Maar ik wil dat de mensen van wie ik heb gehouden stomdronken worden en er een gigantisch feest van maken.'

Teder liet hij haar hand in de zijne glijden, bracht die voor de laatste keer naar zijn lippen. 'Dag, schoonheid.'

Frank legde een hand op zijn schouder. 'Kom mee naar buiten.' Met een knikje wendde Paul zich van haar af. God wist dat hij behoefte had aan frisse lucht. Zodra hij het terras op stapte, nam hij er een diepe teug van.

'Hoe?' was het enige wat hij zei.

'Klap boven in haar nek. Met de pook, lijkt mij. Ik weet dat het niet veel helpt, maar de lijkschouwer denkt dat ze op slag dood was.'

'Nee, het helpt niet.' Machteloos propte hij zijn vuisten in zijn zakken. 'Ik moet regelingen treffen. Hoe gauw… wanneer draag je haar aan mij over?'

'Ik laat 't je weten. Meer kan ik niet zeggen. Je moet met mij praten, officieel.' Hij haalde een sigaret tevoorschijn. 'Ik kan naar jou toe komen, of jij komt naar het bureau.'

'Ik wil Julia zover zien te krijgen dat ze hier weggaat.' Hij nam de sigaret aan die Frank hem aanbood, boog zich voorover naar de vlam van de lucifer. 'Zij en Brandon komen bij mij wonen. Ze zal een tijdje nodig hebben.'

'Ik geef haar wat ik kan, Paul, maar je moet begrip hebben. Zij heeft het lijk gevonden, zij is Eves verloren dochter. Zij weet wat hierachter zit.' Hij tilde de zak vol tapes op die hij uit de safe had gehaald nadat Julia hem de plaats en combinatie had verteld. 'Zij is het beste aanknopingspunt dat we hebben.'

'Ze is dan wel het beste aanknopingspunt dat jullie hebben, maar ze hangt met een heel dun draadje aan elkaar. Trek er nog wat meer aan en het knapt. In 's hemelsnaam, gun ons een paar dagen.'

'Ik doe wat ik kan.' Hij blies de rook tussen zijn tanden door naar buiten. 'Het wordt niet makkelijk. Journalisten houden de boel in de gaten.'

'Shit.'

'Jij zei het. Ik ben van plan alles over Julia's relatie tot Eve zo lang mogelijk geheim te houden, maar ooit zal het als een bom inslaan. Als dat gebeurt, springen ze als vlooien op haar af.' Hij keek op toen Julia de deur door liep. 'Weg jij.'

Hijgend wurmde Drake zich de deur door, waarna hij die achter zich op slot deed. Goddank, goddank, dacht hij keer op keer terwijl hij zijn trillende handen over zijn klamme gezicht wreef. Het was hem gelukt zijn huis te bereiken. Hij was veilig.

Hij had een borrel nodig.

Zijn enkel sparend, hobbelde hij door de zitkamer naar de bar en pakte een willekeurige fles. Een draai aan de dop en hij dronk tequila. Hij huiverde, hapte naar zuurstof, sloeg nog meer achterover.

Dood. De koningin was dood.

Zijn zenuwachtige giecheltje eindigde in een gekwelde snik. Hoe had het kunnen gebeuren? Waarom was het gebeurd? Als hij niet had weten weg te komen voordat Julia terugkwam…

Gaf niks. Hij schudde zelfs de mogelijkheid van zich af, waarna hij een hand tegen zijn tollende hoofd drukte. Het enige wat belangrijk was, was dat niemand hem had gezien. Zolang hij zich gedeisd hield, het slim speelde, was alles puik in orde. Meer dan in orde. Ze kon onmogelijk de tijd hebben gehad om haar testament te veranderen.

Hij was een rijk man. Een regelrechte magnaat. Hij hief wederom de fles om te proosten, waarna hij die op de grond liet vallen om als een haas naar de wc te rennen. Zich aan de pot vasthoudend, kotste hij zijn misselijkheid en angst uit.

Maggie Castle hoorde het nieuws op een van de kilste manieren: een telefoontje van een journalist die om een reactie en commentaar vroeg.

'Slijmerige klootzak,' begon ze, zich in haar vetlederen draaifauteuil vooroverbuigend. 'Weet je niet dat ik je een proces aan je reet kan bezorgen omdat je me dit flikt.' Voldaan smeet ze de hoorn neer. Met een stapel scripten die ze moest beoordelen, contracten die gewijzigd en mensen die teruggebeld moesten worden, had ze geen tijd voor slappe grappen.

'Smerige idioot,' zei ze kalm, en vol afkeer keek ze naar de telefoon. Haar maag rommelde, wat haar afleidde, en ze drukte er een kalmerende hand tegenaan. Ik sterf van de honger, dacht ze. Ze stierf van de honger en zou vrolijk een moord doen voor een dik stuk rosbief op roggebrood.

Maar ze moest en zou passen in dat jurkje maatje 36 waar ze drieduizend dollar voor had neergeteld, en de Oscars waren al over minder dan een week. Ze legde een drietal glansfoto's van twintig bij vijfentwintig als speelkaarten voor zich en bestudeerde de zwoele gezichten. Ze moest beslissen welke ze naar een auditie zou sturen voor een hoofdrol in een nieuwe film die werd voorbereid.

Geknipt voor Eve, peinsde ze. Als Eve vijfentwintig jaar jonger was geweest. Het vreselijke ervan was dat Eve Benedict niet eeuwig jong kon blijven.

Maggie keek op toen de deur openging. 'Wat is er, Sheila?'

'Miss Castle...' Met de ene hand de deurknop omvattend en de andere tegen de deurpost geklemd, bleef Sheila op de drempel staan. 'O god, Miss Castle.'

Door de trillende stem keek Maggie met een ruk op. Haar bril gleed van haar neus. 'Wat? Wat is er?'

'Eve Benedict... Ze is vermoord.'

'Dat is gelul.' De woede was sneller, zodat ze uit haar stoel omhoogschoot. 'Als die sukkel weer heeft gebeld –'

'De radio,' wist Sheila uit te brengen, terwijl ze in de zak van haar rok naar een tissue wriemelde. 'Het was net op de radio.'

Nog altijd kwaad greep Maggie de afstandsbediening en richtte die op de televisie. Nadat ze twee keer had geschakeld, stuitte ze op het bericht. 'Hollywood en de wereld zijn vanmiddag opgeschrikt door de dood van Eve Benedict. De immer schitterende ster van tientallen films werd op haar landgoed gevonden, waarschijnlijk het slachtoffer van moord.' Met haar ogen aan de tv geplakt liet Maggie zich in een stoel zakken. 'Eve,' fluisterde ze. 'O god, Eve.'

Mijlen daarvandaan, opgesloten in zijn kantoor, gaapte Michael Delrickio naar de televisie waarop hij verdoofd de foto's zag flitsen. Eve op haar twintigste: slim, levendig. Op haar dertigste: zwoel, sensationeel. Hij verroerde zich niet. Hij zei niets.

Weg. Kapot, afgelopen. Hij had haar alles kunnen bieden. Inclusief haar leven. Als ze genoeg van hem had gehouden, als ze in hem had geloofd, hem had vertrouwd, had hij het kunnen tegenhouden. Maar ze had hem, integendeel, veracht, hem getrotseerd, hem gehaat. Dus was ze dood. En zelfs in haar dood kon ze hem kapotmaken.

Gloria lag met een gekoeld gelmasker over haar gezwollen ogen in haar verduisterde slaapkamer. De valium hielp niet. Ze had niet het idee dat iets zou helpen. Geen pillen, geen verzetje, geen gebeden konden ervoor zorgen dat alles ooit weer goed kwam.

Eve was haar beste vriendin geweest. Ze vond het verschrikkelijk dat ze de herinneringen die ze samen hadden niet kon uitvegen, de waarde van hun intimiteit van vrouw tot vrouw.

Natuurlijk was ze gekwetst, kwaad, angstig geweest. Maar ze had Eve nooit dood gewenst. Ze had nooit gewild dat het zo zou eindigen.

Maar Eve was dood. Ze was weg. Onder het kalmerende masker stroomden tranen. Gloria vroeg zich af wat er nu van haar terecht moest komen.

In zijn bibliotheek, omringd door de boeken waarvan hij hield en die hij een leven lang had verzameld, staarde Victor naar een verzegelde fles Irish Mist. Whisky, dacht hij, zoals de Ieren die maakten, was de beste manier om dronken te worden.

Hij wilde dronken worden, zo dronken dat hij niet meer kon denken, voelen of ademen. Hoe lang kon hij dat blijven, vroeg hij zich af. Een avond, een week, een jaar? Kon hij het zo lang blijven tot de pijn, wanneer hij weer tot zichzelf kwam, over zou zijn?

Daarvoor was er nooit genoeg whisky, nooit genoeg tijd. Als hij gedoemd was nog tien jaar te leven, kon hij nooit langer leven dan de pijn. Eve. Alleen Eve kon ervoor zorgen dat de pijn overging. En nooit kon hij haar meer in zijn armen houden, haar proeven, nooit meer met haar lachen of gewoon stilletjes met haar in de tuin zitten.

Zo hoorde het niet te gaan. In zijn hart wist hij dat het anders had gekund. Als een slecht, weinig origineel scenario had het einde gewijzigd kunnen worden.

Ze had hem verlaten, en ditmaal kon er geen sprake zijn van verzoening, compromissen, beloften. Het enige wat hij nu had waren herinneringen – en lege dagen en nachten om ze te herbeleven.

Victor tilde de fles op, keilde hem tegen de muur, waar hij uit elkaar spatte. Kokhalzend van de doordringende geur van whisky verborg hij zijn gezicht in zijn handen en vervloekte Eve met heel zijn hart.

Anthony Kincade zat zich te verkneuteren. Hij was blij. Hij lachte hardop. Terwijl hij gulzig toastjes met pâté in zijn mond propte, hield hij zijn blik op de televisie gefixeerd. Telkens wanneer een kanaal weer overging op de reguliere programmering, schakelde hij over, op zoek naar een vers bulletin, een nieuwsoverzicht.

De teef was dood en niets kon hem gelukkiger maken. Nu was het nog slechts een kwestie van tijd voordat hij met dat mens van Summers had afgerekend en de tapes terug had waarmee Eve hem had beledigd. Zijn reputatie, zijn geld, zijn vrijheid, die waren nu veilig. Eve had precies gekregen wat ze verdiende.

Hij hoopte dat ze had geleden.

Lyle wist verdomd niet wat hij moest denken. Hij was te bang om zich druk te maken. Zoals hij het zag, had Delrickio Eve om zeep geholpen en hij had connecties met Delrickio. Oké, hij had alleen maar wat rondgesnuffeld, maar mannen als Delrickio gingen nooit zelf voor de bijl. Ze zorgden ervoor dat iemand in hun plaats voor de bijl ging.

Hij kon vluchten, maar hij was er verdomd zeker van dat hij zich niet kon verbergen. Hij had niet de indruk dat zijn alibi – dat hij de hele middag zijn roes van een vette joint had uitgeslapen – bij de smerissen steek zou houden.

Goddomme, waarom had dat wijf zich net nú kapot laten maken? Als ze een paar weken had gewacht, was hij allang vertrokken, zijn zakken gevuld, zijn weg vrij. Dat had hij weer. Dat had hij verdomme weer.

Naakt ging hij op bed zitten met een biertje tussen zijn knieën geklemd. Hij moest een beter alibi verzinnen. Hij zette de fles aan zijn lippen, pijnigde zijn arme hersens, waarna hij grijnsde. Als het hém niet lukte een alibi te kopen met een paar duizend – en zijn beroemde, onvermoeibare pik – was het leven weinig waard.

Travers was ontroostbaar. Nina deed haar best, maar de huishoudster wilde niet eten, ze wilde niet rusten, ze wilde geen kalmeringsmiddel. Ze zat daar maar op het terras en staarde over de tuin. Ze wilde zelfs niet naar binnen, hoe Nina ook zachtjes aandrong of smeekte.

De politie was het hele huis door geweest, in laden scharrelend, en ze zaten met hun smerishanden aan al Eves persoonlijke bezittingen. Alles bezoedelend.

Door haar eigen gezwollen, roodomrande ogen hield Nina haar in de gaten. Dacht die vrouw dat ze de enige was die pijn voelde? Dacht ze dat zij de enige was die ziek, bang en onzeker was?

Nina draaide weg van de terrasdeuren. Jezus, wat had ze een behoefte aan iemand om mee te praten, om iemand vast te houden. Ze kon de telefoon oppakken, een van de tientallen nummers draaien, maar iedereen met wie ze bevriend was zou van alles over Eve vragen. Uiteindelijk was Nina Solomans leven begonnen op de dag dat Eve Benedict haar in huis had genomen.

Nu was Eve er niet meer, en zij had niemand. Niets. Hoe bestond het dat een mens zo'n invloed op een ander kon hebben? Het was niet goed. Het was niet eerlijk.

Ze liep naar de bar en schonk zich een stevige bourbon in. Haar gezicht vertrok toen ze de drank proefde. Het was jaren geleden sinds ze iets sterkers dan witte wijn had gedronken.

De smaak bracht echter geen lelijke herinneringen terug. Het kalmeerde juist, maakte sterker. Ze dronk nog wat. Ze had alle kracht nodig die ze kon opbrengen om de komende paar weken door te komen.

Hoe moest ze hier in dit grote huis slapen, wetend dat Eves slaapkamer aan het eind van de gang lag?

Ze kon naar een hotel gaan – maar ze wist dat dat niet goed zou zijn. Ze bleef, zou de eerste nacht doorkomen. Daarna zou ze aan de volgende denken. En de volgende.

Toen Julia de loomheid van het kalmeringstablet te boven was gekomen, was het na middernacht. Er was geen sprake van desoriëntatie, geen moment waarop ze zichzelf ervan overtuigde dat het allemaal een vreselijke droom was geweest.

Zodra ze haar bewustzijn hervond, wist ze waar ze was en wat er was gebeurd.

Ze lag in Pauls bed. En Eve was dood.

Omdat ze pijn voelde, draaide ze zich om uit de behoefte om hem te voelen, zich tegen warmte en leven aan te drukken. Maar de ruimte naast haar was leeg.

Ze kwam overeind en ging het bed uit, hoewel haar lichaam te licht aanvoelde, haar hoofd te duizelig.

Ze herinnerde zich dat ze Brandon met de auto hadden opgehaald – op haar aandringen. Ze had het vreselijk gevonden als hij het nieuws via de televisie had gehoord. Toch had ze hem niet alles kunnen vertellen, alleen dat er een ongeluk was gebeurd – en dat Eve om het leven was gekomen.

Hij had een beetje gehuild, zijn natuurlijke gevoel voor een vrouw die aardig voor hem was geweest. Julia vroeg zich af hoe en wanneer ze de manier kon vinden om hem te vertellen dat die vrouw zijn grootmoeder was geweest.

Maar dat was voor later. Brandon sliep, veilig. Een beetje verdrietig misschien, maar veilig. Paul niet.

Hij zat op het terras, terwijl hij naar de zee keek die in zwarte golven op zwart zand sloeg. Even dacht ze dat haar hart zou breken. Hij vormde een silhouet tegen het maanlicht. Zijn handen waren diep in de zakken van zijn jeans gepropt, die hij moest hebben aangetrokken toen hij haar alleen in bed achterliet.

Ze hoefde zijn gezicht, zijn ogen, niet te zien. Ze hoefde zijn stem niet te horen. Ze voelde zijn verdriet.

Niet wetend of ze hem meer zou helpen door naar hem toe te gaan of juist weg te blijven, bleef ze staan waar ze was.

Hij wist dat ze er was. Vanaf het moment dat ze in de deuropening verscheen, had haar geur hem bereikt. En haar verdriet. Het grootste gedeelte van de avond had hij gedaan wat gedaan moest worden, automatisch. De nodige telefoontjes om anderen in te lichten. De soep gegeten die ze met alle geweld wilde opwarmen, haar ertoe overgehaald de pillen te nemen die haar zouden helpen tot rust te komen.

Nu had hij zelfs de kracht niet om te slapen.

'Toen ik vijftien was, vlak voordat ik zestien werd,' begon hij, terwijl hij bleef kijken naar het water dat naar het zand rolde, 'leerde Eve me autorijden. Ik was hier een keer op bezoek, en op een dag wees ze zomaar op haar auto. Een Mercedes, verdomme! Ze zei: "Instappen, jochie. Je kunt maar beter eerst aan de goede kant van de weg leren rijden."'

Hij haalde een sigaar uit zijn zak. Het opvlammen van de lucifer etste het verdriet op zijn gezicht voordat het weer in de schaduw verdween.

'Ik was doodsbang en zo opgewonden dat mijn voeten op de pedalen trilden. Een uur lang reed ik hortend door Beverly Hills, bleef steken, hobbelde over trottoirs. Ik ramde bijna een Rolls, maar ze knipperde geen moment met haar ogen. Gooide haar hoofd achterover en lachte.' De rook brandde in zijn keel. Hij gooide de sigaar over de reling. 'God, wat hield ik van haar.'

'Ik weet het.' Ze ging naar hem toe en sloeg haar armen om hem heen. Zwijgend klampten ze zich aan elkaar vast en dachten aan Eve.

27

De wereld rouwde. Eve zou ervan genoten hebben. Ze stond voorop op *People* en erin met een artikel van zes pagina's.

Nightline wijdde een heel katern aan haar. Terugblikken over Eve Benedict verdrongen reguliere programma's op bijna elk kanaal. De *National Enquirer* schreeuwde dat haar geest rondwaarde op de terreinen van haar oude studio. Ondernemende straathandelaars verkochten T-shirts, mokken, posters in hoger tempo dan ze konden worden aangemaakt. Eén dag voor de Oscars en Hollywood werd bedekt door zwarte glitter. Wat zou ze gelachen hebben.

Paul trachtte zijn verdriet te verbergen door zich haar reactie op de eerbewijzen voor te stellen – vulgair en triomfantelijk. Maar er waren zo veel dingen, talloze dingen, die hem aan haar herinnerden.

Zoals Julia.

Ze was elke dag bezig, deed wat er gedaan moest worden, met een doelgerichte energie die van geen wijken wist. Toch lag er een jachtige wanhoop in haar ogen die hij niet kon verlichten. Ze had haar verklaring bij Frank afgelegd, waarvoor ze op het bureau urenlang elk detail beschreef dat ze zich herinnerde. Haar naadloze beheersing werd slechts eenmaal verscheurd: de eerste keer dat Frank een van de tapes terugspeelde. Zodra ze Eves diepe, hese stem hoorde, sprong ze op, excuseerde zich en rende weg om op het damestoilet ontzettend misselijk te worden. Daarna presteerde ze het alles uit te zitten, waarbij ze elke tape toelichtte met haar eigen aantekeningen, er data en omstandigheden van de interviews aan toevoegde, de stemming, haar eigen opvatting.

Bovendien was ze die drie trieste dagen met Brandon in Malibu gebleven, terwijl Paul de begrafenis regelde.

Eve had het niet eenvoudig gewild. Wanneer wel? Haar instructies, voor Paul in handen van haar advocaten nagelaten, waren glashelder. Ze had de grond – eersteklas onroerend goed, noemde ze het – een jaar eerder gekocht. Net zoals ze haar eigen kist had uitgezocht. Glanzend saffierblauw, bekleed met sneeuwwitte zijde. Zelfs in de gastenlijst en de volgorde waarin men diende te gaan zitten was voorzien, alsof ze het allerlaatste feest had voorbereid.

Zowel de muziek als de musici waren uitgezocht. Haar begrafeniskleed was gekozen: een smaragdgroene avondjapon met glitters die ze nooit in het openbaar had gedragen. Die kreeg een grootse première.

Op de dag van haar begrafenis arriveerden de limousines met hun kostbare rolbezetting. De rijken, de beroemdheden, de crème de la crème, de rouwenden. Er werd geparadeerd in wat de beste ontwerpers in zwart te bieden hadden.

De menigte fluisterde ademloos toen Gloria DuBarry uitstapte, zwaar leunend op de stevige arm van haar echtgenoot. Haar Saint Laurent kreeg een extra accent door een zwarte sluier.

Er klonk meer gemompel, en wat besmuikt gelach, toen Anthony Kincade zich, zijn omvang als een obscene worst in een zwart pak geperst, uit een limousine hees.

Travers en Nina liepen beschermd door anonimiteit tussen de rijen door. Peter Jackson hield zijn hoofd gebogen en negeerde de uitzinnige fans die zijn naam riepen. Zijn gedachten waren bij de vrouw met wie hij een paar zwoele nachten had doorgebracht, en hoe ze er op een regenachtige morgen had uitgezien.

Een gejuich ging op toen Rory Winthrop uitstapte. Niet wetend hoe hij moest reageren, hielp hij zijn vrouw uit de wagen, waarna hij wachtte tot Kenneth zich op het trottoir bij hen voegde.

'Jezus, het is een circus,' fluisterde Lily, zich afvragend of ze de alomtegenwoordige camera's haar rug of haar beste kant moest toekeren.

'Ja.' Met een grimmige grijns liet Kenneth zijn ogen over de massa glijden, die rukte en duwde tegen de politiebarricade. 'En Eve is nog steeds de stalmeester.'

Zich van hem afkerend, ondersteunde Lily haar echtgenoot door een hand door diens arm te steken. 'Gaat het een beetje, lieverd?'

Hij kon alleen zijn hoofd schudden. Hij rook het exotische parfum van zijn vrouw, voelde de kracht van haar leidende arm. Het leek of de koude schaduwen van de kerk dode handen naar hen uitstrekten. 'Voor het eerst van mijn hele leven voel ik me sterfelijk.' Voor ze de trappen konden bestijgen, merkte hij Victor op. Er was niets wat hij kon zeggen, geen woorden die ook maar konden tippen aan het verdriet dat zo duidelijk uit de ogen van de andere man sprak. Rory leunde dichter naar zijn vrouw toe. 'Laat de verrekte show maar beginnen.'

Julia wist dat ze het aankon. Wist dat ze moest. Ze klampte zich vast aan haar uiterlijke kalmte, maar binnen in haar roerde het uit angst voor het ritueel. Diende deze rite om de overledene te eren of om de levenden te amuseren? Toen de limousine bij de trottoirband tot stilstand kwam, deed ze even haar ogen stijf dicht. Maar toen Paul haar hand pakte, waren haar vingers stevig en droog. Ze kreeg het even te kwaad toen ze Victor bij de ingang van de kerk zag. Zijn blik gleed over haar heen, toen weg.

Hij wist het niet, dacht ze, en haar vingers trokken zich tot een vuist samen. Hij wist niet hoe zij de vrouw die ze kwamen begraven, hadden gedeeld.

Te veel mensen, dacht ze in een vlaag van paniek. Er waren te veel mensen, allemaal te dichtbij, en ze drongen op om nog dichterbij te komen. Starend, roepend. Ze kon ze ruiken, het warme vlees, de warme adem, de zinderende energie die voortkwam uit de combinatie van verdriet en levendige opwinding.

Het trillen begon opnieuw en ze wilde achteruitlopen, toen Paul een arm om haar middel sloeg. Hij fluisterde iets, maar ze kon het niet horen vanwege het gonzen in haar oren. Er was hier geen lucht. Ze trachtte het hem te vertellen, maar hij sleepte haar de trappen op naar binnen.

Nu klonk er muziek, niet het dreunende geluid van een orgel, maar de heldere, zoete melodieën van een viool, vermengd met de sierlijke klanken van een fluit. De kerk was propvol bloemen en mensen. Toch leek de zware lucht op te lossen, af te koelen. De sombere kleding van degenen die naar Eves laatste party waren gekomen, werd opgefleurd door de jungle van bloemen. Geen begrafeniskransen voor Eve. Daarvoor in de plaats waren er zeeën van camelia's, bergen van rozen, magnolia's als opgehoopte sneeuw. Het schouwspel had zowel schittering als schoonheid. En midden op het toneel, waar ze het grootste deel van haar leven had doorgebracht, stond de glanzend blauwe kist.

'Zo typerend voor haar,' fluisterde Julia. De paniek was op de vlucht geslagen. Zelfs onder de mantel van verdriet voelde ze een duidelijke, geweldige bewondering. 'Ik vraag me af waarom ze nooit heeft geprobeerd te regisseren.'

'Dat heeft ze mooi gedaan.' Je móést wel glimlachen. Paul hield zijn arm om Julia's middel toen ze aan de lange tocht naar de voorkant van de kerk begonnen. Hij zag tranen en ernstige ogen, maar evenveel scherpe blikken en bestudeerde poses. Hier en daar fluisterden mensen met elkaar. Er moesten plannen worden besproken, overeenkomsten afgesloten. In Hollywood kon geen gelegenheid overgeslagen worden. Eve zou het begrijpen, en goedkeuren.

Julia was niet van plan geweest naar de kist te gaan voor een laatste blik, een laatste vaarwel. Als het lafheid was, had ze daar vrede mee. Maar toen ze zag hoe Victor neerkeek naar de vrouw van wie hij hield, zijn grote handen tot vuisten gebald, zijn brede schouders omlaag, was ze niet in staat zonder meer in de kerkbank te glijden.

'Ik moet…'

Paul knikte alleen maar. 'Wil je dat ik met je meega?'

'Nee, ik… Ik denk dat ik alleen moet gaan.' De eerste stap van hem vandaan was de moeilijkste. Toen zette ze er nog een, en nog een. Toen ze naast Victor stond, keek ze in haar hart. Dit waren de twee mensen die haar hadden gemaakt, dacht ze: de vrouw die zo prachtig sliep, omgeven door witte zijde, en de man die in haar slaap naar haar keek met ogen die verscheurd waren van verdriet. Misschien kon ze niet aan hen denken als ouders, maar ze kon voelen. Haar hart volgend, legde ze een hand op de zijne.

'Ze hield van je, meer dan van wie ook. Een van de laatste dingen die ze me heeft verteld is hoe gelukkig je haar maakte.'

Zijn vingers sloten zich stevig om die van Julia. 'Ik heb haar niet genoeg gegeven. Dat kon ik nooit.'

'Je gaf haar meer dan je besefte, Victor. Voor zo veel anderen was ze een ster, een product, een imago. Voor jou was ze een vrouw. *De* vrouw.'

Ze kneep haar lippen op elkaar, hopend dat wat ze aan het doen was, ging zeggen, juist was. 'Ze heeft me eens verteld dat het enige waar ze echt spijt van had, was dat ze wachtte tot de film af was.'

Toen draaide hij zich om, wegkijkend van Eve naar de dochter van wie hij niet wist dat hij die had. Dat was het moment waarop Julia besefte dat ze haar vaders ogen had geërfd: dat diepe, zuivere grijs dat, naargelang de emotie, van rook tot ijs kon gaan. Bij die wetenschap deed ze snel een stap achteruit, maar zijn hand lag al op de hare.

'Ik zal haar missen, elk moment van de rest van mijn leven.'

Julia stak haar vingers door de zijne en leidde hem naar de kerkbank waar Paul zat te wachten.

De rij auto's die rustig in de richting van Forest Hill reed, leek een kilometerslang zwart lint. Binnen elke wagen werd door sommigen diep getreurd. Anderen die zich in de onpersoonlijke weelde van de gehuurde limousines hadden genesteld, rouwden op een abstracte, algemene manier, zoals mensen die op het laatste nieuws horen dat een beroemdheid is gestorven. Ze rouwden om het verlies van een naam, van een gezicht, van een persoonlijkheid. Het was geen belediging voor de persoon achter het gezicht, maar een eerbewijs aan het beeld.

Sommigen waren simpelweg dankbaar dat ze op de gastenlijst voorkwamen. Want reken maar dat over zo'n gebeurtenis heel veel zou worden geschreven. Ook dit was geen belediging. Het was gewoon zakelijk. Er waren anderen die helemaal geen verdriet hadden, die in de stille grot van de grote, soepele auto zaten met in hun hart een vreugde die even donker en glanzend was als de glimmende lak die schitterde in het zonlicht.

Op een bepaalde manier kon dit ook als een eerbewijs worden gezien. Maar Julia, die uitstapte om de korte wandeling naar het graf te maken, paste in geen van deze categorieën. Ze had haar ouders al begraven, had die lange, moeilijke stap van dochter naar wees al gezet. En toch werd ze bij elke stap begeleid door een diepe, slepende pijn. Deze dag zou ze nog een moeder begraven, haar eigen uiteindelijke sterfelijkheid nog eens onder ogen zien.

Toen ze bleef staan en het gras, de aarde en het zware gordijn van bloemen rook, sloot ze het heden buiten om haar gedachten naar het verleden te laten afdwalen.

Lachen met Eve bij het zwembad, een beetje te veel drinken, veel te openhartig praten. Hoe kwam het dat ze Eve zo veel had kunnen vertellen?

Samen zweten, terwijl Fritz hen in vorm geselde. Gegromde vloeken, ademloze klaagzangen. De rare intimiteit van twee halfnaakte vrouwen, gevangen in dezelfde kooi van ijdelheid.

Gedeelde geheimen, stiekeme bekentenissen, blootgelegde leugens. Wat was het gemakkelijk geweest om een vriendschap te smeden.

Was dat niet wat Eve had gewild, vroeg Julia zich af. Haar voorzichtig in een vriendschap te lokken, te zorgen dat ze om haar gaf, haar te dwingen Eve als een totaal en kwetsbaar persoon te zien. En daarna…

Wat maakte het uit? Eve was dood. De rest van de waarheid, als er een rest was, zou nooit tevoorschijn komen.

Julia rouwde, zelfs terwijl ze zich afvroeg of ze Eve ooit kon vergeven.

'Jezus.' Frank wreef zijn handen over zijn gezicht. Zijn baan kwam van alle kanten op hem af. Hij zag maar één weg en die leidde regelrecht naar Julia Summers.

Zijn hele loopbaan had hij stevig op zijn instinct vertrouwd. Een hint uit de onderbuik kon een smeris door het labyrint van verdachten, bewijzen en rechtspleging leiden. Voor zover hij zich kon herinneren hadden zijn instincten nog nooit zo haaks op de feiten gestaan.

Ze lagen allemaal voor hem, in het lijvige dossier dat hij de afgelopen drie dagen had opgebouwd.

Juridische rapporten, lijkschouwing, de getypte en ondertekende verklaringen van mensen die hij of de andere rechercheurs hadden ondervraagd.

En het tijdsverloop, dat verrekte tijdsverloop kon je niet negeren. Zowel de huishoudster als de secretaresse had Eve Benedict op de dag van de moord 's middags om een paar minuten voor één gezien. Gloria DuBarry was even daarvoor weggegaan, na een kort vertrouwelijk gesprek met Eve. Julia Summers was ongeveer om één uur bij het hek aangekomen, had met de bewaker gepraat, waarna ze naar binnen was gegaan. Het alarmtelefoontje vanuit het gastenverblijf stond geregistreerd op tweeëntwintig minuten over één.

Julia had geen alibi voor die vitale tijdsduur, die vitale tweeëntwintig minuten waarin, volgens de getuigenissen, Eve Benedict was vermoord. De haak van de koperen pook had de onderkant van haar schedel doorboord. Die wond en de klap hadden geresulteerd in haar dood. Julia Summers' vingerafdrukken waren de enige die op de pook waren aangetroffen.

Alle deuren zaten op slot, behalve de hoofdingang, die Julia naar haar eigen zeggen zelf had geopend. Er waren geen sleutels op Eves lichaam gevonden.

Een bijkomstigheid, zeker, maar vernietigend genoeg, zelfs zonder dat je er de ruzie bij optelde die in beide verklaringen werd genoemd. Toen haar werd verteld dat ze de buitenechtelijke dochter van Eve Benedict was, was Julia Summers klaarblijkelijk in dolle woede uitgebarsten. 'Ze gilde, dreigde,' las hij in Travers' verklaring. 'Ik hoorde haar schreeuwen en kwam naar buiten rennen. Ze duwde de tafel om, zodat het porselein op de tegels in scherven viel. Haar gezicht was zo wit als een laken en ze waarschuwde Eve om niet bij haar in de buurt te komen. Zei dat ze haar kon vermoorden.'

Natuurlijk, mensen zeiden dergelijke dingen zo vaak, dacht Frank, terwijl hij zijn nek krabde. Je had alleen pech als er iemand doodging vlak nadat jij dat simpele zinnetje had geuit.

De moeilijkheid was, hij kon geen rekening houden met pech. En nu de gouverneur druk uitoefende op zijn eigen commissaris, kon Frank het zich niet veroorloven zich door zijn instincten van de feiten af te laten brengen.

Hij moest Julia voor ondervraging naar het bureau laten komen.

De advocaat schraapte zijn keel terwijl hij de kamer rondkeek. Alles was precies zoals Eve had verzocht. Greenburg vroeg zich af of ze had geweten dat ze nog maar zo kort de tijd had gehad toen ze eiste dat hij alles zo snel zou uitvoeren.

Hij vermande zich. Hij was niet iemand die fantaseerde. Eve had haast gehad, omdat ze altijd haast had. De vurigheid waarmee ze dit nieuwe testament had benaderd, was dezelfde die ze voor alles had getoond. De veranderingen waren uiteraard beestachtig rechtlijnig. Dat was ook een eigenschap die Eve kon laten gelden als ze daarvoor in de stemming was. Toen hij begon te spreken, viel iedereen in de kamer stil. Zelfs Drake, die net nog een borrel wilde inschenken, wachtte even. Toen de verklaring van start ging met de gebruikelijke lijst van wat er aan bedienden en lief- dadigheid werd nagelaten, schonk hij verder. Boven de stilte uit klonk het geluid van vloeistof die met kristal in contact kwam.

De persoonlijke nalatenschappen waren gespecificeerd. Aan Maggie liet Eve een bijzonder stel smaragden oorbellen en een driedubbel snoer parels na, tezamen met een schilderij van Wyeth dat de agente altijd had bewonderd.

Voor Rory Winthrop waren er een paar Dresden-kandelaars die ze in hun eerste huwelijksjaar hadden aangeschaft, plus een bundel van Keats. Gloria barstte tegen de schouder van haar echtgenoot in snikken uit toen ze hoorde dat ze een antiek juwelenkistje had geërfd.

'We waren bij Sotheby's, jaren geleden,' zei ze broos. Schuldgevoel en verdriet streden een vreselijke strijd in haar binnenste. 'En ze overtrof er elk bod voor. O, Marcus.'

Hij fluisterde tegen haar, terwijl Greenburg nogmaals zijn keel schraap- te.

Aan Nina had ze een verzameling Limoges-doosjes nagelaten en tien- duizend dollar voor elk jaar dat ze bij Eve in dienst was geweest. Travers liet ze een huis in Montery na, hetzelfde financiële legaat, en een fonds voor haar zoon dat zo lang hij leefde voor medische hulp zou zorgen.

Haar zuster, die noch de begrafenis noch de zitting had bijgewoond, liet ze een klein blok huurflats na; Drake werd slechts terloops genoemd, als degene die tijdens haar leven zijn totale erfenis had ontvangen.

Zijn reactie was voorspelbaar, voorspelbaar genoeg om een grimmige grijns aan enkele aanwezigen in de kamer te ontlokken. Hij morste met zijn drank, waardoor de kamer doordrongen werd van de lucht van dure whisky. Zijn snik van ongeloof werd begeleid door het tinkelen van ijs- blokjes die uit zijn glas op de glanzende bar vielen.

Terwijl de aanwezigen nieuwsgierig dan wel vol walging toekeken,

laaide een razernij in hem op die het spectrum van gevloek, gegrien, ge-
brabbel en opnieuw gevloek doorliep.

'Verrekte teef.' Hij stikte bijna. Zijn gezicht had de ongezonde kleur
van een door zonlicht vervaalde bordenwisser. 'Ik heb haar verdomme
jaren, bijna twintig jaar van mijn leven gegeven. Ik kan niet zomaar on-
terfd worden. Niet na alles wat ik voor haar heb gedaan.'

'Voor haar gedaan?' Maggie lachte schor. 'Het enige wat je voor haar
hebt gedaan, is haar bankrekening lichter maken.'

Hij deed een stap naar voren, bijna dronken genoeg om een vrouw
ten overstaan van getuigen een lel te verkopen. 'Het enige wat jij ooit
hebt gedaan, is je vijftien procent opstrijken. Ik was familie. Als jij
denkt dat je hier wegkomt met smaragden of wat dan ook, terwijl ik
niks krijg –'

'Mr. Morrison,' kwam de notaris tussenbeide. 'Het staat u uiteraard
vrij de erfenis aan te vechten –'

'Ik heb er recht op, godverdomme.'

'Hoewel', ging hij met ongeschonden waardigheid verder, 'ik u moet
vertellen dat Miss Benedict haar wensen vrij gespecificeerd met mij
heeft besproken. Ik heb eveneens een kopie van een videotape die ze
heeft gemaakt, waarop die wensen minder conventioneel zijn vastgelegd. U zult ontdekken dat het zeer kostbaar is dit document aan te
vechten, en weinig vruchtbaar. Als u dat wenst, moet u nog steeds wachten tot ik klaar ben met de procedure van vandaag. Om verder te gaan...'

Er was een legaat voor Victor die bestond uit haar collectie poëzie en
een kleine presse-papier, omschreven als een kleine koepel die een rode
slee en acht rendieren omsloot.

'Aan Brandon Summers, die ik enig vind, laat ik de som na van één
miljoen dollar voor zijn studie en plezier, dat beheerd zal worden tot zijn
vijfentwintigste verjaardag, waarna hij vrij zal zijn om te doen wat hij
wil met wat er van het bedrag over is.'

'Dat is verdomme belachelijk,' begon Drake. 'Ze laat een miljoen, een
miljoen verdomme, aan een kind na? Een of andere snotneus die misschien wel van de straat is.'

Voor Julia iets kon zeggen, was Paul opgestaan. Door de uitdrukking
op zijn gezicht stolde haar bloed. Ze vroeg zich af hoe degene voor wie

die ijskoude blik bedoeld was, het er levend vanaf kon brengen.

Er werden dreigementen verwacht. Een snel, fel vuistgevecht had niemand verbaasd. Integendeel, men had ervan genoten. Zelfs Gloria was met jammeren opgehouden om te kijken. Maar Paul, zijn ogen koel, hard en doordringend, sprak slechts één zin.

'Houd je mond.'

Hij zei het kalm, maar niemand kon de stekende, vermanende ondertoon zijn ontgaan. Toen hij weer ging zitten, knikte Greensburg alleen maar, alsof Paul het juiste antwoord op een bijzonder netelige vraag had gegeven.

'De rest,' las hij voor, 'inclusief alle roerende en onroerende goederen, alle activa, aandelen en inkomsten, laat ik na aan Paul Winthrop en Julia Summers, en dit alles moet op een door henzelf te bepalen wijze tussen hen worden verdeeld.'

Julia hoorde niets anders. Het lukte de eentonige stem van de advocaat niet door het gegons in haar oren te dringen. Ze zag zijn mond bewegen, zijn donkere ogen die scherp op haar gezicht waren gericht. Ze voelde haar arm tintelen alsof die sliep, en het bloed vocht met kleine venijnige prikjes om weer te circuleren. Maar het was alleen Pauls hand maar, toen hij haar beetgreep.

Zonder dat ze het zich bewust was, stond ze op. Blind, met voeten die als die van een dronkaard de vloer aftastten, strompelde ze de kamer uit naar het terras.

Daar was leven; de heldere tinten van de bloemen, het immer vrolijke getjilp van de vogels. En frisse lucht. Ze kon het in haar longen opzuigen, het naar binnen voelen stromen, vervolgens weer naar buiten, alsof die ook kleur, substantie en geluid had. Ze zoog er nog meer van in, gulzig, waarna ze de pijnsteek door haar maag voelde snijden.

'Rustig aan.' Pauls handen lagen op haar schouders, zijn stem klonk laag en zacht in haar oor.

'Dat kan ik niet.' De stem die ze hoorde klonk veel te ijl, veel te bibberig om de hare te kunnen zijn. 'Hoe zou ik rustig kunnen zijn? Het hoort niet dat ze me iets geeft.'

'Zij vond dat het hoorde.'

'Je weet niet wat ik allemaal tegen haar heb gezegd, hoe ik haar die laatste avond heb behandeld. En boven alles – jezus, Paul, ze was me niets schuldig.'

Hij tilde haar kin op, dwong haar hem aan te kijken. 'Ik denk dat je eerder bang bent voor wat jij *haar* volgens jou schuldig bent.'

'Mr. Winthrop, neemt u me niet kwalijk.' Greenburg knikte hen toe. 'Ik begrijp dat dit een moeilijke dag voor u is, voor ons allemaal, maar er is nog één punt waar Miss Benedict mij heeft gevraagd op toe te zien.' Hij stak hem een gewatteerde envelop toe. 'Een kopie van de videotape die ze heeft opgenomen. Haar verzoek aan u, u beiden, is dit na het voorlezen van het testament te bekijken.'

'Dank u.' Paul nam de envelop aan. 'Ze had uw... efficiëntie zeer gewaardeerd.'

'Ongetwijfeld.' Het geringste spoor van een glimlach kwam op zijn magere gezicht. 'Ze was me er een: lastig, veeleisend, eigenwijs. Ik zal haar missen.' De glimlach vervaagde alsof die er nooit was geweest. 'Als u me ergens voor nodig hebt, aarzelt u dan alstublieft niet om op te bellen. Misschien hebt u vragen over een van de bezittingen of haar portefeuille. En als u klaar bent, ligt er enig papierwerk dat u moet inkijken. Mijn condoleances.'

'Ik zou Miss Summers graag over niet al te lange tijd naar huis willen brengen,' liet Paul hem weten. 'Maar als we naar binnen gaan, zouden we graag wat privacy hebben terwijl we de band bekijken. Kan ik het aan u overlaten om... een en ander te regelen?'

Er twinkelde iets in zijn ogen wat geamuseerdheid had kunnen zijn. 'Het is me een genoegen.'

Paul wachtte tot ze weer alleen op het terras waren. Door de glazen deuren die Greenburg achter zich had gesloten, kwamen de geluiden van verhitte stemmen en waren bittere tranen te zien. De oude man had er zijn handen vol aan, dacht hij, waarna hij naar Julia keek. Haar ogen waren weer droog, haar gezicht weer in de plooi.

Haar huid was echter zo bleek dat hij zich afvroeg of zijn vingers er recht doorheen zouden gaan, regelrecht naar het verdriet, als hij haar nu aanraakte.

'Misschien is het 't beste dat we naar Eves kamer gaan om dit te bekijken.' Julia staarde naar het pakje in zijn hand. Een deel van haar, het deel waarin ze de lafaard herkende, wilde weg, om Brandon op te halen en terug te vluchten naar het Oosten. Kon ze, als ze maar hard genoeg haar best deed, zichzelf er niet van overtuigen dat het allemaal een nachtmerrie was geweest? Vanaf het eerste telefoontje, de eerste ontmoeting met Eve, tot dit moment?

Ze keek omhoog en ontmoette zijn ogen. Dan was hij ook een droom geweest. Dan moest hij ook een droom zijn, en alles wat ze hadden gedeeld en opgebouwd. Al die broze, nieuwe hoop zou als stof worden weggeblazen.

'Oké.'

'Geef me één minuut.' Hij drukte de tape in haar handen. 'Ga jij via de andere kant van het huis naar binnen. Ik kom zo.'

Het was niet gemakkelijk om naar binnen te gaan, de deur open te doen en de kamer binnen te gaan waar Eve had geslapen en bemind. Het rook er naar bloemen, bloemen en boenwas, en die zwoele vrouwelijke geur die Eve altijd met zich had meegedragen.

Natuurlijk had Travers opgeruimd. Ontroerd liet Julia haar vingers over het dikke satijn van de saffierblauwe sprei gaan. Ze had een kist in dezelfde kleur gekozen, viel haar in, waardoor ze haar hand terugtrok. Was dat uit ironie of om zich op haar gemak te voelen?

Met gesloten ogen leunde ze tegen het koele hout van de geornamenteerde bedstijl. Voor één ogenblik, één ogenblik slechts, liet ze haar gevoel toe.

Nee, het was niet de dood die haar omringde. Slechts de herinneringen aan leven.

Toen Paul zich bij haar voegde, zei hij niets. De afgelopen paar dagen had hij haar steeds brozer zien worden. Zijn eigen verdriet voelde als een klein wild dier in zijn binnenste, dat niet ophield met klauwen, kauwen en verscheuren. Welke vorm het verdriet van Julia ook aannam, het zoog langzaam en sluipend het leven en de kracht uit haar weg. Hij schonk een brandy voor hen in en toen hij sprak, was zijn stem angstvallig koel en gereserveerd.

'Je moet zorgen dat je er gauw uitkomt, Jules. Het doet jezelf of Brandon geen goed als je in een trance blijft rondlopen.'

'Met mij gaat het prima.' Ze nam het glas aan, dat ze toen van de ene in de andere hand pakte. 'Ik kan niet wachten tot het voorbij is. Helemaal voorbij. Als de pers lucht krijgt van de inhoud van het testament –'

'Daar komen we wel uit.'

'Ik was niet uit op haar geld, Paul, of haar land, of –'

'Haar liefde,' vulde hij aan. Hij zette zijn glas neer om de envelop te pakken. 'Eve stond er nou eenmaal altijd op dat ze het laatste woord had. Je bent met al die dingen opgescheept.'

Haar vingers om het glas werden bleker. 'Verwacht jij dat ik, omdat ik sinds een week weet dat zij mijn moeder was, een verplichting voel, een plotselinge band, dankbaarheid? Ze heeft mijn leven voor mijn geboorte gemanipuleerd en zelfs nu, zelfs nu ze er niet meer is, gaat ze door het te manipuleren.'

Hij scheurde de envelop open, liet de videoband eruit glijden. 'Ik verwacht niets. En als je de afgelopen paar maanden iets over haar hebt geleerd, weet je dat zij niks van je verwachtte.' Hij bleef met zijn rug naar haar toe zitten, terwijl zijn eigen pijn scherpe tanden in hem zette, en hij schoof de tape in de video. 'Ik kan dit wel alleen af.'

Rotzak, dacht ze, rotzak om haar deze heldere vlaag van schaamte te laten voelen. Maar in plaats van iets te zeggen, ging ze op de met kussens volgestouwde slaapbank zitten en bracht de brandy aan haar lippen. Hij kwam naast haar zitten, maar toen hij zat, was er meer afstand tussen hen dan een paar centimeter kussen.

Een druk op de afstandsbediening en Eve vulde het scherm zoals ze er in haar leven zo vele had gevuld. Als een ijzeren vuist sloot het verdriet zich om Julia's hart.

'Lieverds, ik kan jullie niet vertellen hoe heerlijk ik het vind dat jullie samen zijn. Ik had gehoopt dit met een beetje meer ceremonie te doen, en zeker op film in plaats van op video. Film is zo veel flatteuzer.'

Eves diepe lach drong de kamer binnen. Op het scherm reikte ze naar een sigaret, waarna ze in haar stoel achteroverleunde. Ze had nauwkeurig haar eigen make-up gedaan; de schaduw onder haar ogen en de spanning rond haar mond gecamoufleerd. Ze droeg een fuchsia mannenoverhemd met opstaande boord. In een flits schoot het door Julia heen dat ze dat shirt aanhad toen ze op het bebloede kleed lag.

'Dit kleine gebaar wordt misschien overbodig als ik de moed vind om persoonlijk met jullie te praten. Zo niet, vergeef me dan dat ik jullie niet van mijn ziekte heb verteld. Ik vond de tumor een zwakte die ik voor mezelf wilde houden. Nog zo'n leugen, Julia. Ditmaal niet helemaal uit eigenbelang.'

'Wat bedoelt ze?' mompelde Julia. 'Waar heeft ze het over?'

Paul schudde zijn hoofd alleen maar, maar zijn lichaam spande zich. 'Toen ik de diagnose, de prognose en al die andere *gnoses* kreeg, ging ik door al die fasen die heel typisch schijnen te zijn. Ontkenning, woede, verdriet. Jullie weten hoe ik er de pest aan heb om typisch te zijn. Te horen krijgen dat je minder dan een jaar te leven hebt, nog korter om te functioneren, is een ervaring die je nederig maakt. Ik had er behoefte aan om dat te compenseren. Om het leven te eren, geloof ik. Mijn leven. Dus kwam ik op het idee van het boek. Om duidelijk te maken wie ik was geweest, niet alleen voor het immer hongerende publiek, maar voor mezelf. Ik wilde dat mijn dochter, een deel van mezelf, het verhaal zou vertellen.' Haar blik werd scherper, terwijl ze dichter naar de camera toe boog. 'Julia, ik weet hoe ondersteboven je was toen ik het je vertelde. Geloof me, je hebt alle recht me te haten. Ik kom niet met excuses. Ik kan alleen hopen dat we tussen toen en nu, nu je hiernaar kijkt, een soort verstandhouding met elkaar hebben bereikt. Ik wist niet hoeveel je voor me ging betekenen. Hoeveel Brandon…' Ze schudde haar hoofd en nam een diepe haal aan de sigaret. 'Ik ga niet huilerig doen. Ik reken erop dat bij het bekend worden van mijn dood gejammerd en getandenknarst wordt. En tegen die tijd is het vast welletjes geweest.

Deze tijdbom in mijn hersens…' Ze glimlachte een beetje toen ze met haar vingers over haar slaap wreef. 'Soms zweer ik dat ik 'm erop los hoor tikken. Hij heeft me gedwongen mijn manier van leven, mijn fouten en mijn verantwoordelijkheden onder ogen te zien. Ik ben vastbesloten deze wereld zonder spijt te verlaten. Als we onze geschillen niet hebben bijgelegd, Julia, dan heb ik tenminste de troost te weten dat wij een tijdje bevriend waren. En ik weet ook dat je het boek zult schrijven. Als je iets van mijn koppigheid hebt geërfd, wil je misschien niet meer tegen me spreken, dus heb ik uit voorzorg de andere tapes gemaakt. Ik weet zeker dat ik niets belangrijks ben vergeten.'

Eve drukte haar sigaret uit en leek even haar gedachten te willen ordenen. 'Paul, ik hoef je niet te vertellen wat je voor me hebt betekend. Vijfentwintig jaar lang heb je me jouw onvoorwaardelijke liefde en trouw geschonken, die ik niet altijd verdiende. Je zult boos zijn, weet ik, omdat ik je niet over mijn ziekte heb verteld. Misschien was het egoïstisch van me, maar een inoperabele hersentumor is iets persoonlijks. Ik wilde genieten van de tijd die me nog restte zonder dat er op me werd gelet, zonder dat ik werd vertroeteld of dat iemand zich zorgen over me maakte. Luister, ik wil dat je nooit vergeet hoeveel lol we samen hebben gehad. Je bent de enige man in mijn leven die me geen moment pijn heeft bezorgd. Mijn laatste advies aan jou is: als je van Julia houdt, zorg dan dat ze zich niet van je loswriemelt. Dat probeert ze misschien. Ik heb jullie allebei mijn hele bezit nagelaten, niet alleen omdat ik van jullie hou, maar omdat het jullie levens met elkaar verbindt. Jullie zijn nog een poosje niet van elkaar af.'

Even trilden haar lippen, maar ze kreeg ze onder controle. Haar ogen schitterden van tranen. Smaragden in de regen. 'En denk erom, allebei, geef me nog meer kleinkinderen. Ik wil weten dat jullie hebben gevonden wat mij altijd is onthouden. Liefde die niet alleen in het donker kan worden uitgedragen, maar in het licht. Julia, jij was het kind waarvan ik hield, maar dat ik niet kon houden. Paul, jij was het kind dat ik kreeg en van wie ik mocht houden. Stel me niet teleur.'

Ze gooide haar hoofd achterover, zond hun een laatste vrolijke lach toe. 'En het kan geen kwaad als je het eerste meisje naar mij vernoemt.'

De band liep flikkerend af, vervaagde in sneeuw. Julia nam nog een lange slok brandy voordat ze in staat was om iets te zeggen. 'Ze was stervende. Al die tijd was ze stervende.'

Met een abrupte beweging schakelde hij de tape uit. Eve had gelijk gehad. Hij was kwaad, furieus. 'Ze had het recht niet het voor me te verzwijgen.' Met gebalde vuisten sprong hij op. 'Ik had haar misschien kunnen helpen. Er zijn specialisten, holistische medicijnen. Gebedsgenezers zelfs.' Hij hield op en haalde een hand door zijn haar toen tot hem doordrong wat hij uitkraamde. Eve was dood, en het was niet een hersentumor geweest die haar had gedood. 'Het doet er nauwelijks toe, hè? Ze heeft die video gemaakt om te bekijken nadat ze stilletjes in een ziekenhuisbed was gestorven. Maar intussen...' Hij keek in de richting van het raam, maar zag Eve op het kleed liggen.

'Het doet er wel toe,' zei Julia zachtjes. 'Alles doet ertoe.' Ze zette haar glas neer en stond op om hem aan te kijken. 'Ik wil graag met haar dokter praten.'

'Waarover?'

'Ik moet een boek schrijven.'

Hij deed een stap in haar richting, maar hield zich toen in. Zijn woede was te diep en te rauw om haar te durven aanraken. 'Daar kun je nu aan denken?'

Ze zag – hoorde – de bitterheid. Ze wist geen enkele manier om hem duidelijk te maken dat het boek te schrijven, het belangrijk te maken, de enige manier was die ze kon bedenken om Eve terug te betalen wat zij haar schuldig was voor haar geboorte. 'Ja, ik moet daaraan denken.'

'Nou,' hij haalde een sigaret voor de dag, die hij langzaam opstak, 'als je het er binnen een jaar uit ramt, kun je aan haar moord verdienen én heb je de topper voor de komende tien jaar.'

Haar ogen werden dof. 'Ja,' zei ze. 'Dat hoop ik zeker.'

Wat hij ook had willen zeggen, hoeveel gif er ook in zijn keel omhoogkwam, werd ingeslikt bij het geluid van een korte klop op de deur. Zodra hij zich van haar afkeerde om te gaan kijken, verbrokkelde Julia's gezicht. Ze drukte de onderkant van haar hand tussen haar wenkbrauwen en vocht om het vol te houden tot ze een ogenblik alleen kon zijn. 'Frank.'

'Sorry Paul, ik weet dat het een moeilijke dag is.' Frank bleef op de drempel staan. Omdat hij in functie was, liep hij niet door, maar wachtte tot het hem werd gevraagd. 'Travers zei dat jij hier met Miss Summers bent.'

'We zitten midden in een gesprek. Kun je niet wachten?'

'Ik ben bang van niet.' Hij wierp een blik over Pauls schouder, waarna hij zijn stem liet zakken. 'Ik wijk hier van de regels af, Paul. Ik zal het zo gemakkelijk mogelijk maken, maar het klopt niet.'

'Heb je een aanwijzing?'

Frank propte zijn handen in zijn zakken. 'Tja, dat zou je kunnen zeggen. Ik moet met haar praten, en ik maak het liever niet meer dan één keer mee.' Er was een spanning in zijn nek – een scherp, naar gevoel waardoor hij het liefst de deur zou sluiten en weigeren. Toen hij aarzelde, schudde Frank zijn hoofd. 'Je zou het alleen maar erger maken.'

Julia kreeg haar zelfbeheersing terug. Ze draaide zich om en haar gezicht stond kalm toen ze Frank toeknikte. 'Inspecteur Needlemeyer.'

'Miss Summers. Het spijt me, maar ik moet u nog een paar vragen stellen.'

Bij die gedachte kromp haar maag ineen, maar weer knikte ze. 'Natuurlijk. Op het bureau?'

'Ja, mevrouw.' Hij haalde een kaartje uit zijn zak. 'Ik moet u uw rechten voorlezen, maar voordat ik dat doe, wil ik u aanraden een advocaat te bellen. Een goeie.'

28

Het was alsof ze op een of andere lugubere kermis vastzat in de doolhof. Telkens wanneer ze dacht dat ze haar weg naar buiten had gevonden, strompelde ze een hoek om en stuitte tegen de zoveelste blinde, zwarte muur.

Julia keek naar de langwerpige spiegel in de verhoorkamer. Daarin zag ze zichzelf, in haar zwarte begrafenispakje, haar gezicht te bleek tegen het kreukelige linnen, zittend op een harde houten stoel. Ze zag de rook die pijn deed in haar neusgaten en in een zachtblauwe nevel naar het plafond kringelde. Het drietal koffiekopjes met het brouwsel dat net zo bitter rook als het smaakte. En de twee mannen in hemdsmouwen, met naamkaartjes aan hun borstzakje gehaakt.

Als test bewoog ze haar vingers, legde de vingertoppen tegen elkaar, vlocht ze ineen. En zag het spiegelbeeld hetzelfde doen.

Welke vrouw was zij, vroeg ze zich af. Welke vrouw zouden ze geloven? Ze wist dat er aan de andere kant van dat glas nog meer gezichten waren die haar bekeken. Door haar heen keken.

Ze hadden haar een kopje water gegeven, maar het leek of ze niet kon slikken. De kamer werd te warm gestookt, een paar graden warmer dan behaaglijk was. Onder haar donkere pakje was haar huid klam. Ze kon haar eigen angst ruiken. Soms trilde haar stem, maar ze hield de opstijgende belletjes van hysterie in bedwang tot ze weer waren bedaard.

Ze waren zo geduldig, zo hardnekkig met hun vragen. En beleefd, zo ontzettend beleefd.

Miss Summers, u hebt gedreigd Miss Benedict te vermoorden?

Wist u dat ze haar testament had gewijzigd, Miss Summers?

Miss Summers, is Miss Benedict u op de dag van de moord niet komen opzoeken? Kreeg u weer ruzie? Verloor u uw zelfbeheersing?

Hoe vaak ze ook antwoord gaf, ze gaven er een andere draai aan, zodat ze nog een keer antwoord moest geven.

Ze was alle besef van tijd kwijt. Misschien was ze een uur in dat kleine kamertje zonder raam, of een dag. Van tijd tot tijd dwaalden haar gedachten af, gewoon ergens anders heen.

Ze wilde zeker weten dat Brandon zijn avondeten kreeg. Ze moest hem overhoren voor zijn proefwerk aardrijkskunde. Terwijl haar hersens zulke korte tripjes naar het dagelijks leven maakten, gaf ze antwoord.

Ja, ze had ruziegemaakt met Eve. Ze was boos en van streek geweest. Nee, ze wist niet precies meer wat ze had gezegd. Ze hadden nooit over de wijzigingen in het testament gepraat. Nee, nooit. Het was mogelijk dat ze het moordwapen had aangeraakt. Het was moeilijk om daar zeker van te zijn. Nee, ze was niet op de hoogte geweest van de details van Eves testament. Ja, ja, de deur zat op slot toen ze thuiskwam. Nee, voor zover ze wist had niemand haar gezien nadat ze het hek door was gereden.

Telkens weer beschreef ze haar handelingen op de dag van de moord, behoedzaam haar weg door de doolhof zoekend, in haar eigen voetstappen lopend.

Tijdens de inhechtenisneming probeerde Julia wanhopig haar geest van haar lichaam los te maken. Ze keek recht vooruit toen dat haar werd bevolen, knipperde tegen de lichtflits toen haar foto voor de dossiers werd genomen. Ze draaide haar profiel.

Ze hadden haar sieraden afgenomen, haar tas, haar waardigheid. Het enige waar ze zich nu nog aan kon vastklampen, waren de restjes trots. Ze leidden haar naar de cel, waar ze moest wachten tot haar borg was geregeld en betaald. Moord, dacht ze duizelig. Ze was zojuist gearresteerd wegens doodslag. Ze was in de doolhof een afschuwelijk verkeerde bocht ingeslagen.

Toen de stalen deuren galmden, schoot paniek door haar heen. Ze gilde het bijna uit, daarna proefde ze bloed toen ze op haar onderlip beet. O god, niet hier. Sluit me niet op in deze kooi.

Naar adem happend ging ze op de rand van de brits zitten, sloeg haar handen in elkaar en hield vol. Ze zou zweren dat de zuurstof bleef hangen zodra die de tralies bereikte. Ergens vloekte iemand; lage, smerige obsceniteiten werden als een boodschappenlijst afgedraaid. Ze hoorde het gejammer van junks, het gekat van hoeren. Er huilde iemand; lage, meelijwekkende snikken die eindeloos weerkaatsten.

Tegenover de brits zat een toiletpot in de grond verankerd, maar ze was bang om die te gebruiken.

Hoewel misselijkheid ziekmakend in haar maag tolde, slikte ze het liever kokhalzend weg dan dat ze zich over het smerige toilet boog.

Ze werd niet misselijk. En ze zou niet breken.

Hoe lang zou het duren voor de pers erachter kwam? Ze kon de koppen zelf schrijven.

ॽ

DOCHTER EVE BENEDICT GEARRESTEERD VOOR MOORD OP MOEDER

WRAAK VAN IN DE STEEK GELATEN DOCHTER

HET GEHEIM DAT EEN EIND MAAKTE AAN EVES LEVEN

Julia vroeg zich af of Eve die publiciteit leuk had gevonden, waarna ze een hand tegen haar mond drukte om een uitzinnige lachbui te onderdrukken. Nee, zelfs Eve, met al haar talent om te manipuleren, met al haar slimme gaven om de spelers in haar script te manoeuvreren, had deze ironie niet kunnen voorzien.

Toen haar handen gingen beven, ging ze terug naar de brits en drukte zich in een hoek. Ze sloot haar ogen en liet haar hoofd op haar opgetrokken knieën zakken.

Moord. Het woord zweefde door haar hoofd. Toen haar adem stokte, kneep ze haar ogen steviger dicht. Achter haar ogen speelde zich de scène af zoals die haar in de verhoorkamer was beschreven.

Ruziënd met Eve. Aanwakkerende woede. Haar hand die zich om de glanzende koperen pook sloot. Eén wanhopige, gewelddadige zwiep. Bloed. Zo veel bloed. Haar eigen gegil, terwijl Eve aan haar voeten ineenzeeg.

'Summers.'

Met een ruk schoot Julia rechtop. Haar ogen stonden verwilderd en ze knipperde verwoed om te kunnen zien. Was ze in slaap gevallen? Het enige wat ze wist was dat ze op dat moment wakker was, en nog steeds in de cel. Maar de deur stond open en vlak daarnaast stond de cipier.

'Je bent op borgtocht vrij.'

Pauls eerste impuls toen hij haar zag, was op haar af te rennen om haar tegen zich aan te houden. Eén blik vertelde hem dat ze kon breken, als eierschalen in zijn hand. Meer dan troost had ze kracht nodig, bedacht hij.

'Klaar?' vroeg hij, en hij liet zijn hand in de hare glijden.

Ze zweeg tot ze buiten waren. Het overviel haar dat het nog steeds dag was. Rijen auto's bewogen zich over de straat voort, terwijl pendelaars zich een weg naar huis vochten voor het eten. Uren eerder, slechts uren eerder in de zachte, blauwe ochtend, hadden ze Eve begraven. Nu werd ze ervan beschuldigd dat ze haar dood had veroorzaakt.

'Brandon?'

Hij ving haar bij de arm op toen ze wankelde, maar ze bleef doorlopen alsof ze haar eigen zwakheid niet had gemerkt.

'Maak je geen zorgen. CeeCee zorgt overal voor. Hij kan bij hen blijven slapen, tenzij je hem wilt ophalen.'

God, wat verlangde ze ernaar om hem te zien. Hem in haar armen te houden. Hem te ruiken. Ze herinnerde zich echter de glimp die ze van haar eigen gezicht had opgevangen toen ze zich mocht aankleden. Wit, met schaduwen onder ogen waarin angst lag.

'Ik wil niet dat hij me ziet tot… tot later.' In de war bleef ze bij Pauls auto staan. Idioot, dacht ze, nu ze weer buiten stond, uit die kooi, wist ze niet wat ze verder moest doen. 'Ik moet… ik moet hem opbellen. Ik moet hem uitleggen… hoe dan ook.'

Weer wankelde ze, zodat hij, toen hij haar opving, niet anders kon doen dan haar in de auto zetten. 'Je kunt hem later opbellen.'

'Later,' herhaalde ze en ze sloot haar ogen.

Ze zei niets meer, dus hoopte hij dat ze sliep. Maar onder het rijden zag hij hoe haar hand afwisselend slap hing en zich tot een vuist balde. Hij was op tranen voorbereid, op gescheld, op woede. Hij vroeg zich af of er een man bestond die voorbereid kon zijn op een dergelijke gevaarlijke broosheid.

Toen ze de zee rook, opende ze haar ogen. Ze voelde zich verdoofd, alsof ze ontwaakte uit een lange ziekte. 'Waar gaan we naartoe?'

'Naar huis.'

Ze drukte een hand tegen haar slaap, alsof ze de realiteit terug kon duwen. 'Naar jouw huis?'

'Ja. Is dat een probleem?'

Maar toen hij haar aankeek, had ze zich afgekeerd zodat hij haar gezicht niet kon zien. Hij remde te krachtig toen hij voor het huis stopte. Ze veerden allebei voorover en weer terug. Toen hij zijn portier had dichtgedaan, was zij al uitgestapt.

'Als je niet hier wilt zijn, zeg me dan waar je heen wilt.'

'Ik kan nergens heen.' Met schrikogen keek ze hem aan. 'En naar niemand. Ik had niet gedacht dat jij… me hierheen zou brengen. Me hier zou willen. Ze denken dat ik haar heb vermoord.' Haar handen trilden zo hevig dat ze haar tas liet vallen. Nadat ze hem had opgeraapt, kon ze de kracht niet vinden om weer op te staan. 'Ze denken dat ik haar heb vermoord,' herhaalde ze.

'Julia.' Hij wilde haar vastpakken, maar ze deinsde achteruit.

'Niet doen, alsjeblieft. Blijf van me af. Ik zou dat beetje trots dat ik nog heb, kwijtraken als je aan me komt.'

'Kan het jou schelen.' Hij hielp haar omhoog en tilde haar op. De eerste snikken schoten door haar lijf terwijl hij haar naar binnen droeg.

'Ze hebben me in een cel gestopt. Ze bleven me maar vragen stellen, steeds opnieuw, en ze hebben me in een cel gestopt. Ze deden de deur op slot en lieten me daar achter. Ik kon er geen adem krijgen.'

Hoewel zijn mond zich tot een grimmige lijn samenperste, fluisterde hij haar bemoedigend toe. 'Je moet even gaan liggen. Even rusten.'

'Ik bleef maar voor me zien hoe ze eruitzag toen ik haar vond. Ze denken dat ik dat met haar heb gedaan. God, ze gaan me weer opsluiten. Wat gaat er met Brandon gebeuren?'

'Ze sluiten je niet opnieuw op.' Nadat hij haar op bed had gelegd, nam hij haar gezicht in zijn handen. 'Ze sluiten je niet nog eens op. Geloof me.'

Ze wilde wel, maar het enige wat ze kon zien was die kleine, getraliede ruimte, met haar erin gevangen. 'Laat me niet alleen. Alsjeblieft.' Ze greep zijn handen, haar ogen brandden van tranen. 'Raak me aan. Alsjeblieft.' Ze trok zijn mond op de hare. 'Alsjeblieft.'

Troost was het antwoord niet. Zachte bemoedigende woorden en tedere strelingen konden de wanhoop niet wegbranden. Passie, dat had ze nodig; snel en fel, rauw en recht voor zijn raap. Hier, met hem, kon ze haar gedachten leegmaken, haar lichaam vullen. Ze tastte naar hem, haar ogen nog nat van schrik en angst, haar lichaam tegen het zijne drukkend terwijl ze aan zijn kleren rukte.

Er waren geen woorden tussen hen. Ze had geen behoefte aan woorden, hoe zacht ook, die haar aan het denken zetten. Voor deze korte tijdsruimte had ze er alleen behoefte aan om te voelen.

Hij dacht er niet meer aan haar angsten weg te nemen. Er zat geen angst in de vrouw die met hem over het bed rolde, waarbij haar gulzige mond en zoekende vingers genotspijlen op hem afschoten. Geen haar minder wanhopig dan zij, trok hij aan haar kleren om haar te vinden. Die gloeiende, klamme huid die sidderde onder zijn handen, de woeste, opwindende geur van begeerten, de verleidelijke vrouwengeur.

Het licht stroomde de kamer binnen, gekleurd door de eerste vlammen van de ondergaande zon. Ze verhief zich boven hem, haar gezicht niet langer bleek, maar blozend van leven. Ze greep zijn polsen en bracht zijn handen op haar borsten. Met haar hoofd achterovergegooid bracht ze hem in haar, diep in haar, omsloot ze hem.

Haar lichaam verstijfde, waarna ze sidderde toen ze klaarkwam. Met haar ogen in de zijne bracht ze zijn handpalm omhoog om er een kus op te drukken. Toen, met een kreet van zowel wanhoop als triomf, bereed ze hem snel en hard, alsof ze voor haar leven reed.

Ze sliep een uur in droomloze uitputting. Toen begon de realiteit haar beschermlaag binnen te kruipen, waardoor ze klaarwakker uit haar slaap schoot. Een alarmerende kreet verbijtend, ging ze rechtop in bed zitten. Ze was er zeker van geweest dat ze weer in de cel was. Alleen. Opgesloten.

Paul stond op uit de stoel waarin hij naar haar had zitten kijken en ging naar het bed om haar hand te pakken. 'Ik ben bij je.'

Ze had een ogenblik nodig om op adem te komen. 'Hoe laat is het?'

'Het is nog vroeg. Ik dacht er net aan om naar beneden te gaan om iets te eten te maken.' Voordat ze haar hoofd kon schudden, ving hij haar kin in zijn hand. 'Je moet eten.'

Natuurlijk. Ze moest eten en slapen en lopen en ademhalen. Al die normale dingen doen om zich op het abnormale voor te bereiden. Er was nog iets wat ze moest doen. 'Paul, ik moet Brandon bellen.'

'Vanavond?'

Om niet toe te geven aan het huilerige gevoel, keek ze weg, naar het raam, en luisterde naar het gebrul van de zee. 'Ik had meteen naar hem toe moeten gaan, maar ik wist niet zeker of ik het wel aankon. Ik ben bang dat hij iets hoort of iets op de televisie ziet. Ik moet het hem zelf uitleggen, hem erop voorbereiden.'

'Ik zal CeeCee bellen. Waarom neem je niet een lange, hete douche? En neem een paar aspirines. Ik ben beneden.'

Ze pulkte aan de lakens toen hij naar de deur liep. 'Paul... dank je. Voor dit, en voor eerder.'

Hij leunde tegen de deurpost. Hij vouwde zijn armen en trok een wenkbrauw op. En zijn stem kreeg dat o zo Britse en zeer geamuseerde toontje. 'Bedank je mij omdat ik met je heb gevrijd, Jules?'

Niet op haar gemak haalde ze haar schouders op. 'Ja.'

'Nou, dan moet ik waarschijnlijk zeggen: heel graag gedaan, lieve. Wanneer je maar wilt.'

Toen ze hem eenmaal de trap af hoorde lopen, deed ze iets waarvan ze niet had geweten of ze het ooit nog zou kunnen. Ze glimlachte.

De douche hielp, evenals de paar happen die ze van de omelet die Paul had gemaakt, kon nemen. Hij verwachtte geen conversatie. Iets anders waar ze hem dankbaar voor was. Hij scheen te begrijpen dat ze moest overdenken wat ze tegen haar zoon ging zeggen. Hoe ze haar kleine jongen zou vertellen dat zijn moeder werd beschuldigd van moord.

Ze ijsbeerde door de zitkamer toen ze de auto hoorde voorrijden. Met haar handen samengeknepen keerde ze zich om naar Paul. 'Ik denk dat het beter is als –'

'Je alleen met hem praat,' maakte hij de zin af. 'Ik ben in mijn werkkamer. Bedank me niet wéér, Jules,' zei hij toen ze haar mond opendeed. 'Deze keer gaat het je misschien niet zo gemakkelijk af.'

Toen hij de trap opliep, ontsnapte hem in stilte een vreselijke vloek. Gespannen deed Julia de deur open. Daar was Brandon met zijn rugzak over zijn schouder. Hij grijnsde naar haar. Het lukte hem zich in te houden en niet meteen te gaan ratelen over alles wat hij die dag had gedaan. Hij herinnerde zich wat zij had gedaan. Ze was naar een begrafenis geweest en haar ogen stonden treurig.

Achter hem reikte CeeCees hand naar die van Julia. Het zwijgende teken van steun, van geloof, bezorgde Julia een brok in haar keel.

'Bel me maar op,' zei CeeCee. 'Zeg me wat je nodig hebt.'

'Ik… dank je.'

'Bel,' herhaalde CeeCee, waarna ze met een snel gebaar Brandons haar in de war maakte. 'Tot ziens, jochie.'

'Dag. Zeg tegen Dustin dat ik hem op school zie.'

'Brandon.' O god, dacht Julia. Ze was er zo zeker van geweest dat ze erop was voorbereid. Hij keek echter naar haar op met een gezicht dat zo jong, zo vol vertrouwen was. Ze deed de deur achter zich dicht en liep met hem naar het terras. 'Laten we een minuutje hier blijven.'

Hij wist alles van de dood. Ze had het hem uitgelegd toen zijn grootouders waren gestorven. Mensen gingen weg, naar de hemel, zoals engelen, en zo. Soms werden ze heel ziek, of ze kregen een ongeluk. Of ze werden helemaal aan reepjes gesneden, zoals die kinderen op de *Halloween*-video waarvoor Dustin en hij een paar weekends geleden stiekem uit bed waren gekomen.

Hij dacht er niet graag al te vaak aan, maar hij had het gevoel dat zijn moeder er weer met hem over ging praten.

Ze hield de hele tijd zijn hand vast. Stevig. En ze staarde in het donker, waar je alleen het witte schuim kon zien dat op het strand terechtkwam. In het huis achter hem was het licht aan, zodat hij haar gezicht kon zien, en hoe de wind met haar lange, wijde peignoir speelde.

'Ze was zo aardig,' begon Brandon. 'Ze praatte tegen me, vroeg me over school en zo. En ze lachte om mijn grapjes. Het spijt me dat ze dood moest gaan.'

'O, Brandon, mij ook.' Ze haalde diep adem. 'Ze was een heel belangrijk mens, en je zult een hoop over haar horen – op school, op tv, in de kranten.'

'Ze zeggen van die dingen als dat ze een godin was, maar ze was een echt mens.'

'Ja, ze was een echt mens. Echte mensen doen dingen: nemen beslissingen, maken vergissingen. Ze worden verliefd.'

Hij schuifelde. Ze wist dat hij op de leeftijd was dat praten over liefde hem ongemakkelijk maakte. Gewoonlijk had ze erom gelachen. 'Lang geleden werd Eve verliefd. En ze kreeg een baby. Tussen haar en de man van wie ze hield werd het niets, dus moest ze doen wat zij dacht dat het beste voor de baby was. Er zijn een heleboel mensen die zelf geen baby's kunnen krijgen.'

'Dan adopteren ze er een, zoals oma en opa jou hebben geadopteerd.'

'Dat klopt. Ik hield van je grootouders en zij hielden van mij. En van jou.' Ze draaide zich om en knielde neer om zijn gezicht in haar handen te nemen. 'Maar ik ontdekte, nog maar een paar dagen geleden, dat ik de baby was die Eve weggaf.'

Hij deinsde niet geschokt terug, maar schudde zijn hoofd alsof hij zo de woorden op hun plaats probeerde krijgen. 'Bedoel je dat Miss B. jouw echte mama was?'

'Nee, oma was mijn echte moeder; de persoon die mij heeft grootgebracht, die van me hield en voor me zorgde. Maar Eve was de vrouw die me op de wereld bracht. Zij was mijn biologische moeder.' Met een zucht streek Julia een hand door zijn haar. 'Jouw biologische grootmoeder. Je werd heel belangrijk voor haar toen ze je eenmaal leerde kennen. Ze was trots op je, en ik weet dat ze wou dat ze tijd had gehad om je dat zelf te vertellen.'

Zijn lip trilde. 'Hoe kwam het dat ze je toen je een baby was niet heeft gehouden? Ze had een groot huis en geld en alles.'

'Het is niet altijd een groot huis en geld, Brandon. Er zijn andere redenen, belangrijkere redenen, om zo'n beslissing te nemen.'

'Jij hebt mij niet weggegeven.'

'Nee.' Ze legde haar wang tegen de zijne met een liefde die even sterk en hecht was als toen hij in haar baarmoeder groeide. 'Maar wat voor de een goed is, is niet altijd goed voor een ander. Ze deed wat volgens haar juist was, Brandon. Hoe kan ik er verdriet over hebben, terwijl ik bij oma en opa ging horen?'

Met haar handen op zijn schouders ging ze op haar hielen zitten. 'Ik vertel je dit omdat de mensen zullen kletsen. Ik wil dat je weet dat jij je nergens voor hoeft te schamen, nergens spijt van hoeft te hebben. Je kunt er trots op zijn dat Eve Benedict je grootmoeder was.'

'Ik vond haar heel aardig.'

'Weet ik.' Ze glimlachte en trok hem mee naar het bankje dat aan de balustrade vastzat. 'Er is meer, Brandon, en het wordt heel moeilijk. Je moet moedig zijn voor mij, je moet geloven dat alles goed komt.' Ze wachtte, haar ogen in de zijne, tot ze het gevoel had dat ze het rustig kon zeggen. 'De politie denkt dat ik Eve heb vermoord.'

Hij knipperde niet eens. Maar zijn ogen vulden zich met gloeiende woede. Zijn kleine mond verstrakte. 'Dat is stom.'

Haar opluchting kwam als een lach naar buiten, terwijl ze haar wang op zijn haar liet rusten. 'Ja. Ja, het is stom.'

'Je maakt nog niet eens spinnen dood. Kan ik ze vertellen.'

'Ze komen achter de waarheid. Maar het kan een tijdje duren. Ik moet misschien naar de rechtszaal.'

Hij begroef zijn gezicht in haar borst. 'Zoals met Judge Wapner?'

Toen hij beefde, wiegde ze hem, zoals ze had gedaan toen hij nog maar een baby was en van de koliek niet kon slapen. 'Niet precies. Maar ik wil niet dat jij je zorgen maakt, want ze komen er wel achter.'

'Waarom kunnen we niet gewoon weggaan? Waarom kunnen we niet gewoon naar huis?'

'Gaan we ook. Als het allemaal voorbij is, gaan we.' Ze drukte hem tegen zich aan. 'Ik beloof het.'

In zijn slaapkamer, waar hij was weggekropen om te zuipen en te mokken, bereidde Drake zich voor op een telefoontje. Hij was verrekte blij dat de teef tot haar nek in de moeilijkheden zat. Niets deed hem meer deugd dan zijn *nicht* voor moord op het schavot te zien.

Maar zelfs al was zij uit de weg, dan stond Paul nog tussen hem en al dat geld in. Misschien was er geen manier om het testament aan te vechten, geen manier om de erfenis op te strijken waar hij voor had gewerkt. Maar er was altijd nog één truc. Die had hij bewaard.

Hij nam een slok van zijn whisky puur en glimlachte toen de verbinding tot stand kwam. 'Met Drake,' zei hij zonder inleiding. 'Jij en ik moeten samen praten... Waarom? Nou, nogal simpel. Ik heb informatie waarvoor je me zou willen betalen. Zoals wat je uitspookte toen je het gastenverblijf binnensloop en in de aantekeningen van dierbare nicht Julia snuffelde. O, en nog iets wat de politie zal interesseren. Zoals het feit dat het alarmsysteem op de dag van de moord op Eve was uitgeschakeld. Hoe ik het weet?' Weer glimlachte hij, klaar om het geld te tellen. 'Ik weet allerlei dingen. Ik weet dat Julia die dag in de tuin zat. Ik weet dat er iemand anders het huis in ging, waar Eve zat te wachten, en alleen naar buiten kwam. Helemaal alleen.'

Hij luisterde, glimlachend tegen het plafond. God, het was fijn om weer de lakens uit te delen. 'O, ik weet zeker dat je een heleboel redenen hebt, een heleboel verklaringen. Vertel die maar aan de smerissen. Of... je kunt me ompraten, zodat ik het allemaal vergeet. Een kwart miljoen zou een hele hoop helpen. Voorlopig. Redelijk?' zei hij met een lachje. 'Verdomd, ik zal redelijk zijn. Ik geef je een week om ermee op de proppen te komen. Eén week vanaf nu. Laten we zeggen middernacht. Dat klinkt zo prettig. Breng het hier. Alles, of ik ga regelrecht naar de officier van justitie om mijn arme nicht te redden.'

Hij hing op, besloot vervolgens een naam uit zijn kleine zwarte boekje te halen. Hij had zin om het te vieren.

Rusty Haffner was op zijn beurt op zoek naar iets nieuws. Bijna zijn hele leven lang had hij op veilig gespeeld en hoewel hij bij de laatste telling meer had verloren dan gewonnen, had hij niet de indruk dat hij niet meer mocht meedoen. De dag na het behalen van zijn middelbareschooldiploma had zijn vader hem gedwongen bij de marine te gaan. Hij was met hangen en wurgen door zijn diensttijd gekomen, waarbij hij oneervol ontslag had weten te vermijden bij de gratie van zijn parelwitte tanden. Hij had echter geleerd hoe hij de *'Sir, yes, sirs'* eruit moest persen, hoe hij de belangrijkste kont moest kussen en zich uit de nesten kon werken. Zijn huidige baan verveelde hem en hij was allang weg geweest als de betaling niet zo goed was. Zes ruggen om een vrouw in de gaten te houden was moeilijk af te slaan.

Op dat moment vroeg goeie ouwe Rusty zich echter af of er een manier was om zijn boterham aan de andere kant wat dikker te beleggen.

Terwijl hij bosbessenyoghurt at, keek Rusty naar het journaal van elf uur. Het was er allemaal. Julia Summers, de chique poes die hij wekenlang had geschaduwd. En was het geen klap in je gezicht om te ontdekken dat ze de dochter van Eve Benedict was? Dat ze de hoofdverdachte was van de moord op het ouwe wijf? En, voor Rusty P. Haffner het allerinteressantst, dat ze op het punt stond een grote kluit te erven van een vermogen dat volgens zeggen meer dan vijftig miljoen bedroeg. Een chique poes als Summers zou iemand die haar uit haar ellende kon helpen, heel dankbaar zijn. Een stuk dankbaarder dan zes ruggen per week. Dankbaar genoeg, bedacht Rusty terwijl hij zijn lepel aflikte, om een man zijn leven lang te onderhouden.

Kon zijn dat zijn huidige cliënt zich zo afgezeken voelde dat hij voor problemen ging zorgen. Maar voor, zeg, twee miljoen – contant – kon Rusty wel een probleempje aan.

29

Bezweet, opgemonterd en tevreden met de wereld in het algemeen, rende Lincoln Hathoway na zijn ochtendrondje joggen de keuken binnen. Het Krups-koffiezetapparaat begon net te pruttelen, en hij keek op zijn horloge. Vijfentwintig over zes. Exact.

Als er iets was waarover Elizabeth, al vijftien jaar zijn vrouw, en hij het eens waren, was het discipline. Hun leven verliep uiterst soepel. Hij genoot van zijn status als een van de meest gerespecteerde strafpleiters van de Oostkust, en zij genoot ervan de echtgenote en gastvrouw van een succesvol man te zijn. Ze hadden twee intelligente, welgemanierde kinderen die niet anders dan overvloed en stabiliteit gewend waren. Een jaar of tien geleden hadden ze wat problemen gehad, maar die waren met nauwelijks een rimpeling weer gladgestreken. De jaren hadden gezorgd voor een aan onpersoonlijk grenzende routine, was dat precies zoals ze het zich wensten.

Als altijd haalde Lincoln zijn mok uit de kast, waarop stond: ADVOCATEN DOEN HET IN HUN SLIPJE, een grapje dat zijn dochter Amelia hem voor zijn veertigste verjaardag had gegeven. Zijn eerste kop van de dag dronk hij altijd in zijn eentje terwijl hij in de keuken naar het vroege tv-journaal keek, voordat hij naar boven ging om te douchen. Het was een goed leven, bedacht Lincoln terwijl hij de tv aanzette. De omroeper was net een verrassende ontwikkeling in de moord op Eve Benedict aan het aankondigen.

De beker glipte uit Lincolns vingers en viel in stukken. Gloeiende Colombia-koffie stroomde als een rivier over de glanzende tegels.

'Julia.' Terwijl hij haar naam fluisterde, reikte hij naar een stoel.

In haar eentje zat ze in elkaar gedoken in een hoek van de bank. De blocnote waarop ze probeerde te schrijven hield ze slapjes in haar handen. Ze had zichzelf opgedragen een lijst te maken, haar prioriteiten. Wat er gedaan moest worden.

Uiteraard had ze een advocaat nodig. De beste die ze zich kon veroorloven. Dat betekende een tweede hypotheek op haar huis nemen. Misschien zelfs verkopen. Ook al zou ze het in overweging nemen, aan Eves geld kon ze niet komen. Zolang ze ervan werd verdacht dat ze Eves dood op haar geweten had, mocht ze er niet van profiteren.

De een zijn dood… Ze had het altijd een rare uitdrukking gevonden. Nu meer dan ooit.

Ze moest regelen dat er voor Brandon werd gezorgd. Tijdens het proces. En daarna, als… Het was niet de tijd om aan 'als' te denken. Ze had geen familie. Er waren vrienden, van wie er een hoop al hadden geprobeerd haar te bereiken. Maar aan wie kon ze in godsnaam haar kind toevertrouwen?

Daar was precies haar lijst geëindigd, omdat ze op dat punt niet verder kon.

Om de paar minuten rinkelde de telefoon. Dan hoorde ze het antwoordapparaat aanklikken, en Pauls stem die de beller liet weten dat er niemand beschikbaar was. De journalisten werden afgewisseld met mensen die bezorgd waren. CeeCee, Nina, Victor. God, Victor. Toen ze zijn stem hoorde, sloot ze haar ogen. Wist hij het? Had hij vermoedens? Wat konden ze in 's hemelsnaam tegen elkaar zeggen dat niet nog meer pijn zou veroorzaken?

Ze wou dat Paul terugkwam. Ze wou dat hij langer wegbleef, zodat ze alleen kon zijn. Hij had haar alleen verteld dat hij wat dingen moest doen. Hij had haar niet verteld wat, en zij had geen vragen gesteld.

Hij had zelf Brandon naar school gebracht.

Brandon. Ze moest iets voor Brandon regelen.

Toen de telefoon weer ging, bleef ze die negeren. Maar door de dwingende toon in de stem moest ze luisteren, waarna ze naar de telefoon staarde.

'Julia, bel me alsjeblieft zo snel mogelijk. Ik heb mijn afspraken voor vandaag afgezegd en geregeld dat ik thuis kan blijven. Ik heb het net gehoord, op het journaal, vanmorgen. Bel me alsjeblieft terug. Ik kan je niet zeggen hoe… Bel me. Het nummer is…'

Langzaam, zich er nauwelijks van bewust dat ze was opgestaan en de kamer doorgelopen, nam ze de hoorn op. 'Lincoln. Met Julia.'

'O, goddank. Ik wist niet eens zeker of ze me het goede nummer hadden gegeven. Ik heb bij de politie van L.A. alles op z'n kop moeten zetten.'

'Waarom bel je me eigenlijk?'

Het was geen bitterheid die hij hoorde, maar verwondering. Het maakte de schaamte bijna ondraaglijk. 'Omdat je aan de vooravond van een moordproces staat. Ik kan het niet geloven, Julia. Kan niet geloven dat ze voldoende bewijsmateriaal hebben voor een proces.'

Zijn stem was niet veranderd, constateerde ze. Keurig en afgemeten. Om redenen die ze niet kon peilen, vroeg ze zich af of hij nog altijd zijn ondergoed liet strijken. 'Ze schijnen te denken van wel. Ik was er. Mijn vingerafdrukken staan op het wapen. Ik heb haar bedreigd.'

'Jezus christus.' Hij streek een hand door zijn soepele blonde haar. 'Wie vertegenwoordigt je?'

'Greenburg. Hij was Eves advocaat. Om je de waarheid te zeggen is hij op zoek naar iemand anders. Hij doet geen strafrecht.'

'Luister naar me, Julia. Praat met niemand. Hoor je me? Spreek met niemand.'

Bijna glimlachte ze. 'Moet ik dan ophangen?'

Hij had haar humor nooit begrepen en denderde verder. 'Ik neem het eerste vliegtuig dat ik kan krijgen. Ik ben lid van de Californische Orde, dus dat is geen probleem. Nou, geef me het adres waar je zit.'

'Waarom? Waarom zou je hiernaartoe komen?'

Hij was al bezig zijn redenen en excuses aan zijn vrouw, zijn collega's en de pers te formuleren. 'Ik ben het je verschuldigd,' zei hij afgemeten.

'Nee. Je bent me niets verschuldigd.' Ze hield de telefoon nu met beide handen vast. 'Besef je, komt het ook maar even in je op, dat je niet eens naar hem hebt gevraagd? Je hebt niet eens naar hem gevraagd.' In de stilte die volgde hoorde ze de deur dichtgaan. Toen ze omkeek zag ze dat Paul naar haar keek.

'Julia.' Lincolns stem was kalm, uitermate redelijk. 'Ik wil je helpen.

Wat je ook van me denkt, je weet dat ik de beste ben. Laat mij dit voor je doen. En voor de jongen.'

De jongen, dacht ze. Hij kon Brandons naam niet eens over zijn lippen krijgen. Even liet ze haar hoofd op haar hand rusten om over haar emotie heen te komen. Lincoln had één ding gezegd dat volkomen waar was. Hij was de beste. Ze kon zich niet permitteren trots in de weg van vrijheid te laten staan.

'Ik ben in Malibu.' Ze gaf hem het adres. 'Tot ziens, Lincoln. Dank je wel.'

Paul zei niets, wachtte.

Hij wist niet wat hij voelde. Of, dacht hij, toch wel. Toen hij binnenkwam en doorkreeg wie er aan de telefoon was, kreeg hij het gevoel alsof hij werd neergeschoten. Nu bloedde hij vanbinnen.

'Je hebt het gehoord,' begon ze.

'Ja, ik heb het gehoord. Ik dacht dat we hadden afgesproken dat je de telefoon niet zou beantwoorden.'

'Het spijt me. Ik moest wel.'

'Natuurlijk. Hij negeert je tien jaar lang, maar jij moest zijn telefoontje beantwoorden.'

Afwezig streek ze met een hand over haar maag, waar de spieren samenkrompen. 'Paul, hij is advocaat.'

'Zoiets heb ik gehoord.' Hij liep naar de bar, maar bedacht dat hij het beter bij mineraalwater kon houden. Drank zou nu werken als benzine op een vuur. 'En natuurlijk is hij de enige advocaat in het land die bevoegd is jouw zaak op zich te nemen. Hij vliegt hier op zijn zilveren koffertje heen om jou uit de klauwen van het onrecht te redden.'

'Ik kan me niet veroorloven hulp af te slaan, uit welke hoek die me ook wordt geboden.' Ze perste haar lippen op elkaar en deed haar best haar stem rustig te houden. In haar knaagde een verschrikkelijke opwelling om langs hem heen te rennen en de deur open te gooien. 'Misschien zou je het flinker van me vinden als ik hem in het gezicht spoog. Misschien vind ik dat ook. Maar als ze me in de gevangenis gooien, weet ik niet of ik het zal overleven. En ik ben bang, ik ben heel bang om Brandon.'

Hij zette zijn glas neer voordat hij op haar toeliep. Zijn handen waren teder toen ze langs haar armen op en neer gleden. 'Luister, Jules. We laten hem zijn juridische tovertrucs doen. En als het allemaal voorbij is, spugen we hem allebei in het gezicht.'

Ze sloeg haar armen om hem heen en drukte haar wang tegen de zijne. 'Ik hou van je.'

'Het werd tijd dat je het daar weer eens over had.' Hij bracht haar gezicht omhoog om haar te kussen, waarna hij haar naar de bank trok. 'Ga nu zitten, dan vertel ik je wat ik heb uitgespookt.'

'Uitgespookt?' Ze deed haar best op een glimlach, terwijl ze zich afvroeg of ze tot een normaal gesprek in staat waren.

'Detective gespeeld. Welke schrijver van thrillers is niet een gefrustreerde detective? Heb je gegeten?'

'Hè? Paul, je springt van de hak op de tak.'

'Ik heb besloten dat we in de keuken gaan praten. Onder het eten.' Hij stond op, greep haar hand en sleurde haar achter zich aan. 'Het leidt af als ik zie dat je kilo's afvalt terwijl ik aan het praten ben. Ik denk dat Brandon wat pindakaas heeft overgelaten.'

'Krijg ik een boterham met pindakaas?'

'En jam.' Hij pakte een pot Skippy. 'Luister, het barst van de proteïnen.'

Ze had het hart niet hem te zeggen dat ze geen trek had. 'Ik maak ze klaar.'

'Het is mijn specialiteit,' hielp hij haar herinneren. 'Ga zitten. Als ik aan de vooravond van een moordzaak sta, mag jij mij verwennen.'

Nu lukte het haar te glimlachen. 'Afgesproken.' Ze keek hoe hij het brood besmeerde, en vroeg zich af of hij terugdacht aan die eerste morgen toen hij met Eve kennismaakte. Met een zuchtje keek ze langs hem heen naar de jadepalm op de vensterbank. Had hij gemerkt dat die bijna dood was toen Brandon en zij hier kwamen? Een beetje water, een beetje mest, en hij tierde weer. Er was zo weinig nodig om het leven een steuntje te geven.

Weer glimlachte ze, nu naar het bord dat voor haar werd neergezet. Er ging niets boven pindakaas met jam, en iemand om van te houden.

'Je hebt het niet in driehoekjes gesneden.'

Hij trok een wenkbrauw op. 'Een echte man eet zijn boterham niet in stukjes gesneden. Dat is stom.'

'Goddank dat je het zegt. Anders was ik die van Brandon in stukjes blijven snijden en had ik hem gekleineerd.' Toen ze haar boterham oppakte, lekte de jam er zorgeloos tussenuit. 'O ja, hoe heb je detective gespeeld?'

'Wat wij benenwerk noemen.' Toen hij ging zitten, strekte hij zijn hand uit om haar haar achter haar oor te strijken. 'Ik heb met Jack, de piloot, gesproken. Hij, als expert, durft te zweren dat er met de brandstofleiding is geknoeid. Het is misschien niet veel, maar het zou kunnen bewijzen dat er iets niet pluis was, dat iets je van buitenaf bedreigde. En Eve misschien ook.'

Ze dwong zich te eten, te hopen. 'Oké. Ik denk dat het heel belangrijk kan zijn de politie ervan te overtuigen dat iemand dreigementen stuurde – vanwege het boek. De tapes. Ik snap niet hoe ze, als ze de tapes hebben beluisterd, kunnen denken dat ik...' Ze schudde haar hoofd. 'Dat is geen bewijs dat alleen Eve en ik wisten wat erop stond.'

'De term is *gebrek aan bewijs*. Meer hebben we niet nodig. Ik ben bij Travers geweest,' voegde hij eraan toe. Op dit punt, nu hij eerlijk wilde zijn, wilde hij ook zijn woorden zorgvuldig kiezen. 'Ze is nog steeds een wrak, Jules. Ze heeft haar hele leven rond Eve gebouwd – wat Eve voor haar heeft gedaan, voor haar zoon.'

'En Travers gelooft dat ik haar heb vermoord.'

Hij stond op om iets te drinken voor hen allebei te halen. Chablis was het eerste wat hij tegenkwam, en hij vond dat die uitstekend paste bij pindakaas. 'In dit stadium heeft ze er behoefte aan iemand de schuld te geven. Zij wil dat jij die iemand bent. Weet je wat het is: er kon in dat huis heel weinig gebeuren of Travers wist het. Het feit dat Eve haar ziekte voor iedereen, inclusief Travers, verborgen heeft weten te houden, zegt des te meer over Eves raffinement en vastbeslotenheid. Er was die dag iemand anders op dat landgoed. Iemand anders in het gastenverblijf. Travers is onze beste gok om te weten te komen wie.'

'Ik wou alleen maar... Ik wou dat ze kon begrijpen dat ik niet meende wat ik die avond zei.' Haar stem werd zwaarder toen ze haar glas opnam en het zonder te drinken weer neerzette. 'Dat ik nooit heb gewild dat dat Eves laatste herinnering aan mij zou worden. Of de mijne aan haar. Daar zal ik mijn hele leven spijt van hebben, Paul.'

'Dat zou fout zijn.' Hij legde een hand over de hare en kneep er zachtjes in. 'Ze heeft je hier laten komen zodat jullie elkaar door en door zouden leren kennen. Niet door een incident, een paar verhitte woorden. Julia, ik ben bij haar dokter geweest.'

'Paul.' Ze strengelde haar vingers door de zijne. Op dat ogenblik leek elke aanraking, elk contact zo waardevol. 'Dat had je niet alleen moeten doen.'

'Het was iets wat ik alleen wilde doen. Vorig jaar op Thanksgiving Day kreeg ze de diagnose te horen. Ze had ons toen laten weten dat ze niet in de stemming voor kalkoen en pompoentaart was en dat ze een week of twee naar de *Golden Door* ging om zich te laten vertroetelen en om bij te komen.' Hier zweeg hij om zijn eigen gevoelens te bevechten. 'Ze ging het ziekenhuis in voor de onderzoeken. Klaarblijkelijk had ze last van hoofdpijn, stemmingswisselingen, zag ze onscherp. De tumor was... nou ja, om het simpel te stellen: het was te laat. Ze konden haar medicijnen geven om de ergste pijn weg te nemen. Ze kon normaal verdergaan. Maar ze konden het niet genezen.'

Hij keek op. In zijn ogen zag ze de donkere, bodemloze bron van verdriet.

'Ze konden het niet stoppen. Ze vertelden haar dat ze hoogstens nog een jaar had. Van daaruit ging ze meteen naar een specialist in Hamburg. Nog meer onderzoeken, hetzelfde resultaat. Ze moet meteen hebben besloten wat haar te doen stond. Het was vroeg in december toen ze Maggie en mij over het boek vertelde. Over jou. Ze wilde haar leven tot een goed einde brengen en voor de mensen van wie ze hield verzwijgen hoe weinig tijd ze nog had.'

Julia keek naar de kleine jadepalm, die blaakte in het zonlicht. 'Ze heeft niet verdiend dat ze werd beroofd van wat haar nog restte.'

'Nee.' Hij nam een slok, een stille toost. Weer een afscheid. 'En wat zou ze verrekte pissig zijn als degene die haar heeft vermoord, ontkwam. Dat laat ik niet gebeuren.' Hij klonk met zijn glas tegen dat van Julia om te bezegelen dat ze partners waren, wat haar een dikke keel bezorgde. 'Drink je wijn,' bezwoer hij. 'Dat is goed voor de ziel. En het ontspant je, zodat ik je makkelijker kan verleiden.'

Ze knipperde haar tranen weg. 'Pindakaas met jam én seks in één middag. Ik weet niet of ik het aankan.'

'Laten we het proberen,' zei hij en hij trok haar overeind.

Hij hoopte dat ze een uur of twee zou slapen en liet haar in de slaapka-mer achter, waar de jaloezieën tegen de zon waren dichtgetrokken en de ventilator aan het plafond de hitte wegmaaide.

Zoals de meeste verhalenvertellers kon Paul op om het even welke plaats een intrige bedenken: in de auto, in de wachtkamer van de tand-arts, op een party. Maar hij was er door de jaren heen achter gekomen dat hij in zijn werkkamer het beste met de structuur bezig was.

Hij had het vertrek op dezelfde manier ingericht als de rest van zijn huis. Naar eigen inzicht. In de lichte ruimte op de eerste verdieping bracht hij de meeste tijd door. Eén wand bestond geheel uit glas; een en al hemel en zee. Wie geen verstand had van de gang van zaken, geloofde niet dat hij aan het werk was als hij alleen maar naar buiten zat te staren en naar de verandering van licht en schaduw keek, de zwermen krijsen-de meeuwen.

Het ongerief van het uit zijn hoofd en hart peuren van een verhaal, had hij gecompenseerd door zijn werkruimte het summum aan comfort te geven. De zijmuren gingen schuil achter boeken: naslagwerken en ontspanningslectuur. In zware stenen potten stonden glanzende ficus-bomen. Op een dag was Eve zijn heiligdom binnengedrongen en had kleine rode en groene balletjes aan hun ranke takken gehangen om hem eraan te herinneren dat, inleverdatum van zijn boek of niet, Kerstmis op til was.

Het computertijdperk was niet aan hem voorbijgegaan, en hij werkte op een kleine, snelle pc. Maar hij krabbelde nog steeds aantekeningen op losse velletjes papier, die hij dikwijls kwijtraakte. Hij had fantastische stereoapparatuur laten installeren, in de waan dat hij het heerlijk zou vinden tegen de achtergrond van Mozart of Gershwin aan zijn boeken te werken.

Het had hem nog geen week gekost om toe te geven dat hij de aflei-ding vreselijk vond. Hij zorgde ervoor dat zijn kleine koelkast altijd ge-vuld was met frisdrank en bier. Als hij eenmaal bezig was, ging hij soms achttien uur door voordat hij de deur opende en met troebele ogen het kantoor uit wankelde, de werkelijkheid tegemoet.

Daar was het dus waar hij heen ging om na te denken over Julia en de puzzel van het bewijzen van haar onschuld.

Hij ging in zijn stoel zitten, wipte naar achteren en staarde naar de lucht om zijn gedachten helder te krijgen.

Als hij naar een intrige zocht, een gewone, zou ze de perfecte moordenares zijn. Kalm, beheerst en veel te strak in het harnas. Gereserveerd. In zichzelf gekeerd. Wars van verandering. Eve was komen opdagen en had het keurig geordende leventje dat ze voor zichzelf had opgebouwd uiteen laten knallen. De kolkende woede had zijn weg weten te vinden door die veilige buitenste laag van beheersing, en in een moment van blinde haat en wanhoop had ze toegeslagen.

Zo kon de aanklager het spelen, dacht hij. Een erfenis van een paar miljoen als extra olie op het vuur. Natuurlijk zou het moeilijk voor ze zijn te bewijzen dat Julia van het testament had geweten. Maar het zou niet moeilijk zijn een jury – als het zover kwam – ervan te overtuigen dat Eve alle vertrouwen in Julia had.

De zieke filmkoningin op leeftijd op zoek naar een verloren verleden, de liefde van een kind waar ze afstand van had gedaan. Ze konden Eve de rol geven van het kwetsbare slachtoffer, dat haar ziekte moedig onder ogen zag en eenzaam en wanhopig trachtte contact met haar dochter te zoeken.

Eve zou het snerend *gelul* noemen.

Moedermoord, peinsde hij. Een afschuwelijke misdaad. En hij dacht dat de officier van justitie heel blij zou zijn als hij het op doodslag kon houden.

Hij stak een sigaar op, sloot zijn ogen en draaide in gedachten af waarom de scène niet werkte.

Julia was niet tot moord in staat. Dat was, uiteraard, zijn mening, en niet bepaald een adequate verdediging. Hij kon zich beter op krachten van buitenaf en fundamentele feiten concentreren dan zijn eigen emoties. De briefjes. Die waren een feit. Hij was bij Julia geweest toen ze er een ontving. Er was geen sprake van dat die schok en angst waren voorgewend. De aanklagers konden te berde brengen dat ze de dochter van een actrice was en ooit zelf toneelaspiraties had gehad. Hij betwijfelde echter of zelfs Eve tot zo'n koelbloedige vertolking in staat was geweest. Er was met het vliegtuig geknoeid. Kon iemand in alle ernst geloven dat ze haar leven zou riskeren, zou riskeren dat haar zoon wees werd, louter om het effect?

De tapes. Hij had de tapes beluisterd en ze waren heel wisselend. Welk geheim was het leven van Eve waard?

Er was in Pauls brein geen twijfel mogelijk dat ze was gestorven om een leugen in stand te houden.

Gloria's abortus. Kincades perversies. Torrents ambities. Priests hebzucht.

Delrickio. Met heel zijn hart had Paul willen geloven dat Delrickio verantwoordelijk was. Maar hij kon de stukjes niet passend krijgen. Kon de man die zo koelbloedig met de dood omging zijn controle verliezen en zo in het wilde weg moorden?

Het stond bijna vast dat het een misdaad was die uit het moment was voortgekomen. Degene die het had gedaan wist niet wanneer Julia zou terugkomen of dat de tuinman, om de rozen te snoeien, niet langs het raam zou komen.

Dat ging niet op voor de bewaking. Alleen het personeel zou binnen de hekken geweest zijn. En toch was er iemand binnengeglipt.

Paul stelde zichzelf de vraag wat hij had gedaan als hij, zonder dat iemand het wist, Eve te pakken wilde krijgen – alleen. Het zou niet moeilijk zijn openlijk op bezoek te komen en weg te gaan, een snel omweggetje te maken om het alarm uit te schakelen. Snel terug te gaan. Haar te overbluffen. Je zelfbeheersing te verliezen.

Dat beviel hem. Dat beviel hem heel goed, behalve het niet onbelangrijke feit dat het alarm aanstond toen de politie het controleerde.

Dus moest hij nog eens met Travers praten, en Nina, en Lyle. En alle anderen, tot de nederigste werkbij op het landgoed.

Hij moest zien te bewijzen dat er iemand naar binnen had kunnen gaan. Iemand die bang genoeg was om briefjes te sturen. Iemand die wanhopig genoeg was om te moorden.

In een opwelling pakte hij de telefoon en draaide. 'Nina, met Paul.'

'O, Paul. Travers zei dat je hier was geweest. Het spijt me dat ik je heb gemist.' Ze keek haar kantoor rond, naar de kartonnen dozen die ze nauwgezet aan het inpakken was. 'Ik ben bezig alles te sorteren en mijn eigen spullen te verhuizen. Ik heb een huis in de Hills gehuurd tot… nou ja, tot ik kan bedenken wat ik verder ga doen.'

'Je weet dat je zo lang kunt blijven als je wilt.'

'Dank je.' Ze graaide in haar tas naar een tissue. 'Ik maak me zorgen om Travers, maar ik kan onmogelijk blijven nu ik weet dat Miss B. niet komt binnenstuiven met een of andere nieuwe, onmogelijke opdracht. O god, Paul, waarom moest dit gebeuren?'

'Dat is iets waar we achter moeten zien te komen. Nina, ik weet dat de politie je heeft ondervraagd.'

'Keer op keer,' zei ze zuchtend. 'En nu de officier van justitie. Hij schijnt er zeker van te zijn dat ik in de rechtszaal moet getuigen, over de ruzie. Over Julia.' Hij hoorde hoe haar stem veranderde, bitser werd.

'Jij denkt dat ze het gedaan heeft, nietwaar?'

Ze keek naar de verfrommelde tissue, gooide die weg en pakte een vers exemplaar. 'Het spijt me, Paul, ik ken je gevoelens voor haar. Maar ja, ik zie geen andere verklaring. Ik denk niet dat ze het van plan was. Ik denk zelfs dat ze het niet meende. Maar het is gebeurd.'

'Wat je ook denkt, Nina, misschien kun je me helpen. Ik ben een theorietje aan het uitproberen. Kun jij me vertellen wie er op de dag dat Eve werd vermoord bij haar op bezoek kwamen? En de dag ervoor?'

'O god, Paul.'

'Ik weet dat het lastig is, maar het zou helpen.'

'Goed dan.' Bruusk droogde ze haar ogen, stopte de tissue in haar zak, waarna ze de agenda pakte, die nog niet was ingepakt. 'Drake was hier, en Greenburg. Zowel Maggie als Victor is de avond ervoor langs geweest. O, en jij natuurlijk. Travers zei dat jij Eve wilde spreken, dus heb ik het in haar agenda geschreven.'

'Efficiënt als altijd, Nina.' Hij speelde met een andere mogelijkheid. 'Had Eve iets met de chauffeur?'

'Lyle?' Voor het eerst in dagen moest Nina werkelijk lachen. 'Nee! Miss B. was te goed voor zijn soort. Ze vond dat hij en de auto er samen goed uitzagen. Meer niet.'

'Nog iets. De dag dat het gebeurde. Had je problemen met het alarm? Heeft iemand ernaar gekeken?'

'Het alarm? Nee, waarom zouden er problemen zijn geweest?'

'Ik ga gewoon alles na, Nina. Luister, laat me weten wanneer je bent geïnstalleerd. En maak je geen zorgen om Travers. Ik let wel op haar.'

'Weet ik. Ik hou contact. Paul... Het spijt me,' zei ze mat. 'Het spijt me van alles.'

'Mij ook.' Hij hing op, nog steeds vol vragen. Het volgende nummer draaide hij langzamer, doordachter, waarna hij wachtte tot hij werd doorverbonden met Frank.

'Ik heb maar een minuutje, Paul. Het is een gekkenhuis.'

'Julia?'

'Voornamelijk. Er komt een hoge ome voor haar helemaal uit het Oosten.'

'Ja, weet ik.'

'O ja, natuurlijk. In elk geval wil hij elk verrekt snippertje papier dat we over de zaak hebben. Hij werpt een aardig grote schaduw vooruit, helemaal hier zelfs, dus de officier van justitie zorgt ervoor dat we alles heel netjes en overzichtelijk doen. Hij heeft al voor een volhardende inspecteur gezorgd die over onze schouders meekijkt.'

'Hathoway werkt snel.'

'Ja.' Hij liet zijn stem dalen. 'Dus wil de officier van justitie sneller werken. Hij is tuk op deze zaak, Paul. Het heeft alles: geld, macht, glitter, schandaal. Het gaat hem een hoop goeie publiciteit bezorgen.'

'Zeg eens, Frank. Kun jij op de een of andere manier nagaan of het alarmsysteem die dag was afgezet?'

Frank fronste en liep zijn papieren door. 'Het stond aan toen wij het controleerden.'

'Maar is het mogelijk dat het daarvoor was uitgeschakeld en later weer aangezet?'

'Jezus, Paul, dat is nattevingerwerk.' Toen hij daar geen reactie op kreeg, mompelde Frank: 'Oké, ik ga met een paar van de elektronica-jongens praten, maar ik denk niet dat je een kans maakt.'

'Geef me er dan nog één. Ga jij nog eens met de chauffeur praten?'

'Die tamme dekstier? Hoezo?'

'Ideetje.'

'Jezus, bewaar me voor detectiveschrijvers.' Maar hij was al een notitie aan het maken. 'Natuurlijk. Ik kan hem nog wel eens proberen.'

'Dan wil ik graag met je mee.'

'Tuurlijk, waarom niet? Wat heb ik aan een pensioen als ik van goede daden kan leven.'

'En nog één ding.'

'Vraag maar. Je wilt dat ik mijn dossiers aan jou geef? Bewijsmateriaal zoekmaak? Een getuige compromitteer?'

'Dat zou fijn zijn. Nu je toch bezig bent, waarom doe je geen navraag bij vliegmaatschappijen? Kijk of er iemand uit Eves omgeving de vorige maand een kort reisje naar Londen heeft gemaakt. Rond de twaalfde.'

'Geen probleem. Dat kost me niet meer dan, och, zo'n tien á twintig manuren. Een bijzondere reden?'

'Laat ik je weten. Bedankt.'

En nu, dacht Paul toen hij ophing, was het wachten op de antwoorden, ze een beetje door elkaar roeren en kijken of hij een plot had waarmee hij kon werken.

30

Het was een lange trip van Philadelphia naar L.A. Zelfs als je eerste klas reisde, waren jetlag en vermoeidheid niet uitgesloten. Lincoln Hathoway zag er echter uit alsof hij zojuist van zijn kleermaker vandaan kwam.

Zijn marineblauwe gabardine pak met de fijne krijtstreep vertoonde nauwelijks een kreukje. Zijn handgenaaide schoenen glansden als een spiegel. Zijn blonde, ouderwets geknipte haar zat perfect.

Paul zou graag geloven dat het door de naadloze correctheid kwam dat hij ter plekke een hekel aan de man had.

'Lincoln Hathoway,' zei hij, terwijl hij een gemanicuurde hand uitstak. 'Ik ben hier voor Julia.'

Het deed Paul deugd dat zijn eigen hand ruw was. 'Paul Winthrop.'

'Ja, dat weet ik.' Niet dat hij hem herkende van zijn boekomslagen. Lincoln had geen tijd voor populaire fictie. Hij had zijn secretaresse echter opdracht gegeven elk beschikbaar knipsel te verzamelen dat er de afgelopen zes maanden over Julia was verschenen. Hij wist wie Paul was en was op de hoogte van diens relatie met zowel slachtoffer als verdachte. 'Het doet mij genoegen dat Julia een geheim adres heeft tot we dit alles hebben opgelost.'

'Feitelijk was ik wat meer bezorgd over haar gemoedsrust.' Hij wenkte Lincoln naar binnen, tot het besluit gekomen dat hij met het grootste genoegen een hekel aan hem had. 'Iets drinken?'

'Wat mineraalwater met citroen zou uitstekend zijn, dank u.' Lincoln was een man die zich snel een mening vormde. Het was dikwijls nodig een jury te peilen op grond van weinig meer dan uiterlijk en lichaamstaal. Zijn mening over Paul was: vermogend, ongeduldig en wantrouwend, en hij vroeg zich af hoe hij van die kwaliteiten gebruik kon maken als de zaak voor het gerecht kwam. 'Paul, hoe gaat het met Julia?'

Plotseling het prototype van de gereserveerde Brit, draaide Paul zich om en reikte het glas aan. 'Waarom vraag je het haarzelf niet?'

Ze stond in de deurpost, haar arm beschermend om een mager, donkerogig kind geslagen. Tien jaar, dacht Lincoln, hadden haar veranderd. Ze straalde niet langer enthousiasme en vertrouwen uit, maar kalmte en terughoudendheid. Het reebruine haar dat ooit loshing, was nu uit het gezicht gekapt, dat fijner en eleganter was geworden.

Hij keek naar de jongen, zich er nauwelijks van bewust dat ze met zijn vieren gespannen stonden te zwijgen. Hij zocht naar een teken, een fysieke trek die was overgegaan van hem op het kind dat hij nooit had gezien, of gewenst. Dat was de menselijke natuur – en zijn eigen ego.

Hij zag echter niets van zichzelf in het tengere kind met de warrige haardos. En het luchtte hem op, wiste de sporen van schuldgevoel en bezorgdheid weg die tijdens de vlucht naar het Westen in hem waren geslopen. De jongen was zijn zoon – Lincoln had er nooit aan getwijfeld – maar *was* niet zijn zoon. Zijn wereld, zijn gezin, zijn geweten waren gered in dat korte moment waarin hij keek, monsterde en verwierp.

Julia zag het allemaal: de manier waarop zijn blik op Brandon viel, vluchtig bleef rusten en daarna week. Haar armen sloten zich strakker om haar zoon om hem af te schermen voor de klap die hij niet gevoeld kon hebben. Toen ontspande ze. Haar zoon was veilig. Elke sluimerende twijfel of ze hem de naam van zijn vader moest vertellen, vervaagde. Zijn vader was dood, voor hen allebei.

'Lincoln.' Haar stem was even koel en gereserveerd als het knikje dat ze ter begroeting gaf. 'Het was aardig van je om zo snel van zo ver te komen.'

'Het spijt me alleen van de omstandigheden.'

'Mij ook.' Haar hand gleed over Brandons schouder en bleef op het zachte onderste gedeelte van zijn nek rusten. 'Brandon, dit is Mr. Hathoway. Hij is een advocaat die een hele tijd geleden voor opa werkte. Hij komt ons helpen.'

'Hallo.' Brandon zag een lange man die er stijfjes uitzag, met glimmende schoenen en die sullige wat-ben-jij-een-grote-knul-uitdrukking die sommige volwassenen vertonen als ze aan een kind worden voorgesteld.

'Hallo, Brandon. Ik wil niet dat je je zorgen maakt. Wij zullen zorgen dat alles in orde komt.'

Hij kon er niet tegen. Nog even, en Paul zou de man zeker een hengst verkopen omdat hij zo bedaard deed. 'Kom, kerel.' Paul stak een hand uit. Brandon pakte die maar al te graag. 'Laten we naar boven gaan en kijken hoe we ons in de nesten kunnen werken.'

'Goed dan…' Lincoln ging zitten, zonder ook maar om te kijken toen Brandon de trap op stommelde. 'Waarom beginnen we niet?'

'Het deed je werkelijk niets, hè?' zei ze zacht. 'Hem te zien deed je niets.' Hij bracht zijn vingers omhoog naar de perfecte Windsor-knoop in zijn das. Hij had gevreesd dat ze een of andere scène zou uitlokken. Uiteraard was hij erop voorbereid. 'Julia, zoals ik je jaren geleden zei: ik kan me niet permitteren om een emotionele band te onderhouden. Ik ben zeer, zeer dankbaar dat je volwassen genoeg was om niet naar Elizabeth te gaan, ik betreur dat je te koppig was om iedere financiële steun te accepteren die ik je aanbood, en ben verheugd dat je de mate van succes hebt bereikt waardoor je die niet nodig hebt. Uiteraard heb ik het gevoel dat ik je een hoop schuldig ben, en het spijt me werkelijk zeer dat jij je in een positie bevindt waarin je mijn diensten nodig hebt.'

Ze begon te lachen – niet de ijle, stekende lach van hysterie, maar een volle schaterlach die Lincoln paf deed staan. 'Het spijt me,' zei ze terwijl ze zich in een stoel liet vallen. 'Je bent niets veranderd. Weet je, Lincoln, ik wist niet zeker wat ik zou voelen als ik je terugzag. Maar het enige wat ik niet verwachtte was: niets.' Ze zuchtte even. 'Dus laten we de dankbaarheid vergeten en doen wat er gedaan moet worden. Mijn vader had het grootste respect voor je als advocaat, en aangezien zijn opinie voor mij zwaar telt, krijg je al mijn medewerking en, voor de tijd die het kost om de dingen recht te trekken, mijn volledige vertrouwen.'

Hij knikte alleen maar. Lincoln stelde goed, onderbouwd redeneren op prijs. 'Heb jij Eve Benedict vermoord?'

Haar ogen flitsten. Hij was verrast te zien hoe snel een zo diepe en vluchtige woede kon vonken. 'Nee. Verwachtte je dat ik het zou toegeven als ik het had gedaan?'

'Als dochter van twee van de beste advocaten met wie ik ooit heb gewerkt, weet je al dat het dwaas zou zijn om te liegen als je wilt dat ik je vertegenwoordig. Welnu…' Hij haalde een blocnote met formulieren en een Mont Blanc-pen tevoorschijn. 'Ik wil dat je me alles vertelt over wat je deed, iedereen met wie je hebt gesproken, alles wat je hebt gezien op de dag dat Eve Benedict werd vermoord.'

Ze nam het één keer door, toen nog eens. Toen, aan de hand van zijn vragen, een derde keer. Hij gaf weinig commentaar, knikte van tijd tot tijd slechts terwijl hij aantekeningen maakte in zijn keurige, precieuze handschrift. Julia stonds slechts eenmaal op om zijn glas bij te vullen en er een voor zichzelf in te schenken.

'Ik vrees dat ik niet veel tijd heb om me op de hoogte te stellen van de bewijslast tegen je. Uiteraard heb ik de officier van justitie en de onderzoeksrechter officieus laten weten dat ik jouw advocaat ben. Het is me, voordat ik hierheen kwam, gelukt de hand te leggen op kopieën van bepaalde rapporten van de aanklager, maar ik heb ze in de taxi alleen doorgekeken.'

Hij zweeg en vouwde zijn handen in zijn schoot. Ze wist nog dat hij altijd die kalme, nette manier van doen had. Dat, plus de triestheid in zijn ogen, had een romantische, ontvankelijke tiener als eerste tot hem aangetrokken. Hoewel de gebaren niet veranderd waren, had de triestheid plaatsgemaakt voor sluwheid.

'Julia, weet je zeker dat de deur op slot zat toen je die middag het huis binnen wilde gaan?'

'Ja, ik heb een poosje naar mijn sleutels gezocht. Na de inbraak ben ik veel zorgvuldiger geworden met afsluiten.'

Zijn ogen bleven even vlak als zijn stem. 'Ben je daar heel zeker van?' Ze stond op het punt antwoord te geven, maar stopte toen en leunde achterover. 'Wil je dat ik lieg, Lincoln?'

'Ik wil dat je heel nauwkeurig nadenkt. Een deur van het slot doen is een gewoonte, een soort automatisch gebaar waarvan men soms aanneemt dat men het heeft gedaan. Vooral na een schok. Het feit dat je de politie hebt verteld dat je de voordeur van het slot hebt gedaan, én dat alle andere deuren van binnenuit op slot zaten toen ze daar aankwamen, is zeer vernietigend. Er zijn geen sleutels op het lijk gevonden, geen reservesleutels in het huis. Daarom: óf de deur zat niet op slot, óf iemand, iemand met een sleutel, heeft Eve binnengelaten.'

'Of iemand pakte Eves sleutel af nadat hij haar had vermoord,' zei Paul vanaf de trap.

Lincoln keek op. Slechts een fractie van een verstrakking om zijn mond verraadde enige irritatie over de interruptie. 'Dat is uiteraard één invalshoek die we kunnen volgen. Aangezien de bewijslast in de richting wijst van een misdaad uit passie en impuls, kan het moeilijk zijn de jury ervan te overtuigen dat er iemand met Eve in het huis was, haar vermoordde, waarna hij de tegenwoordigheid van geest had de sleutel te pakken en de deur op slot te doen.'

'Maar dat is toch jouw werk?' Paul liep naar de bar. Zijn vingers gingen naar de bourbon, weken terug en bleven op de bitter lemon rusten. De woede die hij onderdrukte had geen behoefte aan de kick van alcohol.

'Het is mijn werk om Julia zo goed mogelijk te verdedigen.'

'Dan spijt het me dat ik het moeilijker voor je maak, Lincoln, maar ik heb de deur opengedraaid, met mijn sleutel.'

Hij tuitte zijn lippen en herlas zijn aantekeningen. 'Je zegt nergens dat je het moordwapen, de pook, hebt aangeraakt.'

'Omdat ik niet weet of ik het wel of niet heb gedaan.' Plotseling moe, haalde ze een hand door haar haar. 'Waarschijnlijk wel, anders zouden mijn vingerafdrukken er niet op staan.'

'Wel als je een week of wat daarvoor de haard hebt gestookt.'

'Dat heb ik niet. De avonden waren behaaglijk.'

'Het wapen is zo'n halve meter van het lijk aangetroffen.' Hij haalde een dossier uit zijn koffertje. 'Kun je het aan een paar foto's te bekijken?' Ze wist wat hij bedoelde en was niet zeker van het antwoord. Ze zette zich schrap en stak haar hand uit. Daar was Eve, op het kleed in elkaar gezakt, haar gezicht nog altijd adembenemend mooi. En het bloed. 'Vanuit deze hoek', zei Lincoln, 'zie je dat de pook hier ligt.' Hij leunde voorover om met zijn vinger de foto aan te raken. 'Alsof iemand die daar heeft neergegooid, of misschien heeft laten vallen nadat hij voor het lichaam was teruggedeinsd.'

'Zo heb ik haar gevonden,' fluisterde Julia. Haar eigen stem werd overstemd door het razen in haar hoofd, de snel opkomende, dodelijke misselijkheid in haar maag. 'Ik ging naar haar toe, nam haar hand. Ik geloof dat ik haar naam zei. En ik weet dat ik opstond, struikelde. Ik raapte hem op – denk ik – en er zat bloed aan. Ook op mijn handen. Dus ik gooide hem neer omdat ik iets moest doen. Iemand moest roepen.' Ze duwde de foto van zich af en kwam wankel overeind. 'Sorry, ik moet Brandon welterusten zeggen.'

Zodra ze haastig de trap opgelopen was, richtte Paul zich tot hem. 'Was dat nodig?'

'Ja, ik vrees van wel. Het wordt nog erger.' Met een precieus gebaar sloeg Lincoln een vel van zijn blocnote om. 'De procureur-generaal is een zeer vastberaden, zeer kundig man. En, zoals alle mannen die worden verkozen voor een publieke functie, ambitieus en zich heel bewust van de waarde van een proces met een beroemdheid. Wij moeten met een acceptabel alternatief zien te komen voor elk stukje fysiek bewijsmateriaal dat hij heeft. We gaan gebrek aan bewijs niet alleen door de strot drukken van een rechter, eventueel een jury, maar het grote publiek. Nu ik begrijp dat jij en Julia een persoonlijke relatie hebben –'

'O ja?' Met een lome, grimmige glimlach ging Paul op de leuning van een stoel zitten. 'Laat ik het voor je spellen, edelgestrenge. Julia en Brandon horen nu bij mij. Niets zal me meer plezier doen dan een paar kleine, vitale botten in je lichaam te breken voor wat je haar hebt aangedaan. Maar als je zo goed bent als ik heb gehoord, als jij haar beste kans bent om hierdoorheen te komen, dan zal ik alles doen wat je van me vraagt.'

Lincolns greep om de pen ontspande. 'Dan zou ik allereerst willen voorstellen dat we vergeten wat er meer dan tien jaar geleden tussen Julia en mij is gebeurd.'

'Dat niet,' zei Paul, weer glimlachend. 'Probeer nog eens iets.'

Lincoln had wel eens een aangenamere glimlach gezien bij dankzij hem veroordeelde misdadigers. 'Jouw persoonlijke gevoelens jegens mij zullen Julia alleen maar schade berokkenen.'

'Nee. Niets zal haar ooit nog schaden. Ook jij niet. Als ik er anders over dacht, was je die deur niet binnen komen lopen.' Met zijn ogen nog altijd op Lincoln haalde hij een sigaar tevoorschijn. 'Ik heb eerder met schuim gewerkt.'

'Paul.' Julia zei het zacht, terwijl ze weer naar beneden kwam. 'Dit helpt niet.'

'De lucht klaren helpt altijd, Julia,' sprak hij haar tegen. 'Hathoway weet dat hij verzekerd kan zijn van al mijn walging, maar ook van al mijn medewerking.'

'Ik ben hier gekomen om te helpen, niet om veroordeeld te worden voor een vergissing die ik tien jaar geleden heb begaan.'

'Voorzichtig, Lincoln.' Voordat ze het zichzelf kon beletten, kwam Julia uitdagend voor hem staan. 'Die vergissing ligt boven te slapen. Ik neem je hulp niet alleen voor mezelf aan, maar ook voor hem. Hij heeft z'n hele leven geen vader gehad. Ik moet er niet aan denken dat hij zijn moeder ook nog eens verliest.'

Slechts een zwak blosje dat van zijn stropdas naar zijn wangen oprees, wees erop dat ze doel getroffen had. 'Als we elk onze persoonlijke gevoelens hierbuiten kunnen houden, hebben we een veel grotere kans ervoor te zorgen dat dat niet gebeurt.' Voldaan omdat het onderwerp was afgedaan, ging hij verder. 'Jullie hebben de overledene beiden gekend, waren op de hoogte van het reilen en zeilen in huis, haar vriendschappen, haar vijanden. Het zou nuttig zijn als jullie me beiden alles vertelde wat jullie over haar naasten weten. Eenieder die gebaat was bij haar dood – financieel, emotioneel.'

'Buiten mij?' vroeg Julia.

'Misschien beginnen we bij jou, en Paul. Slechts een korte schets, graag. Ik heb een suite in het Beverly Hills Hotel geregeld, waar ik ga werken. Meyers, Courtney & Lowe hebben mij twee van hun klerken geleend, en mijn eigen secretaresse komt morgen met het vliegtuig aan.' Hij keek op zijn horloge, dat hij al aan de tijd aan de Westkust had aangepast, en fronste. 'Als ik me heb geïnstalleerd, hebben ze meer diepteinterviews nodig. Maandag vraag ik allereerst opschorting van de aanklacht aan.'

'Nee.' Huiverend begon Julia met haar handen over haar armen te wrijven. 'Sorry, Lincoln, maar ik word gek bij de gedachte dit te rekken.'

'Julia, ik heb tijd nodig om je verdediging op te bouwen. Als we geluk hebben, kunnen we voorkomen dat dit voor het gerecht komt.'

'Ik wil niet lastig zijn, maar ik wil het afgehandeld hebben. Uitstel geeft alleen maar meer tijd om het op te blazen. Brandon is oud genoeg om de krant te lezen, naar het nieuws te kijken. En ik... Om eerlijk te zijn, kan ik het niet aan om nog veel langer te wachten.'

'Goed, we hebben het weekend om erover na te denken.' Of, dacht Lincoln, om haar van zijn gelijk te overtuigen. 'Wat nu betreft, vertel me eens over Eve Benedict.'

Toen Lincoln eindelijk vertrok, was het bijna twee uur 's nachts, en had Paul ondanks zichzelf respect gekregen voor diens grondigheid. Misschien vond hij de precisie en keurigheid van de advocaat irritant. Lincoln sloeg bij elke verandering van onderwerp steevast een nieuw vel papier op, hij at de brownies die Julia bij de koffie serveerde met een vork, en de hele lange avond, die vol herhalingen zat, trok hij niet één keer zijn stropdas losser.

Maar Paul had ook opgemerkt dat Lincolns ogen zich vernauwden toen ze hem over de briefjes vertelden, en dat er puur plezier uit straalde toen Delrickio's imperium uit de doeken werd gedaan.

Toen hij wegging, maakte hij niet de indruk van iemand die bijna vierentwintig uur op de been was, en wenste hij hun beleefd goedenavond alsof hij een etentje bij kennissen achter de rug had.

'Het gaat me natuurlijk niks aan.' Paul sloot de deur en draaide zich om naar Julia. Ze zette zich schrap, want ze had geen zin om wéér een verklaring over zichzelf af te leggen, wéér herinneringen op te halen. 'Maar ik móét het gewoon weten.' Hij liep op haar toe en streek het haar uit haar gezicht. 'Hing hij zijn kleren aan een knaapje en vouwde hij zijn sokken op voordat jullie met elkaar naar bed gingen?'

Tot haar verbazing giechelde ze: 'Het zat zo: hij vouwde zijn kleren en rolde zijn sokken op.'

'Jules, ik moet je vertellen dat je smaak erop vooruit is gegaan.' Een snelle kus, en hij tilde haar in zijn armen om haar naar de trap te dragen. 'En nadat je een uur of twaalf hebt geslapen, zal ik het je bewijzen.'

'Misschien kun je het me nu bewijzen, dan slaap ik daarna wel.'

'Een veel beter idee.'

Zelfs het feit dat ze Brandon op het vliegtuig had gezet, wetend dat hij op duizenden kilometers afstand veilig was van het epicentrum van de storm, kon haar niet troosten. Ze wilde haar kind terug. Ze wilde haar leven terug.

Ze vergaderde elke dag met Lincoln in de suite die hij had geboekt, en dronk zwarte koffie tot ze het gevoel had dat er een gat midden in haar maag werd gebrand. Ze praatte met de rechercheur die hij had ingehuurd – nog een indringer in haar leven, nog iemand die tussen de broze draadjes loerde van wat ooit haar privacy was.

Het was allemaal zo ordelijk: de dossiers, de wetboeken, het drukke gerinkel van de telefoons. De onverstoorbare efficiëntie werkte kalmerend op haar. Tot ze een krantenkop zag, een uitzending hoorde. Dan werd ze weer teruggeworpen in de angst dat het háár naam was, haar gezicht, haar leven onder de publieke microscoop. En haar lot in de handen van justitie, wier blindheid niet altijd een zegen was voor de onschuldigen. Het was aan Paul te danken dat ze niet instortte. Ze wilde niet leunen. Had ze zichzelf niet beloofd dat ze nooit van iemand afhankelijk zou zijn voor haar geluk, voor haar veiligheid, voor haar innerlijke rust? Toch schonk alleen al het feit dat hij er was haar de illusie van alle drie. En omdat ze doodsbang was dat het een illusie betrof, nam ze afstand, liet stilletjes centimeters tussen hen in sluipen: een halve meter, nog een halve meter, een meter…

Hij was zelf uitgeput, ontmoedigd door het feit dat zijn connecties bij de politie hem geen stap dichter bij de waarheid brachten. Frank had hem meegenomen toen hij Lyle opnieuw ondervroeg, maar de voormalige chauffeur had geweigerd zijn verhaal te herzien; hij had niks gezien of gehoord.

Het feit dat Drakes financiën een zootje waren, bracht hem niet in verband met Eves dood. Bovendien werkte het feit dat ze hem een paar weken voor haar dood nog een grote som had gegeven in zijn voordeel.

Waarom zou hij de kip met de gouden eieren slachten?

Pauls enige gesprek met Gloria had het er alleen maar erger op gemaakt. Trillend en in tranen had ze toegegeven dat ze op de dag van de moord ruzie met Eve had gehad. Schuldgevoel stroomde met de woorden mee. Ze had verschrikkelijke dingen gezegd, was toen woedend vertrokken en in volle vaart naar huis gereden om de hele zaak aan haar geschokte echtgenoot te bekennen.

Ongeveer op hetzelfde moment dat Julia Eves lijk had ontdekt, lag Gloria snikkend in de armen van haar echtgenoot om hem om vergiffenis te smeken.

Aangezien Marcus Grant, de huishoudster en de nieuwsgierige verzorger van het zwembad allen om kwart over één de snikkende Gloria hadden gehoord, en de rit van het ene landgoed naar het andere niet in minder dan tien minuten kon worden afgelegd, was het onmogelijk om haar met de moord in verband te brengen.

Nog altijd had Paul het gevoel dat het boek de sleutel vormde. Als Julia het huis uit was, beluisterde hij de tapes keer op keer, op zoek naar die ene zin, die ene naam die de deur zou openen.

Toen ze thuiskwam, gespannen na de zoveelste sessie waarin ze met Lincoln haar getuigenis had gerepeteerd, hoorde ze Eves stem.

'Hij regisseerde met een zweep en een ketting. Ik heb nooit iemand gekend die zo weinig finesse gebruikte en meer resultaten bereikte. Ik dacht dat ik hem haatte – deed ik eigenlijk ook, de hele film lang. Maar toen McCarthy en zijn comité van slijmballen achter hem aan zaten, was ik furieus. Dat was de voornaamste reden dat ik met Bogie en Betty en de anderen meeging naar Washington. Ik heb nooit veel geduld voor politiek kunnen opbrengen, maar jezus, ik was bereid me met tanden en nagels in de strijd te werpen. Misschien hebben we iets bereikt, misschien niet, maar we hebben ons zegje gedaan. Dat is wat telt, nietwaar, Julia? Ervoor te zorgen dat je verrekte luid en verrekte duidelijk wordt gehoord. Ik wil niet de geschiedenis ingaan als iemand die aan de zijlijn zat en anderen het pad liet effenen.'

'Dat zal ze niet,' fluisterde Julia.

Paul draaide zich om aan zijn bureau. Hij had zo verdiept zitten luisteren, dat hij bijna verwachtte Eve daar te zien om hem te zeggen dat hij haar sigaret moest aansteken of een fles openen.

'Nee, dat zal ze niet.' Hij schakelde de tape uit om Julia te bekijken. De afgelopen week had ze hem zelden dat bleke, opgejaagde laten zien. Het was altijd aanwezig, vlak onder het beheerste masker. Maar telkens wanneer dat masker dreigde te barsten, keerde ze zich in zichzelf, en van hem af. 'Ga zitten, Julia.'

'Ik wilde net koffie gaan zetten.'

'Ga zitten,' herhaalde hij. Dat deed ze, maar op het puntje van de stoel, alsof ze elk moment op kon springen als hij te dichtbij kwam. 'Ik heb vandaag een dagvaarding ontvangen. Ik moet morgen bij het verhoor getuigen.'

Ze keek hem niet aan, maar staarde naar een punt ergens tussen hen in. 'Aha. Nou, dat komt niet onverwacht.'

'Het zal voor ons allebei lastig zijn.'

'Weet ik. Het spijt me. Weet je, ik dacht net, toen ik vanmiddag terugkwam, dat het beter, makkelijker zou zijn als ik naar een hotel verhuis – tot dit allemaal voorbij is. Het feit dat ik hier woon, geeft de pers een hoop ammunitie, waardoor er alleen maar meer druk komt op een toch al onmogelijke situatie.'

'Dat is gelul.'

'Dat is een feit.' Ze stond op en hoopte vredig weg te kunnen gaan. Ze had beter moeten weten. Hij bleef alleen maar staan en blokkeerde haar pad. 'Probeer het eens.' Met vervaarlijk tot spleetjes geknepen ogen wikkelde hij zijn handen om haar revers en trok haar met een ruk naar zich toe. 'Je blijft hier voor de hele zit.'

'Is het ooit in je opgekomen dat ik misschien alleen wil zijn?'

'Ja, dat is in me opgekomen. Maar ik ben een deel van je leven, en je kunt me niet buitensluiten.'

'Misschien ben ik mijn leven kwijt,' schreeuwde ze. 'Als ze me morgen verplichten voor het gerecht te verschijnen –'

'Je slaat je er doorheen. *Wij* slaan ons erdoorheen. Je moet me vertrouwen, verdomme. Ik ben geen jochie van tien dat je moet beschermen. En ik ben zeker niet zo'n lulletje zonder ruggengraat dat jou de hele vracht laat dragen terwijl ik in mijn eigen keurige leventje vlucht.'

Haar ogen werden mistig. 'Dit heeft niets met Lincoln te maken.'

'O nee? En haal het niet in die scherpe hersentjes van je ons ooit nog eens met elkaar te vergelijken.'

Nu was haar gezicht niet bleek, haar ademhaling was gelijkmatig. De vlaag van woede betekende meer voor hem dan tien lieve woordjes. 'Laat me los.'

Hij trok een wenkbrauw op, bewust spottend. 'Natuurlijk.' Hij liet haar los en propte zijn handen in zijn zakken.

'Dit heeft niets met Lincoln te maken,' zei ze nogmaals. 'En het heeft niets met jou te maken, maar met mij. Laat dat tot je overdaad aan testosteron doordringen. Het is mijn leven dat morgen in die rechtszaal op het spel staat. Je kunt je brullend op de borst kloppen zo veel je wilt, dat verandert niets. Ik heb niet veel keus meer, Paul, en als ik die deur uit wil lopen, doe ik dat.'

'Probeer maar,' zei hij uitnodigend.

Ziedend draaide ze zich om. Hij pakte haar voordat ze bij de trap was. 'Ik zei dat je me moest laten gaan.'

'Ik ben nog niet klaar.' Omdat hij ervan overtuigd was dat ze hem een klap zou geven, drukte hij haar armen op haar rug. 'Schei uit. Verdomme, Julia.' Omdat ze bijna van de trap vielen, duwde hij haar tegen de muur. 'Kijk me aan. Kijk. Je hebt gelijk over je keus.' Met zijn vrije hand tilde hij haar hoofd omhoog. 'Wil je bij me weglopen?'

Ze keek in zijn ogen en zag dat hij haar zou laten gaan. Misschien. Als ze dit, hem, nu haar rug toekeerde, zou ze er altijd spijt van hebben. Wie bleef leven, moest met zijn fouten leven. Had Eve haar dat niet gezegd? Maar er waren er een paar die je je niet kon veroorloven.

'Nee.' Ze drukte haar mond op de zijne, voelde de hitte en de kracht. 'Het spijt me. Het spijt me zo.'

'Niet doen.' Zijn kus werd intenser, gulziger. 'Maar loop niet bij me weg.'

'Ik ben zo bang, Paul. Ik ben zo bang.'

'We zorgen dat het goed komt. Geloof me.'

Eén ogenblik lukte het haar.

Drake voelde zich super. De man van een kwart miljoen. Binnen vierentwintig uur had hij de poen in zijn handen en de wereld aan zijn voeten. Hij was er vast van overtuigd dat Julia voor het gerecht werd gesleept en, met een beetje geluk, veroordeeld. Als dat eenmaal was gebeurd – en met geld op de bank – was het volgens hem niet moeilijk zijn stukje van Eves bezit te krijgen. Met een goede advocaat was Drake er zeker van dat hij Julia's aandeel in de wacht kon slepen.

Ze zou er wettelijk niet aan mogen komen. En waar zij heen ging, had ze het in elk geval niet nodig.

Al met al was alles prima gegaan.

Tevreden met zichzelf zette hij de stereo voluit aan en ging er met een raceformulier voor zitten. Tegen het weekend ging hij met een lekker stapeltje in zijn zak naar Santa Anita. Hij zou veilig spelen, maar met een paar duizend op de neus van het kleine wijffie waarover hij was getipt, kon hij die eerste betaling slim omzetten in het grote werk.

Natuurlijk wist zijn sponsor niet dat het slechts een eerste betaling was. Drake neuriede met Gloria Estefan mee en berekende dat hij zijn bron de komende twee jaar voor een hoop poen uit kon melken. Tegen die tijd zou zijn erfenis binnenstromen. Daarna vertrok hij – de Rivièra, de Cariben, Key West. Overal waar de stranden én de vrouwtjes heet waren. Hij pakte zijn glas champagne. De Dom Pérignon was een vroeg feestje. Hij had een afspraakje met een sexy grietje in de Tramp, maar de actie zou pas over een uur of twee beginnen.

Oei, wat had hij zin om te dansen. Terwijl hij de conga uitprobeerde, klotste er champagne over zijn vingers. Opgewekt likte hij die af.

Toen de deurbel rinkelde, dacht hij erover die te negeren, waarna hij in zichzelf grinnikte. Dat was waarschijnlijk het gelukkige vrouwtje van de avond. Wie kon haar kwalijk nemen dat ze zin had om eerder van start te gaan? In plaats van elkaar in de club te ontmoeten, zouden ze ter plekke tot actie overgaan.

Toen de bel nog eens ging, streek hij met een hand over zijn haar en knoopte in een impuls zijn overhemd open. Hij had het champagneglas in zijn hand toen hij de deur opendeed. Hoewel het niet de gelukkige winnares van die avond was, proostte hij naar zijn gast.

'Hé, zeg. Ik had je pas morgen verwacht. Maar het is prima. Toevallig ben ik open voor zaken. Kom binnen. Dan drinken we er een glaasje champagne bij.'

In zichzelf grijnzend liep hij alvast naar de fles. Het zag ernaar uit dat het toch niet zo'n vroeg feestje was. 'Wat zeg je ervan als we op die dierbare Julia drinken?' Hij schonk een tweede glas tot de rand toe vol. 'Lieve nicht Julia. Zonder haar stonden we tot onze oren in de stront.'

'Misschien kun je beter even naar je schoenen kijken.'

Drake draaide zich om, want hij vond het een fantastische grap. Hij lachte nog steeds toen hij de revolver zag. De kogel die tussen zijn wenkbrauwen binnendrong, voelde hij niet eens.

31

Toeschouwers en pers dromden samen op de trappen van het gerechtsgebouw. Julia's eerste opgave van de dag was erdoorheen te lopen. Lincoln had haar instructies gegeven hoe ze dat moest doen. Stevig doorstappen, zonder gejaagd te lijken. Niet haar hoofd buigen – dat maakte een schuldige indruk. Niet haar hoofd te ver omhoog houden – dat zag er arrogant uit. Ze moest niets zeggen, zelfs niet het afgezaagde 'geen commentaar', wat voor vragen er ook op haar werden afgevuurd.

De ochtend was warm en zonnig. Ze had om regen gebeden. Regen had een deel van de nieuwsgierigen en degenen die haar beschuldigden wellicht binnengehouden. In plaats daarvan stapte ze toen ze uit de limousine kroop in een wolkeloze Californisch-zonnige dag. Met Lincoln aan haar ene zijde en Paul aan de andere ging ze in de richting van de haag van mensen die op haar verhaal, haar geheimen of haar bloed uit waren. Alleen de angst dat ze zou struikelen en door hen weggemaaid zou worden, hielp haar geen aandacht te besteden aan het pijnlijk samentrekken van haar maag, het niet te bedaren trillen van haar benen.

Binnen was meer zuurstof, meer ruimte. Ze schudde de misselijkheid van zich af. Het zou gauw voorbij zijn. Voorbij en achter haar. Ze zouden haar geloven, ze móésten haar geloven. Dan was ze vrij om weer met haar leven verder te gaan. Vrij om die ene kleine kans te pakken om een nieuw leven te beginnen.

Het was jaren geleden dat ze in een rechtszaal was geweest. Van tijd tot tijd mocht ze in de grote vakantie komen kijken als haar moeder of vader een jury bewerkte. Dan hadden ze niet haar ouders geleken, maar heel onwerkelijk. Acteurs op een toneel, gebarend, manipulerend, heen en weer schrijdend. Misschien had ze daar de eerste vonk opgepikt om zelf aan het toneel te willen.

Maar nee, dacht ze. Dat zat haar in het bloed. Dat was via Eve gekomen. Op een teken van Lincoln boog Paul zich dichter naar haar toe, nam Julia's beide handen in de zijne. 'Het is tijd om naar binnen te gaan. Ik zit pal achter je.'

Ze knikte, terwijl haar vingers omhoog kropen naar de broche die ze op haar revers had gespeld. De weegschaal van het recht.

De rechtszaal puilde uit. Tussen vreemde gezichten zag ze vertrouwde. CeeCee zond Julia een snelle, bemoedigende glimlach. Naast haar nichtje zat Travers stram rechtop, haar gezicht gesloten en meedogenloos. Nina had haar ogen neergeslagen boven haar ineengestrengelde vingers, niet bereid of in staat Julia's ogen te ontmoeten. Delrickio, geflankeerd door zijn lijfwachten met stalen ogen, bestudeerde haar onaangedaan. Gloria's ogen glinsterden van tranen, terwijl ze een zakdoekje in haar handen ronddraaide en onder de beschermende arm van haar echtgenoot wegkroop.

Maggie, haar lipstick afgekloven tot er slechts een smal lijntje om haar mond was overgebleven, keek op, en toen weg. Kenneth boog zich voor haar langs om tegen Victor te fluisteren.

Het was die blik, die gepijnigde, smartelijke blik die Julia aan het wankelen bracht. Ze had willen stilstaan om haar onschuld, haar woede en angst uit te schreeuwen. Maar er zat niets anders op dan verder te gaan en haar plaats in te nemen.

'Denk erom,' zei Lincoln, 'dit is slechts een inleidend verhoor. Om te bepalen of er voldoende bewijsmateriaal voor een proces is.'

'Ja, ik weet het,' zei ze zacht. 'Het is pas het begin.'

'Julia.'

Ze verstrakte bij Victors stem en ze draaide zich met moeite om. Hij was ouder geworden. In een paar weken tijd hadden de jaren hem ingehaald, de huid onder zijn ogen verschrompeld en diepe lijnen naast zijn mond gegroefd. Julia legde een hand op het hek dat hen scheidde. Ze dacht niet dat een van hen nader tot de ander kon komen dan dit.

'Ik weet niet wat ik tegen je moet zeggen.' Hij hapte naar adem en liet die langzaam ontsnappen. 'Als ik het had geweten, als ze me had verteld… van jou, was alles anders geweest.'

'Het was de bedoeling niet dat alles anders was, Victor. Ik had spijt als haren op mijn hoofd gehad als ze mij had gebruikt om het te veranderen.'

'Ik zou graag –' Teruggaan, dacht hij. Dertig jaar, dertig dagen. Beide was even onmogelijk. 'Ik heb nooit achter je kunnen staan.' Hij keek naar beneden, bracht een hand omhoog en legde die op de hare. 'Ik wil dat je weet dat ik nu achter je sta. En de jongen, Brandon.'

'Hij… hij heeft een grootvader nodig. Als dit voorbij is, praten we. Wij allemaal.'

Hij knikte nog voordat zijn hand van de hare gleed.

'De Edelachtbare!'

Een geroezemoes vulde haar oren toen iedereen in de rechtszaal overeind kwam. Ze zag de rechter binnenschrijden en zijn plaats achter de balie innemen. Hé, hij lijkt op Pat O'Brien, dacht ze onnozel. Zo blozend, rond en Iers. Pat O'Brien zou zeker de waarheid herkennen als hij die te horen kreeg.

De officier van justitie was een pezige man die er energiek uitzag, met grijze bakkebaarden onder zijn kortgeknipte haar. Zo te zien nam hij de waarschuwing over de ozonlaag niet serieus, want zijn huid was diep en egaal bruin, waartegen zijn bleekblauwe ogen contrasterend glinsterden.

Hij had de stem van een evangelist. Zonder de woorden te horen, luisterde Julia naar het omhoog en omlaag gaan.

Er werden rapporten als bewijsmateriaal aangedragen. Lijkschouwing, justitie. De foto's natuurlijk. Terwijl Julia zag dat de aanklager ze voorlegde, bevroor het beeld van Eve, liggend op het kleed, in haar brein. Het moordwapen. Het pakje dat Julia aanhad en waarop een roestkleurige vlek zat, van geronnen bloed.

Ze zag experts de getuigenbank betreden en weer uitgaan. Hun woorden deden er niet toe. Lincoln dacht er duidelijk anders over, want hij stond van tijd tot tijd op om te protesteren, en hij koos de zijne zorgvuldig tijdens kruisverhoren.

De woorden deden er echter niet toe, dacht Julia. De foto's spraken voor zich. Eve was dood.

Toen de officier Travers opriep, schuifelde ze naar de getuigenbank zoals ze door de gangen van Eves huis had geschuifeld. Alsof ze schoorvoetend de energie verbruikte die het kostte om eerst één voet op te tillen en daarna de andere.

Ze had haar haar achterovergekamd en droeg een eenvoudige confectiejurk in saai zwart. Ze omvatte haar tas met beide handen en keek recht voor zich uit.

Zelfs toen de aanklager haar voorzichtig door de eerste vragen loodste, ontdooide ze niet. Haar stem werd alleen maar scherper toen ze haar relatie tot Eve uiteenzette.

'En als een vertrouwde vriendin en employee,' ging de aanklager verder, 'had u de gelegenheid om met Miss Benedict naar Zwitserland te reizen, in…' Hij controleerde zijn aantekeningen alvorens de datum uit te spreken.

'Jawel.'

'Wat was het doel van de reis, Miss Travers?'

'Eve was zwanger.'

De verklaring veroorzaakte een golf van gefluister door de toehoorders, tot de hamer neerkwam.

'En heeft ze het kind gebaard, Miss Travers?'

'Edelachtbare.' Lincoln kwam overeind. 'De verdediging is bereid vast te stellen dat Miss Benedict een kind kreeg dat ze voor adoptie aanbood. En dat dat kind Julia Summers is. Het is onnodig dat de staat de tijd van het gerechtshof verdoet met bewijsvoering van hetgeen reeds is vastgesteld.'

'Mr. Williamson?'

'Uitstekend, Edelachtbare. Miss Travers, is Julia Summers Eve Benedicts natuurlijke dochter?'

'Dat is ze.' Travers wierp één korte, van haat vervulde blik in Julia's richting. 'Eve werd verscheurd door die adoptie, deed wat in haar ogen het beste voor het kind was. Ze hield haar al die jaren zelfs in de gaten. Het was een vreselijke klap voor haar toen het meisje zelf zwanger werd. Zei dat ze niet kon verdragen dat ze hetzelfde moest doormaken als wat zij had doorgemaakt.'

Lincoln boog zich naar Julia over. 'Ik laat haar doorgaan. Het schept een verstandhouding.'

'En ze was trots,' ging Travers verder. 'Trots toen haar dochter boeken ging schrijven. Ze sprak altijd met mij, omdat niemand anders het wist.'

'U was de enige die ervan op de hoogte was dat Julia Summers Eves biologische dochter was?'

'Niemand wist het, behalve ik.'

'Kunt u ons vertellen hoe Miss Summers op Miss Benedicts landgoed kwam te wonen?'

'Het was dat boek. Dat vervloekte boek. Ik wist toen niet hoe ze dat idee in haar hoofd had gehaald, maar wat ik ook zei, ik kon haar er niet van afbrengen. Ze zei dat ze twee vliegen in één klap sloeg. Ze had een verhaal te vertellen, en ze wilde de tijd krijgen om haar dochter te leren kennen. En haar kleinzoon.'

'En vertelde ze Miss Summers de waarheid over hun relatie?'

'Toen niet, pas weken nadat ze was gekomen. Ze was bang voor de reactie van haar dochter.'

'Protest.' Lincoln ging soepel staan. 'Edelachtbare, Miss Travers kon niet weten wat zich in Miss Benedicts brein afspeelde.'

'Ik kende haar,' kaatste Travers terug. 'Ik kende haar beter dan wie ook.'

'Ik stel het anders, Edelachtbare. Miss Travers, was u getuige van Miss Summers' reactie toen Miss Benedict haar van de relatie vertelde?'

'Ze waren op het terras, zaten te eten. Eve was zo zenuwachtig als wat. Ik was in de salon. Ik hoorde haar schreeuwen.'

'Haar?'

'Haar,' spoog Travers uit, terwijl ze naar Julia wees. 'Ze schreeuwde tegen Eve. Toen ik naar buiten rende, gooide ze de tafel omver. Al het porselein en kristal was stuk. Haar ogen stonden moordlustig.'

'Protest.'

'Toegewezen.'

'Miss Travers, kunt u ons vertellen wat Miss Summers tijdens het incident zei?'

'Ze zei: "Blijf bij me uit de buurt." En: "Ik vergeef het je nooit." Ze zei…' Travers richtte die inktzwarte, furieuze blik op Julia. 'Ze zei: "Ik kan je wel vermoorden."'

'En de volgende dag werd Eve Benedict vermoord.'

'Protest.'

'Toegewezen.' De rechter keek enigszins kritisch. 'Mr. Williamson.'

'Ik neem het terug, Edelachtbare. Verder geen vragen.'

Lincoln was gewiekst in zijn kruisverhoor. Geloofde de getuige dat iemand die in woede zei: 'Ik kan je wel vermoorden,' het letterlijk bedoelde? Wat voor relatie kregen Eve en Julia in de weken die ze samenwerkten? Tijdens de ruzie, die voortkwam uit geschoktheid – die logisch was – probeerde Julia Eve te slaan of op een andere manier letsel toe te brengen?

Hij was gewiekst, maar Travers' overtuiging dat Julia Eve had vermoord sijpelde door.

Nina kwam naar de getuigenbank, chic en keurig in roze Chanel. Ze gaf haar versie van de ruzie. Lincoln vond dat haar twijfel, haar onzekerheid bezwarender waren dan Travers' getuigenis.

'Diezelfde avond ontbood Miss Benedict haar advocaat bij haar thuis.'

'Ja, ze stond erop dat hij direct kwam. Ze wilde haar testament veranderen.'

'U wist dit.'

'Ja. Nadat Mr. Greenburg was gekomen, vroeg Eve me om de wijzigingen in steno te noteren en dat uit te werken. Ik was getuige geweest bij haar andere testament, en het was geen geheim dat ze al haar bezit aan Paul Winthrop zou nalaten, met een aanzienlijke voorziening voor haar neef, Drake Morrison.'

'En in het nieuwe?'

'Ze vermaakte een legaat aan Brandon, Julia's zoon. Na de andere nalatenschappen vermaakte ze de rest aan Paul en Julia.'

'En wanneer kwam Mr. Greenburg terug om het nieuwe testament door Miss Benedict te laten tekenen?'

'De volgende dag, de volgende ochtend.'

'Weet u of iemand anders ervan op de hoogte was dat Miss Benedict haar testament had veranderd?'

'Dat kan ik niet met zekerheid zeggen.'

'Dat kunt u niet zeggen, Miss Soloman?'

'Drake kwam langs, maar Eve wilde hem niet ontvangen. Ik weet dat hij Mr. Greenburg zag weggaan.'

'Heeft ze die dag iemand ontvangen?'

'Ja, Miss DuBarry kwam langs. Ze ging even voor één uur weg.'

'Had Miss Benedict plannen om iemand anders te ontvangen?'

'Ik…' Ze perste haar lippen op elkaar. 'Ik weet dat ze naar het gastenverblijf heeft gebeld.'

'Het gastenverblijf waar Julia Summers woonde?'

'Ja. Ze vroeg me de middag vrij te houden. Dat was vlak nadat Miss DuBarry was weggegaan. Toen ging ze naar haar slaapkamer om naar het gastenverblijf te bellen.'

'Ik heb haar niet gesproken,' fluisterde Julia Lincoln bezwerend toe. 'Ik heb haar nooit meer gesproken na die avond op het terras.'

Hij klopte haar slechts op de hand.

'En na het telefoontje?'

'Ze leek overstuur. Ik weet niet of ze Julia wel of niet heeft bereikt, maar ze was slechts een minuut of twee op haar kamer. Toen ze eruit kwam, zei ze tegen mij dat ze wegging om met Julia te praten. Ze zei…' Haar onrustige ogen schoten naar Julia en toen weer terug naar de aanklager. 'Ze zei dat ze het gingen uitvechten.'

'En hoe laat was dat?'

'Het was net één uur, misschien één of twee minuten over.'

'Hoe weet u dat zo zeker?'

'Eve had me een paar brieven gegeven om uit te typen. Toen ze wegging, ging ik naar mijn kantoor om ermee te beginnen en keek op mijn bureauklok.'

Julia hield even op met luisteren. Haar lijf mocht dan niet opstaan en weglopen, haar brein kon dat tenminste wel. Ze stelde zich voor dat ze terug was in Connecticut. Ze ging bloemen planten. Desnoods was ze er een week mee bezig als ze dat wilde. Ze ging een hond voor Brandon kopen. Daar had ze al een hele poos over gedacht, maar ze had het steeds uitgesteld om naar het asiel te gaan om er een uit te zoeken, bang dat ze ze allemaal mee zou willen nemen.

En een schommelbank. Ze wilde een schommelbank. Ze zou de hele dag werken en dan 's avonds, als alles stil was, kon ze gaan zitten en schommelend de avond zien vallen.

'Het hof roept getuige Paul Winthrop op.'

Ze had waarschijnlijk een geluid gemaakt: Lincoln legde onder de tafel een hand op de hare en kneep. Niet om gerust te stellen, maar om te waarschuwen.

Paul gaf kort antwoord op de openingsvragen, zijn woorden wegend, zijn ogen op Julia.

'Wilt u het hof de hoedanigheid van uw relatie met Miss Summers vertellen?'

'Ik ben verliefd op Miss Summers.' Het flauwste zweempje van een glimlach beroerde zijn lippen. 'Heel verliefd op Miss Summers.'

'En u had ook een nauwe band met Miss Benedict?'

'Dat is juist.'

'Vond u het niet moeilijk jongleren – relaties met twee vrouwen, vrouwen die zo nauw samenwerkten. Vrouwen die in werkelijkheid moeder en dochter waren.'

'Edelachtbare!' Lincoln, het plaatje van rechtschapen verontwaardiging, sprong op.

'O, dit wil ik graag beantwoorden.' Pauls kalme stem sneed door de opschudding in de rechtszaal. Zijn blik had zich van Julia afgewend om zich in die van de officier van justitie te boren. 'Ik vond het helemaal niet moeilijk. Eve was de enige moeder die ik ooit gekend heb. Julia is de enige vrouw met wie ik ooit mijn leven zou willen delen.'

Williamson vouwde zijn handen op zijn buik en tikte met zijn vingertoppen tegen elkaar. 'Dan had u geen probleem. Ik vraag me af of twee dynamische vrouwen het zo eenvoudig vonden om één man te delen.' Woede vlamde in die bleekblauwe ogen, maar zijn stem was koel en neerbuigend. 'Uw insinuatie is niet alleen krankzinnig, maar weerzinwekkend bovendien.'

Hij had echter niet hoeven spreken. Lincoln was, boven het geroezemoes in de rechtszaal uit, al aan het protesteren.

'Ik neem het terug,' zei Williamson losjes. 'Mr. Winthrop, was u aanwezig bij het meningsverschil tussen de overledene en Miss Summers?'

'Nee.'

'Maar u bevond zich op het landgoed.'

'Ik was in het gastenverblijf, waar ik op Brandon paste.'

'Dan was u aanwezig toen Miss Summers terugkeerde, onmiddellijk na de scène op het terras.'

'Inderdaad.'

'Beschreef zij u haar gevoelens?'

'Inderdaad. Julia was overstuur, geschokt en in de war.'

'Overstuur?' herhaalde Williamson, het woord over zijn tong rollend alsof hij de smaak ervan proefde. 'Twee getuigen hebben verklaard dat Miss Summers het terras in razernij heeft verlaten. Beweert u dat die razernij in een paar minuten tijd zo bekoeld was, dat ze slechts overstuur was?'

'Ik ben auteur, Mr. Williamson. Ik kies mijn woorden zorgvuldig. *Razernij* is niet de term die ik zou gebruiken om Julia's toestand te beschrijven toen ze in het gastenverblijf terugkeerde. *Pijn* zou dichter bij de waarheid zijn.'

'We zullen de tijd van het hof niet verdoen met semantiek. Hebt u op de dag van de moord een telefoontje van Miss Summers gekregen?'

'Jawel.'

'Hoe laat?'

'Ongeveer twintig over één in de middag.'

'Herinnert u zich het gesprek?'

'Er was geen gesprek. Ze kon nauwelijks spreken. Ze zei dat ik moest komen, onmiddellijk moest komen. Dat ze me nodig had.'

'Dat ze u nodig had,' herhaalde Williamson met een knikje. 'Vindt u het niet eigenaardig dat ze het nodig achtte om op te bellen, terwijl haar dode moeder op nog geen meter afstand lag?'

Toen het hof van één tot drie terugtrok, stopte Lincoln Julia in een klein kamertje weg. Er stonden een schaal met sandwiches en een pot koffie, maar ze raakte geen van beide aan. Ze had zijn eindeloze repetities, het bijschaven niet nodig om eraan herinnerd te worden dat zij zelf in de getuigenbank zou plaatsnemen als de zitting werd heropend.

'De aanklager roept getuige Julia Summers op.'

Ze stond op, zich zeer bewust van de blikken en het gefluister achter haar. Toen ze bij de getuigenbank aankwam, draaide ze zich om naar die blikken. Ze hief haar rechterarm en zwoer de waarheid te vertellen.

'Miss Summers, was u er, toen u naar Californië kwam, van op de hoogte dat Eve Benedict uw natuurlijke moeder was?'

'Nee.'

'Waarom kwam u naar het andere eind van het land om op haar landgoed te wonen?'

'Ik was met haar overeengekomen haar biografie te schrijven. Ze wilde haar volledige medewerking aan het project verlenen, en tevens enige mate van controle houden. We kwamen overeen dat mijn zoon en ik op haar landgoed zouden verblijven tot de eerste versie af was en goedgekeurd.'

'Terwijl het project zich ontwikkelde, heeft Miss Benedict gedeelten van haar privéleven aan u toevertrouwd?'

Zittend bij het zwembad, zwetend in de gymzaal. Eve die, in een kleurige peignoir, op de vloer gehurkt een ruimtehaven voor Brandon bouwde.

Het beeld flitste voorbij en prikkelde haar ogen. 'Ze was heel eerlijk, heel open. Het was belangrijk voor haar dat het boek nauwkeurig was. En eerlijk,' fluisterde Julia. 'Ze wilde geen leugens meer.'

'Had u de gelegenheid om gesprekken met haar en mensen die, persoonlijk en beroepsmatig, nauw met haar verbonden waren op te nemen?'

'Ja, ik werk met op tape vastgelegde interviews en aantekeningen.' Hij liep naar zijn bureau terug en hield een doos met tapes omhoog. 'Zijn dit exemplaren van die getapete interviews die u vanaf januari dit jaar hebt afgenomen?'

'Ja, dat zijn mijn etiketten.'

'Ik zou deze tapes graag als bewijsmateriaal voordragen.'

'Edelachtbare, het hof maakt bezwaar. Deze banden bevatten meningen en herinneringen van de overledene, haar persoonlijke meningen over mensen. Bovendien kan hun authenticiteit niet aangetoond worden.' Julia liet het geargumenteer over zich heen gaan. Ze zag niet wat het voor zin had om de tapes erbij te betrekken. De politie had de originele beluisterd en niets wat ze hadden gehoord, had ze doen opkijken.

'Ik wil niet dat de tapes bij het verhoor worden gebruikt,' besliste de rechter. 'Aangezien Mr. Hathoway hun directe nut voor de verdediging van de verdachte niet kan aantonen. Naar Miss Benedicts memoires luisteren zou in dit stadium mijn oordeel alleen maar vertroebelen.'

'Miss Summers, hebt u tijdens het afnemen van deze interviews zekere bedreigingen ontvangen?'

'Er waren briefjes. Het eerste was op de veranda bij het huis gelegd.'

'Zijn dit de briefjes die u hebt ontvangen?'

Ze keek naar de papiertjes in zijn handen. 'Ja.'

Hij ondervroeg haar over Eves reactie erop, over de vliegreis terug van Sausalito, over de ruzie, haar gevoelens en tot besluit wat ze de dag van de moord had gedaan.

Haar antwoorden waren kalm, kort, zoals haar was geleerd.

Toen kreeg ze met de aanklager te maken.

'Miss Summers, was er iemand bij u toen u die briefjes ontving?'

'Paul was er bij toen ik die in Londen kreeg.'

'Hij was er bij toen het u werd overhandigd?'

'Het werd in mijn kamer, mijn hotelkamer, samen met een blad van de roomservice afgeleverd.'

'Maar niemand heeft gezien door wie of wanneer het was afgegeven.'

'Het was hij de balie gedeponeerd.'

'Aha. Dus dat had iedereen kunnen doen. Inclusief uzelf.'

'Iedereen, ja. Ik was het niet.'

'Ik vind het moeilijk te geloven dat iemand zich bedreigd voelt door zulke onzinnige zinnen.'

'Zelfs het onzinnige is bedreigend wanneer het anoniem is, in het bijzonder omdat Eve mij onthutsende informatie toevertrouwde die gevoelig lag.'

'Die anonieme briefjes werden niet in uw bezit aangetroffen, maar in de toilettafel van de overledene.'

'Ik heb ze haar gegeven. Eve wilde het zelf afhandelen.'

'Eve,' herhaalde hij. 'Laten we het over Eve hebben, en onthutsende informatie. Zou u zeggen dat u haar vertrouwde?'

'Ja.'

'Dat u van haar bent gaan houden?'

'Ja.'

'En dat u zich door haar onteerd, verraden voelde toen ze onthulde dat u het kind was dat onwettig was geboren, in het geheim, en daarna voor adoptie was opgegeven?'

'Ja,' zei ze, en ze kon Lincoln bijna horen kreunen. 'Ik was verbijsterd, en gekwetst.'

'U hebt die avond het woord *gemanipuleerd* gebruikt, nietwaar?'

'Ik voelde het zo. Ik weet niet zeker wat ik zei.'

'U weet het niet zeker?'

'Nee.'

'Omdat u te razend was om helder te denken?'

'Protest.'

'Toegewezen.'

'Was u boos?'

'Ja.'

'Hebt u gedreigd haar te vermoorden?'

'Weet ik niet.'

'U weet het niet? Miss Summers, hebt u vaker moeite zich uw woorden en daden tijdens heftige schermutselingen te herinneren?'

'Ik heb niet vaak heftige schermutselingen.'

'Toch hebt u ze gehad. Hebt u niet een keer een leerkracht aangevallen die uw zoon corrigeerde?'

'Edelachtbare, werkelijk!'

'Ik illustreer slechts het temperament van de verdachte, Edelachtbare. Haar eerdere incidentele fysieke uitbarstingen.'

'Afgewezen. De verdachte moet antwoorden.'

Wat zou het grappig zijn, dacht Julia, als ze er jaren later de humor van kon inzien. 'Ik heb één keer een leerkracht geslagen die mijn zoon had vernederd en gestraft vanwege het feit dat hij geen vader had.' Ze keek openlijk naar Lincoln. 'Hij had het niet verdiend gestraft te worden voor de situatie waarin hij ter wereld kwam.'

'Zoals, naar uw gevoel, u was gestraft? Voelde u zich vernederd en gestraft door Miss Benedicts onthulling?'

'Ik had het gevoel dat ze me mijn identiteit had afgenomen.'

'En daar haatte u haar om.'

'Nee.' Ze sloeg haar ogen weer op en haar blik ontmoette die van Victor. 'Ik haat haar niet. Ik haat de man niet van wie ze zo veel hield dat ze mij samen met hem heeft verwekt.'

'Twee getuigen hebben gezworen, onder ede, dat u uw haat tegen uw moeder hebt uitgeschreeuwd.'

'Op dat moment haatte ik haar inderdaad.'

'En de volgende dag, toen ze naar het gastenverblijf kwam, kwam om – in haar eigen woorden – het met u uit te vechten, greep u de pook en sloeg haar, door wraak gedreven, neer.'

'Nee,' fluisterde ze. 'Dat heb ik niet gedaan.'

Ze zou voor het gerecht gedaagd worden, krachtens tastbaar bewijs. De borgtocht werd bepaald op vijfhonderdduizend dollar.

'Het spijt me, Julia.' Lincoln was al bezig aan een briefje voor zijn klerk. 'We krijgen je hier binnen een uur weg. Ik garandeer je een jury die je zal vrijspreken.'

'Hoe lang?' Haar ogen schoten naar die van Paul terwijl er boeien om haar polsen klikten. Ze hoorde de zachte metaalachtige klank en dacht aan de celdeur die in het slot viel. 'Brandon. O god, bel Ann alsjeblieft. Ik wil niet dat hij het weet.'

'Even flink zijn.' Hij kon haar niet bereiken, kon haar niet aanraken toen ze haar wegleidden. Hij sleurde Lincoln aan zijn kraag naar zich toe. De heftigheid in zijn ogen weerspiegelde slechts het topje van de emotie in zijn hart. 'Ik zorg voor de borg. Jij zorgt dat je haar hier als de gesmeerde bliksem uit krijgt. Doe alles wat je kunt om haar uit een cel te houden. Begrepen?'

'Ik denk niet –'

'Doe 't!'

De menigte stond er nog toen ze haar vrijlieten. Ze liep door een droom, zich afvragend of ze al dood was. Ze kon de kilte nog voelen die de boeien op haar polsen hadden achtergelaten.

Maar daar was de limousine. Die van Eve. Maar geen Lyle, dacht ze in een waas. Een nieuwe chauffeur. Ze liet zich naar binnen glijden. Het voelde schoon, koel, veilig aan. Met gesloten ogen hoorde ze het geluid van vloeistof tegen glas. Brandy, drong het tot haar door toen Paul het cognacglas in haar hand drukte. Toen hoorde ze zijn stem, even koel als het interieur van de wagen.

'En, Julia, heb je haar vermoord?'

Woede stootte zo snel door de schrik heen, zo gloeiend, dat ze zich er nauwelijks van bewust was dat ze overeind schoot, de zonnebril aftrok en op de grond smeet. Voordat ze iets kon zeggen, had hij zijn hand stevig op haar kin.

'Zorg dat je die uitdrukking op je gezicht houdt.' Zijn stem was veranderd, ruwer geworden. 'Ik kan verdomme niet toekijken hoe jij je door hen laat verslaan. Het is niet alleen jóúw leven waarvoor je knokt.'

Ze rukte zich los en benutte de brandy om te kalmeren. 'Geen mededogen?'

De spieren in zijn kaak bewogen toen hij de laatste druppel uit zijn eigen glas slurpte. 'Het sneed me door mijn ziel toen ze je wegleidden. Is dat genoeg voor je?'

Weer sloot ze haar ogen. 'Het spijt me. Ik heb er niets aan om jóú een klap te verkopen.'

'Zeker wel. Je ziet er niet langer uit alsof je door de vloer wegsmelt.' Hij legde een hand achter in haar nek om de spanning weg te wrijven. Haar vingers lagen in elkaar gestrengeld in haar schoot alsof ze tegen haar eigen zenuwen had gestreden. Slanke vingers, dacht hij, met nagels die uit nijd tot op het vlees waren afgebeten. Voorzichtig bracht hij ze omhoog en legde ze tegen zijn lippen.

'Weet je wat me als eerste in je aantrok?'

'Het feit dat ik net deed alsof ik me niet tot je aangetrokken voelde?' De manier waarop haar lip krulde, maakte hem aan het lachen. Ja, ze zou vechten. Hoe zwak haar greep ook was, ze zou vechten. 'Tja, dat ook, dat intrigerende gevoel van afstand. Maar meer nog was het zoals je er die eerste keer uitzag toen je Eves salon binnen kwam lopen. Er lag een uitdrukking in je ogen.'

'Jetlag.'

'Hou je mond en laat me uitpraten.' Hij legde zijn mond tegen de hare, voelde dat ze zich enigszins ontspande. 'Die zei, heel duidelijk, ik hou niet van kwebbeldinertjes, maar ik sla me er wel doorheen. En als hier iemand me een stomp geeft, kan-ie meteen een stomp terugkrijgen.'

'Dat deed jij, herinner ik me.'

'Ja, ik. Ik vond dat idee voor dat boek maar niks.'

Ze opende haar ogen en keek hem aan. 'Wat er ook gebeurt, ik schrijf het toch.'

'Weet ik.' Omdat hij zag dat er bij haar tranen dreigden, kuste hij haar ogen dicht, waarna hij haar tegen zijn schouder trok, waar haar hoofd op kon rusten. 'Nu even rustig. We zijn bijna thuis.'

De telefoon ging toen ze de deur binnenliepen. Volgens stilzwijgende afspraak negeerden ze het allebei. 'Ik denk dat ik een douche ga nemen,' zei Julia. Ze was halverwege de trap toen de telefoonbeantwoorder aanklikte.

'Julia Summers.' De stem was vriendelijk, geamuseerd. 'Wel, misschien bent u nog niet terug van de grote dag. Doe uzelf een plezier en belt u mij. De naam is Haffner, en ik heb interessante informatie te koop. Misschien wilt u weten wie er nog meer op het landgoed rondsnuffelde op de dag dat Eve Benedict het loodje legde.'

Ze verstarde, één hand aan de leuning. Toen ze zich omkeerde, nam Paul de telefoon al op en tikte hem tegen de beantwoorder.

'Het nummer hier is –'

'Met Paul Winthrop,' interrumpeerde Paul. 'Wie bent u in godsnaam?'

'Alleen maar een geïnteresseerde toeschouwer. Ik zag jou en mooie Julia bij het verlaten van de rechtszaal. Geen pretje.'

'Ik wil weten wie u bent en wat u weet.'

'En ik vertel het je met plezier, vriend. Voor een prijs. Ik denk dat, zeg, tweehonderdvijftigduizend, contant, mijn onkosten wel dekt.'

'Waar betaal ik voor?'

'Je betaalt voor gebrek aan bewijs, en ik kan dat leveren. Meer heb je niet nodig om die sexy dame uit de kooi te houden. Jij brengt de helft van het geld met de dame naar het HOLLYWOOD-symbool, negen uur. Vervolgens, als je wilt dat ik met de smerissen of een rechter ga praten, lever je de andere helft. Ik sta geheel tot je beschikking.'

'De banken zijn gesloten.'

'Ach ja, is dat geen klotestreek? Nou ja, ik kan wachten, Winthrop. Maar zij?'

Paul keek om. Julia stond nog geen halve meter van hem vandaan, recht als een speer. Haar ogen hielden de zijne gevangen. Hij zag iets in ze wat hij dagenlang niet had gezien. Hoop.

'Ik krijg het bij elkaar. Negen uur.'

'En we laten de smerissen er voorlopig buiten. Ruik ik er een, dan ben ik weg.'

Haar ogen volgden de hoorn toen Paul neerlegde. Ze was bijna te bang om te spreken, bang om de woorden uit te spreken. 'Denk je... Kan hij echt iemand hebben gezien?'

'Er was iemand anders.' Voor hij zijn gedachten kon ordenen, ging weer de telefoon. Winthrop.'

'Paul, met Victor. Ik wilde weten... Gaat het goed met haar?'

Paul keek op zijn horloge. 'Victor, hoeveel contanten kun je de komende twee uur te pakken krijgen?'

'Contanten? Hoezo?'

'Voor Julia.'

'Goeie god, Paul, ze gaat toch niet vluchten?'

'Nee. Ik heb geen tijd om het uit te leggen. Aan hoeveel kun je komen?'

'In een uur of twee? Veertig-, misschien vijftigduizend.'

'Dat is genoeg. Ik kom het ophalen. Niet later dan acht uur.'

'Prima. Ik moet wat telefoontjes plegen.'

Julia drukte haar vingers tegen haar mond, waarna ze ze in een hulpeloos gebaar liet zakken. 'Zomaar,' zei ze. 'Geen vragen, geen voorwaarden. Ik weet niet wat ik moet zeggen.'

'Dat komt wel als de tijd rijp is. Ik kom misschien tot honderdduizend uit de pinautomaat. En jouw agente? Kan zij de rest telegrafisch overmaken?'

'Ja. Ja.' Ze voelde de tranen toen ze de telefoon opnam. Niet van angst ditmaal, maar van radeloze hoop. 'Paul, ik betaal het je terug. Ik bedoel niet alleen het geld.'

'Aan de slag. En snel, ik wil Frank bellen.'

'De politie? Maar hij zei –'

'Hij blijft buiten beeld.' Er was ook iets in Pauls ogen. Opwinding. Het duistere, gevaarlijke jongetje. 'Ik ben in geen geval van plan deze contanten te overhandigen om die vent vervolgens weg te zien wandelen. Niet nadat hij jou door de hel heeft zien gaan zonder zijn mond open te trekken. Bel op, Jules. We moeten zorgen dat de val dichtklapt.'

Haffner stak een sigaret op, waarna hij tegen de ene poot van de grote, witte H leunde. Het beviel hem daar wel. Het was een prettige, rustige plek om zaken te doen. Hij schopte tegen een colablikje en vroeg zich af hoeveel vrouwtjes op diezelfde plek de poorten naar het paradijs hadden geopend.

Beneden twinkelden de sterren in het bassin. Maar daarboven kon je, als je lang genoeg wachtte, als je stil genoeg was, in de verte soms een coyote horen roepen naar de maan die net begon op te komen.

Haffner bedacht dat hij eenvoudig zijn winst in ontvangst zou nemen en een campingreis ging maken. Yosemite, Yellowstone, Grand Canyon. Hij kreeg altijd een kick van de natuur. Bovendien had hij een vakantie verdiend, voornamelijk op een eerlijke manier. Vakkundige getuigen werden zo vaak betaald. Toevallig was zijn tarief behoorlijk.

Hij hoorde de automotor en trapte zijn sigaret uit, liep weg van de letters, de duisternis in. Als Winthrop of de dame iets probeerde, glipte hij terug naar waar hij zijn auto had verborgen en smeerde 'm.

Ze kwamen zwijgend en dicht naast elkaar aanzetten. Haffner moest lachen om het tasje in Pauls hand. Fluitje van een cent, dacht hij. Zeker weten, fluitje van een cent.

'Hij is er niet.'

Door de spanning in Julia's stem kreeg Haffner bijna medelijden met haar.

'Hij komt wel.'

Ze knikte, waarbij ze haar hoofd van de ene naar de andere kant liet gaan. 'Misschien hadden we de politie moeten bellen. Het is gevaarlijk hier alleen naartoe te gaan.'

'Het enige wat hij wil is het geld,' zei Paul effen. 'Laten we het op zijn manier spelen.'

'Goed gedacht.' Haffner stapte hun tegemoet. Hij bracht een hand omhoog om zijn ogen te beschermen tegen Pauls zaklantaren en lachte. 'Lager, vent, je hoeft me niet te verblinden.'

'Haffner?'

'Zo heet ik. Wel, wel, Julia. Fijn je weer eens te zien.'

Terwijl ze hem goed bekeek, liet ze een hand in haar tas glijden. 'Ik ken je. Ik heb je gezien.'

'Natuurlijk heb je dat. Ik heb je wekenlang gevolgd. Een baantje voor een cliënt. Ik ben privédetective. Nou ja, wás.'

'In de lift, bij Drakes kantoor. En op het vliegveld van Sausalito.'

'Goeie ogen, schat.'

'Voor wie werk je?' wilde Paul weten.

'Voor wie *werkte* ik? Mijn diensten zijn niet langer nodig, nu Eve dood is en Julia er tot haar mooie nekje in zit.'

Paul greep Haffners katoenen shirt, waardoor de naden scheurden. 'Als jij iets van doen had met de moord op Eve –'

'Rustig, rustig. Denk je dat ik dan hier zou zijn?' Nog steeds grijnzend, stak hij beide handen uit. 'Het enige wat ik heb gedaan, is een interessante partij schaduwen.'

'Wie?'

Haffner dacht erover na. 'Nu ik toch niet meer op de loonlijst sta, kan ik het je wel vertellen. Kincade, Anthony Kincade. Hij wilde dat ik je goed in de gaten hield, Julia. Door het boek waar jij en Eve aan werkten, zweette hij peentjes.'

'De briefjes,' zei ze. 'Hij stuurde de briefjes.'

'Ik weet niets over briefjes. Hij wilde dat jij gevolgd werd, wilde weten wie je allemaal ontmoette. Heeft werkelijk goed opsporingsmateriaal voor me gekocht, dus ik kon bij een paar interviews meeluisteren. Sappig hoor. Dat is een echte topper, over DuBarry die een abortus heeft laten doen. Wie had dat kunnen denken? Ik volgde je naar haar huis. Je was die dag vrij besluiteloos, Julia. Had vast een boel aan je hoofd. Toen reed ik rond het landgoed, en…' Hij zweeg, grinnikte. 'Daar zou ik je graag over vertellen. Nadat ik het geld heb gezien.'

Paul duwde het tasje onder zijn neus. 'Tel na.'

'Kom op, makker.' Haffner zette de tas op een rots en klikte het open. Na een smal zaklampje tevoorschijn gehaald te hebben, liet hij het over de stapel bankbiljetten schijnen. Manna uit de hemel. 'Ik vertrouw je. Uiteindelijk bewijzen we elkaar een dienst.'

'Jij hebt die dag iemand op het landgoed gezien,' spoorde Julia aan. 'Hoe kon jij er binnenkomen? Joe was bij het hek.'

'Kerels als ik worden in Beverly Hills gewoonlijk niet via het hek uitgenodigd.' Haffner kreeg er nu plezier in en haalde een rolletje fruitsnoepjes uit zijn zak. Hij knabbelde er een op. Julia rook sinaasappels.

'Ik zag een auto bij de muur. Maakte me nieuwsgierig. Dus klom ik op het dak, keek eroverheen, en wat dacht je dat ik zag?' Hij keek van Paul naar Julia. 'Jullie raden het niet? Ik zag Drake Morrison over de golfbaan hinken. Jezus, een golfbaan in je eigen tuin, kun je je dat voorstellen?'

'Drake?' Julia greep Pauls hand. 'Je zag Drake?'

'Hij was niet veel meer waard,' ging Haffner verder. 'Geloof dat hij was gevallen toen hij over de muur klom. Die kantoortypes zijn niet sportief.'

'En het alarm dan?' vroeg Paul.

'Geen idee. Maar lijkt me logisch dat-ie daarvoor had gezorgd, anders had-ie het risico niet genomen om over de muur te klimmen. Toen ik zag dat de weg vrij was, volgde ik zijn voorbeeld. Bedacht dat Kincade goed zou betalen voor wat informatie van binnenuit. Ik kon niet te dichtbij komen, weet je, want het is er nogal open. Ik was op weg naar het huis, het grote huis, toen hij opeens bleef staan, zich achter een palm probeerde te verstoppen, alsof hij iemand zag. Toen ging hij een andere richting uit, naar het kleine huis. Ik kon zelf niet dichtbij komen, want hij sjeesde maar heen en weer, op zoek naar een plek waar hij bij een raam in de buurt kon komen. Dan deinst hij achteruit, zet het op een lopen alsof de duivel op z'n hielen zit. Ik moest in de struiken duiken. Ik dacht, ik moet zelf een kijkje nemen, maar voor ik dicht genoeg in de buurt kon komen, kwam jij aanrijden.' Hij knikte naar Julia. 'Ik zag je uit de auto stappen, de tuin inlopen. Ik dacht dat ik beter kon maken dat ik wegkwam voordat iemand het alarm weer aanzette.'

'Jij zag me.' Julia duwde Paul opzij om zelf op Haffner toe te lopen. 'Jij hebt me gezien. Je wist dat ik de waarheid sprak en je zei geen woord.'

'Hé, ik ben nu toch hier? En als jij met de andere helft komt, zing ik desnoods driestemmig – tegen de officier van justitie. Bovendien kan ik ze alleen vertellen wat ik heb gezien. Weet ik veel of je de tuin niet uit bent gerend om dat mens koud te maken?'

Ze sloeg hem, zo hard dat hij zijn evenwicht verloor en tegen de rots sloeg. 'Je weet dat ik haar niet heb vermoord. Je weet dat Drake zag wie het wel heeft gedaan. En je hebt gewacht tot ik radeloos genoeg was om mijn ziel te verkopen.'

Terwijl hij overeind krabbelde, veegde Haffner een hand over zijn mond. 'Als je zo doorgaat, vertel ik de officier dat je me probeerde om te kopen om je een alibi te bezorgen. Voor mij beteken je niks, dame. Dus wees aardig, voordat ik besluit mijn burgerplicht niet te doen.'

'Burgerplicht, m'n reet,' zei Paul. 'Heb je genoeg, Frank?'

'O, meer dan.' Met een stralende lach stapte Frank in het licht.

'Vuile klootzak.' Haffner deed één stap naar voren, voordat Paul hem met een rechtse hoek op zijn kaak tegenhield.

'Ik had het niet beter kunnen zeggen.'

'Rusty? Rusty Slijmbal Haffner?' zei Frank aangenaam verrast toen hij Haffner overeind trok. 'Ik weet wie je bent. Weet je nog wie ik ben? Ik ben inspecteur Francis Needlemeyer, en je staat onder arrest wegens afpersing, het achterhouden van bewijsmateriaal en omdat je sowieso een oetlul bent. Ik zal je zo je rechten voorlezen.' Nadat hij de handboeien had vastgemaakt, haalde Frank een walkietalkie tevoorschijn. 'Ik heb een vracht stront die jullie moeten ophalen.'

'Onderweg, inspecteur. Tussen haakjes, de ontvangst was luid en duidelijk.'

32

'De officier van justitie wil Morrison meteen, snel en in looppas.' Frank floot, terwijl ze van de oprijlaan het pad op liepen dat naar Drakes huis leidde. 'Heb je je advocaat te pakken gekregen?'

'Ja.' Julia veegde haar klamme handen aan haar broek af. 'Hij is op dit moment jouw commandant waarschijnlijk al aan het bestoken. Lincoln zei dat je niet zou goedvinden dat Paul en ik met je meegingen om Drake op te pikken.'

'Ik kan het niet helpen dat jullie toevallig opdoken.' Hij knipoogde naar Paul. 'Weet je, volgens mij breekt Morrison sneller als hij met jullie wordt geconfronteerd.'

'Ik breek hem liever eigenhandig,' mompelde Paul. 'Stukje bij beetje.'

'Doe dat. Maar wacht tot we zijn verklaring hebben. Jezus, hoe kan-ie tegen zulke harde muziek?' Frank drukte op de bel, hamerde toen met zijn vuist op de deur.

'De rotzak zag wie haar vermoord heeft.' Pauls vingers klemden zich om die van Julia tot ze kreunde. 'Eve heeft hem alles wat er deugde in zijn leven gegeven, en het kon hem niks schelen. Hij gebruikte haar toen ze dood was even hard als toen ze nog leefde. Om geld.'

'Hij had een betere kans op een vet aandeel in de erfenis als Julia was veroordeeld.' Nog steeds zachtjes fluitend, bonkte Frank nog eens. 'Nu hangt hem een aanklacht wegens obstructie van het gerecht boven het hoofd. De klootzak is daarbinnen. De auto staat er. Het licht en de muziek zijn aan. Morrison!' bulderde hij. 'Dit is de politie. Doe open.' Hij wierp een schuinse blik naar Paul.

De hint begrijpend, legde Paul een hand op haar rug. 'Julia, jij wacht in de auto.'

Zij begreep het eveneens en schudde zijn voorzichtig dwingende hand van zich af. 'Niks ervan.'

Frank zuchtte alleen maar. 'Achteruit.' Hij trapte driemaal tegen de deur voordat de scharnieren het begaven. 'Ik raak uit vorm,' zei hij bij zichzelf, waarna hij zijn revolver trok. 'Zorg dat ze hier blijft tot ik zeg dat ze kan komen.'

Zodra Frank binnen was, sloeg Julia Pauls armen, die haar in bedwang hielden, van zich af. 'Denk je dat ik blijf staan wachten? Hij weet wie haar heeft vermoord.' Heftig schudde ze haar hoofd. 'Paul, ze was mijn moeder.'

Hij vroeg zich af of ze zich bewust was dat dit voor het eerst was dat ze het accepteerde. Met een knikje nam hij haar bij de hand. 'Blijf dicht bij me.'

De muziek werd abrupt afgezet, zodat ze toen ze de hal binnenstapten, de stilte binnenstapten. Paul wierp een blik op de trappen, zijn lichaam zo draaiend dat Julia erachter werd beschermd.

'Frank?'

'Ik ben hier. Verdomme. Hou haar weg.'

Ze stond echter al binnen. Voor de tweede maal stond ze oog in oog met een gewelddadige dood. Hij lag op zijn rug, op de plek waar hij was gevallen. Glasscherven lagen overal om hem heen verspreid. Het rook naar bloed en verschaalde champagne – een feestje dat verschrikkelijk uit de hand was gelopen.

'Ik moet het weten.' Een uur later zat Julia in Pauls zitkamer, gekalmeerd door pure wilskracht. Terwijl ze sprak, keek ze naar Lincolns gezicht. 'Denken ze dat ik hem heb vermoord?'

'Nee. Er is geen motief. Als ze de tijd van de dood eenmaal hebben vastgesteld, valt te betwijfelen of er gelegenheid toe was. Zo op het oog lijkt het professioneel.'

'Professioneel?'

'Eén schot, heel netjes. Met een dag of twee weten we meer.'

'Een dag of twee.' Niet wetend hoe ze een uur of twee moest doorkomen, drukte ze haar vingers tegen haar ogen. 'Hij had me kunnen zuiveren, Lincoln. Hij is dood en het enige waaraan ik kan denken is, dat als we een paar dagen hadden gehad, hij mij had kunnen zuiveren...'

'Dat kan hij misschien nog. Met Haffners verklaring én het feit dat Drake is vermoord, lijkt de zaak tegen jou zeer wankel. Het bewijst dat er iemand anders op het landgoed was, dat het alarmsysteem was uitgeschakeld. Haffner bevestigt ook het feit dat je de tuin in ging in plaats van het huis. En dat er al iemand, Eve waarschijnlijk, in het huis was. Drake zou niet door het raam gekeken hebben en niet bang genoeg geweest zijn om weg te rennen als het huis leeg was geweest.'

Op haar hoede sloot ze haar hand lichtjes over het vleugje hoop. 'Als ik alsnog moet terechtstaan, is dat wat je gaat gebruiken.'

'Als je alsnog moet terechtstaan, ja. Het is meer dan toereikend voor gebrek aan bewijs, Julia. Dat weet de officier van justitie. Ik wil dat je nu wat slaap krijgt.'

'Dank je.' Ze stond op om met hem mee te lopen naar de deur; de telefoon rinkelde. 'Ik neem wel op,' zei ze tegen Paul.

'Laat rinkelen.'

'Als het een journalist is, heb ik de voldoening om op te hangen. Hallo?' Langzaam werden haar ogen uitdrukkingsloos. 'Ja, natuurlijk. Momentje. Lincoln, je zoon.'

'Garrett?' Hij had al een stap gezet, toen de schaamte hem overspoelde. 'Mijn... eh... gezin heeft besloten voor een paar dagen naar me toe te vliegen. De kinderen hebben voorjaarsvakantie.'

Toen ze niet reageerde, pakte hij de hoorn. 'Garrett, jullie zijn er. Ja, ik weet dat de vlucht vertraging had. Fijn om je stem te horen.' Hij lachte en draaide opzettelijk zijn rug naar de kamer toe. Naar Julia. 'Nou, het is hier net over elven, dus je bent niet zo laat op. Ja, we gaan naar een wedstrijd en naar Disneyland. Zeg tegen je moeder en zus dat ik nu naar het hotel kom, dus blijf op. Ja, ja, heel gauw. Dag, Garrett.'

Hij hing op, schraapte zijn keel. 'Het spijt me, ik heb dit nummer voor ze achtergelaten. Hun vlucht had vertraging in St. Louis, en ik was een beetje bezorgd.'

Ze keek hem neutraal aan. 'Dat is volkomen in orde. Je kunt beter naar ze toe gaan.'

'Ja. We houden contact.'

Hij liet zichzelf uit, gehaast, merkte Julia op. 'Ironisch, nietwaar?' zei ze toen ze met Paul alleen was. 'Die jongen is amper een paar weken jonger dan Brandon. Toen Lincoln te weten kwam dat ik zwanger was, werd hij zo doodsbang voor wat er kon gebeuren, dat hij regelrecht naar zijn vrouw rende. Je zou kunnen zeggen dat ik zijn huwelijk heb gered en voor een deel verantwoordelijk ben voor de geboorte van Brandons halfbroertje. Hij klonk als een heel intelligent, welgemanierd ventje.'

Pauls sigaar brak doormidden toen hij hem uitdrukte. 'Ik zou voor jou nog altijd met alle genoegen Hathoways smoel tegen een betonnen muur willen schuren. Voor een uur of twee, in elk geval.'

'Ik ben niet kwaad meer. Ik weet niet eens sinds wanneer. Maar *hij* is nog steeds op de vlucht.' Ze liep naar Paul en vlijde zich in zijn schoot. 'Ik vlucht niet meer, Paul, en ik weet wél wanneer dat is opgehouden. Die nacht in Londen, toen we zo laat opbleven en ik je alles vertelde. Alle geheimen, waarvan ik dacht dat ik ze nooit aan een man zou vertellen.' Ze boog over hem heen, liet haar lippen met de zijne spelen. 'Dus ik denk niet dat ik wil dat je zijn gezicht over beton schuurt.' Met een zucht drukte ze een spoor kussen langs zijn hals omlaag. 'Misschien kun je alleen zijn arm breken.'

'Oké.' Zijn armen sloten zo plotseling om haar heen, dat ze naar adem hapte. 'Het komt helemaal goed met ons,' fluisterde hij in haar haar.

Zo vielen ze in slaap, tegen elkaar aan op de bank, ineengestrengeld, en met al hun kleren aan. Door de klop op de deur, even na zessen, werden ze met een ruk wakker en knipperden naar elkaar.

Ze gingen naar de keuken. Frank ging zitten, terwijl Julia een steelpannetje op het fornuis zette. 'Ik heb goed nieuws en ik heb slecht nieuws,' begon hij. 'Het slechte nieuws is dat de officier van justitie niet bereid is de aanklacht in te trekken.'

Julia zei niets, haalde alleen een doos eieren uit de koelkast.

'Het goede nieuws is dat het onderzoek weer wijd opengegooid is. Haffners verklaring werkt in jouw voordeel. We moeten enkele punten natrekken, de connectie met Kincade bewijzen. Het zou fijn zijn als ouwe Rusty zelf door het raam had gekeken, nu Morrison niemand kan vertellen wat hij die dag heeft gezien. Maar het feit op zich dat ze daar waren, zorgt voor een stevige wending in de zaak. De belangrijkste factoren tegen jou waren het tijdstip, en het feit dat de anderen binnen allemaal een alibi hadden. Als ze Haffners verhaal slikken, worden die beide factoren weggeveegd.'

'Als,' herhaalde Julia.

'Luister, de schurk wil zijn beweringen misschien terugnemen. Hij is heel pissig dat jullie hem in de val hebben gelokt, maar hij weet ook wat hem te wachten staat. Hij krijgt het lastiger als hij niet meewerkt. Nou, de officier van justitie zou graag zijn verklaring van de tafel vegen, maar die zit goed in elkaar. Als we eenmaal kunnen vaststellen dat hij eerlijk was over het werken voor Kincade, over dat hij jou moest volgen, zal de officier van justitie de rest moeten slikken. Morrison was op het landgoed op het tijdstip van de moord, hij heeft iets gezien, nu is-ie dood.' Hij zuchtte voldaan toen Paul een beker koffie voor hem neerzette. 'We zijn bezig de registratie van zijn telefoongesprekken te achterhalen. Het zal interessant zijn om te weten met wie hij sinds de moord heeft gesproken.'

Ze hadden het over moord, dacht Julia. En het spek sputterde, koffie dampte. Buiten streek een vogel op de reling van het terras neer, zingend of zijn leven ervan afhing.

Vierenhalfduizend kilometer van hen verwijderd zat Brandon op school te worstelen met breuken of hij had dictee. Daar lag een troost in, besefte ze. Te weten dat het leven verderging in zijn regelmatige, ongehaaste cyclus, zelfs nu het hare binnen het geheel in een afwijkende baan ronddraaide.

'Je werkt vreselijk hard om me hieruit te halen.' Julia liet het spek uitlekken.

'Ik hou er niet van om tegen mijn gevoel in te werken.' Frank had net genoeg melk in zijn koffie gedaan om zijn tong niet te branden. Hij nam een slok en liet de hete cafeïne in zijn lichaam glijden. 'En ik heb een natuurlijke weerzin tegen iemand die ongestraft een moord pleegt. Je moeder was een fantastische dame.'

Julia dacht aan beide moeders. De toegewijde advocate die toch nog tijd maakte om koekjes te bakken of een zoom te repareren. De dynamische actrice die het leven met beide handen had gegrepen. 'Ja, dat was ze. Hoe wil je je eieren, inspecteur?'

'Aan twee kanten gebakken,' zei hij, haar toelachend. 'Goed doorbakken. Ik heb een boek van je gekocht. Dat over Dorothy Rogers. Er staan een paar ongelooflijke dingen in.'

Julia brak eieren boven de steelpan en keek naar het pruttelen van het eiwit. 'Zij had een paar ongelooflijke belevenissen.'

'Ja, maar voor iemand die zijn brood verdient met mensen ondervragen, zou ik jouw truc willen weten.'

'Er is eigenlijk geen truc. Wanneer jij met mensen praat, vergeten ze geen moment dat je politieman bent. Ik luister voornamelijk, zodat ze in hun eigen verhaal verdiept raken en mij én de recorder totaal vergeten.'

'Als je die tapes in de handel brengt, kun je een fortuin verdienen. Wat doe je ermee als je klaar bent?'

Ze draaide de eieren om, inwendig blij dat de dooiers heel bleven. 'Ze opbergen. De tapes zijn niet veel waard zonder het verhaal dat ze verbindt.'

Paul zette met een klap zijn beker neer. 'Wacht even.'

Toen ze zich met een blad vol eten in haar hand omdraaide, zag Julia hem de keuken uit rennen.

'Maak je geen zorgen,' Frank stond op om het blad van haar over te nemen. 'Ik eet zijn portie wel op.'

Vijf minuten later riep Paul van boven aan de trap: 'Frank, ik wil dat je hiernaar kijkt.'

Grommend laadde Frank nog meer spek op zijn bord en nam het mee, Julia volgde hem op de voet, met in elke hand een beker koffie. Paul was in zijn werkkamer en stond voor de televisie naar Eve te kijken. 'Dank je.' Hij nam een beker van Julia aan, waarna hij naar het toestel knikte. 'Jules, ik wil dat je hier nauwkeurig naar luistert.'

'… dus heb ik uit voorzorg de andere tapes gemaakt…'

Hij bevroor het beeld en keerde zich naar Julia om. 'Welke andere tapes?'

'Weet ik niet. Ze heeft me nooit tapes gegeven.'

'Precies.' Hij kuste haar, hard. Ze kon zijn opwinding in zijn vingertoppen voelen zingen toen ze in haar schouders drukten. 'Dus waar zijn ze in godsnaam? Ze heeft ze gemaakt tussen de tijd dat jij haar voor het laatst hebt gezien en de moord. Ze heeft ze niet aan Greenburg gegeven.

Ze gaf ze niet aan jou. Maar dat was ze van plan.'

'Ze was het van plan,' herhaalde Julia, terwijl ze zich op een stoel liet zakken. 'En ze was naar het gastenverblijf gekomen om me op te zoeken, om op me te wachten.'

'Om ze aan je te geven. Om alle resterende leugens uit te wissen.'

'We hebben dat huis van boven tot onder doorzocht.' Frank zette zijn bord neer. 'Er waren geen tapes, behalve die ene in de kluis.'

'Nee, omdat iemand ze had meegenomen. Iemand die wist wat erop stond.'

'Hoe kon iemand dat weten?' Julia keek weer naar het toestel, naar het bevroren beeld van Eve. 'Als zij ze die nacht heeft gemaakt, of de volgende morgen? Ze is het huis geen minuut uit geweest.'

'Wie zijn er binnengekomen?'

Frank haalde zijn notitieboekje tevoorschijn, sloeg bladzijden om. 'Flannigan, haar agente, DuBarry. Ze kan ze allemaal iets verteld hebben wat ze niet wilden horen.'

Julia wendde zich af. Ze kon de mogelijkheid niet onder ogen zien dat het Victor was. Ze had al twee keer een moeder verloren. Ze was er niet zeker van of ze het verlies van nog een vader zou overleven. 'Eve leefde nog nadat ze allemaal waren vertrokken. Hoe hadden ze terug kunnen komen zonder dat Joe het wist?'

'Op dezelfde manier waarop Morrison naar binnen kon,' peinsde Frank. 'Hoewel het idee moeilijk te geloven is dat er nóg iemand over de muur kwam.'

'Misschien niet.' Met zijn ogen op Eve gericht, streek Paul door Julia's haar. 'Misschien hoefden ze zich niet te bekommeren over binnenkomen of naar buiten gaan. Omdat ze al binnen *waren*. Ze waren bij haar, omdat er van ze werd verwacht dat ze bij haar waren. Iemand om wie ze voldoende gaf om hem of haar uit te leggen wat ze aan het doen was.'

'Je zoekt het onder de bedienden,' mompelde Frank. Hij begon nog eens te bladeren.

'Ik zoek in de buurt van iemand die op het landgoed woonde. Die zich niet om bewaking hoefde te bekommeren. Iemand die haar van het hoofdgebouw naar het gastenverblijf is gevolgd. Iemand die Eve in de hitte van het moment kon doden, en later Drake in koelen bloede.'

'We hebben: de kok, de tuinman, het tuinhulpje, een paar dienstmeisjes, de chauffeur, huishoudster, secretaresse. Ze hebben allemaal een aardig sluitend alibi voor het tijdstip van de moord.'

Ongedurigheid zinderde als hittegolven. 'Misschien heeft er één een alibi in elkaar gedraaid. Het past, Frank.'

'Dit is niet een van je boeken. Echte moord is rommeliger: de stukjes passen niet zo netjes.'

'Ze vormen altijd hetzelfde plaatje. Haffner zei dat ze het huis uit kwam, dat Morrison van richting veranderde en regelrecht naar het gastenverblijf ging. Hij stopte niet bij de garage, wat, hoe graag ik die ellendeling er ook bij zou willen lappen, waarschijnlijk Lyle elimineert. En ik geloof dat we het moeten zoeken bij iemand die dicht bij haar stond. Iemand die Julia's dagindeling kende, zodat de briefjes aankwamen.'

'Misschien heeft Haffner de briefjes doorgegeven,' peinsde Julia. 'Waarom zou hij het dan ontkennen? Hij heeft ons al het andere verteld. Ik wil weten wie jou naar Londen is gevolgd – en naar Sausalito.'

'Ik heb de passagierslijst van de vluchten op Londen doorgenomen, Paul. Ik heb je al verteld dat ik geen verband kon vinden.'

'Heb je een namenlijst?'

'In het dossier.'

'Wees een vriend, Frank, en laat 'm hierheen faxen.'

'Jezus.' Toen keek hij naar Julia's gezicht, naar het televisiescherm dat werd gevuld door Eve. 'Natuurlijk. Ja, waarom niet? Ik was het toch al zat om een penning te dragen.'

Om de een of andere reden was het erger, peinsde Julia. Wachten.

Wachten, terwijl Frank aan de telefoon was en Paul al rokend ijsbeerde. Wachten tot de techniek haar steentje bijdroeg en hun nog een beetje meer hoop zond. Ze zag de vellen eruit klikken: honderden namen. Er was er slechts één die ertoe deed.

Ze ontwikkelden een routine. Zij bestudeerde het ene vel, gaf het aan Paul. Hij verdiepte zich in een ander, gaf het door aan Frank. Ze voelde een vreemde schok bij het zien van haar eigen naam tussen al die vreemden. En daar was die van Paul, aan boord van de Concorde. Hij had niet kunnen wachten om bij haar te zijn, bedacht ze met een glimlachje. Wat was hij kwaad, dwingend en veeleisend geweest.

In haar vermoeide ogen wrijvend, pakte ze nog een vel. Systematisch als ze was, probeerde ze elke naam te lezen en te onthouden en er een gezicht, een persoon bij te bedenken.

Alan Breezewater. Middelbare leeftijd, kalend, succesvol makelaar. Marjorie Breezewater. Zijn aardige vrouw die van een stevig potje bridge hield.

Carmine Delinka. Financier in de bokswereld, die van aanzien droomde.

Hélène Fitzhugh-Pryce. Een gescheiden vrouw uit Londen, die in Rodeo Drive had gewinkeld.

Donald Frances. Een jonge advertentiemanager die in de lift zat.

Susan Frances. Donalds aantrekkelijke Britse echtgenote die zich omhoogwerkte in televisieproducties.

Matthew John Frances. Hun vijf jaar oude zoon, opgewonden omdat hij zijn grootouders ging opzoeken.

Charlene Gray. Julia gaapte en probeerde zich te concentreren. Charlene Gray.

'O, mijn god.'

'Wat is er?' Paul hing al over haar schouder, zich inhoudend om het vel niet uit haar hand te grissen.

'Charlie Gray.'

Fronsend keek Frank van zijn eigen papier op. Zijn oogwit was rood doorlopen. 'Ik dacht dat-ie dood was.'

'Is-ie ook. Eind jaren veertig heeft hij zelfmoord gepleegd. Maar hij had een kind, een baby. Eve zei dat ze niet wist wat ermee was gebeurd.' Paul had zich de naam al eigen gemaakt. 'Charlene Gray. Ik vind het een beetje laat om aan toeval te denken. Hoe vinden we haar?'

'Geef me een paar uur.' Frank nam de bladzij en twee plakken spek mee en stevende op de deur af. 'Ik bel jullie.'

'Charlie Gray,' fluisterde Julia. 'Eve heeft heel veel om hem gegeven, maar hij meer om haar. Veel te veel. Ze brak zijn hart toen ze met Michael Torrent trouwde. Hij gaf haar robijnen, en haar eerste proefopname. Hij was haar eerste minnaar.' De kilte sidderde door haar armen. 'O god, Paul, kan dit kind Eve hebben vermoord?'

'Als hij een dochter had, hoe oud zou ze nu zijn?'

Julia draaide haar vingers over haar slapen. 'Begin of halverwege de vijftig.' Haar vingers stopten. 'Paul, je denkt toch niet in alle ernst dat –'

'Heb je een foto van hem?'

Haar handen trilden nu. Het was opwinding. 'Ja. Eve heeft me honderden kiekjes en stills gegeven. Lincoln heeft alles.'

Paul wilde de telefoon pakken, maar vloekte toen. 'Wacht.' Hij ging naar de boekenplank aan de muur en liet zijn vingers langs de videocassettes gaan. *'Desperate Lives,'* mompelde hij. 'Eves eerste film – met Michael Torrent en Charlie Gray.' Hij kneep even in Julia's hand. 'Laten we naar een film kijken, schatje.'

'Ja.' Het lukte haar om te lachen. 'Maar voor mij geen popcorn.' Ze hield haar adem in toen Paul Eves video uit het apparaat haalde en de kopie van de oude film erin liet glijden. In zichzelf mompelend, spoelde hij door naar de openingstitels.

Eve zat in de eerste scène. Ze wandelde over een trottoir dat werd verondersteld in New York te zijn. Ze had een hoed op die flirterig over één oog was geschoven. De camera kwam dichterbij, ving dat jonge, levendige gezicht, zwenkte toen naar beneden terwijl Eve zich vooroverboog, om haar as draaide en traag met een vinger langs de naad van haar kous ging.

'Vanaf de eerste scène was ze een ster,' zei Julia. 'En ze wist het.'

'Moet je horen. We zullen dit van begin tot eind bekijken op onze huwelijksreis.'

'Op onze –'

'Daar hebben we het later over.' Terwijl Julia probeerde te bedenken of ze zojuist een aanzoek had gekregen, zapte Paul door de film. 'Ik wil een close-up. Kom op, Charlie. Aha.' Op het ene woord van triomf, liet hij het beeld bevriezen. Charlie Gray: zijn haar steil achterover, zijn mond in een verontschuldigende grijns gekruld, keek hen recht aan.

'O, mijn god, Paul.' Julia's vingers plantten zich als ijzerdraad in zijn schouders. 'Ze heeft zijn ogen.'

Met vertrokken mond knipte Paul het toestel uit. 'Laten we met Travers gaan praten.'

Dorothy Travers schuifelde van de ene kamer naar de andere, in een leeg huis, op jacht naar stof, poetste glas, verzamelde haatgevoelens. Elk geloof in een gezonde relatie met een man was door Anthony Kincade om zeep geholpen. Dus had ze al haar liefde op twee mensen geconcentreerd. Haar arme zoon die haar nog altijd mammie noemde, en Eve. Er was niets seksueels in haar liefde voor Eve. Ze had de seks afgeschreven voordat Kincade haar had afgeschreven. Eve was een zuster, moeder en dochter voor haar geweest. Hoewel Travers dol op haar eigen familie was, had het feit dat Eve uit haar leven was weggesneden haar zo'n pijn bezorgd, dat ze het alleen kon verdragen door het met bitterheid te omhullen.

Toen ze Julia het huis binnen zag komen, stoof ze met vooruitgestoken, tot klauwen gekromde handen naar voren. 'Moordlustige teef. Hoe durf je je gezicht hier te vertonen? Ik maak je koud.'

Paul kreeg haar te pakken en wrikte na enig worstelen haar armen op haar rug. 'Hou op. Verdomme, Travers. Dit huis is van Julia.'

'Ik zie haar in de hel voordat ze er nog een voet in zet.' Tranen stroomden uit haar ogen terwijl ze vocht om los te komen. 'Ze heeft haar hart gebroken, en toen dat nog niet genoeg was, heeft ze haar vermoord.'

'Luister naar me. Drake is vermoord.'

Travers hield lang genoeg op met zich te verzetten om op adem te komen. 'Drake. Dood?'

'Hij is doodgeschoten. We hebben hem gisteravond laat gevonden. We hebben een getuige die hem hier, op het land, heeft gezien op de dag dat Eve is vermoord. Travers, de beveiliging was uitgeschakeld. Drake is over de muur geklommen.'

'Je probeert mij te vertellen dat Drake Eve heeft vermoord?'

Nu had hij haar aandacht, maar hij liet zijn greep niet bepaald verslappen. 'Nee, maar hij zag wie het heeft gedaan. Daarom is hij dood.'

Travers' blik schoot terug naar Julia. 'Als zij haar eigen moeder kon doden, kon ze ook haar neef vermoorden.'

'Ze heeft Drake niet vermoord. Ze was bij mij. Ze was de hele avond bij mij.'

De lijnen in Travers' gezicht werden alleen maar dieper. 'Ze heeft je verblind. Je verblindt met seks.'

'Ik wil dat je naar me luistert.'

'Niet zolang zij in dit huis is.'

'Ik wacht buiten.' Julia schudde haar hoofd voor Paul kon protesteren. 'Het is goed. Dan voel ik me beter.'

Toen Julia de deur achter zich had gesloten, werd Travers kalmer. 'Hoe kon je slapen met die hoer?' Zodra Paul haar losliet, greep ze in haar zak naar een tissue. 'Ik dacht dat Eve iets voor je betekende.'

'Je weet dat dat zo was. Kom hier en ga zitten. We moeten praten.' Toen hij haar eenmaal zover had dat ze zich in de salon had geïnstalleerd, hurkte hij aan haar voeten. 'Je moet me vertellen over Charlie Grays dochter.'

Er flitste iets in Travers' ogen voordat ze die neersloeg. 'Ik weet niet waar je het over hebt.'

'Eve wist het. Ze vertrouwde jou meer dan wie ook. Ze zou het je verteld hebben.'

'Als ze me vertrouwde, waarom heeft ze me dan niet verteld dat ze ziek was?' Door verdriet overmand begroef ze haar gezicht in haar handen. 'Dat ze aan het doodgaan was.'

'Omdat ze van je hield. En omdat ze niet wilde dat de tijd die ze nog had, werd bedorven door medelijden of spijt.'

'Zelfs dat is haar ontnomen. Dat kleine beetje tijd.'

'Dat is waar. Ik wil net zo goed als jij dat degene die haar dat heeft ontnomen ervoor betaalt. Het was Julia niet.' Hij greep haar handen voordat ze hem kon wegduwen. 'Maar het was iemand van wie ze hield, iemand die ze in haar leven heeft opgenomen. Ze heeft Charlies dochter gevonden, nietwaar, Travers?'

'Ja.'

33

De zon weerkaatste op het diepblauwe water van het zwembad. De rimpeling, veroorzaakt door de fontein die het zonder ophouden voedde, werd breder, verspreidde zich en verdween. Julia vroeg zich af wie daar ooit weer zou zwemmen. Of iemand ooit zijn badpak zou uitgooien onder dat gutsende water, en lachen.

Ze had zin om het zelf te doen – snel, nu ze alleen was – om iemand van wie ze kortstondig had gehouden eer te bewijzen.

Maar in plaats daarvan zag ze een kolibrie als een klein, helder projectiel over het water schieten. Toen bleef hij zweven en dronk van een felrode petunia.

'Julia.'

De glimlach die net om haar lippen krulde, bevroor. Ze voelde haar hart bonzen en in haar keel kruipen. Heel langzaam, heel voorzichtig ontspande ze haar vingers die tot een vuist waren gebald, en ze riep elk talent op dat van Eves bloed in het hare was overgegaan toen ze zich omdraaide om haar ogen te richten op Charlie Grays dochter.

'Nina. Ik wist niet dat je hier was. Ik dacht dat je was verhuisd.'

'Bijna. Ik moet alleen nog een paar dingetjes inpakken. Het is verbijsterend hoeveel je in vijftien jaar verzamelt. Heb je het gehoord van Drake?'

'Ja. Waarom gaan we niet naar binnen? Paul is er.'

'Weet ik.' Nina slaakte een korte zucht die klonk als een snik. 'Ik hoorde hem en Travers. Ze wist niet dat ik eerder was binnengekomen en boven was. Dit had allemaal niet mogen gebeuren. Helemaal niet.' Haar hand verdween onder de klep van haar lichtbruine tasje en haalde er een revolver uit. Zonlicht weerkaatste op chroom en verblindde. 'Ik wou dat ik een andere manier had geweten, Julia. Werkelijk waar.'

Het feit dat ze oog in oog stond met een revolver, wekte eerder woede dan angst op. Niet dat ze zichzelf als onoverwinnelijk beschouwde. Een deel van haar brein registreerde dat de kogel haar kon openrijten, haar leven kon afsnijden. Maar de manier waarop het dreigement werd gepresenteerd, met een ongelooflijke beleefdheid, ondergroef elke gedachte aan voorzichtigheid.

'Hoe kun je daar staan en je bij mij verontschuldigen alsof je een lunchafspraak bent vergeten? Lieve god, Nina, je hebt haar *vermoord.*'

'Het was niet iets wat ik had bedacht.' Ze klonk niet meer dan lichtelijk geïrriteerd, terwijl ze een hand tussen haar borsten drukte. 'God weet dat ik heb gedaan wat ik kon om haar tot rede te brengen. Ik heb het haar gevraagd, gesmeekt, ik heb brieven gestuurd om haar angst aan te jagen. Toen ik zag dat dat niet werkte, heb ik nog een paar brieven naar jou gestuurd. Ik heb zelfs iemand ingehuurd om met het vliegtuig te knoeien.'

Ergens in de tuin begon een vogel te fluiten. 'Je hebt geprobeerd mij te doden.'

'Nee, nee. Ik weet wat een goeie piloot Jack is, en mijn instructies waren heel specifiek. Het was de bedoeling je bang te maken, je te laten inzien hoe belangrijk het was om met het onderzoek voor dat boek op te houden.'

'Vanwege je vader.'

'Gedeeltelijk.' Julia ontging de glinstering in haar ogen niet. 'Eve heeft zijn leven geruïneerd, er een eind aan gemaakt. Daar heb ik haar heel lang om gehaat. Maar het werd onmogelijk om haar te haten toen ze zo veel deed om me te helpen. Ik heb heel veel, heel diep om Eve gegeven, Julia. Ik probeerde haar te vergeven. Je moet me geloven.'

'Jou geloven? Je vermoordde haar, waarna je bereid was mij daarvoor op te laten draaien.'

Nina's mond trok samen. 'Een van de eerste dingen die Eve me leerde, was te overleven. Tot elke prijs zal ik dit tot een goed einde brengen.'

'Paul weet het, en Travers. De politie is Charlene Gray al aan het natrekken.'

'Ik ben allang verdwenen voordat ze haar in verband brengen met

Nina Soloman.' Ze keek om naar het huis, Paul en Travers waren nog steeds in gesprek. 'Ik heb niet veel tijd gehad om dit uit te werken, maar er lijkt maar één manier te zijn.'

'Mij vermoorden.'

'Het moet eruitzien als zelfmoord. We gaan een wandelingetje langs het gastenverblijf maken. Terug naar de plaats van het misdrijf – dat zal de politie leuk vinden. Je schrijft een brief waarin je bekent Eve vermoord te hebben, en Drake. Dit is de revolver die ik heb gebruikt. Hij is niet geregistreerd en kan niet naar mij verwijzen. Ik kan je beloven dat ik het snel zal doen. Ik ben door de beste getraind.' Ze gebaarde met de revolver. 'Haast je een beetje, Julia. Als Paul naar buiten komt, moet ik hem ook doden. Dan Travers. Dan heb je een regelrecht bloedbad bij je deur aangericht.'

De kolibrie vloog van de bloem af, schoot over het water. Het was die felle flits van rood en de onverwachte uithaal van drift die haar overviel, waardoor Nina een eind achteruit struikelde. Haar eerste schot miste ruim. In blinde, tomeloze woede stoof Julia naar voren, ramde tegen haar op en haalde uit met een kracht waardoor ze allebei hun evenwicht verloren en in het zwembad vielen.

In elkaar verstrikt zonken ze naar de bodem. Door de opwaartse druk kwamen ze, schoppend, klauwend en proestend aan de oppervlakte. Julia hoorde haar eigen woedende gebrul niet toen er venijnig aan haar haren werd getrokken. De pijn verminderde haar gezichtsvermogen, scherpte haar drift. Eén seconde zag ze Nina's gezicht, waar het water als schitterende diamanten op lag. Toen klampten haar handen zich om Nina's hals en knepen. Haar longen vulden zich automatisch met lucht voordat ze weer onder water werd gesleurd.

Door de sluier van water kon ze Nina's ogen onderscheiden, de wilde paniek die erin te lezen stond. Ze had de voldoening ze te zien dichtgaan toen haar vuist een trage zwieper door het water maakte en zich in Nina's maag ploegde. Haar eigen hoofd sloeg hard tegen de bodem; ze onderdrukte een schreeuw van pijn door haar tanden op elkaar te klemmen. Lichtjes dansten achter haar ogen toen ze zwenkte en haar been uitschoot om tegen kwetsbaar vlees te trappen. Krassen en blauwe plekken werden genegeerd, maar het geruis in haar oren en het brandende gevoel in haar borstkas maakten dat ze zich een weg terug vocht naar de oppervlakte voor meer lucht.

Geschreeuw en gegil echoden in haar hoofd toen ze een duik voorwaarts nam en Nina's blouse te pakken kreeg. Water droop van Julia's wangen, stroomde uit haar ogen. Ze had geen idee wanneer het snikken was begonnen. 'Bitch,' siste ze door haar tanden. Ze bracht haar arm naar achteren en haar vuist ramde Nina's gezicht, waarna ze haar bij de haren omhoog sleurde om haar nog een keer te raken.

'Stop. Toe nou, schat, stop.' Verwoed watertrappelend greep Paul haar arm. 'Ze is finaal knock-out.' Hij haakte een arm onder Nina's kin om te voorkomen dat ze kopje-onder ging. 'Ze heeft je gekrabd. In je gezicht.'

Julia snoof en veegde het water en bloed weg. 'Ze vecht als een straatmeid.' Hij had willen lachen om de kille spot in haar stem. 'Travers belt de politie. Kun je zelf op de kant komen?'

'Ja.' Ze was er net, toen ze begon te kokhalzen.

Zonder achterom te kijken liet Paul Nina bewusteloos aan de rand van het zwembad achter en ging naar Julia.

'Gooi het eruit,' zei hij rustig terwijl hij haar hoofd in zijn trillende handen hield. 'Je hebt meer dan je portie ingeslikt. Grote meid.' Hij streelde en kalmeerde terwijl haar benauwdheid overging in jachtig ademhalen. 'Dat is de eerste keer dat ik je in actie heb gezien, kampioen.' Hij trok haar naar zich toe en hield haar vast. 'Bloeddorstige amazone. Help me herinneren dat ik je niet kwaad maak.'

Julia zoog zuurstof naar binnen en voelde het in haar geteisterde keel branden. 'Ze had een revolver.'

'Al goed.' Zijn armen sloten zich om haar heen. 'Ik heb hem nu. Laten we naar binnen gaan.'

'Ik neem haar.' Met een grimmig gezicht gooide Travers een enorme badhanddoek over Julia heen. 'Jij let op die daar. Kom jij maar met mij mee.' Ze wikkelde haar grote arm om Julia's middel. 'Ik ga wat droge kleren voor je pakken en een lekker kopje thee voor je zetten.'

Paul veegde het water van zijn gezicht en keek hoe Travers Eves dochter het huis in leidde. Toen stond hij op om zich te ontfermen over die van Charlie.

Gehuld in een van Eves wapperende zijden kimono's, gesterkt door thee met een scheut brandy, lag Julia tegen een stapel kussens die Travers om haar heen had geschikt.

'Ik heb me niet zo vertroeteld gevoeld sinds mijn twaalfde, toen ik mijn pols bij het rolschaatsen had gebroken.'

'Het helpt Travers in het reine te komen met haar schuldgevoel.' Paul stopte zijn geijsbeer om een sigaar op te steken.

'Ze hoeft zich nergens schuldig over te voelen. Ze geloofde dat ik het had gedaan. Jezus, er waren momenten dat ik het zelf bijna geloofde.' Ze ging verliggen, kreunde.

'Laat me de dokter nou bellen, Jules.'

'De EHBO'ers hebben me al behandeld,' hielp ze hem herinneren. 'Schrammen en blauwe plekken.'

'En een schotwond.'

Ze keek naar haar arm, waar die vlak boven haar elleboog was verbonden. 'Jeetje, het is maar een schram.' Toen hij niet lachte, stak ze haar hand uit. 'Heus, Paul, het is alleen maar een schampschot, net als in de film. Waar ze haar tanden in mijn schouder heeft gezet, doet het meer pijn.' Met een grimas raakte ze die voorzichtig aan. 'Ik wil gewoon hier blijven, bij jou.'

'Schuif op,' gebood hij, en hij kwam tegen haar heup aan zitten toen ze ruimte maakte. Hij nam haar hand tussen de zijne en bracht die naar zijn lippen. 'Je weet wel hoe je een man een hartaanval moet bezorgen, Jules. Toen ik dat schot hoorde, kostte het me vijf jaar.'

'Als je me een zoen geeft, doe ik mijn best je ze terug te geven.' Hij boog zich naar haar toe met het voornemen de kus licht te houden. Maar zij sloeg haar armen om hem heen, trok hem dichterbij. Met een lage, vertwijfelde kreun trok hij haar naar zich toe en legde al zijn begeerte, zijn dankbaarheid, zijn beloften in die ene aanraking van hun lippen.

'Spijt me dat ik moet storen,' zei Frank vanaf de drempel.

Paul keek niet om, maar streek met zijn lippen over de krassen op Julia's wangen. 'Doe het dan niet.'

'Sorry, maat, het is officieel. Miss Summers, ik ben gekomen om u mede te delen dat alle aanklachten tegen u zijn ingetrokken.'

Paul voelde haar sidderen. Haar hand was een vuist tegen zijn overhemd. 'Ja ja, nadat zij de moordenaar voor je in de boeien heeft geslagen.'

'Kop dicht, Winthrop. En om u een officiële verontschuldiging aan te bieden voor de beproeving die u hebt doorstaan. Mag ik een van die sandwiches? Ik sterf van de honger.'

Paul keek naar de schaal met hapjes die Travers op de tafel had achtergelaten. 'Neem er één en vertrek.'

'Nee, Paul.' Julia duwde hem ver genoeg van zich af om rechtop te kunnen zitten. 'Ik moet weten waarom. Ik moet weten wat ze bedoelde met een paar dingen die ze heeft gezegd. Ze heeft toch gepraat?'

'En of ze heeft gepraat.' Frank boog zich over de tafel om een reusachtige sandwich te bouwen van ham, salami, koude kip, met daarbovenop drie soorten kaas en dikke plakken vleestomaat. 'Ze wist dat ze erbij was. Heb je hier iets bij te drinken?'

'Probeer de bar,' liet Paul hem weten.

Ongeduldig stond Julia op om zelf een flesje fris voor hem te gaan halen. 'Toen ze zei dat ze mij zou vermoorden, zei ze dat ze het snel zou doen. Dat ze het van de beste had geleerd. Weet jij wie ze bedoelde?'

Frank nam het flesje van haar aan en knikte. 'Michael Delrickio.'

'Delrickio? Nina had iets met Delrickio te maken?'

'Zo heeft Eve haar ontmoet,' zei Paul. 'Ga zitten. Ik zal jullie vertellen wat Travers mij heeft verteld.'

'Ja, dat lijkt me een goed idee.' Zonder erbij na te denken koos ze de stoel onder Eves portret.

'Het schijnt dat Nina's achtergrond niet precies was zoals ze tegen jou deed voorkomen. Niet arm, maar wel gewelddadig. Haar vader had haar moeder een aardige erfenis nagelaten. Maar dat was niet genoeg om de haat af te kopen. Nina's moeder wreekte dat op het kind – lichamelijk en geestelijk. Er was ook nog een stiefvader, voor een poosje. Dat was allemaal waar. Wat ze wegliet was het feit dat haar moeder probeerde haar tegen Eve op te zetten door Nina te vertellen hoe ze Charlie had bedrogen, wat zijn dood tot gevolg zou hebben gehad. Toen Nina op haar zestiende uit huis ging, was ze heel verward, heel kwetsbaar. Ze heeft een tijdje getippeld, ging toen naar Las Vegas. Ze stripte en speelde de hoer.

In die tijd kwam ze Delrickio tegen. Ze zal toen ongeveer twintig zijn geweest, en spijkerhard. Hij zag mogelijkheden en begon haar te gebruiken als gastvrouw voor zijn belangrijkere cliënten. Ze hadden een verhouding die een paar jaar heeft geduurd. Op een gegeven moment viel ze voor hem. Ze had geen zin meer om zijn klanten te vermaken. Ze wilde een fatsoenlijke baan en een soort verplichting van zijn kant.'

'Die dame had werkelijk een slechte smaak,' zei Frank met een mondvol sandwich. 'En een slecht beoordelingsvermogen. Delrickio hield haar in Vegas en als ze een scène trapte, moest een van zijn jongens haar een lesje leren. Dat hield haar even koest. Zoals zij het vertelt, voelde ze nog steeds wat voor hem, kon hem niet loslaten. Ze kwam erachter dat hij nog een vrouwtje voor zich liet werken en ze ging achter haar aan en bewerkte haar een beetje met een mes. Delrickio vond haar intitiatief prachtig en deed met haar mee.'

'Toen kwam Eve,' vulde Paul aan. Hij streek met een hand langs Julia's arm, langzaam, ritmisch, alsof hij bang was het contact te verbreken. 'Ditmaal was het Delrickio die hard viel. Toen Nina zich niet liet afschepen, liet hij haar door een paar van zijn spierbundels overtuigen. Eve kreeg daar lucht van en, doordat ze – via Priest – net had ontdekt hoe ver Delrickio bereid was te gaan, ging ze zelf Nina opzoeken. Nina lag in het ziekenhuis, tamelijk in de vernieling, en de hele zaak kwam er bij haar uit.'

'En toen Eve ontdekte dat ze Charlies dochter was,' zei Julia zacht, 'bracht ze haar hier.'

'Dat klopt.' Paul keek op naar het portret. 'Ze gaf Nina een nieuwe start, vriendschap, liet Kenneth haar opleiden. En al die jaren sindsdien loog Eve voor haar. Toen Eve besloot schoon schip met de leugens te maken, dat ze wilde dat de waarheid een deel van haar nalatenschap werd, raakte Nina in paniek. Eve beloofde dat ze zou wachten tot ze jou kon vertrouwen voordat ze je alles vertelde, maar ze vond dat Charlie eerlijkheid verdiende. En ze probeerde Nina ervan te overtuigen dat ze een symbool was van waartoe vrouwen in staat zijn.'

'Nina kon er niet tegen,' ging Paul verder. 'Ze hield van het imago dat ze had ontwikkeld. De koele, competente carrièrevrouw. Ze wilde niet dat al haar belangrijke contacten te weten kwamen dat ze voor een maffioso de hoer had gespeeld. Ze was niet van plan Eve te vermoorden, maar toen ze ontdekte dat ze het hele relaas op band had opgenomen en dat ze van plan was het aan jou te geven, knapte ze. De rest is simpel.'

'Ze is Eve naar het huis gevolgd,' mompelde Julia. 'Ze kregen ruzie. Ze pakte de pook, sloeg haar. Nina was toen waarschijnlijk bang, maar heel ordelijk. Ze heeft de vingerafdrukken van het wapen geveegd, de sleutels gepakt – omdat ze natuurlijk wist dat ik de avond daarvoor met Eve ruzie had gemaakt.'

'Ze heeft jou zien binnen komen rijden,' vertelde Frank haar. 'Zag je de tuin in lopen. Toen heeft ze besloten de verdenking op jou te richten. Ze ging er als een haas vandoor. Zij was degene die het alarm weer inschakelde. Ze was doodsbang toen ze zag dat de hoofdschakelaar uit stond. Dat zou alles gecompliceerder maken, dacht ze, dus schakelde ze hem weer in en ging weer aan het werk. O, en ze was zo slim om naar de keuken op te bellen, zodat Travers en de kok zouden weten dat ze bezig was brieven uit te werken.'

'Maar ze wist niet dat Drake haar had gezien.' Julia leunde achterover en sloot haar ogen.

'Hij probeerde haar te chanteren.' Frank schudde zijn hoofd, terwijl hij nog een torenhoge sandwich bouwde. 'Ze kon zich het geld veroorloven, maar niet het losse eindje. Met hem dood en jou al zo goed als zeker in het gevang, kon ze er zeker van zijn dat ze haar vrijheid behield. Travers was Eve trouw en zou niemand ooit over Nina's achtergrond zou vertellen – daar had ze geen reden voor.'

'Ik heb ze gehoord,' schoot het Julia te binnen. 'De avond van Eves party hoorde ik iemand ruziemaken. Delrickio en Nina. Ze huilde.'

'Hem terug te zien was niet zo best voor Nina's zenuwen,' vulde Frank aan. 'Ze hield nog steeds van de rotzak. Hij zei dat ze dat kon bewijzen door Eve van het boek af te brengen. Die avond begon ze waarschijnlijk overspannen te raken. Ik heb bedacht dat haar moeders gif nog steeds door haar aderen stroomde. Toen ze Eve niet op de ene manier kon tegenhouden, deed ze dat op een andere.'

'Raar,' zei Julia tegen zichzelf. 'Het begon allemaal met Charlie Gray. Hij heeft voor Eves start gezorgd. Haar eerste verhaal tegen mij ging over hem. En nu eindigt het met hem.'

'Mors niet met die sandwich als je weggaat, Frank,' mompelde Paul, hij gebaarde naar de deur.

'Hè? O, natuurlijk. De officier van justitie heeft Hathoway ingelicht,' zei hij, terwijl hij opstond. 'Hij zei dat Julia moest bellen als ze vragen had. Hij ging met zijn zoon naar een wedstrijd. Tot ziens.'

'Inspecteur.' Julia deed haar ogen open. 'Dank je.'

'Graag gedaan. Weet je, ik heb nooit eerder gezien hoe je op haar lijkt.' Hij nam nog een kolossale hap van de sandwich. 'Ze was wis en waarachtig een prachtige dame.' Hij ging naar buiten, kauwend.

'Voel je je goed?' vroeg Paul.

'Ja.' Julia haalde diep adem. Het brandde nog een beetje, maar het was een teken dat ze leefde, én vrij was. 'Ja, ik voel me goed. Weet je wat ik zou willen? Een heel groot glas champagne.'

'Dat is in dit huis nooit een probleem.' Hij liep naar de koelkast achter de bar.

Ze stond op en liep naar de andere kant van de bar. Eves kimono gleed van een schouder. Terwijl ze naar Paul keek, trok Julia hem er weer overheen, streek hem glad – haar vingers streelden hem een seconde, zoals je een oude vriendin liefkoost. Hoewel hij een beetje om het gebaar moest lachen, zei hij niets. Ze vroeg zich af of hij had gemerkt dat Eves geur nog steeds in de stof hing.

'Ik heb een vraag.'

'Vuur maar af.' Paul haalde de folie van een fles en begon het ijzerdraad eraf te draaien.

'Ga je met me trouwen?'

De kurk kwam er met een knal uit. Paul negeerde het schuim dat uit de fles liep en keek haar aan. Haar ogen stonden waarschuwend, zoals hij ze het liefste had. 'Reken maar.'

'Goed.' Ze knikte. Haar vingers gleden over de zijde, tot haar handen op de bar in elkaar schoven. Waar ze ook vandaan kwam, waar ze ook heen ging, zij was in de eerste plaats wie ze was. 'Dat is uitstekend.' Ze ging rechtop zitten en haalde nogmaals diep adem. 'Wat vind je van Connecticut?'

'Tja, eigenlijk –' Hij zweeg om twee glazen in te schenken. 'Ik zat erover te denken dat het tijd wordt om van omgeving te veranderen. Ik heb gehoord dat er een hoop te zeggen is voor Connecticut. Zoals bladeren in de herfst, skiën, en heel sexy vrouwen.' Hij gaf haar een glas. 'Denk je dat je genoeg ruimte hebt om mij te herbergen?'

'Ik prop je er wel tussen.' Maar toen hij zijn glas tegen het hare wilde brengen, schudde ze haar hoofd. 'Jongetjes van tien zijn lawaaiig, veeleisend en hebben weinig respect voor privacy.'

'Brandon en ik kennen elkaar al heel goed.' Hij leunde op zijn gemak tegen de bar. Hij ving haar geur op – en alleen háár geur. 'Hij vindt het een goed idee dat ik met zijn moeder trouw.'

'Je bedoelt, dat jullie –'

'En', ging Paul verder, 'voordat je je zorgen maakt over het feit of ik het wel aankan dat ik zijn biologische vader niet ben, herinner ik je eraan dat ik mijn moeder vond toen ik tien was.' Hij legde zijn hand over de hare. 'Ik wil het complete pakket, Jules: jou en het joch.' Hij bracht haar hand naar zijn lippen, verrast toen ze haar vingers spreidde om zijn wang te strelen. 'Bovendien heeft hij precies de goede leeftijd om te babysitten als wij beginnen hem broers en zussen te geven.'

'Oké. De stand is twee-één.' Ze tikte met haar glas tegen het zijne. 'Je krijgt een gigantische aanwinst.'

'Weet ik.'

'Wij ook. Ben je van plan om om te lopen om me te kussen?'

'Daar denk ik over.'

'Denk dan maar snel.' Ze lachte en strekte haar armen naar hem uit. Hij tilde haar op en kuste haar onder het portret van de vrouw die zonder berouw had geleefd.